有爱的青春陪伴者

怪你浓情似酒

折枝伴酒 / 著

江苏凤凰文艺出版社

图书在版编目（CIP）数据

怪你浓情似酒 / 折枝伴酒著. -- 南京：江苏凤凰文艺出版社, 2022.11
　ISBN 978-7-5594-7109-3

Ⅰ.①怪… Ⅱ.①折… Ⅲ.①长篇小说 - 中国 - 当代 Ⅳ.①I247.5

中国版本图书馆CIP数据核字(2022)第152343号

怪你浓情似酒
折枝伴酒 著

责任编辑	王昕宁
特约编辑	张　磊
出版发行	江苏凤凰文艺出版社
	南京市中央路165号，邮编：210009
网　　址	http://www.jswenyi.com
印　　刷	长沙鸿发印务实业有限公司
开　　本	880mm×1230mm　1/32
印　　张	11.5
字　　数	474千字
版　　次	2022年11月第1版
印　　次	2022年11月第1次印刷
书　　号	ISBN 978-7-5594-7109-3
定　　价	45.00元

江苏凤凰文艺版图书凡印刷、装订错误，可向出版社调换，联系电话025-83280257

目 录

第一章
他好像不记得我了
/001

第二章
你是我的实习生
/015

第三章
喜欢和不喜欢的界限
/033

第四章
橙子很甜
/055

第五章
明目张胆的偏爱
/071

第六章
酒后吐真言
/092

第七章
八卦漫天
/116

第八章
你还在犹豫什么
/133

第九章
徐医生的追求攻势
/149

第十章
再追五十二天
/168

第十一章
送你一个愿望
/183

目　录

第十二章
她真的很好哄
/200

第十三章
正式恋爱关系
/216

第十四章
诸事皆宜
/229

第十五章
衣服上有他的味道
/248

第十六章
感情平淡期
/262

第十七章
一眼误终身
/275

第十八章
我现在是你的人
/292

第十九章
还愿
/312

第二十章
执子之手，与子偕老
/330

番 外 一
小确幸
/344

番 外 二
星月同辉
/355

第一章·
他好像不记得我了

椒盐排骨，香酥鸡腿，麻辣小龙虾，烤羊排……

窗外，清晨的鸟鸣声已经不绝于耳，沈棠心依旧沉溺于美梦，直到肩膀忽然一疼，满桌珍馐顿时从眼前消散。有人摁着她推搡了几下，力道蛮横，头顶飘来的声音也十分刻薄："死丫头，还不起床？"

半梦半醒间，沈棠心四肢像青蛙似的扑腾两下，烦躁地用枕头蒙住脑袋："一分钟——"

沈司澜咬紧牙刷，两手并用抓住被子。沈棠心条件反射一通乱踢，卷着被子滚到床尾，闭眼朝他嚷嚷："我要告诉大哥你欺负我！"

沈司澜眯了眯眼，冷呵一声，转身走进洗手间。

他吐掉嘴里的牙膏沫，隔着屏风的语调阴恻恻："是你的好大哥让我不择手段叫你起床的。"

沈司澜从屏风后走出来时，发现沈棠心还蜷在床尾，似乎又睡着了。他挫败地叹了口气："你是想第一天就迟到吗？"

沈棠心闭着眼睛张牙舞爪。

男人耐心耗尽，直接伸手拎起她被角："大早上被叫起来送你，我还没发脾气呢。"

这次，被子终于完全离身，沈棠心挠着头发崩溃地弹坐起来，不情不愿地挪下床。

沈司澜瞥一眼她光着的脚丫子："穿鞋。"

上车后，沈司澜哈欠一个接一个，沈棠心也被传染得不停打哈欠。她看了沈司澜好几眼，实在担心这人疲劳驾驶酿成悲剧，于是温温吞吞地出声："小哥，不要走胜利路哦，现在是早高峰，会堵车。"

"我用得着你提醒？"沈司澜闭着眼睛把安全带插进锁扣。

"你哥我困。"跑车彪悍的发动机声也盖不住他的脾气，"凌晨三点开会到六点，你告诉我现在几点？"

沈棠心看了眼车载屏幕，弱弱道："八点……二十五分。"

男人皮笑肉不笑地扯开唇，"呵"了一声。

沈棠心接收到他浓浓的讽刺信号，有点心虚地搓了搓手指，嘟哝："那我不是起晚了嘛，谁叫你昨天非要我陪你打游戏。"

"到底谁陪谁？"沈司澜微仰着下巴瞥过来，那表情像是听了个笑话。

沈棠心抿抿唇，脸不红心不跳："是我们互相帮助，团结友爱。"

"谁跟你团结友爱。"沈司澜轻嗤。

知道大少爷的起床气还没消，沈棠心决定不再招惹他，闭上嘴保持缄默。

此刻他们在高架上，车速80迈，风声如同野兽的怒号，沈棠心觉得有点冷，头发也被吹得胡乱飞舞。

她转头看向沈司澜：冷白的皮肤因为睡眠不足而更显苍白，一双十足勾人的桃花眼里此刻布满血丝，眼下铺着一层淡青色。

她本来想说关上车窗，话到嘴边又咽了下去，默默地用皮筋扎起头发。

车子刚要驶出高架，就有电话进来。沈司澜点了外放，缓缓减速。

音箱里传出一道低沉磁性的男声："棠棠出发没？"

"现在知道问了啊沈教授。"沈司澜语气嘲讽，"拜托了哥，以后再有这种情况，你直接把她从床上拎起来扔后备厢带走行不行？别大早上吵我睡觉。"

"九点前给她送到医院。"男人完全忽略掉他的抱怨，一贯的沉着冷静，"不能迟到。"

"喂，沈司衡，我在给你提意见你听没听到？你说你这大哥当的什么——"沈司澜话没说完，就被迫憋了回去。一串急促的嘟声告诉他，对面已经没人在听。

沈棠心弯了弯唇角，没敢笑出声音，用手捂着嘴巴小心翼翼地转过脑袋，突然对上男人睨过来的眼神，连忙挺直腰背，不敢再幸灾乐祸。

沈司澜车技好，路况也熟，在四处拥堵的早高峰，不到半小时就把她送到了医院。

沈棠心解开安全带，乖巧道别："小哥，那我走了。"

"嗯。"

"你快点回去补觉吧。"沈棠心说。

她难得体贴一回，连自己都被感动到了。然而话音未落，就看见对面的男人抬起手，勾起唇。

那种闷坏的神色让她有一丝不祥预感，沈棠心下意识地拔腿要跑，却没来得及，被一只大手用力揉了一把头发。

当她奶凶奶凶地瞪过去时，男人阴了一早上的脸才终于挂上以往那副欠揍的笑："早点回来，不然你最爱吃的牛肉粽子，就——没——了。"

今天周一，还没到九点，门诊大厅就人满为患。

放眼看去，视野里乌泱泱一片，四处充斥着小孩哭闹和大人喧哗的声音。医院惯常开着冷空调，却压不住室内因人员密集而加剧的燥热。

沈棠心谨慎地穿过人群，绕到医护专用电梯间，在玻璃门前拿出昨晚沈司衡给她的门禁卡。

正要刷卡的时候，右边一阵急促的脚步声靠近。沈棠心转头看见一个女孩，身材清瘦，素面朝天，梳着长马尾，T恤牛仔小白鞋，一副青涩学生样。

对方气喘吁吁地在她旁边站定，一开口有些拘谨："你好，我是医科大过来实习的，可以带我进去吗？"

沈棠心还没来得及回答，女孩似乎怕被拒绝，焦急地对她解释："前面客梯出故障了，他们说要半个多小时才能修好，但是我九点就要到，能不能——"

"我也是来实习的。"沈棠心笑着扬了扬手里的推荐表，说完她便刷了卡，带女孩一起进去。

没赶上刚刚那趟电梯，两人站在门口边聊边等。

女孩问："你哪个科室的呀？"

沈棠心："口腔外科。"

女孩惊喜地"哇"了一声："我也是！"

她握住沈棠心的手，热情地自我介绍："我叫崔盈，任盈盈的盈，你呢？"

"沈棠心。"说着，她指了指推荐表上的名字。

崔盈看一眼，恍然大悟："我还以为是糖果的糖呢。"

沈棠心眉梢微动，有些意外，感觉和女孩的距离一下子被拉近，耐心地解释道："我爸本来是这个意思，不过很少有人取名字用糖果的糖，后来上户口就用了海棠的棠。"

"原来是这样。"崔盈笑道。

"是呀。"沈棠心拿出手机看时间，顺便给大哥发消息，说自己到医院了。

崔盈凑过来，笑嘻嘻地对她说："你听说了吗？咱们科的徐主任特别帅，是医院的院草。"

沈棠心眼皮一颤，瞬间收拢手指，不小心捏皱了推荐表单薄的纸张。沉默两秒后，她唇角略弯，嗓音轻得若有似无："是吗？"

"是的呀，我有个学姐去年实习见过一次。"崔盈语气兴奋。

沈棠心没接话，思绪一下子飘得有些远，恍恍惚惚的，脑海里浮现出一张脸来。

崔盈兴致正浓，兀自打开手机相册。

"我这儿有一张他的侧脸照，学姐偷拍的。"她很快翻出那位徐主任的照片，激动地敲屏幕，"你瞧，是不是'侧脸杀'？"

沈棠心眨了两下眼，确定自己的视力没毛病。

她还没见过如此抽象的侧脸，只有一只耳朵和一点点眼角。但即便如此，她仍能认出是那个人。

沈棠心没心没肺地"嗯"了下,就像是分出一张嘴来回答,而思绪还在神游。

崔盈也沉浸在所谓的"侧脸杀"里,并没有听到门禁被刷开的声音,以及那轻而缓的脚步声。

"听说徐主任还单身呢。"崔盈盯着相册里的照片说。

沈棠心目光涣散地落在电梯门的广告上。

"你说像徐主任这样的男神,得多好看的姑娘才能收了他呀?"崔盈唏嘘着,望向旁边的女孩。

沈棠心五官生得精致漂亮,得了影后贝曦百分之七十的基因,另外百分之三十,是沈总无可挑剔的茶色眼瞳和眼圈轮廓,以及安静状态下与生俱来的冷然气质,却因为略略的婴儿肥,添上几分温柔可亲。

崔盈望着她,兴致勃勃地问:"你说像你这样的有戏不?"

"没戏。"沈棠心张了张口,若有所思。

"你怎么知道?"崔盈不以为然地开玩笑,"难不成你试过?"

沈棠心幽幽地吐出一个字:"嗯。"

在崔盈猛吸气的声音里,沈棠心才终于醒过神来,忙不迭地解释:"不是我,是我一个朋友。"

崔盈目光一亮。

沈棠心煞有介事地强调:"真的是朋友。"

"那你朋友长得漂亮不?"崔盈不依不饶地继续问。

沈棠心见她似乎是信了,松口气。

"漂亮。"这是实话。

崔盈盯着她:"跟你比呢?"

沈棠心心虚地摸了摸鼻子,支吾道:"就,可能,跟我差不多?"

也是实话。

崔盈眼里的光骤然熄灭:"破案了。"

"啊?"沈棠心面露疑惑。

崔盈咋了咋舌:"这么漂亮都无动于衷,八成有毛病。"

沈棠心沉默几秒后,漫不经心地点头:"其实我也这么觉得。"

两人的注意力都没在电梯上,也没发现电梯门已经打开。直到突然从头顶飘下一道声音:"不进去?"

沈棠心头皮一麻,她仿佛能感受到脑子里的血液,在一截一截地凝固。

身后那人再次开口,淡漠的嗓音像白瓷般清冷干净:"不进去麻烦让一让。"

沈棠心这会儿才彻底回神,脑袋像是被下了咒,鬼使神差地转过去。

一抬头,猝不及防地跌进一双深邃的瞳眸里。

依旧是那张如琼玉般清俊无瑕的脸,也依旧是毫无温度的眼神,透过金边眼镜轻飘飘一瞥,就能让人活生生坠入冰窟。

想起刚才和崔盈说的那些话,沈棠心顿时如遭雷击。

他应该……没听到……吧?

崔盈还不知道发生了什么,她不认识徐晋知,只见身后帅哥不太友善的样子,拉着沈棠心抱歉道:"不好意思啊,我们也进去。"

沈棠心犹如一只木偶,被崔盈牵着,一步步地挪进电梯。

男人按下楼层便站到最后,崔盈伸出去的手又缩了回来。

他们居然是同一楼层。

然而,她刚转过头,看见沈棠心呆怔局促的样子,原本要分享的惊喜便憋了回去。

三个人安安静静地站着,轿厢里只有电梯运行的声音。

沈棠心度秒如年,紧紧攥着的推荐表边缘被手心的汗液浸湿。她分明看不见身后的男人,却总能闻见一阵若有似无的佛手香味,久违的熟悉。

当轿厢顶部的数字变成"16",她终于不动声色地舒了口气,走出电梯。

男人长腿阔步,很快将距离拉开。

沈棠心不自觉地皱了皱鼻子。

电梯外消毒水的气味浓烈,哪怕他擦身而过的时候,也捕捉不到那阵佛手香。

待男人走远之后,崔盈终于放下矜持,无比兴奋地"哇"了一声:"那是现实里存在的脸吗?还有那身高,那比例,我的天,我从来没见过有人穿衬衫这么好看!"

沈棠心恍然回神,目光还是微怔。

"我居然觉得有点眼熟。"崔盈没注意到沈棠心的异常,依旧在喋喋不休,眼睛直勾勾地望着那人消失的方向,"会不会是哪个十八线明星?小棠,你有见过他吗?"

沈棠心收敛情绪,脸上重新挂起自然浅淡的笑容:"没见过。"

这批实习生总共五个,其中三个是女生。除了刚刚偶遇的崔盈,另外一个沈棠心早就认识,是和她同校的楚白筠。

但两人之间的关系一直很微妙。

会议室里,男生们正在和楚白筠搭讪,看见沈棠心和崔盈进来的时候,楚白筠目光明显一动。

她发现男生们短暂的失神,连忙抬手,朝沈棠心挥了挥:"你也来了呀。"

成功地把注意力拉回到自己身上,楚白筠骄傲地抬起下巴,仿佛在对两个女生耀武扬威。沈棠心却只淡淡地"嗯"了一下,对她没什么情绪,更没看那两个男生,兀自挑了个位置坐下。

男生们的目光反而黏在沈棠心身上挪不开了,甚至明目张胆地用眼神怂恿对方去搭讪。

然而，他们并没有机会——其中一个刚要起身，门口就有人进来。

来人穿着干净整洁的白大褂，身姿颀长，五官周正，手里拿着一个蓝色文件夹。

会议室瞬间鸦雀无声。

年轻的男医生把文件夹放在面前桌子上，垂眸望向他们，温和地说了句开场白："我叫晏瑞阳，是口腔正畸科的主治医师。"

其余人都乖乖地盯着晏瑞阳，只有楚白筠忍不住往门口瞟。晏瑞阳从她身上收回目光，神色了然："徐主任在开早会，晚点过来。"

话音刚落，沈棠心感觉到衣袖一紧，原来是被崔盈抓住了。转头看见她脸上抑制不住的激动，沈棠心无奈地勾了勾唇。

"他今年照例也收一个实习生。"晏瑞阳知道这些小姑娘都在想什么，笑着扔出一个重磅炸弹，"马上会有一场小测试，得第一名的就有机会跟徐主任学习。"

沈棠心感觉到了崔盈内心的澎湃，和距离一米之外的楚白筠毫不掩饰的雀跃，就连那两个男生都不禁表现出一丝激动。

毕竟都是本专业的学生，既然来了中心医院，不会不知道徐晋知的鼎鼎大名。

沈棠心则是打着自己的小算盘。

当初她鬼迷心窍，追了徐晋知一个多月，遭到对方的无情对待，是不愿意再和他有任何交集的。因此这个名额她毫无兴趣，整个会议室里就数她最淡定。

崔盈在旁边发出丧气的呜呜声，不远处的楚白筠捏着笔杆用力地咬唇。作为学院的万年老二，她早就看沈棠心不爽了，满脸都是力争第一的雄心壮志。

四十分钟的答题结束后，晏瑞阳收起试卷："让陆医生带你们熟悉一下科室，十点半在这里集合。"

谁知陆医生半路临时被叫去急诊，大家开始四处闲逛。

沈棠心没吃早餐，肚子饿得不行，和崔盈去二楼超市吃了点东西，待到十点多才上来。

其余人早就在会议室焦灼地等待测试结果，沈棠心和崔盈却都很平静。

一个不想跟着徐晋知，一个知道以自己的能力想也白搭，也就安心当个分母。

沈棠心正低着头，百无聊赖地用笔盖在手心画十字，突然感觉到整个会议室的空气瞬间凝结。与此同时，飘过来一阵若有似无的熟悉味道。

她头皮一紧，不自觉地抬眼。

只见晏瑞阳的旁边，男人长身玉立，姿容清俊，镜片后双眼淡漠疏离，精致流畅的下颌线微微紧绷，让他显得严肃而冷峻。但即便如此，还是令人挪不开视线。

同样的白大褂，他偏偏穿得比别人更加气质斐然。沈棠心不自觉地抿了抿唇，笔盖的尖端微微刺痛掌心。

他还是喜欢这样，白大褂里穿着质感上乘的衬衫，打着完美端正的温莎结，斯文矜贵，表里如一的冷淡禁欲。

手臂被猛地一抓,沈棠心回神,听见崔盈咬着牙小声对她耳语:"我终于知道为什么眼熟了,居然是他。"

崔盈快哭了:"咱俩说的那些话他不会都听到了吧?呜呜呜,希望他不记得我们长啥样。"

沈棠心悲哀地沉默了——他或许不记得崔盈,但自己可是曾经在他面前刷脸打卡,长达一个多月的人。

此刻,她越来越庆幸自己测试前的睿智决定。

面对学生们流露于表面的倾慕,徐晋知只是淡淡地点头致意,然后便问晏瑞阳:"测试成绩呢?"

晏瑞阳手里拿着一沓试卷,看了看满眼期待的学生们,对他说:"第一名是楚白筠,98分。"

楚白筠激动地捂住嘴巴。

"恭喜楚同学,得偿所愿。"晏瑞阳望着她笑了笑,"接下来几个月,你就跟着徐主任好好学。"

其余人的脸上都掩饰不住失落,沈棠心却是松了口气,低着头,嘴角不动声色地上扬。

睿智如她,摆脱徐晋知能是什么困难事呢。

"那剩下的同学就随机分配了。"晏瑞阳接着道,"你们也可以自己选,如果没有冲突的话。"

沈棠心听到崔盈问她想跟哪个医生,刚要回答,之前沉默着的男人突然开口,嗓音淡漠却掷地有声:"等等。"

晏瑞阳转过头:"怎么了?"

徐晋知望着他,问:"我什么时候说过要第一名?"

话音未落,楚白筠脸上的笑容已经僵硬。

晏瑞阳愣了一秒,大脑有点宕机。可他也了解这位不按常理出牌的性子,于是很快对徐晋知笑了笑:"我以为你要最优秀的。"

徐晋知:"别随便揣摩我。"

"行,我的错,让你选行了吧?"晏瑞阳无奈地扯了扯唇,指着下面这些学生,"看对眼儿给我带走。"

"最后一名吧。"徐晋知漫不经心地说。

晏瑞阳一愣:"嗯?"

徐晋知下巴点了点他手里的卷子:"最后一名,给我带。"

晏瑞阳:"你今年是要挑战高难度?"

"随你怎么想。"徐晋知一副懒得和他说话的表情。

本来已经解除警报松懈下来的沈棠心突然间浑身一紧,手指也跟着哆嗦了下。

前面传来晏瑞阳的声音。

"你等我看看最后一名是谁,我记得有两个低分来着。嗯?沈棠心。沈棠心是哪个?"

胳膊被崔盈扯了扯,沈棠心慢吞吞地举起一只手,脑袋快要埋进胸口。

"老徐,你确定吗?这姑娘的分数也太……"晏瑞阳似乎是不忍心伤害她,欲言又止,转身委婉地劝徐晋知,"你平时就忙,这种事还是要量力而行。"

沈棠心没听见对方的回答,只感觉到一束冰冷的目光落在她头顶,整个人却仿佛被丢进火里,要熊熊地燃烧起来。

她不用看也知道,徐晋知在盯着她。

或许比之前的冷酷淡漠,又多了一丝轻蔑和鄙夷。

他是那么骄矜自傲的人。

心里说不出是什么滋味,就像手中合上的笔帽,转来转去,不知道该停在哪个位置,又好像无论哪个位置都是一样的。

她只知道,她不想待在那个位置。

徐晋知应该也不会愿意带她。

就好像两年前那个下雨的晚上,他站在一个不起眼的巷口,一贯整齐干净的衬衫被雨淋得湿透,狼狈地贴在身体上,却还是固执地推开她手里的伞。

他明明满眼凄凉和悲怆,却还是面无表情望着她说:"我再也不想见到你。"

时过境迁,再想起来倒不怎么难过了,她甚至期待这个男人像当年一样,再次说出推拒的话。然而等了片刻,却只看见他接过晏瑞阳手里那张试卷。

她心底一震,不自觉地捏紧了手。

下一秒,男人毫无波澜的嗓音彻底给她判了死刑:"沈棠心是吧,跟我过来。"

这话说得,真像是第一次见面。

沈棠心扛住被好几个人死死盯着头皮发麻的目光,尽量镇定自若地走出会议室。

徐晋知只在门口稍顿了下,等她出来,便抬脚往前走去,连看都没看她一眼。男人长腿阔步,背脊笔直,白大褂下摆猎猎带风。沈棠心两条腿飞快地倒腾着,才勉强跟上。

主任办公室里,是和徐晋知身上一样味道的香薰,淡淡的,丝毫不显得刺鼻和突兀。

沈棠心不喜欢男人弄得很香,沈司澜那些大牌香水,她见一次吐槽一次。但徐晋知身上的佛手香,她很爱闻,也许是因为清淡。

沈棠心还在暗自品鉴香薰的时候,徐晋知已经把她的试卷和推荐表一起拿了起来。

"这就是 B 大医学系,连续四年专业第一的水平?"他看着推荐表上的导师推荐语,扬了扬手里 43 分的试卷。

沈棠心语塞片刻，硬着头皮说："徐主任，可能是我不太适合您……的科室。"

男人扯了扯唇角，目光一沉："那你想去哪个科室？"

沈棠心低眉顺眼，语速缓慢却理直气壮："正畸科，修复科，实在不行转内科也可以。老师说了，学无止境，不能太过于拘泥。"

徐晋知没有说话，意味不明地盯了她一会儿。沈棠心一直低着头，却也能感觉到男人锐利的目光，像是要把她看透。

她此刻只有一个念头，离开他的眼皮子底下，离得越远越好。

略微思考之后，她索性把自己一黑到底："我这个人没什么志向，又笨又懒，您带我的话，可能会砸了您的招牌，徐主任。"

她抬起头，用带着些微乞求的目光，无比真诚地望着他——一双清凌的眸子像某种小动物，很无辜，仿佛在无声地说着：你就放过我吧，人类。

然而，徐晋知丝毫不为所动。

"我倒要看看你有多大能耐。"他眼神淡漠，依稀夹着冷笑，"砸我招牌。"

徐晋知从桌上的文件夹里，重新找了一张试卷。

沈棠心目光一抖。

这不是医院吗？为什么随随便便就会有试卷？

徐晋知把卷子放在桌面上，点了点，瞥向她："要我请你？"

沈棠心小心脏一颤，慢吞吞地挪到那把精致的皮椅旁边，坐也不是不坐也不是。正犹疑不决的时候，桌上座机突然响了。

徐晋知拿起来。

"喂？"

"好，我马上下来。"

挂了电话，徐晋知淡淡地丢下一句："我去趟急诊，回来收卷子。"

走到门口的时候，他忽然往回侧了侧头，却没看她："好好写，别耍花样。"

沈棠心嘴角一抽。

门关上后，沈棠心叹了口气，生无可恋地坐下来，托着脑袋冥想片刻，才拿出兜里的笔，开始做卷子。

之前故意考砸的小心思已经被徐晋知识破，这次她不能再故技重施，只好老老实实地答题。她用了半个小时写完卷子，徐晋知还没有回来。

沈棠心无聊地拿出手机，才看见崔盈发来的三条微信消息：

"你还好吧？"

"徐主任有没有为难你？"

"他有没有认出来你？"

看着最后一句，她心底忽然"咯噔"一下，回想起刚才徐晋知的态度。

不同于三年前显而易见的反感与排斥，倒像是对着陌生人时，那种漫不经心的冷漠。况且以徐晋知讨厌麻烦的性格,当年避她如蛇蝎,现在又怎么可能会主动将她留在身边?

沈棠心绞尽脑汁,一个匪夷所思的念头在心底成型——他可能压根就不记得自己了。

沈棠心甩了甩头,不再胡思乱想,回复道:"可能没有吧。"

沈棠心:"没事。刚写完卷子呢。"

崔盈:"好吧。"

崔盈:"我被晏医生收了!"

崔盈:"还有那个楚白筠,她居然跟我一个科!"

崔盈:"好不开心啊!"

沈棠心:"你别理她就是了。"

崔盈:"嗯哼。"

崔盈:"我要去学习啦,先不聊了!"

沈棠心:"嗯。"

沈棠心收起手机,鼓了鼓腮帮子,靠着椅背长长地舒了口气。

没想到徐晋知这厮当了科主任,连椅子都是奢侈腐败的味儿。

沈棠心环顾四周,欣赏着主任办公室的陈设。倒也没有很浮夸,只是面积大一些,文件柜多一些,对着门的落地窗边摆着一套黑色的布艺沙发和玻璃茶几。

忽然,她目光一凝,落在桌子左边第一个抽屉的把手上。

那里挂着一个哆啦A梦的坠子。

印象中,徐晋知不可能会有这种东西,这完全不符合他寡淡无趣高冷的人设。

诧异之下,她不禁伸手去拽了拽,结果稍微一用力,就把抽屉给拉开了。

沈棠心一愣。

居然没锁?

从四五厘米的缝隙里,她隐约看到一团红色的东西。

一时间好奇心作祟,她也没过脑子,就想要拉开抽屉看个清楚,却突然听见开门的声音。

她手忙脚乱地把抽屉合上,装作若无其事地坐直身子,拿起笔,眼睛一眨不眨地盯着试卷,就像上课做坏事被老师抓包的调皮学生,演技蹩脚而不自知。

然而男人渐近的脚步声存在感太强,她还是忍不住抬眼。

刹那间,撞进一双意味不明的幽深眸子里。

她下意识地垂眼,瞥了瞥抽屉的方向。

徐晋知站在桌子对面,若有似无地勾了下唇,仓促垂眼的女孩并没有看到。

等她再看过去的时候,徐晋知已经收起了表情。

"写完了就出去吧。"他说,"自己去诊室,观摩学习。"

"哦。"沈棠心松了口气,溜得比兔子还快。

主任办公室周围僻静,走廊里只有她一个人的脚步声,一下一下,就像踏在自己心口上。心口又像是悬着什么东西,晃荡晃荡着,脑海中浮现出刚刚从缝隙里看见的那抹红色。

不知道为什么,虽然没看太清楚,却总觉得有点熟悉。

待小姑娘走后,徐晋知捏着抽屉把手,把刚被关上的地方又缓缓拉开。

文件夹上放着一个红色羊毛毡。颜色看上去已经有点陈旧,制作的人兴许是手艺生疏,看不出明显的花样和形状,但顶上有个松紧口,像是个娃娃,也像是个锦囊。

他轻轻地拽开松紧口,从里面掏出一张小小的符纸来。

他看了一眼,装回去,目光有些发怔,然后像是脑子发了热,鬼使神差地把羊毛毡装进白大褂的兜里。

就这么过了片刻之后,他的面色才终于沉下来,眼神恢复一贯的清冷和清醒,用钥匙打开最底下的柜子,把羊毛毡放进去,重新锁上。

沈棠心虽然不用干活,但跟着当班的医生观摩学习了一下午,腿都站麻了。回到家,她瘫在沙发上一动也不动。

今天是端午节,阿姨蒸了她最爱吃的牛肉粽子,厨房里已经溢出诱人的香味,她却依旧提不起一点精气神。

沈司衡刚回来,坐到旁边,边倒茶边睨她一眼:"怎么了?"

沈棠心努了努嘴,拖着长调撒娇:"大哥,我要废了。"

沈司衡眉梢一凛,顿时明白过来这小妮子怎么回事,严肃地扯唇:"你这才第一天。"

沈棠心揉了揉自己的苦瓜脸。

沈司衡抿了口热水,淡淡道:"习惯就好,都是这么过来的。"

沈棠心哼了一声:"我终于知道你为什么没有女朋友了。"

沈司衡扬了扬眉。

沈棠心十分不满道:"一句好听的话都不会说。"

"真不知道妈妈是怎么看上爸爸的。"沈棠心坐起来,盘着腿,从桌上捞了一颗开心果,"像你们这种钢铁直男,真的可以娶到老婆吗?"

沈司衡淡淡地睨她一眼:"你以为所有女孩都像你一样?"

沈棠心拧眉:"我怎么了?"

"娇气。"

"哼。"沈棠心气呼呼地把果壳塞进他手里。

沈司衡无奈地帮她扔掉:"对了。"

"嗯?"

"见到徐晋知了?"

"啊?"沈棠心愣了下,垂眸,"嗯。"

"我说给你换家医院,你不听话。"沈司衡眉头紧锁,"你实习去哪里不行?"

小公主那点事儿也就爸妈不知道,当年撒泼打滚让他瞒着。

中心医院是B大的附属医院,沈司衡是B大医学院教授,同时也在医院任职。三年前他叫她帮忙去医院送资料,阴错阳差,成就了这段孽缘。

"那不是老师安排的嘛,我不想搞特殊化。你要为这事儿去找老师,不太好。"沈棠心努了努嘴,"而且也没有比咱们附院口腔科更好的医院了呀,我是去学习的,犯不着为了点儿私事,放弃这么难得的学习机会。"

"你倒是想得开。"沈司衡难得笑了笑,"哪个医生带你?"

沈棠心哽了哽,在沈司衡灼灼的注视下,不得不实话实说:"徐主任……"

"不过你不要太担心。"沈棠心忙不迭地解释,"他好像不记得我了。"

沈司衡错愕地抬眉:"不记得你?"

"是啊。"沈棠心点点头,"说来也奇怪,他居然像第一次见到我似的,态度……还算可以吧。"

除了刻薄一些。

她想,大概是因为自己把测试当儿戏,让他印象不好了。

突然从楼梯口传来一道慵懒的轻嗤。

"有什么好奇怪的。"沈司澜手指搭着栏杆,目光垂落在她身上,"你小哥我天天被那么多女人追,也不会记得三年前的某一个。"

"小哥你怎么在家?"沈棠心诧异地转过去,"你又不去公司上班!我要告诉爸爸!"

"拜托你看看现在几点了。"沈司澜无语道,"你一看牙的都下班了,老子堂堂总裁,还不能回自己家过个节?"

他似乎是刚洗了澡,穿着一身藏青色浴袍,将身材勾勒得越发高挑清瘦,从V字领口露出一截白皙的皮肤和锁骨,以及脖子上红绳挂着的玉坠。

他走到酒柜旁,从杯架上拿下一只倒悬着的高脚杯,倒了点红酒:"你们一个两个的都跑去学医,把公司丢给我,有的人意见还挺大。"

沈棠心努了努嘴:"我看你挺享受的。"

沈司澜这副沉迷奢华的庸俗劲儿,与生俱来的气质,就适合在酒场名利场里面呼风唤雨。

沈司衡和她都不行。

一个沉迷学术,一个胸无大志,都没法继承老爸的衣钵。

沈司澜凉凉地轻呵一声。

沈棠心盯了他脖子半晌,十分认真道:"小哥你挂红绳真的很'娘'。"

沈司澜慢悠悠抿了口酒:"你倒有脸说。要不是爸妈生了你,大师说你挡我命格,恐怕我有血光之灾,我才不会戴这么'娘'的护身符。"

沈棠心转头问沈司衡："是这样吗大哥？"

"听他胡扯，谁知道哪个女人送的。"沈司衡淡淡回了一句，起身往厨房走。

沈棠心看见阿姨端着粽子出来，朝沈司澜扮了个鬼脸，也赶紧去餐厅吃饭。

口腔科门诊结束得早，但住院部还有病人，徐晋知便没急着下班。

黄旭天刚从手术室出来，就听同事说他今天收了个实习生，再一细问那实习生的情况，惊得好半天没合拢嘴巴。

黄旭天和徐晋知是高中同学，一直以来关系密切，科室的医护人员轮来换去，他们俩倒是一路扶持走到今天。当年徐晋知和沈棠心那些事，别人或许印象不深，黄旭天却知道得一清二楚。

黄旭天到主任办公室的时候，徐晋知正在电脑上打东西，手指飞快地敲着，从脚步声听出是他，便没抬头："怎么样？"

徐晋知问的是手术。

"小场面，我出马有什么搞不定的？"黄旭天弯身拿起茶几上的水壶，给自己倒了一杯，再看过去，顿了两秒才问，"欸，我听说你今天收了个小姑娘。"

徐晋知没搭腔，依旧敲着字。

黄旭天摩挲着茶杯，盯着他岿然不动的表情，若有所思地说道："名字还挺耳熟的。"

徐晋知终于收了手，靠在椅背上淡淡睨他："你有话直说。"

"是不是院长又给你下任务了？"黄旭天神色正经起来，"每年都这样，生怕你过得舒坦。要不，人还是记你名下，你交给我帮你带，省得麻烦。"

徐晋知听完沉默了，视线微垂，目光幽深。

片刻后，只见徐晋知抬起手，指尖轻推鼻梁上的金框眼镜，眸底划过一丝暗光："不用。"

黄旭天瞪大眼睛。他抿抿唇，接着劝道："那小姑娘当初缠你缠成那样……"

"都过去了。"徐晋知淡淡说着，双手交握放在桌面上，身子微微前倾望向他，"人家现在是来实习的，你就别在她面前提以前的事儿。"

黄旭天挑眉："要我装聋作哑的意思呗？"

徐晋知勾了勾唇："嗯。"

黄旭天感觉不太对劲，眯眼："老徐你在闷什么坏？"

"没有。"徐晋知淡定地起身，把手机塞进裤兜里。

"你下班啊？"黄旭天问。

徐晋知扣上白大褂："不下。"

黄旭天皱眉："今天可是端午节，你不给自己放个假？"

徐晋知扯了扯唇："什么节，跟我有关系吗？"

黄旭天无语。

"病人我帮你盯着,你回去陪老婆孩子吧。"徐晋知对着玻璃门的反光正了正领带,拉开门走出去。

黄旭天望着微微颤动的门板,几秒后,唇缝里溢出一声轻叹。

第二章
你是我的实习生

端午节后，沈棠心正式开始上班。

徐晋知并不经常下来会诊，所以一开始的大部分时间，沈棠心是跟着别的医生在口腔颌面外科的诊室里学习。

时露和赵青严对班，她一般都跟着这两个医生，看人家拔牙。

她虽然挂在徐晋知名下，却不用和他朝夕相处。这原本是很值得高兴的事，然而，看着时露缝合伤口的娴熟手法，那瞬间她有点晃神。

记忆中也是在这个诊室，迎着这扇窗户，男人穿着白大褂的身影还略显青涩。他认真专业，对每一个患者温柔细致的模样，居然全都历历在目。

"好了，二十四小时内不要用力漱口和刷牙，不要吃过热过硬和刺激性食物，完全恢复之前都要注意保护伤口，有问题随时来复查。"时露送走病人，在洗手台边洗手。

沈棠心帮忙收拾器械台。在下一个病人来之前，她装作很随意地问："徐主任现在是不是都不做这些了？"

"是啊，这种简单操作用不着他。徐主任现在主攻激光治疗，面部肿瘤，缺损整复，还有一些危急严重创伤手术。当然了，咱科室没有他不擅长的，就算去大外科也能当半个主治。"时露笑了笑，"而且徐主任的专业手法那是没人能比，都说人家是整牙，徐主任是整容。八诊室的陆医生你见过吧？帅不帅？"

沈棠心回忆了下，虽然在她这个资深"颜狗"的评价体系里，那位陆医生顶多算是五官端正、面容清秀的类型，毕竟先天条件有限。但令她印象颇深的是，他牙齿和颌骨的轮廓很完美。

于是她点了点头："还不错。"

"刚来的时候可不这样。"时露说，"徐主任那会儿才升副高，咱医院最年轻的副高，心血来潮给陆医生整了整。我运气好，刚来实习，就见证了史诗级的'整容'。"

沈棠心惊讶地张了张口："不就是整个牙吗？"

"整牙和整牙那是有区别的，你不要想得太简单。再说了，徐主任的正颌手术也是出了名的一绝。"时露一本正经道,"陆医生能娶到那么漂亮的老婆,徐主任有一半的功劳。"

说完,她又禁不住感叹一句:"就不知道徐主任什么时候才能娶上老婆了。"

沈棠心看着下一位病人从门口进来,默默地不再说话。

崔盈在正畸科,沈棠心中午路过诊室叫她吃饭。

晏瑞阳刚忙完,楚白筠缠着他问东问西,崔盈走出来的时候,对着沈棠心耸肩吐舌头,做了个呕吐的表情。

沈棠心一边往科室外走着,一边挽起崔盈的胳膊,笑得合不拢嘴:"我真同情你。"

崔盈扯了扯唇:"天天在这儿看茶艺表演,我还不如送上门去给徐主任凌虐。"

"得了吧,徐主任好忙的,我到现在就见了他……"沈棠心掰着手指头认真地数了数,"两次。"

第一次是报到当天,第二次是亲自把她送到颌面外科二诊室,交给时露。

然后他就再没露过面。

崔盈以为她是在抱怨,连忙安慰道:"时医生也是他带出来的,算是你师姐了,咱们才学了一年口腔医学,入门级的小喽啰,你让主任从头教你吗?"

沈棠心揉了揉耳朵,她倒没有在介意这个。

从某种意义上来说,徐晋知不出现,对她来说是值得放鞭炮的天大好事。

徐晋知这些天都有手术,好不容易闲下来,想着去门诊看看实习生的情况。快到二诊室的时候,走廊里传出时露和赵青严的声音。

同事们都去吃午饭了,下午两点前也不接诊病人,诊区安静,听起来特别清晰。

"露姐,明天我帮你上班吧!"赵青严笑着说。

时露很惊讶:"你后天要干吗?"

赵青严:"不是换班,是我帮你上,不用你还。"

时露顿时无语:"你脑子抽了?没毛病吧?"

"没有。"赵青严支吾了下,说,"那个,我不是想着,和新来的小妹妹多接触接触嘛。"

时露恍然大悟:"看上人家了?"

赵青严憨憨地笑了两声:"努力努力,说不定呢。"

"没想到你小子还挺有眼光。"

时露话音刚落,诊室门突然被敲了敲。

看见表情严肃的徐晋知,赵青严顿时收敛了神色。

他是今年刚转正的医师,在这位不苟言笑的主任面前忍不住神经紧张。

时露就显得轻松自如多了,笑着问:"徐主任是来问新同学情况的吧?"

徐晋知眉头动了一下,神色稍缓:"怎么样?"

时露笑了笑:"小朋友挺好学的,也挺聪明,有前途。"

徐晋知:"嗯,那就好,你多费心。"

时露点头:"放心吧,主任。"

徐晋知转身走出诊室。

赵青严从头到尾没被注意到,刚松了口气,就看见徐晋知面色不悦地转回来。

赵青严整个人一激灵,不自觉挺直腰背。

只见徐晋知冰冷冷的目光若有似无地飘在他身上:"换班记得找黄主任报备,不要私下里调班,出了事,自己负责。"

赵青严眼皮倏地一抖。

听着徐晋知脚步声远离,他紧绷的神经才终于松懈,回头看向时露,表情有些崩溃:"怎么办?徐主任不会对我有意见了吧?"

时露若有所思地望着他。

赵青严急忙为自己找借口:"我这可是为了脱单。我有朋友在肛肠科,他们主任还给介绍女孩相亲呢!"

"这你就别想了,老徐从来没有人情味。"时露一本正经地叹了一声,"他绝对不可能和你们这些大龄未婚男青年产生焦虑共鸣。"

沈棠心最近觉得奇怪,不知道是不是不小心得罪了时露,时露总把她往赵青严那里打发。

虽然她一个菜鸟跟着谁学区别不大,但时露好歹是个主治,比赵青严这个刚转正的医师强。

赵青严哪怕长得帅点,还能养养眼,但他实在没有长在沈棠心的审美点上。

送走上午的最后一名患者,赵青严洗干净手,脱下白大褂。

沈棠心还趴在桌子上写笔记,赵青严回头看她一眼,神色有点无奈。他刚要叫她去吃饭,沈棠心忽然抬起头认真地问:"那刚刚那位患者的伤口还可以再小点吗?"

赵青严笑了笑,耐心解释:"现在我们基本都是微创拔除,尽量避免去除太多骨质,但由于不同患者的不同情况,也会有不同的处理方法。"

沈棠心点点头:"赵医生,我还想看看刚才那张片子……"

"先去吃饭吧,一会儿食堂菜都凉了。"赵青严提醒她,"回头我发给你。"

沈棠心看了眼电脑上的时间,才发现到午饭时间了,点点头:"哦。"

去食堂吃饭的时候,赵青严十分体贴地一人端着两个餐盘,还帮沈棠心拉开椅子。

沈棠心道了谢,坐下来吃了一会儿,突然想起来什么,叫对面的男人:"赵医生。"

赵青严抬眼望向她,神色温和:"嗯?"

沈棠心有点丧气地问:"时医生是不是嫌我太笨啊?"

赵青严愣了一下。

沈棠心犹豫几秒后,说:"我才学了一年理论知识,还没上过实操,以前在学校老师也没有讲得这么细,可能是会学得慢一点……"

"不是。"赵青严看着沈棠心暗淡的眸子,有些过意不去地解释道,"露姐没有不想带你。"

沈棠心抿了抿唇:"那为什么……"

"是我。"赵青严脑袋一热,索性承认,"是我主动跟露姐说,把你交给我带的。"

沈棠心一愣。

她刚要问为什么,旁边位置突然落下一个餐盘,"咚"的一声,崔盈坐了下来:"困死我了。"

沈棠心错愕地望过去:"怎么回事?昨晚没睡好啊?"

"嗯。"崔盈脑袋摇摇晃晃的,仿佛随时都能歪下来睡着,拿起筷子的时候打了个哈欠,"背病历背到三点多,一大早的晏老师还要检查,不过好在赢了'茶艺大师'一次,她这会儿还在挨批呢。"

沈棠心默默地转回头去,筷子插在饭里没动。

"晏老师看着温文尔雅的,没想到这么心狠手辣。"崔盈又打了个哈欠,"那楚白筠,算是遇到对手了。"

沈棠心垂下眸,反观自己目前的半咸鱼状态,心口莫名泛酸。

人可真是一种矛盾动物,总是既想这样,又羡慕别人那样。

另一边,黄旭天拎着外卖,熟门熟路地走进主任办公室。

"医学会的讲稿准得怎么样了?"

"差不多了。"徐晋知走过来,坐到沙发上给自己倒了一杯水。

黄旭天挨着他坐下来,边打开包装盒边说:"我有一个好消息和一个坏消息,你想先听哪个?"

徐晋知拿起饭盒不耐地瞥黄旭天一眼:"说。"

"那先说坏的吧。"黄旭天叹了叹,"装修公司那边没谈拢,你要还坚持之前的要求,咱们再找找别家。"

徐晋知"嗯"了一声。

"不急,慢慢找。"他顿了下,主动问,"好消息呢?"

"好消息啊,就是,"黄旭天故意卖了个关子,接收到徐晋知冰凉威胁的眼神,才继续道,"小姑娘这些天跟小赵走挺近的,小时说小赵是有点儿那个意思,教得像模像样的,还天天给人打饭。你这边基本可以解除危机了。"

徐晋知面色沉沉地扒了口饭。

黄旭天全然未觉,咋舌道:"没想到你这人还挺心机的,我说帮你带你不要,转手把人交给年轻小伙子。"

徐晋知没搭话，眼眸微垂，用力把两块粘连的排骨戳开。

黄旭天摇头感叹："年轻真好，有激情，有追求，有前途。"

"说够了没？"徐晋知往他碗里扔了块排骨，"吃饭闭嘴。"

黄旭天："光吃饭不说话多没意思啊。"

徐晋知冷冷地瞥他："闭嘴。"

黄旭天脑门里"嗡"地一响，不知道怎么又得罪了这位爷，索性也闷头吃饭。

下午，沈棠心继续跟着赵青严学习。

"你看啊，你这颗智齿离下颌神经太近了，拔掉有可能会伤到神经，而且它这个生长方向，不太会影响到旁边的牙齿，我这边不建议你拔掉它。"赵青严拿着片子和患者交涉。

沈棠心在旁边用手机拍下片子，然后认真地记笔记。

患者却依旧坚持："但我这颗牙总觉得不舒服。"

赵青严笑了笑："那可能是你的心理原因，因为你知道这儿有颗智齿，就忍不住要去想它。"

"可是刷牙刷不干净啊，吃完饭总像是卡着什么东西，有时候刷牙还得用手抠。"患者撇了撇嘴，"医生你就给我拔了吧。"

赵青严正左右为难着，门口突然走进来一个人，脚步沉稳地停在他身后。

他回头看去，顿时像见到了救世主，眸子一亮："徐主任。"

徐晋知淡淡地扫了患者一眼，问他："怎么了？"

赵青严把片子拿给徐晋知看："这位患者非要拔掉下8。徐主任你看，这牙长得挺好的，没必要，他就纯属是心理原因。"

"拔个牙齿而已，又没要你割块肉。"徐晋知淡淡地睨他，"你不是想看舌侧矫正？晏医生那边有个患者，过去看。"

"哦……"赵青严愣了愣，赶紧点头，"好的。"

赵青严离开后，徐晋知又问了几句，患者依旧坚持要拔，他便让沈棠心给患者签手术同意书。

签完之后，徐晋知在旁边指导她开药，打印完处方和药单让患者去缴费。

"右下8是不是有点麻烦？"沈棠心看着片子嘀咕着，心想怪不得赵青严不想拔。

"嗯，他牙齿偏硬，冠大，其实未来有龋坏风险，拔了也好。"徐晋知淡淡回着，去柜子里拿手术服，"准备东西吧。"

"哦。"沈棠心应了声，乖乖照做。

她给仪器面板贴上保护膜，把消毒袋里的东西拿出来，一一摆在器械台上，并换上新的器械接头。

没过多久，患者就回来了。

沈棠心帮忙把术区整理出来，患者只露出嘴巴，顿时毛玻璃隔出的小空间里，就像是只剩下两个人。

沈棠心小心翼翼地瞅了徐晋知一眼。

只见他一丝不苟地洗完手，戴上手套，准备麻醉针。

同样是坐在这里，徐晋知整个人的气质和赵青严完全不一样，严谨中透着游刃有余的自信，周身仿佛在发着光。

正呆愣着的时候，听见男人磁沉的嗓音飘过来："调灯。"

她猛回过神，开始调整灯光角度。

调好后，徐晋知睨了眼吸唾管，问她："会吗？"

沈棠心忙不迭地点头："会。"

"那来吧。"他态度平淡，似乎一点都不担心她能不能做好。

橡胶手套紧绷着男人骨节分明的修长手指，就好像一身再保守的衣物，也遮掩不住的完美身材。

然而接下来的时间，沈棠心一秒钟都不敢胡思乱想和乱看。

她很仔细地帮忙，但毕竟经验有限，偶尔还是跟不上。徐晋知自己接过去操作，也不见丝毫慌乱。

比起赵青严那副铆足了劲的生涩，他即便是用力撬牙齿的时候，手上动作依旧是淡定风雅、干脆利落，眉头也不皱一下。

与此同时，他还能为她讲解要领。

男人语调低缓平和，就像是娓娓道着一个不痛不痒的故事，没有一丝情感起伏，却让人内心平静，不由自主地沉入。

这一刻沈棠心突然想着，如果能让他亲自教，好像也不错。

岂止是不错，简直可以算神仙待遇了。

抛开以前那些不堪的牵绊，她其实，很想很想跟着他学。

伤口缝合之后，徐晋知耐心地嘱咐患者："你的牙齿离下颌神经很近，拔完后嘴唇麻木是正常现象，一般很快就会恢复。纱球咬半个小时，别一直放在里面。只要不大量出血，二十四小时内唾液里有血丝也是正常的，咽下去别吐出来，以免加重出血。如果有肿胀发热或者剧烈疼痛，过来复诊。"

患者咬着止血纱球，连连点头致谢。

"给他拿个冰袋。"徐晋知瞥了沈棠心一眼，继续对患者道，"没问题的话，七到十天拆线。"

等患者走了，沈棠心整理着器械，听见洗手台那边传来男人轻飘的嗓音："做得不错。"

沈棠心以为是幻听，愣愣地转头。

只见男人十分认真地洗着手，语气漫不经心："听说小楚昨天拿吸唾管把患者给捅吐了,你比她强点。"

这话听起来并不像表扬。

又接诊了两个病患之后,分诊台告知赵青严没有号了,徐晋知也准备离开。沈棠心这才想起明天是徐晋知出门诊,一周一次,十分难得的机会。

收拾完垃圾,她忍不住开口唤道:"徐主任。"

徐晋知正在洗手,脑袋都没侧一下:"嗯。"

"明天。"她顿了下,咬咬牙,鼓起勇气说,"我能不能跟着你学习啊?"

隔间内暂时安静下来。

低着头的男人眼皮微微一动,唇角也若有似无地勾了勾,几秒后,语气平静无波:"赵医生不好吗?"

"赵医生也不是不好。"徐晋知毕竟是主任,沈棠心毫无心理压力地实话实说,"但是徐主任最好。"

她觉得这马屁算是拍到位了。

然而,仔细洗手的男人一时间没有理她。

沈棠心有点忐忑不安。

直到他洗完手,擦干净,白皙的手指隐约泛出水润的光泽,青色血管和筋骨脉络清晰,又让她看得微微发怔的时候,才恍惚听见男人低沉的嗓音:"你想什么呢?"

沈棠心一蒙,不禁抬眼看过去,徐晋知仍是那副淡漠严肃的表情。

摸不准他的意思,她没敢开口搭腔,只见他唇瓣掀开,语气毫无波澜地继续道:"你是我的实习生,不是他的。"

沈棠心脑袋里"嗡嗡"响了一下。

徐晋知看着她,目光深邃如墨:"我出诊,你当然是跟我。"

第二天沈棠心到了医院,才知道徐晋知半夜临时被叫回急诊手术,可能晚点才会过来。

赵青严上午的病例都很顺利,也没有加号,早早地就结束了。

沈棠心拒绝了赵青严去二楼咖啡厅坐坐的邀请,溜达到正畸科,看晏瑞阳给患者上陶瓷牙套。

崔盈看得眼睛都不眨一下,倒是楚白筠,一听见声音就转过头来,对着沈棠心挑了挑眉:"赵医生忙完啦?"

沈棠心淡淡地点头:"嗯。"

"你呀你。"楚白筠摇头叹了口气,同情里夹着点幸灾乐祸,"还以为你从此就是徐主任的关门弟子了,结果就这被扔给赵医生,我要是你,我就去找他理论。"

"你知道徐主任每天多少事儿吗?这种基础操作还要他亲自教,主任你来当好了。"晏瑞阳凉飕飕地出声，"今天晚上小考再不合格，就给我在模型室过夜。"

楚白筠立刻噤声，死死盯着晏瑞阳的手，大气都不敢喘一个。

崔盈翻了个白眼，笑着冲沈棠心吐舌头，也是满脸的幸灾乐祸。

很久之后，晏瑞阳停下来。

"好了。"他移开手对患者说，"注意不要咀嚼过硬的食物，以免影响到托槽，如果托槽有松动或脱落，尽快过来找我，一个月复诊一次。"

"好的，医生。"患者要从床上坐起来，崔盈眼疾手快，帮忙扶了一把。

患者离开后，沈棠心对着墙边的镜子龇了龇牙，嘟哝道："我也想整个牙。"

楚白筠："想整就整呗，你又不缺钱。"

崔盈眼睛一亮："小棠很有钱吗？"

楚白筠漫不经心地补着口红："她可是我们学校出了名的——"

"楚白筠，你真的很多话。"沈棠心从镜子里盯住她，见对方乖乖闭了嘴，才又正经地说，"我是想整牙，可是怕变成牙套脸。"

"你不会。"门口响起男人低沉的声音。

沈棠心眼皮一颤，转眸看过去，只见穿着白大褂的徐晋知挺拔地站在诊室门口，十分认真地盯着她的脸，并且似乎并没有移开目光的打算。

她的脸颊不自觉地有些发热，她不再看他，专心盯着镜子里自己的牙齿。

崔盈一脸好学地凑过来："为什么不会呀？"

"从她的面部解剖来看，佩戴矫正器所造成的颞肌和咬肌萎缩，脂肪减少，反而可以让面部轮廓更清晰，通俗地讲，就是瘦脸。"说着他又望向崔盈，以十分专业的语气，面不改色地继续，"倒是你，颧骨凸出，面部脂肪太少，风险更大一些。"

崔盈：这人脑子是"直"的吧？

"天啊。"楚白筠崇拜得满眼冒星星，"徐主任，你看一眼就能知道吗？好厉害。"

"这有什么好稀奇的？我也能。"晏瑞阳边洗手边哼了声，目光瞥向楚白筠，阴阳怪气道，"你们这些小姑娘，粉丝滤镜太重，当心眼瞎。"

楚白筠瞪他一眼。

"不过话说回来，小棠你牙齿还好啊。"晏瑞阳擦着手，从镜子里看她，"只要咬合没问题就没必要整。"

沈棠心望着他眨了下眼："是吗？"

"我老晏可是正畸科招牌，你信不过我的眼光？"晏瑞阳扯了扯唇，"不信你问问你家徐主任，看他怎么说。"

你家徐主任……

沈棠心心尖一抖，咬了咬牙，望过去。

和徐晋知视线对上的那一秒又仓促地转回来，假装淡定地从面前的小桌子上拿起自己的手机。

"嗯。"徐晋知忽然淡淡地出声。

本来没指望能听到回答的沈棠心愣了愣,然后下意识地抬眼,再次撞进男人深邃的眸子里。

"挺好的。"徐晋知勾了勾唇,手指捏着衣兜上的笔帽,眼神有些漫不经心地收回去,转身道,"我一点钟有个病患,你早点来。"

说完,人就离开了诊室。

"哎,你下午真的还要上班啊?"晏瑞阳抬声问,回答他的却只有男人渐远的脚步声。

他转头轻啧了下:"这老徐。"

沈棠心垂着脑袋,默默地掰起指头数数。

听说徐晋知是半夜一点多被叫回医院的,到现在已经十个小时了。

十个小时的手术,加上一个下午的门诊。

沈棠心不自觉地抿了下唇。

医院食堂。

崔盈还在边看视频边细嚼慢咽的时候,沈棠心一口接一口吃得飞快。

"你着什么急呀,现在还不到十二点。"崔盈睨她,"慢点儿吃,小心烫着喉管了。"

沈棠心稍微慢了些,但还是把嘴里塞得满满的,囫囵不清地说:"我有几个问题要问徐主任,得赶在病患来之前。"

崔盈无奈地摇了摇头,正要开口,旁边桌几个男医生惊呼着凑到一团,盯着某个人的手机看。

有口腔科的年轻医生,也有两个是和她们同批的实习生,刘简和张思浩。

"有病吧。"崔盈嘟哝了句,转头问,"刘简,看什么呢?"

刘简漫不经心地回道:"徐主任的手术视频,就昨天夜里那台。"

"怎么没人叫醒我去看现场?这也太刺激了!"

"你个猪能起来吗?"

"这不起来天理难容,我觉得我错失了一个亿!"

"哥,视频能发我不?"

拿着手机的陆医生摇了摇头:"视频不能随便乱传的,你们看看就好,等案例分析的课程下来,再给你们集中讲解。"

隔壁传来一阵丧气的嘘声,沈棠心刚好也吃完了,端着餐盘站起来,对崔盈说:"那我先走了哦,你慢慢吃。"

沈棠心回到科室的时候,里面空荡荡的,也没开灯。有几个病患等在玻璃门后,虽然安全通道的门没锁,但他们也没悄悄溜进来,而是乖乖地等在外面。

沈棠心于心不忍,走过去轻声道:"还有一个小时呢,你们进来坐着等吧。"

众人纷纷感激地望向她。

沈棠心笑了笑:"安静一点,不要吵到医生休息就行。"

安置好这些病患,她才关上等候区和诊区中间的小门,走进颌面外科的诊室。

诊室里面只有徐晋知一个人,他靠窗站着。一尘不染的白大褂敞开,一只手拿着杂志,另一只手插在西裤兜里,整个人看上去难得的散漫闲适。

屋里没开灯,背着光,显得男人的脸部轮廓更加深邃,身形也依稀比往常更高大一些。

沈棠心有些呆愣地盯着他无可挑剔的脸,脑子里空空的,也没想什么,就只是这么看着。

直到男人稍一抬眼,把杂志放到旁边桌子上。

"啪嗒"的声音,让她猛地回神。

沈棠心仓促地转开眸子,假装认真地望向桌面上的杂志。

是一本德文医学杂志,她有听教授推荐过,只是她看不懂德文,只能靠字形认出杂志名称。

"还有半个小时。"徐晋知抬手看表,"有什么问题赶紧问。"

沈棠心诧异地收回目光,抬起头:"啊?"

"没问题吗?"徐晋知唇角微勾,却毫无温度,"看来赵医生教得很好。"

"不是的。"沈棠心忙不迭摇头。

在徐晋知淡淡的注视下,她飞快地拿出自己的笔记本,开始虚心请教问题。

小姑娘的笔记做得很整齐,小小的本子里文字和配图都很有条理,还有不同颜色的重点标记。字迹清秀,画图生动准确,即便是边观摩学习边写笔记,还能有这样的笔记质量,多少令他有些意外和动容。

徐晋知讲解得很耐心,也很享受地看着她继续写笔记,眉眼不禁温和了几分。

解决完一上午积累的问题,沈棠心把笔记本合上,笔帽卡在本子中间,犹豫几秒后,才小声地开口:"徐主任。"

徐晋知靠在桌沿上用手机回着消息,漫不经心地抬了抬下巴:"嗯。"

想起中午在食堂里听见的,她试探着问:"昨天夜里,是什么手术啊?"

徐晋知的手顿了下,他抬眼看向她,瞳孔里仿佛有墨色晕开,深不见底。

知道有些患者会比较注重隐私,沈棠心抿了抿唇,低下头:"不方便说也没关系的,我就是有点好奇。"

刚觉得失望,手机屏幕忽然递到面前,是一张二维码。

她蒙了一下。

徐晋知若有似无的笑腔从头顶飘下来:"不想看?"

沈棠心忙不迭地点头:"想。"

"那还愣什么?"他看了眼屏幕上的时间,"五分钟,人快来了。"

沈棠心慌忙拿出手机,扫码加了他微信。

徐晋知发过来一组照片:"视频我这儿没有,晚点找他们要来给你。"

"我真的可以看吗?"沈棠心认真地问道,"我在食堂里听他们说,不能随便传……"

"我没有随便传。"徐晋知眼眸微眯,眉心是不太明显的褶皱,却依稀含着浅淡笑意。

沈棠心望着他,不禁眼皮一颤。

"是我给你的教学视频。"徐晋知单手插兜,抬了抬下巴,"你可以先看看照片,这种情况还是比较……稀罕的。"

末尾这个词,似乎在他舌尖玩味了一下。

沈棠心不知道为什么,心底有种怪怪的感觉,但还是好奇地点开了。

第一张是拍的片子,能看出一张脸面目全非,几乎支离破碎,她不禁倒抽了一口凉气。

徐晋知抬脚走到她身后,也低头看着手机屏幕,语调平缓地解释:"车祸重伤,上颌下颌骨折,牙槽骨骨折,双侧肋骨骨折,伴血气胸。这只是头部CT,还有其他部位骨折和严重皮裂伤。"

沈棠心光是听着,就不由自主地浑身一疼,心想以后一定要注意交通安全。

徐晋知平缓的嗓音从头顶沉下来:"后面两张也是片子,你可以看看第四张照片,更直观。"

沈棠心毫无防备地往后划了两下。

当手机屏幕被那张血肉模糊的照片占满的时候,诊室里空气瞬间凝滞。

她只能听见自己下意识压抑着却还是失控溢出的尖叫。

她触了电似的把手机扔到桌上,两脚惊恐地往后挪,猝不及防地,撞进一片坚硬胸膛。

女孩头发上浓烈的蜜桃味一瞬间占满鼻腔,徐晋知似乎有点晃神,身侧的手下意识地抬起来扶住她,待她站稳后又微微蜷曲起来,收回去。

整个过程,眼底一抹幽微的光微微颤动。

最后他敛了神色,垂眸望着她圆圆的头顶:"就这么点儿胆子?"

沈棠心猛回过神来,脸颊一热,赶紧跳出他的怀抱。

而与此同时,门口传来一声清咳。

两人一个懒散地转过头,一个眼神越过男人瘦高的身影看向门口。

只见门口站着个穿烟灰色西装的年轻女人,西装质感上乘,皮鞋锃亮,一头利落的齐肩发,桃花眼漂亮却锐利。

"没打扰吧?"女人把包放在旁边的桌子上,轻笑着走过来,看了眼沈棠心,再挪揄地望向徐晋知,"打扰到也对不起二位了,我赶飞机。"

说完,她自顾自地躺上治疗椅。

沈棠心又窘迫又无措,直挺挺地立在桌子旁边。

徐晋知却只有那转瞬即逝的仓促,很快镇定下来,利索地做完准备工作,开始问女人一些问题。

沈棠心整理好心情,也走了过去。

她本来以为会是什么疑难病例,结果只是个牙齿矫正复查。但她还是很认真地盯着徐晋知手里的操作。

无论他做什么,那双手看在眼里都是无比享受的,让人挪不开目光。

这女人似乎和徐晋知很熟,调整的间隙还开口说话:"我最近总是夜里肝疼,你说我要不要去内科检查一下?"

"你知道肝在哪儿吗?"徐晋知扯了扯唇,"别动。"

他把钳子伸进去前,女人摸了摸自己肚子左边:"这儿。"

"这是胃。"徐晋知淡漠地回。

"少喝酒,少熬夜,饮食健康规律,有时间让老黄给你约个全身检查。"徐晋知边调整边对她说,"否则你早晚有一天,五脏六腑都烂了。"

"你们医院体检太贵了,比一医院贵了几百块,又没有家属优惠。"女人哼了声,卷着舌头含混不清地说,"你就是想坑我钱是不是?"

徐晋知无情地开口:"我是怕你以后治不起。"

沈棠心忍不住也一本正经地开了口:"是呀,徐主任说得对,身体上的问题越早发现越好。我们医院的体检虽然贵,但绝对是物有所值。"

女人斜眼睨了睨她,继续卷着舌头含混不清地说:"小姑娘,你这是无脑吹你家医院呢,还是喜欢我们老徐啊?"

语气里不乏善意的调笑。

沈棠心咬了下唇:"我不喜欢他。"

徐晋知的眸子微微一眯,唇角也不动声色地扯了扯。

沈棠心却没发现,自顾自地继续道:"说真的,每年最好做一次体检,还有牙齿检查。"

"好了。"钳子暂时被拿出来,女人终于能捋直舌头,"小姑娘说话我爱听,不像某个人不会说人话。就听你的好了,不过姐姐赶着出差,下次回来再约体检。"

许久后,徐晋知收拾着器械盘。

女人自己利索地坐了起来,然后走到镜子旁照牙齿,补妆。全部弄好之后,她对着镜子侧了侧身,表情十分满意。

她回头看向正在洗手的徐晋知:"别光说我,你也老大不小的了,有机会可以谈个恋爱。"

说着,她睨了睨专心写笔记的小姑娘。

"你不赶飞机吗?"徐晋知波澜不惊地开口,"两点了。"
女人一个激灵,踩着高跟鞋溜得飞快。
沈棠心写完笔记,抬头看了眼正在整理白大褂的徐晋知:"徐主任。"
徐晋知侧了侧头:"嗯。"
沈棠心十分虚心地望着他:"那个车祸的伤患……你能不能再给我讲讲?"
徐晋知唇角微勾:"不怕了?"
"我不怕。"沈棠心一本正经道,"就是刚刚没做好心理准备。"
事实上,那画面到现在依旧让她毛骨悚然。
一张脸都快断成几截了,甚至有的地方她无法确定,是不是还连着。难以想象徐晋知是什么样的心理素质,才能镇定自若地做完那台手术。
"临床可没时间给你做心理准备。"徐晋知毫不留情地开口。
他看了眼外面,淡淡地说:"这个晚点再讲。"
外面已经开始传来喧闹声,应该是分诊台的医生上班了,一会儿就会有病人进来。
沈棠心乖巧地点头:"好。"

徐晋知亲自坐诊就是不一样,沈棠心在诊室里待了一整个下午,收获颇丰。
快到六点的时候,黄旭天过来找他:"晚上一起吃饭,老晏说请客。"
"我有事,你们去吧。"徐晋知站在窗户边,把用完的一次性手套扔进专用的垃圾桶里。
"你什么事儿?医学会也准备好了,今天住院部也有人值班。"黄旭天走过去要勾他肩膀,"走走走,甭矫情。"
"昨天那台手术,院里叫我再写一版详细报告。"徐晋知挡住黄旭天的胳膊,把桌上的笔卡在白大褂兜里,看了眼沈棠心,"你去我办公室等着,我有点事情和黄主任说。"
沈棠心乖巧地应了一声,转身出去。
小姑娘还给贴心地关上了门。
黄旭天回头,笑了笑,冲他咋舌:"你到底怎么想的?"
"什么怎么想的?"徐晋知在文件盒里找东西,漫不经心地反问。
黄旭天低下身子,屁股靠在桌沿上,侧过头打量着他:"以前你那些实习生,不是被训得哭爹喊娘就是提前滚蛋,到现在留下来的就时露一个。不过这次感觉不太一样啊。"
徐晋知扯了扯唇,语气波澜不惊:"怎么不一样?"
"单说你徐大主任,什么时候亲自教过基础操作?"黄旭天吸了口气,吊着声道,"我看你这不像是带学生,倒像是带孩子。"
徐晋知无语了两秒,眸中微光一闪而过,把找到的文件袋塞他手里:"拿着你老婆的片子滚。"

徐晋知走到门口,又回头瞥他一眼:"叫她以后别在我学生面前胡说八道。"

"你好像对我老婆意见很大?"黄旭天挑眉。

徐晋知没再理他,默不作声地走出去。

"我告诉你,你可以对我有意见,不可以对我老婆有意见。"黄旭天对着空气嚷道,"你听见没?"

回答他的,依旧是一团空气。

"其实这种病例算不上特殊,120接到最严重的患者,百分之九十,最终都会送到这边来。"

徐晋知神色淡淡地说着,把手机和会议室大屏幕连接起来。

打开视频之前,他回头看了眼沈棠心。

小姑娘背脊僵直,脖子也梗得直直的,唇缝抿成一条直线,两只手紧紧攥着笔。

"看多了就习惯了。"徐晋知嗓音压低,语气也轻缓了些,带着不太明显的安抚,"既然选择做医生,就要随时准备好面对这种情况,你永远不知道下一个出现在你面前的患者是什么样子。"

"我知道。"沈棠心咬了咬牙,把手指揣进兜里藏起来,捏成拳头,"我没有怕。"

徐晋知略带玩味地睨着她,扬了扬手机。

沈棠心神色紧绷地点点头:"你放吧。"

虽然她正式开始学口腔之前,已经学过三年的大临床,也没少在实验室和大体老师、各种器官骨头混在一起,但太过血淋淋的场面还是很少见,更何况这种。

沈棠心甩了甩脑袋,强迫自己沉下心来,认真地盯着屏幕,听他讲述患者情况。

"正常情况的下颌骨折,没有开放性创口,应该怎么做?"

徐晋知猝不及防的发问,让沈棠心愣了一下,才迟疑地回答:"口腔内手术切口。"

徐晋知双手扶在桌沿上,微微倾身,盯着她,慢条斯理地问:"手术吗?"

沈棠心脸颊一热。

都怪这满眼的画面,她现在脑子里都是手术。

对上徐晋知微冷的眼神,她忙不迭地摇头:"判断是否需要手术。"

徐晋知的神色缓和些:"怎么判断?"

"下颌骨有明显错位……"沈棠心用笔帽在纸上划着,见徐晋知目光灼灼,就不等他再问,继续说,"如果是普通骨折,只需要补充钙质,可以口服钙片,和三七接骨等药物。戒烟酒和生冷辛辣,静养休息即可。"

徐晋知始终面色平静,也瞧不出满意不满意,淡淡地垂下目光:"手术准备。"

"一般需要插管全麻。"沈棠心抿了抿唇,双手交握,脑子里飞速地转着,

"术前根据骨折断端情况,选择需要的钛板……"

这些都是基础知识,要背出来不难,徐晋知听完点了下头,重新回到屏幕界面:"但是这位患者,口底组织与下颌骨完全离断……"

讲了三个多小时,结束的时候,外面夜色已深。

沈棠心摸了摸肚子,才想起来没吃晚饭,空荡荡的胃也好像突然反应过来,开始"咕咕"地叫。

刚脱下白大褂的徐晋知偏过头,看了一眼。

沈棠心觉得有点尴尬,仓促地垂下目光:"徐主任,那我先回去了,谢谢你给我上课。"

男人忙了一天,衬衫西裤却依旧齐整,领口的温莎结也还是端正水平。他微勾着唇角,眸底幽深。

然而他一开口,就全都成为错觉。

"不用谢,应该的。"他语调偏冷,正经得不能再正经,"太晚了我送你。"

徐晋知的车是一辆黑色宝马7系,内饰简约而干净,除了空调出风口的一轮小扇,和挡风玻璃左角的手机号码牌,没有任何多余的缀饰。

方向盘套也是平平无奇的皮质套。

车子启动后没有音乐,而是夜间电台,此刻正播放着家长里短的狗血故事。

"徐主任。"沈棠心忍不住好奇,"你平时喜欢听这个啊?"

"没有,随机的。"徐晋知淡淡回答,"你想听什么自己调。"

"不用了。"沈棠心收回目光,她没有随便碰别人东西的习惯。

车内安静,也没有香水香氛之类的味道,狭窄封闭的空间里,她能清晰地闻到丝丝缕缕、混杂在消毒水味里的淡淡佛手香。

他身上的这种香味始终很淡,却很绵长,仿佛不是简单地喷了香水,而是熏在衣服上的味道,不明显,但层层浸润。

佛手略带一丝甜,沈棠心觉得鼻腔里充盈着清甜的味道。车里开了空调温度适宜,广播里女声娓娓道来的故事就像是催眠曲,她逐渐开始犯困,眼睛不由自主地眯起来。

直到饿极的肚子猝不及防地叫了一声,沈棠心瞬间清醒,下意识窘迫地望过去,只见驾驶座上的男人眉梢微微一动。

徐晋知感觉到她的视线,却装作若无其事,拇指指腹在方向盘上摩挲了下,深眸里淌过一道暗流。

没过多久,他靠路边停了车。

漆黑的街道旁,只有一家二十四小时便利店还亮着灯。

沈棠心诧异地转过头去,徐晋知一边拔出车钥匙,一边淡淡睨了她一眼:"我饿了,去买点儿吃的。"

"哦。"沈棠心点点头,忙不迭地解开安全带,"我也去。"

便利店前台有关东煮和烤肠,还剩下几个包子,徐晋知眉头微皱,似乎有点犯难。

沈棠心也不太想吃这些,指了指收银台上的广告牌:"现在有烤红薯吗?"

"有的哦。"收银员笑道,"要几个?"

沈棠心:"是大红薯吗?"

收银员:"是的呢。"

沈棠心:"那我要一个就好。"

"我也要一个。"旁边的男人拿出手机,很快调出付款界面,"一起付。"

沈棠心心底"咯噔"一下,赶紧从兜里掏手机,可还没来得及,收银员就扫完码了。

徐晋知接过刚从旋转烤箱里拿出来的热腾腾香喷喷的红薯,走向窗户边的高脚椅。

徐晋知腿长,轻松坐了上去。

沈棠心站在旁边尝试了几个角度,才踩着中间的脚踏,扶着吧台坐稳了,两条腿吊在外面,晃悠悠的,鼓着腮帮子吹红薯。

"谢谢你啊。"她用指甲小心撕开烫手的红薯皮,突然想起来什么,问,"你不是不爱吃红薯吗?"

徐晋知转头看过来,眼眸如星,神色却淡漠得仿佛蒙着层薄雾:"你怎么知道我不爱吃?"

徐晋知嗓音平和,一点都听不出疑问,沈棠心脑子里"嗡"了一声,忙不迭摇头:"没,我记错了。"

那还是三年前的事。

因为她自己爱吃红薯,在一家网红店排了一个多小时的队,买了两个热腾腾的红薯,打"飞的"给他送到医院去,结果他却冷冰冰地说不爱吃。

三年了,人不仅会忘掉人,也会忘掉曾经的口味。

沈棠心低下头,用塑料勺子舀了一勺红薯,喂进嘴里。

比甜味先刺激到舌头的是烫,烫得她眼睛一酸。

听见小姑娘"嘶"了一声,徐晋知拧眉望过来:"怎么了?"

沈棠心摇摇头,语气沉沉道:"没事。"

小姑娘脑袋埋得很低,后脑勺圆溜溜的,乌黑柔顺的披肩发散落下来,此刻一部分乖巧地贴在背上,另一部分挡住她侧脸。

透过面前玻璃的反射,看不见眼睫和表情,只能看见刘海儿在鼻翼两侧垂下的阴影,以及粉嘟嘟的唇缓慢翕动着把红薯吞进去,然后闭着嘴巴咀嚼时的可爱轮廓。

徐晋知眸色一深,迟疑着把脸转回来,继续沉默地啃红薯。

玻璃窗边安静得几乎只有两人手里包红薯的纸袋发出的声音，以及彼此不太明显的咀嚼声。

沈棠心莫名觉得不自在，不禁加快速度，想着快点吃完回家。

这时，身旁的男人突然开口："明天你不用待在诊室了，去分诊台。"

沈棠心愣了一下："为什么？"

"以后我和时露休班的时候，你就坐分诊台。"他继续说着，没有解释。

沈棠心压住惊喜试探着问："那我不用跟着赵医生啦？"

"我从来没要你跟着赵青严。"徐晋知侧脸对她，神色明显的乌云密布，"自己都没弄明白，误人子弟。"

误人子弟倒不至于，赵青严还是有两把刷子的。不过她实在想不明白，为什么赵青严会那么积极。

沈棠心向来在人际关系方面不怎么用心，也不爱揣摩别人心思，想不明白，索性就不想了。

吃完红薯，沈棠心把垃圾扔到旁边的桶里，扶着吧台刚跳下高脚凳，还没转身就被人叫住："等等。"

她回过头，只见徐晋知长腿一伸，轻而易举下了凳子。

他把手伸进兜里，拿出一包纸巾，从里面抽了一张递给她："沾嘴角了。"

"哦……"沈棠心眼皮子抖了抖，窘迫地接过来，在嘴上胡乱擦了几下，问，"干净了吗？"

徐晋知盯着她白皙圆润的脸颊，似乎有点迟疑，但还是意味不明地"嗯"了一声。他手指微蜷着放进裤兜里，墨色眼眸转而望向外面，并推开她旁边的玻璃门，走出去。

沈棠心扔掉纸巾，亦步亦趋地跟上。

第二天，沈棠心跟一名姓何的女医生一起坐在分诊台，帮忙登记排号。

大部分患者都是提前在网上挂号的，偶尔有例外，会需要她们安排合适的医生加号。

"咱们这儿虽然不如里面有技术含量，也是半点马虎不得的，你得分得清轻重缓急。有的可以让他明天挂号再来，毕竟医生都很忙，来一个加一个说不定得弄到明天去。"何晓丽解释道。

十一点多的时候，大厅里人已经不多了，刚给一个患者加完下午的号，何晓丽拿出手机："今天食堂关门检查，你想吃什么？我点个外卖。"

沈棠心认真地趴在桌上写笔记："你随便点，我跟你一样。"

"行吧。"何晓丽逛着外卖APP，"那你是要黄金脆皮鸡排饭，还是外婆卤肉拌饭？"

沈棠心："鸡排饭吧。"

话音刚落,突然有一道白色身影从门口走进来。

何晓丽还没下单,抬眼一看,对着赵青严咋舌:"小赵,怎么亲自下去拿外卖啊?"

"上午结束得早,正好下去溜一圈儿。"赵青严走到分诊台,从外卖袋子里拿出一个饭盒,放到沈棠心面前。

沈棠心睁圆了眼睛,愣住。

何晓丽目光在两人之间转了一圈,故意扬高声调:"就请小沈一个?你当我是空气啊?"

赵青严讪讪地摸了摸脑袋:"不好意思啊何姐,下次请你。"

"喊。"何晓丽笑瞪他一眼,也没真计较,给自己点了外卖。

沈棠心还在蒙圈当中,赵青严留下一句"趁热吃",就转头进了诊区。

何晓丽望着赵青严背影消失,转回头对沈棠心挤眉弄眼,说:"小赵这是什么意思?"

"什么什么意思?"沈棠心把饭盒拎过来,面色平静而坦然。

何晓丽"啧"了声:"没记错的话,你早上那碗牛肉面也是小赵买的吧?他都给你买了好几次早餐了哦。"

"他也给大家买了呀。"沈棠心顿了下,又说,"可能是有团购优惠。"

沈棠心拆开包装,往中间推了推:"鸡排饭欸,你要不要一起尝尝?"

何晓丽摇头,满脸对傻子的同情:"自己吃吧。"

第三章·
喜欢和不喜欢的界限

主任一周只出一次门诊，沈棠心整整一周没看见徐晋知。

她乖乖跟着时露上班，偶尔也会去给赵青严帮帮忙。

崔盈没少从晏瑞阳那边跑过来寻求安慰。

谁都没想到，一开始看上去最和蔼可亲的晏医生，是个魔鬼强迫症。

相比之下，被徐晋知放养的沈棠心简直不要太幸福。

"宝宝我又被骂了。"崔盈哭丧着脸歪在沈棠心肩膀上。

沈棠心正在清理术后的器械台，头都没回："你咋了？"

"我今天帮晏老师写病历。"崔盈努了努嘴，"主诉写了患者左下6疼痛，他当场就发飙了。"

沈棠心手顿了顿，嘴角一抽："你该。"

主诉是记录患者自述的症状，是不可能出现左下6这种专业术语的，这已经是很基础的东西了。但她们毕竟是第一次实习，有些话老师在课上讲再多都没用，得亲身经历才能记住。

沈棠心掰开她的脑袋，把用过的金属器械扔进回收盒里。

"连楚白筠都没犯过的低级错误你居然敢犯。"沈棠心毫不留情道，"你说你不是找骂吗？"

崔盈委委屈屈地说："那我又不是故意的，刚好那会儿脑子抽了呗，而且，不就是个病历……"

沈棠心："那你下次跟手术的时候脑子抽一下试试。"

沈棠心洗完手，安慰地拍拍她的肩膀："好了，吃饭去，下午好好干就是了。"

"我要多吃点，以免脑子又抽。"

"事实证明，吃太多才容易犯傻。"

"哎，对了。"崔盈突然想起来问，"明天又是徐主任出门诊噢，你总算能再见到他了。"

沈棠心：这话怎么听起来怪怪的？

不知道为什么，下午她格外精神抖擞了些。

然而，临近下班的时候，她收到徐晋知发来的微信，整个人又变成一颗蔫了的白菜：

"明天有医学会讲座，门诊黄主任代班。"

沈棠心无比幽怨地望向窗外空无一人的小路，然后用力舒了口气，假装毫不介意地回道："好的。"

下一条消息很快过来："早上七点来我办公室。"

沈棠心手指一抖，瞪大了眼睛。

"就这么着吧，你把那几个转诊病人的资料给我。"黄旭天一只手扶着办公室的门，另一只手摸了摸下巴，挑眉，"哎，对了，明天要不要帮你照顾照顾小朋友？"

徐晋知收拾桌面的手一顿，嗓音却依然平静："用不着。"

黄旭天见他这副事不关己的样子，就很想扒掉这层道貌岸然的外衣，看看里面那颗心是怎样的沟沟壑壑。

黄旭天咋了咋舌，拿腔作调地说："也对，确实用不着，人家有人照顾呢。"

徐晋知抬眼睨他，眼神里仿佛夹着冰。

黄旭天半点没被威慑到，装模作样地感叹："听说现在每天都有人给买早餐，买午餐，嘘寒问暖，鞍前马后的，看来咱们科很快要有好事情发生了呢。"

黄旭天盯着徐晋知越发深浓的眸色："你说你这当师傅的，是不是得提前备份大礼啊？"

"转诊病人的资料发给你了。"徐晋知面无表情地垂眸看手机，"有一台肿瘤手术，我劝你早点回去看。"

"啧，算了。"黄旭天一秒收敛神色，扯了扯唇，"又不是我学生我操个屁的心，走了。"

徐晋知："不送。"

办公室门被关上的那刻，他手里的消息也同时发了出去："早上七点来我办公室。"

另一边，沈棠心正在对着手机屏幕发呆，肩膀突然被拍了下："小棠，明天早上还吃粉丝包吗？豆浆要不要换黑豆的？"

是赵青严。

"不用了，谢谢。"沈棠心回过神，摇了摇头，"我明天早上有事，不在科室吃早餐了，你给他们买就好。"

赵青严神色一黯，悻悻地收回手："哦……好的。"

"那我下班啦，明天见。"沈棠心拿起自己的小包，跑出去挽住崔盈的胳膊，"走吧，吃日料去。"

崔盈："这个点会不会很多人，要等位啊？"

"瞧你这傻样儿。"沈棠心戳戳她脑门儿,"我订好位置啦,去了之后顺延一桌就好。"

崔盈顿时两眼冒光,搂住她脖子:"宝贝你也太贴心了吧!"

沈棠心挑眉:"爱不爱我?"

崔盈忙不迭地点头:"爱爱爱死你了!"

"嘿嘿。"

崔盈回头瞥了眼大厅,见没其他人走过来,神神秘秘地附在她耳边道:"不过话说回来,赵医生最近不太对劲啊。"

沈棠心一愣:"什么?"

"你看不出来吗?"崔盈激动地捏住沈棠心的胳膊,"赵医生是不是对你有想法啊?这又是早餐又是午餐的,虽然说大家也都有吧,可是晏老师说他以前不这样的。"

"也许他最近就是心情好呢,或者他最近发财了呢。"沈棠心不以为然地扯了扯唇,"你别这么八卦。"

"你要相信我的直觉。"崔盈煞有介事道,"这厮绝对有猫腻。"

沈棠心淡淡地摇头,轻笑道:"不能。"

"啧,等着瞧吧。"

第二天,沈棠心特意起得很早,赶上了大哥沈司衡的顺风车。

徐晋知说的是七点,她到医院门口就已经六点五十五分了,于是没买早餐,直接去了他办公室。

在六点五十九分五十九秒,准时推开办公室的门。

男人正站在落地窗前,背对着她,百叶窗帘只拉开他面前一片,透白热气从杯子里袅袅升起,让男人英俊的侧脸看上去有些似真似幻。

同时飘来一阵浓郁的黑咖啡气味。

沈棠心用鼻子吸了口气。

她很喜欢闻黑咖啡的味儿,却是死都不会喝一口的。

真不知道徐晋知沈司衡这类人,为什么能面不改色地咽下去,还挺享受。

"来了?"男人觉察到门口的动静,转回身,略略放低端着杯子的手,指了指办公桌,示意她过去。

没穿白大褂的徐晋知,衬衫西裤包裹着的一双长腿,和沈家那两位有的一拼。沈棠心不自觉地多看了两眼,视线上移到形状饱满的臀部时,忽然脸一热,赶忙转开。

她眼睛盯着徐晋知手里的文件夹,思绪却忍不住飘回刚刚最后那个画面,心口烧得慌。

直到他手指尖点了点,指甲和纸张摩擦发出"沙沙"的响声,和着他低沉的嗓音钻入她耳膜:"这是我整理出来的重点病历,和一些具有代表性的手术资料,以后你每天早上七点过来,自学一个小时再去上班。"

"好的。"沈棠心连连点头。

想想崔盈和楚白筠,自己终于也被要求背病历了,莫名地有点开心。

她掂了掂手里的资料,似乎不太满足:"只有这些吗?"

"这只是今天的内容。"徐晋知目光淡淡地盯着她,眸底有些意味不明的光,"我今天不在医院,明天再考试。门诊你跟着黄主任,我会找他问情况的。"

"好吧……"沈棠心继续点头,肚子应景地叫了一声。

徐晋知睨一眼她的胃,眉心微蹙:"没吃?"

沈棠心窘迫地垂眸捂肚子,声音细若蚊蚋:"嗯。"

徐晋知从兜里拿出手机,拨了个电话,对那头的人毫不客气道:"多带一份早饭上来。"

办公室里十分安静,沈棠心隐约听见那头"叽叽喳喳"还在说什么,徐晋知已经挂了电话,神色淡淡地望着她说:"我走了,一会儿找黄主任要早餐。"说完,他将椅背上的西装外套搭在手臂上,阔步走向门口。

沈棠心抱着文件夹,视线平移过去,好巧不巧又落在那紧致浑圆的臀部上。

她呼吸一窒,眼皮子慌张地抖动,只看见男人侧身开门时,那一晃而过的细瘦的腰。

白大褂是个什么身材杀手?

三年过去了,同班的男同学有的从少年熬成小老头,昔日乌黑浓密的头发一去无踪,膀阔腰圆,两腮肥肉。但偏偏某些人,像是时间被他施了冻结的魔法,魅力不减,风华更甚。

沈棠心唏嘘良久,深深地叹了口气。

人比人真的能气死人吧。

这些天,沈棠心每天早上都不在科室吃早饭,隐约能感觉到赵青严失望的情绪。

结合这位哥偶尔的欲言又止和与此相关的行为,她不得不开始相信,崔盈的预测或许是真的。于是她不敢再接受赵青严的半分好意,哪怕这人给科室每个同事一瓶养乐多,她也通通婉拒掉了。

这天,何晓丽看着赵青严全副武装送一名拔完牙的病患出来,并且细心地对人家嘱咐注意事项,用肩膀顶了顶沈棠心:"你有没有发现,最近赵医生看你的眼神总是夹着一股淡淡的哀愁?"

沈棠心口罩下的嘴角一抽。

何晓丽已经三十多岁了,家庭和睦,有一个差强人意的老公,两个可爱的孩子,是现在大部分已婚女性的标配。

她当年就是相亲结婚的，条件合适，对方人也不错就定下来了，不是很能共情现在的年轻小姑娘，非要寻找什么爱情。

"你到底喜欢什么样的啊？我看小赵人不错，憨厚老实细心体贴，而且工作也蛮有前途的。"

"何姐你在说什么呢，我跟赵医生是不可能的。"沈棠心连连摇头。

"为什么啊？"何晓丽眯着眼睛凑过来，小声问，"你觉得小赵哪儿不好？"

沈棠心想了想，实话实说："他挺好，不过长得不是我喜欢的样子。"

何晓丽眼皮子一跳，几秒后，"扑哧"笑了出声。

沈棠心一阵窘迫。

"你觉得他不好看啊？"何晓丽咋了咋舌，"也是，咱科室有个徐主任，这些男的当然一个比一个逊色了。"

何晓丽问："那你觉得徐主任怎么样？"

沈棠心一蒙。

何晓丽接着问："徐主任长得帅吧？"

这个她无法反驳。

何晓丽挤眉弄眼道："喜欢他那款的不？"

沈棠心沉默两秒后，认真地摇头："不喜欢。"

话音刚落，面前高高的吧台被用力敲了几下。

正交头接耳的两人猛一抬头，对上一双泛着幽光深邃的眼。

男人穿着一身干净的白大褂，戴着口罩，搁在吧台上的手指修长如玉，不知道已经站在这里听了多久。

沈棠心全身肌肉都紧绷起来，哆哆嗦嗦地张开嘴巴："徐，徐主任……"

这已经不是第一次，他听见同样的话了。

想起那天中午黄旭天老婆随口一问，她也不假思索地回答说不喜欢。徐晋知收回手垂在身侧，口罩下唇瓣紧抿，神色冷漠："赵青严那儿有个根管治疗，你也过去看看。"

"哦……"沈棠心讪讪地起身。

何晓丽轻拍她的手背，送过来一抹同情的目光。

根管治疗虽然很普遍，但对医生技术要求较高，赵青严只是普通医师，能做但经验不足，一个人害怕出岔子。

时露今天不上班，其他几名主治也都各自在忙。正好徐晋知手术结束，听闻消息便下来指导。

沈棠心跟进去的时候，患者刚打完麻醉。另一名医师正在帮忙调灯，徐晋知走到桌子旁边，拿着病历和牙片看了看，回头望向沈棠心："你给他帮忙。"

沈棠心一愣："啊？"

"啊什么？"徐晋知把病历和片子递给她，"换衣服，给赵青严当副手。"

闻言，刚戴上手套的赵青严目光骤亮，然而被徐晋知冷冰冰一瞥，不敢表现出半点兴奋，严肃地坐到治疗椅右侧。

沈棠心也很快做好了准备，站在旁边有些紧张地看了徐晋知一眼。他没说话，只是清冷淡漠的眸子里，依稀夹着一丝鼓励。

这位患者存在较严重的根管感染，清理起来应该不会简单，沈棠心平时也就跟跟拔牙之类的小手术，轮到徐晋知出门诊的时候，才会难一点。

但跟着徐晋知，无论多难的手术她都不会怕。

"开髓。"

赵青严伸手，沈棠心给他递器械。

"球钻。"

赵青严年龄不过二十六，算是年轻医生里的佼佼者，性格沉稳，工作上也几乎无可挑剔。

可没感觉就是没感觉。

沈棠心想起何晓丽的话，短促地瞥了赵青严一眼。

"15号K锉。"

沈棠心看着赵青严做标记的动作，更加坚定了自己心里的想法。片刻后，她定了定神，不再想没用的东西，十分认真地问："根管尖用F1锉对吗？"

赵青严温和道："给我F2。"

"哦。"沈棠心窘了一下，连忙点头。

本来没太在意这个小错误，孰料下一刻徐晋知瞥向她，眉心微褶："你看片子了吗？根尖直径多少？"

男人嗓音严厉，和沈司衡教育她的时候如出一辙。沈棠心小心脏"咯噔"一下，抿紧唇。

"F2尖端直径0.25，锥度8%。"男人不再看她委屈可怜的眼神，收回目光，嗓音却比刚才稍软一些，"你再仔细看看。"

赵青严似乎于心不忍，主动出声打断徐晋知："主任，是C形根管。"

徐晋知淡淡地颔首："嗯。"

髓腔预备和清创用了一个多小时，今天的治疗才基本完成，赵青严和患者约好复诊时间。

沈棠心一边收拾器械，一边忍不住回头看看徐晋知，却只捕捉到门口那抹瞬间消失的白色背影。

不知道为什么，总觉得他今天似乎心情不好。

沈棠心长叹一口气，努了努嘴，把东西拢成一团扔进回收箱。

晚上回家，沈棠心一进门就闻到了她最爱的椒盐排骨的香味，便跑到餐厅里偷吃。

沈司衡的手艺比保姆阿姨简直不要好太多,她从第一口开始就停不下来。

她刚拿起第二块的时候,头顶被男人坚硬的指骨重重敲了下:"你是野人吗?不会用筷子?"

"小哥你跟我的头有仇是不是?"沈棠心回头瞪他一眼,摸了摸脑壳继续啃排骨。

沈司澜轻嗤了声,进厨房再出来,一只手端着盘红烧肉,另一只手把筷子扔到她面前,挑眉:"野人。"

沈棠心一哽:"你才是野人。"

她从小到大都是乖乖女,学不会骂人,每次被沈司澜欺负的时候只会这样机械"反弹"。

沈司澜见她一脸笨拙的样子,忍不住笑:"见过我这么英俊潇洒才貌双全的野人吗?"

"算了,就你这未开化的智商,我懒得跟你计较。"

沈棠心不知道该怎么"反弹",只能干瞪他。

兄妹俩隔着桌子互相龇牙咧嘴,直到沈司衡端着最后一盘菜出来,脱了围裙挂到旁边椅子上,凛然严肃的目光轻扫过去:"别闹了,吃饭。"

沈司澜扯了扯唇,拉开椅子。

沈棠心望着他哼了一声,气呼呼地坐下来。

席间,沈司衡忽然轻描淡写地开口:"明天起我就不回来了。"

沈棠心和沈司澜同时睁大了眼睛。

"大哥你要去哪里啊?"沈棠心可怜巴巴地望着他。

沈司澜眉梢微动:"不回来是什么意思?"

沈司衡神色淡淡:"我搬出去住。"

"为什么?"沈棠心的表情更可怜了,"你搬出去那我怎么办?小哥他就知道欺负我。"

沈司澜皮笑肉不笑地瞥过来:"你以为我愿意跟你住吗?"

沈棠心眼皮一抖:"那要不你也搬出去吧。"

"凭什么?要搬也是你搬。"沈司澜轻扯唇角,"以后你要是敢不听话,我就把你拎出去睡大街。"

沈棠心闷闷不乐地啃了口排骨,差点把牙给磕瘸了,红着眼睛一眨不眨地将沈司澜往死里瞪。

对方却依旧泰然自若地吃着菜:"你干吗突然搬出去?"

沈司衡沉默了下,才说:"工作需要,离学校近点。"

"这么多年也没见你为工作搬个家。"沈司澜轻嗤,"老大你该不是谈恋爱了吧。"

沈棠心的目光顿时移向沈司衡。

"话说回来,我前几天开你那辆大G,在副驾上发现点儿好玩的东西。"沈司澜笑着说。

沈棠心满眼八卦的光:"什么东西?"

沈司澜慢条斯理地端起水杯:"粉红色的。小姑娘的玩意儿。"

沈司衡脸色微变:"无聊。"

"不知道在车上干吗呢,发圈儿都能掉了。"沈司澜装模作样地咋舌,"世风日下,人心不古啊。"

沈棠心满脸的不可置信变成惊恐。

粉红色发圈肯定不会是她的,她只有深色发圈。

再加上大哥突然搬出去的行为,看来多半是有女朋友了。

"我的事不用你操心。"沈司衡不见一丝窘迫,镇定自若地望向沈司澜,"你也快三十了,昨天爸妈电话里说要我给你安排相亲。我挑了几位,都是名门闺秀,你有空见见。"

沈司澜的脸色顿时又黑又白。

沈棠心幸灾乐祸地捂住嘴巴。

因为白天业务不熟练在徐晋知面前出了错,沈棠心洗完澡躺在床上,用手机看根管治疗的教学视频。

本来还有些困,结果越看越精神,一不小心就到了两点多。

第二天起床晚了,匆忙赶上沈司衡的顺风车,却没来得及吃早餐。偏偏是周一,路上堵得像挤牙膏,车流一顿一顿地往前挪。

沈棠心把座椅放下去眯了一小觉,醒来时离医院还有三公里,她无可奈何地打了个哈欠,拿出手机拍了张堵车照,发到朋友圈:

"QAQ死亡周一,好饿好饿。"

到医院迟了几分钟,徐晋知已经在办公室换好衣服,正在把窗帘一片一片地拉起来。

沈棠心目光从他的背影上移开,落在茶几旁专为她添置的小书桌,桌面上放着一个白色的包装袋。

若有似无的肉香飘进鼻子里,沈棠心蒙蒙地对上男人回头的眼光。

徐晋知唇瓣抿直,似乎有一瞬间的不自然,但很快恢复淡定神色:"不吃早餐会影响学习效率。"

沈棠心慢吞吞地移过去,心里绵绵密密地发痒,垂下眸,嗓音温软:"谢谢徐主任。"

徐晋知望着她,眼神比昨天多了一些耐心宽和,却仿佛在克制着什么。

"口腔医学是很精密的医学,像昨天那种失误,希望以后不要再出现。"徐晋知修长的手指轻点她面前的文件,"我做了一个相关专题,你好好训练一下。"

沈棠心无比认真地点了下头："好的。"

自从徐晋知开始正儿八经地带沈棠心，沈棠心的进步可谓是一日千里。

没多久，她已经可以独立进行牙齿检查和洗牙等简单工作，较为复杂的手术，她也能当个合格的副手，基本不会犯错误。

这天，帮徐晋知做完一个根管填充，后面没有号了，沈棠心匆匆忙忙地打开储物柜准备开溜。

刚拿出她的新书包，身后传来男人浅淡轻飘的声音："这么急着去哪儿？"

沈棠心心底"咯噔"一声，下意识地把书包塞回柜子里。

"徐主任，还有事情需要我做吗？"她回头望着他，"没有的话，我去找晏医生洗个牙。"

徐晋知微微挑眉："洗牙？"

沈棠心认真地点头："嗯。"

徐晋知眉心拢起来："为什么找晏瑞阳？"

这话仿佛夹着些莫名的质问语气，沈棠心紧张地眨了下眼睛："昨天约好的……晏医生六点半有空。"

徐晋知依旧看着她，深褐色的眸接近于黑色，像一个无底洞，要把她整个人吸进去。

沈棠心不自觉地屏住呼吸，后背紧贴住柜门，隔着衣服恍惚感觉到一阵冰凉。眼看他缓步靠近，她不由自主地攥紧指尖。

徐晋知淡漠地垂眼，目光却有力地攫住她：

"给你一个更好的选择。"

沈棠心眼皮一颤："什么？"

徐晋知嘴角微动，若有似无地勾起来，粉色薄唇透出诱人的光泽："我现在就有空。"

沈棠心动了下眼皮，略微思考之后，才明白过来他的意思。

可是不知道为什么，她总觉得徐晋知要么是在试探她，要么是在嘲讽她，竟敢利用职务之便"谋取私利"。

堂堂口腔外科的专家主任亲自上手洗牙？用脚指头想都知道这事不正常。

他一定是在嘲讽。

于是她定了定神，重新把包从柜子里扯出来，讪笑道："不用了徐主任，我突然想起来今天有事要早点回去，我先撤啦。"说完，不等他张口回应，就拔腿飞快地跑了。

徐晋知稍稍抬起的手指僵在原地，几秒后，唇角牵起一个无奈的弧度。

晚上回到家，沈棠心接到学校舍友的电话，问她暑假要不要留宿舍。

B大宿舍管理严格，假期如果没有特殊情况，是要把钥匙交还给宿管的，需要假期住宿得提前申请。

现在假期留在学校的同学越来越多了，但这方面把控得一直挺严，道道程序都不容马虎。

她现在哪有时间弄那些，不如住在自己家舒坦又方便，更何况在医院实习得小半年，期间应该都不会回学校住了，于是说不用，让舍友帮忙把钥匙交给宿管。

某天休班，沈棠心终于有时间，乖乖挂号去洗了个牙。晏瑞阳笑话她太老实，一点都不像徐晋知带出来的孩子。

楚白筠在旁边打趣："那我呢？我像不像你带出来的孩子？"

晏瑞阳拿着设备睨她一眼："我今天是不是还没骂你？"

楚白筠撇了撇嘴。

今天崔盈休班，楚白筠没人打嘴仗，显得不那么讨厌了。其实相处久了，她发现这姑娘也不是坏，只不过的确有点"茶"。

沈棠心洗完牙才问："徐主任不老实吗？"

她倒是觉得他挺实在的，实在到过于不解风情。如果一直这样下去的话，孤独终老也不是不可能。

"说你们这些小姑娘单纯，还真是单纯得无可救药。他就一张脸长得帅点儿，把你们一个个勾得魂儿都没了。"晏瑞阳轻嗤了声，"那厮心肠黑着呢。"

沈棠心满脸不以为然："我才不信。"

徐晋知就算曾经对她不好，客观地说，也依旧是个光风霁月的大好青年。

几秒后，楚白筠若有所思地点点头："我信。"

沈棠心皱眉质问："为什么？"

楚白筠一脸义正词严："晏老师说的都对。"

"小棠，去帮我盛一杯水。"何晓丽正忙着排电子挂号系统，把保温杯递给她。

"好的。"沈棠心去休息室的饮水机给她倒满，回来的路上，在走廊就听见了大厅里的吵架声。

妆容浓艳、身材发福的中年女人站在分诊台前面，穿着香奈儿的套裙拎着Gucci包包，打扮得珠光宝气，嗓音尖锐："我平时可都是找院长看病的，人家院长也没说不给看啊，你们这个主任怎么回事？"

何晓丽温声解释道："真的不好意思，今天我们徐主任和黄主任都不出门诊，您这种普通牙疼，挂主治医师就可以了。不过您没有预约挂号，加号估计要等一等。"

"等什么等？我说了我要主任给我看，你怎么知道我就是普通牙疼啊？万一是个癌症什么的，你拖得起？那普通医生看得出来吗？"中年女人冷哼一声，嘲讽道，"都说你们当医生的救死扶伤，多忙多忙，我看这当个官儿不得了了，一周只上一天班,还管不管老百姓死活了?"说着还转头号召其余病人,"大家来给评评理,这主任分明就是不负责,我要投诉!"

等候区的病人也都窃窃私语起来。

何晓丽又急又无奈:"我们主任是不出门诊,不是不上班,他在——"

"我管你呢,你今天要是不让他给我看,我就投诉。"中年女人高傲地仰起下巴,胖胖的身子靠着分诊台,像木桩一样杵在这里,挡住后面来挂号的病人。

气氛一时间僵持不下,等候区也像是一锅沸腾的粥,"咕噜咕噜"地冒泡,大厅里温度都仿佛升高了些许。

沈棠心站在走廊口盯着中年女人看了一会儿,踩着小高跟"噔噔"地走过去,把何晓丽的不锈钢保温杯放在分诊台上。

沈棠心用了些力道,保温杯发出刺耳的钝响,吸引了中年女人的注意,然而她猪血色的唇刚一张开,就被沈棠心轻飘飘的嗓音打断。

"阿姨,您说这些话也太过分了。"沈棠心神色淡淡,茶色的眸子却比以往更深一些,夹着很少出现的锐利,"我们医生以救治病患为己任,对谁都不例外。徐主任和黄主任一周只出一次门诊,是因为他们有更多更重要的事情要做。人命关天的危急创伤手术,尖端技术交流,安排医生培训,提高整个医院的人员素质——"

何晓丽拽她的袖子,嘀咕道:"跟她讲这些干吗?她懂什么。"

沈棠心抓住何晓丽的手,依旧目光锐利地盯着中年女人:"阿姨,您这种小病小痛我们这儿任何一位业务合格的医生都可以解决,但主任要做的事情,没人可以代替。还请您不要占用资源。"

中年女人瞪圆了眼睛:"你说什么?你竟然敢说我——"

"妈。"门口有一个年轻男人匆忙跑过来,拉住无理取闹的中年女人,"您干什么呢?我就出去打个电话,您怎么又跟人吵起来了?"

他说着连连对何晓丽和沈棠心道歉:"实在对不起啊医生,麻烦您帮忙挂个号,我妈这两天牙龈痛,您看看挂哪个医生合适。"

何晓丽点点头:"牙周科的陆医生吧,你去那边缴完费再过来。不过加号得多等一会儿。"

"等吧,没关系。"年轻男人依旧有点赧然,"真不好意思,给你们添麻烦了。"

何晓丽和沈棠心对了个眼神。

年轻男人转身去缴费之前,貌似多看了沈棠心一眼。

不和谐的小插曲告一段落,沈棠心坐回分诊台后,看了一会儿病理学的书,突然被何晓丽撞肩膀:"哎。"

沈棠心懒懒地抬头:"干吗?"

何晓丽挤了挤眼睛:"那男的老在看你。"

沈棠心:"谁?"

何晓丽:"就刚刚那个大妈的儿子。"

沈棠心原本没放在心上,第二天也平静地度过。

结果第三天一大早,就有个外卖小哥送来一大束玫瑰花。

满大厅的人都傻眼了。

事情还不仅仅如此,在沈棠心完全摸不着头脑的情况下,接连收了三天的花。

玫瑰,百合,满天星。

每次外卖小哥都是放下就走,这天她终于忍不住追了出去,"你好,请问这是谁送的花?"

外卖小哥摇头:"这我也不知道。"

晚上下班的时候,崔盈打趣她:"你最近很火啊小姐姐。"

"连你也开我玩笑。"沈棠心瞪了崔盈一眼,"还不知道是被什么东西给盯上了。"

"这还用想?男人呗。那边赵医生还没解决呢,又来一个。"崔盈笑嘻嘻地提议,"要不明天休息,我陪你去庙里问个姻缘?"

沈棠心连连摆头:"别,我才不信那个。"

"可我觉得你倒是可以谈个恋爱。"崔盈说。

沈棠心满脸拒绝:"我不要。"

崔盈咋舌:"你这么排斥恋爱,是不是受过男人的伤啊?"

"你才被男人伤过呢。"

两人一路调侃说笑着走到门诊大厅,沈棠心一看台阶下站着的人,忽然间脚步一顿。

虽然只那天见过一面,但这位李先生颜值还算出众,谈吐也礼貌风雅,很难想象那位飞扬跋扈的中年妇女居然能培养出这样的儿子,所以沈棠心印象颇深。

此刻他手里抱着一束鲜艳的小雏菊,让她一下子想起了这些天送到科室的花。

两人视线相对的时候,李先生冲她温和一笑,缓步走上台阶。

沈棠心猛一下攥紧崔盈的衣角,背脊挺得僵直。

心头的某种预感十分强烈,她想跑,却又清楚地知道现在已经来不及,只能眼睁睁地看着男人走到她面前。

周围来来往往的同事和陌生人也都投过来八卦的目光。

太过密集的注视,灼得她脸颊发热。

"沈小姐,请收下我的心意。"李先生微笑着把那束雏菊送到她面前。

李先生个子该有一米八,穿着一身笔挺的西服,虽然西服的面料和款式都彰显着价值不菲,却远比不上徐晋知那副不食人间烟火谪仙般的气质。

沈棠心头皮发麻地问他:"李先生这是什么意思?"

李先生直截了当地说:"我对沈小姐一见钟情,希望能彼此认识一下。请问你现在方便吗?我想请你吃个饭。"

沈棠心脑子里"嗡嗡"作响，局促地回道："不好意思啊李先生，我不方便。"她一边说着，一边拉上正在偷笑的崔盈溜之大吉。

第二天，虽然沈棠心休班，但李先生给她送花，还在医院门口当众表白的事很快传开了。

徐晋知有个临时转诊的病人，他从办公室下来，穿过喧闹的大厅走到二诊室，赵青严正在给时露帮忙。

已经快收尾了，两人都没有发现徐晋知进来，时露紧蹙的眉梢稍松开，手术最紧张的阶段过去了，也有了心思开玩笑："你到底怎么想的？再不加加油，小沈可就要被人抢走了。"

赵青严叹了一声。

"我听说那个李先生挺厉害的，好像本来就是个富二代，前些年家道中落，他爸做生意欠了几百万，后来他自己都给还上了，现在又有自己的公司，发展得不错。"时露煞有介事道，"小姑娘都无法抗拒的钻石王老五呢。"

赵青严面露难色，语气十分低落："我不知道该怎么办了，她好像对我没那个意思，一直也不给回应。"

"你个闷葫芦，真是要气死我了。"时露恨铁不成钢地瞥他一眼，"你当人家女孩子是你肚子里的蛔虫？你给她送点儿礼物，买几次早餐人家就知道你在想什么了？"

赵青严丧气地垂下眸。

时露缝完最后一针，给患者嘴里塞上止血的棉花，把持针器扔到器械台上。

"我可提醒你了，自己不抓紧行动，到时候别找我哭。"她起身见到桌旁站着的徐晋知，愣了愣，"徐主任？"

"嗯。"徐晋知目光淡淡地瞥了眼器械台，"收拾一下，我一会儿要用。"

时露满脸无奈，说："徐主任，楼上好好的专家诊室你不去，每次都在这儿凑热闹。"

徐晋知难得勾唇浅笑："你也说了，这儿热闹。"

相比于两人的玩笑心思，赵青严想起刚刚和时露的对话，恨不得立马打个地洞钻进去——这已经不是第一次当着领导的面谈论这种事情了，在这位主任眼里自己得是多么的肤浅和不专业。

然而，不等他消化掉这阵窘迫，徐晋知却云淡风轻地撕开最后一层遮羞布："追女孩是不能这么追。"

赵青严的脸都白了。

"你这种行为，说得好听叫默默付出不求回报，说难听点儿，就是怂。"徐晋知一边看着时露收拾东西，一边慢条斯理地说。

赵青严咽了口唾沫，鼓起勇气问他："那您觉得我该上吗？"

"如果现在有个紧急创伤患者需要手术,你觉得你该不该上?"徐晋知收回清冷淡漠的视线,转身去柜子里拿手术服,"这是你自己的事,不要问我。"

赵青严目光怔忡地跟着他转了一圈,突然间大彻大悟。

洗牙那天,晏瑞阳特别嘱咐过,沈棠心右上智齿旁边的7号牙有浅龋,刷牙时要尽量刷干净,否则会加速恶化。所以从那以后,她格外注意那颗牙齿。

沈司衡搬出去了,每天送她上班的任务便落在了沈司澜身上。不管她起得早还是晚,沈司澜都得跟着她起。

所以对于她每天早上刷牙要刷五分钟这件事,沈司澜意见很大。

"你给老子绣花呢?你这几颗牙是金子做的吗?"已经换好衣服的男人站在屏风旁,眉心皱得能夹死苍蝇。

沈棠心连忙又刷了几下,漱完口对他说:"牙可比金子重要多了。"

沈司澜轻嗤。

沈棠心一本正经:"牙要是坏了,多少金子都没法减轻痛苦,不信你试试。"

沈司澜不以为然地扯了扯唇:"坏了也不找你这个庸医。"

沈棠心懒得和他拌嘴,穿上衣服出门。

路上,沈司澜拒接了一个电话,屏幕上的来电显示是"大哥"。

沈棠心看了一眼:"小哥你现在越来越嚣张了。"

"他除了催我相亲能有什么正事儿?"沈司澜语气嘲讽,"有女朋友了不起,穷显摆。"

沈棠心努了努嘴:"大哥是担心你的终身大事,你都快三十了,还不着急。"

"你都不着急我着什么急?"

沈棠心认真地盯着他:"我跟你隔了三个代沟,你确定你要跟我比吗?"

沈棠心难得逮着机会,不遗余力地戳他心窝子:"过两年我还是小仙女呢,你就是奔四的中年老男人了。"

"滚。"沈司澜转头白了她一眼,"老子就算八十岁,也能娶到如花似玉的小姑娘你信不信?"

沈棠心面色惊恐地缩了缩肩膀:"一树梨花压海棠?"

"你真恶心。"

徐晋知今天的门诊排在下午,但他很早就来了,沈棠心七点开始自习,他也在办公室看资料。

待到沈棠心快离开的时候,他也刚看完手头的资料,起身走过来,把她桌面上的早餐袋子和自己手里的袋子一起扔进门口垃圾桶里。

沈棠心瞅了眼墙上的挂钟,八点二十分,可以下楼去准备上班了。结果刚一抬头,正好对上门口那人的视线,迎着清晨的日光,格外深邃。

他一只手搭在门边上,面色浅淡,眉心舒展,手指轻缓地敲了敲:"过来。"

沈棠心觉得疑惑,但还是乖乖地走过去,跟他一起站在门口。

男人抬手在电子锁上按了几下,里面发出一串"嘀嘀"声,随后摁指纹的地方亮起来。

"给你录个指纹。"徐晋知淡淡地解释。

沈棠心愣住。

"以后我不上班,你就自己进来。"他垂眸看着她呆滞的模样,手扶在门框边缘,低声催促,"愣着干吗?"

沈棠心紧紧抿了下唇,问:"会不会不太好?"

徐晋知稍一挑眉,嗓音夹着不明显的戏谑:"你是觉得,我每天早上陪你六点起床比较好?"

这话听得她耳朵一热。

分明是很正经的事,听上去怎么那么奇怪?

可她转念一想,徐晋知就算不上班也得过来给她开门监督她学习,的确挺麻烦的。

不能把人家的耐心负责当作理所当然。

于是她乖巧地"哦"了一声,抬手,把指头放进摁指纹的小盖子下面。

摁了几下,里面又发出"嘀嘀"的声音,像是报错。

沈棠心不知道是哪里出了问题,抬起头疑惑地望向徐晋知,看见他垂眸的那一瞬,手背忽然一热。

只轻轻的一个触碰,就能感知到男人手掌的纹路,那瞬间仿佛带着电流,从肌肤相接的地方蹿遍全身。

"胆子小就罢了,还这么笨。"他握着她的手指,慢慢地录全指纹。

好不容易成功了,系统提示要录第二遍,所以他依旧没有放开。沈棠心竭力控制着,手心却还是微微发汗。

周身环绕着熟悉的香味,像是他怀抱圈出的一个小小世界,完全隔绝开了医院里浓烈的消毒水气味。幽香浅淡,和头顶飘下来的微热呼吸一样令人昏昏欲醉。

耳朵越烧越烫,也不知道是因为刚刚与他胸前的白大褂摩擦生热,还是别的。

但最无法忽视的,还是他握着她的手指,耐心地辗转按压,电子锁每发出一次嘀嘀声,她心口都会跟着猛颤一下。

终于熬到录完指纹,他很自然地收回了手,沈棠心那刻却不自觉陷入怔愣。

幸而她很快清醒,低下头迅速地把手塞进兜里,假装刚刚的一切都没有发生过。

"……我去上班了。"

"嗯。"男人浅淡而短促地回应。

她不敢看他的表情,转头就溜。

沈棠心跟了两台手术，强迫自己心无旁骛，可一旦空闲下来，想起下午要见徐晋知，心里就像是几千只小动物的爪子在挠。

她从来没有这么奇怪过。

上午一结束，沈棠心就跑到崔盈那边，喝光了楚白筠带来的一整条养乐多，总算是把那阵邪火给压了下去。

"沈棠心你要死啊！"楚白筠上完厕所回来，看着垃圾桶里的空瓶子花容失色，"你赔我一箱！"

沈棠心皱眉："我只喝了你一条，为什么要赔一箱？"

楚白筠红着眼睛朝她嚷嚷："这是晏老师给我买的！"

沈棠心："不也是超市里买的。"

楚白筠急死了："那不一样！"

沈棠心："怎么不一样？"

"就是不一样！"

"哎。"崔盈扯了扯唇，打断她们两个，盯着楚白筠，"晏老师为什么要给你买？他都没有给我买。"

楚白筠一脸嫌弃："他凭什么要给你买？"

崔盈："你是不是又缠着晏老师给你开小灶了？"

"才没有。"

沈棠心无奈地叹了口气，转身边往出走，边拿手机给晏瑞阳发语音："晏医生，快回来吧，你后院着火了。"

吃完午饭，沈棠心去超市买了两条养乐多，想着给崔盈和楚白筠一人一条，下班后送过去。

她刚放好东西关上柜门，转头就看见赵青严站在诊室门口。

中午，整个诊区寂静无声，赵青严又是一身白，沈棠心被吓得倒抽了一口凉气，拍拍胸脯，微喘道："你走路是用飘的吗？"

"对不起啊。"赵青严讷讷地摸了摸后脑勺，垂着眸子，似乎不太敢看她，"那个，我有些话要和你说。"

"啊？"沈棠心张了张口，催促道，"那你快点说，我赶着去午休呢。"

"那个，我……"赵青严手从后脑勺拿下来，局促得不知道该往哪里放，最后两只紧紧地揪到一起。

沈棠心疑惑地眨了眨眼睛："你到底要说什么？"

赵青严深吸了一口气，双肩耸起又落下来，声音紧张而短促："小棠，我喜欢你。"他闭着眼睛豁出去似的喊，"我从第一天见到你的时候，就喜欢你了。"

沈棠心被他突然变大的声音吓了一跳，比之前那句表白还要令人震惊。

"是我要露姐把你交给我带的,我就是想,跟你多点机会接触,还有后来,我给部门同事们买早餐、买零食,其实也是因为想买给你。"赵青严一股脑全倒了出来,颇有些视死如归的架势,"小棠,我们能不能……"

他话音未落,沈棠心突然听见从里面隔间传来声音,似乎是什么东西落到了地上。

每个诊室都有四五个隔间,用毛玻璃隔出来,平时方便保护病人隐私,站在门口是看不见里面的。

赵青严疑惑地问:"怎么了?"

沈棠心抬起手指放在唇边,"嘘"了一声:"好像有人。"

说完,她脚步极轻地往里面的隔间走去,赵青严紧随其后。

只见第三个隔间的窗户边上,果然躺着一个人。

白大褂盖在身上,身下是时露放在休息室的折叠小床。

今天时露不上班。

刚才掉下去的,应该就是床边地面上的那本杂志,此刻杂志落了地,他便抬起手,用手背遮住眼睛。

赵青严瞬间面如土色:"徐主任,您怎么在这里?"

床上那人似乎迟疑了下,才缓缓把手拿开,转头看过来。微眯的眸很快变得清醒,徐晋知坐起身,懒散地屈着一条腿,取下耳朵上的耳塞,眉梢扬起:"你说什么?"

"没……"赵青严嘴角一抽,"没什么。"

沈棠心蓦地松了口气,可下一秒,这口气又提了上来。

想起今早在办公室门口录指纹时发生的事情,她脑袋一热,匆忙丢下一句:"我去午休了。"便脚下抹油跑得飞快。

徐晋知微勾着唇角下床,与赵青严擦身而过,穿好白大褂,站在门口的小镜子前整理衬衫领口的温莎结,动作不疾不徐,斯文矜贵。

"睡了吗?"他淡淡地问。

赵青严蓦地一惊,稍微反应片刻才回答他:"没呢。"

"好多年没在这儿睡过了,还是二诊室的阳光最好。"他回头睨了睨那张小床,"去试试?"

赵青严连连摆头。

徐晋知轻笑一声,慢条斯理地扣好白大褂的扣子,然后抬起手,用力拍了拍赵青严的肩膀。

离开前,他语重心长地对赵青严说:"节哀。"

沈棠心趴在休息室的桌面上,满脑子都是刚刚徐晋知脸上似是而非的神情。

他越是若无其事,她越觉得他像是在心底看她笑话。

同样挥之不去的,还有手指上直到现在还能微微感觉到的热意。

沈棠心抱着脑袋摇了摇头,强迫自己不再胡思乱想。

已经傻过一次了,不可以再傻第二次。

本来担心见面会尴尬的赵青严,下午不知道跑到哪里去了,一个照面都没打。

她便认真仔细地跟了徐晋知一个下午的手术。

徐晋知看着小姑娘一本正经、心无旁骛的工作状态,心中疑惑,倒也没表现出来,只是总忍不住去观察她。

她却忙得像只小陀螺,连一个多余的眼神都不分给他。

刚拔完一颗阻生牙,患者用冰袋捂着一侧腮帮子,沈棠心把写着注意事项的卡片递给她,第N次嘱咐道:"止痛药一天不能超过三颗哦,千万别多吃。"

沈棠心依旧没去看一旁盯着她半晌的徐晋知,而是看了一遍电脑上的挂号系统,才回头对他说:"徐主任,四点半预约的病患没来,后面五点才有呢,可以休息一下。"

"嗯。"徐晋知望着她,深褐色的眸底似乎淌过一道光,唇角微勾,"你也休息。"

沈棠心笑了笑,指着旁边隔间正在做手术的医生:"我过去看看。"

徐晋知轻呵一声,夹着不太明显的温柔:"去吧。"

沈棠心站在治疗椅后面,全神贯注地观摩手术,眼睛都不眨一下。而徐晋知半倚着墙边的低柜,视线擦过手术灯的边缘望向她,镜片后的目光如丝缕一般飘忽轻盈,却始终没有移开。

直到晚上下班的时候,沈棠心才看见赵青严跟着陆医生从会议室出来。她这会儿正准备摁电梯,对上赵青严有些腼腆和躲闪的神色,想了想,还是叫住他:"赵医生。"

赵青严目光一动,对陆医生说了句什么,转了方向朝她走过来。

不等她开口,他便支支吾吾道:"小棠,其实……那个,你不用太有压力……"

"对不起赵医生。"等那些人全都走了,沈棠心直截了当地告诉他,"我一直把你当成好同事、好朋友。"

自从赵青严说出口的那刻,就注定有些东西会不一样了,但以后抬头不见低头见的,她不希望弄得太尴尬。

她还是想尽力挽救,不管是两人之间正常的关系,还是这件事情对于赵青严或多或少的伤害。

赵青严脸上笑容僵了一瞬,垂在身侧的手局促地握住。

沈棠心看着他,抿抿唇,继续说:"以后我们还是继续做朋友吧,好不好?"

赵青严两只手握紧又松开,再攥成拳头,讷讷地垂下眼睫,嗓音低沉迟疑:"好……"

"嗯。"沈棠心点点头,冲他微笑,"那我下班啦,你去忙吧。"

赵青严再迟疑了下，也扯开嘴角，点点头。

等赵青严走了，沈棠心摁住下行的电梯按钮。

她对着亮起来的按钮舒了口气，心中还是略有包袱，直到肩膀突然被人拢住，崔盈贼笑着把下巴搁在她的肩上："我刚看到赵医生一脸如丧考妣的样子，怎么回事啊？"

"我拒绝他了。"沈棠心鼓着腮帮子，一下一下地戳着按钮边边。

崔盈倒是一点都不意外，轻嗤道："看你这表情还有点儿舍不得？"

"不是的。"沈棠心摇摇头，"我就是觉得挺过意不去。你说好好的同事，干吗要整这一出呢，以后见面多尴尬。"

崔盈揉揉她的耳朵："只要你不尴尬，尴尬的就是别人。"

沈棠心略微思考了下，居然觉得很有道理。

今天住院部有刚下手术要观察的病人，黄旭天主刀。老婆出差不在家，他做完手术得回去看孩子，住院部就交给了徐晋知。

等手术病人的各项指标稳定，徐晋知从病区下来，习惯性地停在十六楼。下电梯后他才恍然惊觉，自己是要去办公室换衣服回家的，但电梯已经下行了。

他正打算从安全通道走上去，结果刚一转身，就看见玻璃窗外的阳台上站着一个人。

身材高大笔挺，偏瘦，穿着灰色T恤和牛仔裤，脑袋低垂，似乎有些丧气。

徐晋知顿了下，走向墙边的自动售卖机，买了两瓶红茶，然后转身走向阳台。

医院门诊大楼正对着一片新开的商圈，此刻霓虹闪烁，灯火通明，商场后面高耸的写字楼顶部，滚动播放着某某对某某某的告白字眼——我喜欢你，像风走了八千里，不问归期。

听说最近做活动，播一个晚上四千块。而商场大楼的LED屏幕，两个小时就要五万。

"还不回家？"徐晋知把红茶递到那人面前。

赵青严这才发现旁边多了个人，眼眸颤了颤，看过来："徐主任？"

徐晋知默不作声地扬了扬手里的饮料，赵青严迟疑地接过去。

"谢谢。"他点了点头，"您是刚下手术吗？"

"我从住院部下来。"徐晋知语气平淡。

赵青严："哦。"

徐晋知转头看他，半开玩笑地说："咱们科没有加班费。"

赵青严配合地笑了一声："我就是发个呆而已。"

"心情不好？"徐晋知仰头喝了口红茶。

赵青严沉默片刻，主动坦白："她说，她只当我是朋友。"

徐晋知看过来："嗯？"

赵青严捏着饮料瓶，低下头："徐主任，我是不是很差劲？"

赵青严语气有点恍惚，但问得很真诚。

徐晋知垂眸看着这个比自己小几岁的年轻男人，那一瞬也稍有点恍惚。

他转回去，看向对面闪烁的霓虹和漫天光幕。

"每个人都是独立的个体。你可以决定自己喜欢谁，却没办法左右别人。"徐晋知低沉而缓慢地开口，"无论你优秀与否，这个世界对所有人都是同样的残忍无情。"

赵青严目光微动："徐主任，您也被拒绝过吗？"

"没有。"

赵青严感觉受到了二次伤害。

看着赵青严挫败的神情，徐晋知勾了勾唇，抬手拍在他的肩膀上："你还年轻，感情的事不着急。"

赵青严点点头："嗯。"

徐晋知淡声安慰："总能遇到合适的。"

赵青严继续点头。

过了一会儿，赵青严转头问徐晋知："徐主任，听说您一直是单身？"

徐晋知迟疑了下："嗯。"

赵青严："您就没有过喜欢的女孩吗？"

徐晋知望着灯海的目光稍稍变沉。

赵青严侧着头唏嘘："像您这么优秀的男人，到底喜欢什么样的女孩？"

"有过。"他眼睛里映着闪烁的霓虹，悠远得似乎没有焦距，又恍惚地接了一声，"有。"

赵青严："那为什么……"

"因为人生的课题，不止有喜欢和不喜欢。"徐晋知低头垂眸，手指用力摩挲着瓶子，塑料纸被迫发出"呲呲"的响声。

赵青严是个直脑子，搞不懂感情里那些弯弯绕绕，也听不出什么端倪，接着问："那您到现在还单身，家里人不着急吗？我年初才过二十五岁生日，我爸妈就天天催得不行。"

徐晋知目光稍凝，几秒后，化作一道若有似无的轻笑："我比你幸运，我没人催。"

话虽如此，但过于清冷的眸，让他舌尖的"幸运"两字仿若幻觉。

赵青严却毫不敏感，羡慕地叹了一声："真好。"

灯光秀开始了，对面广场上的射灯向四面轮转。

五颜六色的光透过医院的玻璃窗照进来，而男人的眸色始终像夜幕一样深沉。

沈司澜晚上不回来，也没说原因，大概是有应酬。

最近他每天都神出鬼没,睡觉前绝对见不着人影。

沈棠心吃完保姆阿姨做的饭,便上楼去学习了。明早徐晋知给她安排了实操测试,虽然不是用真人,但也得好好准备。

她在书房里用模型练习到十点多,又心血来潮想雕只小兔子。自从开始上实操课程,她就同时喜欢上了雕刻,闲着没事既能玩玩,还能练手劲。

时间飞逝,等她雕完兔子就十二点多了,赶紧从书房出去,准备洗澡睡觉。

走廊只开着壁灯,昏暗光线里,忽然出现一道高大如山的黑色影子,沈棠心吓得魂飞魄散,差点尖叫出声。

待看清那张脸,她才抚着胸口舒了口气:"小哥你是鬼吗?"

沈司澜似乎心情不错,被骂了也没跟她计较,唇角衔着点风情万种的笑,单手插兜,另一只手揉了揉她毛茸茸的脑袋:"还不睡?背着我做什么好事儿呢?"

"明天有考试,我在学习。"沈棠心瞪他一眼,"你喝酒了啊?"

但也没闻着酒味。

沈司澜扬了扬下巴:"没喝。"

"没喝笑得这么荡漾。"沈棠心扒开他的手,抬脚跑进自己房间,"嘭"一下关上了门。

第二天,沈棠心一大早先去了诊室。

本来以为自己会是第一个,徐晋知却已经到了。

他还没换衣服,衬衫西裤勾勒出令人垂涎的身材,却又掩饰不住勾人的性感。

沈棠心看了一眼就挪开目光,淡定地把包放进柜子里,只拿出手机:"徐主任早呀。"

"早。"徐晋知稍稍点头,目光柔和,"吃饭了吗?"

沈棠心坦率地摇头:"没。"

"那我——"

"我带了这个。"沈棠心打断他,笑嘻嘻地从兜里掏出一袋巧克力,"先补充能量,晚点盈盈给我买拉面过来,我聪明吧?"

徐晋知刚点开外卖 APP 的指尖一顿,他不太自然地缓和那一瞬的僵硬神色,说:"嗯。"

沈棠心转身去把包装袋扔进垃圾桶,巧克力把腮帮子撑得鼓鼓的。她对着面前浅绿色的毛玻璃,若有似无地松了口气。

徐晋知半靠在门边,目光深沉地盯着她的背影,心中某些飘忽不定的预感变得越发真实。

或许小姑娘不傻,她在刻意地抗拒。

想起昨天垂头丧气的赵青严,徐晋知不自觉地扯唇苦笑。

自己又比他好到哪里去呢?

他知道沈棠心虽然是个善良的姑娘，对待感情却绝不含糊，喜欢和不喜欢，在她那里界限分明。

他见过她喜欢一个人的样子，就像一轮热烈奔放的小太阳，恨不得照进他心底的每个边边角角。

而如果不喜欢，她就是一阵捕捉不到的春风。

春风和煦，但任你如何追逐，都不会是属于你的。

就好像一把温柔刀，用最体面的姿势，剜心致命。

第四章
橙子很甜

沈棠心已经在医院停车场磨蹭了十几分钟。

又一次,车屁股以极其诡异的角度险险避过旁边停靠的银色凯迪拉克,驾驶座车门外却只留出二十厘米的距离。

她觉得自己尽力了。

都怪沈司澜那个不靠谱的男人,扔给她一盒车钥匙,就说要出去潇洒自在。虽然她选了一辆最低调的白色奥迪小跑,却也不能随随便便就给撞了。

沈司澜车子虽多,但他很博爱,每一辆都是宝贝。

她正打算破罐子破摔,钻到副驾驶从另一侧出去,车前盖突然被敲了敲。

沈棠心抬眼一看,只见有人微微倾身,单手虚撑在车头,对上眼神的那刻,抬手朝她勾了勾手指。

他清俊的脸上,神色倦懒随意,唇角是无法忽视的浅淡弧度。

她自觉地理解为嘲笑。

徐晋知怕是站在那里,不知道已经看了她多久,从她第一次连半边车身都挤不进去的时候开始。

他稍稍往旁边退开,沈棠心咬咬唇,把车子开了出去,然后默契地下了车,没有拔钥匙。

徐晋知坐进驾驶座,略调了一下座位,将车子倒进去。奥迪小跑的方向盘在他手掌间就像个随意摆弄的玩具。

应该说,整辆车都像是个玩具,被他不费吹灰之力地、平平稳稳地停在车位的正中间,车头和前端那条白线只隔着大约十厘米距离。

他下来帮她锁了车,把钥匙还给她,嗓音格外清冽:"怎么今天自己开车?"

前阵子他见过几次,她都是从别人车上下来的。

小姑娘倒车技术烂成这样,却也没让他很意外。

沈棠心跟上徐晋知的脚步,小声道:"我哥不在家。"

徐晋知"哦"了一声,没再多说什么。

进了电梯,封闭的空间里只有两人独处,过分安静,让心跳声格外明显。沈棠心定了定神,捏着袖口的黑色小扣子说:"谢谢你啊,徐主任。"

徐晋知勾了勾唇,嗓音也含了一丝笑意:"小事。"

沈棠心转头看着他,认真地问:"你每天都是这个时候到停车场吗?"

之前都是沈司澜送她,到医院门口就放下了,她并不知道徐晋知每天到底几点到,只是从来都比她早。

今天她担心出状况,所以出门比平时提前许多,没想到刚好碰见他。

徐晋知也转过来,目光相对,眸底很亮:"怎么?"

沈棠心一阵困意袭来,忍不住捂着嘴巴打了个哈欠,才说:"明天要是也赶巧的话,你能不能再帮我停个车?"

徐晋知眉梢微动:"为什么不打车?"

沈棠心摇摇头:"他们车里都有烟味。"

她很讨厌烟味。

虽然沈司澜偶尔也抽烟,但他不是什么老烟枪,更没烟瘾,车里不会有难闻的气味。

徐晋知不知道在想什么,眸光深邃,唇瓣轻抿,过了几秒后说:"明天别起这么早了。"

沈棠心愣了下。

他转回头目视前方,轻描淡写地继续:"跟平时一样就好,快到医院给我打电话。"

沈棠心反应片刻,才忙不迭地点点头:"好呀。"

今天徐晋知出门诊,恰好时露和赵青严都休息,所以格外忙一些。

二号病患就是个比较麻烦的切除手术,预计一个多小时完成,然而中途突发状况,快两个小时还没结束。

好几个病患等着看,其中一个老大爷脾气很大,每两分钟嚷嚷一次。

快到十一点半的时候,看见徐晋知开始缝合,沈棠心终于松了口气。

结束后,她给人拿了冰袋,徐晋知已经去旁边给第一位等候的阿姨看诊。

"一定要注意饮食,小心刺激到伤口。"沈棠心把刚刚手术的患者送出去,"这是我们科室电话,有问题就打这个电话。"

她转身进来,睨了眼旁边横眉竖目的老大爷,有点担忧地看向徐晋知。他却在心无旁骛地给阿姨检查,似乎并没有注意到。

"医生要不你给我打消炎针吧,我朋友说可以打消炎针,一打就好了。"阿姨坐起来,捂着嘴巴说道。

徐晋知淡声道:"您身上没有需要打消炎的指征,这种全身性抗生素不是可以随便打的。之前开的含漱液用了吗?"

阿姨蒙了下:"什么含漱液?"

徐晋知眯了眯眼，转头吩咐沈棠心："给她开一瓶氯己定。"

"好的。"沈棠心赶紧去电脑旁边打药单。

"刷牙用小头的软毛牙刷，舌头也要刷到。"徐晋知继续叮嘱患者阿姨，"您刷牙没刷干净，口腔里藏细菌，也会加重感染。"

"好的，好的，谢谢医生。"

"嗯，拿完药就可以走了。"徐晋知点了点头，才去看那个大爷，"您是什么问题？"

"我牙疼。"大爷高声吼了一句，"等了一上午了，到现在才给我看，真是的，浪费时间。"

徐晋知始终面色平淡，抬手指了指治疗椅："躺下我看看。"

沈棠心给阿姨开完药，急忙探过去一个脑袋，见大爷乖乖躺下，才松了口气。瞅那大爷凶巴巴的表情，她真担心会一言不合在诊室里打起来。

"哎哟，你轻点，要捅死我吗？"

围观的护士都被这大爷的吼声吓得一震。

沈棠心嘴角一抽，咋舌嘀咕："凶死了。"

"是呀。"护士姐姐凑到她耳边说，"人家等拔牙的小姐姐等了一个多小时都没说什么。"

"就是啊。"另一位护士也压着嗓音道，"手术这种事情谁说得准？也不能怪徐主任，今天又得忙到吃不了午饭了。"

"您不张大点，我看不清楚。"徐晋知语气很镇定。

沈棠心主动过去，帮他调了调灯。

检查过后，徐晋知把棉签和口镜扔到器械台上，说："牙体看着还正常，拍个片吧。"

沈棠心刚要去开单子，大爷"噌"地从治疗椅上站起来："又拍片子？你们医院咋这么喜欢拍片子？拍个片子大几十块，你是故意讹我呢吧？欺负我年纪大，什么都不懂是不是？"

"您的牙齿从外观来看的确没什么问题，如果不相信我，可以找别的医生，或者拍个片子来给我。"徐晋知面色波澜不惊，"我们医生也不是透视眼。"

"什么态度！"

徐晋知神色淡定地走向旁边隔间里等拔牙的患者："抱歉久等了。"

大爷骂骂咧咧要过来，正好晏瑞阳带着两个男实习生走进诊室，挡在他面前。

"怎么回事？"晏瑞阳插兜站在旁边，"都到饭点儿了，还搁这儿唱戏呢？"

大爷被两个实习生拉出去劝了，护士姐姐便翻了个白眼说："徐主任上午有手术，等久了不开心呗，要他拍片子也不干，还想打人。"

"看他不像是个敢打人的。"晏瑞阳轻嗤一声，"骂得倒是挺难听。"

走廊里这会儿还回荡着那大爷骂爹骂娘骂祖宗，问候身体器官的声音，中气十足,半点不像个牙疼的病人。

言辞之粗鄙低俗,沈棠心这辈子是第一次见识到,只觉耳朵和心灵都受到了严重污染。

同事们都义愤填膺,恨不得冲出去理论一番。徐晋知作为被骂的对象,却恍若未闻,手拿着高速转动的裂钻,低声安抚治疗椅上的患者:"张嘴放轻松,很快就好了。"

躺在治疗椅上的女生手指攥得紧紧的,双腿蜷缩。

"别怕啊,给你拔牙的是我们科室最厉害最帅的徐主任,多少小姑娘争着花钱挂号来看他呢。"晏瑞阳在旁边笑呵呵地说,"你该不是也故意挂他的号吧?"

女生呜呜着摇了摇头。

"别动。"徐晋知笑着吓唬她,"你要乱动,我这一钻头下去脸可就花了。"

女生惊恐地瞪大眼睛。

"晏医生别乱说,这是昨天赵医生的病人。"沈棠心解释道。

"对哦,老徐是不是很久没拔过牙了?还行不行?"晏瑞阳张了张口,还要打趣。

徐晋知头也没抬给他打断:"你闭嘴吧。"

晏瑞阳"扑哧"一笑。

徐晋知虽然平时为人淡漠,但工作的时候,似乎对病患有着天生的亲和力,患者逐渐没刚开始那么紧张。

沈棠心看过片子,智齿长了许多年了,下面的阻生牙很大,位置和形状也不太好。原本以为要弄很久,结果才十分多钟,就差不多快下来了。

虽然没少见过徐晋知炉火纯青的技术,但每一次,她都忍不住真心崇拜。

围观的护士姐姐突然开口:"食堂菜都凉了,咱们点外卖吧。"

"我想吃盖饭。"

"我也好久没吃盖饭了,我想吃郭大娘家的回锅肉。"

"那就点她家吧,行不行?"护士姐姐叫了一声,"主任,吃盖饭行不行?"

徐晋知伸手拿持针器,得空抬头看了沈棠心一眼:"你呢?"

沈棠心一愣,莫名窘迫了下,忙不迭地点头:"我可以的。"

"嗯。"徐晋知淡声道,"那点吧。"

女孩们开始商量着点单,晏瑞阳懒洋洋靠在玻璃隔板上,若有所思地盯着两人,唇角微勾,略带几丝探究和玩味。

"小棠啊。"晏瑞阳突然唤道。

沈棠心专心地拿着吸唾管没看他,尾音上扬地"嗯"了一声。

晏瑞阳:"你知道不,你现在是除了你时露师姐,在老徐身边待得最久的学生了。"

"老徐带时露的时候还没这么手把手教过呢,头三个月都是我教的。"晏瑞阳"啧"了声,"说起来,你师姐还不如你。"

沈棠心抿了抿唇,没理。

徐晋知淡淡地损他:"你是饿疯了,还是吃饱了撑的呢?"

晏瑞阳轻哂:"怎么着,你宠你学生还不让说了?难道有什么见不得人的?"

徐晋知将拔出的上牙扔到器械盘上,往患者嘴里塞了个纱球,凉飕飕地抬眼:"我可不像你,带了两个小姑娘,到处嘚瑟。"

沈棠心默默地眼观鼻,鼻观心。

"徐主任。"护士姐姐及时打断两人的唇枪舌剑,"您要吃哪种盖饭?过来看看菜单吧。"

"不用了,看她吃什么。"徐晋知起身指了指对面的沈棠心,走到池子边洗手,"我跟她一样。"

护士姐姐们交换了一下眼神,惊讶的目光齐刷刷地看过来。

沈棠心匆忙转身收拾东西,硬着头皮道:"我吃土豆丝就好了。"

"好的呢,两份土豆丝。"护士姐姐又问,"有忌口吗?"

沈棠心:"我不要葱。"

正在窗户边洗手的徐晋知:"我也不要。"

沈棠心原本以为,李先生的事儿就那么悄无声息地过去了,没想到才过几天,他又开始连人带花来科室报到。

好说歹说,才以妨碍工作为由将他请了出去。

"你没跟他说你不喜欢他?"时露打趣着问。

"说了啊,不管用。"沈棠心耸了耸肩,把用完的器械往回收盒里扔,"露姐,这种情况咱能叫保安吗?"

"不能。"时露满脸同情地望着她,"你以后出门千万要当心,万一这痴汉有点儿变态呢。"

沈棠心立刻打了个寒噤。

"别怕小棠,我保护你。"赵青严说,"我们是好朋友。"

时露挤眉弄眼"哟"了一声:"你就没有私心啊?"

赵青严坦率道:"我当然没有。"

时露咋舌:"鬼才信你。"

"徐主任说得对,喜欢是一个人的事,如果得不到回应,就要学着跟自己和解,而不是逼着人家回应。"赵青严说得一套一套的,"其实当好朋友也不错,谈恋爱还可能分手呢,好朋友永远都是好朋友,对吧小棠?"

沈棠心盯了面前的桌子几秒,才蓦然回神,"嗯"了一声。

"小棠你怎么了?"赵青严发现不太对劲。

"没事。"沈棠心摇摇头,"我去洗手间。"

转身时太过匆忙，鞋尖重重地磕在桌脚，钻心的疼痛自神经末梢迅速地蔓延。她眼眶泛酸，拖着几乎失去知觉的脚仓皇而逃。

沈棠心心里憋着一股气，像是三年前被她抽空了藏到角落的一个气球，忽然接触到久违的空气，又被吹得鼓鼓囊囊，带着些陈腐的气息闷在心口，怎么也挥之不去。

她凭什么瞧不起李先生呢？

自己曾经不也是那种不识趣的人，得不到回应，逼着人家回应，连尊严都不要了，也没换来半分怜悯。

原来他一直都是那样想的。

怪不得她那么自我感动地追逐一场，甚至连在他记忆里做个孤魂野鬼的资格都没有。

沈棠心站在安全通道的窗口，脑子里万马奔腾着，不知道过了多长时间，手机突然响起来。

她吸了口气，整理好心情，才摁下屏幕上绿色的键。

是徐晋知。

她稍一迟疑，对方先开了口："来急诊。"

沈棠心第一次进手术室，结束时已经天黑了。

她换好衣服从休息室出来，正看见徐晋知站在走廊里，白衣黑裤，长身玉立。走廊里光线昏暗，他逆着光的轮廓越发显得硬朗深邃。

沈棠心没什么特别反应，平静地问："徐主任还不下班吗？"

"去吃个晚饭。"他单手插兜，垂眸看她，眸底带着暖色，"要不要一起？"

沈棠心刚要拒绝，转念一想自己最近好像有点过于麻烦他，工作上的事就罢了，前几天他总帮自己停车，也应该道个谢。

现在刚好有空，请他吃顿饭也不错。

于是她点头答应："好。"

徐晋知唇角微勾起来："走吧，附近有家不错的餐厅。"

餐厅取名叫"南山"。

"采菊东篱下，悠然见南山"的"南山"。

闹中取静的一栋三层小竹楼，竹片上缠着细细的藤蔓，黑夜里暖白色的灯，将整栋楼晕染得别致而浪漫。

里面的装修风格也是古色古香，雕花月洞门，实木餐桌椅，天花板垂下来一串串色彩斑斓、形状各异的花灯。

他们坐在二楼临街的位置，旁边的窗台上并排放着几只高矮各异的青花瓷瓶，里面开的却都是一模一样的黄色雏菊，幽香若有似无地钻进鼻间。

"看看吃什么。"徐晋知把菜单递给她。

沈棠心接过浅金色绸缎封皮的菜单，也不矫情，点了她爱吃的排骨和虾，又抬头问徐晋知想吃什么。

徐晋知点了一道时蔬。

还有一道叫作"诗礼银杏"，她好奇问那是什么。

餐厅里灯光不够充足，像是特意营造出的朦胧氛围。徐晋知双手交握放在桌面上，头微微前倾，深褐色的眸在昏暗暧昧的光线里显得格外明亮。

他认真地对她解释："孔子第五十三代孙孔治建造诗礼堂，堂前有两棵银杏树，苍劲挺拔，果实硕大丰满，取来入食，名曰'诗礼银杏'，是孔府宴中的传统菜肴。"

沈棠心点点头，"哦"了一声，心想也就是银杏果子。

这名字起成这样，作为学生的她，今天这顿饭倒是非请不可了。

后来这道菜被端上来，让她有些许惊喜和意外。分量不多，黄色的小果子摆盘精美，旁边还放着一朵玫瑰花。

经过处理的果实一点都不苦，入口软糯，略带甜味。

"这道菜有敛肺定喘的功效。"徐晋知还没动筷，端着青瓷茶杯望着她，"我看你最近咳嗽，可以吃一点。"

话音未落，银杏果从筷子间滑下去，掉进碗里发出清脆的响声。沈棠心低头垂眼，心底绵绵密密地发痒："嗯。"

小龙虾要价两百多，却远比不上大排档里一百多一盘的分量，绕着盘子摆了一圈。但每一只从头到脚都是完整的，个头大而精致。

沈棠心戴惯了服帖的医用手套，不喜欢餐厅里这种松垮垮的塑料手套，索性把手用湿巾消个毒，直接去剥。

但她忘了把袖子挽起来，等意识到这茬的时候，已经是满手红油了。

她今天穿了件白色蕾丝长袖衬衫，袖口是敞开的花瓣形状，看上去岌岌可危。

沈棠心面色犹豫地望向对面的男人。

他没有吃虾，动作优雅地拿着筷子，手指白净而修长。

像是感觉到她的注视，他抬眼看过来："怎么了？"

沈棠心迟疑两秒，还是打消了那个不妥的念头："没什么？"

她继续给自己剥虾，小心翼翼地抬着手腕，既要避免袖口沾到油，也要避免因为抬得过高，油顺着手腕滑下来，十分艰难。

就在这时，徐晋知忽然起身朝她走过来，见她一时间愣着没反应，低沉嗓音里夹着浅浅的揶揄："不是想挽袖子？"

沈棠心暗自咬牙，装作若无其事地把手伸过去："谢谢。"

徐晋知帮她把袖子挽到肘下一寸，即便很小心，还是不可避免地碰到她手臂。

他指温稍高，而她体温偏凉。女孩的肌肤细嫩柔滑，每一次不经意的触碰，都仿佛有一只只隐形的触手爬上他手背。

他强忍着,才没有停留太久,让她瞧出一些端倪。

沈棠心局促地把手缩回去,再说声谢谢,刚要松口气的时候,他却忽然俯下身来。

她一口气又提到了嗓子眼,惊讶地抬头。

徐晋知单手扶在沙发背上,轮廓分明的俊脸离她只有二十厘米的距离,深眸如夜色下的一汪幽潭。

周身空气被染上熟悉香味,每一个分子都仿佛有着定身的魔法,渗透进四肢百骸,令她短暂地浑身僵硬。

直到他干净的指甲带着些微凉意,不小心蹭到她脸颊。

之所以不小心,是因为他本意并不想碰她的脸,而是用指尖挑起戳在她唇角的一根头发,然后认真地掖到耳后。

他的目光澄澈而坦率,夹着若有似无的温柔:"吃虾还是吃头发?"

沈棠心牙齿轻轻地磕了下唇。

饭吃到差不多的时候,徐晋知去了洗手间。

餐厅后院,纯天然石块凿成的水池前,两个男人各怀心思地洗手。

"你跟她是什么关系?"

"看不出来吗?"

李先生在水池里甩了甩手:"她没告诉我她有男朋友,二位莫不是感情出了问题?"

"我还以为你眼光很好,可惜了。"徐晋知意味深长地睨他一眼,神色刻薄,"真有那么一天,我会通知你的。"

李先生敛眉沉默,死死地盯着他。

"人贵有自知之明。"徐晋知从盒子里抽了张纸巾,慢条斯理地擦干手,"她会不会答应你,你心里没数?"

这顿饭,沈棠心没能成功请到。

徐晋知去洗手间的路上,已经把账给结了。

晚上回到家,睡觉前,她突然收到李先生发来的两条短信:

"抱歉,之前是我唐突了,不知道你有男朋友,希望你别介意我的莽撞。"

"祝你们幸福。"

沈棠心一脸蒙圈,自己什么时候有男朋友了?

她下意识地编辑完回信,却忽然脑子一灵光,全部删掉。

就这样吧。

只要不再缠着她,怎么都行。

"盈盈,你看这房子怎么样?"沈棠心把手机举到崔盈面前,"离医院就两站地铁，两年前的新小区，物业是龙华公司，一室一厅只要一千六呢，说是房东出国急租，不然没这个价。"

崔盈实在受不了每天从学校宿舍到医院都要经历的死亡地铁二号线，打算在附近租个房子住。

"一千六还是好贵。"崔盈努了努嘴，"如果能跟人合租就好了，可以有客厅和厨房，但我不想和陌生人一起住。"

沈棠心划掉这个，继续看。

"实在不行就只能单间带独卫。"崔盈语气幽怨，"可是面积大一点，房子新一点的也好贵。"

"再看看，总能找到的。"沈棠心不停下滑着租房 APP。

过了一会儿，赵青严突然出现在正畸科门口，半个身子靠着门叫唤："小棠。"

"叫她干吗？忙着呢。"崔盈凶巴巴地回头。

赵青严表情委屈地撇了撇嘴："我就想洗个牙……"

徐晋知去找晏瑞阳拿点资料，顺便转到二诊室看看，沈棠心有没有下班。

刚进门，就看见赵青严从治疗椅上坐起来："牙齿灌风的感觉也太爽了。"

沈棠心背对着他收拾桌子，没搭话。

洗完牙的赵青严兴致很高："你记不记得？小时候换门牙的时候就这样。"

沈棠心轻哂："废话真多，赶紧收拾下班吧。"

赵青严："你不走啊？"

沈棠心："我留下来练练手，反正回家也没事做。"

"用不用我陪你？"

"不用。"

"那好吧，我撤了。"赵青严回头看见门口的徐晋知，惊讶挑眉，"徐主任？"

"嗯。"他冷淡地应了一声，目光转落在沈棠心的身上。

视线相对，女孩眸子里隐隐有光泽涌动，但很快又转回去忙碌。

赵青严急着下班，道声别就走了。沈棠心收拾着器械，手术服还没来得及脱，草草扯散了腰间的绳子。

徐晋知在她身后一米处站定，问："刚干吗呢？"

沈棠心没听出男人嗓音里的暗流，也没嗅到空气里浅浅的酸意，老实回答道："给赵医生洗牙。"

"哦。"他唇角微勾，似笑非笑，"我今天有点儿牙疼。"

沈棠心疑惑地转头。

徐晋知垂眸盯着她，目光有些灼人。长臂一抬，把文件扔在桌面上，发出突兀的响声。

"帮我看看。"

沈棠心以为自己听错了，直到他身形一晃，自己坐上了治疗椅，抬起一条大长腿侧身望着她,目光有些凉:"怎么,教了你这么久,舍不得给我看看?"

沈棠心一个激灵摆了摆头,赶紧走过来,表情十分专业地问:"徐主任你哪儿疼?"

她在等着他说话,他却忽然抬起一双手,似乎要扶上她的腰。

沈棠心心底"咯噔"一震。

下一秒,他修长的手指攥住她手术服两侧,淡淡的佛手香侵袭上来。

他的力道和触感,强烈到无法忽视,手术服下只是一件薄薄的T恤,她仿佛能感觉到他手上的热度,分明没有直接碰到,却隔空熨得她皮肤发烫。

他手指若有似无地抵着她的腰,将她转过去,然后手指捻着细细的腰带,在她身后打了个结。

女孩腰身纤细,打好结后,带子依旧垂下来很长一段。她穿着手术服也没有显得臃肿,反倒更能直观地感觉到身材纤瘦,就好像小孩偷穿大人的衣服。

沈棠心刚刚打算脱掉手术服,扯了一半没来得及脱掉,这会儿又被他给系上了,一阵赧然,嘟哝道:"都快下班了⋯⋯"

"你还有一个病人没看,下什么班?"男人轻呵一声,揪着带子把她转过来,"工作时间要注意合规,手术服穿好,嗯?"

他微微上挑的尾音,夹着若有似无的暧昧,沈棠心不自觉轻咬下唇,舌头有点打结:"你,你躺下。"

不能再陷在这种莫名其妙的氛围里了。

徐晋知终于松开她身侧的手,面上也瞧不出丝毫端倪,乖乖躺下,仿佛真只是个等待看诊的普通病人。

沈棠心看着治疗椅上躺着的那张脸,脑子短暂地陷入空白,拿着检查用的消毒棉签和口镜,不知道该从哪儿下手。

"用不用给你个望远镜?"徐晋知睨了眼两人之间的安全社交距离,开口调侃,唇角衔着毫不掩饰的戏谑。

沈棠心大窘,深吸了一口气,在他旁边坐下。

"你哪颗牙疼?"沈棠心硬着头皮问。

徐晋知:"不知道。"

沈棠心都不知道该怎么进行下去了。

"全都看看吧。"他仰头盯着她,眼神沁出点温柔,"仔细看,我不着急。"

接下来,沈棠心十分仔细地给徐晋知检查。

徐晋知的牙是整齐的,但并不是矫正过的那种,整齐却很自然,里面也干干净净,连给他看牙都是一种享受。

沈棠心认真起来,也便忘了刚刚那些令人羞恼的小插曲。

"徐主任,你也长了智齿欸。"她好像发现新大陆似的,惊讶地瞪大眼睛。

男人的嗓音无波无澜："正常，谁不长智齿？"

沈棠心："为什么不拔掉？"

徐晋知："不想拔。"

"可是拔掉比较好吧。"沈棠心认真地劝道，"你这也是阻生牙，等到时候发炎就不好了。"

沈棠心收回手，他便坐起来，屈起一条腿，面含浅笑："你是不是很想拔？"

"没有。"沈棠心嘟哝，"我又不会。"

她一个小喽啰，还没到能动刀子动钻的地步。

"想就好好学。"他听出女孩话语间的暗含的意味，望着她，看似轻松随意却不乏认真，"学会了，都给你拔。"

沈棠心无端又品出些暧昧，主动转移话题："你到底哪颗牙疼？"

他轻笑一声："现在不疼了。"

徐晋知送沈棠心回家。

路上，她手机振动，收到一条新短信——

"工商银行：您尾号 8888 的银行卡入账 500000 元，转账备注：好好照顾自己，哥走了。"

沈棠心目光一凝。

她赶紧打开微信问沈司澜："什么意思？"

沈司澜回得倒很快："字面意思。"

沈司澜："钱不够花再找我。"

沈棠心："你走去哪儿？阴曹地府报到？"

沈司澜："滚。"

沈司澜："不想和你住了，出去享受自由的人生。"

沈司澜："给你留了一辆车。"

沈司澜："是不是还挺疼你的？"

沈棠心忍不住也骂他一句："滚。"

沈司澜留的车，沈棠心并没有用。

她想着总不能继续让徐晋知当泊车小工，于是第二天，叫了网约车去上班，结果被车里烟味熏得五脏六腑都翻腾了一上午。

时露今天不太忙，中午便提前收工，去崔盈那边溜达。

正畸科的诊室有点热闹，似乎也不太忙，除了最里面隔间传来电子器械运作的声音。

晏瑞阳端着杯星巴克咖啡，靠桌而立，不仅他的两名女学生，刘简和张思浩也在。

加上刚进门的沈棠心，五个实习生聚齐了。

另外四个，都挤在晏瑞阳的电脑前。

沈棠心走过去："你们看什么呢？"

"晏老师的存货。"崔盈转过头，勾住她的肩膀，指了指屏幕上的片子，"你猜猜这是谁的？"

沈棠心摇头："我怎么知道是谁的。"

莫非还有看牙片识人的特异功能？

"你连你家徐主任的片子都看不出来？"楚白筠回头冲她撇嘴，"晏老师珍藏版的呢。"

这一张黑白X光片，能看出来个鬼。

"是啊，绝版珍藏，全世界仅此一份。"晏瑞阳吹了吹杯里的咖啡，在轻烟白雾里懒洋洋地张口，"他死活不让人碰他的牙，宝贝得跟命根子似的，连洗牙都是自己动手。"

沈棠心望着电脑屏幕，不自觉眼皮一颤。

昨天的情节在脑子里还热乎着。

想起他有些神经质地让她给自己看牙，虽然她也不知道为什么会突然那样，奇怪又似乎有迹可循。

想起他望着她时，带着灼热温度的揶揄目光。

想起他说，好好学。

学会了，都给你拔。

她心口一阵阵火烧似的滚烫。

御水湾的房子里，徐晋知正在陪四岁的小朋友搭积木。

这是黄旭天的房子，今天休息，又是儿子果果的农历生日，黄旭天请徐晋知到家里吃饭。

"黄果果，给你妈打电话了吗？"黄旭天从厨房探出个脑袋，问自家儿子。

"我才不给她打电话。"黄果果嘴巴噘得高高的，"我过生日她都不回来，讨厌。"

黄旭天："妈妈要出差，有什么办法？她不是给你买蛋糕了吗？过两天回家还给你带礼物呢。"

"我才不稀罕她的礼物呢，哼！"生日被放鸽子的小朋友特别不高兴，哄不好的那种。

黄旭天杀完鱼满手是血，硬忍下揍儿子的冲动，回到厨房准备晚餐。

再端着菜出来的时候，黄果果正在开心地给丁倪打电话，"妈妈，妈妈"叫得可亲热。

想也知道是谁的功劳。

等黄果果打完电话,黄旭天睨了眼正在旁边转魔方的徐晋知,轻哼:"臭小鬼,到底谁才是你亲爹,这么听别人话?"

"徐叔叔就是比你好。"黄果果抱着徐晋知的胳膊,扬扬得意,"徐叔叔比你帅,还比你聪明,五分钟就给我拼好了呢。"说着,指向桌面上的乐高小房子。

同时,男人手里的魔方也正好完成最后一块。

黄果果满眼崇拜:"徐叔叔好棒!"

黄旭天无语地把儿子拎去厨房洗手。

黄果果眼大胃口小,吃完爸爸做的饭,妈妈买的蛋糕只吃了一块就饱了,剩下的打包放进冰箱。

两大人一小人坐在沙发上,电视里播着动画片,黄旭天闲得无聊,看向旁边的男人:"你最近是不是有点儿不正常?"

徐晋知倒似乎对动画片有些兴致,头也没回:"怎么?"

"昨天晚上,叫人小姑娘给你看牙?"黄旭天轻笑着挑眉,"别问我怎么知道。"

徐晋知没理黄旭天。

"三十了老徐,能再幼稚点儿吗?"黄旭天睐眼调侃,"'宝贝'都给人看了,下一步是不是该以身相许啊?"

徐晋知瞥了他一眼:"下流。"

"我说什么了我下流?"黄旭天一巴掌拍徐晋知的肩膀上,"是你自己思想不单纯吧。"

徐晋知:"国家打击软色情,就该把你这种人关进去。"

"不过话说回来……"黄旭天语气正经道,"你这后知后觉的跨度是不是太长了点儿?"

徐晋知往嘴里喂了一颗蓝莓。

"三年呢,谁能等着你三年?"黄旭天为他唏嘘轻叹,突然脑门一灵光,表情惊恐地转过去,"你该不是三年前就——"

徐晋知垂眸盯着手指,缓慢摩挲着指尖的蓝莓汁液,没说话,但幽幽晃动的眸光泄露了一丝情绪。

"早知今日何必当初。"黄旭天摇了摇头,"那你现在这算怎么回事?想追?"

徐晋知继续搓着手指:"不知道。"

"那你就是纯撩人家?"

"不知道。"

"你就渣吧你。"黄旭天没辙了,一脸"你活该"的表情,"当初对人家那么狠心,有你受的。"

"爸爸,'渣'是什么意思?"黄果果突然转过来望着他。

黄旭天轻呵一声,阴阳怪气:"就是像你徐叔这样,欺负女孩子,还不负责。"

黄果果惊讶地瞪大眼睛："徐叔叔居然欺负女孩子！幼儿园老师说了，欺负女孩子羞羞。"

徐晋知无语。

"徐叔叔羞羞。"

晚上八点多的时候，黄旭天去哄黄果果睡觉了。

徐晋知坐在沙发上百无聊赖地看手机，微信聊天框依次机械地往下删，最后只留下其中一个。

这姑娘头像刚换不久，是"南山"餐厅窗口的一瓶小雏菊。

他打开朋友圈，最上面一条，就是五分钟前顶着小雏菊头像发的，语气可怜兮兮：

"没有饭吃 QAQ，呜呜呜！"

徐晋知点开她对话框："没吃饭？"

沈棠心回得挺快："没有。"

沈棠心："今天阿姨请假了。"

徐晋知："在家？"

沈棠心："嗯。"

徐晋知唇角微勾，把手机放进兜里，起身到儿童房门口，朝里看了眼。

黄果果已经睡着了，被子上一只大手轻轻地拍着。黄旭天闻声转头，看见徐晋知用口型说："走了。"

两个男人默默地道了别。

徐晋知走到门口，突然又折返回去，从冰箱里拿出蛋糕，切下来一大块，并且把所有的草莓都放了上去。

沈棠心准备点外卖的时候，收到徐晋知的微信。

他今天休息，没见着人，却在她脑子里活跃了一整天，每每想到在晏瑞阳那里听到的话，知道的事情，便莫名地无法平静。

她不知道徐晋知这些行为代表着什么，或者说，能不能代表什么。

不到半个小时，他给她打电话，说在院子门口。

沈棠心出去的时候，手里还拿着一小块脐橙。

男人站在那辆黑色宝马的车门旁边，难得一身休闲装，看上去少年感十足。

白 T 恤袖口有字母和印花，下身是宽松的灰色运动裤，侧边一道红色条纹，他一只手的大拇指插在裤兜里，其余四根手指贴着那条红色自然慵懒地下垂，愈发显得白净而修长。

沈棠心收回落在他手上的视线，礼貌客气地唤了一声："徐主任。"

"拿着。"他把另一只手里的小盒子递给她。

是个约莫六寸的蛋糕盒子，上面画着哆啦 A 梦的图案。

徐晋知望着女孩倏然睁大的眼眸，轻咳了一声，说："老黄儿子过生日，这是吃剩下的蛋糕。"

"哦。"沈棠心接过去，表情没多大变化，语气倒是很诚恳，"谢谢。"

"不用谢。"

"也帮我谢谢黄主任。"沈棠心认真道，"算了，还是我明天自己去谢他吧。"

徐晋知挑眉："为什么要谢他？"

沈棠心抬眼看过去，眼神稍带疑惑。

小姑娘的眼神太乖，徐晋知莫名地心一软，目光垂下来，夹了丝温柔："随你吧。"

沈棠心低头看了看手里的蛋糕，又看了看那一小块橙子，有些过意不去："徐主任，你要吃橙子吗？"

人家大老远给她送蛋糕来，总不能什么都不表示。

沈棠心把手抬起来，手指间晶莹的橙肉泛着水光："挺甜的。"

徐晋知盯着她手里的橙子，表情看不出有没有兴趣，倒是把两只手都揣进了兜里。

"我刚开车了，手不干净。"他垂眼看她，神色有些好整以暇的玩味。

"哦。"沈棠心放下橙子，点点头，"那就下次吧。"

徐晋知目光稍凝。

"下次是下次。"他嗓音清沉，夹着浅浅的笑腔，"我怎么知道，还有没有下次呢。"

这世上大概是有一种声音，让人无法抗拒短暂的心动。沈棠心只觉得耳膜发颤，心口也仿佛在被砂纸轻轻碾磨，摁下心头躁动，嗓音温软，态度礼貌："你等一下哦，我去给你装几个。"

男人眯起眸，一只手从裤兜里拿了出来。

沈棠心刚要转身回屋去拿橙子，脚还没动，忽然看见男人的手伸向她手腕。

在她惊讶屏息的片刻，他的手指精准地拎住她袖口外侧的蕾丝。

他并没有碰到她，却令她整个手腕到手指都开始微微发热。就好像着了魔似的，顺着他的力道抬起手，眼睁睁看着那一小块橙肉，被送进他口中。

有那么一刹那，她的手指和他的唇，只隔了一厘米距离，隐约能感觉到他温热的鼻息落在她手指上。

指尖湿润也不知道是因为橙子，还是他的呼吸。

她触了电似的缩回来。

徐晋知慢条斯理地吃完橙子，神色轻快而满足。

"是挺甜的，不过。"他顿了下，应该是沾上了橙汁，夜色下唇瓣光泽潋滟，有些勾人。

"我不喜欢自己剥。"

脑袋里摧枯拉朽的声音像地震海啸，沈棠心控制不住，呆愣愣站在原地。缓了许久，她才逼迫自己跳出这种奇怪的氛围："那，那你还挺懒。"

男人错愕地抬眉，轻笑一声。

炎炎夏夜，却好像拂过一阵清爽的春风。

沈棠心抿抿唇，搓着手指间黏黏的感觉，表情正经得不行："徐主任，太晚了，我就不请你进去坐了。"

他望着她的表情里夹着十足的兴味。

沈棠心努力忽略掉他的表情："明天还要上班，我……"

"进去吧。"他轻声打断，眸子里带着暖意，"我就是来送个蛋糕，没打算跟你秉烛夜谈。"

"橙子很甜。"最后他不忘重复一次评价。

在沈棠心那阵窘迫又袭上脑海的时候，转身拉开车门，坐了进去。

车子很快驶离别墅门口。

沈棠心终于抬起手，摸了摸胸口的心跳。

蛋糕被她犹豫再三还是打开了。

虽然在这个时间吃，无疑是对身材的犯罪。

扇形利落齐整，她想应该是他亲手切的，才能有这么无可挑剔的漂亮刀工。

以及，谁家吃剩下的蛋糕，能有七八颗新鲜饱满的草莓？

"喂，你是不是把我儿子的草莓全弄走了？"电话里传来黄旭天质问的声音。

徐晋知开着车，脸不红心不跳地承认："嗯。"

"你真好意思啊，跟小朋友抢草莓。"黄旭天轻哼一声，"你几岁他几岁？"

"回头给他买一筐。"徐晋知看着屏幕上跳动的号码，淡声道，"挂了，有电话进来。"

黄旭天识趣地主动挂了。

徐晋知切到另一个号码，电话那头是个苍老的女声，说着方言："晋知啊，在忙吗？"

"开车呢。怎么了外婆？"他嗓音很淡，却有些温情在，也说着同样的方言。

"你在外面要注意身体啊，别太累着自己了。"外婆语速缓慢，带着慈祥的笑腔，"还有啊，下个月6日，能回来的吧？"

"放心吧。"徐晋知笑了笑，"月初我去青湖市出差，抽空回来一趟。"

"哎，好。"外婆嗓音微微颤抖，"那我就等你，一起去看你妈妈了。"

徐晋知目光凝了凝："嗯。"

第五章·
明目张胆的偏爱

"什么?你要跟崔盈一起租房子?"楚白筠惊讶地扬声。

"你好吵欸。"沈棠心蹲在地上,抱着个小凳子看租房APP,抬头瞪她一眼,"我跟盈盈租房子很奇怪吗?"

楚白筠撇嘴:"你家不是遍地别墅。"

沈棠心:"哪有那么夸张?你再胡说八道我就——"

楚白筠扬眉:"就怎样?"

沈棠心轻嗤了声:"反正我懒得理你,随你怎么说好了。"

沈家是不差钱,也能做到遍地别墅,但没必要。

沈司澜给她留了车,她可以请司机,但没必要。

她和沈司澜不一样,不喜欢穷奢极欲。

她喜欢芸芸众生和烟火气。

"宝贝,有个好消息!"崔盈突然火急火燎地跑进来,抓住沈棠心的肩膀用力地摇,"我找到超级超级完美的房子了!"

沈棠心被晃得头晕,片刻才缓过来,问:"什么情况?"

"黄主任的房子。"崔盈跑得太急,这会儿还气喘吁吁,兴奋得手舞足蹈,"就隔这儿几公里的铂悦府,地铁站旁边,三室一厅,咱俩整租只要一千八,物业费都包了。"

"这么便宜?"沈棠心不可置信地瞪大眼。

"黄主任说了,自家孩子友情价,上一个租客年付四万呢,咱俩按月付就行。"崔盈笑嘻嘻道,"装修比较普通,没有铺地暖,不过对我们来说已经足够啦。"

"是挺不错的。"沈棠心点头。

崔盈给沈棠心看了几张房子的照片,装修也并不算普通,简约有格调,偏中性,而且收拾得干净整洁,小区物业和楼层也好。

"小棠,徐主任叫你去手术室。"赵青严找过来,敲了敲诊室的门,"快点儿啊。"

"哦,来了。"沈棠心急匆匆跑出去,边跑边回头说,"租房的事就这么定了，什么时候交钱你告诉我一声。"

徐晋知现在经常叫沈棠心去手术室帮忙。

分诊台已经用不起她了，每天门诊加手术，时间几乎被占满。累是累了些，不过她格外开心充实，也再没有像刚开始那样，被血淋淋的场面吓破胆。

其余几个实习生都羡慕得不行。

挑了一个休息日，沈棠心和崔盈一起搬进新家。

铂悦府分两片，一片是普通住宅区，一片是中产及富人区，她们到了地方才知道，黄旭天的房子是后者。

"咱们医院主任这么有钱的吗？"崔盈望着面前的豪华高楼，满脸惊艳，"徐主任不会也有好几套房子吧？他不会也住在这里吧？"

"那谁知道。"沈棠心扯了扯唇，由衷佩服她的脑洞。

两个女孩东西都不多，只有简单的生活用品和衣物。

归置好后，崔盈提议："咱俩要不要在家弄点儿好吃的庆祝一下？"

沈棠心："你会做饭吗？我一点都不会……"

"我也……"崔盈面露难色，"我可能比你会一点。"

沈棠心对做饭其实挺感兴趣，在家被惯成公主，什么活都不让干，反倒自己有点想学。

两人当即做了决定，去超市买东西。

这栋楼一梯两户。

刚才只顾着搬行李没留意，这会儿出门，沈棠心才发现对面那户："盈盈，你看那家的门。"

崔盈："怎么了？"

"好好看。"沈棠心蹑手蹑脚走过去，"我喜欢白色的门。"

很少有人把入户门做成白色，尤其年纪稍大点的，似乎很忌讳这个，家里一定要用红木门才喜庆。

这家的锁也是白色，门和锁就像天生一对，质感也很棒。

崔盈打趣道："你让黄主任给咱换个门。"

"你别闹了。"沈棠心忍俊不禁，"走吧走吧，不看了，当心被人家听见。"

崔盈笑嘻嘻地搂住她的肩膀："你想吃什么？"

"排骨！龙虾！"

"感觉都不太好做。"

"网上有好多菜谱呢，照着做应该还行吧。"

两个姑娘买了五六百的东西回来，除了食材和饮料，还有一套漂亮的餐具。

两人"吭哧吭哧"地将东西拎到楼下，终于坚持不住了，把袋子放在花坛旁边歇脚。

沈棠心拿纸巾擦汗，崔盈索性一屁股坐在花坛边上，突发奇想："你先上去吧，然后弄个滑轮，把我和这些东西装在篮子里拉上去。"

沈棠心无语地递给她一张纸巾。

"小，小棠。"崔盈突然瞪大眼睛，目光直勾勾盯着前方，声音都结巴了。

沈棠心："咋了？"

崔盈抬起一只颤抖的手，指向水泥路对面那排停车位："那个，是不是……"

沈棠心转过头去。

视线落在那辆熟悉的黑色宝马车前熟悉的车牌号时，崔盈颤抖的嗓音从身后幽幽传来："徐主任的车？"

两人回家后过了很久，沈棠心收到黄旭天发来的微信语音。

点开，里头男人正儿八经的语气莫名有些欠揍："忘了告诉你们，老徐跟你们住同一栋楼，九楼左户。我跟他讲好了，这房子售后他负责，修电器换灯泡，通下水道什么的，有问题就找他。"

两个女孩在沙发上面面相觑。

"徐主任现在在家呢。"崔盈说，"他也知道咱俩搬来了。"

沈棠心面色严肃："嗯……"

崔盈抿抿唇："人家以后还要照顾我们呢，不打个招呼好像不太礼貌。"

沈棠心点点头："是这个道理，你去吧。"

"为什么我去？"崔盈皱了皱眉，"他是你老师，得罪他又不会影响我的实习成绩。"

沈棠心："那不该咱俩一起去吗？"

崔盈指了指厨房炖着的汤。

沈棠心思忖了下："要不……发微信打个招呼？"

"那多没诚意。"崔盈语重心长，"妹子，身为一个'社畜'，这种事儿没必要省，我是为你好。"崔盈握了握她的手，"你记得代表一下我，告诉他我是因为在家看炉子才没去的。"

沈棠心认命地起身出门。

坐电梯下到九楼，她特意分辨了一下左右。

右边那户门口放着个鞋柜，鞋柜上一排绿植。左边则是空空荡荡，连门锁都是开发商原装的密码锁。

地面倒是一尘不染，像没人住一样。

沈棠心深吸了一口气，踩上一尘不染的瓷砖，缓步走到那扇红木门前。

她站定，抬手，刚要碰到门铃时，又猛地缩了回来。

最近她总是下意识地避免和他有工作以外的接触，发生一些不该发生的情节。在医院她做到了，可是在这里，她担心自己做不到。

她深呼吸十次之后，把自己调整到工作状态，才终于鼓起勇气摁下门铃，然后默默地数着时间，缓解紧张。

二十二秒时，门锁响了。

她站的位置不太好，愣神间，忽然打开的门板将她脑门儿磕得一震。

对方及时拉住了门板，倒不疼，只是听见头顶传来熟悉的低笑声，窘得她耳根发烫。

"找我有事？"男人嗓音清冽，沉沉的笑声像是从胸口里震出来的。

沈棠心低着头，目光瞥见他穿着白色浴袍，露出一截肌肉流畅的小腿，脚踩在一双灰色亚麻拖鞋上。周身是沐浴露清新的香味，还有扑面而来的滚滚热气。

"没事。"沈棠心压根儿不敢抬头看，语气认真礼貌地说，"我和盈盈刚搬来，跟你问个好，黄主任说以后有事情可以找你，谢谢了，不过我们会尽量不麻烦你的。"

徐晋知意味深长地勾着唇角，没回话。

"还有……"沈棠心想起崔盈的嘱咐，继续道，"盈盈在家里煲汤，没法下来，她要我代她跟你问个好。"

徐晋知依旧没搭腔。

当她准备说再见的时候，才噙着慵懒戏谑的嗓音再次开口："老师教你这么打招呼的？"

沈棠心愣了一下。

"你看都不看我。"男人轻扯唇角，语气里听不出是抱怨更多，还是调侃更多，"是跟门还是跟墙打招呼？"

沈棠心攥了攥手指，目光依旧不敢往上瞟，十分正经地说："徐主任，非礼勿视。"

话音未落，男人修长白皙的手指缓缓地搭上门框，漂亮得像艺术品。她视线不由自主地跟着那只手挪动，在头顶飘来一句轻飘飘的"我又不是没穿"的时候，他手指微微弯着上扬，捻住脖子上挂着的毛巾一角，擦耳边滴落下来的水。

沈棠心像是被那只手催了眠，鬼使神差地看过去。

好巧不巧的是，视线偏偏落在他胸前那片裸露出来的皮肤上。浴袍的领子呈V字敞开，胸肌的形状若隐若现，刚沐浴过的皮肤泛着水光，恍惚有些半透明的白皙，却也掩盖不住浑身散发出的男人气息。

这似乎是她这辈子第一次，对男人这两个字有如此冲击的感受。哪怕是三年前，自己一腔孤勇对他死缠烂打的时候，也仅仅是对于这副皮囊的单纯欣赏。

虽然沈司澜也没少在家里这么穿，但她从来没把他当成男人。

可眼前这个男人，迎面而来的荷尔蒙气息，简直让人无法抗拒，昏昏欲醉。

他头发上的水，还在一滴一滴地往下坠着，有的落进毛巾和浴袍里，有的则顺着他胸前的轮廓流畅地往下滑，隐入她看不见的地方，更让人想入非非。

沈棠心不由自主地咽了口唾沫。

男人低眉垂眼看着她，唇角勾起了然自得的笑意："让你看着我说话，你看哪儿呢？"

这时候叫她看着他说话，不是找死吗？

她已经快要就地熟透了。

不知道脑子怎么一抽，她找了个蹩脚的理由："……我脖子疼。"

徐晋知虚靠在门框上，衔着很轻的气声笑了一下，似乎是忍着不去拆穿什么。突然响起的电话铃声解救了她。

沈棠心激动地把手机拿出来，摁下接听。还没来得及放到耳边，寂静的楼道里，崔盈的声音十分清晰："宝宝，你怎么去那么久啊？你还在徐主任那儿吗？我想了一下，你要不请他上来一起吃？"

沈棠心捂着听筒转过身："不太好吧……"

崔盈："怎么不太好呀？我觉得挺好。"

沈棠心一本正经地质疑："就咱俩这厨艺你好意思？"

崔盈得意扬扬："我刚尝了一下排骨汤，这次我发挥得特别好！一会儿再炒个我拿手的土豆丝和虎皮青椒，咱不是买了那个周黑鸭和猪蹄儿吗，盛出来也算一碗菜吧。"

"徐主任一个单身男人，自己在家肯定不好好吃饭，还不如咱俩。"崔盈义正词严道，"懂点儿事小妹妹，互相照顾一下没什么不好的。"

沈棠心只得应承下来。

挂了电话，她转过身，目光还是不知道该往哪儿放，硬着头皮问："徐主任，你吃了吗？"

吃了吧，一定吃了。

她在心底默默地祈祷。

然而很快，男人轻飘飘的嗓音砸碎了她的幻想："没呢。"

"那，"沈棠心想哭，又不能哭，笑得比哭还难看，"你要不嫌弃的话……"

"好。"他语气含笑地打断了她。

好什么好，呜呜呜……

您客套一下能死吗？

沈棠心从头到脚都在腹诽。

偏偏那人还更不客套地问："我换身衣服，你要不进来等？"

"不用了。"沈棠心用力磕了磕牙齿，"我回去给盈盈帮忙。"

说完，她转头就溜，不再给男人调侃她的机会。

徐晋知换了一身米白色连帽衫和棉质的休闲裤，十分居家的样子。沈棠心开门的时候，忍不住眼前一亮。

压下心底一阵躁动,她表面淡定地从鞋柜里拿出一双鞋套递给他。

她们两个女孩,家里没有男式拖鞋。

徐晋知坐在门口的小凳子上,慢条斯理地把鞋套套在他的白色运动鞋外面,就连这个动作也优雅得让她呆怔片刻。

直到厨房里传来崔盈的喊声:"小棠你过来一下!"

沈棠心屁颠屁颠地跑进厨房。

崔盈在小区门口火锅鸡店里订的小火锅送到了,对方说门卫不让进,要自己去拿。

沈棠心打趣她:"还说对自己厨艺有信心呢,买什么火锅撑场面啊?"

"这不是第一次请领导吃饭嘛,稍微隆重一点吧。"崔盈撇撇嘴,"我下去取了哦,你把这个土豆切完,一半切丝一半切块,切块的等会儿下火锅。"

"知道啦,你快去吧。"沈棠心把崔盈往厨房外面推。

答应得果断,但她这辈子拿菜刀的次数,迄今为止还没超过三次。

正在和砧板上的土豆殊死搏斗,厨房的门忽然被滑开,身后是沉稳的脚步声,以及一道属于男人的轻笑,丝丝缕缕的淡香味也随之钻进鼻腔里来。

手里的菜刀一滑,眼看着就要切到指甲,被凌空出现的一只手及时握住。

"我以为你是跟土豆有仇。"握住菜刀的那只大手,同时不可避免地握着她右手,另一只从背后绕过来,将她的左手带离这个危险区域,"怎么着,还跟自己的手有仇?"

之前裸露在浴袍外的胸膛,此刻就这么若有似无地贴在她背后。他左手拿着没切完的半颗土豆,手臂紧挨着她的手臂。

两人穿的都是短袖,毫无阻隔,肌肤相贴,灼热的触感从那处蔓延开来。

"看好了。"他语气还算正经,只是嗓音温柔得有些恍惚,像在说情话,"切菜不是这么切的。"

沈棠心满脑子"嗡嗡"乱响,哪里学得到什么。

她怔怔地看着在菜板上挪动的漂亮手指,以及在他的菜刀下,变得厚薄均匀的土豆片。

她的手被他摁在刀把和滚烫的掌心之间,感受着刀刃和土豆摩擦的每一下顿挫,也同时牵动到胸腔里那颗"咚咚咚",跳个不停的心脏。

直到她听见家门被打开的声音,才猛然回神。

再一看,土豆也已经切完了。

一半是粗细均匀的细丝,还有一半是整齐的滚刀块。

徐晋知同时也放开了她,周围热气退散,她脸上的温热却怎么也散不开。

崔盈把火锅放到餐桌上,才进来,盯着她的脸看了几秒钟,狐疑道:"你的脸怎么了?"

沈棠心装作若无其事,错开崔盈去池子里洗手:"什么怎么了。"

"红扑扑的。"崔盈撇了下嘴,看见砧板上的土豆一脸惊喜,"哟,切得不错嘛,还挺专业。"

"不是我。"沈棠心嘟哝道,"那个,我去下洗手间,再回来帮你。"

"不用你帮了,我炒个菜就能吃了。"

"哦。"

沈棠心转身出去。

路过客厅的时候不经意抬眼,目光和沙发上剥橘子的男人撞了个正着。对方眼眸深邃,依稀含着几分揶揄,沈棠心立刻脚下抹油似的,飞快溜出他的视线范围。

身后传来一道幽幽低沉的轻笑声,她咬咬唇,只当作没听见。

沈棠心一直在洗手间里待着,免得出去以后,和某人相对尴尬,直到崔盈叫吃饭。

排骨汤、土豆丝、虎皮青椒,还有一盘猪蹄和周黑鸭凑成的卤菜,再加上店里端来的火锅鸡,一顿丰盛的晚餐像模像样,请客也不寒碜了。

"宝贝你这土豆丝切得也太好了,我炒着都省劲儿。"崔盈一边给他们盛饭,一边表扬沈棠心,"今天的土豆丝是有史以来最好吃,没有之一。"

沈棠心脑袋往下埋了埋:"说了不是我。"

"不是你吗?"崔盈睨了她一眼,眉梢微挑,视线转落在徐晋知的脸上,不可置信地张了张口,"徐主任?"

男人唇角衔着笑,接过她僵在半空的饭碗:"谢谢。"

崔盈也坐下来,咬了咬筷子,看对面的徐晋知:"徐主任会做饭呀?"

"算会吧。"他淡淡地点了下头。

但这桌上谁都知道,这话八成是谦虚。

如此讲究的刀工,怎么可能只是简简单单的"算会吧"。

过了一会儿,崔盈一本正经地对徐晋知开口:"徐主任,房东说了以后我们有需要可以找你。所以你要是有需要帮忙的,也可以找我们,互相帮助嘛。"

徐晋知笑了一声:"行。"

沈棠心小声嘀咕:"他能有什么需要我们的。"

崔盈噎了下,咬着筷子讪笑:"是哦。"

这样一个什么都不缺,自己也什么都会的人,还会有什么需要她们帮助呢。

第二天是工作日。

沈棠心因为有"早自习",比崔盈要早起一个半小时。

结果她闹钟还没响,电话铃声倒是先响了。

前一秒还在做着梦,猛然被惊醒,睡眼惺忪连字都瞧不清楚。她迷迷糊糊地摁下接听键之后,脑袋又闷进枕头里,娇软的声音带着些微烦躁:"喂?"

"是我。"电话那头传来一道低沉的男声。

沈棠心顿时一个激灵，从被子里弹坐起来，睡意一扫而空。

"起床了吗？"男人嗓音也带着初醒时的微微嘶哑，听上去莫名有些性感。

像是被老师催促上学，沈棠心赶紧下床道："起了。"

徐晋知笑了一声："二十分钟，楼门口等你。"

沈棠心张大嘴巴："啊？"

"二十分钟不够吗？"他很认真地问。

沈棠心还没弄清楚状况，脑子又陷入宕机状态："不，不是……"

"那半小时。"男人好脾气地让了步，"不用吃早餐。"

不等她再发表意见，电话就挂了。

沈棠心蒙蒙地盯着手机屏幕看了许久，才突然清醒过来，火急火燎地冲进洗手间。

她下楼的时候，徐晋知已经坐在车里了。

车子横停在单元楼门口的路边，显然是正在等她。

驾驶座车窗半敞着，窗里露出男人轮廓分明的侧脸，穿戴整齐的衬衫和领结。他微微低头垂眸，举着手机的左手手腕上戴着一块精致的手表。

气质和昨晚判若两人。

当他转头看过来的时候，沈棠心慌张地错开视线，从车屁股后面绕过去，坐进副驾驶，低眉垂眼地系上安全带。

不等他开口，她乖巧礼貌地说："对不起徐主任，让你久等了。"

"没事，我也刚下来。"男人弯唇轻笑了声，把手机扔进中间的储物盒，发动车子。

早高峰还没开始，加上路程近，不堵车很快就到了。

在医院停车场下车，徐晋知叫住她："你先上去吧。"

沈棠心疑惑地抬眼："徐主任你呢？"

"买早饭。"

"我也去……"沈棠心转身往街边走。

刚一抬脚，身后飘来男人轻浅的嗓音："你今天已经晚了十分钟。"

沈棠心心里一"咯噔"。

"上去吧，抓紧时间学习。"男人抬起手，温热的掌心在她头顶揉了揉，却很小心没有弄乱她的头发。

和沈司澜揉她的力道完全不一样。

没有一丝居高临下的欺压和玩弄，只有淡淡的安抚和宠溺。

自从搬家，沈棠心的生活被拉进全新的节奏。

每天早上她和徐晋知一起上班，为了节约时间，她学习，他买早饭。

他不再把她交给别人，所有的日程，查房门诊，手术会议全都亲自带着她，无一例外。

七月的最后一天,沈棠心第一次拔下患者一颗长了十年的阻生下牙。

"这针口儿缝得,一看就是徐主任的徒弟。"前来观摩的医生调侃道。

"是啊。"时露刚做完手术,脱着手套从隔壁走过来,"小沈这是赶上好时候了,我当年可没这待遇。"

沈棠心笑笑:"那是我太笨了,不教不会啊,哪像露姐这么聪明。"

时露戳戳她的额头:"就你嘴甜。"

"对了小棠,下周二青湖大学的交流会,老徐打算什么时候走啊?"晏瑞阳从对面诊室出来问,"我这儿有个血管瘤患者想给他做,不知道来不来得及。"

沈棠心放好器械,手微微一顿,淡声道:"我怎么知道,你自己问他呗。"

晏瑞阳:"他没跟你说?"

"没有啊。"沈棠心摇头。

晏瑞阳一脸惊讶:"他不打算带你去?"

"徐主任好像从来不带实习生去的吧。"时露回头说了一句,"国际会议的入场券,哪那么好弄?"

"就是。"沈棠心附和,"反正我去了也听不懂。"

晏瑞阳略思忖,点头:"行,那我自己问他。"

下午五点半了,沈棠心脱下手术服和手套。

忙了一个下午,终于一身轻松,今天看来是能准点下班的。

她站在窗户边伸了个懒腰,忽然感觉身体不太对劲。在诊室里瞄了一圈,朝时露小跑过去。

"露姐。"沈棠心抱住时露的胳膊,表情有点可怜兮兮。

时露望过来问:"怎么了?"

"你有没有带那个?"沈棠心咬咬唇,用只有两人能听到的音量小声说,"我好像那个来了。"

时露愣了一下,随即失笑,赶紧去柜子里给她拿。

"多大人了还不记得自己带。"时露微嗔的表情夹着些宠溺,"幸好是今天,明天我休班你找谁?"

沈棠心笑嘻嘻道:"这不是老天爷帮我嘛,下次一定记得。"

徐晋知朝副驾驶看了好几眼了。

大清早的,小姑娘蔫了吧唧,连个表情都懒得给他。他好几次试着和她说话,她都只是低低地回一声"嗯"。

在办公室学得倒挺认真,只不过早饭没吃两口,就给他收起来搁角落了。

徐晋知默叹着把被嫌弃的早餐扔掉,递给她一杯热豆浆:"吃饱了没?"

沈棠心握着笔在画病理图,"嗯"了一声,态度很敷衍。

徐晋知微微皱眉："你今天怎么回事？"

"没怎么。"沈棠心嗓音闷闷的，"就是不想说话。"

"可你就吃了两只小馄饨。"他俯身看着她，是很想纵容却又无奈的表情，"能顶一上午吗？"

沈棠心眉头拧起来，脚往前踢了踢，声音有点瓮，也有点烦躁："你去忙你的不要管我。"

话音刚落，沈棠心就有些后悔，小心翼翼地抬眼。

她没看见他的表情，视野里只有一个高大挺拔的背影，似乎和往常没什么区别。

上午，门诊忙得脚不沾地，沈棠心一边给徐晋知帮忙，一边接分诊台那边的电话。

几乎每隔十多分钟就有电话打过来，问这边有没有医生可以加号。

忙成这样，偏偏还身困体乏，小腹时不时地翻搅起来，存在感强烈得让人无法忽视。

她"大姨妈"要是来得晚，第二天就会特别难受。

沈棠心只觉得胸口里随时憋着一团气，整个人火烧火燎的，一点即爆。

刚送走一个患者，徐晋知指了指器械台那边："Protaper 和 K3 记一下次数。"

"知道了。"沈棠心原本就打算去看，他画蛇添足的指示让她语气略烦躁。

放在平时是不会这样的，可她没能控制住姨妈期的小宇宙。

徐晋知回头睨她一眼，口罩外露出的双眸眯了眯。这丫头从早上到现在，没给他一点好脸色。

中午快结束的时候，楚白筠过来喊沈棠心吃饭。

今天崔盈盈休班，饭搭子只剩她们两个。

沈棠心还在脱手术服，语气淡淡地说："你等我一下啊。"

楚白筠抱怨她磨蹭，她也没发脾气。

徐晋知此刻正在电脑里查下午的号，闻声抬眼，眼底光泽流转，透着一丝道不明的情绪。

可以的，这丫头。

对别人就那么温柔。

晏瑞阳刚忙完，拿手机回了个微信，转头看见徐晋知站在门口，目光冷冷地盯着他，忍不住从头到脚一个激灵，狗腿地笑起来："怎么了领导？"

"沈棠心怎么回事？"徐晋知开门见山地问。

晏瑞阳愣住："我怎么知道？你家孩子你问我？"

"不问你问谁？"徐晋知眉心紧蹙，"昨天上午还好好的，我就半天不在，回来跟我闹脾气。"

晏瑞阳："……"

徐晋知严肃地质问："是不是谁欺负她了？"

"没有啊。"晏瑞阳啼笑皆非，"我的徐大主任，整个科室谁不知道小棠是你心尖儿上的宝贝？谁敢欺负她？也就你自己了吧。你别贼喊捉贼冤枉我，先反省反省你自己。"

徐晋知扯了扯唇："我有什么好反省的？"

他把这姑娘捧在手里怕摔了，含在嘴里怕化了，就差每天出门都拴裤腰带上。昨天装修材料的签单出了点问题，临时叫他去趟建材市场，才把她一个人留在医院。

"青湖大学的国际合作交流会，你是没打算带她去？"晏瑞阳问。

徐晋知蹙眉："谁说我不打算带她去？"

"那我就爱莫能助了啊，你家小孩你自己哄。"晏瑞阳瞥他一眼，"昨天我就问了句这个，她好像也没不开心啊。"

两秒后，他咋了咋舌："女人心海底针，还真是。"

徐晋知眸色微暗，一言不发地转身离开。

中午的食欲比早上略好一些，沈棠心吃饱肚子，喝了碗热汤，小腹的坠痛稍微有所缓解，下午工作时也没那么烦躁了。

临下班，她打算去包里拿卫生巾换一下，结果刚打开柜子，发现里面多了点东西。

一块她平时总吃的那款巧克力，下面压着一张"青湖大学口腔医学会国际合作与交流会议"的邀请函。

副券上写着她的名字。

她惊讶地张着嘴，差点连呼吸都忘了，直到门口突然有脚步声靠近。

她回神一看，是已经换掉手术服，穿着衬衫和西裤的徐晋知。

沈棠心呆呆地望着他走到她面前，唇畔勾着和以往一样的弧度。

"不打算说说？"

沈棠心手还在柜子里，摩挲着那块巧克力，把它和邀请函一起拿出来，双手攥住，低着头小声地问："这个是你放的吗？"

"不然呢？"男人尾音翘高，笑意明显。

沈棠心摸着邀请函上的名字，好似手里的东西有千斤重，指尖微微发抖："为什么带我去啊？这个邀请函，不太好弄到吧。"

"再难不也得试试。"徐晋知垂眸看着她扑扇的睫毛，"你这都跟我闹一天脾气了。"

他居然以为自己是为这个生气，自己哪里是这种人——沈棠心忙不迭地否认："我没有。"

"还嘴硬。"他手指挑开她额前掉下来的碎发,"以为我看不出来,全世界你就对我有意见?"

沈棠心委屈地抬起头,又强调了一遍:"我没有。"

小姑娘表情可怜得紧,好像真是冤枉了她,徐晋知哪还敢再多说什么,语调夹着宠溺:"行,你说没有就没有。"

"真的没有。"沈棠心十分认真地望着他,想解释清楚,"我今天,是——"

徐晋知轻笑一声:"是什么?"

沈棠心咬咬唇,忍着羞赧,用最小的声音告诉他:"'大姨妈'。"

徐晋知短暂地面色一僵。

随即他微微倾身,似笑非笑地把手扶在柜门上:"'大姨妈'就对我发脾气?"

"我没有发脾气。"沈棠心紧紧捏着邀请函和巧克力,"我不是叫你别理我吗。我那个……的时候,对我爸妈和哥哥也忍不住的,就别理我就好了。"

徐晋知勾了勾唇:"那怎么不凶别人?"

"别人是别人。"沈棠心不假思索地说,"那我不得装一装。"

"我呢?"摁在柜门上的手朝她脑袋贴近了些,熟悉的气息也骤然靠近。

沈棠心颤颤地抬眼,险些被男人近在咫尺的眸子吸走了魂,慌忙垂下来,屏住呼吸,连他身上的香味都不敢多闻。

徐晋知却不容她逃避,两手都撑在她身侧,再次低声发问:"我是什么人?"

沈棠心被问得愣住。

她没有继续迷失在那双深不见底的眸子里,突然带着些恐惧地意识到,自己居然不知不觉把这个男人当成了可以肆意表露情绪的对象。

不知道从什么时候开始,不再对他刻意遮掩和包装。

这不是个好兆头。

徐晋知不知道她心底经过了怎样一番自我警醒,倒是觉得她呆头呆脑的样子分外可爱。

"还不错。"他满意地开口,"学会恃宠而骄了。"

沈棠心的睫毛颤了颤。

恃宠而骄,似乎是这样的。

最近她跟徐晋知几乎形影不离,科室里都在开玩笑,说徐主任多宠爱他的小徒弟,这是要传衣钵了。

她不仅有些担心时露吃醋,还有些得意忘形。

徐晋知忍不住想逗她。

他目光落在她的手指上,略带揶揄:"既然你不是想要这张邀请函,那我就给别人了?"

这会儿,女孩怔愣的眸才再次灵动地流转起来,表情乖顺懂事,主动把邀请函递给他:"我也觉得我去不太好。"

男人神色一凝,摁在柜门上的手虚握了下。

沈棠心没留意,也并不想留意,继续认真地说:"这种级别的交流会,不是我现在能参加的,前辈们都比我合适。"

她的表情太过认真,徐晋知眉心皱起来。

"盈盈在餐厅等我呢,我先走了徐主任。"今天她身体不舒服,崔盈找了一家养生餐厅请她吃。

说完,她转身要走,奈何去路被他胳膊挡着,她只好用力往上推了推。

他看上去没使劲,却岿然不动。

她抬头看他一眼,茶色的眸子滴溜一转,索性从胳膊下面钻出去。

徐晋知嘴角一抽。

离开前,沈棠心无比慎重地把邀请函放在低柜的台面上,略想了想,把巧克力也压在上面。

徐晋知一直憋着口气,直到她小兔子一样的背影消失,才面色凝重而又不甘地磨了磨后槽牙。

视线垂落在被她抛弃的邀请函和巧克力上,微怔片刻,他拿起那块巧克力,粗暴地撕开包装,放到舌尖。

味道也就那样,甜得发腻。

小姑娘抛下他去和闺蜜吃饭,他顿时觉得百无聊赖,索性把车子开去保养。

才等一会儿他又觉得无比烦躁,一秒钟都不想多待,跟朋友说了句改天来取,就打车走了。

"你还是老样子,不高兴就往这儿跑。"

身后传来熟悉的嗓音,徐晋知没有回头,对着脚下满眸的霓虹灯和车水马龙。这里是医院顶层,比对面的最高的写字楼还要略高一些。

黄旭天递的矿泉水他没接,目光下垂,点了点下巴。

黄旭天忍住爆粗的冲动,给他拧开:"惯你这少爷脾气。"

"谢了。"徐晋知接过来,仰头闷了一口,那姿势俨然手里是个酒瓶。

但矿泉水到底没劲。

"上次喝酒是什么时候?"黄旭天走上前和他并排站着,突然前言不搭后语地问。

徐晋知抿着唇,没说话。

他以前还喝点儿酒,当了医生之后,几乎滴酒不沾。

除了那次。

黄旭天转眸看着他:"那会儿我没想那么多,现在想想,就是你从青湖市回来的第二天吧。我记得第一天,小姑娘还来找了你。"

那次徐晋知喝得烂醉,有生以来唯一一次,以至于时过经年,黄旭天偶尔记起，画面还犹在眼前。

徐晋知腕子搭在栏杆上，拎着矿泉水瓶口，瓶身晃悠悠地悬在外面："你想说什么？"

"这么多年跟在你身边，也没发现你心里有人。"黄旭天略微苦笑，"我是不是个不称职的兄弟？"

徐晋知弯着唇笑了一声。

黄旭天收回目光，也望着满城夜景不说话。

很久很久之后，才听见男人清冽磁沉的声音，夹着若有似无的叹息："你知道吗，其实在黑暗里待久了，是很怕天亮的。"

"所以当年，你才那么抗拒她。"

徐晋知迟疑片刻，还是"嗯"了一声。

他也曾差一点点，就触摸到那束光。

但是，终究差了那么一点点。

黄旭天叹了一声，问："那你不打算跟她解释清楚？"

"怎么解释？"徐晋知的胸腔里震出一声笑，又实在算不上笑，"从哪儿开始解释？三天三夜够吗？"

黄旭天沉默了。

他们从少年结识，很多事情，都不是用三言两语能说清楚的。

千言万语也不见得。

他觉得以徐晋知的性格，大概会把所有关于自己的过往，都封进一个不见天日的黑匣子里。

徐晋知灌下最后一口，把塑料瓶捏成扭曲的形状，"刺啦"作响，伴着他决意满满的低沉嗓音："我只要以后。"

不知道是不是因为养生餐厅送的那杯红糖姜茶，沈棠心这晚睡得特别香，梦到了许多好吃的。

不过也因为睡得太香，她起床的时候才发现，已经比平常晚了四十分钟。吓得她赶紧从床上蹦起来，火速收拾好自己。

准备出门时崔盈刚从卧室出来，打着哈欠穿着睡衣，半眯着眼睛去上厕所："你还没走啊？"

"我起晚了。"沈棠心一边穿鞋一边说，"你也快点儿啊，你时间快到了。"说完拎着包包跑出去，到楼门口，却没看到那辆熟悉的车。

徐晋知的车每天都停在同样的位置，然而现在，他的车位空着，楼门口的路边也空着。

难不成……先走了？

沈棠心抬脚踢了踢脚边的石子，心里一阵懊恼。

也是，自己晚了这么久，他总不会一直等。

可居然也没打个电话提醒她，这就有点不厚道了。

这算是昨天她对他态度不好的惩罚吗？

没想到一个大男人，这么记仇。

正打算拿手机叫车，身后突然出现了熟悉的脚步声。

沈棠心惊讶于自己居然能凭脚步声辨认出一个人，她转过身，眼睛因为震惊睁得很大："你没走啊？"

"嗯。"男人一只手插在裤兜里，另一只手拎着两个牛皮纸袋，不知道是什么东西。

沈棠心朝后看了眼："那车呢？"

"送去保养了。"徐晋知稍稍弯唇，抬了抬下巴，"走吧。"

沈棠心本来想问他为什么也这么晚，为什么没叫自己，但还是没说出口，就这么跟在后面走了一会儿，才又问他："我们怎么去？"

似乎是这声"我们"取悦了他，徐晋知唇角的弧度更大："打车。"

"可是现在应该很堵车。"沈棠心有点担忧。

推迟一个小时，正好是早高峰，崔盈每天都是乘地铁去的。沈棠心想了一下，说："要不乘地铁吧。"

"地铁应该没位置坐。"徐晋知顿了顿，回头望着她蹙眉，"你行吗？"

沈棠心瞬间明白过来他的意思，微窘之下，忙不迭地点头："我可以的，今天不怎么疼了。"

为了能不迟到，忍一忍也没什么。

徐晋知抬手看了眼手表："那行，难受的话跟我说。"

比起二号线高峰期的人口密度，四号线简直是人间天堂。

虽然没有位置坐，但至少有地方站。

沈棠心身子还是有些乏力，但她不太好意思跟徐晋知说，于是一进车厢就靠在门口的扶手旁边，没往里走了。

徐晋知和她隔了些距离，站在那排座位前面，但跟她抓着同一根扶手。

另一只手里的牛皮纸袋，被他护在胸前。

旁边一个背书包的男生从进来就一直低头刷着短视频，所有的注意力都集中在手机上，扶着的那只胖手不听使唤似的缓缓移动。沈棠心不想被挨到，始终盯着两人之间那两厘米左右的距离，也跟着移动。

眼看就要被挤到扶手边上，忽然出现一根白皙修长的手指，勾在两厘米的缝隙里。

沈棠心惊诧抬眼，正好对上男人略微含笑的眼神。

她心口不由自主地震了震。

地铁似乎在转弯,车厢轻微晃动,他垂在外面的其余四根手指无可避免地碰到她。温热的触感断断续续,有时候若有似无,却让人无法忽视。

地铁里冷气充足,她却浑身燥热。

两站后,那名男生下车,徐晋知的手才终于挨着她握在旁边,五根手指捏得很紧,就好像一个英勇的骑士,保护着城堡里的公主。

沈棠心被脑子里突如其来的奇怪比喻吓了一跳,脸颊顿时热了起来。

明明是和平时开车差不多的距离和时间,因为被过分放大的感官,变得好像很慢很慢。

沈棠心低着头,强迫自己不要胡思乱想,再起那种莫名其妙的旖旎心思了。

然而,有些人偏偏不让她如愿。

不知道过了多久,似乎是一个换乘站,地铁下去一大拨人,又上来许多。沈棠心依旧守着她的安乐窝不打算动,包包挡在又疼又酸的小腹上。

在被刚上车的一个小姐姐不小心撞到,她忍不住不耐烦地皱眉时,斜前方突然传来一道熟悉的男声:"抱歉,我女朋友身体不舒服,能不能让她先坐?"

沈棠心脑子里"咯噔"一响,不禁瞪眼看过去。

只见徐晋知抬手侧身,淡定优雅地拦着面前空出来的座位,眼眸含笑地望向她。

刚才要和徐晋知争抢座位的年轻男人,转头瞥见扶手边脸色苍白有些病恹恹的沈棠心,连连说不好意思,侧身让开一条路。

沈棠心蓦地回过神来,顶着周围好几个人的目光,动也不是不动也不是。

徐晋知那句"女朋友",哪怕知道是说给别人听的,依旧让她心慌不已。

直到徐晋知温柔宠溺的嗓音穿过地铁车厢混浊的空气飘进耳朵,如梦似幻:"棠棠,过来。"

她再次抬眼看他,像是被他眸底的光吸引过去,乖乖坐进那个空座位。

他站在她面前,用高大的身影护着她,身上淡淡的佛手香,仿佛驱散了所有混浊的味道,让她只闻得见他。

不少女孩的视线都落在这个相貌出众、气质卓绝还颇有绅士风度的男人身上,止不住一眼又一眼。连沈棠心都能感觉到一些灼热的注视,有的带着羡慕,有的是嫉妒,仿佛能把她当众盯穿。

可见当徐晋知的女朋友,并不是什么快乐事。

她不过当了他几分钟的假女朋友,就觉得,起码要减寿十年。

下车的时候,他走在她身后,即便人很多她也没有被挤到。

到医院已经八点多了。

平常这个时间,她已经差不多自习结束了,可是今天,才刚刚踏进门诊楼。

沈棠心本来想问徐晋知还要不要去他办公室学习,徐晋知在电梯口,把手里的两个纸袋都递给她:"去休息室吃早餐吧,我去院办有点事情,如果回来得晚,你就先自己安排。"

沈棠心接过纸袋的时候才触摸到袋子的温度。

里面是吃的?

想起他拎着袋子从单元楼里走出来的情景,她又禁不住心口一震。

这难道是他自己亲手做的吗?

沈棠心一只手紧抓住袋子边缘,另一只手小心地托在底下,仿佛拿着什么易碎品。她抬眼瞄了徐晋知一眼,徐晋知倒在她之前先开了口:"是早餐和红糖姜茶,姜茶在保温杯里,喝的时候小心烫。"

她脑子里仿佛有什么东西,轰地炸开。

"这几天就不用早起了,注意休息。"徐晋知抬起手,帮她把压在包带子下面的衣领翻出来,动作仔细而温柔。正好电梯门缓缓打开,他朝后看了看,扬眉,"进去吧,我去 C 栋。"

"……徐主任再见。"沈棠心迅速跟他告别,转身像一条鱼似的溜进电梯。

徐晋知看着小姑娘故意把自己挡进电梯排钮旁边的角落里,对着已经看不见她的方向,无奈又宠溺地勾了勾唇。

休息室里。

沈棠心正在吃早餐,赵青严凑过来看她的碗:"小棠你今天吃什么好吃的?"

沈棠心下意识地伸手挡,却还是被看到了。

"大清早的这么丰盛?"赵青严咋了咋舌,搓搓手指,"我能不能尝一块这个牛肉?就一小块,看起来好好吃。"

以前赵青严还顾着在她面前维持形象,现在妥妥一个中二吃货傻大哥。

沈棠心迟疑了下,在这人手要伸过来的时候,一巴掌给他拍开:"不能。"

她语气有点凶,赵青严被吓到了,连忙缩回手:"至于嘛,我也给你买过那么多次,一块肉都不给吃啊?"

"反正……这个不行。"沈棠心圈起胳膊护住饭碗,"改天我请你就是了。"

倒不是因为是徐晋知亲手做的,只是因为太好吃了,她才舍不得。

沈棠心默默地在心底想。

崔盈这会儿也到了,刚坐下休息,就听见赵青严调侃的声音:"崔大小姐,你是有什么魔力啊?小棠自从跟你住一起,伙食都上升了几个 level。"

崔盈似乎还有点困,懒洋洋地掀眼皮:"说什么呢?"

赵青严指了指沈棠心的早饭:"这不是你俩在家做的?"

崔盈闻声看过来,也是一愣,困意都没了,若有所思地瞅了沈棠心一眼,见她神色略慌乱,转头瞪赵青严:"关你什么事?帮露姐打扫卫生去。"

赵青严噎住:"你们这批实习生,反了天了。"

一个个的对他这前辈呼来喝去,毫无尊敬可言。

"去吧，我的好哥哥。"崔盈笑呵呵地把他往门口推。

赵青严走后，休息室只剩下两人。

对上崔盈依旧笑着的目光，沈棠心不由得紧张起来。

她知道自己即将接受拷问。

果不其然，崔盈上来就开门见山："说吧，谁送的？"

沈棠心扛着她的注视，淡定地睁眼说瞎话："买的呀。"

"买早餐还带饭盒呢？这饭盒瞧着可不便宜。"崔盈毫不留情地拆穿沈棠心，手指敲了敲旁边的保温杯，"卖家还挺周到。"

崔盈要笑不笑地盯了她几秒，忽然一顿一顿地问："小棠，你该不是，背着我，谈恋爱了吧？"

沈棠心猝不及防被自己的口水呛到，边咳嗽边摆手。

"吃个早餐还春风满面呢。"

沈棠心捂着胸口终于缓过来，忙不迭地否认："我没有。"

崔盈胳膊肘放在桌面上，双手交握托着下巴，冲她挑眉，一脸调侃和八卦："那你倒是给我个合理的解释。"

"这个是，是——"沈棠心咬了咬牙，视死如归地说，"是我爸爸给我做的。"

崔盈脸上的笑容一僵。

"我爸爸听说我身体不舒服，特意送来的。"沈棠心继续睁眼说瞎话，这次底气十足，"你也知道，我爸爸很疼我的，而且我爸爸手艺超级棒。"

这倒是实话。

说完她煞有介事地夹了一筷子："喏，我给你吃块胡萝卜。"

崔盈的目光落在牛肉上。

沈棠心虽然舍不得，但为了哄崔盈，还是牺牲了一块牛肉。

崔盈吃完很满意，嘟哝道："那你心虚个什么劲？"

"我没心虚啊。"沈棠心点点自己的胸口，"我心实着呢，不信你摸。"

徐晋知给沈棠心发了一条微信，然后一上午都没召唤她。

沈棠心乐得在门诊打酱油，帮忙哄好了两个哭闹的小孩。

小孩子都怕看医生，对于牙医，又好像有种独特的恐惧。

"露姐，咱们可以在科室放点小玩具和玩偶什么的。"沈棠心提议道，"这样比较好哄小孩。"

时露笑笑："有道理，我跟行政说说。"

沈棠心洗手准备去吃午饭，时露刚脱下手术服，过来问她："青湖出差的时间定了吗？"

沈棠心想起昨天那张邀请函，以为时露问的是徐晋知，她微蹙着眉摇了摇头："不知道啊，我又不去。"

"可是我看刚发的行政邮件,名单里有你。"时露拍拍她的肩膀,"徐主任是真挺看重你的,好好表现。我可是去年才第一次参加那种国际交流会呢,能学到很多东西的。"

沈棠心愣在原地。

片刻后,她讷讷地"嗯"了一声。

徐晋知下午三点多才到门诊来。

沈棠心看了几封邮件,知道徐晋知去院办开会是处理行政方面的事,才没有带着她。

中途她去休息室打开水,顺便给时露带一杯。

直饮机水流不大,她站在前面等了一会儿。

均匀透明的水柱自上而下流泻出来,撞进杯子里发出温柔治愈的声音。

她一下子想到了徐晋知。

不知道为什么,她脑子里就有这么一个名字、一张脸,忽然蹦了出来,短暂地占据所有神智。

再次相逢之后他所有的转变,他的耐心和仔细,体贴入微的照顾,就像面前清澈透明的流水一样,温柔治愈。

恍惚间,她不自觉地伸出手,靠近直饮机的水柱。

差点要碰到的时候,手臂忽然被抓住,对方力道不大,却让她猛回过神,被自己吓了一跳,手指颤抖着缩回来。

身后是男人略显冷淡的嗓音:"怎么,想自残骗休假?"

她连忙转身抬头,然而,休息室长桌和饮水机之间的空隙不大,两人站得太近,她转身时不小心,踩到了徐晋知的鞋尖。

那一刻她只想着自救,无暇其他,在身体摇摇欲坠的瞬间伸手薅住一个最趁手的东西。

——他的领带。

然而领带有点滑,她潜意识觉得不太牢靠,再伸出另一只手,不假思索地抓住了他的皮带。

徐晋知伸出去救她的胳膊微微一僵,但还是顶着这样的压力,快速地搂住她的腰。

短暂的慌乱过后,两人以奇特的姿势静止下来。

男人搂着女人的腰,女人抓着男人的领带和皮带。

以及,那微微变色的俊脸和耳郭。

徐晋知喉结不可控地滑动了下,他垂下的眸色很深,嗓音也是前所未有的低,像在克制着什么:"你想抓到什么时候?"

沈棠心似乎才找回自己的脑子,整个人像触了电似的一弹,猛缩回手,结结巴巴地道歉:"对,对不起……"

可他的手臂依旧搂着她的腰,以至于她想立刻逃跑,却动弹不得,只能被迫留在尴尬现场,以及尴尬对象的眼皮子底下。

面前是徐晋知的胸膛,被她抓乱的领带和衬衫以及,不太明显能看出略松的裤腰,她连眼睛都不知道该往哪儿摆,索性闭上。

她又羞又窘又急,几乎带着哭腔:"对不起徐主任,你能不能——"

徐晋知却衔着轻笑打断她:"叫我什么?"

沈棠心脑子迟钝地空白了一下。

不对吗?

哪里不对?

不一直都这样叫的?

记忆突然闪回到今天早晨的地铁。

此刻他脸上的笑容,几乎和那时候一模一样。

一个具有毁灭性的认知顷刻间袭上脑海……

他……该不会……是认真的吧?

徐晋知的手臂肌肉硬实,抱她的时候用了些力道,隔着这样的距离,依稀能感觉到衬衫里绷着的胸肌形状。

他平时看着虽然很瘦,但身材十分有料。

这点沈棠心是知道的。

鼻腔里满是属于他的香味,她不禁想起那天晚上在他家门口看到的,衣襟半敞,活色生香的画面,仿佛有一团火在身体里烧,脸颊快要滴出血来。

脑子不清不楚的,像飘在云里雾里。

她也不知道从哪儿蹦出来一大堆奇奇怪怪的想法。

不叫徐主任那叫什么?

晋知?徐哥哥?晋哥哥?

曾经她死缠烂打追求他的时候,没脸没皮地叫过一次——

晋哥哥。

她差点被他从十六楼诊室的窗口扔下去。

回忆他当时的表情,应该是真的很想把她扔下去。

直到,搂在腰上的手臂忽然松开,她居然生出些不舍,禁不住皱了皱鼻子。

徐晋知依旧望着她,手伸出去,指骨漫不经心地敲了敲桌面上的饭盒,以及保温杯。

两者表面都是金属材质,敲上去"叮咚叮咚",十分悦耳。

沈棠心听上去却不那么心情愉悦了。

"不是爸爸给做的早餐?"徐晋知唇角微勾,目光凉飕飕的,"怎么,吃完不认人了?"

沈棠心心里一震。

崔盈那个大嘴巴！怎么跟谁都说！

徐晋知继续漫不经心地转着空荡荡的保温杯，和桌面摩擦的响声刺得人心口发痒，以及，他慵懒含笑，意味深长的嗓音：

"现在可是全科室都知道，沈医生有个厨艺精湛的好、爸、爸。"

最后三个字，他一字一顿，依稀有些咬牙切齿的味道。

沈棠心后知后觉，这男人是找她算账来了。

想起刚刚脑子里那些乱七八糟的东西，她被自己窘得耳根通红，头快要埋进胸口里去："对不起徐主任，我再也不敢了。"

态度有够诚恳，话也有够敷衍。

徐晋知低头看着小姑娘委屈巴巴的模样，倒是不忍心计较了，那称呼在舌尖上游一圈，居然还品出些别样的感觉。

他不敢再多想，唯恐亵渎她。

这么单纯乖巧的小姑娘。

他只是稍稍俯身，靠近她耳侧，手也像平常那样轻轻搭在她头顶，揉了揉："那你刚才在想什么？"

沈棠心愣住。

只听见他轻笑一声，指尖若有似无地勾了勾她滚烫的耳垂："脸这么红？"

"我……"沈棠心喉咙哽了哽，"我热。"

感觉到他的手指靠在耳垂边的触感，她顿时更热了。

她咬咬牙，抱着打满水的杯子，转过身拔腿溜出去。

出门后差点撞到一个人。

黄旭天刚给小姑娘让了道，侧身转头，瞥见徐晋知领带歪斜，衬衫凌乱，活像是刚被糟蹋过一般，居然还笑得满面春光，意犹未尽。他不禁咋了咋舌："欸唷，够激烈的啊。工作场合，多少注意些影响。"

徐晋知缓步走过来，冷冰冰地睨着他，一脚踢上休息室的门。

黄旭天赶紧退后一步，额头上的刘海儿跟着门板送来的风颤了颤，忍不住爆了句粗口："你大爷的，差点夹死你兄弟。"

里面只传来一个字："滚。"

第六章·
酒后吐真言

去青湖市出差的事定了下来,周一上午就走。

周二到周四开会,周五自由安排,还有两天周末,也就是说,可以在青湖市好好玩一玩。

这点沈棠心很满意。

青湖市气候较冷,沈棠心出租屋只有夏天的衣服,于是头天回家住了一晚收拾东西。

正好沈司澜在家,第二天送她去机场。

路上沈棠心接到徐晋知电话,问她出发到哪里了,她说还差十分钟到。

一等她挂断,沈司澜满脸狐疑地瞥过来:"你到底跟谁出差?"

"徐主任啊。"沈棠心漫不经心地回答。

沈司澜脸色一僵:"你跟他?就你们两个?"

"是啊。"沈棠心想起时露的话,"你以为国际会议的邀请函那么好弄?能浩浩荡荡去一大批人吗?"

沈司澜不知道在想什么,神色一秒比一秒凝重。

片刻后,他阴阳怪气地说:"姓徐的对你还挺好。"

沈棠心抿着唇,低下头:"他是个好领导。"

"不准睡一个房间。"沈司澜突然咬牙切齿。

沈棠心白了他一眼。

"随时跟他保持距离。"沈司澜牙都快咬碎了。

沈棠心表情无语。

"我跟你说,你要是敢对他旧情复燃,我打断你的腿。"

倒也不用这么狠毒吧?

到机场后,沈司澜亲自下车,从后备厢拿出她的行李,帮她送进去。

徐晋知在值机的队伍前等沈棠心,沈棠心刚要过去,就被沈司澜拽住。

两个男人隔空四目相对。

片刻的电光石火之后,沈棠心被沈司澜拽到 VIP 候机室门口。

"小哥你这是干吗?"沈棠心犟了犟,不想进去,眼睛不停地往徐晋知那边瞟,可早已经被挡住看不见了。

沈司澜凉飕飕地扯唇:"怎么着,怪你哥棒打鸳鸯了?"

沈棠心瞪他:"我这是去工作,你别添乱好不好?"

"添乱?呵,我没把你锁屋里不准去,就对得起你了。"沈司澜拉着箱子,从她手里抢过身份证,目光里仿佛夹着冰碴子,"老实待着,我办完过来找你。"

"小哥……"

沈司澜给门口的工作人员使了个眼色,对方立马点头哈腰:"沈总放心,我一定照顾好沈小姐。"

沈棠心被带进候机室,工作人员很快送来一杯热牛奶,问她要不要单独的房间休息。

"不用了,你去忙吧。"沈棠心摇摇头。

"好的。"工作人员弯了弯腰,"沈小姐有需要随时叫我。"

"嗯。"

沈棠心忧心忡忡地坐在沙发里,想着给徐晋知发个消息,却不知道说点什么,手指在对话框里敲了又删,到最后什么也没发。

沈司澜回来时,十分粗暴地把登机牌扔给她。

沈棠心低头一看,顿时瞪大眼睛:"你干吗给我升舱?"

劳斯莱斯的车钥匙顶在桌面上,他垂着眸居高临下,气质有多么雍容华贵,语气就有多么尖酸刻薄:"你可是我们沈家金枝玉叶的小公主,什么时候坐过经济舱?"

"医院安排的出差经费就这么点。"沈棠心义正词严,"经济舱怎么了?不过就三个多小时。"

沈司澜态度强硬:"三个多小时也不行。"

沈棠心眼珠子快要瞪出来:"你这人就是故意的吧?"

"没错,我故意的。"沈司澜勾了勾唇,在她对面坐下来,懒洋洋地跷着腿,一副"你奈我何"的欠揍神色,"谁知道那姓徐的在路上会不会趁机欺负你?哥这是为你好。"

沈棠心努了努嘴,嘟哝道:"我看你就是无聊。"

"沈棠心。"他嗓音沉下来,语气严肃地叫她大名,"你是不是忘了,他以前是怎么对你的?"

沈棠心张了张口,顿时语塞。

"当初你那位好大哥说什么感情的事你情我愿,没道理怨人家,拦着我不让我办他,行。"沈司澜语调阴恻恻,"这次他要敢犯我手上,可不是某人一两句话就能算了的。"

沈棠心低着头,目光落在杯子里微微晃荡的热牛奶上。

很多已然模糊的记忆都短暂地被勾了起来。

这段时间,就好像脑子里的存储条逐渐被新的内容覆盖掉,同一个人,她总是只能更为清晰地记得某一种样子。

而在她眼前的徐晋知,就是那么温柔体贴,如沐春风,让她很少能再想起曾经那些事。

毕竟三年了。

就算偶尔一晃而过,也是恍如隔世,不痛不痒。

但她到底是差点忘了,现在的徐晋知,哪里记得当初的她?

他或许都不知道,自己是在对谁细致入微,悉心照顾。

"你记不记得你六岁那年,我放邻居家的狗进来,把你吓哭了。"沈司澜望着她,唇角携着一丝温温的笑,"咱爸罚我跪了三天三夜。"

沈棠心眼眶有些热,别过脑袋:"那你也没少欺负我。"

"小哥欺负你,和外人能一样吗?"沈司澜扯了扯唇,"你倒说说,我什么时候真害过你。"

沈棠心沉默了。

沈司澜和大哥不一样,明明已经是个实权在握的集团老总,在她面前却总像是长不大。

他从小喜欢逗她玩,喜欢惹她生气,但自从六岁那次以后,再也没让她哭过。后来她唯一一次掉眼泪,就是为了徐晋知。

"外公外婆,你小舅,爸妈,大哥,还有我,谁不是把你捧在心尖上。"

沈棠心没再说话,低着头,面色沉沉的样子。

过了一会儿,她拿出手机给徐晋知发了两条消息:

"徐主任,我哥帮我升舱了。"

"我们青湖机场见。"

徐晋知旁边的座位是空的。

想着小姑娘应该会喜欢看风景,他特意留了靠窗的座位。

只不过现在……

她在离他不远,却仿佛隔了一整个世界的头等舱。

其实在见到沈司澜的那刻他就知道,此行不会是顺顺利利,一切按照他想要的情节发生。

然而,他却连不甘心的资格都没有。

三年前种下的因,总是要自食其果。

沈棠心在头等舱睡了一路,中途颠簸也没什么感觉,始终半梦半醒迷迷糊糊。直到飞机落地开始滑行,才完全被震醒过来。

她刚把手机解除飞行模式,就收到徐晋知的微信:"在出口等你。"

她迟疑了下，敲字："好的。"

沈棠心没着急，下飞机先去上了个厕所，换上袋子里准备好的春秋装，徐晋知也没发消息来催她。

到取行李的大厅时，徐晋知已经拉着她的箱子，站在出口等她了。

沈棠心微微吸了口气，小跑过去，装作若无其事地冲他弯唇浅笑："谢谢徐主任。"说完伸手去拿自己的箱子。

徐晋知没给她，把箱子换到另一只手上，抬了抬下巴："走吧，车在门口。"

他腿长步子大，拉着她的粉红色行李箱，就像拉着一只宠物狗一般轻松。而她跟在行李箱的另一边，就像另一只宠物。

沈棠心连忙甩了甩头，停止这种天马行空的乱想。

他似乎对青湖机场很熟，沿路连指示牌都不看，七弯八拐，上下扶梯，很快就出了机场。

车子是提前叫好的专车，徐晋知拉开后座车门，手扶在门顶上护着她进去。

本来担心和他坐一起会不自在的沈棠心，听见副驾驶车门被关上的声音，心脏忽然也跟着震动。

徐晋知扣上安全带，淡淡地对司机说："走广州路，我取个东西。"

司机应了一声，发动车子。

两人一前一后，在宽敞的SUV里隔着厚厚的座椅靠背。沈棠心心里的不自在却并没有减轻一些，一路上借打游戏缓解。

中途他下车，去广州路的商场里拿了套西服。

快到酒店的时候，沈司澜发消息问："住哪儿？"

沈棠心想了想，骗他说还没订。

不然以沈司澜的性格，没准再干出什么多此一举的事儿。

原本订的两个大床房，都被告知免费升级成了高级商务套间。

沈棠心正高兴着，却发现徐晋知的表情并不愉悦，反而冷冷地问前台怎么回事。

穿着工作套装的前台笑得十分甜美："是商会的徐总特别交代的，说您要是有问题的话，可以亲自——"

"不用了。"徐晋知面无表情地打断她，拿起房卡便走。

沈棠心识趣地咽下好奇，什么都没问。

两人正好住对门。

到房间门口，徐晋知才把行李箱还给她："四点出发去学校会场看看，晚上在外面吃。"

沈棠心捏着行李箱把手，点点头："嗯。"

徐晋知低下头，睨了眼她露脚趾的小高跟，面色一沉，嗓音却是温温的："这边昼夜温差大，穿厚点儿。"

感觉到久违的关心，沈棠心攥了攥手指，胸口憋着的一团气倏地消散。

自从机场出来后，她终于抬头看了他第一眼。

他眸底深邃，仿佛入夜的星空。

说来奇怪，她居然担心他为今天的事生气，担心了一路，却又不敢问。

"怎么？"徐晋知勾了下唇，是无比熟悉的戏谑，"看你这表情好像挺遗憾？"

遗憾？遗憾什么？

沈棠心正对着男人好整以暇的表情不知所措，被他盯得，脸颊又开始火烧火燎，手机突然响了。

来电显示是沈司澜。

沈棠心蓦地松了口气，神色正经地对徐晋知说："徐主任，我哥的电话，那我先进去收拾了哦。"

沈司澜这厮，总算是干了回正经事。

被解救的沈棠心高兴地关上房门，接他电话时语气都比平时友好许多："喂，小哥。"

"到了？"那边男人的语气听着依旧很不爽。

沈棠心边把箱子往起居室里拖，边回道："到啦。"

沈司澜："住哪儿？"

"青湖大学附近的君悦酒店。"沈棠心接着回答，"你不用担心噢，我和徐主任分开住的，而且还是高级套房呢。"

沈司澜轻嗤一声："你们这医院什么毛病？买机票抠门得要命，订酒店倒舍得了。"

"那我哪知道。"沈棠心抿了抿唇，稍有点心虚，没和他说几句便挂了。

她想起在前台登记的时候，那人嘴里提到的徐总。

莫非和徐晋知有什么关系？

如果是青湖商会的话，那应该还蛮厉害的。

不过跟她又有什么相干呢？沈棠心晃了晃脑袋，不再多想。

把洗漱用品都放到卫生间里，要穿的衣服也都挂好后，沈棠心看看时间，已经快四点了。

给徐晋知发消息问他什么时候出发，他要她直接下楼。

酒店门口停着一辆黑色的奔驰越野，外表一尘不染，和刚买的新车一样。副驾驶车窗徐徐降下来，隔着一个座位，徐晋知手指轻点着方向盘，冲她眯了眯眼："愣什么呢？上来。"

沈棠心上了车，乖乖地系好安全带，车子顺着酒店门口的滑坡转弯下去的时候，她才望着徐晋知，有点不可置信地问："徐主任，你买了新车吗？"

旁边的人迟疑两秒，忽然笑了一声，然后转过来，一脸看傻子的表情："你难道没听过,有个东西叫作租车?"

青湖大学是国内知名学府,医学院口碑尤其出众,经常会有一些重要的学术交流会议在这边举办。

这次他们参加的,就是口腔医学在国际上最权威的前沿技术交流会,会有很多世界顶尖的专家讲座。

沈棠心跟着徐晋知走进大礼堂时,门口正在进行预签到。

负责签到的两个女同学看见徐晋知,瞬间两眼冒光,连说话声音都温柔了许多:"先生,请在这里签一下名。"说完还亲自递笔。

对面的女同学激动得脸颊微红,他却什么反应都没有,很快签下自己的名字,字迹如笔走龙蛇,行云流水。

然后他把笔递给沈棠心,嗓音柔和:"签完带你去见个人。"

沈棠心忙不迭地接过笔:"哦。"

签完名,两人刚要转身往会堂里走,负责签到的女同学忽然叫住:"徐先生。"

徐晋知迟疑了下,才回过头,指了指自己:"叫我?"

"嗯。"女同学点头如捣蒜,从桌子后面跑出来,拿手机递给他,表情羞涩道,"能不能……加个微信啊?"

徐晋知睨了眼她的手机,面无表情,嗓音也是毫无波澜:"抱歉。"

小姑娘长得挺好看,可能从来没有主动搭讪被拒绝过,还是如此目中无人的态度,当即脸颊通红,泫然欲泣。

沈棠心一个旁观者都有些不忍,徐晋知却毫无察觉,抬脚往前迈去。

突然,不远处传来一道夹着轻嗤的男声:"我说徐同学,一把年纪了,怎么还学不会对女生温柔点儿呢?"

沈棠心回头一看,一名穿着黑衬衫的年轻男人从走廊拐角过来,单手插在西裤兜里,另一只手里拿着根袅袅燃着的烟。

搭讪的女同学眼睛红红地叫了声:"贺老师。"

"忙去吧,别看了。"贺青临拿烟指了指徐晋知,"这厮不是什么好人,吃喝嫖赌样样不落,离他远点儿。"

女同学顿时一脸惊恐,缩回签到桌后面。

徐晋知轻瞥他一眼,却也没说什么,一行人进了会场。

沈棠心发现贺青临和徐晋知似乎是旧识,很旧很旧的那种。

她识趣地找了个位置坐,会堂后面很空旷,还是稍微能听见他们俩的声音。

贺青临说:"你小子,当年约好一起考青大,你说出国就出国,回来也不找兄弟喝酒。"

徐晋知调子压得很低,她没听清。

后面贺青临提到一些她不认识的名字,想必是他们当年的同学。

沈棠心全然听不懂，无聊地打开微信。

今天应该是不忙，科室的小群里大家你一言我一语，聊得热火朝天。

不知道过了多久，沈棠心正忘我地敲着一串"哈哈哈哈哈哈哈"，还没发出去，座椅后背被敲了敲。

她心底一颤，迅速地抬眼，才发现自己置身于一抹高大的阴影下，忙不迭地转过头去。

徐晋知居高临下，似笑非笑地睨着她："聊什么呢？我跟这儿站半天了，你都没发现。"

"聊……"沈棠心估摸着他是看见了，说谎也没用，"聊你。"

徐晋知唇角一勾，明知故问的表情："聊我什么？"

沈棠心视死如归地说了实话："聊你……被学生妹妹搭讪，差点把人家吓哭了。"

话音未落，却发现他目光灼灼地盯着她看。

他一时间也没搭腔，不知道在想什么，沈棠心只觉得，周围的时间和空间都因为他一动不动的目光而静止了下来。

片刻之后，他才淡淡地挪开放在她脸上的视线，那神色仿佛是经历了一段漫长的故事。他两手虚握着放进裤兜里，看向前面："走吧，带你去见见我导师，威廉姆斯教授。"

刚刚他是在想。

当年，面前的这个学生妹妹，也才十八岁。

青湖市和 B 市完全就像是两个季节，这边六点才过，外面已经灰压压一片。

今天是阴天，连夕阳都没有。

气温也冷了，晚风刮在脸上像刀子一样。

沈棠心跟着徐晋知往会堂外走，边走边低头看了眼脚上的运动鞋，暗自庆幸。

快到门口的时候，前面的人忽然停住脚步。

他脚边是一本厚厚的蓝色教材，《口腔颌面外科学》。

急匆匆跑出去的女同学差点和他撞上，手里的书就这么掉了。好巧不巧，还是之前搭讪的小姑娘。

她穿的是短裙，本来想蹲下去捡，又不太好意思，表情尴尬地立在原地，样子十分无助。

徐晋知俯身帮她捡了起来。

女同学把书抱在胸前，嗓音低低柔柔道："谢谢。"

"不用谢。"徐晋知依旧没什么表达欲，但比之前的语气明显要好些。

女同学鼓起勇气，再次开口："您是 B 大附院的徐医生吧？"

徐晋知稍点了下头："我是。"

看来这姑娘特意查了他。

"我,我也是学口腔医学的,我一直很崇拜您……"女同学紧张地攥着手指,"能不能……"

"抱歉。"他还是之前那两个字,"我只是过来出差,很快就会离开这里,青大的教学质量也不错,既然选择了这个专业,就跟着老师好好学习。"

女同学似乎还想努力一把,咬了咬唇:"那……"

"还有,"徐晋知淡淡地打断她,语气并不冷酷,说出来的话却很直接残忍,"我有喜欢的人。"

感觉到徐晋知说话时落在头顶的视线,沈棠心脑子里"嗡"地一响。

她目光不自觉怔怔地随着小姑娘,消失在外面的台阶下。

徐晋知见她一副魂不守舍的样子,饶有兴致地瞧了一会儿,才抬手在她眼前打了个响指:"看什么呢?"

沈棠心整个人一震,收回目光。

"没。"她顿了下,装作若其事地补充道,"看她长得还挺好看。"

徐晋知抬脚往前走,若有似无地轻哼一声,嗓音有点凉:"我以为你只看男人。我导师的儿子才十六岁,你悠着点。"

这人背后长眼睛的吗?

他刚才明明一直在和威廉姆斯教授讲话,师徒情深,大部分时间都没注意她。

她百无聊赖的,看看小帅哥养养眼睛怎么了?

不过她也懒得对他解释,走下台阶便问道:"我们去哪里吃饭啊?有点饿了。"

徐晋知从兜里拿出两张长方形的小票子:"想去吗?"

沈棠心低头一看,居然是电影《无极之夜》的首映,惊喜得两眼冒光:"你怎么会有这个?"

"贺青临给的。"徐晋知漫不经心地用手指弹了弹,"他说有饭吃,你要是感兴趣就去,不感兴趣就算了。"

"别啊,首映礼一票难求,而且——"沈棠心忽然抿住唇,把余下的话憋回去。

徐晋知目光凉凉地看过来:"而且什么?"

"而且,那里的饭一定很好吃。"沈棠心表情正经,说着便转身往停车场跑去,"快点走吧,我好饿。"

徐晋知慢悠悠地跟上,一边走,一边若有所思地摩挲着邀请函上几个男演员的名字。

顾浔?言玺?还是周子淳?

以这丫头的审美,八成是周子淳。

他干净整齐的指甲在周子淳大名上留下一道浅浅的印记。

《无极之夜》是顶级影片公司的大制作,首映礼在青湖市最为气派的礼堂,大咖和资本家云集。

到了礼堂门口,沈棠心才突然想起来,自己今天穿得也太随意了些。万一有幸见到偶像,都不好意思上去要签名。

而反观身旁这个男人,即便是和平时一样简单的衬衫西裤,也自带矜贵风雅的气质。

首映礼八点开始,过完安检七点四十分,沈棠心担心一会儿不方便出来,提前去了洗手间。

徐晋知在走廊口等她。

大厅里人来人往,只有一个摆摊的女孩始终站在角落,支着张小桌子。徐晋知目光落在桌子上那些发着光的小饰品上,没过多久,他走了过去。

"你好,我要一个这个。"他指了指最中间粉红色的猫耳朵,想着那丫头应该会喜欢。

"小哥哥是买给女朋友的吗?"卖家笑盈盈地问,"可以再买一个蓝色,和女朋友戴同款嘛。"

徐晋知嘴角微微一抽:"不用了,就要一个。"

这种玩意,他怎么可能会戴?

沈棠心从洗手间出来时,徐晋知是背对着她的,因为他手里拿的东西,都不太敢认。

直到他感觉到她的气息,转过身来。

他仔细端详她的脸,继而目光落向手里的猫耳朵。

"我觉得这个挺像你的。"

说完,他直接把发箍戴在她头上,唇角勾起满意的笑容。

沈棠心转过身对着玻璃幕墙,看自己头上粉嫩嫩发着光的猫耳朵,的确还挺可爱。

徐晋知望着她止不住臭美的样子,不禁有些失神,记忆又闪回到三年前。

当时她问他喜欢什么颜色,他随口答红色。没几天,小姑娘得意扬扬地送给他一个亲手织的红色羊毛毡,说是里面放着她跟外婆去寺庙里诚心求来的平安符。

那时候她眼里的光,和现在几乎一模一样,自信又可爱。

虽然羊毛毡织得实在不怎么样。

他不自觉也弯起眉眼,因回忆而悠远的目光里夹着浅浅宠溺。

直到旁边的小姑娘突然惊呼一声:"周子淳!"

他闻声望向门口,影帝周子淳身后跟着经纪人助理和四五个保镖走进来。

沈棠心火急火燎地在包里找可以签名的东西,结果翻遍了也没有纸笔,急得直拽他衣袖:"徐主任,你有没有——"

"没有。"他眼底一片星火燎原。

"你那个小本子呢?"沈棠心盯着他,手指蠢蠢欲动,那模样仿佛要亲自上手去搜身,"你不是每次出门都带着个小本子?"

徐晋知扯了扯唇:"今天没带。"

没带就没带,这么凶干吗?

沈棠心最终还是没弄到偶像签名,以至于入座之后,依旧有些闷闷不乐。

徐晋知忍不住看了她好几眼,才清咳一声,装作若无其事地提醒道:"电影开始了。"

沈棠心"哦"了一声,嗓音郁闷而敷衍。

徐晋知对电影没什么兴趣,注意力都只在旁边的女孩身上。

此刻她就像一只小刺猬,身上的每根刺都在说着她不高兴。

徐晋知蹙着眉深思片刻,拿出手机。

现在的大数据敏锐得可怕,他刚敲出一个词,搜索栏下面已经自动带出一行——"阻止女朋友去要男明星签名,过分了吗?"

就好像勘测到了两人之前那一番争执。

徐晋知扯扯唇,点了进去。

这问题显然被很多男人问过,回答几乎是一边倒。

还没看完,头顶突然响起一道温柔客气的声音:"您好,两位的晚餐到了。"

沈棠心闻到糕点香味,抬眼看过去,疑惑地问:"我们还没有点呀。"

"贺先生的票是情侣票,所以对应的也是情侣套餐。"侍应生把餐盘上的东西放到两人之间的桌子上,躬了躬身,"请慢用。"

沈棠心低头一看,是两份西式糕点,抹茶和提拉米苏,以及……一杯奶茶?

"是不是少了一杯啊?"沈棠心仰头去问侍应生,人却已经走远了。

徐晋知修长如玉的手指抬起来,分开杯子里的两根吸管,若有所思笑了一声:"情侣套餐?"

沈棠心默不作声地低头,拿起抹茶蛋糕旁边的小勺子。

"我不喝甜的。"徐晋知把奶茶挪到她那侧,"这个给你。"

闻言,她稍稍抬眼。

只见徐晋知懒洋洋地靠着座椅扶手,指尖还捏着玻璃杯杯壁。放映厅里昏暗的光线,将他的脸部轮廓渲染得有些似真似幻的朦胧,眼底光泽更甚,像是摄人心魄的钩子。

沈棠心匆忙撇开目光,嗓音都带着微微颤意:"谢……谢。"

那杯奶茶,起初她放着没动。

然而,电影时长将近三个小时,到后面她还是忍不住口渴,端起杯子时不时抿一口。

电影里的男女主角开始接吻,周围观众席传来很轻的嘘声,因为人多,听起来明显。

沈棠心忍住尴尬,咬着吸管专心喝奶茶。

"好喝吗？"耳边传来一声低沉的询问。

徐晋知稍稍倾身过来，说话间温热的气流冲击着耳垂，沈棠心只觉得半边身子一麻，木讷地点头："还不错。"

"我渴了。"徐晋知望着她，目光灼灼，语气有些重，却又像浮在空气里。莫名地让人心跳加速，也跟着心浮气躁。

沈棠心捏紧了杯子，尽量淡定地说："那你要不要喝一口？"

她语气还有些犹豫，想着这人又不爱喝甜的，不一定真会喝她的奶茶，大不了客套一下。

然而她话音刚落，就瞥见一道黑影骤然贴近。

沈棠心不自觉地屏住呼吸，一时间忘了躲开，眼睁睁看着他含住另一根吸管。

他微垂着眸，浓密的睫毛根根分明，额前坠下的刘海儿仿佛和她的头发挨在一起，带着些不太真切的、若有似无的痒意。

电影正上演到激情片段，她耳郭逐渐变得通红，也不知道是因为音响里放出的声音，还是因为，她每一秒都清清楚楚感觉到的，属于另一个人的温热鼻息。

沈棠心轻颤的眼皮、紧抿的唇，以及昏暗里微微变色的耳郭都被徐晋知尽收眼底。他一边用近在咫尺的呼吸熨烫她脸颊，一边又抬起手，闹着玩似的挡在她面前："小朋友别看。"

可哪里有什么用呢，反倒令她更难为情。

直到从大礼堂出来，沈棠心的脸还是热的。经过这么一遭，她也全然忘了周子淳签名的事。

他们从青湖大学赶过来时，门口车位已经停满了，沿路找的另一个停车场大约有七八分钟脚程。

徐晋知刻意放慢脚步，和沈棠心并肩走着，享受来之不易的独处时光。

偶尔他侧过头，看她头顶的粉红色猫耳朵在夜色里闪闪发光，眼底浸染上毫不掩饰的欢喜和宠溺。

突然，沈棠心步子停下。

"怎么了？"他转身问。

"有小石头进去鞋子里了。"沈棠心皱皱眉，脚在跑道上前后挪了挪，感觉特别不舒服，"好像有点多，我弄一下。"

说完，她便要俯身脱鞋子。

徐晋知先她一步蹲下来："这只吗？"

沈棠心身子一僵，连忙缩回腿脚，轻咬了咬下唇："我自己来就好了。"

徐晋知不由分说，轻轻捏住她那只脚腕："别乱动，小心摔着。"

他嗓音里的亲和力仿佛带着些镇定的功效，就像平时对待那些恐惧不安的患者一样。

沈棠心不自觉乖乖地伸出脚，任由他解开鞋带、脱掉鞋子，然后一只手握住她的脚。

35码的脚,才堪堪有他手掌大。

这画面看得她脸颊又是一热。

徐晋知似乎笑了一声,不知道是在笑什么,另一只手把脱下的那只鞋扣过来,磕出里面的小石头。

做这些的时候,他认真仔细的程度丝毫不亚于一台手术。

沈棠心低着头,看他那双金贵的手此刻托着她的脚和鞋子,做着最贴近于尘埃的事。男人手掌的温度透过薄薄的袜子浸入皮肤,从那一方寸蔓延开来。

直到她心口发烫,浑身燥热。

最后,他把鞋带系成一个蝴蝶结,比她之前那个漂亮许多,就像他平时打的外科结一样细致。

"穿上看看,还有没有。"

沈棠心挪了挪脚,不敢太用力,生怕破坏了蝴蝶结的美感。

几秒后,她嗓音细若蚊蚋:"没有了。"

听着都不像自己的声音。

沈棠心忍不住咬了咬唇,不敢看他,却也能猜到他此刻的神色大概是怎样。就像每回令她羞窘尴尬的时候,那种奸得逞似的好整以暇。

之前听晏瑞阳说,老徐这厮就是头披着人皮的狼,黑心肝的斯文败类。

她一直都不信,现在想想,自己可能是太过天真了。

"在想什么?"低沉含笑的嗓音从头顶飘下来。

沈棠心回神抬眼,只见他唇角微勾,在夜色里如同吸人魂魄的妖精,忙不迭摇了摇头:"没,没什么。"

话音刚落,肩头罩下一袭温热,带着熟悉的佛手柑香味。

感觉到刚从他身上卸下来的体温,她呼吸都乱了:"徐主任,我不冷……"

徐晋知却恍若未闻,霸道地用西服外套将她拢起来,扣上所有的扣子。

"脚跟冰块儿似的。"他睨他一眼,"还说不冷。"

此言一出,不久前被他握住脚的时候,那阵随着他掌心温度急剧攀升的羞窘又像潮水般涌了回来。

突然,额头被不轻不重地敲了一下,男人指骨都是温热的,敲完又用指腹温柔地在那处一摁,微微灼人。

"不知道在男人面前动不动走神,很危险吗?"他轻笑一声,浓浓的调侃,"大半夜的,你就这么信得过我?"

"对呀。"沈棠心无比乖巧地点点头。

他笑容微滞,随即眼底温柔化开,用力揉她的脑袋。

"傻瓜。"

他可不是什么正人君子。

只不过，不想如此轻率地在这张纯洁无瑕的白纸上，落下第一道墨迹。

交流会讲座是全英文的，沈棠心本来害怕自己听得费劲，甚至完全听不懂，没想到会场有同声传译，每人一对小耳机。

才第一天结束，她就记了半本笔记。

连徐晋知都有些佩服这丫头，居然能在这样频率的速写速记之下，还保持高度的字迹工整和准确度。

倒是他带过的学生里最出色的。

沈棠心见他什么都不写，疑惑道："徐主任，你怎么不记笔记呢？你全都会啦？"

徐晋知睨了眼她手里厚厚的笔记本，表情似笑非笑的，抬手指指自己的头："我都记在这儿。"

感觉智商受到了歧视，她不甘心，继续道："俗话说得好，好记性不如烂笔头，而且徐主任你都这把年纪了，人的记忆力是会越来越差的，还——"

话音未落，徐晋知倏地停下脚步，回头垂眼望着她，目光有些凉："你说什么？"

"我说……"沈棠心被他看得没来由一慌，咽了口唾沫，"人的记忆力是会越来越差的……"

徐晋知转过身，单手揣在西裤兜里，另一只手摁在她旁边的墙上。沈棠心退无可退，整个人在他的注视下无所遁形，眼皮直发颤。

后背的瓷砖冰冷，她却觉得周围空气都在发烫。

"前一句。"他眼底所有的光都聚焦在她脸上。

"前一句……"沈棠心脑子变得格外迟钝，想了好久，才视死如归地说，"你……都……这把年纪了……"

他盯着她，忽然意味深长地勾了勾唇。

"嫌我年纪大？"一贯对她温润的嗓音有些咬牙切齿的味道，"行，先给你记着。"

沈棠心脑子里"咯噔"一下。

徐晋知抬起手，动作十分温柔地将她鬓角散下来的头发掖到耳后，分明是笑着的神情，却令人有些不寒而栗。

"以后再慢慢儿算。"

第二天，有徐晋知的专业讲座。

耳机里是同传的中文，是一个陌生男人的嗓音。

沈棠心悄悄摘掉一只耳机。

会堂里一片寂静，除了台上那个西装笔挺的男人。拥有一副无可挑剔的东方人外貌，开口却是纯正地道的伦敦腔。

沈棠心听得入迷，也看得入迷，眼睛都不舍得眨一下。

他今天穿着一套崭新西服，深灰色。沈棠心不懂，说不出什么门道，但款式约莫和平时是不一样的。

这件瞧上去更正式一些，但也同样将他宽肩长腿的完美身材勾勒得淋漓尽致。

看见那条灰蓝条纹的领带，她忍不住又脸颊一热。

想起今早出门前，他叫她去帮忙最后检查一次讲稿。

她认认真真地检查完了，却见这人站在衣帽间门口的展柜旁边，手里拎着这条领带，神色揶揄："上次弄坏我的领带，叫你给跑了。"

这话说得模棱两可，她记忆的小探头却精准定位在那次医院休息间，一段尴尬又暧昧的小插曲。

沈棠心不太会给人系领带，折腾好久，把自己折腾得快要原地烤熟，最后还是他自己系的。

一双漂亮灵巧的手，像往常一样打了个完美精致的温莎结。

然后他若无其事地睨了眼她的脚："怎么，这两天不穿运动鞋了？"

他指的是那天他帮忙脱掉又穿上的那双，上面还有一个他亲手打的蝴蝶结。

沈棠心掩饰住一阵心慌，硬着头皮解释道："这种场合，穿运动鞋不合适。"

然而直到回去那天，她也没再穿过。

那双鞋被包得整整齐齐，像珍藏品一样摆在行李箱角落里。

当时，徐晋知看着她笑而不语，也不知道有没有识破她的小心思。

晚上回酒店后，微信收到他发来的文件。

沈棠心打开一看，是今天的讲稿和参考目录表，还有一些内容扩展的学术论文。

"偷看我的小姑娘太多了，差点儿影响发挥。"

"我猜你也没记笔记。"

讲座结束后有个庆功晚宴，沈棠心是最后一天才知道的。

她没带礼服，于是被徐晋知带到附近的商场临时去买。

看着头顶上某个高奢品牌的LOGO，沈棠心有点犹豫。

倒也不是买不起，平时爸妈和哥哥们塞给她的压岁钱零用钱都没怎么花，攒到现在都能在B市随随便便买几套房了。但她对于钱的观念，和许多富二代不一样。

爸妈有钱是爸妈辛苦挣来的，沈家如今的地位也是祖祖辈辈努力的成果。而她本人，对这个家族没有任何贡献。

她还只是个大学生，能挣到的，不过每个月那一点微薄的实习工资。

她从小都没有挥金如土的习惯，吃穿用度只注重品质，不会盲目追求名牌高奢。

更何况是这种，可能一辈子都穿不了几次的衣服。

"愣什么呢？"徐晋知将她往店里推了推，指着模特身上的礼服，"这件不错，试试看？"

鲜艳而不俗气的红色，款式偏少女一些，下摆是不规则花瓣形的薄纱，叠了许多层。

导购很快注意到这边一对俊男靓女，跑过来十分热情地说："这是这个月刚出的新款，特别符合小姐的气质。"

徐晋知点了下头："给她试试吧。"

沈棠心来不及发表任何意见，就被人带进了试衣间。

这件礼服的确很适合她。

纯正的红色将女孩白皙的皮肤衬托得越发晶莹如雪，后领偏低，露出纤薄的肩膀和笔直流畅的背部线条，蝴蝶骨半隐半现，一侧肩带上缀着一朵精致的水晶蝴蝶结，恰好在她漂亮的锁骨旁边。

下摆的纱裙看上去蓬蓬的，却一点都不重，裙边前侧在膝盖以上，修饰出修长完美的腿型，像两根笔直的象牙筷子。加上导购搭配的那双香槟金绑带高跟鞋，整个人轻盈得像个小仙女。

徐晋知不禁呆看了片刻，直到导购员第二次笑着出声："先生，您觉得怎么样？"

之前她已经问过沈棠心，小姑娘不置可否，只说再看看，她只好再问同行的男士。

想必花钱的也是这位。

导购员态度格外殷勤："先生，这件礼服真的特别适合小姐，刚才您都看到了，简直就像是为她量身定做的。而且这是咱们设计师诞辰纪念款，全国发售量五件，每件款式都不一样，设计稿都有申请专利的，穿出去绝对不会撞款。"

这种话每次陪妈妈买衣服都会听到，沈棠心懒得再听，索性回试衣间换自己的衣服。

徐晋知看着小姑娘消失在门后的俏丽背影，不自觉地弯了弯唇，说："那就这件吧。"

"您看小姐脚上那双鞋子要不要也带上？"

徐晋知微微蹙眉："不用了。"

他见她穿得好像并不舒服，走路都踮着脚。

在沈棠心换衣服的短短时间内，他已经为她选好一套搭配的首饰，正要拿到前台准备买单。

沈棠心一见状况不对，连忙跋着小皮鞋跑过去："徐主任，你在干什么呢？"

他把选好的首饰递给收银员，目光淡淡地望着她："他们家的鞋型不太适合你，一会儿我们再去别家看看。"

"可是那件礼服……"她没有打算要啊。

徐晋知勾起唇,一副玩笑表情:"回去给财务报销。"

衣服和首饰加一起都快六位数了,真当医院是冤大头?

用脚指头想也知道不可能。

沈棠心还在包里找卡的时候,徐晋知已经递出去自己的银行卡。她赶紧拽住他手腕,刚想说不可以,收银台的电话突然响了。

收银员不知道听了什么,脸色一僵,对着电话那头恭敬赔笑:"好的好的,您放心。"

挂了电话,她微微躬身看着两人:"刚接到总部消息,您选定的礼服和首饰都被免单了。"

沈棠心一脸见了鬼的表情。

徐晋知却是神色淡定,接过打包好的东西,面无表情地说了句"多谢"。

沈棠心要问的话还没问出口,就被他带进另一家店。

时间已经不早了,还得赶去举办晚宴的酒店,所以她没想太多,很快选了两款。导购员去找小码鞋的时候,徐晋知把刚买的东西放在她旁边,出去接电话去了。

站在商场扶梯前的玻璃栏杆边,徐晋知的手指一下没一下地敲着。电话那头的人喋喋不休,他面上却始终像覆着层霜。

"听说你这次带了个小姑娘回来。"

"只是出差。"

"什么时候带她来家里坐坐……"

"行程紧,就不打扰您和尊夫人了。"

中年男人沉默着叹了叹,又说:"那就带她多逛逛,买点喜欢的东西,都记我账上。"

徐晋知目光冰凉地望着不断上行的扶梯,扯了扯唇,语气刻薄:"没别的事我挂了。"

"阿晋。"那人急匆匆唤了声。

徐晋知眉心一蹙:"还有事?"

"以前是爸爸对不起你。"

徐晋知没再说话。

他紧抿着唇,掌心用力压在玻璃扶手上。

晚宴上,徐晋知喝了些酒,却一滴都不许沈棠心碰,说晚点要她开车回去。

沈棠心没想到出差在外,还得给领导当司机。

看着徐晋知和那些业界大佬推杯换盏侃侃而谈,她无聊地在角落里吃着海鲜烤串。

崔盈看到晚宴食品区照片的时候,倒是羡慕得不行,说:"你这趟去得也太值了吧！"

沈棠心："是挺值的，保底胖三斤。"

崔盈："没关系，你胖三斤也好看。"

沈棠心"扑哧"一笑："突然拍马屁什么毛病？"

崔盈："没拍马屁呀，我家小棠棠就是好看，既好看又温柔还善解人意，将来谁要能娶了你，那是祖上烧高香了。"

虽然从小到大没少被夸好看，沈棠心还是笑得合不拢嘴。

崔盈："对了，今天刘简他们弄了个好玩的APP。"

沈棠心："什么APP？"

崔盈："把两个人的名字放进去，就能测出匹配度。"

沈棠心撇嘴敲字："好无聊啊你们。"

看来徐晋知不在，大家都很闲。

崔盈："我偷偷拿你和徐主任的名字试了试。"

沈棠心嘴角一抽。

崔盈："想知道结果吗北鼻？"

沈棠心迟疑了下，装作毫不在意："卖什么关子，说呗。"

崔盈："你求我。"

崔盈："求我我就说。"

沈棠心："……无聊。"

崔盈："你到底想不想知道啦？"

沈棠心把手指竖起来，指甲在手机屏幕上划来划去很久，最后还是没忍住。

沈棠心："求你行了吧？"

沈棠心："我就是有点好奇。"

崔盈："啧啧。"

她发来一张截图。

沈棠心定睛一看，100%完美匹配度。后面还有一大段引经据典的解释，说两人如何天造地设，天生一对，是前世今生的命定缘分。

沈棠心看得不禁发笑，又莫名有些做贼心虚。对面沙发正好有人坐下，突如其来的黑影将她吓了一跳。

她猛一抬头，只见对方西装革履，身材高大，是个金发碧眼的外国男人。

对方用英文向沈棠心问好，沈棠心心里慌了慌，却还是保持镇定地回了句好。

外国男人主动寒暄几句，她都很随意地回了，却不太热情。

在对方终于问她要名字和联系方式的时候，肩头忽然一暖。

是熟悉的手掌温度，浓郁酒香携着淡淡的佛手柑，把周围空气都染成她喜欢的味道。

徐晋知半个身子倚在沙发边，手臂暧昧地将她肩膀勾着，温和礼貌地望着对面的外国男人,用他那口纯正地道的夹着他本人特有慵懒气质的伦敦腔问:"她英文不太好,需要翻译吗?"

外国男人一见是撩了个有主的,立刻起身道歉离开。

徐晋知也没坐下,依旧半个身子倚在沙发边,手臂也没从她肩上挪开,只是目光下移,落在她手中亮着的屏幕上,有些不同寻常地拖着调子:"这是……"

"没……没什么,这是别人发给我的。"沈棠心一慌,迅速摁灭了手机屏幕。

幸好,两人名字那一行早被滑上去了。

徐晋知低低沉沉地笑着,仿佛夹了一丝醉意。

沈棠心发现这人即便喝醉酒,也是他独有的内敛深沉,甚至你不和他说话,是感觉不到他醉了的。

眼底依旧清明深邃,步子依旧四平八稳,虽然在车上睡了一路,到酒店还能下车自己走路。作为一个喝醉酒需要照顾的领导,这点让沈棠心十分满意。

只不过一开口,就让人很无奈。

"棠棠,电梯坏了吗?怎么好像在晃?"

"你过来点,小心砸到你。"

眼看他要抱她的架势,沈棠心忙不迭摇头:"电梯没坏,是你喝醉了。"

"是吗?"徐晋知歪着头轻哂了声,"不可能,我怎么可能喝醉。"

到了房间,他整个人栽进沙发里,还拉着她不让她走。一米八几的大儿童,夹着些撒娇的调调:"我想喝气泡水。"

沈棠心没办法,只好哄他两句,去冰箱里拿。

回来的时候,只见他叉腿靠在沙发背上,平素放置整齐的西装外套,此刻被他随意扔在地毯上,皱成一团,身上白衬衫也皱巴巴的。

人好像是睡着了一般,敛眉合眼,唇瓣微抿,呼吸均匀而绵长。

沈棠心蹲下去把外套捡起来叠好,忽然觉得有点儿累。

酒店条件虽然不错,但到底是在外面,睡觉睡不太踏实。再加上这几天用脑多,今晚又在宴会厅里被烟酒和香水味熏了一晚上,耳朵也被各种舞曲滋扰了一晚上。

沈棠心挨着他坐下来,想着缓几分钟再把人叫醒,不自觉也眯上了眼睛。

这是她接连几天,困意来得最快的时候,居然比躺在自己房间的被窝里还要快。

她只差一点就要睡着了,右侧肩膀忽然被什么东西砸中。

沈棠心猛一惊醒,睁开眸子,看见肩膀上靠着个圆圆的大脑袋。

她无语了下,戳戳徐晋知的头顶:"徐主任。"

他头发抹了发胶,有点硬,脑袋也纹丝不动。

"我扛不动你,你要还不醒的话,我就把你扔这里了呀。"女孩威胁的嗓音依旧是软软的,趁他喝醉,边说边揪他头发。

她揪得有点上瘾,直到肩膀上脑袋若有似无地一动,紧接着,耳朵听见一声熟悉的轻笑。

沈棠心手指一哆嗦,连忙收回来。

"棠棠。"他酒意没那么浓了,却还是这样叫。

她心口密密地跳动起来。

忐忑不安地等了许久,才等来他下一句——

"这些年,有喜欢上别人吗?"

问这话的时候,徐晋知头靠在她肩膀上,因为烈酒的后劲浑身发软,大脑却有片刻短暂的清醒。

他觉得今晚喝得还不够多,否则他应该问的是——

"还喜欢我吗?"

是那片刻清醒让他退却了。

身旁的人毫无反应,他也看不见她的表情,漫天漫地都是醉人的酒气,像是要将他拽入无边深渊,只有这个瘦弱的肩膀是此刻最令他安心的位置。

他的大脑开始不听使唤,理智也拉不回来,迫切地想把胸口里那颗心剖开给她看。

"棠棠。"他奋力地睁开眸子,满目充血的红色,嗓音微微发哑,"对不起。"

小姑娘肩膀一颤,温热呼吸若有似无地飘在头发上。他抬手想抓一抓,却不胜乏力,嘴巴依旧不听使唤地喋喋不休:

"我不该那样对你的,这些年我一直都很后悔,还有,我其实——"

"徐……徐主任。"沈棠心"嗡嗡"作响的脑袋终于清醒过来,猛推开他,心脏却还是死命地往嗓子眼蹦,仿佛再多待一秒,整个人都要坏掉。

她跟跟跄跄地跑开,连说话都有点结巴:"时,时间不早了,我先走了徐主任。"

说完,慌张的背影很快消失在门口。

沈棠心躲回自己房间里,靠在墙上,像只漏了洞的皮球,大口大口地放着气,脑子里充斥着一个可怕又可笑的念头。

原来他全部都记得。

记得她是谁,记得她三年前如何狂热地追求过他,以及她曾经干过的那些傻事和蠢事。

只有她一个人天真地以为,一切都是从新开始。

辗转难眠了大半夜,第二天起来的时候都快中午了,一直也没人叫她起床。打开手机才看到徐晋知六点五十发给她的微信,说这两天有点私事要处理,让她自己安排,四处玩玩。

他给她罗列出来许多青湖市值得一逛的地方,比她之前在网上查出来的旅游攻略要详尽得多。

在酒店餐厅吃了个早餐，下楼经过大厅的时候，前台服务员恭敬地叫住她："沈小姐您好。"

沈棠心转头看过去："有事吗？"

"沈小姐，这是徐先生留给您的车钥匙。"说着，前台服务员把那辆奔驰的车钥匙递过来。

沈棠心点点头："谢谢。"

"还有一张地图。"前台服务员笑着把一个小袋子又递给她。

沈棠心嘴角一抽，忍不住嘟哝："都什么年代了还用这种地图。"

前台服务员笑道："沈小姐，徐先生对您真好。"

被人一脸八卦地盯着，沈棠心不由得脸颊一热，捧着钥匙和地图赶紧溜了。

坐进车里，她把那张地图打开，发现里面做了许多贴心的小标记，大小景点和商场还依次有分级，哪些好玩，哪些一般，哪些值得打卡，全部一目了然。

地图厚厚的纸张在手指间依稀发烫。

虽然只有一个人，但这两天她玩得很尽兴，多亏了某人为她量身定制的旅游攻略。

徐晋知周六夜里回来，他们周日下午回 B 市。

周六晚上，沈棠心去他推荐的那家礼品店给同事们买了几大包特产，又有点舍不得酒店餐厅的晚餐，赶着去吃最后一顿。

这里的服务员都认识她了，态度格外温柔。

"沈小姐，您的牛油果三文鱼沙拉，请慢用。"

"谢谢。"

"要喝点什么呢？今天我们免费赠送哦。"

沈棠心几乎是不假思索："还是要全糖的草莓滑布蕾吧。"

"好的。"

沈棠心吃着沙拉，余光瞥见一个穿着淡黄长裙的高个子女人。

当那人停在桌子旁边的时候，她愣了愣，诧异地抬头："您好，有事吗？"

这女的有点眼熟，可就是想不起来在哪里见过。

"你好，我叫姜缓缓。"女人自来熟地坐到她对面，昂首挺胸，坐姿优雅。鼻子似乎是整过，鼻梁尖得不太自然，使整张脸看上去都怪怪的。

沈棠心拧拧眉："我们认识吗？"

对方眉眼稍弯，不答反问："你是徐晋知现在的女朋友吧？"

她提到徐晋知的时候，沈棠心突然想起来。

晚宴那天，这女人穿着一身宝蓝色 Dior 高定礼服，在人群中很是扎眼。

"不好意思，我不是他女朋友。"联想到一些可能的情节，沈棠心面色冷下来。

"你不用这么敏感。"姜缓缓笑了笑，"我不是他前女友，也不是来跟你宣战的。"

沈棠心淡淡地抬眉:"那请问你有什么事情?"

"我算是他的……高中同学。"姜缓缓垂下眸,笑容里带着点局促,"当年我们之间有点误会,我想如果可以的话,你能不能替我,跟他道个歉?"

沈棠心盯着她看了一会儿,才微颤着眨了眨眼:"我的确不是他女朋友。还有,道歉这种事,让别人转达不太好吧?"

"哎哟。"不远处突然响起一道夸张的男声。

两人目光都被吸引过去,沈棠心眯眼一看,是在学校礼堂有过一面之缘的贺青临,徐晋知的老同学。

姜缓缓眸底一瞬慌乱,站了起来。

"我不过来晚了一小会儿,这就聊上了?"贺青临走到桌子旁边,看着姜缓缓,"不好意思啊,这是我的位置,麻烦让一让。"

"沈小姐,我刚刚跟你说的事情……"

姜缓缓话音未落,又被贺青临打断,他抬手招呼服务员,特别大声:"来一份菜单。"

姜缓缓咬了咬唇,转过身灰溜溜地离开了。

"你回头别告诉徐晋知,这女的来找你了。"贺青临收了那张扬的语气,翻着菜单,一本正经地对沈棠心说。

沈棠心戳着沙拉,点了下头:"哦。"

她认真吃饭的模样让贺青临有点误会,盯着她观察了好几秒,才解释道:"你千万别乱想啊,不是什么白月光前女友。只不过他俩以前有点儿梁子,你提她,老徐肯定不高兴。"

"我没乱想。"沈棠心边说着,边接过服务员端来的草莓滑布蕾。

贺青临神色依旧凝重。

那天看见徐晋知破天荒地带着一小姑娘,还对人家呵护备至,他就知道这小姑娘肯定不简单。

此刻沈棠心的反应在他眼里,更加捉摸不透,生怕自己哪句话说错了,毁人姻缘。

贺青临想着补救一番,叹了叹,又说:"其实吧,老徐之前在这种事情上栽过跟头,所以一直都没谈个女朋友。我还以为,他这辈子都不打算碰感情了……"

专心吃饭的小姑娘突然抬起头,对着他眨了眨圆溜溜的大眼睛,满脸兴奋的求知欲。

"不行不行,我不能再多讲了。"贺青临连连摆手,"他要知道我揭他老底,会飞过来揍死我的。"

"最讨厌你这种人了。"沈棠心瞪了他一眼,继续吃饭。

贺青临笑:"为什么?"

"说话说一半。"她哼了哼,"就算他不来,你早晚也会被别人揍死。"

两人一起吃了顿晚饭,临走的时候,贺青临把一个小袋子递给她:"其实我是来送这个的。"

沈棠心接过来端详:"这是什么?"

"交流会纪念册。"贺青临笑了笑,"这种华而不实的东西我本来都不打算发了,老徐跟我说,有人喜欢收废品——"

"才不是收废品。"沈棠心皱眉打断他,义正词严,"这叫留作纪念。"

"行行行,留作纪念。"贺青临满眼无奈的笑。

最后一晚,沈棠心睡了个好觉,半夜起来上厕所,恍惚听见对面门响,又仿佛是在梦里。

第二天,她磨磨蹭蹭一上午,直到时间真不早了,才拉上箱子,提上给同事们买的礼物,硬着头皮走出房间。

孰料一开门,就迎面碰上对面出来的人。

两天前的晚上在另一扇门里发生的事情又一股脑涌上脑海,沈棠心眼皮颤了颤,嘴巴也不自觉有点打滑:"徐,徐主任。"

缓了两天再看见他,她依旧有点吃不消。

"嗯。"徐晋知垂眸看她低垂的脑袋,勾了勾唇,伸手去接她手里的箱子和袋子。

"不……不用了徐主任,我自己拿就行。"沈棠心把箱子滑到背后,只恨自己不是个折叠娃娃,不能把头装进胸口里去。

"还是我来吧。"徐晋知睨一眼她的粉红色行李箱,"它应该重了不少。"

也就,多装了点,好吃的?

见小姑娘明显比刚刚更窘迫,徐晋知反而心情愉悦,轻笑一声,不容拒绝地卸下她手里的拉杆。

乘电梯到大厅,退完房,沈棠心看见他从电脑包里拿出一个信封,里面装得鼓鼓囊囊,放在前台:"麻烦帮我转交给徐总。"

前台还在迟疑,他已经拉着箱子离开了。

沈棠心跟在后面,好奇地一步三回头,忍着没问他是什么。

等徐晋知把行李箱和特产都放进后备厢里,沈棠心才终于打开副驾驶车门坐了进去。

她尽量控制自己不往那边看,可还是不由自主地,目光落在他握方向盘的手上,咖啡金色的百达翡丽腕表。

他今天穿的是接近黑色的深青色衬衫,偏休闲款式,没有扎领带,衬衫扣子也没有扣到最顶。像是刻意散开两颗,露出一截冷白的脖颈,依稀可见皮肤下蓝色的血管,禁欲而又性感。

他开车时给人的感觉十分慵懒随意，可搭在方向盘上的手臂经络却流畅清晰，又很有力量感。

"你再这么盯着我看下去，一点前我们到不了机场了。"他嗓音里的调侃意味，仿佛比之前外露了几分。

沈棠心以为是错觉，直到红绿灯前他停下车，深邃的眸子朝她望过来："需要找个地方，好好谈谈？"

"谈什么？"沈棠心慌乱地别开目光，突然好像明白了些什么，那天没说完的后续就像一颗地雷埋在两人之间，随时都可能炸开。

她忙不迭地摇头："不、不用了，不用谈了。"

听着男人笑声里毫不掩饰的愉悦和宠溺，沈棠心紧紧地揪住手指，心里那只小鹿像是迷了方向。

几秒后，车子启动，他没像刚才说的那样找个地方，而是一边开着车，一边气定神闲地开口："那天我是喝醉了，说话有些失了分寸。"

沈棠心微微舒气，心脏却仿佛缺了个口，沉甸甸地往下坠。

她弯唇，挤出一个释然的笑容："没关系徐主任，我不会当真的。"

徐晋知握着方向盘，平平稳稳地转了个弯："你最好还是当真。"

沈棠心手跟着身子一抖，放在大腿上的手机就这么滑了下去，溜进中控台下面的储物盒。她着急慌忙地伸手一碰，又翻了出去，没接住，卡在驾驶座座椅旁边。

徐晋知唇角勾着，修长的胳膊一伸，轻易地给她捞了出来。

她伸手接过的时候，他的手指不知有意还是无意，碰了一下她的手背。

一道炙热一道微凉。

"很冷吗？"他握住她的指尖，很快松开。

只那两下，沈棠心觉得自己差点灵魂出窍，慌忙把手揣进兜里，说："没有，不冷。"

徐晋知笑了笑，抬起那只刚握过她的手，把空调温度扭高了些。

车里逐渐暖起来，他余光瞥见小姑娘局促低头的模样，语速不疾不徐，却很郑重："当年我是年轻气盛，经验不足，不太会处理这种事情。我没有照顾到你的感受，抱歉。"

沈棠心转头盯着窗外，明显的心不在焉，嘟哝道："早说不就好了，装什么不记得。"

"我没有装不记得。"男人轻笑了一声，"我不提是怕你难堪，给你留面子，倒是我的错了。"

"本来就是你的错。"沈棠心对着车窗嘀咕，声音几乎被咽进肚子里。

徐晋知自然没听清，转头睨她一眼："什么？"

"没什么。"沈棠心摇了摇头，语气乖巧，"徐主任你不用这么说，当年我也很不懂事，给你添了不少麻烦。"

徐晋知捏着方向盘的手收紧了些，沉声道："不是麻烦。"

"以后我不会再给你造成那种困扰了。"沈棠心十分认真地说，"这次我真的是来好好学习的。"

"只是学习？"他轻笑的尾音飘在空气里。

沈棠心眼皮子一颤："不，不然呢？"

"没想做点儿别的？"他轻描淡写的声音，却将她心口砸得"咚咚"响。

沈棠心紧紧攥着手指，声音都颤起来了："什么别的？"

"比如说，"他顿了下，意味深长的目光攫住她，用最淡定的语气说着最刺激的话，"谈恋爱。"

沈棠心一脸视死如归地闭上眼睛："徐主任，我有点困。"

他愉悦地转回去，声音里是藏不住的笑意："嗯。"

"我，我睡会儿。"

"好。"他把车子停靠在路边，转身把座椅上的西服外套拿起来，递给她。

沈棠心愣了一下，没接，却见他目光灼灼。

他把外套披在她身上，边角掖得整整齐齐，手掌轻按在她肩头，又温柔地捋顺她耳边头发。

"别着凉。"

被他手指触碰过的耳根，倏然变色。

第七章·
八卦漫天

回程机票徐晋知买的头等舱,说是出差经费还剩一些,不花白不花。

沈棠心又舒舒服服地睡了一路。

下飞机时,她还在稀里糊涂地打哈欠。叫的车还有三公里,他们站在到达口的车道旁等,徐晋知拎着满手特产袋子,沈棠心坐在行李箱上,抱着拉杆,他在旁边小心看着她,生怕小姑娘一睡着,掉下来摔个屁股墩儿。

他低垂着目光,眉眼里尽是温柔。

看定位车子快到了,徐晋知叫她,手掌揉了揉她的脑袋:"醒醒,上车了。"

沈棠心慢吞吞地抬起头,抱着行李箱拉杆没动,轻咬着下唇。

徐晋知见她一副楚楚可怜的模样,忍俊不禁:"怎么,走不动了?"

他神色揶揄:"要抱?"

小姑娘唇瓣咬得更紧,脸色发白。

徐晋知突然察觉不对劲,面色一沉,手背贴上她脸颊:"哪里不舒服?"

沈棠心牙齿咬得紧紧的,嗓音里带了哭腔:"肚子……肚子疼。"

转眼见车停在路边,他赶紧俯身把人抱起来,让司机帮忙放行李。沈棠心蜷缩在后座,疼得额头直冒冷汗,手用力攥着他的胳膊,攥到骨节发白。

徐晋知焦急地朝前喊:"师傅,去中心医院,快点儿。"

"不行啊,我这个定位是——"

"够吗?"他冷冰冰打断,拿着从钱包里掏出来的一沓百元大钞。

司机当场傻了眼,回头一看小姑娘脸色煞白,还是犹豫:"这人没事吧?别在我车上出什么——"

"我是医生。"徐晋知咬牙切齿道,"不用你负责。"

车子往医院的方向疾驰。

"是肚子疼?"后座传来男人温柔询问的声音,"这儿吗?"

沈棠心有气无力:"唔。"

"这儿疼不疼?"

"还好。"

"这儿呢?"

"……呜呜,你轻点。"

"对不起。"他不敢再按她的肚子,低头安抚,"应该是阑尾炎,你忍一忍,很快就到医院了。"

"呜呜呜……好疼,我会不会要死了……"

她一直攥着他手臂,越攥越紧,脑子都疼迷糊了,不记得今夕何夕,也不记得自己在哪里,所有感官都只剩下腹里钻心的疼痛,却还是不舍得放开,下意识地开口叫:"晋哥哥……"

明知道不是什么攸关生死的大问题,他见过更多更严重危急的病痛,都能保持绝对的理智判断。然而眼前这个姑娘的泪水和呻吟,轻易让他作为医生的理智濒临崩溃。

当听见她颤着嗓子叫出这三个字的时候,心里像是有什么东西,轰然崩塌。

他把她搂在怀里,呼吸凌乱:"我在。"

"别怕。"他用力地搂着她的头,仿佛要和自己的心脏糅合在一起,"棠棠乖,没事的,相信我。"

司机也想尽快卸下这单,车速提到最顶,二十分钟就把他们送到了医院。

徐晋知提前就打好了电话,急诊科主任亲自出来接人。诊断很快,是急性阑尾炎,幸好是早期炎症,简单的手术切除就行,没什么大风险。

医生问家属电话的时候,沈棠心一直拽着徐晋知的手,颤颤地嘱咐他:"别告诉我小哥。"

那一刻,徐晋知心口也是颤颤的。

他仿佛知道她在想什么。

都这样了,还担心他挨揍。

来医院签字的是沈司衡。

空荡荡的手术室门口,两个男人隔了三四排空座位,任谁看了也不会相信,他俩等的是同一个病人。

一个半小时了,小厅里鸦雀无声。

直到沈司衡接了个电话,实验室学生打来问问题,他回复完收了手机,才终于抬眼看向斜前方的男人,语气无波无澜:"很担心她?"

徐晋知两只手握得很紧,身体微倾,也保持这样的姿势一个多小时了。沈司衡这是明知故问,细品还有些讽刺的意味。

沈棠心三年前追的徐晋知,沈司衡也是三年前认识的这个男人。同为帝国理工毕业的校友,本应该相见恨晚,惺惺相惜。

但因为沈棠心的事,两人之间的关系一直很淡。

徐晋知没有分神去搭理。

沈司衡扯了扯唇,语气难掩怒意:"我妹妹从小养尊处优,三年前你瞧不上她,现在又何必再来招惹她。"

迟疑片刻,徐晋知沉沉地开了口:"对不起。"

沈司衡冷哼一声:"知道就好。"

"以前的事,对不起。"他微微抬头,望着手术室的方向。

至于以后,那是他该努力挽回,不再让她难过一分一秒的以后。

还没到两个小时,手术室的门就开了。

徐晋知急忙迎上去:"温医生,怎么样?"

主刀手术的是个年轻女医生,五官精致漂亮,尤其是一双盈盈含笑的杏眼。见徐晋知心急如焚的样子,忍不住打趣道:"徐医生是见惯了大手术,反而紧张这种小手术了?"说着她轻笑一声,"放心,手术很成功,注意术后护理和休息。"

沈司衡垂眸看着那医生,薄唇紧抿片刻,才压着嗓子低沉道:"谢谢。"

"不用客气,应该的。"女医生弯起的眉眼倏地淡了,上扬的唇角也收下来,没看他,转身往另一个方向走。

"瑶瑶。"沈司衡急忙叫了一声,"我送你——"

"不用了,我还要值班。"话音未落,纤瘦的身影已经闪进医护专用通道。

门禁"嘀"一声锁上,彻底隔开了两个世界。

徐晋知单手揣在兜里,目光从温令瑶消失的方向收回来,再若有所思地落在兀自呆怔的沈司衡身上。

几秒后,他轻轻咳了一声,引起沈司衡的注意。

沈司衡不太明显地回神,转头看他,眉心微蹙。

徐晋知扬了扬手里的医院门禁卡:"需要帮忙吗?"他表情十分正经,仿佛是在探讨多严肃的问题。

"不用了。"沈司衡面无表情地转过身,走向电梯间。

"行吧。"徐晋知点点头,跟在后面也往电梯间走,步子和语调一样慢条斯理,"我还想着,找他们要一份普外的排班表,不过看来沈教授不太需要。"

一直到电梯里面,沈司衡摁下住院部楼层,站在排钮前沉默片刻,高大的身影忽然动了动。

他的手伸进西裤兜里拿出手机,亮起的屏幕上,赫然是刚刚才见过的那张漂亮脸蛋。

徐晋知漫不经心地靠在电梯壁上,垂眸一看,对方递给他一个微信二维码。

"谢了。"沈司衡低沉而短促地开口。

沈棠心一觉醒来,已经是第二天上午,脑子破天荒地清醒着,还能记起昨天晚上的一些情节。

徐晋知在车上抱着她哄她的样子,他满脸焦急地被拦在手术室外面的样子,还有最后一秒头顶上晃眼的灯光。

可是很奇怪,昨晚她被推进手术室的那刻,居然一点都不害怕。

"你醒啦?"旁边响起一道惊喜的女声。

沈棠心这才转头看过去,守在床头的是崔盈。她刚把手机装回兜里,站起来看了看床顶的输液袋,"已经快打完了,坚持一下哦。"

沈棠心点点头,忍不住出声:"盈盈——"

"嗯?"看着沈棠心欲言又止的小模样,崔盈咋了咋舌,"想问徐主任是吧?他照顾了你一整夜,刚上班就被急诊叫走啦,你就乖乖养病吧,别想着工作的事儿,我今天休班陪你。"

沈棠心脑子里"咯噔"一响。

徐晋知照顾她一整夜?那岂不是……

"你没跟别人说吧?"沈棠心忙不迭地问。

"没说。"崔盈摇摇头,"我哪有那么八卦。"

沈棠心舒了口气。

然而,这口气还没完全松下来,崔盈又开口道:"但是来不及啦,咱们医院的八卦系统比我想象的还要完善,更何况徐主任这么红,在普外走一圈,能引来一大堆小护士围观。以正常的八卦传播速度,现在这会儿估计……咱科室没人不知道了吧。你信吗?现在我一开门,门口围观你的小姑娘能把你扛起来。"

沈棠心眼皮子抖了抖:"这么可怕?"

崔盈挑眉:"要不我帮你试试?"

"不不用了……"她一个病号,受不了这如火的热情,"我暂时还不想出去……"

"那我一会儿给你拔了针,咱俩在屋里走走吧。"崔盈抬眼看了看见底的输液袋,"温医生说了,你得稍微活动活动。"

"好。"

中午,崔盈遵医嘱弄来一份清淡的午餐。

味同嚼蜡,沈棠心实在提不起食欲,吃几口就剩下了。

她找护士站同事借了张折叠躺椅,支在窗户旁边晒太阳。

崔盈在后面的沙发上削苹果。

"盈盈,我觉得我没脸回去上班了。"沈棠心对着窗外的晴空万里,白云悠悠,心情无比惆怅,"你说他们现在是不是都在背地里传我八卦呢。"

崔盈没搭腔。

"都怪徐主任,他就不能——"沈棠心又叹了一声,摇摇头,"算了,也不能怪他。"

人家好心照顾她一宿,说这种话也太不知好歹了。

"盈盈，你说我现在要换老师还来得及不？"

"怎么？"身后传来一声轻笑，"我这是哪儿让您不满意了？"

沈棠心整个人一激灵，惊悚地转过头。崔盈不知道跑哪儿去了，徐晋知穿着白大褂站在电视机前，拿着个小袋子，里面装的好像是药盒。他手稍稍一抬，把袋子扔在电视柜上，脚步慢条斯理地朝她走来，唇畔始终勾着似笑非笑的弧度。

"徐主任……"沈棠心不禁往后退，整个人贴到窗框上，忙不迭摇头，"我没有对您不满意，我不是那个意思。"

徐晋知站定在她面前，抬了抬下颔，垂眸轻笑："那你是什么意思？"

沈棠心觉得他好像不高兴了。

"徐主任，我的意思是，"她抿抿唇，十分认真，还继续带着尊称，"您的确是个非常出色的好医生，不过我跟着您，可能，没办法心无旁骛地好好学习。"

"你的学习进度是我定的，也只有我，最熟悉你现在的掌握情况，还有未来你适合的发展方向。"徐晋知同样认真地望着她，不再是那种半开玩笑的语气，"你放心，我这人一向公私分明，工作时间不谈私事，也不会因为别的关系，降低我对你的要求。"

沈棠心脑子里一片"嗡嗡"作响。

什么，什么别的关系？

他抬眼看了看墙上的钟，十二点四十分，唇角又是微微一勾："现在是休息时间。"

沈棠心一开口，舌头打了个结："所，所以呢？"

"休息时间也不谈公事。"他笑了笑，"你在病房里待够久了，要不要出去放放风？"

沈棠心愣了下，连连晃脑袋："我不要被人围观。"

徐晋知顿时失笑，眉眼里却都是温柔："这儿又没人认识你。"

"可他们认识你啊。"沈棠心努了努嘴。

这身白大褂，加这个颜值，除了大名鼎鼎的徐医生还能有谁？他的名头可谓是深入人心。

况且现在，大半也都认识她了。

徐晋知微微眯眼端详她片刻，忽然抬起手，扭开白大褂的扣子。

沈棠心看着他那双修长白皙的手，忍不住呼吸一窒。

他他他，当着人的面脱衣服，要干吗？

直到白大褂被脱下来，扔在沙发边上，他把一只手揣进西裤兜里，没再继续脱，沈棠心才松了口气。

他垂眸温柔地看着她："现在我不是中心医院的徐晋知，我只是你的——"

"行了。"沈棠心脑子一热打断他，生怕这人又说出什么虎狼之词，"我出去就是了。"

他笑着伸手拉过墙边的轮椅:"坐上,带你兜风。"

穿身病号服就算了,还坐轮椅?万一遇到同事或者认识的病患,也太有损她专业形象了。沈棠心满脸抗拒:"我不坐。"

徐晋知下巴点了点,神色揶揄:"还是,你更喜欢公主抱?"

医生的建议是住院一周,可沈棠心身体恢复得挺快,整天在病房里待着都快无聊死了。磨了她的主治医生很久,才被同意白天回科室跑腿打杂消磨时间,晚上再回病房。

大家对生病的小朋友很照顾,不让她干什么重活,可没事总要调侃调侃她。尤其是晏瑞阳那张嘴,尤其让人无奈得很。

"老徐那家伙也真是,好端端把人带出去,刚回来就送手术室,他那一路都怎么虐待你的?"

沈棠心是个老实孩子,老老实实地解释:"他没虐待我……"

"普外那边儿都传,一阑尾炎手术给徐主任紧张得跟老婆生孩子似的。"

沈棠心刚喝的水都被呛了出来:"晏医生你瞎说什么呢?"

"我也是听人说的啊,你这么激动干吗?"晏瑞阳一脸无辜地看过来,"不过我得提醒你一句,像他这种空巢多年的老男人,内心里饥渴得很,你得当心。"

楚白筠"扑哧"一笑:"晏老师,您不也是母胎单身吗?您过两年也要三十了吧?"

"怎么,"晏瑞阳冷冷一笑,"你对此有什么意见吗?还是说,你想亲自改变一下目前的状态?"

"没有。"楚白筠脸一僵,忙不迭地摇头,"'母单'好,'母单'可太好了,您继续。"

晏瑞阳轻呵一声:"我突然觉得不太好呢。"

楚白筠着急忙慌地溜了出去。

"晏医生我帮你吧。"沈棠心打开柜子要拿手术服。

"你可别,让老徐知道我使唤他的心肝宝贝,我明天就被派去援非。"晏瑞阳扯了扯唇,"把那丫头给我叫回来。"

沈棠心脸颊一红,简直不想在这人面前多待一秒,赶紧跑出去叫楚白筠。

这一刻,她居然对楚白筠生出几分同情。

最近无论去哪儿打酱油,沈棠心都能感觉到大家异样的眼光。

中心医院偌大的口腔科也不是谁都跟她熟。像晏瑞阳这种能当着面开玩笑的毕竟是少数,更多人不好意思问,又八卦心作祟,只能在背后指指点点。

虽然大家都没什么恶意,但还是让她不太舒服。

出院后,她继续跟着徐晋知坐诊,上手术,混迹在科室急诊和手术台,每次两人一起出现的时候，都能引来一些围观。

可徐晋知就像个没事人一样，还真像他先前所说，公私分明。

沈棠心由衷地佩服他铁一般的心理素质。

"小棠棠大病初愈，要好好补充营养。"崔盈往她餐盘里加了个鸡蛋。

沈棠心有点过意不去："你自己吃吧，给我了你吃什么？"

"她是得减减肥。"楚白筠也给她夹了两块牛肉，"我也得减了，都说实习掉秤，我这两个月居然胖了四斤。"

崔盈睨她一眼："是被晏老师公然嫌弃了吧。"

楚白筠："你不说话会死？"

沈棠心见惯了这两人拌嘴，一边听，一边吃得津津有味。

突然从食堂门口进来一群人，沈棠心见到一两个眼熟的，惊讶道："今天急诊居然有人来吃饭。"

"可不嘛。"崔盈回头看了一眼，"急诊的兄弟们也是辛苦，一年到头没几天能按时吃饭的。"

楚白筠戳着碗里的胡萝卜，叹道："都说羡慕咱口腔科，钱多事少，他们一定没跟过晏瑞阳这样的实习老师。"

沈棠心和崔盈同时笑了出声。

"小棠，他们是在看你吧？"崔盈拧了拧眉。

"看吧看吧，最近我都快成动物园里的猴子了，心态稳得很。"沈棠心扯了扯唇，不甚在意，"不就是当回八卦女主角吗？又看不死我。"

"不过话说回来，你跟徐主任真没点儿猫腻？"楚白筠啧舌，"我不信。"

"随你信不信。"沈棠心无端有点心虚，不再搭腔，默默地继续吃饭。

神外同事们端着盘子经过的时候，她清晰地听到他们说话。

"就是她吧？"

"对啊对啊，就是男神那个女朋友……"

"想不到徐医生喜欢这款的啊，看着像没毕业的小姑娘。"

"不过她长得真挺漂亮欸。"

"是啊，还有点像女明星……怪不得，两人才在一起多久就见家长了。"

"照这个速度，估计很快就要结婚。"

"呜呜呜，他们俩的孩子一定也很漂亮！"

"唉，长得帅的都有老婆了，咱们还在相亲角挂着呢，男人和男人的差别咋这么大。"

这又是怎么回事？

她回头看了看走远的那群人，一脸生无可恋地转回来："不是吧，都传成这样了？"

她什么时候成了徐晋知的女朋友她自己怎么不知道？

见家长？结婚？生孩子？这都什么鬼？

神外的同事们天天忙着开脑壳还有时间传八卦？还传这么离谱？

崔盈望着她，神色有点同情："是啊，你得知道，距离八卦的中心越远，八卦的内容就越离谱。"

楚白筠在一旁添油加醋："想知道传染病科是怎么讲的吗？那才叫跌宕起伏，曲折离奇，言情小说都不敢那么写。"

"不……我不想。"沈棠心忙不迭摇头，端着盘子颤颤巍巍地站起来，"你们慢慢吃吧，我撤了。"

她以最快的速度逃回十六楼，在休息室坐了一会儿，还是平静不下来。

晏瑞阳端着刚泡好的茶进去准备午休，正碰见小姑娘火急火燎地往外跑，差点迎面撞上。

一个晃神，人就消失了。

晏瑞阳护着茶杯连连喷舌："翻天了，这老徐也不管管。"

沈棠心站在电梯里打了好几版腹稿，当站在徐晋知办公室门口的时候，还没有决定好怎么说。

但无论怎么说，肯定是要说的。

之前她觉得没所谓，大家也没真把这事儿放在心上，只是个茶余饭后的闲话。解释解释清楚，工作还能有条不紊地继续。

只是她没想到，外面居然传成那样了。

她深吸了一口气，敲响办公室的门。

里面传来男人磁沉的嗓音："请进。"

徐晋知没想到是她，听见门打开的声音后，屋里依旧是静悄悄，他有些诧异地抬头，才看见她拘谨地站在门口，微微挑眉："你怎么过来了？中午不休息？"

"徐主任，我有点事情。"沈棠心走到他桌子前面，声音闷闷的。

徐晋知听出她语气不对劲，眉心一蹙："什么事情？"说完，他放下手里的笔，站起身，绕过桌子朝她走过来。

沈棠心抬眼看他一眼，又低下："最近大家传八卦传得很凶。"

徐晋知点了点头："我知道，但并没有影响到工作。"

"可是……这样不太好。"沈棠心咬了咬唇，鼓起勇气盯着他的眼睛说，"我今天在食堂吃饭，听见连神外的同事都在议论，说，我们是那种关系，还有……"

他唇角一勾："还有？"

"反正就是，议论得很离谱。"沈棠心不好意思对他讲。

"别人的嘴你是挡不住的，做好自己分内的事就行。"徐晋知抬起手，安抚地拍拍她的肩，"工作时间不想这些事情。"

沈棠心差不多都想好了，没回应他的安抚，她紧紧地攥住手指："上次我听黄主任说，他准备带个学生去一医院交流一段时间，他手下现在也没有学生，我觉得我可以——"

感觉到男人目光注视的温度，她硬着头皮继续："徐主任，为了不让同事们再乱说，以后我还是跟着黄主任吧。我很谢谢你这段时间对我的照顾，也有学到很多东西，但是……"

徐晋知忽然笑了一声，嗓音有点凉："我现在把你交给黄主任，在别人看来，难道不是做贼心虚？"

沈棠心心尖一颤，垂眸看着他逼近的皮鞋，禁不住往后退。

她后腰差点磕在桌沿上，被他抬手捞住一把，修长的手臂接住她弯下的背。

"乱说？"他俯身，眼眸逼近，仿佛望不到边的星空。

沈棠心不由自主地屏住呼吸，脖子梗得酸痛。

他炙热的手掌托住她的脖子，薄唇勾起来，夹着恣意张扬的笑腔，再不掩饰心中意图。

"怕什么？坐实不就好了。"

他炙热的气息从头顶飘下来，她被他双臂困在桌前，无处可逃。呼吸之间，属于他的那抹香味越发醉人。

沈棠心艰难地保持清醒，咬紧牙关："徐主任，你，你说什么？"

"我是说，对付流言最好的办法。"他抬手，微热指尖撩开她鬓角散落的发丝，动作轻柔，嗓音也像是温柔的诱哄，"如果成了真的，也就没有八卦的意义了，是不是？"

沈棠心瞬间明白过来他的意思，忙不迭地摇头："不行不行。"

徐晋知低头看着她，轻笑一声："学习和谈恋爱并不冲突。"

这样的姿势对她很不利，男人高大的身材将她困在一片阴影里，充满压迫的暧昧气息弥散开来，她耳根红了个透。

正在窘迫指数呈直线上升的时候，办公室门突然被粗暴地推开，来人声音也很粗暴："食堂空调又坏了，借你地儿吃个饭。"

徐晋知烦躁地蹙了蹙眉，转身，沈棠心迅速从他怀里溜出来。

幸好黄旭天一进来就坐到沙发上开吃，并没有注意到两人刚才的状态。吃了两口，他才发现屋里气氛不太对劲，抬头："干吗呢你俩？"

徐晋知站在办公桌前，居高临下地看着他，云淡风轻的眼神里却仿佛夹着刀子，暗暗的锋利。

黄旭天无端心脏一抖，心说这男人怎么回事，随即听见沈棠心慌慌张张道："黄主任，我们刚刚在探讨病例。"

"哦，行，继续。"黄旭天低头夹菜，"我就吃个饭，不打扰。"

徐晋知凉凉地开口："你自己没有办公室？"

"不顺路，懒得走。"黄旭天举着筷子摇了摇，十分自然地说，"你俩继续啊，别管我。"

　　这还怎么继续？

　　沈棠心刚也是随口撒谎，根本没有什么病例可探讨，这会儿撤也不是，不撤也不是，手捏着办公桌边缘，尴尬得不知所措。

　　徐晋知一言不发地坐回后面的椅子上。

　　很快，沈棠心听见她手机响了。

　　她拿起来看了一下，又连忙抬眼，对上徐晋知意味深长的目光。

　　消息是他发来的。

　　徐晋知："我们继续。"

　　沈棠心无语。

　　徐晋知："我很认真，也希望你认真考虑一下。"

　　沈棠心咬了咬唇："徐主任……"

　　徐晋知："跟我谈恋爱，不亏。"

　　沈棠心："可是我从来没想过这种事……"

　　徐晋知："那你现在可以想想。"

　　"我说你俩怎么回事？"黄旭天冷不丁出声，"当着我的面儿，神交呢？"

　　沈棠心刚沉浸在奇怪的聊天氛围当中，被他吓得整个人一激灵："徐主任，黄主任，我，我还有事就先走了！"

　　她赶紧摁灭手机屏幕，顶着两个男人的注视落荒而逃。

　　向来做事谨慎的小姑娘这次是真被吓到了，门甩得震天响。黄旭天桌上的饭盒都颤了一颤，紧跟着眼皮一抖："这丫头被你惯得，越来越没个谱了。"

　　徐晋知皮笑肉不笑地盯着他："有意见？"

　　"不敢不敢，您开心就好。"黄旭天阴阳怪气地回了句，低下头继续啃胡萝卜。

　　"以后进我办公室记得敲门。"

　　"怎么着？做亏心事怕人看见？"

　　黄旭天突然脑子一灵光，惊恐地抬头看向他："你刚才该不会……"

　　徐晋知冷笑了一声。

　　"在对人家小姑娘禽兽不如吧？"

　　"你还挺想看现场？"

　　"不不……不我没那癖好。"黄旭天连连摆手，"你早说啊，我哪能干这种缺德事。"

　　徐晋知收回目光，捞过桌子角落的文件："吃完赶紧滚。"

　　"再来一双手套。"

　　"给，露姐。"

　　时露接过手套，迟疑了下才转头看她："小棠你怎么还在这儿？"

"给你帮忙呀。"沈棠心说着戴上口罩,笑眯眯地抬了抬手。

"现在都三点了。"时露看了眼墙上的钟,"徐主任不是有个肌瓣游离移植手术,你不去跟着看?"

"我就不去了。"沈棠心垂了垂眸,走过去给她调好灯光,"那种级别的手术我看了也没用呀,倒给他们添乱。"

时露狐疑地瞅了她一眼:"以前你不都跟着?就算做不了,也能学到不少东西啊,以后用得上。"

沈棠心:"那就以后再说吧。"

"你今天怎么奇奇怪怪的?"时露开始准备麻醉针,"该不会是因为那些流言吧?"

"我没有。"

时露见沈棠心反应不太自然,就知道自己猜对了。她叹了一声,道:"你啊你,这有什么好在意的?人家八卦两句,又不疼又不痒。再说了,像徐主任这种男人,多少小姑娘做梦都想跟他捆绑CP呢,你倒还愁上了。"

沈棠心默默地咬了咬唇。

"不过以我的经验,老徐从来没对哪个小姑娘这么好过。"时露轻描淡写地说,"他该不会真的是喜欢你吧?"

沈棠心竭力稳住手里的吸唾管:"露姐,别说了。"

时露轻笑一声,不再考验她的定力,专心干手里的活。

今天没有加号的患者,下午六点就忙完了,时露收拾东西下班回家。

沈棠心稍微磨蹭了一会儿,正要走的时候,忽然听见隔壁吵闹得很。过去一问,原来是个小男孩陪妈妈来医院做正畸,因为等得太过无聊,开始闹腾。

于是她把小男孩带回诊室,陪着玩了一会儿玩具,又拿出一个模型,教小朋友刷牙。

徐晋知一下手术就直接来了科室,听门口说二诊室的医生都忙完下班了,有些失望,想着随便晃一圈就走,居然听到诊室里面有声音。

是他熟悉的小姑娘的声音,娇娇软软,哄人的语气格外温柔:"对呀,就是这样,要慢慢挪动,每一颗,里面外面都刷干净哦,不然小虫子喜欢吃糖,会钻到牙齿里面,趁呦呦睡觉的时候,吃掉呦呦的牙齿,嗷呜——"

最后她学一声野兽叫,奶凶奶凶的。

徐晋知忍不住弯了弯唇,走进诊室,站在门口往里面看。

诊室的窗户漏进暖暖的夕阳,小姑娘就在窗户前,整个人被镀上一层金黄色的光。

小姑娘坐在小板凳上,手里拿着牙齿模型和一把小牙刷,耐心地教着小男孩。

这一刻岁月静好,她又如此可爱。

徐晋知只觉得胸口里那颗心脏，几乎要被融化掉。

沈棠心注意力太过集中，完全没发现屋里多了一个人，直到小男孩的妈妈过来叫他："呦呦，回家了。"

沈棠心闻声抬眼，看见诊室墙边懒洋洋站着的人，眼眸一颤。

还来不及反应，小男孩的妈妈过来牵起小男孩："快谢谢医生姐姐，我们回家了。"

"谢谢医生姐姐。"小男孩奶声奶气地说，"姐姐再见。"

沈棠心低头冲他笑，摸摸他的头："呦呦再见。"

小男孩和妈妈离开后，诊室里的气氛一秒变尴尬。

沈棠心准备开溜，孰料徐晋知手臂一伸，直接关门上锁。

"现在不会有人进来了。"徐晋知朝前走到窗户旁边，站在她面前，"你想好了吗？"

沈棠心两只手的大拇指对在一起，指甲刮着指甲，唇瓣也抿得紧紧的，身子不自觉又往后仰。

他应该是刚下手术，还没换回自己的衣服，墨绿色短袖完全被消毒水的气味所浸染，领口和手臂大片大片白皙的皮肤暴露在她面前，十分晃眼。

整个人散发着干干净净，毫无杂质的诱惑气息。

沈棠心闭了闭眼，强迫自己忽略这个人无所不在的干扰："徐主任，我还是觉得……不行。"

他气声沉沉："为什么不行？"

沈棠心用力抠指甲："为人师表，你不能这样。"

"为人师表？"他忽然笑了一声，"这么久也没听你叫声老师，现在倒给我扣帽子了。"

沈棠心牙齿磕着下唇，挫败地低头。

"你的老师们都在学校里，我算哪门子老师？"

沈棠心差点要被他给绕进去。

还好跟了这男人这么久，她免疫力见长，没有完全被他蛊惑。

"可是，三年前……"她终于主动提起过去，"你已经拒绝过我了。"

"以前是以前，现在是现在。"徐晋知呼吸稍顿，指尖蜷曲了下，"你还是不愿意原谅我？"

"我没有。都过去了的事情，我早就忘了。"沈棠心低垂着头，嗓音有点闷，但很严肃，"所以我现在对徐主任真的没有别的心思，也希望你忘掉三年前的事，还有我。"

说话时，她目光正好落在他身侧，看着他白皙修长的手指蜷缩又松开，再微颤着聚拢。她仿佛能感知到他的情绪，但总是不够真切，心里想着，他怎么可能体会到那样的情绪——

因为一个人患得患失，辗转反侧，寤寐思服。

那是不可能出现在这个男人身上的情绪。

这段时间他对自己所做的一切，他的温柔和煦，就像一场随时会醒来的梦。

她没那么傻，时隔三年，再把自己折进去一次。

"主任你说得对，那种流言没什么好在意的，以后我会专心工作，直到实习期满。"沈棠心把手揣进兜里，边说边对自己松了口气，"我会给你，给老师一张满意的答卷。"

她从他身侧走出去，从柜子里拿出包，手扶上门锁的时候动作稍顿，但很快便接着拉开。

门"啪嗒"一响，紧接着，身后传来一道低沉克制的男声。

沈棠心不可置信地回过头，手指倏地从门把上滑下来。

"我喜欢你。"

他站在夕阳的余晖里望着她，背光而立，面容却十分清晰。

深邃的眸底，映出她小小的影子。

沈棠心觉得自己好像在梦境和现实的边缘来回穿梭，听到的一切都是真假交织的回音。

直到他走过来，站在她面前，炙热的体温将周围空气都熨烫起来，如同温暖的浪潮扑在她脸上，衔着微微的释然和不舍："我喜欢你，棠棠。"

他的声音毫无阻隔地钻入她耳膜。

沈棠心不自觉屏住呼吸，手紧紧揪着门把手，听见他的声音持续地从头顶笼罩下来：

"过去那些事，我没资格求你原谅，我也没法原谅曾经的自己。但现在，我对你是真心的。"

他望着她低垂的睫毛，捉摸不透的脸色，自嘲地勾了勾唇。

人犯下的错，终归是要自己来偿的。

"我不逼你，也不催你，但你也别这么快拒绝我。"他眉眼深邃，温柔的光溢出来，"给我一次机会，好不好？"

沈棠心咬咬牙，闷着嗓音："那是你自己的事。"

徐晋知心口一震。

三年前，他对她说过这样的话。

"你喜欢我是你自己的事，我没有必要非得配合你。"

当初只是一个寻常午后，如今他却清晰地记得，那天下着毛毛细雨，小姑娘头发上沾着晶莹的小水珠，像透明的绒花一样。

细想来，连第一次见面都记得。

她来医院给沈司衡送资料，从学校匆匆跑出来的，丸子头扎得十分随意，素着一张圆润漂亮的小脸，黑色长羽绒服的里面居然是一件家居服，脚上穿着毫不搭调的鹅黄色雪地靴。

她局促地站在电梯背墙的山水画前面，低着头像只小鹌鹑的模样，居然，十分可爱。

"小棠，你这剥得够干净了，能吃了。"崔盈看着沈棠心手里的橙子，表情复杂地提醒道。

指甲不小心戳破橙子皮，汁水冰凉地浇在手上，沈棠心才猛回过神来，把那块放到嘴边吸了一口。

"想什么呢魂不守舍的。"崔盈嗑着瓜子睨她一眼。

"没。"沈棠心摇摇头，目光落到电视上，"可能是有点困了吧。"

"才八点就困？你忍忍，睡太早半夜会醒的。"崔盈又抓了一把瓜子，"我跟你说，我今天可算见着隔壁有动静了。"

沈棠心兴趣缺缺："哦。"

"我说的是隔壁哦，就是你特别特别喜欢的那扇门——"崔盈坐过来撞了撞她的肩膀，"我偷偷在门口瞄了眼，里面也好漂亮欸，虽然还没装完，不过很像你喜欢的那个丹麦设计师的风格。"

"那他还挺有品位的。"沈棠心心不在焉地回了一句。

崔盈狐疑地盯住她："你今天怎么了到底？"

"没怎么哇。"沈棠心把剩下一半橙子塞她手里，站起身，"帮我吃掉宝贝，我去睡了。"

"你确定你现在就睡？"崔盈望着她背影喊道，"你别又半夜起来修仙啊，吓死人了。"

"不会的。"

沈棠心洗了个澡，有点困，躺在被窝里翻来覆去，却怎么也睡不着，满脑子都是下班前徐晋知对她说的那些话。

如果是在三年前听到那些话，该多好呢。

可惜她不再是那个一腔孤勇的小女孩了。

跟黄旭天去一医院交流的名额最终落到崔盈头上。说来奇怪，这么难得的机会，楚白筠居然没和她争。

崔盈走的前一天，几个实习生提议一起聚个餐。

"黄主任还在住院部交接呢，我下班的时候叫他一起。"时露这边有个患者正在拔牙，"你们出去商量吧，别在这儿妨碍我。"

"得嘞露姐，咱定好地儿给你发位置。"刘简站在门口说，"一定要来啊。"

"那徐主任呢？"崔盈问。

沈棠心揪了揪手指，说："徐主任在手术室呢，下午才进去的，双侧完全性唇腭裂。"

"那应该是来不及了。"张思浩要笑不笑地睨她一眼,"你咋不跟着进手术室呢,少你一张嘴给我省钱。"

张思浩是个浮夸富二代,平时爱秀,骨子里又抠得很,这次被大家撺掇着请客。

沈棠心哼了一声:"我偏要去吃你的,我还要把徐主任的份儿也帮他吃了,吃穷你。"

张思浩抱着胳膊装模作样:"我好怕怕哦。"

沈棠心被他恶心得抖了一身鸡皮疙瘩。

"辛苦了,徐医生。"

"没事,你们也早点休息。"

徐晋知从手术室出来时,已经九点多了。

他朝窗外看了眼黑漆漆的天,揉着酸痛的手腕和指骨,从休息室的柜子里拿出手机。

手机里没有装很多 APP,只有一些常用软件,不重要的推送也全都关着。一下午加一晚上,也就医院考勤软件例行推送的两条新闻,和黄旭天发来的一串微信消息——

"科室聚餐,把你家小朋友带走了。"

"真是想不到啊,这帮丫头还挺能喝。"

"你好没?在手术室生孩子呢?"

"吃完转场,城东路大地飞歌 C11。"

徐晋知很快换好衣服,边往出走边给黄旭天打了个电话,响到自动挂断也没人接。

打给沈棠心也是一样。

他只好直接开车去 KTV。

今晚说是给黄主任和崔盈的践行宴。

不过去其他医院交流一个多月,弄得跟长亭送别似的。

黄旭天知道这帮年轻人就是太久没放纵了,于是也没管着,任他们借这个由头玩尽兴,连小姑娘们也喝了不少酒。

KTV 包厢里,男生们围着桌子玩牌的玩牌,干杯的干杯。

崔盈已经眯着眼睛昏昏欲睡,沈棠心也醉得差不多了,脑袋搁在她的肩膀上,和楚白筠一人拿着个话筒,大眼瞪小眼。

音箱里是《喜羊羊》主题曲的前奏。

沈棠心从小学过不少乐器,钢琴和小提琴都拿过奖,可偏偏唱歌五音不全。

一开口清甜柔软,分明是格外迷人的嗓音,却没有一个字在调子上。

同事们都憋不住笑，连崔盈都被她魔音给弄醒了，揉揉她脑壳："宝贝我睡觉呢，能别要命？"

"不好听吗？"沈棠心嘟了嘟嘴，满脸撒娇的表情，"那我们换一个呀，我最最最最拿手的——《青藏高原》——嘿嘿……献给你，我亲爱的，盈盈小宝贝！"

为了这一屋子人的耳朵，崔盈摁住她脑袋连声哄："乖，宝贝，你还是陪我睡觉吧。"

"我不要，我不困。"沈棠心举着话筒命令楚白筠，"白白切歌！"

楚白筠瞪她一眼："懒死你算了，自己切。"

包厢里依旧是《喜羊羊》的歌曲声，突然从门口照进来一道亮光。

包厢门被打开，男人站在门口，背着走廊的灯光，身影显得格外高大挺拔。

屋里太暗，看不清脸，众人刚刚疑惑地看过去，举着话筒的小姑娘已经激动地站了起来："徐主任！你好呀！"

徐晋知先愣了一瞬，随即面色一松，眸底衔着微微暖意走过来。他挨着黄旭天坐下，旁边就是格外亢奋的沈棠心。

"徐主任，我唱首歌送给你呀。"沈棠心一脸真诚地望着他。

在满屋子惊恐和警告的眼神当中，男人只是满脸纵容和期待："好。"

"你想听什么呀？我会唱粤语歌！还有外国歌！"沈棠心兴奋得两眼冒光。

徐晋知毫不克制眼底宠溺："都行。"

《喜羊羊》放完了，下一首是《最炫民族风》，平时安静文雅的小姑娘欢脱得就像只兔子。

虽然唱歌五音不全，但跳舞还挺好看的。

徐晋知端着饮料杯侧头看着她，面上始终是轻轻浅浅的温柔笑意。

直到沈棠心连唱了三首，黄旭天终于忍不了了，拍拍好兄弟的肩："老大，你能不能管管她？"

徐晋知眉心微蹙，看过来："为什么？"

黄旭天喉咙一哽，脸色顿时像吃了苍蝇一样难看。

"不好听吗？"徐晋知漫不经心地扯了扯唇，"你这是什么表情？"

他继续纵容并欣赏沈棠心的"表演"，直到她唱累了，抱着抱枕和崔盈歪在一起。

K歌系统自动播放下一首。

徐晋知从她的手里把话筒拿过来。

小姑娘半睁半闭的眼睛顿时精神了些，望着他，看见他清俊的侧脸，话筒前翕动的薄唇。

磁沉的嗓音因为混响而格外动人心弦。

"细雨带风湿透黄昏的街道，抹去雨水双眼无故地仰望。望向孤单的晚灯，是那伤感的记忆。"

他粤语咬字很标准,沈家有从广东嫁过来的婶婶,她从小听惯了粤语,也说不出哪里不对。

这个年纪的男人唱歌,和十几二十来岁的小伙子是很不一样的,没有故作饱满的情绪,或刻意的昂首高亢。这种娓娓道来的感觉,就好像细水长流,能带着丝丝缕缕的爱意流到人心里去。

沈棠心觉得自己好像慢慢地开始做梦。

梦里那道天籁般的嗓音,绵延不止。

"喜欢你,那双眼动人,笑声更迷人。愿再可,轻抚你,那可爱面容,挽手说梦话。像昨天,你共我……"

第 八 章·
你还在犹豫什么

第二天,沈棠心是在额头隐隐的钝痛里醒过来的。

睁眼只见一片白色,她以为自己是在医院,吓得从床上一骨碌坐起来。待视力恢复,环顾四周,才发现是一间普通卧室。

卧室里装修简约,大部分家具都是白色,此刻她正躺在一床浅灰色的被子里。

所有的一切都很明显——

这不是她自己的卧室,而且,不像是女孩子的卧室。

脑子里一阵轰隆作响,联想到一些很可怕的东西,她赶紧低下头检查了一下身上的衣服,发现还是昨天那身,也没有被动过的样子,才稍微松了口气。

床边放着一双崭新的白色拖鞋,可是鞋码太大,她踩上去就像踩着一艘船。

沈棠心努了努嘴,跂着这艘"船"走出卧室。

外面是完全陌生的摆设,但户型几乎和她住的那套一模一样。她心底突然浮现出一丝预感,并且随着她一步步走到客厅,这种预感越来越强烈。

屋子里有股熟悉的味道,从茶几上的香薰机里散发出来。

"醒了?"厨房门口传来一道男人的声音。

沈棠心目光从香薰机上挪过去,嗅着满屋子淡淡的佛手柑香味,已经不太惊讶,但还是有些慌乱和紧张:"徐主任,我昨天……"

"你昨天喝多了,又不肯拿钥匙开门,我只好把你送到我这儿。"徐晋知端着一个冒热气的玻璃杯走过来,"崔盈回学校住了。"

沈棠心敛眉垂眸:"哦。"

"把这个喝了吧。"徐晋知把手里的杯子递给沈棠心,"蜂蜜水,会让你舒服一些。"

沈棠心低着头接过:"谢谢。"

"早餐想吃什么?"他还没有系领带,当着她的面扣好衬衫袖口的扣子,"时间还早,我去做。"

沈棠心一口喝完蜂蜜水,连连摇头:"不用了徐主任,我去医院再买好了。"

徐晋知哪能不知道她在想什么,轻笑一声,半宠溺半揶揄:"就一顿早餐,不会让你把自己给卖了。

"炒意面可以吗？"

"……可以的。"

"番茄味还是黑椒？"

"番茄吧。"沈棠心想了想，跟到厨房门口。

徐晋知从冰箱里拿出面，忍不住笑了一声："还是小朋友。"

"我才不是小朋友了。"沈棠心努了努嘴，很不满意他这个称呼。

"是啊，不是小朋友了。"徐晋知满腔的宠溺，"都可以嫁人了。"

沈棠心咬咬唇，不想让他再继续这个话题，便问："徐主任，我昨天没做什么很丢脸的事情吧？"

徐晋知唇角一勾："比如说？"

"比如说……"沈棠心抠着门口的木头框，小心翼翼地问，"我没有……唱歌……吧？"

空气中有一瞬的寂静。

但很快，徐晋知把面放进烧开的水里，转过头好整以暇地望着她："唱了。"

沈棠心顿时面如土色。

她唱歌是个什么熊样，自己实在是太清楚了。她也万万想不到随口点的韩国米酒，三杯就把自己喝成那样，以至于后续剧情完全脱离了掌控。

"不过。"徐晋知眉眼里满是笑意，声音温柔得能溢出水来，"挺好听的。"

"真的吗？"沈棠心一脸不可置信，眼中还有些惊喜的光。

难不成喝醉酒可以点满唱歌技能？

徐晋知十分真诚地点点头："真的。"

说完让她去外面等，沈棠心坐在餐厅椅子上，兴奋地拿出手机。

群里一大早就有好几个人艾特她。

刘简："沈医生牛大发了。"

张思浩："是啊，沈医生天籁之音，拜你所赐我可做了个好梦。"

崔盈："就是宝贝你以后可千万别随便给人唱了哈。"

沈棠心："为什么呢？"

沈棠心："徐主任说我唱得很好听呀！"

楚白筠："是我疯了还是这个世界疯了？"

沈棠心终于从大家的反应里嗅出了一丝不对劲。

她私聊崔盈，才把昨天晚上发生的事情弄了个一清二楚。

徐晋知端着炒好的意面和刚打的热豆浆出来的时候，小姑娘正一脸愁苦地趴在桌面上，手背托腮，两眼无神，像颗蔫了吧唧的小白菜。

听见他的脚步声蓦然抬头一看，又立刻正襟危坐，神色委屈地对手指。

"饿坏了？"徐晋知微微笑着，把番茄意面和豆浆都放到她面前，再给她递餐具。

沈棠心接过漂亮的金色叉子，往面里戳了戳，犹豫片刻还是忍不住问他："我昨天，是不是，特别丢脸啊？"

徐晋知勾了勾唇："哪有，很可爱。"

说话时，他神情认真，一点都不像在开玩笑。

可她现在一点都不敢相信这男人的话了，觉得他要么是聋，要么是瞎。

堂堂一个外科主任，怎么能又聋又瞎呢？

沈棠心莫名脸颊发热，低下头吃了口面压压惊。

味蕾受到空前的刺激，顿时整个人精神起来。

这也太好吃了吧！

徐晋知坐在她对面，双臂悠然地搁在桌沿，微微倾身，一边优雅地卷着面条，一边抬眼看她一眼："味道还行吗？"

"还……还行。"为了不让他太得意，沈棠心竭力管理住自己的表情。

"那以后多来吃。"他了然地一笑，"让我也练练手艺。"

沈棠心昨晚没洗澡，浑身硌硬，吃完赶回家匆匆换了套衣服。

到医院时，大家已经开始做准备工作，诊室里的护士姐姐正在检查仪器和贴保护膜。

沈棠心把包放进柜子里，大致看了下诊室里的设备："露姐来了吗？"

护士姐姐笑着答："时医生还没到呢。"

沈棠心点点头："那你一会儿记得把激光仪拿过来，时医生九点半的手术要用。"

说完她去了趟洗手间，出来时听见正畸科那边有点吵，于是好奇地过去瞧热闹。

听了一会儿才弄明白，原来是楚白筠昨天被晏瑞阳送回去，早上又是和晏瑞阳一起来的，而且还穿着昨天那身衣服。

沈棠心站在走廊里，看楚白筠被同事们打趣得脸颊绯红，长长地舒了口气。

幸好她回家换了衣服。

"都杵这儿干吗呢？"突然响起的男声夹着明显的愠怒，晏瑞阳站在门口，冷眼扫过屋里那群人，"还几分钟上班了，不是我科室的人都出去。"

众人纷纷作鸟兽散，沈棠心也快速溜回自己的地盘。

中午，晏瑞阳科室还没忙完，沈棠心就自己去吃饭了。

医院食堂的空调动不动闹个脾气，也舍不得花钱换，抽风的时候，得挨着空调口才有点感觉。

沈棠心忙了一上午正嫌热，想着找个凉快点的地方吃饭，然而她环顾四周，距离空调五米之内的桌子几乎全部满员。

唯独靠窗那张，只有一个人。

那人背对着她正在吃饭，应该是刚从手术室出来，还穿着墨绿色的刷手衣，露出白皙手臂上清晰的肌肉脉络。

五指修长，在手机屏幕上轻轻划拉着。

沈棠心突然发现，自己居然能从那么多相似的背影中一眼认出某一个人，仅仅从他坐着的姿势。

她短暂失神，直到身后有人叫借过，才猛醒过来，端着盘子继续往前走。

这一声也引起了另一个人的注意。

徐晋知不经意地抬头，瞥见小姑娘匆忙的背影，瞬间眸底一亮。他放下手机，勾着唇叫道："棠棠。"

食堂里没人大声喧哗，医护们聊天都很斯文。徐晋知稍扬起声调，就被不少人注意到了，八卦的目光开始在两人身上游移。

他却恍然未觉，十分自然："棠棠，来我这边。"

他短短的刘海儿被空调风掀起来，露出饱满光洁的前额，因为太靠近窗外阳光，皮肤白得有些晶莹剔透。

沈棠心不禁心跳加速，又被大家盯得头皮发麻，只好走过去坐下，放下餐盘的时候，还不忘奶凶奶凶地瞪他一眼。

"帮你占了好位置还瞪我。"他轻笑一声，目光扫向她餐盘，"今天有鸡腿，怎么不吃？"

沈棠心戳着米饭，闷闷地答："来晚了没有了。"

话音刚落，徐晋知把自己盘里一口没动的鸡腿夹给她。

"不用了，徐主任。"

正打算给他还回去，他忽然抓住她手。

他手指比平时稍凉些，还带着点湿意，不知道是在手套里闷了多久，又刷了多久，表皮白得近乎透明，大片大片泛着红。

沈棠心看着不自觉心口一颤，也停了动作。

"吃饱了，下午才有力气干活。"徐晋知垂下目光，"不跟着我也别给我丢人。"

"知道了。"沈棠心努了努嘴，积极地为自己正名，"我才没有给你丢人，上午拔了三颗牙，露姐说我可棒了。"

她现在基本操作都合格了，为了多一些机会练手，不会去跟徐晋知的每台手术，大多数时间都在门诊帮忙。

当然，也有一些不可说的别的原因。

徐晋知也不揭穿她的小心思，点点头："那都是我教得好。"

难得见这人大言不惭，沈棠心差点没憋住笑，鼓了鼓腮帮子，眉眼弯弯："是呀，都是徐主任教得好。"

他低笑一声："打算怎么谢我？"

沈棠心手一抖，夹起的鸡腿落回盘子里。

"紧张什么。"徐晋知压低嗓音，用只有两人能听见的音量，"上次你说为人师表，我觉着也对，总不能用这种事情要求你以身相许。不过，你好歹能请我吃顿饭？"

沈棠心无语了下，重新夹起那块鸡腿，咬了口："那你想什么时候吃？去哪儿吃？"

"择日不如撞日，就今天吧。"徐晋知抬眼冲她笑，温柔里夹着调侃，"你实习工资也没多少，就不用去外面破费了，在家做怎么样？"

沈棠心脑袋一嗡，忙不迭地摇头："不破费不破费，一顿饭我还是请得起的。"

徐晋知又笑了笑："作为老师，自然要为学生考虑。"

"我去准备下午的手术，先走了，你慢慢吃。"说完他便端着盘子站起身，"晚上下班等我，一起逛超市。"

沈棠心神情呆滞地盯着男人的背影。

"什么情况？"楚白筠把餐盘放她旁边，目光才从徐晋知身上挪回来，"下班等他？逛超市？你俩？"

沈棠心被吓了一跳，心脏差点从嗓子眼蹦出来，拍着胸口瞪道："你是鬼吗？走路没声的？"

"是你自己看男人看呆了吧。"楚白筠咬着筷子，一眨不眨地盯着她，"老实交代，你俩这是同居的节奏？"

沈棠心哭笑不得："同什么居？八字还没一撇呢。"

"那就是八字有一点了？"楚白筠惊恐地捂嘴，"我就说徐主任怎么会对你那么好，你唱歌唱成那个鬼样他还说好听……"

沈棠心感觉受到了侮辱，说："我唱成什么鬼样？你八卦就八卦，不带人身攻击的。"

楚白筠翻翻眼皮："那啥眼里出那啥嘛，我懂的。"

"别光说我。"沈棠心轻飘飘打断她，视线朝她身上扫了扫，"不如说说你昨晚跟晏医生干吗去了呢，衣服都没换。"

忙了半天终于熬到下班，沈棠心想起中午某人说的话，顿时轻松不起来了。

时露正在收拾东西，看沈棠心一脸欲言又止的样子，笑着问："你这是怎么了？有话就说。"

"露姐。"沈棠心趴在收纳柜上，手指抠着钥匙孔，表情生无可恋，"你知不知道有什么简单又好吃而且比较拿得出手的菜？"

时露惊讶地睁大眼睛。

"西红柿炒鸡蛋就算了。"沈棠心努了努嘴，"我每次都会炒糊，而且挺磕碜的。"

"那就凉拌呗。"时露说，"现在正好是夏天，凉拌菜挺合适的，再整个肉沫鸡蛋羹，整个汤，差不多了吧……你们几个人吃啊？"

小心脏"嘭"了一声，沈棠心有点虚："两……个。"

时露："崔盈不都走了吗你跟谁吃？"

沈棠心咬了咬唇："露姐你就别管我跟谁吃了。"

再被追问下去怕是要露馅。

时露盯着她瞧了一会儿，挤了挤眼睛："谈恋爱了？"

"没有！"沈棠心忙不迭否认，"就，一个朋友，他帮了我一些忙，请他吃顿饭，表示感谢。"

"哦。"时露来了很大兴致，"男朋友女朋友啊？"

"男朋友。"沈棠心脱口而出，刚说完就发现不对劲，脸一红，舌头也慌得打结，"不是，就、就是普通朋友。"

时露盯着她，满脸不信。

沈棠心有种无力解释的挫败感。

正窘得无地自容，恨不能遁地而逃的时候，诊室的门突然被敲了敲。

身后传来男人清洌好听的声音："忙完了吗？"

"早忙完了。"时露笑着转身望过去，"老大有什么指示？先说好，除非十万火急人命关天，否则我可不加班的。"

"谁要你加班了？"徐晋知淡淡地睨她一眼，目光随即落在柜门旁的小姑娘后脑勺上，"我来接人下班。"

时露闻言，好像忽然明白了什么，目光若有所思地在两人之间扫了一圈又一圈。

沈棠心恨不得整个人钻进柜子里去。

相比之下，徐晋知依旧是神一般的心理素质，一如既往的镇定自若，只是望着时露的表情稍显不耐："不过你要是不急着下班，不如——"

"谁说我不急？我急着去跟男朋友分手，拜拜。"时露拎上包包，脚底抹油溜得飞快。

徐晋知唇角微勾，得逞地用余光瞥她的背影，然后视线落回小姑娘身上："还不走？等谁来接呢？"

"没有……我马上就走了。"沈棠心说着，赶紧把包从柜子里拿出来，还有一张午休用的毛毯，要拿回家去洗。

稍一愣神，徐晋知已经顺手拎起装毛毯的袋子："快点吧，我饿了。"

他的嗓音和平时都不同，低沉、柔软而绵长。

就好像是在撒娇。

这要命的错觉。

沈棠心不敢再回想,立马拎着包走出去。

徐晋知长腿一迈,轻松跟上她飞快倒腾的两条腿。望着小姑娘略显慌乱的背影,他眼底始终噙着温柔纵容的光。

医院客梯刚下负一层,要等很久才能上来,于是他们去乘专用电梯。

寂静的轿厢里只有两个人。

虽然医院电梯宽敞,沈棠心也自觉窝在角落,与他隔得并不算近,但封闭空间里仿佛一切感官都被放大,还依稀能听见对方的呼吸声。

男人高瘦挺拔的背影,以及飘进鼻腔里的淡淡的佛手柑香味,都令她无法忽视分毫。

"你露姐这是第三次分手了。"徐晋知冷不丁地提起时露,语气淡然却认真,"从今年年初算起来,第三次。"

沈棠心张大了嘴巴。

她倒是知道时露和这任男友在一起的时间不长,却万万没想到,分手频率这么惊人。

时露平时看上去,也并不是游戏花丛的那种女人。

徐晋知仿佛知道她在想什么,弯了弯唇角。

"你露姐今年二十七了,其实年纪不算大,偏偏家里人着急把她嫁出去,只要一分手,就紧接着给她介绍下一个。"徐晋知靠在电梯侧壁上转头看她,"干我们这行,要开始一段感情很容易,但要长久地维持下去,很难。在咱们院,像小陆那种只求安稳的医生毕竟是少数。时露从去年开始准备评优论文和资格积累,争取去 A 国进修的机会,几乎没多少时间留下来谈恋爱。"

沈棠心眨了眨眼睛:"所以呢?"

"早些年我也是没有的。"他望着她,意味深长地一笑,"不过现在,我有足够的时间和精力,你可以放心。"

沈棠心猝不及防心口一跳,男人的目光分明是清淡而优雅的,却恍惚比炎炎烈日还要灼人:"那,那我没时间,我还要好好学习呢,你现在这种行为,跟诱拐别人早恋有什么区别?"

"当然有区别。"他神色认真,一点不像是开玩笑,"你已经过了法定年龄,不算早恋。况且跟我在一起,你的学习效果只会更好。

"不如试试?"

看着他一本正经的奇葩言论,沈棠心忍不住腹诽。

试你个头。

小区门口有个两层大超市,但平时沈棠心不常过来。大超市七弯八拐的太麻烦,便利店有的,她尽量都不进超市浪费时间。

就像徐晋知先前所说,他们的时间和精力都很宝贵。

"想吃排骨还是牛肉?"耳旁突然响起问话声。

沈棠心愣了下,徐晋知却已经把两个都放进购物车:"那就都要吧。"

"你别拿太多了,我不是很会做。"沈棠心弱弱地开口。

"说要你做了吗?"他空出另一只手揉揉她的脑袋,"小傻子。"

头顶一阵温热,他宠溺的嗓音也让脸颊不自觉发热。沈棠心忍下心脏里的小躁动,急忙跟上去:"徐主任,不是我请你吗?"

"你付钱就好。"徐晋知回头睨她,眼神温柔,"至于你的厨艺,我不是很敢尝试。"

沈棠心有被内涵到,咬了咬唇,嘟哝:"不就是做饭不好吃嘛,我又不是不能学。"

徐晋知唇角一弯,拿袋子装了几只虾:"小姑娘细皮嫩肉的,学什么做饭。"

沈棠心忍不住怼一句:"你不也细皮嫩肉的。"

徐晋知的长相属于白净清秀那类,由于个性高冷,很难不让人觉得他像个娇生惯养的贵公子。

尤其是那双手,长得比许多姑娘家还好看。

如果不是亲自尝过几次他的手艺,沈棠心完全想象不出这人站在厨房里的画面。

话音刚落,徐晋知抬眼朝她看过来,目光里夹着一丝探究和玩味。沈棠心没来由地一慌,心中刚拉响警报的时候,却见他眉眼里盛满愉悦和纵容:"我就当你在夸我。"

横竖是这男人下厨,沈棠心也就不在生鲜区闻着各种刺鼻的味道折磨自己了。她悄悄溜到零食区。

很久没吃过垃圾食品,有点馋,她拿了三大袋新出口味的薯片,然后转到冷藏柜去看牛奶。

"小姐,这款鲜奶做活动,只要十块钱两大瓶,而且日期也很新鲜。"

沈棠心笑着婉拒:"谢谢哦,不过我有习惯喝的牌子。"

超市奶制品太多,好几个大冷藏柜,她找了一会儿才看见自己常喝的那款鲜奶,居然在柜子顶层。

看来的确是很冷门的牌子。

每次小舅从 A 国回来,会给她带这个牌子的奶粉。

她怀里抱着三袋薯片,艰难地腾出一只手拉开冷藏柜门,却发现自己够不到最顶层。

她踮了踮脚,还是够不到。

正咬牙犯难的时候,突然从头顶伸过来一只手,搭在顶层冷柜的格子上,男人低沉的嗓音衔着笑腔:"想要什么?"

此刻他一只手扶着购物车,另一只手擦过她头顶,温热的胸膛就贴在她背后,宛如将她圈在怀中。

当沈棠心终于反应过来时，耳根倏地发烫，硬着头皮指了指："……要那个。"

徐晋知拿起那盒鲜奶，看了看日期。

沈棠心以为完事了，正要说走，却发现他那只手依旧靠在格子上。500毫升的鲜奶盒在他修长有力的手指间，格外轻松。

以及，他好整以暇的笑容，在她抬眼相对的时候，倏地撞进她眼里。

"徐主任。"沈棠心举起一只手，戳了戳他手里的盒子，"我们该走了吧。"

"不急。"徐晋知眉梢一挑，"你刚刚叫我什么？"

他居高临下的注视充满压迫感，沈棠心声音弱下来很多："徐主任？"

徐晋知微眯着眸凝视她，唇角牵起弧度："你知道下班后有人这么叫我，意味着什么吗？"

沈棠心蒙蒙地问："什么？"

他一字一顿，慢条斯理地告诉她："意味着，要回去加班。"

沈棠心下意识地垂眼瞄了瞄他装手机的裤兜，心里想着，这会儿如果急诊来通电话把他叫走，自己是不是就解脱了。

然而现实总是残酷的，他的手机一直安安静静地躺在里面。

徐晋知早将她的小动作尽收眼底，依旧眉眼温和："现在我们是工作以外的关系，你不如换个亲密点的称呼，比如说……"

沈棠心觉得自己就像一只快要熟透的小龙虾，不敢再多听他一个字，慌不择路地从他胳膊下钻出去。

徐晋知转头望着小姑娘灵活窜逃的背影，满眼宠溺地勾了勾唇，把鲜奶放进购物车。

本来担心徐晋知要彰显什么绅士风度，意外的是他这次并没有抢着结账。沈棠心开开心心地付了钱，东西都给他拎着。

他选的都是不太好做的食材，这顿饭她注定只能等着吃。

厨房里徐晋知正在忙碌，沈棠心坐在沙发上看崔盈刚发过来的手术视频。今天和黄旭天在一医院做的第一台手术，就是一个恶性肿瘤切除。

沈棠心边看边嚼薯片，连眼珠子都不舍得动一下。

小时候她觉得沈司衡是变态，这种血淋淋的东西为什么能看得精神抖擞，废寝忘食。

直到徐晋知叫她："棠棠，吃饭了。"

沈棠心没出声，眼珠子直直地盯着手机屏幕。

徐晋知放好碗筷，走到沙发背后，伸手要去拿她手机："吃完再看。"

沈棠心像是背后长眼睛，在他还没碰到的时候就转了个方向，嘴里念念有词："你别动别出声刚那个血管夹的位置都没看清楚……"

徐晋知抿直唇线，似乎是对自己被冷落很不爽。

沈棠心并没有发现,最后几分钟看完后,兴高采烈地跑到餐桌旁坐下:"黄主任今天也太帅了,盈盈说一医院好多小护士和实习生找他要微信。"

对面只传来一声若有似无的轻笑:"呵。"

"不过他都结婚了,大家都没戏了呢。"沈棠心努了努嘴,夹起一块香菜牛肉。

"怎么你还挺惋惜?"

沈棠心这才听出他略显奇怪的腔调,连忙看着他解释:"我平时都是跟你的手术,看看别人的可以比较一下……"

"比较了吗?"他抬眼盯着她,眼神似笑非笑,"谁更好?"

"我又不是比较这个。"沈棠心一本正经,"每台手术都是不同的案例,我是做案例比较。而且你和黄主任的手术风格、细节处理方式都不完全一样,都有值得学习的地方啊。"

"所以呢?"他不依不饶地继续问,"我跟老黄谁更好?"

沈棠心嘴角一抽。

这人怎么还没完没了了?

"看出来了。"他低头戳了块排骨,嗓音微凉,"野花香。"

沈棠心刚喂进去的米粒差点喷出来。

看着他一脸憋屈的样子,她一下子心软下来,叹了口气,厚着脸皮道:"你好看。"

徐晋知唇角一勾,美滋滋地啃了口排骨。

"你的手好看。"

"你做饭还好吃。"沈棠心拍马屁拍上瘾了。

徐晋知望着她,眉眼弯弯:"所以像我这么完美的男人,你还在犹豫什么?"

晚上,徐晋知帮忙收拾好厨房才走。

沈棠心睡前温了杯牛奶,舌尖品着熟悉的味道,拿出微信给许久没联系的人发了条消息:"东仔啊,你什么时候回来?"

两国时差不大,这会儿人也还没睡,消息回得很快:"臭丫头,没大没小的。"

小舅:"我得下个月才能回,要带东西?"

沈棠心:"嘿嘿嘿,你最懂我了。"

小舅:"最近挺忙的,你尽快发清单给我,怕来不及。"

沈棠心:"嗯嗯!"

"宝贝们,今天七夕都怎么过啊?"赵青严热心关切同事们,还特意凑到时露旁边,"露露姐,你男朋友是不是准备了超大超浪漫的 surprise?"

沈棠心皱起眉头,踢了他一脚。

赵青严一脸蒙:"小棠你干吗踹我?"

"踹的就是你,没眼力。"

"小棠。"时露调出电脑里的病历,"1号患者是正畸前拔牙,你帮忙做一下,我有个电话。"

沈棠心点了点头:"好。"

"上四下五,左右都拔。"说完,她就匆匆拿着手机出去了。

赵青严这会儿终于发现不对劲,戳戳沈棠心的肩膀:"露姐怎么了这是?"

"我怎么知道。"沈棠心闷闷地撇了撇唇,去换手术服。

时露谈恋爱一直谈得不咸不淡,那天晚上说去分手也笑嘻嘻的,不太像是为分手难过。

然而这个七夕,难过的也不止时露一个。

往年情人节和七夕,沈棠心都是和哥哥们一起过,有大哥做好吃的晚餐,有小哥吵嘴打游戏。

家里的小群很久没动静,沈棠心冒了个泡。

"@大哥@小哥,你们今年七夕怎么过呀?回不回家?"

她都不问老爸老妈和外公外婆了,那两对如胶似漆,对孩子们从来都是放养。

小哥:"你自己瞎过吧。"

沈棠心:"?"

大哥:"我和你嫂子一起过,你照顾好自己。"

沈棠心抑郁了。

说好做彼此一辈子的小天使呢?

整个世界都是成双成对。

晚上下班的时候,她又看见楚白筠上了晏瑞阳的车。

徐晋知还在手术室,没有便车可以坐,于是她打了个寂寞的滴滴。

不少人在朋友圈晒幸福,晒和对象的电影票,沈棠心在客厅里用大电视投屏,看了一台长达四小时的高品质电影——

徐晋知昨天发给她的手术视频。

洗了个澡,她在书房里整理晚上看视频记的笔记,突然收到一条微信消息。

徐晋知:"我下手术了。"

徐晋知:"吃夜宵吗?"

沈棠心:"不想吃。"

徐晋知:"那出来逛逛?"

沈棠心看了眼没写完的笔记:"不了吧,都这么晚了。"

徐晋知:"你明天又不上班。"

徐晋知:"我听说江滩有无人机表演,很好看。"

沈棠心:"可是我在学习……"

徐晋知:"那好吧。"

学习是万能的借口。

沈棠心盯着屏幕上那人略带失望的字眼,吸了口气,压下心底那阵薄薄的躁动,把手机扣在桌面上,继续整理笔记。

时间过得很快,小闹钟指向十一点半的时候,空荡荡的胃开始造反。

她晚上懒得开伙,也没买菜,吃掉了最后一袋泡面,现在家里连一粒米都没有。把厨房翻了个底朝天,也只找出两个烂掉的青椒,还是上次徐晋知做饭没用完剩下的。

沈棠心愁眉苦脸地扔掉那两只烂青椒,正打算看看这个时间除了烧烤还有什么外卖可点,一条微信消息飘上屏幕:

"睡了没?"

沈棠心鼓着腮帮子呼了口气,敲字:"还没。"

徐晋知:"开窗,看表演。"

沈棠心:"啊?"

徐晋知似乎看到了她呆萌的模样了,每个字眼都夹着宠溺:"小傻子,你是不是在书房?"

沈棠心这会儿正坐在餐厅里,看见这条消息,便鬼使神差地走回书房。虽然心想着这都几点了,小区里安安静静的,哪还有什么表演,这男人八成是逗她玩。

玻璃反射着屋里的灯光,不太看得清楚外面。当她缓缓推开窗子的时候,手机也恰好响了。

是徐晋知打来的电话。

放到耳边,他低沉的嗓音通过无线电微微失真,更显得磁性撩人,沈棠心只觉得耳朵发痒,摁了免提放到桌上。

"看到了吗?"他问。

沈棠心望着窗外那个小小飞行物,顶上还有一闪一闪的白色光点,不禁弯起唇角:"看到了。"

电话那头的人轻笑一声,同时,挂着小袋子的无人机从窗口飞进来:"我猜你现在饿了,还没有东西吃。"

"七夕限量,全部要吃完,嗯?"

小袋子蒸腾着热气,一阵炸鸡的香味扑鼻而来。

舌尖却染上一丝梦幻般的甜。

七夕那天,科室有好几个人光荣脱单。

也有人分手。

不知道是不是错觉,沈棠心总觉得,没了男朋友的时露表面看上去比之前更开心,但心底却像是有块驱散不掉的阴影。

直到某天,她去模型室拿东西,听见时露在隔壁休息室讲电话,情绪有点激动。

"我没毛病，不需要看心理医生。你们现在该做的就是别再给我塞男人了OK？我很忙，没空应付那些人。"

听墙角不太厚道，沈棠心刚要转身离开，时露边挂电话边风风火火地走出来。

看见她时，时露微微一愣，沈棠心停下脚步，忙不迭地解释："对不起露姐，徐主任要我过来拿东西的……"

时露见她这副紧张模样，便大致了然，手摁在门把上，低头轻笑："听见了？"笑声里夹着些自嘲。

沈棠心莫名觉得心口扯了下，慢吞吞地点头："你还好吧？"

"我没事。"时露笑着拍拍她的肩膀，"快回去忙吧。"

"露姐……"沈棠心还是有点担忧。

时露温柔地看过来："嗯？"

沈棠心叫住一名护士，叫她帮忙把东西带给徐晋知，然后扯了扯时露的袖子："你最近是不是不开心啊？"

"没有不开心。"时露弯了弯唇，摸摸她脑袋，"不过是中年人的烦恼，你还年轻，你不懂。"

"露姐你也还年轻呀，什么中年人，哪有这样说自己的。"沈棠心努了努嘴，"而且不就是感情那点事儿嘛。谁说我不懂，我很懂的，说不定可以帮你排忧解难。"

时露望着她，眼底都溢出笑来："小朋友，你谈过恋爱吗？"

"……那倒没有。"沈棠心老实地回答，"不过我也有过喜欢的人啊。"

时露目光颤了颤，几秒后，靠着墙壁微微抬头，语气里夹着羡慕："真好，我都没有过喜欢的人。"

沈棠心愣住："那，你之前……"

"都是相亲认识的男人。"时露双手插在白大褂兜里，屈起一条腿，姿势瞧着有些疲累，"见一面，不讨厌就试试呗，否则家里一天到晚不停地打电话，我连工作都没法儿好好工作。"

沈棠心抿了抿唇，面露愁色。

怪不得最近上班时间，她都把手机调静音锁在钢柜里。

时露开了话头，也就乐意慢慢地讲下去："说实话，我对那些男人都没感觉，虽然不讨厌，但反感他们碰我。我觉得这就是不喜欢吧，我爸妈却觉得我有病。这不，现在不急着催相亲了，催我去看心理医生。"

"不喜欢当然会反感了。"沈棠心握着指尖搓了搓。

指尖微微的热度，依稀将这一秒闪回到某一个晚上，落在这里的温热触感。

他握着她的指尖，问她："很冷吗？"

一触即离。

她却一点都不讨厌，甚至潜意识里希望那一触的瞬间，可以稍微拉长一些。

"是啊。"时露扯了扯唇,"在他们眼里,挑三拣四就是病,不随便找个男人结婚生子,就是不孝。"

相亲这种事,沈棠心没试过,没法感同身受,但她也知道和不喜欢的人在一起是很折磨的。结婚是未来几十年的相伴,如果未来几十年都要活在那种折磨里,那简直是生不如死。

"我已经不想结婚了。"时露叹了一声,目光里却有几分释然,"该怎么着怎么着吧,我一定会申请到出国进修的 offer。"

"露姐加油。"沈棠心认真地给她打气,"等你出国,我休假就去找你玩。"

时露摸摸沈棠心的脑袋:"好。"

"对啦,我小舅也在 A 国。"沈棠心笑嘻嘻道,"可以让他带我们一起玩。"

时露扯了扯唇,半开玩笑:"别,我现在对男的过敏。"

沈棠心假装严肃:"那你真得去看个医生。"

"我看你这医生行吗?我瞅你挺能的,包治百病。"时露勾着她肩膀把她带出休息室,"走了,再不回去老徐要想你了。"

沈棠心一秒红了脸:"露姐你瞎说什么呢……"

"瞎说了吗?"时露捏捏她那侧耳垂,"别以为我缺心眼儿,他那双眼睛都快长你身上了,我认识他这么多年我能不知道?"

沈棠心耳朵根都红了。

"你真得好好考虑考虑人家。"时露一本正经道,"老徐这人吧,首先外表没得挑,经济实力也不差,最重要的是人靠谱,从不乱搞男女关系,对感情很认真的。虽然老是老了点。"

"也还好吧。"最后一句,沈棠心由衷地不太赞同。

"就是啊,不看身份证谁知道他三十?那些娱乐圈小鲜肉都没他鲜。"

沈棠心摸了摸微烫的脸颊。

今天周末,门诊上班的人不多,患者也不多,这会儿诊室里只有徐晋知一个医生在忙。

时露进门的时候也没多看,拿腔作调地冲里面的人玩笑道:"徐主任,你的小宝贝我给你带回来了。"

话音刚落,旁边突然传来两声笑。

时露这才发现刘简和张思浩也在,转身抱歉地朝沈棠心吐了吐舌头,后者脸都快红成番茄。

偏偏徐晋知还轻描淡写地回了句:"多谢。"

时露把手机放回柜子里,懒洋洋地靠着侧过身来:"您这也太敷衍了,敢不敢来点儿实际的?"

"我怕我的谢礼太贵重,你承受不了。"徐晋知闷在口罩里发出的声音也同样夹着点戏谑。

沈棠心懒得理他们,看了眼器械台上沾满血的棉球,转身去抽屉里拿新的。

身后传来两个男生的声音:

"浩儿,你知道吗,领导说话得细细地品。"

"怎么的?"

"那咱主任说的是谢礼吗?"

"啥?"

"人家说的是小宝贝啊。"

沈棠心感觉有两道炙热的目光落在后脑勺上,整个人都快烧起来了。

她三步并作两步地走过去,把棉球袋子扔到器械台上,然后踩着小高跟"噔噔"跑出诊室。

时露狠狠剜了那两个男生一眼:"能闭嘴吗?"

刘简面露愧色,摸了摸后脑勺:"对不起……露姐。"

徐晋知抬头看了眼小姑娘仓皇消失的背影,此后便一言不发。直到做完手术,把患者送走后,他摘掉口罩,目光锐利地盯向刘简:"这台器械你准备的?"

突然被点到的刘简一激灵:"是我,徐主任。"

徐晋知指了指刚用过的东西:"哪儿薅来的持针器?是咱科室的吗?这么大家伙往患者嘴里戳?你到底有没有检查清楚?"

刚被时露眼神批评过,又遭到徐晋知连声质问,刘简瞬间蒙住,但很快发扬出他的和稀泥拍马屁功力:"要不还是主任厉害呢,手艺好,啥工具都耍得溜。"

"我在和你开玩笑?"徐晋知面色冷凝,嗓音更冷,眼神一如既往的淡漠疏离,不怒自威。

刘简终于意识到领导是真生气了,整个人面如土色:"对不起徐主任,下次我一定注意!"

"把这儿收拾干净。"徐晋知面无表情地睨他一眼,摘掉手套走出诊室。

沈棠心也没跑远,在洗手间的台子前洗手,徐晋知走过去的时候,目光一抬,两人在镜子里看见对方。

沈棠心唇瓣抿得紧紧的,匆匆挪开视线,关掉水龙头。

徐晋知还穿着手术服,不好去碰她,只能眼睁睁地看着小姑娘越跑越远,红润的脸颊鼓得像一只气球。

"行了,刘简他们就俩搅屎棍,从来不干人事不说人话,别跟他们一般见识。"楚白筠用漏勺装着新鲜的牛丸,放进清汤里涮。

下午休息,沈棠心约她出来吃火锅。

"也不知道你在犹豫什么。"楚白筠把涮好的牛丸放进她盘子里,"你说,咱俩就把这儿最抢手的两个黄金单身汉给收了,难道不好吗?"

沈棠心愁眉苦脸的："你不懂。"

"我是不懂，您大小姐的脑回路跟普通人不一样。"楚白筠耸了耸肩，不再执着于她的问题，"在学校，你万年第一我万年老二，我做梦都想着哪天把你从宝座上拽下来。不过在这儿呢，我是没兴趣跟你抢老徐，毕竟他不是我的菜，所以你就勉为其难把那厮给收了吧，免得他祸害人间。"

"万年老二还在这儿一套套地教育我。"沈棠心嗓音闷闷地嘟哝道，"你就管好你跟晏医生吧。"

"你这死女人找打呢是不是？"楚白筠气笑了。

"吃肉，吃肉。"沈棠心给她舀了一勺，"我现在不想跟你打架，吃饱再说。"

来医院实习之前，沈棠心怎么也想不到，自己有朝一日会和这个女人同桌吃饭。

人生就是这么玄妙离奇。

差不多吃饱了，沈棠心摸摸鼓起来的肚子，溜缝喝下去一杯柠檬茶。

放在桌面上的手机突然一亮，她漫不经心地瞥过去，顿时睁大眼睛。

妈妈："宝贝，我和你爸爸回来了。"

妈妈："晚上回家吃饭哦。"

于是她"鸽"了和楚白筠的逛街之约。

第九章·
徐医生的追求攻势

一年三百六十五天,沈言勋夫妻俩保底有三百天不在国内。自从小女儿沈棠心成年以后,他们就开始了幸福的退休生活,把公司交给沈司澜,把闺女交给两个儿子,小日子过得潇洒似神仙。

沈棠心许久没见爸爸妈妈,刚知道两人回国,就箭一般地飞奔回家。

院子里有人在卸行李,是爸爸的司机刘叔。

"刘叔!"沈棠心隔老远开始喊。

"哎。"身材发福的中年男人从后备厢钻出个脑袋,满脸汗,眼睛却笑眯成一条缝,像只大橘猫,"好久不见啊小棠,是不是又长高了?"

"才没有呢刘叔,我大一就不长了。"沈棠心皱皱眉,"您这也太不走心了吧?"

老刘"嘿嘿"笑了两声:"刘叔眼拙,是变漂亮了,还瘦不少,没好好吃饭呢是不是?"

"我是故意减肥的。"沈棠心往屋里看了眼,"我爸我妈呢?"

"先生在准备晚饭,太太这会儿应该在后院修花草呢。"

"哦,那我去找我妈啦。"

贝曦已经从后院回来,刚把一盆死掉的多肉摘出来扔进门口垃圾桶里。沈棠心探过去看:"妈妈你的花怎么都死啦?"

"可不嘛,我就不该指望你这小没良心的。"身材姣好的中年女人蹲在台阶上,漂亮的眸子抬起来望着她,温柔地嗔怪,"你当心点,我这些小可爱晚上会去梦里找你哦。"

沈棠心撇了撇唇:"妈妈你好幼稚。"

贝曦翘着手指用干净的手腕内侧揉揉她的脸颊:"让你帮我看着点儿它们,你倒好,学你两个哥哥不着家。"

"那也是大哥小哥先丢下我的。"沈棠心嘟哝道。

"我已经严厉批评过他们了。"贝曦走到卫生间去洗手,"不过看在他俩都是为了找对象的份儿上,可以原谅。"

沈棠心哼了一声。

"你呢？"贝曦从镜子里冲她挑眉，"什么时候带个男朋友回来？"

沈棠心一脸正色："我还小，不着急。"

贝曦笑了笑："我像你这么大的时候都跟你爸结婚了。"

"那你俩还离过一次婚呢。"沈棠心努了努嘴，"太早结婚不是什么好事儿，不合适还是会分开的。而且不都说婚姻是坟墓吗？那我还想多活几年。"

"什么坟墓不坟墓的？你个小丫头片子懂什么？"贝曦抬手捏捏她的鼻子，"少在网上看那些乱七八糟的东西。"

"呜呜，我鼻子都被你捏坏了！"

"多捏捏鼻梁可以变高。"

"那你捏自己好了，我又不当明星无所谓。"沈棠心捂住鼻子不让她碰。

母女俩弄了点水果在客厅看电视，等晚餐。

贝曦给她剥了一个橙子，递过来："今晚就在家住啊，别去你租的那地儿了，然后跟单位请几天假。"

沈棠心愣住："请假？"

"嗯。"贝曦点点头，葱段般的手指灵活地拿着小刀削苹果，"你大哥小哥明早也回来，咱们出发去老宅祭祖。"

"这么突然啊……"这完全在她计划之外。

"是你自己不长心吧？"贝曦睨她一眼，"过年时就跟你说过了，今年是你太爷爷百年生忌，要回老宅好好办一办的，沈家旁支能来的也都会来，很重要，不可以缺席。"

"好吧。"这种事她也不能说什么，虽然自己从没见过太爷爷，"那你们这次在国内待多久啊？"

"过完中秋吧。下个月你小舅也回来，到时候都去外公外婆那儿，一起过个节。"贝曦说，"咱们家都好多年没这么齐整了。"

沈棠心点点头："是呀，小舅每次回国都只待一两天。"

"你小舅也是个让人操心的。"贝曦撇了撇唇，"一把年纪了不谈恋爱也不结婚，我生怕你两个哥哥有样学样，幸好没有。"

到吃晚饭的时候，餐桌上摆了七八盘。沈言勋难得回家给孩子做顿饭，也就不嫌浪费，把孩子爱吃的全都做了。

贝曦去洗完手过来，沈棠心已经在啃排骨，鼓着腮帮子上下打量她一眼，皱眉道："妈妈，你的身材为什么比我还好？"

贝曦今年五十二三，除了脸上有少许岁月的痕迹，身材依旧前凸后翘，比十八岁少女还火辣。

"你跟我比吗？你知不知道现在观众对女明星的身材有多苛刻？哪天在镜头里稍微显胖点儿，就能被骂得一无是处。"贝曦盛了属于她的糙米饭，伸筷子夹蔬菜，"所以你知道我为什么不让你学表演了？你要没那么喜欢，就千万别跟自己过不去。"

"是你自己跟自己过不去。"沈言勋从厨房里走出来，端着一壶柠檬水放到桌上，睨了眼老婆碗里的糙米青菜，"我倒要看看，谁敢骂我沈言勋的老婆。"

"那我不也是为了上镜好看嘛，谁愿意自己丑丑地出现在粉丝面前？"贝曦一脸娇嗔地望向他。

"哪里丑了？我觉得胖点儿就好看。"沈言勋严肃的脸一秒变温柔，"我老婆怎么着都好看。"

沈棠心默不作声地拿手机拍桌上的菜，不再参与这两人的话题，这一刻甚至很没出息地想着，自己为什么没个男朋友，要当一只任人凌虐的单身狗？

当然这只是一瞬间的想法。

她拍完美食照片，给沈司澜发过去。

"小哥最爱的土豆牛腩哦！"

沈司澜："【脏话.jpg】"

沈棠心："你放心，我会帮你多吃点的！"

沈司澜："明早等着。"

沈司澜："看我怎么收拾你。"

沈司澜："全部给我吐出来。"

沈棠心："吐出来你吃吗？"

沈棠心："如果你不嫌恶心的话倒是可以，不过明天早上应该都消化掉了……"

沈棠心："你大概，可能，要去厕所……"

"消息已发出，但被对方拒收了。"

这不是她第一次被沈司澜拉黑，惊讶过后，心情倒是无比的平静。

毕竟她和沈司澜之间已经互相伤害二十多年。

退出后，她迟疑片刻，终于点开徐晋知的对话框。

她又磨蹭犹豫了一会儿，在手机屏幕黑下去之后，才重新解锁，在信息输入栏里敲字："徐主任，我可不可以请几天假？"

"咱都好久没聚了，我在一医院连轴转三天就为了来见你一面，能专心点儿吗大哥？"

轻歌慢摇的小酒馆里，徐晋知依旧没搭理对面的黄旭天，神色凝重地盯着手机屏幕。

刚刚收到沈棠心的一条微信，他不知道该怎么回。

服务员端上来一盘红糖酥，黄旭天用手拿了一块，唇角轻扯："跟你家小朋友聊天呢？"

徐晋知稍蹙了下眉，放下手机："老黄，她要请假。"

"请假？"黄旭天不可置信地瞪大眼睛。

"嗯。"徐晋知点点头，"请几天。"

黄旭天没憋住，不厚道地笑了："你这小朋友可是咱这批实习生里边儿最勤奋刻苦的，休假都恨不得住在医院，突然请那么多天假？是不是你把人家怎么了？"

"你以为我是你吗？"徐晋知横他一眼，"我都还没追到手，能怎么？"

黄旭天啃完红糖酥，腻得慌，自己给自己倒了杯大麦茶："那八成就是你死缠烂打，用力过猛，把人家吓着了。"

"不可能。"徐晋知别开目光，握住酒杯，"我是那种不要脸的人吗？"

黄旭天又笑了："您不是，您也就假公济私把人小姑娘拴裤腰带上，恨不得一天二十四小时盯着，美其名曰为了学习，天天让人家去你办公室，医院里传八卦您心里偷着美呢是不是？您那点儿花花肠子还要我全给您倒出来吗？"

徐晋知默默地抿了口酒。

"不过您徐大主任心比天高，有底线，是绝对做不出大晚上堵人家门口那种事儿的。"黄旭天把杯子伸过来，碰了碰他的，"敬您，高风亮节，我辈楷模。"

吃完饭，从小酒馆打车回去，徐晋知没回自己家，而是乘电梯去楼上。

敲门后等了几分钟，没反应。发消息要她开门，也没有马上回复。

无奈之下，他只好给她打了个电话。

小姑娘接得很慢，连声音也似乎是压着的："喂？"

"你在家吗？"徐晋知微微勾起唇，眼底都晕上一层暖色，"我现在在你家门口，我——"

"啊？"沈棠心嗓音软软地打断他，"徐主任，我今天回自己家了，不好意思啊。"

徐晋知眼眸一暗，垂下目光，攥了攥手里的包装袋，是刚从小区门口奶茶店买来的她爱喝的草莓布蕾，语气却没有表现出分毫："没事，你早点休息。"

"谢谢徐主任。"女孩的声音透过电话听上去更加软糯，"那我的三天假……"

徐晋知沉默了一会儿，才问："你是生气了吗？"

他思来想去，她如此的变化似乎只能是因为上午刘简那几句过分的调侃，还有他并未及时制止，令她难为情了。

沈棠心语气倒还轻松："没有呀，我生什么气？"

他想起刚才吃饭的时候，黄旭天说——口是心非是女人的特长，说不生气就是生气。于是他耐心地道歉："对不起，以后我不会让他们开那种玩笑了。"

小姑娘似乎愣了一下，随即出声笑起来："我真的没生气。"

徐晋知默默地垂下眸子。

看来气得还挺严重。

"那你休息几天吧。"他无奈地勾了勾唇,"周六专题培训,记得抽空看看课件,有不懂的可以问我,我随时……"

"对不起啊徐主任,我会抽空看的。"沈棠心急匆匆地打断他,"我爸叫我呢,先过去啦。"

"好。"徐晋知听着通话中断的声音,唇角溢出苦笑。

就好像一只小猫,他越想抱在怀里好好疼爱,它越是想挣扎溜走。

沈棠心回老宅过了三天,应付沈家那些近亲远亲,七大姑八大姨,弄得她身心疲惫。

都知道她虽然不当家掌权,却是沈言勋最疼爱的小女儿,巴结好她,比巴结沈司澜都有用得多。

甚至有人要给她介绍对象,不知道从哪儿薅来的男人,听都没听说过,一个个夸得天花乱坠。

终于结束祭祖宴,沈言勋留了人在老宅打点,带老婆孩子回城。

沈棠心还有一天假,在家待着无聊,于是去一医院找崔盈陪她上班。没想到一大早的,在门诊电梯门口遇到个熟人——那天中午找徐晋知做正畸复查的漂亮姐姐。

对方看见她也很惊喜:"是你啊?你怎么来这儿了?"

"我来找个朋友。"沈棠心笑盈盈地回答,"姐姐呢?"

"体检。"丁倪抬了抬手里的单子,叹气,"本来是想去中心医院的,不过公司都给安排好了。我这昨天才下飞机,今天一大早就得抽五管血。"

两人在电梯里交换了微信。

"对了妹子,今天我老公给我接风,晚上在家里摆宴席呢,你要不要一起来?"丁倪问。

沈棠心犹豫了下:"会不会不太好……"

"有什么不太好的?你是老徐的徒弟,又叫我一声姐姐,就算是自己人了。"丁倪勾着她的肩膀,"我老公做饭很好吃哦,我儿子也超可爱的,我觉得他应该会喜欢你。"

电梯"叮"的一声,门打开,丁倪拍拍她:"欸,我都到了,给个准话儿。"

"那好吧。"沈棠心笑了笑,"姐姐一会儿把地址发给我。"

"行。"

沈棠心在下一层出电梯。

崔盈正在科室大厅门口吃早饭,看见她,连忙笑着招了招手:"小棠快过来。"

接过热腾腾的袋子,里面还有蟹黄包的香味,沈棠心有些受宠若惊:"我也有份?"

"我特意帮你多要了一份,黄主任请的。"崔盈挤了挤眼睛,"人老婆出差回来,心情好啊。"

"黄主任对他老婆真好。"沈棠心弯了弯唇。

黄旭天的老婆奴身份,在科室里几乎是尽人皆知。哪怕他老婆一年中有半年都在全国各地飞,他依旧安守本分,任劳任怨地照顾家里。每次一提起老婆,满脸都是遮掩不住的爱意。

"物以类聚,徐主任也不会差的。"崔盈用胳膊肘撞了撞她。

"哦。"沈棠心淡定地啃着包子,语气毫无波澜,"那跟我有什么关系。"

"你就装吧。"

一医院口腔科地方不大,和他们那儿完全没法比,病人一多就显得格外逼仄。沈棠心没法像在自家医院那样来去自如,感觉没什么意思,于是中午就走了。

好在这里离学校近,她溜去学校小吃街吃了那家嘴馋很久的韩国料理,然后在学校逛了逛。晚上五点多,打车去丁倪发给她的小区地址,御水湾E区15栋。

御水湾这小区她知道,一般住在里面的都是中产阶级和富人,小区临水而建,最有名是那一排水边别墅。

沈棠心没想到,丁倪住的就是那排别墅其中之一。

更没想到丁倪口中的老公,居然是黄旭天。

以及这顿家宴,他们还请了另一个人。

沈棠心过去的时候,徐晋知正在陪黄果果拼乐高,两人像往常一样打招呼。

黄果果是个自来熟性子,尤其是对漂亮姐姐。没一会儿他就和沈棠心混熟了,将徐晋知那个旧人抛在脑后。

年轻女孩和小男孩一起拼乐高,而坐在沙发上的失宠男人,手里拿着个色彩斑斓的五阶魔方,漫不经心地转着。他的目光落在女孩认真的脸上,毫不掩饰笑意和光芒。

"不对不对,这个是这里的。"黄果果聪明的眼珠子转了一下,"这个才是这里的,姐姐你看——"

小男孩年纪不大,手却很灵活很稳,脑子也转得快。

看来真是得了黄主任和丁总的好基因。

"喂,黄果果。"徐晋知忽然不咸不淡地开口。

黄果果正在得意扬扬地向沈棠心展示成果,散发自己的"男人"魅力,敷衍地"嗯"了一声,头也没回。

徐晋知唇角勾着:"你拿我教你的东西撩漂亮姐姐,是不是有点过分?"

黄果果咬了咬嘴巴,转过头望着他,奶声奶气道:"是你说的,遇到喜欢的女孩子要勇敢追求。"

沈棠心一脸惊讶地抬起头,望向那个气定神闲的男人,不敢相信他居然会说出这样的话。

"是啊,喜欢的女孩子要勇敢追求。"徐晋知揉了揉他的脑袋,"但是这个姐姐不行。"

"为什么呀?"黄果果表情委屈,"因为我太小吗?可是我会长大的,姐姐等我长大不就好了。"

"但是你不能跟叔叔抢。"徐晋知一本正经地对小孩说,"你如果跟叔叔抢,叔叔以后再也不教你拼乐高了,你爸不让你玩四驱车的时候我也不会帮你,还有你想要的大黄蜂……"

沈棠心嘴角一抽。

这都什么跟什么?

居然威胁一个四岁小孩?

"哦!"黄果果恍然大悟,"我知道了!

"徐叔叔喜欢小棠姐姐!

"叔叔放心,我不会横刀夺爱的!"

童言无忌,但沈棠心此刻恨不得找个地缝钻进去。

"你个臭小子,在这儿瞎叫什么呢?"丁倪从厨房出来叫他,"跟妈妈去洗手,准备吃饭了。"

黄果果不情不愿地去了。

客厅里只剩下两个人,沈棠心觉得头皮发烧,满室尴尬,根本不敢抬眼。余光瞥见男人站起来,心脏禁不住往上提了提。

然而他的脚步从她面前经过,并没有停留。

她提起的心脏又迅速沉下去。

沈棠心不由自主地攥紧手指,想着怎么样起身显得自然一些,身后却忽然一暖。

一只白皙漂亮的手伸过来,把魔方放在她面前的玩具桌上。

虽然他摆弄了那么久,但魔方并没有还原。

沈棠心低头看去的那一秒,心跳不自觉漏了一拍。

她手指微颤着把魔方拿起来,缓缓地转动,呼吸被她有意控制,才没有泄露出更加汹涌的情绪。

魔方的六个面,都是同样形状、不同颜色的爱心。

吃完饭,再陪黄果果玩了一会儿,晚上八点多小孩准备睡觉,徐晋知和沈棠心也就离开了。

她今天还是回爸妈那边,徐晋知开了车,说送她。

沈棠心不想麻烦他:"不用了徐主任,我自己打车回去就好。"

他眉梢一动:"上次说的你都忘了?"

沈棠心蒙蒙地抬头:"上次说的什么?"

徐晋知站在车子旁边,好整以暇地盯了她几秒,才又开口:"是你自己想个称呼，还是我贡献给你一个？"

沈棠心脑袋里一"嗡"，忙不迭地摇头："我自己想。"

徐晋知勾了勾唇，心情不错："好，你自己想。"

过了一分多钟，小姑娘依旧苦恼地皱着眉头。

"有这么难吗？"徐晋知满眼无奈，打开副驾驶车门，手指拍了拍车顶，"上去慢慢想。"

沈棠心乖乖地坐上车，电台随机播放着法式轻音乐，车内气氛舒缓悠然，适合思考。

沈棠心绞尽脑汁片刻后，突然间灵机一动。

她转过头望向驾驶座上的人，样子十分乖巧："我想好了。"

徐晋知神色轻松，指尖欢快地在方向盘上叩着："什么？"

沈棠心想起黄果果，目光里透着些狡黠，一字一顿地叫他："徐、叔、叔。"

徐晋知脸上的笑容肉眼可见地一僵，几秒后，似笑非笑地勾了勾唇："看来你真的很介意这个。"

沈棠心没听明白。

"我虽然虚长你几岁，但还不至于老到要当你叔叔。"徐晋知在红绿灯前踩下刹车，转头望向她解释，"至于我的身体状况，你更不需要担心，我有定期体检，平时爱好健身，饮食健康规律，虽然不见得长命百岁，但应该不需要你照顾。"

沈棠心听得脸颊发烫，嘟哝道："我又没问你这个……"

徐晋知目光深沉，如暗夜的星："我这是主动坦白，消除疑虑。"

沈棠心牙齿磕着下唇，低下头。

"我比你家沈教授还小一岁。"徐晋知勾唇轻笑，嗓音慵懒却清晰，"叫声哥哥，有那么难吗？"

沈棠心抿抿唇，实话实说："……有。"

"困难就是用来克服的。"徐晋知松开刹车，目光重新看向前方，"你是个聪明的好学生，我相信你可以克服。"

沈棠心纠结地对着手指，小心脏一抖。

您可太看得起我了。

小舅林鹤浔回国的日期提前，暂定八月最后一天。

沈棠心问了时露、楚白筠和远在一医院的崔盈，姑娘们集思广益弄下来好几页代购清单。

反正林鹤浔也不会亲自买，都是托助理小毛去办的，她没有一点不好意思。

"小舅我有在清单旁边写参考价格，要是太贵了就不要啦，或者你让小毛问一下我再做决定。"沈棠心在视频里千叮咛万嘱咐。

林鹤浔刚坐下来，略松开领带，漂亮的指骨抵在银白色领夹上，嗓音带着薄薄的不耐："把我当人肉背包，要求还挺多。"

沈棠心笑盈盈，乖巧得像只哈巴狗："小舅最好最疼我了。"

虽然林鹤浔比沈家兄弟大不了多少，但毕竟隔着辈，对沈棠心的疼爱和他们不一样，不像沈司衡那么严厉，也不像沈司澜，总是逗她欺负她。

"我还有个视频会议，先不跟你说了。"林鹤浔把手机拿正，一张俊脸完整地出现在屏幕里，"你乖一点，早点睡觉。"

"好吧。"沈棠心努了努嘴，"那你也早点睡觉，别熬夜，会掉头发老得快，你都还没结婚呢——"

话音未落，视频被对方挂断。

沈棠心望着聊天界面叹了一声。

提结婚是会翻脸的，别熬夜也是不会听的。

有时候她真的担心，某人孤单寂寞地猝死在异国他乡。

林鹤浔回国那天，沈棠心上班，没去接机。

上午忙完去柜子里拿手机，她才看到他发的微信消息，说要先去处理一下工作的事，下午把东西送过来，顺便接她回家。

"可以了，清创缝合。"时露在旁边指导沈棠心给患者拔牙，低位埋伏，位置不太好，折腾了一个多小时。

给下面的缝完针，上面那颗就简单许多，可患者感觉到疼，不停地呻吟，沈棠心速战速决。

刚拔下来，门口有人叫她："沈医生有人找。"

"谁？"沈棠心检查着创面，没抬头。

面前已经覆下来一道阴影，飘起淡淡的男士香水味："想不到你还挺有个医生样。"

"等会儿再跟你说。"听见是林鹤浔的声音，沈棠心便没再理他，处理好患者之后才转头看过去，"不是说四点多吗？怎么这么早就来了？"

"事情处理完就来了，正好巡视一下你的工作。"林鹤浔笑了笑，稍稍偏头叫助理，"小毛，东西拿进来。"

男人衣着光鲜，西服质感上乘，再加上毫无瑕疵的一张俊脸，举手投足间矜贵卓然的气质，一时间吸引了不少医护目光。大家都在窃窃私语，猜测两人之间的关系。

时露倒是知道，但是也只失神了短短一瞬，接过东西的时候礼貌疏离地道了声谢。

"剩下的也放这里吧，我下班给小楚拿过去。"沈棠心指了指自己的柜子，"放那旁边就好。"

"好的，沈小姐。"小毛把东西放好后就出去了。

林鹤浔也不在这儿妨碍人工作,说去停车场等她。

时露沉默了一会儿,突然小声问她:"都说外甥像舅,你跟你小舅怎么一点儿都不像?"

"因为我们没有血缘关系啊。"

沈棠心回答得平淡,听的人却愣了愣。

"其实我外公和外婆是重组家庭啦,小舅是外婆和前夫的儿子,我妈和他也不是亲姐弟。"沈棠心笑了笑,"但是他们关系很好的,小舅也特别疼我。"

"那倒挺难得的。"时露敛了神色。

门口有个女孩进来,她转身看了眼,走过去:"孙青怡是吗?"

女孩捂着半边脸点点头,说话有点不太清晰:"是的……"

"躺过来我看看。"时露接过沈棠心递的口镜,把灯压下来,"张嘴啊小妹妹,别怕。"

徐晋知下午有会议,从院办回来的时候才五点半,正好是下班的点。今天也没有其他事情要加班,于是他直接到了门诊。

二诊室里还有几个医生在忙,但时露和沈棠心都不在。

他走到赵青严那边问:"人呢?"

没头没尾,赵青严居然听懂了:"露姐去洗手间了吧,小棠已经下班走了。"

徐晋知眉头一蹙:"走了?"

"是啊。"赵青严点点头,"下午有个男人来看她,一到点就把她接走了。"

旁边的另一名医生添油加醋道:"超帅超 A 的男人。"

徐晋知面色微变。

"看着挺像个霸道总裁的,那气质,啧啧……别说,跟小棠还挺般配的呢。"

徐晋知面色铁青地转身离开,将白大褂甩得猎猎作响。

"小舅,晚上出去嗨啊。"沈司澜吊儿郎当地坐在沙发扶手上,扬了扬手里的新车钥匙,"B 市最豪华的场子,带你领略家乡风情。"

沈棠心正捧着杯子喝水,听完不禁满脸鄙视:"都有女朋友的人了,还这么不检点,带坏我小舅。"

沈司澜屈起手指敲她的额头:"怎么不检点了?听音乐唱唱歌不行?你小小年纪思想怎么那么龌龊呢?"

"改天吧。"林鹤浔不参与兄妹俩的战争,起身拿起西服外套,"我出去见个朋友,你们早点休息。"

沈司澜吹了声口哨:"大晚上的去见男的女的?"

"男的女的有区别吗?"林鹤浔淡淡地睨他一眼,顺便薅过他手里的车钥匙。

沈棠心撇着嘴嘟哝:"小哥八卦精。"

林鹤浔走后，沈司澜用力揉乱她的头发："死丫头，懂不懂长幼尊卑？这么跟你哥说话的？"

沈棠心脑袋都被他揉晕了，忽然听见桌上手机铃响，刚要伸手去拿，已经被沈司澜抢了先。

"谁啊？"沈司澜漫不经心地看了看，瞬间凝起脸色，"怎么又是他？"

说着，他果断摁下拒接。

铃声停了，沈棠心终于把手机夺回来，发现是徐晋知的电话，狠狠剜了沈司澜一眼。

"棠棠，出去散步吗？"换好衣服的贝曦在门口叫她。

"去！妈妈等我！"沈棠心赶紧起身跑过去。

徐晋知在自家阳台上，跑步机功率被他调高了好几次，一晚上，眉心从未舒展开过半刻，已经跑得满头大汗，也不肯停下来稍作歇息。

黑T恤被汗水晕湿，显现出胸前和腹部紧绷的肌肉轮廓，双手骨节攥得发白，手背和胳膊上青筋毕露。

跑步机前面的托架上放着手机。

半小时前电话被挂断，到现在还没有回应，他一边不知疲累地跑着，一边面色铁青地盯着。

手机却始终安静如初。

这段时间，他待在这个屋子里时，情绪明显低迷许多。

已经习惯跟她住在一栋楼里，哪怕隔着许多层，连邻居都算不上，自己对她来说或许也只是一辆顺风车的价值。

可如今没有这许多层的距离，他突然发现，他们完全是两个世界的人。

直到屏幕突然亮起来，他目光终于也亮了一下，但很快重归暗淡。

是证券APP的推送消息。

关注的公司财务报表发布，他也只是睨了一眼，再无兴趣。

几分钟后，摁下跑步机开关。

跑带停了下来，徐晋知按着扶手平缓片刻，才又拿起手机，点开小姑娘许久不发一言的对话框。

他声音还带着运动后的喘息，摁下语音键。

沈棠心洗完澡出来，才想起不久前徐晋知打的那通电话，点开手机时看到那条语音消息：

"棠棠，你什么时候回来？"

男人向来低沉克制的嗓音有些虚浮和微喘，虽然她一秒想到可能是什么情况，却还是忍不住心口一颤，好像被烫到似的，扔掉手机。

听筒里传来的男声分明是正常的，却令她控制不住自己的大脑，想入非非。

沈棠心用力甩了甩脑袋，拿起手机快速敲字："最近爸妈都在家，我就不过去了，中秋后回去。"

很快，他回过来一个三秒语音。

沈棠心心口猛跳着，不敢打开，手机都被捏得发烫，才靠着墙壁深呼吸一次，手指颤颤地点了一下语音条。

"好，那你早点休息。"

这次他的声音很正常，像是已经平复下来，还带着些不太明显的高兴。沈棠心盯着屏幕，抬手捂了捂心口。

有点空空的感觉。

等等，她居然在觉得可惜？

意识到自己思想龌龊的小姑娘再次用力地甩了甩头，扔掉手机，把自己埋进被窝。

当天晚上，她做了一个不太寻常的梦。

第二天，徐晋知本来是休班，收到赵青严发来的微信，着急忙慌地从家里冲到医院。

"徐主任，那个帅哥今天又来了，大清早的，还给我们都买了早饭。"

"这和我当初是一个套路啊老大，你家白菜要被猪拱了。"

一路上，他紧紧抠着方向盘，牙根紧咬，指节发白。

然而，人回到医院的时候，又换上平时那副清冷淡然，云淡风轻的脸色。

碰见的同事看见他都很惊讶，礼貌地打着招呼，只有二诊室的医生们都在忙。他站在门口朝里面扫了一眼，时露和沈棠心正在做手术，那个男人就站在柜子边，目光始终盯着那个方向，眼眸微弯，唇角也噙着浅淡笑意。

同为男人的直觉告诉他，这是喜欢一个人的眼神。

似乎是感觉到门口的动静，林鹤浔转过头来，看见穿着一身休闲白T和短裤的徐晋知，他眉心一蹙："是来看病的吗？挂号没？"

两人身高差不多，徐晋知眼神平移过去，清淡冷漠。

林鹤浔疑惑地眯了眯眼："先生，没挂号的话请先出去，不要妨碍医生工作。"

徐晋知唇角凉凉地一勾："不好意思，我是家属。"

话音刚落，不知从哪里传来一声笑。

两人齐刷刷地望过去，是赵青严出来送患者，目光在沈棠心和时露那儿扫了一圈，一脸看好戏的眼神："两位家属，请和平一点不要吵架，妨碍我们医生工作。"

"好了，缝合线。"时露抬了抬手。

沈棠心给她准备好递过去，不经意一个抬头，才发现门口站着两尊高高大大的门神。

她微微一怔:"徐主任?你怎么来了?"

"听说这儿很热闹。"徐晋知意味深长地望着她,"我在家休息怪冷清的,过来凑热闹。"

"原来您是小棠的领导。"林鹤浔若有所思地转过头,眼底滑过一抹暗光,"快中午了,我能带她出去吃饭吗?"

徐晋知对上这男人带着几分探究和挑衅的眼神,毫不示弱:"下午两点上班,为了保证工作状态至少休息半小时,外出吃饭怕是来不及。您要不嫌弃的话,医院有食堂。"

"不远,就在医院对面的商场,位置我订好了,菜也点好了,过去就能吃。"林鹤浔单手插在西裤兜里,拇指缓缓地摩挲裤缝,"领导要不赏个脸,一起去?"

"好。"徐晋知应得果断,唇角微勾,眼底幽幽冒光。

连沈棠心都能感觉到那两人之间的电光石火,她贴在时露身边,离他们远远的,以免受到波及。

"时医生。"林鹤浔突然望向这边,"你也一起?"

时露指尖一抖,手里的笔差点掉下去,连忙握紧了在处方单上签字,语气淡定道:"谢谢林先生,不过我有事要忙,就不去了。"

"没关系,时间还早。"林鹤浔看了看表,"等你。"

"去吧,露姐。"沈棠心一脸求救地看着她,小声嘀咕,"我觉得他俩太尴尬了,救救我。"

时露若有所思地迟疑片刻,才终于点头。

沈棠心还要写上午的病历,林鹤浔和徐晋知先去餐厅等她们。

两个男人一进电梯,电梯里温度骤降,彼此身上都散发着生人勿近的冰冷气息,还霸道地干扰对方气场。

直到林鹤浔突然出声,语调漫不经心:"喜欢小棠?"

"没错。"徐晋知果断地承认。

"我家小棠可不好追。"林鹤浔面无表情地勾了下唇,目光透过金属门的反射,依稀落在另一个男人身上,"她不是那种没见过世面的女孩,随便什么男人使点儿小伎俩就能骗走的,你要不是真心实意,最好别招惹她。"

"我和她之间的事,就不劳林先生操心了。"徐晋知同样目光锐利地盯着电梯门里模糊的人影,"她的确是个聪明的姑娘,我相信她会做出明智的选择。"

林鹤浔若有似无地笑了笑,走出电梯。

沈棠心和时露赶到餐厅的时候,菜刚好上齐。

"你们俩工作辛苦了,吃吧。"林鹤浔把最后上来的那盘鱼推到两个女孩面前,"我让他们算着时间做的,这鱼刚端上来鲜得很,快尝尝。"

"哦。"沈棠心尝了一口,肉质软嫩光滑,入味,没有刺。

"怎么样？"林鹤浔抬眼问她。

沈棠心实话实说："还行吧，没我爸做的好吃。"

"你也太看得起这儿的厨子了。"林鹤浔忍俊不禁。

时露转过头，表情有点惊喜："小棠的爸爸是厨师吗？"

沈棠心忙不迭地摇头："不是的，他就是喜欢做菜而已。"

"这样啊。"时露悻悻地转回去，夹了块鸡翅。

"时医生对厨师感兴趣？"林鹤浔目光浅浅地看过来，"巧了，我倒是当过厨师，手艺嘛，比这儿的厨子强一点。"

"小舅你开什么玩笑？"沈棠心一脸蒙，"你什么时候当过厨师？"

徐晋知忽然看向她，眸底一道微闪的光划过。

沈棠心觉得心口仿佛被烫到，假装淡定地躲开。

"前些年为了做一个调研，我不光当过厨师，还当过快递员和导游，去海湾捕过鱼。"林鹤浔轻描淡写地说，"有一次开船的朋友临时有事，我自己出海，差点没能回来。"

两个女孩都惊恐地张大眼睛。

"所以现在我还能出现在你面前，你应该懂得感恩，知道吗？"林鹤浔给她夹了块排骨，"别挑三拣四了，多吃点。"

"小舅。"沈棠心咬了口排骨，一本正经地望着他问，"经济学家这么安全的职业，你为什么能做得那么惊心动魄？"

时露忍不住"扑哧"一笑，林鹤浔目光兴味地看过来，她微微红了脸。

吃完午饭，林鹤浔没继续在医院杵着，说约了朋友去马场玩，还问沈棠心晚上去不去。

沈棠心对那种场合一点都不感冒，果断拒绝。

时露先回了休息室，沈棠心上完洗手间在镜子前洗手，整个诊区安安静静的，水流清凌的声音格外悦耳。

身后有熟悉的脚步声缓缓靠近，她心口一跳，不由自主地抬起头，从镜子里对上那人的视线。

他一直看着她，唇角衔着浅淡温柔的笑意，走到旁边，打开另一个水龙头。

"哗啦啦"的水声里，他磁沉的嗓音压得很低："那位林先生，是你舅舅？"

"是啊。"沈棠心点点头。

担心吵到正在休息的同事们，她声音也很小。

徐晋知垂眸颔首，唇角微微一勾，蜷着的手指也舒展开来，仿佛有什么东西在心底释然。

随即他擦干手，格外明亮的眼神继续从镜子里盯着她，语气轻而认真："晚上有空吗？"

沈棠心心底"咯噔"跳了一下："干什么？"

"看电影。"他目光灼灼，一秒都没挪开。

徐晋知手伸进裤兜里，拿出一张小小的电影票，然后温柔地抓起她手腕，把电影票放在她手心里。

他热烫的手指稍稍用力，将她软软的手指合起来：

"我知道你有空。"

要不林鹤浔约她去马场的时候，她也该说没时间，而不是不想去。

沈棠心竭力憋着笑，却忍不住嘴角微微抽动："你什么时候买的？"

她万万没想到，这人居然能在此时此刻塞给她一张晚上七点的电影票。

除了去看或者扔了，好像也没有别的办法。

他是赌她不会扔了。

"吃饭前。"他轻声回答，带着些缠绵婉转的语调。他终于松开她的手，重新懒懒地揣进裤兜里，垂眸看她，"我也不打扰你工作了，下班来接你。"

林鹤浔说，沈棠心这个别扭的小丫头，你要给她拒绝的机会，她就一定会拒绝。所以，干脆不要给了。

电影票放在兜里，隐隐发烫，沈棠心连午觉都没睡好。

忙了半天，快下班的时候，准时收到那人微信："停车场A区。"

沈棠心有点惊讶，没过脑子就发过去："你不上来？"

徐晋知："希望我上来？"

看上去平平无奇的五个字，却让她品出了一丝调侃，忙不迭回道："不用了！"

被时露一个人知道也就算了，这会儿诊室里这么多同事，今天还是他休息日，特意上来接她下班，以后怕是跳进黄河也洗不清。

沈棠心匆匆和同事们道了别，乘电梯下到负一层，在离电梯门口最近的A区找到徐晋知那辆格外干净的黑色宝马。

这些年市里许多工程在建，空气质量不算太好，车子暴露在外半天就能覆上一层薄灰。可印象中他的车总是干干净净的，外面干净，里面也是，就像他的外表一样，始终让人赏心悦目。

沈棠心三年前喜欢他，其实谈不上多深刻，起初就是看上他这张脸。如今不知道是不是因为看太多了，并不觉得这张脸有多么惊为天人。

她对他的感觉似乎不再像当初那么肤浅，只是一个小女孩对于颜值的追捧。

徐晋知买的是一部惊悚片。

他以前没怎么看过电影，买的时候咨询吧台，售票员听说他是带女孩来看，推荐了一部爱情片和一部惊悚片。

徐晋知自己不太喜欢爱情片，于是选了惊悚片。

当然，他也无师自通地想到了一些别的东西。

这场放映厅里人不太多,大概有七八对情侣,和坐在他们前排的一家四口。

灯还没熄,大屏幕里播放着国庆大片的广告。徐晋知把爆米花放在中间,亲自把奶茶吸管给她插进去。

沈棠心接过来说了声谢谢,心里莫名有点小鹿乱撞,连声音都软下去很多。

徐晋知低头看着她。

就着放映厅里乳白色的灯光,女孩白皙的皮肤被调成暖色调,脸颊依稀泛着粉红。

她的睫毛像羽翅般微微颤动,灯光在鼻尖凝成一个耀眼的光点,涂了唇膏的珊瑚色唇瓣轻轻咬着奶茶吸管,不经意嘟起来,看上去又软又甜。

他忽然感觉浑身燥热,忍不住喉结滚动,拿起旁边的冰镇矿泉水闷了一口。

灯光骤灭,电影开始。

开头一张流血的屏幕,烘托出影片氛围。

沈棠心抱着爆米花,眼睛一眨不眨地盯着前方,脸上不仅没有一丝恐惧,反而夹着淡淡的兴奋。

爆米花吃得格外香,咯吱咯吱像小老鼠半夜偷零食的声音,黑暗里望着她鼓鼓的腮帮子,徐晋知忍不住勾起唇角。

电影没她好看。

手机屏幕调成最暗,点开,网上有人总结出这部电影最激动人心的几个剧情点,他一一记住。

陪女孩看惊悚片,便要随时等着对方投怀送抱,然后抱着她温柔地哄,两人关系自然而然突飞猛进。

以前的他或许不齿这种行为,但是如果能因此获得一个女朋友,他倒也愿意一试。

很快,就是第一只女鬼的镜头。

沈棠心依旧全神贯注地盯着大屏幕,爆米花嚼得咯吱响。徐晋知不动声色地往那边靠了靠,并稍稍转身,给出一个最好的距离和角度,准备迎接小姑娘扑进怀里的那一刻。

他连哄她的话都想好了。

当放映厅里被男男女女的尖叫声所淹没的时候,不出所料,沈棠心刚拿出爆米花的手指一抖,迅速朝他转过来。

徐晋知唇角一勾,正准备接住她,孰料下一秒钟,小姑娘突然抬头。

她眼神里并没有一丝惊恐,而是无比认真道:"徐主任,这个是开放性下颌骨折?"

徐晋知猝不及防地愣住。

"也不一定哦,可能是闭合性骨折,看不到软组织损伤。"沈棠心微微蹙眉思考,"但是这结打得真水,很容易滑脱啊。"

"嗯,没错。"他很快找回自己的节奏,淡定而沉稳,"方向不正,而且是假结。"

两个人严肃地探讨起来。

徐晋知觉得有点无奈,但是小姑娘分析鬼脸的兴致很高,他实在不忍心让她失望。

"这个好像你之前那台舌体分离的手术。"

"……嗯。"

"其实一点都不可怕欸,我那时候居然会被吓到,也太没用了。"

徐晋知满眼宠溺,抬手轻轻地把她耳侧头发掖上去。

他突然发现自己今天做了个错误决定。

学外科的小姑娘哪里是普通小姑娘,他居然带她看惊悚片。

早知道该选爱情片才对。

电影快结束的时候,徐晋知稍低下身子,沉声道:"我们再看一场吧。"

他还是觉得应该看爱情片。

沈棠心一脸蒙地转过头:"现在快十点了呀。"

徐晋知脸色淡定:"嗯,所以呢?"

"再看完就是明天了。"沈棠心严肃道,"明天还要上班。"

徐晋知看着黑暗里小姑娘认真可爱的脸,心底生出一个十分疯狂的想法。

他这么想着,也便这么说了:"请假。"

"开什么玩笑。"沈棠心着实被他吓住了,眼睛瞪得圆圆的,甚至抬起手,盖在他额头上,"你是不是脑子坏掉啦?"

温度正常,她放下来努了努嘴:"没发烧啊。"

"可能我真是脑子坏掉了。"他唇角勾着,眼底温柔的光泽涌动,轻轻抚摸她的头发,"你要早点睡觉,改天再看。"

头顶都是他手掌温柔的触感,微微发烫。

黑暗里,沈棠心悄悄红了脸。

回去的路上,徐晋知开着车,让她看科室的排班表。

"你下次休息是哪天?"

"下周一。"

"我呢?"

沈棠心往前后找了找他名字:"周六。"

徐晋知微微皱着眉沉默两秒后,一本正经地说:"下周一晚上如果我不加班,再出来看电影吧。"

沈棠心猛一抬头,看向驾驶座上的人。

怎么,还真的,有下次?

习惯了他以往的张弛有度,突然变得这么热情又强势,实在令她有些难以招架。

"你不用这么惊讶。"徐晋知转头睨了睨她,眼底衔着笑意,深邃如旧,"我是认真的,我确定我对你的喜欢已经到了非你不可的地步,为了早日得到你的肯定,我需要更勤奋一些。"

沈棠心脑子里"嗡嗡"作响,像是全身血液都在往头顶上涌。她紧紧咬着下唇,转开头,望着窗外被拉成一条条彩色光线的霓虹灯,平复心情。

"我知道。"一股温热覆上她手背,他低沉的嗓音钻入耳膜,"你现在对我也不是完全没感觉。"

"……才不是。"沈棠心抽出自己的手,快速藏进衣兜,声音快要被吞进肚子里去,底气多少有点虚。

小姑娘的态度其实不难猜,徐晋知心中了然,低沉的笑声里夹着愉悦。

到别墅门口,徐晋知转头看她:"明天早上来接你上班。"

沈棠心忙不迭地摇头:"不用了,这么远你又不顺路,小舅会送我的……"

"总麻烦长辈多不好。"徐晋知坚持,"而且小舅回国是休假的,你连懒觉都不让人睡?"

沈棠心觉得他说得有道理:"那,我小哥……"

"沈总日理万机,公务繁忙。"徐晋知微微勾着唇,语气十分善解人意,"也别麻烦沈教授了,最近他在忙一个重要课题。"

沈棠心当然知道,沈司衡最近都不回家,可就连这个借口都被他堵死了。

徐晋知望着她苦恼的小模样,脸上的愉悦毫不掩饰:"那就这么说定了,我明天早上来接你。"

他根本不给她拒绝的余地。

徐晋知来家里接沈棠心上班,如果路况好,来回大约一个小时车程,但为了避开早高峰,他每天都起得更早。这样的特殊关怀,她没法再像以前一样,自欺欺人地当作同事间搭个顺风车。

电影没能看成,周一晚上徐晋知接了个重症病患,第二天早晨才出手术室。

为了避免被爸妈发现,接她的车子每天早上停在小区门口,门卫大叔都认得了。每次沈棠心出门,都要被他蹩脚的台湾腔普通话打趣:"沈小姐,男朋友又来接你喽。"

沈棠心解释过几次,这个台湾老男人都当作耳旁风,屡教不改,索性也不解释了,千叮咛万嘱咐不能告诉她爸妈。

门卫大叔很好说话,也尊重年轻人的小情调,说:"放心喔,我老马嘴巴很严的喽。"

沈棠心觉得自己就像那只温水煮的青蛙,怎么挣扎也跳不出水面去。

她的底线一次一次地被突破,再拉低。

现在对于同事间的八卦打趣,都习以为常了。

这天时露休息,沈棠心帮赵青严准备好手术器械,突然听见电话铃响。

撕掉机器面板上多余的保护膜,她走过去把贴在墙上的座机听筒拿下来:"您好,颌面外科。"

对面的人听起来十分焦急:"喂,这里是急诊科,徐主任刚被人砍伤了……"

后面的话她一个字都没听清,耳朵里只有"嗡嗡"的杂音。她手指一松,听筒掉下来,和桌面撞击的刺耳声音让她混沌的大脑获得短暂清醒,然后疯了似的飞奔出去。

第十章·
再追五十二天

"回去一定不要碰水啊，记得按时换药，伤口这么深绝对不能掉以轻心。"
"知道了郭主任。"
"这些天最好也别工作了。"
"那怎么行。"
"会影响伤口愈合的，你也是当医生的你自己不知道？"
"注意点儿就行。"

沈棠心匆匆跑进急诊室的时候，徐晋知刚包扎好伤口，右手臂上缠了很宽很厚的一圈纱布。白大褂搭在椅背上，只穿着一身墨绿色短袖和长裤，一向把自己捯饬得干净整洁的男人，此刻头发稍显凌乱，脸上冷白的皮肤也好像比平时更苍白了。

她看着他受伤的手臂，眼眶一热，不自觉夹了哭腔："徐主任，你没事吧？"

"没事没事，别担心小姑娘，就是——"郭主任笑呵呵说着，突然接收到某人飘过来的目光，立刻领悟到对方的意思，改口道，"就是伤得有点重，这个……伤筋动骨一百天，你得好好照顾照顾他。"

"伤筋动骨？"沈棠心一听眼睛瞬间红了一圈，"这么严重为什么不动手术？郭主任您确定这样可以吗？怎么都不吊起来……不能这样放着的。"

她一边喋喋不休，一边着急忙慌地从盒子里找纱布。

她剪下来长长一段纱布，踮起脚绕过徐晋知的脖子，然后认真地吊起他那条手臂，瓮声瓮气道："好了，你小心一点，不要乱动。"

郭主任已经识趣地出去了。

沈棠心吸了吸鼻子，一抬头，对上徐晋知眉眼弯弯的样子，胸口顿时腾起一团火："你还笑得出来。"

"我当然笑得出来。"徐晋知唇角勾着，毫不掩饰愉悦的心情，"能让你这么心疼我，受伤也值了。"

沈棠心瞪他一眼，小声嘀咕："别以为我不知道，都听急诊的同事说了，你是为了保护人家美女护士。"

徐晋知眼底的笑意更浓:"吃醋了?"

"才没有。"沈棠心嗓音闷闷的,"我是作为我们科室的一员合理谴责你。你手受伤了不能干活,受苦受累的还不是我们。"

"说得没错。"徐晋知抬手揉揉她脑袋,语气宠溺,"那你得好好照顾我,让我快点好起来。"

沈棠心别开脑袋:"谁管你。"

徐晋知低头望着她边鼓着腮帮子边漏气的可爱小模样,心都快化了。

小姑娘嘴硬,但是表情很诚实。

"对不起,但是我也没办法。"他轻轻地给她将好压进去的帽檐,还有一两根不听话的小头发,小心地塞进帽子里,嗓音低沉,温柔得像在哄人,"当时周围都是护士,郭主任又一把年纪了,难不成他去挡?"

沈棠心紧皱的眉心稍稍舒展,嘟哝道:"人家家属拿真刀的,你也敢直接上去。"

看着她红红的眼圈,他突然不忍心让她难过,索性老实交代:"没你想的那么严重,郭主任逗你玩呢,我养几天就好了。"

沈棠心眨了眨眼睛,抬眼盯住他。

徐晋知轻轻挑眉:"真的,刀口有点深,但没伤到筋骨。"

本来要开始生气的沈棠心,听见"刀口"两个字,又不争气地心软了,吸了吸鼻子,一拳头捶他腹肌上,结果就像打了张铁板,连忙摸摸自己可怜的小手。

"傻子。"徐晋知握住她那只倒霉的拳头,揉了揉,"帮我穿一下衣服,走了。"

沈棠心不禁脸颊一热,抽回手闷闷道:"你自己穿。"

徐晋知抬了抬纱布吊着的胳膊,挑眉:"我自己怎么穿?"

沈棠心抿唇抬眼,看向椅背上那件白大褂。

一边袖子上沾了鲜红的血,触目惊心。

她顿时鼻尖又酸了,强行忍住,把衣服拿了过来。

好不容易才把他没受伤的那只胳膊穿进袖子里,沈棠心舒了口气,踮起脚,接着把衣服搭到他肩膀上。

可是这人长得太高,为了整理压进去的白大褂领子,她铆足了劲,脚尖踮得发酸,却没发现自己整个人几乎趴在他胸口。

伴着一声若有似无的轻笑,他稍稍向她俯身。

呼吸间,温热的气息落在她额头上,并且以迅雷不及掩耳之势,熨烫她整张脸。

沈棠心恍然惊觉此刻两人的姿势有多么暧昧,身子一抖,猛地松开他衣领。

她禁不住往后仰,却被一根结实有力的胳膊搂住腰背,头顶传来他低沉揶揄的笑腔:"要你帮我穿衣服,怎么还趁机吃豆腐?"

"才没有。"沈棠心整个人都快烧起来了,在他怀里顶嘴,"你才吃豆腐呢,你放开我。"

徐晋知手臂收紧，笑意更浓："放开你站稳了？"

沈棠心紧紧地咬住唇。

"可别再像刚才那样，"他顿了下，轻飘飘的字眼砸在她心口，"自己往我怀里钻。"

话音刚落，急诊室的门突然被推开，门口传来一个女孩娇滴滴的嗓音："徐主任。"

沈棠心猛地从他怀里挣脱出来，转头一看，是个圆脸大眼睛的年轻小护士。她瞬间联想到什么东西，脸色沉了沉。

果不其然，小护士望着徐晋知温温柔柔地开口："徐主任，今天真的太谢谢您了。您是因为我才受的伤，这几天我帮您换药吧。"

徐晋知眉心微蹙，眼神很淡："不用了。"

"那怎么可以呢。"小护士两只手揪得紧紧的，看样子紧张又期待，"徐主任，我真的很内疚，您能不能给我个机会……"

"多谢你的好意，不过，我女朋友会给我换的。"说着，他稍一转头，视线落在沈棠心身上，"就不麻烦你了。"

小护士眼皮一抖，脸色发白地看了眼沈棠心，然后可怜兮兮地咬着唇离开。

沈棠心觉得十分不爽。

小护士最后那个委屈又不甘的眼神让她难受得很，她愤愤地瞪着徐晋知："你瞎说什么呢？什么女朋友？谁是你女朋友？"

"我也没说是你。"徐晋知好整以暇地望着她笑，吊着条胳膊，白大褂散开一半披着，竟有几分坏坏的气质。

沈棠心小心脏"咯噔"一下，嘟哝："那你干吗看着我说？"

"不看着你难道看着她吗？"他一本正经，理直气壮，"那多不好，让人家误会了怎么办？"

沈棠心不想再继续跟他讨论这种无聊的话题，转身往急诊室外面走："你上午排了手术，还是赶紧给露姐打电话叫她来救场吧。"

即便她小腿倒腾得飞快，徐晋知轻松跟上，一双大长腿走得气定神闲："你刚才这句就挺像的。"

沈棠心："什么？"

"女朋友。"徐晋知勾了勾唇，意味深长。

临时叫时露回来主刀今天的手术，徐晋知也没回家休息，就赖在诊室里这里瞧瞧那里瞧瞧，但几乎都是黏着沈棠心。

赵青严忍不住打趣他："老大，您这是当监工还是当小工呢？您在这儿站着我们紧张。"

徐晋知腾出一只手给沈棠心帮忙，头也没抬："紧张什么，又不是来看你的。"

赵青严吃了个瘪，哭都哭不出来。

"您还是去歇着吧，我也紧张。"沈棠心一本正经道。

这助手身价太昂贵，用得她小心脏瑟瑟发抖，拔个牙都像上战场。

晏瑞阳应该也是听到风声，上午忙完后溜达到这边看戏，站在门口说风凉话："我说老徐，不就胳膊上破个小口缝了几针，给你娇弱的，要不出去给风吹吹看会不会倒啊？"

"你不懂。"徐晋知淡淡的嗓音里夹着得意，"你没人心疼。"

"你真是越来越不要脸了。"晏瑞阳差点笑喷，"小棠，管管他行不行？什么德性。"

沈棠心专心干着手里的活儿："我可管不了。"

徐晋知挑衅地朝晏瑞阳抬了抬眉。

赵青严靠在柜子边目睹全程，连连摇头叹息："领导在工作场合公然虐狗，咱们科前途堪忧哦。"

"你还是担心担心你自己的前途吧。"徐晋知冷漠地睨他一眼，"不想被虐就别当狗。"

"不对啊徐主任，当初我追小棠的时候你不是这么说的。"赵青严好像突然反应过来什么，"你不会是拿我当炮灰吧？"

徐晋知勾了勾唇，笑而不语。

赵青严欲哭无泪："您这也忒不厚道了，让我别死缠烂打，您自己天天在这儿赖着，还……还把我当炮灰，您也太伤我心了。"

"纠正一下。"徐晋知侧头看他一眼，"我不拿你当炮灰，难道你就不是炮灰了吗？"

赵青严苦兮兮的脸瞬间僵住。

话虽残忍，竟无言以对。

徐晋知受了伤的确是娇弱得很，说外面的食物不卫生，不利于伤口愈合。

他又没办法自己做，沈棠心只好大半夜趁家里人都睡了，偷偷摸到厨房去。

饮食要清淡，还不能缺营养，她在网上找了许多菜谱，决定做个排骨玉米汤。

排骨是爸爸提前剁好的，可是玉米实在不好弄，切的时候玉米粒都被挤破了，汁水喷出来，依旧切不断，她又试着用手掰，还是不行。

许是动静太大，把沈司澜引了过来，他站在厨房门口打了个哈欠："你这干吗呢？"

"我……"沈棠心支吾了下，"我锻炼厨艺。"

沈司澜顶着一头乱糟糟的头发，眯着惺忪的睡眼怼她："锻炼厨艺？你看看现在几点了？狗都睡了，你在这儿剁玉米？"

沈棠心心虚地揪着手指："我就是睡不着……所以起来随便找点事情做。"

"找事情做？那你不去书房里刻木头跑这儿来剁玉米？"沈司澜若有所思地盯着她，"不对，你有问题。"

沈棠心心底"咯噔"一下："我能有什么问题？"

沈司澜手指敲了敲砧板："给谁做的？"

"……不，不给谁做啊。"沈棠心硬着头皮否认。

"沈棠心。"他神情严肃地叫她大名，"你是我看着长大的，在我面前演？说，给谁做的？"

沈棠心就不说，唇瓣抿得密不透风。

沈司澜瞅她这反应，大概就猜到了，眼神瞬间冷得像冰："那姓徐的？"

沈棠心没忍住眼皮子一抖，泄露了情绪。

沈司澜冷笑一声："我之前怎么跟你说的？这才多久，你又跟他搞一块儿去了？还亲自下厨给人做吃的？我活了快三十年没吃过你煮的一粒米。好马还不吃回头草呢，你有点原则行不行？"

"我没有跟他在一起啊，就是，他今天胳膊受伤了，很可怜的，自己都不能做饭，他家人也都不在身边。"沈棠心认真地解释，"而且我很有原则的，你别这么说。"

沈司澜气笑了，指了指砧板上惨不忍睹的玉米残骸："你这叫有原则？"

"是呀。"沈棠心点点头，"我想好了，我追了他四十五天，他至少得追我九十天才行。"

沈司澜无语："你要能坚持九十天，我名字倒过来写。"

"小哥你真无聊。"沈棠心不想再搭理他，转身又拿了另一个玉米，继续开始较劲。

平日里十指不沾阳春水的小公主，拿菜刀拿得摇摇欲坠，连普通的切菜都不会，更不要说切玉米这种需要技术含量的东西。

沈司澜靠在门口，看着她笨拙却又认真的样子，始终眉心紧蹙。他双臂环在胸前，捏着胳膊肘的那只手指攥得发抖发白，脸色阴沉，眼底却含着一些说不清道不明的情绪。

半晌后，他语气低沉地问："你就那么喜欢他？"

沈司澜的声音和她终于撕开一段玉米的声音重合起来，沈棠心并没听见，激动地转过来朝他喊："小哥你看。"

"丑死了。"他板着张脸走到料理台边，夺过她手里的刀，"边上站着去。"

"哦。"沈棠心乖乖地挪开，"我给你系个围裙吧。"

"好。"

沈棠心从挂钩上取下爸爸的围裙，围在他腰上。

才一会工夫，玉米就被切成几个整齐的小段，她差点惊掉了下巴："小哥你为什么这么厉害?"

"因为我是你哥。"他嗓音压得很低,像在竭力克制着什么,"你以为谁都跟你似的,四体不勤五谷不分,傻不拉几。"

"你才傻不拉几。"沈棠心努了努嘴,"小哥,你声音怎么了?是不是有点着凉?"

"没有。"

"我去给你拿件衣服吧,小心感冒了。"

"不用。"沈司澜不耐烦地说,"去外面等着,别妨碍我。"

沈棠心"哦"了一声,不懂他为什么态度这么差,索性出去。

沈司澜把汤煲上后,走出厨房,看见沙发上蜷着一坨小小的人影。她已经睡着了,还是像小时候一样,把靠枕当娃娃抱着,嘴巴里依稀念念有词。

沈司澜俯身低头,贴在她旁边才听清楚。

"小哥你别欺负他,别打他……呜呜……"

沈司澜一时间哭笑不得,心底漫开一阵复杂的情绪。

他守护了二十年的小丫头,现在开始保护别人了。

宠了二十年的小公主,却在学着为别人洗手做羹汤。

怎么想都不是滋味。

可又能怎么办呢?

虽然知道她听不见感受不到,沈司澜还是摸了摸小姑娘的头。

"行。"他像她一样梦呓似的开口,"只要他对你好,哥就不打他。"

第二天早上,沈棠心把阿姨熬的粥也盛了一碗,和排骨汤一起装进袋子里。

"宝贝。"贝曦一脸狐疑地看着她问,"你最近是不是有什么事儿瞒着我呢?"

沈棠心拎着袋子刚要往外跑,停在玄关口愣了一下,忙不迭地摇头,说:"没有呀。"

贝曦抱着手臂,仔细端详自己女儿:"每天上班那么远,还不让你舅和你哥送,你都怎么去的?"

"我打车去的呀。"沈棠心抿了抿唇,用乖巧掩饰说谎的事实,"小舅要休息,小哥要忙工作,麻烦他们不太好。"

"总打车也不是个事儿,什么时候再练练车,你说你这驾照考得跟没考有什么区别?"贝曦说着去拿车钥匙,"我送去你吧。"

沈棠心一慌,连连摆手:"不用了妈妈我车都叫好了。"

"妈,你就在家好好陪我爸吧。"沈司澜从后面走来,勾住沈棠心的肩膀,"我要去趟北岭的分公司,顺路送她。"

"那行。"贝曦点点头,"你开车慢点啊。"

"知道。"

沈司澜拎着车钥匙在手里转了个圈,把沈棠心推出家门。

他没开车,接他的司机还没到,于是陪着沈棠心一路走到小区门口。

徐晋知那辆黑色宝马和往常一样停在路边车位,一出门就能看见,车门降下来一半,露出他英俊无瑕的侧脸。

他这个人很注意养生,不喜欢吹空调,如果不是她喊热,一般都会开窗换气。有时候也会爹味十足地教育她少吹空调。

沈棠心刷开门禁出去后才发现,沈司澜并没有跟上来。

她疑惑地回头一看,沈司澜正站在门岗亭旁边,漫不经心地瞥了瞥不远处那辆车,然后视线转回来,眼瞳在清晨的阳光下依稀泛着金黄,眼底有不太明显的血丝。

他仿佛叹了口气,嗓音微凉:"去吧,我就不过去了。"

"哦……"沈棠心蒙蒙地点了下头。

她觉得沈司澜有点怪怪的,可又说不上来。

徐晋知的伤在中秋节来临之前好得差不多了,已经不需要绑那么厚的纱布。

中秋节当天,他们几个家在本地的都排了上班。时露和赵青严休假回家,诊室缺人手,徐晋知下了手术就过来帮忙。

那会儿沈棠心刚开始给一个男患者拔智齿,是个刚上大学的十九岁弟弟。帮忙的护士姐姐上厕所了,她一个人打完麻醉,正准备进行下一步,弟弟突然十分紧张地说:"医生姐姐,你可不可以让我抓手?我好害怕……"

"不可以的,手不能给你抓。"沈棠心指了指治疗椅另一侧的扶手,"你可以扶着那边,不要乱动哦。"

"可是我好害怕。"弟弟摸索着握住扶手,"这个好凉啊,我现在手里都是冷汗。"

"你别这么紧张。"沈棠心忍不住笑,"打了麻药不会疼的,很快就拔完了好不好?"

她也是没想到,成年人还要这样哄。

"那医生姐姐我抓你的袖子好不好……"

沈棠心正无奈着,一道白色身影站到旁边,面无表情地看着治疗椅上的弟弟,嗓音清冷:"害怕?"

弟弟闻声抖了抖,遮在脸上的手术洞巾滑下来,视野骤亮,一张清俊却阴沉的男人的脸映入眼帘。

不知道为什么,他更害怕了,嗓音有点哆嗦:"嗯……嗯。"

徐晋知面无表情地伸出一只手:"抓着我。"

男人穿一身干净的白大褂,气质出尘,一看就不像普通医生,再加上此刻他算不上友好的表情,不怒自威的气场,弟弟哪里敢造次,连忙稳稳抓住旁边的扶手:"不、不用了,我抓这个就好。"

沈棠心笑了笑,重新盖好洞巾后开始拔牙。

"好啦,别紧张,你看你牙齿都在发抖,小心一会儿给你弄瘸了。

"可能有点不舒服,但是不会疼哦,忍着点。"

弟弟害怕得瑟瑟发抖,沈棠心手上卯着劲儿却还得温柔地哄。结果这小子完事后,还咬着纱球喋喋不休:"姐姐,我听说拔完牙会发炎,还要来打针。"

沈棠心耐心地解释:"只是可能会发炎,你注意点口腔卫生,最近几天不要吃辛辣刺激的食物,也尽量少吃含糖的食物,吃点消炎药预防一下,一般不会太严重,两三天就会消掉了。"

"可是我担心出问题。"弟弟热情地拿出手机,"姐姐我加你微信,有问题就问你好不好?"

沈棠心干笑了两声。

"拔完牙少说话。"身后再次传来徐晋知冰冷的嗓音,"不然血止不住,流干了,你加谁都没用。"

弟弟立马闭上了嘴。

"没有其他问题就可以回去了哦,我这边要准备接下一个患者啦。"沈棠心有点同情被吓到的弟弟,温柔地冲他笑了笑。

徐晋知就在那儿门神般地站着,弟弟不敢再多问一句,满脸失望地离开。

人走后,沈棠心睨了眼靠在柜子旁边的身影,皱皱眉,说:"你怎么对病人那么凶?"

徐晋知脸上的冷意全部敛住,看向她时,含着浅浅笑意:"有吗?我只是在捍卫我的领地。"

沈棠心眼皮一颤:"什么……领地?"

他走过去,帮她把手术服略歪的领子扶正,温热的手指轻轻碰了下她耳垂,呵出一道清沉的气音:"你。"

沈棠心一个激灵,不自觉地往后退了退,一双手臂将她卡在桌子旁边,周身被圈出独属于这个男人的空间。

她一时间竟忘了身在何处、该做什么,所有感官和现实世界剥离开来,满脑子满眼都只有他的身影和气息。

她的视线微微移动,落在白大褂领子上方雪白的脖颈,落在那一颗圆圆的凸出的喉结上。

突然想起那天做的梦。

梦里也是这样的视野和角度,他喉结滚动的模样格外性感诱人。

梦里的画面越来越霸道地侵占脑海,沈棠心目光发颤,脸颊通红,若不是此刻戴着口罩,定让他看得无所遁形。

"看得这么认真,是不是想摸?"徐晋知收回手臂,好整以暇地勾着唇。

"才没有。"沈棠心心虚地转过身,点开电脑上的挂号系统,假装严肃地说,"你要是不想工作,就不要待在我这里了。"

"那为了能继续待在这里,我还是工作一下吧。"说着,他转身去柜子里拿手术服。

说是工作一下,徐晋知却陪着她忙了几个小时。他今天原本下手术就可以回家休息,剩余的时间却耗在门诊。

"回去尽量别用患侧嚼食物,别吃太硬的东西,以免弄掉封药,也少吃甜的哦。"沈棠心把注意事项的小单子递给患者,"记得提前挂号来复诊。"

患者点点头:"下次还是找徐医生吗?"

"嗯,您还需要二次治疗,徐医生比较了解您的病情。"沈棠心蹙了蹙眉,突然意识到一个问题,"不过他的号一般很难挂。"

"挂沈医生的号。"徐晋知刚洗完手,转身看了眼这边,"她在我就在。"

"可是我不知道什么时候才有号呢。"沈棠心还是实习生,只偶尔排一次班,今天是科室缺人才让她顶上的。她看了看旁边贴的班表,"那您下周日过来吧。"

"好的,好的。"患者连连点头,"谢谢医生啊。"

这是今天的最后一位。

沈棠心送走患者,刚要去扯手术服背后的带子,突然间后知后觉。她回头望着坐在电脑前写病历的人,咕哝道:"什么叫我在你就在?"

徐晋知眼底划过一丝揶揄,却是公事公办的语气:"你认为你可以独立坐诊吗?虽然你足够优秀,还是得遵守医院的规矩,以后你坐诊,必须让我给你盯着。"

沈棠心没来由心里憋闷,噘着嘴转回去。

她用力扯了扯背后的带子,可这结就像跟她较劲似的,不知道哪儿出了问题,怎么弄都弄不开。

一开始分明系的是活结。

沈棠心莫名暴躁不已,恨不得拿剪刀咔嚓掉。

就在这时,身后靠近一抹温热和熟悉的气息。

"刚才那些是说给别人听的。"他嗓音压得很低,几乎只有两人听得见,暧昧无比的气声从头顶飘下来。他的手覆在她手上,十指灵活地解开这一团乱麻,"我的心思,你还不知道吗?"

沈棠心暴躁的心顿时被安抚下来,脸颊一热。

"你什么心思。"她努了努嘴,"你就是假公济私。"

徐晋知笑了一声,沉沉地钻进她耳膜:"工作恋爱两不误,不好吗?"

沈棠心咬了咬唇,憋住笑:"谁要跟你谈恋爱了?我又没答应。"

"嗯。"他点点头,温柔地帮她解衣领后的带子,"那我单方面跟你谈恋爱。"

徐晋知帮她脱手术服,动作慢条斯理地、一截一截地剥下来。

沈棠心不自觉红了耳根。

正窘迫得不行的时候,手机突然响了起来,沈棠心迅速从柜子里拿出"救星"。

屏幕上显示着小舅,林鹤浔中午发过消息,说下班来接她去外公外婆那儿过中秋。

沈棠心挂了电话,盯着徐晋知衬衫上的扣子:"我小舅到了,我要走了。"

"嗯。"他眉眼淡淡,也不再捉弄她,"去吧。"

沈棠心攥着包,表情真诚地抬起头:"徐主任,中秋快乐。"

"中秋快乐。"

"记得吃月饼哦。"

他笑了笑,不置可否。

沈棠心没有细品他浅淡的神情,转过身一溜烟跑了。

今年一家人运气都不错。

这是林鹤浔回国待得最久的一次,沈言勋和贝曦也难得不用参加商业活动,可以一家人聚在一起,过个普通又幸福的中秋节。

沈言勋亲自下厨做了一大桌好吃的,沈棠心提前在网上买了材料和模具,和外婆妈妈一起做冰皮月饼,馅料是新鲜的紫薯。

把紫薯泥包进揉好的冰皮里,然后用磨具压出来,很傻瓜的月饼做法。

沈棠心还算是手巧,只开头做废了两个,很快就能掌握用料的多少和力度了,压出来的形状和花纹也都很漂亮。

拍照片准备发群里的时候,才发现自己错过了一大批红包。

沈棠心:"你们也太过分了!发红包不叫我!"

楚白筠:"大小姐,您居然在乎这几毛钱的红包?"

沈棠心:"重点是几毛钱嘛!"

刘简:"咳咳……"

张思浩:"其实,我们不是故意的。"

崔盈:"其实,你不说,都没人发现你不在……"

徐晋知:"【红包】"

沈棠心对着屏幕揉了揉眼,再揉了揉,确定这人是正版的徐主任。

他什么时候进的群?

这群里经常聊聊八卦吐槽吐槽领导什么的,所以只有他们这些实习生和年轻医生。

张思浩:"徐主任,您这就过分了。"

刘简:"作为领导,怎么能明目张胆地偏心?"

他那红包上写着"给小棠的中秋红包,偷拿是孙子"。

沈棠心甚至有种错觉,这顶着徐晋知大名的人,没准儿背后是晏瑞阳那厮。

徐晋知:"不好意思,这不叫偏心。"

徐晋知："你们不在我心里。"

是如假包换的徐某人了。

红包里是520块。

沈棠心点开的时候手指颤抖，差点把手机掉下去。

群外面突然有消息，她退出一看，是徐晋知私发来的一张照片。

五颜六色的满桌佳肴，瞬间勾起人的食欲。

沈棠心一眼就知道是他的手艺："看饿了。QAQ"

徐晋知："过来吃。"

沈棠心："不要……"

她是脑子进水了，才会傻乎乎地中秋节去见他家人。

还是在收了520块红包的情况下。

中秋第二天照常上班。

中午正打算去吃饭的时候，黄旭天突然出现了诊室门口。

赵青严激动地两眼冒光："黄主任您回来啦？"

"没有，找她有点事。"黄旭天指了指沈棠心，"小棠，跟我出来一下。"

"哦。"沈棠心乖乖地跟出去。

不知道黄旭天有什么严重要紧的事，从一医院专程过来找她。沈棠心忐忑得不行，却看见黄旭天抬起手里的黑色硬纸袋："我家果果非让我把这个给你，中秋礼物。"

沈棠心顿时松了口气，笑着接过："谢谢黄主任，也帮我谢谢果果。"

"这小子跟你挺投缘的。"黄旭天笑了笑，"我和丁倪那些个朋友，他就喜欢你跟老徐，以后没事常来家里坐坐。"

"好的，黄主任。"

"嗯。"黄旭天微微颔首，"对了，中秋那天你跟老徐在一块儿吗？"

沈棠心摇头："没有呀，我在我家。"

"哦，是这样。"黄旭天垂下视线，"我看他做那么多菜，还以为是跟你一起呢。"

"应该是和家人在一起吧。"沈棠心道。

"他哪有什么家人。"黄旭天轻轻扯唇，语气带着嘲讽，"还不如没有。"

沈棠心稍稍一愣。

黄旭天却没多说，抬手拍拍她的肩膀："那我回一院了，你忙。"

"……好的。"沈棠心点了点头，但有些心事重重。

今天楚白筠休班，沈棠心和时露一起吃饭。

时露发现她心不在焉，用力地敲了敲桌子："米饭喂鼻子里去啦。"

沈棠心整个人一震，如梦初醒，闷闷地咬了片青菜叶。

时露狐疑地望着她:"想什么呢?"

沈棠心摇摇头:"没什么。"

时露:"你这状态,我下午可不敢让你跟手术。"

沈棠心默不作声地吃了几口,突然抬眼望向她,抿了抿唇:"露姐,我能不能问你个问题?"

时露点头:"问吧。"

沈棠心犹豫了一会儿,才开口:"徐主任,他没有家人吗?"

"具体的我也不清楚,他不太会跟我们聊私事儿。不过同事这么多年,的确没见过他有什么亲戚。节假日经常不休,端午中秋什么的就不说了,连过年都是跟黄主任一块儿,有时候也自己过。"时露说着,语气带着些唏嘘,"可能真没有吧,他这人一直独来独往的,其实看着挺孤单。"

沈棠心默默地垂下眸子。

那中秋节,他应该也是一个人过的了。

半夜十二点多,厨房亮着一盏小台灯。

沈棠心刚把捏好的月饼放进磨具里,突然肩膀被拍了一下。

她猛地倒吸一口凉气,差点尖叫出来,人影晃到面前的时候堪堪收住。

她踢了沈司澜一脚:"小哥你干吗?你要吓死我吗?"

"你有脸说我?"沈司澜抬了抬下巴,"半夜起来上个厕所,我还以为家里闹鬼了呢。"

沈棠心低头看自己,白色长睡裙,披着一头黑色长发,再加上她搬来的小台灯微弱的灯光,乍一眼,的确有些骇人。

她努了努嘴,说:"我这不是怕打扰你们休息。"

沈司澜看了眼她面前的小盘子,上面放着几个做好的月饼,花样比中秋那天多了不少。他嘴角轻扯:"又锻炼厨艺呢?"

沈司澜没说穿,心里却跟明镜似的。

沈棠心也知道小哥不是傻子,这次没隐瞒:"想做几个月饼,明天给他送过去,中秋那天都没有人陪他过。"

"可以啊沈棠心。想当年你小哥我出国留学的时候,也没见你心疼我在异国他乡没人陪。"

沈棠心有点理亏,默默地低下脑袋。

"你这是长大了,胳膊肘会拐了啊。"说着,他一只手敲她额头,另一只手从盘子里拿了一块月饼,喂进嘴里。

"小哥你干什么!"沈棠心急得抬手去抓,"这个是我做得最好看的!你怎么说吃就吃了!"

"你来啊。"沈司澜气定神闲地张了张嘴,"抠出来算你厉害。"

恶心。

"没良心的丫头。"他走到水池边洗手,"白养你一场,连个月饼都不给吃,那野男人也不知道给你下的什么蛊。"

"什么野男人。"沈棠心瞪他一眼,"你不要说话这么难听。"

沈司澜擦干净手,也拿了点面粉揉起来,勾着唇凉飕飕地笑:"我是比不上某些人,花言巧语,把你哄得像个傻缺。"

沈棠心不知道是不是错觉。

他虽然依旧说话难听,却似乎对徐晋知没那么抵触了。

中午休息,沈棠心带着一盒包装精美的手工月饼去了主任办公室。

"这几天一定要密切观察,注意预防术后感染,尤其是肺栓塞,必要时调整抗生素用量。"

"好的,徐主任。"

在门口听见赵青严和徐晋知讨论病情,她抱着盒子躲进安全通道,等赵青严离开之后才又过去。

门没关严实,漏了一条小缝,从门缝里正好看见站在办公桌前看病历的徐晋知。白大褂没闲地敞开,一只手插在西裤兜里,另一只手抬着病历本。

这会儿没戴着他的金丝框眼镜,低着头,眉头微蹙,似乎在认真思考着什么。

沈棠心故意没发出声音,打算悄摸摸溜进来,看他能不能发现。结果门板刚挪动一点点,就被他敏锐地察觉。

他双眼皮微微掀起,深褐色的眸子里夹着几分揶揄神色。

沈棠心偷摸失败,努了努嘴,趴在门框边问:"在忙吗?"

"不忙,随便看看。"徐晋知把病历本放到桌子上,"昨天刚做完囊肿刮治的患者,没什么大问题。"

"哦。"沈棠心把门关上,走进来,"那你现在午休吗?"

徐晋知眯眼看了她两秒,唇角一勾:"怎么,你是来找我一起午休的?"

"我这儿只有一张床。"徐晋知睨了眼后面墙边立着的折叠床,"你如果不介意的话,我自然求之不得。"

"……谁是来找你午休的。"果然不能对这个男人产生一丁点恻隐之心,还大半夜亲手给他做月饼。

他哪里可怜了?

他分明潇洒得很,撩起人来毫不手软。

"那这个,"他指了指她手里的东西,"是给我的?"

沈棠心抿着唇,把盒子放到茶几上:"虽然刚才突然有点不想给你了,但是也不能拿去喂狗,所以你就收着吧。"

徐晋知笑了出声,神情愉悦地走过来,俯身用手指摸了摸盒子上的印花:"我都闻着香了,是什么?"

"哪有那么夸张。"沈棠心被逗笑,"我自己做的月饼啦。"

徐晋知垂眸盯着盒子,若有所思。

沈棠心知道他是在想什么,忙不迭解释道:"我虽然做饭不太行,但是这个月饼还不错的,中秋节那天,我们家每个人都说我做的月饼好吃。"

不知道是不是办公室里的光线太强,沈棠心觉得他此刻的目光有些晃眼,仿佛再多看一秒,就要被那一团耀眼的光芒所吞噬。

她匆忙道:"那我走了哦,你记得吃,真的还挺好吃的。"

说完,她急急地转身,想要以最快的速度跑出办公室。

然而她没却能成功,被一只有力的手臂拉扯着转了个身,跌进他怀里。

来不及感受男人坚硬的胸口带来的微微疼痛,就被周身炙热的体温和过于紧密的桎梏所取代。

她快要喘不过气,感觉到自己的呼吸滚烫地喷在他胸前的衬衫上,再把自己的脸颊晕热。

然而他的胸口和怀抱却比她的呼吸更加滚烫,滚烫到她无法忍受这样的温度,从头到脚都仿佛被绑在烈日下炙烤,每一秒都可能会燃烧起来。

她害怕自己在他的怀里化掉,手攥成拳头,拘谨地从身侧抬起来,抵住他的腰侧,推了推:"你放开呀。"

他的力道没有一丝消减。

紧接着,低沉克制的嗓音从头顶飘下来:

"不喜欢我?"

沈棠心瞬间觉得头顶一热,从那处到脖颈到尾椎,都是一阵酥酥麻麻的陌生感觉,仿佛过了电。

"不喜欢我,亲手给我做月饼?嗯?"

沈棠心脑袋里"嗡嗡"作响,能清晰地听见他声音,却不知道自己在说什么:"不是,有一半是我小哥做的。"

"还让你哥给我做月饼。"徐晋知轻笑,语气比刚刚更愉悦。

徐晋知手臂微松,放在她脑后的那只手轻轻挪过来,将她微乱的头发捋了捋。因为那个突如其来的拥抱,不少发丝调皮地沾在她额头和鬓角。

他一边仔细地帮她顺开头发,掖到耳后,一边说:"我是不是该报答一下你和你家人的关爱?"

徐晋知的指尖仿佛带着电流,从相触的皮肤表层飞窜到全身,她整个脑袋都是麻木的,下意识地摇头:"不用不用。"

"那多不好。"徐晋知神色正经,循循善诱,"难不成我们之间的关系,已经到这种私相授受的地步了?"

沈棠心觉得自己好像一只脚踏进了什么奇怪的地方,过了很久才后知后觉,是个请她入瓮的坑。

"你觉得我怎么样?"他望着她的眼睛,目光像暗夜里探出的钩子。

沈棠心心底一颤:"什……么?"

"我没什么东西好当谢礼的。"徐晋知唇角微勾,笑容浅淡而深情,"你送的礼物太贵重,也就我这个人,可以勉强凑合一下。"

"……可是你更贵重呀。"沈棠心忙不迭摇头,"我要不起。"

徐晋知轻笑一声:"你要都没要过,怎么知道要不起?"

沈棠心犹疑地咬着唇,跟这男人相处到现在锻炼出来的能力,让她迟钝的小脑瓜此刻认真思考着,一盒月饼换一个男人,究竟是他亏了还是自己亏了。

乍一想想,好像真挺划算似的。

但她也没那么傻,很快发现自己置身于一个大坑。

于是她语气十分郑重地对他说:"那我要不先付个定金,然后再考虑一下?"

徐晋知感觉到小姑娘和以往不同的情绪波动,眼底光泽更甚:"考虑多久?"

沈棠心抬起两只手,聚精会神地数了一会儿。

片刻后,她望向他,手指举着两个数字:"五十二天。"

今天是他正式表白后的第三十八天。

他攥住她伸出的两根手指和五根手指,一截一截地拢进来,用温暖的掌心包裹住她微凉的指尖。

"其实我刚刚,不是在想那个。"他低声说。

沈棠心一时间没反应过来,那个是哪个。

"我只是突然很感动。"他抬起她的手,一个充满珍视的轻吻落在她手指尖,"这是我收到最好的中秋礼物,谢谢。"

那一瞬间,仿佛灵魂出窍。

这是她从记事以来第一次碰到一个男人的唇,柔软,炙热,以及无法用言语来形容的奇特触感。

而这个吻,就好像一道时空的划痕,将此前和此后的一切,清晰地分割开来。

第十一章
送你一个愿望

中秋过完后,沈家父母又出国了,小哥也投奔女朋友去了,沈棠心搬回出租屋。可是她最近有点喜忧参半。

黄旭天十分体贴地在厨房买了个洗碗机,还把门锁换成了指纹密码锁。

然而从换完锁的第二周起,她就觉得自己后牙隐隐作痛,不太舒服,但门诊实在很忙,说了好几次让同事抽空帮忙看看,都没找到合适的机会。

终于在某一个晚上,突然疼得辗转反侧,难以入眠。

每一次呼气吸气都会加剧疼痛,她小心控制着呼吸试图减轻这种疼痛,却是徒劳。

牙疼不是病,疼起来要人命,这话不是开玩笑的,就连牙医自己也拿自己没办法。家里又没有备止痛药,她恨不得打个120把自己送医院去。

她用手捂着半边脸,边淌眼泪边发了条朋友圈,然后就这么挺着尸,想着什么时候疼晕过去,大概就能睡着了。

没过多久,手机突然响了起来。

她连看都没力气看,更懒得伸手去拿手机,直到她躺在卧室里都听见外面响天彻地的捶门声,才突然反应过来什么,着急忙慌地摁下接听,有气无力地开口:"……喂。"

"开门。"徐晋知一向沉稳的嗓音里夹着明显的焦急。

"我动不了。"眼泪一瞬间涌出来,她吸着鼻子,告诉他家门密码。

徐晋知开了门锁,闯进卧室。

她从没见他的脚步如此匆忙过,跑过来俯身在床边,捧起她的脸:"怎么动不了?啊?是不是发烧了?"

说着他有些颤抖地摸她额头,温度还算正常。

"没有,我就是,疼得不想动。"她抽抽搭搭地说。

徐晋知紧绷的脸色终于松懈下来,将人拢进怀里,安抚地拍了拍:"没事啊,别怕,我带你去医院。"

沈棠心瓮瓮地"嗯"了一声。

路上，他始终握着她的手，紧密地包裹着，将所有的恐惧和不安都隔绝在温暖的掌心外面。

沈棠心的注意力被分散，疼痛感也没那么强烈了。

到了诊室，她还能主动告知情况："之前洗牙的时候，晏医生说我这颗牙有浅龋。"

徐晋知检查完问："上次没拍片子吗？"

"有的。"她点点头，"洞不是很大，也不深。"

"嗯，洞面积还是很小。"他和她说话的语气，比平时对患者还要温柔得多，"不过现在可能有点深，具体还要拍个片子看看。"

"可是现在都关门了……"

"你等等，我去找影像科钥匙。"徐晋知摸摸她脑袋，"能不能忍？"

沈棠心坐起来，捂着半边脸点点头："可以稍微忍一下。"

徐晋知很快找来钥匙，亲自带她去拍片。

拉出系统里以前的片子，他看完后直蹙眉，说："你这也没过多久，浅龋变成中龋。"

"唔。"沈棠心咬了咬唇，"晏医生跟我说过要好好刷牙，刚开始那几天，我还刷得还挺认真的……后来就没那么认真了。"

徐晋知看着她的眼神，有些一言难尽。

沈棠心小心翼翼地问："那，我可以不用做根管吗？"

"你说呢？过来躺下。"

徐晋知蹙着眉不笑的时候，看上去有点高冷还有点凶，沈棠心觉得他现在的样子，很像一个对自家小孩恨铁不成钢的家长。

"晚上回去吃什么了？"他问。

沈棠心嘴巴还被他抻着，含含糊糊地回答："就吃了一个雪糕。"

徐晋知眉梢挑起："一个？"

沈棠心望着他眨了下眼睛，老实交代道："晚上回去吃了一个可爱多，洗完澡有点热，又吃了一个老冰棍，后来，我看冰箱里只剩最后一盒雪糕，就……全吃了。"

徐晋知把东西撤出来，望着她，皮笑肉不笑地扯了扯唇。

沈棠心被他看得小心脏怦怦直跳，嗓音都开始发抖："真的有那么严重吗？我现在好像也没那么疼了，就一点点疼，真的。"

她倒是没瞎说，这会儿的确没那么疼了。

徐晋知坐在一旁，依旧是那副磨刀霍霍向猪羊的架势，她可怜巴巴地望着他："可不可以不要烧掉牙神经……没有牙神经的牙齿就没有灵魂了……"

徐晋知差点笑出来。

"你以为你这样说，就不用治了吗？"他抬手，包着手套的指尖隔空点了点她额头,他不忍心再吓她,"只是遇冷刺激,没有波及牙髓,补个洞就行。"

闻言,蔫了吧唧的小白菜瞬间水灵起来,眼睛里都有光了。

"躺好。"他又敲敲她额头,"早点弄完早点回去睡觉。"

"哦。"

徐晋知一边给她补牙,一边在旁边说着话。

"以后再有这种事情,别傻乎乎地发什么朋友圈,我要是睡着了没看见,你怎么办?

"不对,你最好别再有这种事情了。

"自己也是学口腔的,不知道保护牙齿有多重要吗?怎么还跟小孩一样。"

沈棠心嘴巴不能动,只能任他喋喋不休地唠叨。

一颗牙补好了,沈棠心耳朵也起了茧。

她坐起来,看着徐晋知收拾器械的背影,语气幽幽地问:"你真的有这么唠叨吗?"

她开始认真考虑一个多月后,是不是要退货。

徐晋知的动作稍顿了顿,转过来,表情依旧是淡淡的温柔,眼底是幽深如夜的暗光。

他温热的手捧住她的脸颊,然后轻轻地将她捞进怀里。

"别再让我担惊受怕了。"徐晋知低沉的嗓音越过头顶,夹着浅浅的无奈和深情。

一次阑尾炎,一次牙疼。

他在她身上根本没有理智可言,受不住一点点风吹草动。

沈棠心嗅着他怀里熟悉的香味,莫名乖巧地点了点头,手轻轻抓住他身侧的衣服。

徐晋知感觉到女孩乖顺的力道,满足地低头轻嗅她发心。淡淡的水蜜桃味,很甜,有让人安心的味道。

长发柔软,蹭在脸颊上像是勾魂的丝,将人拽进茫茫黑夜里,唯一的亮光,是那份最原始的感官欲念。

他的唇缓缓下移,掠过她光洁饱满的额头和玲珑挺翘的鼻尖,他能感觉到她微微的颤抖和骤然收紧的呼吸。

一切都快要脱离控制。

什么风度和原则,应当遵守的顺序和步骤,全都被抛到九霄云外。此刻他只想要眼前的这个女孩,令他肖想已久的粉嫩唇瓣,午夜梦境里上演过的那种亲密,他想要美梦成真。

呼吸渐渐相融,连彼此眼睑上的睫毛都能看得根根分明,鼻尖碰到一起的那个瞬间,仿佛灵魂被生生拽出身体,又拉了回来。

沈棠心瞪大了眼睛,却完全陷在此刻梦境般的氛围里,没有一丝一毫想要推拒。

突然，有人兜里的手机响了起来。

她如梦初醒地推开他，慌忙从兜里找出手机。

屏幕黑漆漆一片，铃声还在响。

沈棠心窘迫地低下头："……你的。"

徐晋知望着她颤抖的睫毛和微微噘起的唇，还有没能从刚才那阵暧昧当中彻底脱离的羞涩，微微笑着拿出手机。

"喂？"

那边不知道说了什么，他神色稍凝。

"好，我马上来。"

沈棠心吸了吸气，才抬起头看向他："什么事啊？"

"我得去趟急诊。"他扶着她下床，取下挂在门后的白大褂穿上，"一会儿找个人送你回家。"

"不用了。"沈棠心也急忙穿好白大褂，一秒进入工作状态，"我跟你一起去吧。"

"好。"

不到五分钟两人就到了，急诊打电话的同事差点惊掉了下巴："怎么这么快？"

"在加班。"徐晋知简短解释了下，"人呢？"

急诊医生说："救护车还在路上，社区医院做了简单处理，情况不太乐观。"

"神外和胸外的值班医生联系了吗？"

"马上就来。"

"好。"

夜间出行的货车，高架超速，在弯道上差点冲出去。司机当场死亡，送过来的是副驾驶上的一名中年妇女，颌面部严重损伤，颌骨错位，脑出血加上腹腔出血，已经进入休克状态。

沈棠心也进了手术室，直到第二天上午才出来。

徐晋知还要跟进后续情况，她体力实在支撑不住，便先回科室休息了。

沈棠心一步路都懒得多走，想趴在分诊台眯一会儿，却被何晓丽赶了进去。说让排队的患者看见，影响不好。

她生无可恋地靠在诊区的墙上，恨不得就地躺下。

"哟，你这什么情况啊？"晏瑞阳刚从诊室出来，望着她打趣道，"被人榨干了？"

沈棠心可怜巴巴地抬起张小脸："嗯呢，一滴都不剩了。"

"这儿人来人往的，严肃场合，说话注意点儿啊。"晏瑞阳笑了笑，"刚下手术呢？通宵？"

沈棠心点点头："唔。"

"没通宵站过手术台的外科医生不是好屠夫,恭喜你啊,毕业了。"

"……你才屠夫。"沈棠心抬脚作势要踹他。

晏瑞阳不再逗她玩,指了指里面屋子,正色道:"休息室睡去,小时和小赵都在,用不着你帮忙。"

"哦。"沈棠心晃悠悠转过身,朝他摆了摆手,"再见屠夫。"

沈棠心躺在时露那张小折叠床上。

大白天的,外面不停传来喧闹的声音,她居然睡得昏天黑地,躺下前定了一个小时的闹钟,一小时后,却成为梦里的背景音。

脑袋昏昏沉沉的,醒不过来。

徐晋知进来的时候,她的手机闹钟正在响着。

望着她乖乖睡着的模样,他微蹙的眉头舒展开来,眉眼间温柔弥漫,然后缓缓走过去,替她关掉闹钟。

休息室里重归寂静。

床上的人似乎也有感觉到,换了个更舒服的姿势。

徐晋知搬了把椅子在旁边坐下,小心翼翼地把她身上毛毯往上拉了一点。手指放在她雪白的脖颈旁,能感觉到她温热均匀的鼻息,他忍不住多停留了一会儿,才缓慢而不舍地收回来。

如果时间就此定格,他恨不得就像这样,两个人安安静静,不理世间纷扰,一直陪她到生命的最后一刻。

可是又有太多的不甘心。

他还想和她有更远的未来。

几根短小发丝调皮地在眼睫上跳动,鬓角的碎发也戳到嘴唇,她似乎不太舒服。

徐晋知抬手仔细地帮她拨开,满眼温柔宠溺,手指触碰到独属于女孩的冰凉柔软,他情不自禁地低下头。

这次他没有一秒迟疑,羽毛般轻盈的吻落在她雪白的额头上,隔着几根发丝,柔软里带着浅浅的厮磨。

吻慢慢地往下,男人炙热的呼吸掠过眉心,在鼻尖稍作停顿,当目光落在女孩薄嫩的唇瓣上时,休息室的门突然一响。

从门口铺洒进来一片亮光,徐晋知下意识地用手掌盖住沈棠心的眼睛,然后蹙着眉抬头,对上神色慌乱不已的楚白筠。

他却还算淡定,依旧挡着她的眼睛,坐直身子:"什么事?"

"那个,是晏老师要我来叫您……"楚白筠没想到自己会是撞破徐主任好事的那个倒霉鬼,一脸生无可恋,"有个确诊的鳞状细胞癌患者,您看一下……"

"好。"徐晋知仔细给床上的人掖了掖毛毯,才起身出去。

门重新被关上，房间里只有蓝色窗帘透射进来的几缕阳光，昏昏暗暗。

床上的人睁开一双圆亮清明的眼睛，轻咬着下唇，紧攥着毛毯抬起来，盖住绯红热烫的脸颊。

下午徐晋知去和晏瑞阳商量肿瘤患者的治疗方案，并没有再来找沈棠心。

沈棠心提心吊胆了半天，终于在送走最后一名患者后，感觉整个人灵魂都得到了解放。

一到下班时间，她赶忙溜之大吉。

她回家洗了个澡，包着湿漉漉的头发仰靠在沙发上敷面膜。

电视里自动推荐播放的居然是一部狗血伦理剧，沈棠心想换个健康向上有营养的，却实在懒得动，只好忍着噪音闭目养神。

正打算去洗掉面膜，大门突然被敲响了。

沈棠心从沙发上起来的时候，干掉的面膜已经在往下掉，她微微仰头捂着半张脸走过去："谁？"

门外传来一道熟悉的声音："是我。"

她脸上面膜抖了抖，又掉下来两块。

她急匆匆地脱口而出："等一下！"

门外的人似乎笑了一声，很轻，她也不确定自己有没有听错，就拔腿跑向洗手间，迅速把脸上的面膜处理干净。

刚要回去开门的时候突然想起来什么，取掉湿漉漉的包头巾，吹风机开到最大，把头发稍微吹干了点。

做完这些她又火急火燎地跑回房间，穿上内衣，换上周末刚买的新家居服。

对着镜子反复确认完美无误之后，才终于迎客进门。

徐晋知应该是回过一趟家，换了一套休闲的衣服，手里提着的塑料袋里是一些食材。

沈棠心蒙了一下："你不是有手术吗？"

"方案做好了，患者家属也签字了，不过没有空的手术室，排到明天了。"他解释道。

"哦。"沈棠心指了指他手里的袋子，"那你这是……"

"监督你吃饭。"他提着袋子径直走向厨房。

"补的牙有不舒服吗？"徐晋知一边把袋子里的食材放到料理台上，一边问她。

"挺好的。"沈棠心下意识地舔了舔，没有一丝异物感。

徐晋知像是背后长了双眼睛："没事别舔它。"

沈棠心乖乖地收回舌头，用手指戳戳腮帮子。

"今天超市的牛肉新鲜。"徐晋知回头看她一眼，"想不想吃煎牛排？"

沈棠心靠在门边，不自觉咽了口唾沫："想吃炖的。"

徐晋知笑了笑，满眼宠溺："番茄还是土豆？"

沈棠心："我可以都要吗？"

"当然。"徐晋知拧开水龙头洗菜，"你要的话，厨子也可以给你。"

沈棠心忍不住想笑，竭力控制着表情岔开话题："好奇怪，听说别人家都是妈妈做饭，可我家从来都是爸爸做饭，我妈几乎不进厨房的。你做饭也这么厉害，你家——"

话说到一半戛然而止。

她本来想问他家是不是也是爸爸做饭，突然想起来一些事情，心稍稍一提。

徐晋知像是丝毫没注意到这点异样，语气依旧平和温柔："你放心，我也不会让你进厨房的。"

谁想讨论这个了？

沈棠心脸一热，不再和他搭腔，鼓着气跑回客厅，用手机投屏了一部最近挺火的电视剧当背景音打游戏。

眼看要拿到今晚第一个 MVP 的时候，突然有电话进来。

沈棠心整个人濒临崩溃，看着屏幕上小姐妹的名字，破天荒地想对她动粗。但电话还是要接的。

"你最好有什么生死攸关的大事！"

崔盈有点莫名其妙："你'大姨妈'不是这两天来啊，生理期紊乱？内分泌失调？"

沈棠心嘴角一抽，没好气道："找我干吗？"

崔盈开始说正事："我衣柜最顶层那个白色箱子，里面有我的三方协议，你能不能帮我拍张照发给我？"

"行，你等着啊。"沈棠心走进她卧室，把凳子搬到衣柜旁边，站上去，面前正好有个白箱子。

"是这个吗？"沈棠心把电话切到视频。

"是的是的。"崔盈连连点头，"应该不用抱下来，我记得协议是最后放的，你拉开抽屉就能摸到。"

"哦。"沈棠心试着摸了摸，果然摸到一份薄薄的文件，拿出来一看，的确是学校的三方协议，"我找到了，你等我拍给你。"

"嗯。"

"一共有六页纸呢，全部要拍？"

"不用不用，拍有学校公章的那几面就行。"

"好吧，稍等一下哦。"

刚准备拍照，远远飘来一道声音："吃饭了。"

沈棠心心底一颤。

她能感觉到徐晋知正在靠近的脚步和气息,试图挂掉视频,手机屏幕却似乎卡住了,怎么都调不出刚才的界面。

然而音频还是流畅的,她听见崔盈问:"我好像听见有男人的声音?咱屋里有男人?"

"没……没有你听错了!"沈棠心忙不迭否认。

"我明明就听到了。"

"是电视。"

"可那人声音很耳熟啊,我觉得有点像……"

"棠棠,干吗呢?"徐晋知走进房间,高大的身影站在衣柜旁,轻飘飘地打断手机里崔盈的声音。

沈棠心脑袋里顿时一阵轰隆作响,紧张得浑身一抖,双腿发软,脚下也没踩稳,就这么朝后栽去。

席梦思床垫本该是柔软的,但崔盈睡觉习惯用硬面,搬家那天叫她帮忙翻了个面。

这会儿却成了她给自己挖的陈年旧坑。

感觉到身体下坠的加速度,沈棠心视死如归地闭上眼睛。

没什么大不了的,就算是硬的席梦思,也至少不会摔个脑袋开花,即便是疼,也不会比昨晚牙齿疼。

滚烫的气息将她严严实实地包裹起来,落下的一刹那,似乎得到了缓冲。

听见一声压抑的闷哼,她大致猜到发生了什么,一睁眼,果然看见徐晋知白皙的脖颈和下颌。

他喉结正对着她,微微滚动。

沈棠心立刻想起一些不太和谐的东西,脸上腾地飞起红晕。

紧接着"嘟"的一声,视频挂断。

徐晋知把手机扔开,胸口震动:"你觉得你能瞒她多久?"

沈棠心抿了抿唇,脸颊的温度继续爬升。

她不用抬头也知道,徐晋知此刻正盯着她,用那种他独有的调侃神色,那种似笑非笑,温柔而又露骨的目光。

只看一眼,就能让她原地化掉的目光。

徐晋知滚烫的呼吸落在额头上,滚烫到她甚至分不清,到底是他的呼吸,还是他的唇。

脑海中蹦出那种柔软的记忆,像现实又像幻觉。

他手指轻轻地托起她下颌,因为离得太近,有一瞬额头真实地碰到他短短的胡楂,摩擦感强烈而陌生,令她浑身一酥。

抬头看见他嘴唇的时候,她连心跳都仿佛漏了拍。

他已经亲过她的手指，额头，眉眼，还有鼻尖。

如果这次她再不阻止的话……

想到这里，沈棠心整个人一激灵，连忙抬手捂住自己的唇。

与此同时，徐晋知唇角一勾，低沉的笑腔里满是无奈："我看起来像这种流氓？"

"像……"她瓮瓮的声音从手心里传出来，望着他的目光水盈盈。

她总是这么一副被人欺负的模样，却浑然不知这模样有多么令男人疯狂。

徐晋知压着身体里一团火，装作若无其事地调侃："那我是不是该给你点儿面子？"

沈棠心猛一阵摇头，语气格外娇软可怜："我饿了，去吃饭好不好？"

这似乎是她第一次有意识地对他撒娇。

他整颗心软得快化了，终是疼惜占了上乘，未泄的火都化为力气，又被克制下来，揉她脑袋的动作格外温柔。

"好。"

徐晋知先起身出去了。

沈棠心才又想起正事，把协议拍照给崔盈发过去。

崔盈："我都知道了女人。"

崔盈："你在外面有'狗'了。"

崔盈："居然还把'狗'带进我屋里。"

两人磨蹭到晚上七点多才吃晚餐，结束时已经快八点了。

徐晋知收拾厨房的时候沈棠心实在过意不去，提出帮忙。

这会儿他倒是没有拒绝，把手套脱下来递给她："洗洁精伤手，戴上。"

"哦。"沈棠心乖乖地接过来，把长长的袖筒穿进去，可到手指那里却尴尬了。

手套长了一大截，她戴上后别说干活，手都不像自己的了。

沈棠心把手伸过去给他看："为什么这么大？"

徐晋知捏住她指头前面空荡荡的地方，突然笑出声来："我忘了，这是比着我的手买的。"

说完，他捏着那截空气给她拽下来，重新戴到自己手上："没有手套，出去玩吧。"

沈棠心只好放弃做一个勤快的好孩子，又回到沙发上看电视。

徐晋知洗完碗出来，也坐在旁边和她一起看。沈棠心特意选了财经频道，仿佛这样就能减少空气中的一丝暧昧。

然而只要这个人坐在身边，她就总能感觉到他的气息，脑海里那些令人害羞的片段时不时翻涌上来，打破她平和的情绪。

她根本无法冷静下来。

这样的煎熬一直持续到将近十点，她准备睡觉了。

转头一看，徐晋知坐得岿然不动，一点都没有要自觉离开的意思。

沈棠心试探着开口："已经十点了。"

"嗯。"徐晋知也朝她看过来，目光澄澈，"还好，不困。"

"我是说，你该回你自己家了……"沈棠心咬了咬唇。

徐晋知依旧望着她。

他微微挑起的眉，若有所思的神色，让她心里那头小鹿顿失了方向感，横冲直撞。

她突然有一个十分可怕的想法：

这个人，该不会是……不打算回去了吧？

如果他真的不想回去，她好像也没办法，总不能把这个高高大大的男人从家里扛出去。

他扛自己还差不多，或许还可以像拎小鸡似的拎起来。

沈棠心想想那个画面，就不禁毛骨悚然。

她吸了口气，小心翼翼地说："这么晚了，你还不回去是不是不太好……"

徐晋知目光稍移，落在客厅前方的电视背景墙上，若有所思："老黄的装修审美不错，简单耐看，这房子住得还舒服吧？"

沈棠心连连点头，只希望他快点说完走人。

"听说主卧里是一万多块的席梦思。"徐晋知男人勾着唇望过来，眸底是兴味十足的光，"不知道躺上去是什么感觉呢。"

那种不祥的预感更强烈了。沈棠心欲哭无泪，脱口而出："徐主任，真的不行，你不能在我这里过夜。"

徐晋知倾身过来，眉梢微微一挑，手摁在她另一侧的沙发背上："再叫一声。"

沈棠心这会儿脑子居然出奇地好使，知道是哪里得罪他了，硬着头皮，从嗓子眼溢出一道细若蚊蚋的声音："……哥哥。"

"你那么多哥哥，叫谁呢？"徐晋知似笑非笑地睨着她。

沈棠心脸都快烧起来了，整个人被他圈在中间，连呼吸里都掺着火热，咬了咬唇，那三个字在脑海里飘来飘去，就是开不了口。

徐晋知幽幽地盯着她，嗓音轻飘而玩味："我有点困了。"

"那你回自己家睡。"两人距离太近，呼吸和体香都融在一起，她嗓音也不自觉低低软软的，像在撒娇。

"叫声好听的，我就走。"他越发死皮赖脸起来，手指若有似无地勾着她耳垂。

沈棠心总算信了传言，这世上哪有真正高冷禁欲的男人，只不过是斯文败类，道貌岸然。

她生怕再这么磨蹭下去，会发生什么无法挽回的事情，轻轻地吸了口气，鼓起勇气唤他一声——

"晋哥哥。"

她轻柔温和的嗓音像一把软箭贯穿心口,他眸光动了动,几秒后才回过神来,听见她弱弱地催促:"你快点回去吧。"

一只唯恐被吃掉的小羊,试图用这种毫无杀伤力的方式赶走面前的狼。他怎么看都觉得又好笑又可爱。

他甚至有些无耻地想,如果就这么吃掉,是不是会更可爱。

但终究只是想想而已。

他有耐心哄着她诱着她,直到她心甘情愿。

"是不是还有件事情没做?"徐晋知目光灼灼地望着她问。

沈棠心一愣:"什么事情?"

他依旧望着她,唇角勾起好看的弧度。

让她蓦地想起之前那两片唇落在额头上的温热感觉。

这一下整只脑袋都热了,像颗被煮熟的虾头,沈棠心牙齿磕了磕下唇,她发现自己居然有点期待那种感觉。

"在想什么呢?脸这么红?"徐晋知忽然轻笑一声,假装恍然大悟,"哦,想我亲你吗?"

他眼角眉梢憋着坏:"我是说,监督你刷牙。"

"我,我想的也是刷牙。"沈棠心不知道哪来的力气推开他,腾地起身往洗手间跑,"我刷牙。"

徐晋知望着她慌忙逃窜的背影,慢条斯理地站起来跟上,然后靠在洗手间的门边,看她刷牙。

沈棠心一抬眼就能从镜子里对上他的目光,夹着揶揄和宠溺,她忍不住心动又气愤,牙刷在嘴巴里胡乱鼓捣着,结果不小心戳到腮帮子,疼得呻吟一声。

他始终懒散地勾着唇角:"你要是不会好好刷,我帮你?"

沈棠心瞪他一眼,低下头吐了口泡沫。

一口牙刷了五分钟,刷完还被人迎着光仔细地检查了一遍,才终于送走这尊大神。

沈棠心终于躺在久违的大床上。

想起徐晋知那句一万多块的席梦思,她不禁多弹了几下。

猝不及防地,那人闷着坏逗她玩的样子又忽然蹿上脑海,她轻轻咬着唇,抱着枕头滚了一圈又一圈。

中秋节过完后,林鹤浔非但没赶着回 A 国,反而成了医院常客。

沈棠心实在想不通像他这种时间和金钱以秒来换算的人,为什么还有这么多空闲来浪费。

作为被密切关注的对象,她受宠若惊。

"小舅,我已经是个大人了,你不用这么不放心我了。"

林鹤浔靠在柜子旁边,嗓音轻描淡写地飘过来:"有的人,只是看起来像个大人。"

沈棠心:"我本来就是大人。"

"嗯,你说是就是。"林鹤浔似乎懒得与她争辩。

沈棠心还想说话,被门口出现的男人叫住:"棠棠,出来一下。"

对于徐晋知在医院公然这样叫她这件事,终究是习惯成妥协,沈棠心现在已经完全不会表达不满了。

她乖乖地跟出去:"徐主任,有什么事吗?"

徐晋知说的是正事,语气也很正经:"明天有一位出国进修的同事回来,在院里办讲座,你记得腾出下午三点以后的时间。"

沈棠心点点头:"好的。"

"还有,"他浅浅地勾了下唇,"晚上想吃什么?"

"不知道的话,下班一起去超市买。"徐晋知抬手给她理了理口罩带子。

听见"超市",沈棠心没脑子一激动:"那我要吃——"

"不行。"徐晋知仿佛知道她在想什么,目光一凉,毫不留情地打断她,"冰激凌不能吃。"

"哼。"沈棠心不悦地嘟起嘴巴。

自从那次半夜牙疼之后,他不仅每天督促她刷牙,还会检查她冰箱里有没有"违禁食品"——冰激凌和可乐及所有碳酸饮料都包括在内。

这样的人生简直毫无乐趣可言。

"不过——"徐晋知忽然话锋一转。

沈棠心眼睛里瞬间有了光。

"如果你答应我,以后不用监督也好好刷牙的话,可以给你一个小奖励。"他像在诊室里哄儿童似的,抬起一只手摇了摇。

沈棠心满脸期待地问:"什么小奖励?"

"这个现在还不能说。"徐晋知笑了笑,"看你表现。"

真把她当三岁小孩了。

从麻省回来的同事叫牧倩,是个很漂亮的年轻女人,瓜子脸,五官精致,身高约莫一米七,身材瘦而有料,一头短发柔顺利落。

这样一道亮丽的风景线出现在讲台上,不少男同事看得挪不开眼。

沈棠心也不禁多看了一会儿,才拿出小本子准备做笔记。

牧倩看上去是个果断干练的女人,说话嗓音却清甜柔软,但在一两百人座无虚席的大会议室里也不乏气势,周身散发着一个真正优秀的人内敛而不张扬的自信。

讲座两个多小时才结束，沈棠心出去的时候，徐晋知在后排等她。他身子稍稍倚在墙边，白大褂的扣子敞开着，双手懒懒地揣在西裤兜里，难得这副闲散姿态。

看见她时，他唇角浅浅地一勾："怎么样？"

沈棠心知道他问的是什么。

"挺好的。"她眼睛里光泽莹润，"这个姐姐好厉害啊。"

徐晋知看了一眼继续涌动的人潮，笑着用手掌摁住她肩膀，将她带离拥挤的中心。

等大家都离开得差不多了，两人才到会议室门口。

身后突然有人叫了一声："老徐。"

这个声音，是刚刚在讲台上侃侃而谈的那道。沈棠心回过头，只见穿着一身白大褂的牧倩朝两人走来。

"我说老徐，这么多年没见，你还是对人家爱答不理的。我好歹是今天的主角吧，就不能主动打声招呼？"牧倩望着徐晋知的表情带着微微嗔怪，和刚才在讲台上那个成熟高冷的样子判若两人，"着急干吗去呢？"

"回科室有点事情。"徐晋知反应却很淡，"你不是还要去院办办手续？"

牧倩耸了耸肩："办手续不耽误的啊，想着先跟你叙个旧，你倒好，眼里就只有漂亮小姑娘是吧？"

徐晋知转头看了眼沈棠心，眸子里才溢出些温柔，连望向她的时候也带着点笑意："等你都办好了，叫大家一起给你接个风。"

"那你得请客啊徐大主任。"牧倩眨了眨眼。

"没问题。"他微微颔首。

道了别，沈棠心跟着徐晋知进电梯。这会儿人多，他们被挤到最后面。

沈棠心前面是一个大胖子，沉甸甸的身体一直往后压，她两只胳膊抱着笔记本挡在前面，满鼻都是汗液浸染在衣服上的味道，难闻得令人窒息。

突然，从侧面伸出一只手，揽着她肩膀将她捞过去。那种难闻的气味消失了，取而代之的是一片火热胸膛，以及干燥洁净的白大褂，和一阵若有似无的佛手柑香气。

徐晋知的双手扶在背后的电梯壁上，为她撑起一片可以喘息的空间，他紧紧挨着她，却也没有压住她，始终保持着恰到好处的微妙距离。

"谢谢。"沈棠心抿了抿唇，脸颊被他近在咫尺的体温熨得发热。

她试着转了转脑袋，可无论怎么动，都改变不了她此刻被这个男人抱在怀里的事实。

这不是第一次离他这么近，但每一次对她来说，都像是第一次一样刺激。

到了十六楼，他手臂依旧锁着她不放，沈棠心想推推他，却连只手都放不进来，只好硬着头皮开口："徐主任，到了。"

"不急。"徐晋知在她头顶上说，"去我办公室。"

他刻意压低的嗓音有种不正经的性感,沈棠心心底"咯噔"一下:"去干吗?"

徐晋知弯起唇角,笑而不语,给人的感觉越发不正经。

沈棠心一下子慌了,耳朵红得几乎要滴出血来:"徐主任,上班时间,这样不太好吧……"

徐晋知轻飘飘地睨了眼腕上的手表,刚刚指向六点整。

他眼底夹着宠溺和揶揄,盯向她颤抖的睫毛:

"现在下班了。"

人都在前几层下光了,这会儿只有他们两个,占据着偌大电梯里的一个小角落。女孩纤瘦弱小的身子被迫缩在男人的手臂和胸膛之间,拘谨而害羞。

徐晋知自诩这些年心智成熟了许多,甚至一度觉得自己不再年轻,没有任何事情能让他情绪有所起伏。可当再次面对她的时候,他仍无法控制骨子里被长久压抑的天性。

一想到她在怀里脸红欲滴,像只小动物般可怜又可爱的模样,他就忍不住要逗逗她。

因为她的出现,他觉得自己尘封的心苏醒了过来。

紧随着一声清脆的铃音,电梯门缓缓打开,徐晋知目光悠然地望着她,松开一条手臂。

沈棠心溜得比兔子还快,徐晋知长腿阔步,不疾不徐地跟上。

她跑到一半就泄了气,脚步变得慢吞吞,脑袋低垂,好像在为什么事情懊恼。

与他办公室相隔两三米的时候,她忽然停下来,手指揪着白大褂下边的兜沿,用她惯常软糯的嗓音说着十分正经的话:"徐主任,你有什么事情就在这里说好了。"

她预感进了那扇门,自己的处境会有点危险。

徐晋知放慢脚步,光泽锃亮的皮鞋似乎要碰到她的鞋尖,在她惊慌抽气的时候,停在二十厘米以外。

沈棠心看见他的衣摆和自己的衣摆碰了碰,心跳就猝不及防漏了一拍。

"我是看你最近表现不错,打算兑现一下奖励。"徐晋知衔着淡淡的笑腔,和若有似无的刻意故作的惋惜,"既然你不想要,那就算了吧。"

沈棠心猛地睁大眼睛:"我可以吃冰了吗?"

徐晋知微勾起唇角,不置可否。

她可耻地心动了,两根食指抵在一起弯了弯。

"那就,恭敬不如从命。"她无比认真地看了眼办公室的门,"您先进去吧。"

徐晋知望着小姑娘隐藏失败的激动的小眼神,意味深长地眯了眯眼,然后率先走进办公室。

沈棠心站在门口,一眼就看到了办公室角落新添置的纯白色小冰箱。

她心口狠狠地一颤,缓慢而小心地走过去,准备伸出手的时候,突然回头望向身后的人,目光里夹着忐忑的询问。

他唇边笑意明显,抬了抬下巴,默默示意她打开。

沈棠心转回去,这才握住凉飕飕的把手,拉开小冰箱的门。

里面码着密密麻麻的冰棍雪糕,各种大小不一的桶装冰激凌。冷藏那层,是她爱喝的柠檬茶,和代替可乐的不同味道的气泡水。

徐晋知靠在窗户旁边,望着小姑娘瞠目结舌的惊喜神色,眼底温柔满溢。

"这些……都是我的吗?"沈棠心不可置信地瞪大眼睛。

徐晋知走过去,从里面拿出一支海盐味的可爱多。

这些日子她在朋友圈疯狂发文想念的那位"蓝朋友"。

"都是你的。"他拎着可爱多的手背将冰箱门推回去,关上,没急着把东西给她,"不过我有要求。"

"什么要求?"沈棠心眼珠子盯着他手里的"蓝朋友",一动不动。

"第一,这些全都是你的,不许自己再偷偷买。"

"好!"沈棠心答应得果断。

这些够吃到明年了,也不需要再买。

"第二,每天早晚认真刷牙。"徐晋知语气很严肃,"要自觉。"

沈棠心忙不迭地点头:"没问题!"

"还有,定期检查牙齿。"他望着她,唇角勾起来,"找我。"

徐晋知目光灼灼地盯住她,轻声询问:"可以吗?"

"可,可以。"沈棠心可耻地妥协了,"那我能也提一个小小的要求吗?"

徐晋知略弯的眉眼中尽是宠溺:"你说。"

沈棠心指着面前的小冰箱,问他:"如果我有别的想吃的,可不可以申请加进去?"

徐晋知微愣一秒后,忍不住笑了出声。

沈棠心以为他是现在笑话自己,眼里光泽褪去:"不行就算了。"

"行,想吃什么都给你买。"徐晋知把雪糕换到左手,右手举到沈棠心面前,"拉钩。"

沈棠心用力抿了抿唇,用小拇指钩上他的小拇指。

记忆中,他的手总是很暖,但因为刚拿过雪糕,碰上的时候触感冰凉。沈棠心手指微微一颤,连着心口也发颤。

"说好了?"徐晋知满意地笑了声,"如果不遵守约定,会有惩罚。"

沈棠心一慌:"什么惩罚?"

"就罚你……"他若有所思地盯了她两秒,语气轻飘飘的,一字一顿,"有求必应。"

沈棠心默默地缩回了手。

她终于后知后觉,这是一个平平无奇的弥天大坑。

这天，沈棠心照常在帮时露接诊病患，赵青严刚拔完牙，伸着懒腰溜达过来唠嗑："哎，那个谁这两天怎么不来了？"

沈棠心撕着器械接头上的保护膜，语气漫不经心："听不懂，说人话。"

"你那个小舅啊，之前不是不放心你，每天都来陪你上班吗？"赵青严扯了扯唇，"不是我说，你家里人把你看得也太严了吧，不知道的还以为你小学毕业。"

"你才小学毕业呢！"沈棠心剜他一眼。

赵青严突然一脸谄媚地看向诊室门口："徐主任，您来了啊。"

沈棠心心里"咯噔"一下，立马收起凶巴巴的表情，抿住唇，面上带了点羞涩，然后转头一看，门口却空空如也。

赵青严靠在柜子边捧腹大笑："我的妈，恋爱中的女人都这么傻吗？哈哈哈哈哈……"

"赵青严你的死期到了，我今天就给你开瓢。"沈棠心冷哼一声，正要拿着小钻头冲过去，下一位患者已经从门口走进来。

沈棠心咬牙切齿地又剜了赵青严一眼："君子报仇十年不晚，给我等着。"

"好了，别闹了。"时露笑了笑，开始给患者看牙。

沈棠心在一旁协助，调灯的间隙，不停地向赵青严发射眼刀。

"小棠，给她开个单子去拍片。"时露忽然叫她。

"哦，好的。"沈棠心走到电脑前面去打缴费单。

看着电脑，时露突然没头没尾地问沈棠心："你小舅，他怎么样？"

沈棠心愣了愣。

什么怎么样？他能怎么样？

"那个，我的意思是……"时露顿了下，语气忽然有点挫败，"算了没什么，你就当我没问。"

"哦。"沈棠心觉得怪怪的，可她又没有头绪，只好狐疑地盯着时露，"小舅说他准备回A国去了，就这两天。"

女人纤瘦的背影似乎稍稍一动。

"所以最近都在收拾东西，和朋友聚会什么的啦。"沈棠心接着说，"毕竟他这一走，又不知道多久才能回来。"

"嗯。"时露语气很淡，淡到几乎没有生气，"电子病历我没找到，你去隔壁问一下廖医生，是他给患者拔的牙。"

"哦，好。"沈棠心转身去了。

时露这一点反常，并没有在她心里留下什么印象。

然而才过了两天，信誓旦旦说买好机票远赴A国的林鹤浔，突然行程有变，不走了。

这天晚上吃着徐晋知做的饭，她忍不住抱怨："你们男人都这么奇怪的吗？"

徐晋知温柔地望着她:"怎么奇怪?"

沈棠心嚼着玉米粒。

"你呢,三年前对我爱答不理,三年后……咳咳。"在徐晋知灼热的注视下,她连忙话锋一转,"还有我小舅,以前在A国好几次告诉我要回来,结果放我鸽子。前几天说好的要滚蛋,突然又不走了。你们是三岁小孩吗?想一出是一出?"

"对不起,我反省,当年是我眼瞎。"徐晋知一脸讨好地给她夹了块牛排,"至于你小舅,他可能,也是为情所困吧。"

沈棠心目光一亮:"为情所困?为谁?"

"天天在你面前晃悠呢你看不出来?"徐晋知懒懒地勾起唇,"你露姐啊。"

沈棠心立马摇了摇头:"不可能。"

"怎么不可能?"徐晋知轻笑,"你以为他没毛没病的天天去医院报到,真是为了看你?"

沈棠心还是摇头:"绝对不可能。"

徐晋知放下筷子,郑重其事地望着她:"赌吗?"

沈棠心:"赌什么?"

"赌你小舅是不是喜欢你露姐。"徐晋知手指轻叩着桌面,一副气定神闲的表情。

"那我赢定了。"沈棠心也是胜券在握,"我小舅就是被月老遗忘的人好不好?他这人只喜欢钱。"

"行。"徐晋知笑盈盈地望着她,"如果你赢了,我送你一个愿望,随便提。"

沈棠心点点头:"好呀。"

徐晋知抬起手,指尖戳了戳下颌:"那万一不幸是我赢了,你是不是也得送我一个?"

"没问题。"沈棠心扬扬自得地吃着牛排,"反正我赢定了。"

第十二章·
她真的很好哄

"今天晚上聚餐,给那个牧医生接风,你听说了吧?"楚白筠一边打菜一边问。

沈棠心反应很淡:"知道啊。"

"说实话我见过她两次,不太喜欢她那种人。"楚白筠就近找了张桌子放下餐盘,嘴角轻扯,"太装了,走个路都跟明星走红毯似的,就他们男人喜欢这种吧。晏老师每次提到她,都特别欣赏。"

沈棠心睨她一眼:"怎么,你吃醋啊?"

"我吃什么醋?"楚白筠笑了,"晏老师跟她又没什么交集,倒是你,你知不知道牧倩和徐主任很熟啊?"

沈棠心微微愣了下,点头:"他俩看起来就挺熟的。"

"这你就不知道了吧?我听晏老师讲,他俩刚来咱们科的时候就被誉为金童玉女,两个人都很优秀,长得也般配。不过吧,徐主任脑子里一直就没那根筋,牧医生后来又去了M国进修,一走好几年,不然也等不到你来收他了。"楚白筠拍拍她的肩膀,语重心长,"但是以我的经验,这位牧医生现在回来,算是个危险人物,你得多长个心眼儿。"

"关我什么事。"沈棠心闷闷地低下头吃饭。

理智告诉她,一个聪明矜持的女人不应该把这种无聊的事放在心上,可她午休实在睡不着,鬼使神差地溜到了主任办公室。

"哎,你这儿有冰棍啊。"牧倩拉开冰箱门,声调因激动而上扬,"还是这种味道的老冰棍。"

徐晋知看着手里的病情资料,头也没抬:"给小孩吃的,你别动。"

"哦。"牧倩悻悻地关上冰箱,"你现在很喜欢带小孩嘛。"

徐晋知:"还行。"

带小孩并不是他的最终目的。

两人继续讨论病情,突然办公室的门被敲了敲。

牧倩抬头替他应了声:"请进。"

门口那人似乎迟疑了下，才推门进来。

徐晋知目光从电脑屏幕上转过去，看见小姑娘不辨情绪的一张小脸，头发在脖子后面绑了一个松松的马尾，手还放在门把上，看了看牧倩，再看向他，有些暗暗的局促。

"对不起，你们先忙吧。"沈棠心说完要出去。

"等等。"徐晋知叫住她，转头对牧倩道，"那治疗方案差不多就这样，下午通知专家组开会。"

牧倩若有所思地点了点头，目光落向角落的冰箱："哦，那我们不继续深入讨论一下……"

"不用了，会上再讨论。"徐晋知脸色有些沉，从冰箱里拿出一根老冰棍，塞她手里，"这儿没你事儿了，走吧。"

拿人手短，牧倩必须得有立马滚蛋的自觉。

沈棠心一直盯着牧倩，直到她背影消失在走廊尽头，尽管竭力控制，表情还是绷得紧紧的。

她回过头，目光落在小冰箱上，想着刚刚徐晋知拿了一根她的冰棍哄牧倩，心里就一阵酸涩。

在她脑子里被这些情绪占据的时候，徐晋知已经走过来，把门关上，站在门边低头拨了拨她额前翘起的一撮呆毛，是趴在休息室的桌子上压出来的。

"正好三根。"

沈棠心努了努嘴，没好气："什么？"

"你头上夯了三根毛。"徐晋知轻笑一声，"怎么这会儿来找我？嘴馋了？"

"刚刚是有点，不过现在饱了。"沈棠心声音闷闷的，睨了眼她的小冰箱，"你还是给别人吃吧。"

话音刚落，徐晋知抬脚上前一步。

沈棠心慌忙后退，他便继续往前，最后她的背抵在门边的墙壁上，被他抬起一只手护住后脑勺。

沈棠心这才发觉自己刚才那句话听着酸不拉叽的，连忙补充道："我是说，反正我不要，你留着也是浪费，你爱给谁给谁。"

怎么还是有点那个味儿？

沈棠心咬了咬唇，发现此刻她内心的小宇宙真的很难控制。

垫在脑后的那只手揉了揉她的头发，徐晋知的眉眼和语气都很温柔，他微微俯身，几乎与她平视："你这是吃醋了？"

"才没有。"沈棠心奶凶奶凶地瞪着他。

"哦，那就是吃醋了。"徐晋知若有所思地点头。

"我没有吃醋。"沈棠心严肃正经地对他说，"不过你这个人，现在就开始和别的女人纠缠不清，我需要重新考虑一下我们未来的关系。"

"我哪有和别的女人纠缠不清?"徐晋知笑了笑,"刚刚我和牧医生在聊正事。"

沈棠心:"哦,那我打扰你们聊正事了呗。"

小姑娘不讲理起来有够难缠的,虽然吃醋这种事对他来说惊喜更多,但徐晋知表情还是有些挫败。

"对不起,是我不懂事了,我现在就走。"沈棠心推开他的胳膊,伸手要去开门。

他搂着她肩膀把人带回来,把门上锁,扣住她乱动的那只手,动作利索而霸道。

"该说对不起的是我。"他嗓音却很低很柔,"我保证,以后再也不拿你的东西撵人了,行不行?"

沈棠心闷闷不乐地说:"你明明就是哄她。"

徐晋知屈起指骨刮了刮她的鼻子:"我怎么会哄她呢?我只哄你一个,你想怎么哄就怎么哄。"

"谁要你哄了?"沈棠心嫌弃地拉开他的手,"我才不是那么不讲理的人。"

"嗯,你最讲理了。"徐晋知轻笑一声,反将沈棠心的手握住,"不生气了好不好?"

"昨天买了你要的那种彩虹冰激凌,吃一个?"

面对徐晋知无懈可击的诱哄,沈棠心可耻地咽了口唾沫,说:"那就……吃一个。"

晚上聚餐,在本地有名的一家烧烤店。

沈棠心和徐晋知到底不是名正言顺的男女朋友,她不好意思和他坐一起,于是夹在了楚白筠和时露中间。

徐晋知在她对面,旁边坐着牧倩和晏瑞阳。

"老徐不吃内脏的。"牧倩把他面前那盘鸡杂端起来,"来换一下,把那个馒头换过来。"

馒头放在沈棠心面前,烤馒头片是她最爱吃的。

徐晋知淡淡抬了一眼:"不用了,我现在不挑。"

"哦,好吧。"牧倩有点悻悻地放下盘子,竭力保持笑容,"你现在都不挑了吗?葱蒜姜什么的也能吃?"

"嗯。"徐晋知稍一点头,"自己做,就吃习惯了。"

"那你厨艺是不是挺好的?我听说男人要么不做饭,要么就是大厨级别。"牧倩兴致勃勃地望着他,"不知道我有没有荣幸尝一尝徐主任亲手做的佳肴?"

沈棠心低头啃着馒头片,瓷碗都被捏得隐约作响。

楚白筠忽然笑了一声,对牧倩说:"那您可能没这口福了,牧医生,徐主任只给他女朋友做的。"

牧倩脸色微变，也忍着笑了笑。

这顿饭味道不错，但沈棠心吃得有点消化不良。

牧倩提到不少过去的事，和一些她听都没听说过的老朋友，徐晋知偶尔有兴趣应和几句。那些她不曾参与的过去，就像这张一米多宽的桌子，横亘在两人之间。

沈棠心忽然发现，她和他之间的距离好远好远。

以前她总是开玩笑说，自己和沈司澜隔了三条代沟，不是同一个世界的人，而实际上，是三条代沟差一年。

她和徐晋知之间，才是完完整整的三条。

饭桌上她一直不怎么说话，不停地吃东西来转移注意力，让自己不要被某些情绪影响，最后肚子都吃撑了，突然间难受得想哭。

她借口去洗手间，洗了把脸，又平静了一会儿，回去的时候，大家正在商量接下来去哪家KTV。

"那个，我就不去了。"沈棠心拿起包包，"我今天有点儿累，想早点回去休息，你们好好玩。"

"现在还早呢，八点不到。"牧倩走过来留她，"就玩到九点结束，大家明天也得上班。"

沈棠心回头看了眼徐晋知，他正在收银台旁边买单。

这顿是徐晋知作为领导请的大家，牧倩这会儿俨然女主人的姿态来挽留，她心里更不是滋味。

本来想着好不容易和同事们聚会的心，也越发地凉下去。

"不了，你们玩吧。"沈棠心冲牧倩温和地笑了笑，"我还有别的事情，就先走啦。"

说完，她便向其他同事道了别，径直走出烧烤店。

发票机出了点故障，开发票弄了好半天，徐晋知买完单回去找大家的时候，他们已经选好KTV了。

楚白筠忽然面色复杂地望着他说："徐主任，小棠刚刚走了。"

"她去哪儿？"徐晋知蹙了蹙眉。

楚白筠："说是有点累，要回家。"

"没事的，那我们去玩。"牧倩抬手去搭徐晋知的肩膀，"今天可是我的接风宴，老徐你得高歌几首啊。"

徐晋知不动声色地错开她的手，走到晏瑞阳面前，从钱包里抽出一张银行卡给他。

"我也不去了，你用我的卡买单，记得开发票。"他嘱咐道，"别玩得太晚，影响明天工作。"

"知道了领导。"晏瑞阳把卡装进兜里，表情意味深长，"我保证照顾好大家，您就放心大胆地去吧。"

徐晋知朝他点了下头，转身离开。

"哎，老徐——"

牧倩还要叫他，忽然被楚白筠挽住胳膊，楚白筠笑盈盈道："牧医生，您可是今天的主角，要给我们高歌几首呀。"

花雁路是本市著名的大餐馆小吃摊聚集地，还有商场步行街和市里最繁华的夜市，这会儿正好是高峰期。

沈棠心在网约车平台叫车，排队排到二十开外，不远处的公交车站也是人山人海。

幸好她是本地人，从小四处混迹，对这块也比较熟，抄近路拐到一条不那么拥挤的街道。

正打算重新叫车的时候，电话突然响了起来。

不出所料，果然是徐晋知。

她等了十几秒才不情不愿地接听，声音闷闷的："喂？"

"在哪儿？"男人语气略焦急，但他那边很安静，好像是在车里面，没有和大家在一起，"这会儿打不着车，你别一个人走了，我送你。"

沈棠心胸口气鼓鼓的一团莫名其妙散了一大半，停下脚步踢着地上的小石子，把位置报给他。

上车后，他递给她一瓶柠檬茶，说是烧烤店送的小礼物。

沈棠心扭开盖子嘟哝："烧烤店这么大方，按人头送饮料？"

徐晋知笑了笑："就这一瓶，除了你大家都没有。"

"哦。"沈棠心心情顿时更好了些，喝了口柠檬茶，转头看向驾驶座上的人，"你送完我还回去吗？"

"你希望我回去吗？"徐晋知似笑非笑地睨过来。

沈棠心瞪他一眼："爱回不回。"

"那边交给老晏了。"他抬手揉了揉她的脑袋，"不然某个小醋缸饶不了我。"

"什么小醋缸。"沈棠心拍开他的手，转过头望着窗外嘟哝，"我才没有吃醋，我跟你有关系吗？我为什么要吃醋？"

徐晋知微勾着唇角："吃醋的一个重要表现，就是承认关系。"

沈棠心眼皮一颤，接着嘴硬："本来就没关系。"

"于公，我们是上下属和同事关系。于私，我们也是在同一间屋子里同桌吃饭的关系。"徐晋知一本正经地说，"当然我希望我们能有更深一步的关系，但我还在等你同意。"

沈棠心腹诽他想得美，禁不住嘀咕出声："谁知道你还有几个张倩李倩王倩的……"

三十岁的老男人就是阅历丰富，哼。

这会儿他是真没听清，疑惑地看过来："什么？"
沈棠心闷闷道："没什么。"

一天上午，时露去了洗手间，赵青严突然神神秘秘地凑过来。
人差点扑到她身上，沈棠心被吓了一跳，连忙躲开："你干吗？"
"有事跟你说。"赵青严一脸严肃，"要紧事。"
沈棠心抬着干净的手套，示意他不要碰到自己："说就说，离我远点儿。"
赵青严对着门口的方向，抬了抬下巴："今天是露姐生日。"
沈棠心蓦地睁大眼睛。
"我都忙忘了，露姐自己也没提。"赵青严一本正经道，"我是找你商量商量，要不给她订个小蛋糕，算是个心意。"
沈棠心赞同地点头："那吃午饭的时候再细说。"
中午，他们俩叫了楚白筠，三个臭皮匠一起挑蛋糕，并一起付了钱。
"不知道盈盈什么时候才回来呢。"沈棠心托着脸叹气，"说好的一个多月，这都两个月了。"
楚白筠扬扬得意："她不回来挺好的，没人跟我抢晏老师。"
"你放心吧，她就算回来也不会抢你的晏老师。"沈棠心扯了扯唇，道，"人家现在可是黄主任的关门弟子好吗？"
"黄主任又怎么样？"楚白筠毫不掩饰满脸的崇拜，"黄主任也不如晏老师。"
沈棠心抖了一身鸡皮疙瘩。
时露下午收到骑手送来的蛋糕，感动涕零，但还是婉拒了他们的大餐邀请。
"谢谢大家，不过我提前有约了。"
楚白筠眼珠子一转："露姐，你该不是和男人有约吧？"
时露没否认："这次就算了，下次我请你们。"
"行，那得赶在冬天来之前。"赵青严郑重地点头，"请咱去吃顿小龙虾。"
沈棠心瞪他一眼："你怎么好意思哦。"
赵青严叹了一声。
"那我不是想着，你和小楚没多久就要离开了嘛。"说着他兀自伤感起来，"我舍不得和你们分开，你们回了学校可一定要想我啊。"
"戏过了啊。"楚白筠敲了他脑壳一下，"还早呢，这会儿伤什么春悲什么秋，工作啦。"
楚白筠回了自己科室，赵青严也整顿整顿去忙了。沈棠心刚要把手机放回柜子，屏幕突然亮了一下。
是林鹤浔发来的微信消息。
林鹤浔："帮我看一下。"
林鹤浔："这两个哪个好看？"

下面跟着一张照片，两条 blingbling 的项链。

沈棠心看了眼："都挺好看。"

林鹤浔："那你更喜欢哪个？"

沈棠心激动了下："小舅你要送我项链？"

林鹤浔："不是送你，送别人。"

沈棠心："告辞。"

最后她也没帮他选，下一位患者很快进来，时露叫她帮忙。

当天下午，从别的医院转来一个疑难病例，徐晋知临时参加会诊，没能准时下班。沈棠心独自回家，偷懒煮了碗面条吃。

第二天，她惊奇地发现林鹤浔昨天让她选的两条项链，其中一条戴在时露的脖子上。

晚上，林鹤浔过来接人下班。

这一天沈棠心还是没见着徐晋知，想通知他打赌赢了的"好消息"，他却直到晚上都没回电话。

吃午饭时，楚白筠若无其事地提起："听说从三院转过来一个腮裂囊肿的患者，情况比较复杂，这两天徐主任都和牧医生一起加班呢。他还是没有联系过你？"

"没有。"沈棠心反应淡淡的，"应该挺忙的吧。"

早上起来倒是收到他一条消息，提醒她好好吃饭，多的便没有了。

"再忙也不能玩消失呀，都在一栋楼里，有那么难吗？"楚白筠努了努嘴，"说不定是那个牧医生故意缠着徐主任。"

"不会的。"沈棠心目光柔和，却恍惚有点失距，"你就算怀疑人家，也不能怀疑徐主任的专业态度呀。"

楚白筠轻哼一声："我看你是被他下了迷魂药了。"

沈棠心不置可否，笑着摇了摇头。

其实她这两天倒是格外冷静。徐晋知没有时不时在她眼前晃，她反而更加理智和现实。

有时候她甚至会十分认真地想，他们之间年龄差了那么多，人生阅历截然不同，他身上还有那么多的未知，关于她从未参与过的那些时光。除却情感上的冲动，两个人到底适不适合在一起。

他足够成熟睿智，游刃有余，而她呢，还保留着象牙塔里的那份天真莽撞，或者在他面前，叫作愚蠢。

用一句很俗气直白的话来说，她玩不过他。

两个人之间也是，涉及第三个人也是。

当天下午，沈棠心终于见到他。

他是和牧倩一起来的,似乎是刚做完那台疑难手术,例行巡视,到诊室门口的时候被陆医生拿着病历本叫住。

沈棠心站在治疗椅旁边,不禁抬眼看过去。

徐晋知侧脸清俊,一身白衣映着午后的阳光,恍若谪仙。他的嗓音清冽磁沉,语速不紧不慢,解释得很有耐心。

陆医生刚走,他的手机就响了起来。

不知道对方说了什么,他一边应着一边转身离开。

其实从他出现在这里的第一秒,沈棠心就盼着他回头看看自己,哪怕只是匆匆一瞥。

可直到最后也没有。

晚上她也不想下班,主动请缨跟晏瑞阳进了手术室。

出来的时候是凌晨两点,她去休息室眯了一觉,第二天是被打扫卫生的阿姨倒垃圾桶的声音吵醒的。

看了看表,才六点多钟,但她已经不困了。

下楼去买早餐的时候,正好碰见口腔科住院部的一名护士,在药房拿了药,对她打招呼:"沈医生,这么早啊。"

"嗯,我去买早餐。"沈棠心笑着点了点头。

"是给徐主任买吗?"

沈棠心愣住。

"ICU那个他都守了一夜了,前几天安排手术就没怎么休息,饭也没见他吃几口,你给他买清淡点儿的。"护士叹了一声,"那我先去忙了啊。"

"哦,好。"沈棠心讷讷地应了一声。

直到人走了一会儿,她才突然回过神来,也全然忘了买早餐的事,急匆匆跑向ICU。

楼层里安安静静,每一扇门都紧闭着,这边都是单人重症监护室,沈棠心来的时候也没具体问是哪一间。

她突然觉得有些挫败,泄了气,身子软软地靠在墙上。

感觉像过了一个世纪那么久,才听见某一扇门打开的声音。

从门里走出来一个人,紧接着,又走出第二个人。

沈棠心前一秒微亮的眼眸后一秒暗下去,在徐晋知抬眼看过来的时候,紧紧咬着牙转过身,往电梯口跑去。

"棠棠!"

他叫了一声,人已经迅速消失在走廊拐角。

忽然像有什么东西涌向大脑,潮水般的眩晕感袭来,他用力扶住旁边的墙,身形晃了晃。

牧倩担忧地皱了皱眉:"你要不要休息一下?"

徐晋知抵着墙壁的手紧攥成拳，布满血丝的双眼竭力保持着清明。

沈棠心一路跑到门诊楼前，望着台阶下空旷的广场，才终于停下脚步，大口大口地喘气。

兜里手机响了起来，她不用看也知道是谁。

原本不打算接听，可对方打了一遍又一遍，门口保安和扫地的阿姨都不禁往她这边看了许多次。

沈棠心烦躁地咋了咋舌，只好把手机拿到耳朵边。

她沉默着，听筒里传来徐晋知焦急的声音："棠棠，你在哪儿？"

"我现在不想和你说话。"沈棠心的语气比任何时候都要平静，这一刻她的记忆忽然闪回到三年前，想起他曾经一次次波澜不惊的样子，"我挂了，别再打过来。"

"等等。"他叫住她。

沈棠心手指一抖，紧紧地攥住手机。

"记得我们上次打的赌吗？"

"愿赌服输。"赢了的人听上去丝毫不兴奋，反而有些低声下气地央求，"我只有这一个愿望，你别挂，听我说，好不好？"

不远处街道传来早高峰车辆互相催促的喇叭声，但她却能清晰地听见男人嗓音里微微的哑意。

也恍惚看见一个仙气飘飘的人从云端跌落下来，脚踏在万千尘土上。

"这些天我太忙，没有顾虑到你的感受，是我不对。

"我为了工作和牧倩待在一起，让你不开心了，也是我不对。

"昨天夜里我是一个人，她只是早上过来检查患者情况，你不要多想。"

沈棠心紧咬着下唇，才忍住没让微乱的呼吸泄露情绪。

她觉得在徐晋知这件事情上，自己有够不争气的。

哪怕最愤怒的时候她也在想，如果黄主任在就好了，这样他或许就不用和牧倩一起商讨病情了。

她始终是信他的，只不过自己心里那道坎，过不去。

她越发感受到两人之间的鸿沟。

"你是我有生以来喜欢的第一个女孩，也是唯一一个。"缓慢低沉的嗓音从电话里钻进耳膜，让她半边身子都酥麻，"对于我，我们之间，你不要有任何怀疑。

"我是真心实意，也是全心全意。"

徐晋知话音刚落，她下意识地转过身，望向门诊大厅。

他也放下手机望着她，每走一步，便离她更近一步，深邃的目光深沉地盯进她眼底，蔓延到心口，激起一阵阵颤抖的波浪。

她心里忽然有点忐忑，不知道接下来等待着她的是什么。他朝她走来，又将会带给她什么。

潜意识里的预感是令她心慌意乱的,然而双脚就像被钉在地面上,一丝一毫都无法逃离。

清晨的空气送来一阵带有香味的风,那阵风将她卷了起来,卷进一个温暖的怀抱。

令人安心的手臂禁锢着她的腰,徐晋知滚烫的气息紧贴下来。

他忽然吻住了她。

从未被人碰过的唇,在柔软相接的那个瞬间仿佛被电流击中,倏然睁大的双眸里掠过一丝真正的惊恐。

大脑一阵完完全全的空白之后,她才猛地反应过来,他在吻她。

男人的唇瓣依旧火热,却和落在她额头上的时候截然不同,也不是短短的一触即离。

他似乎要疼爱她双唇的每一丝缝隙,也能精准捕捉她躲闪的意图,一只手按着她的后脑勺,唇瓣辗转厮磨的同时,让她根本无法动弹,只能被迫接受这种陌生的温情,慢慢地沉沦下去。

以前她对于爱情只停留在喜欢一个人上,从来没想过也没敢想,这种上升到肢体的亲密和缠绵。

原来和喜欢的人接吻是这样的。

心律不齐,浑身发烧,意识模糊。

像生了场病。

沈棠心害怕自己病得更严重,在感觉快要窒息的时候,手指攥拳在他胸口推了推。

徐晋知使坏地抿了抿她的下唇,然后才稍稍退开,额头抵着额头,炙热的呼吸依旧与她呼吸交融。

"我盖章了。"他捧着她的头,视线落在女孩嫣红的唇瓣上,气息低沉,"从现在起,你就是我女朋友。"

沈棠心睁眼就能看到他同样嫣红的唇瓣,继而想起刚刚那阵令人面红心跳的厮磨。

她觉得自己应该骂他一句什么"流氓""无赖""登徒子",可自己也没出息地沉溺其中,被他引诱成了共犯。

"你放心,我虽然是第一次当男朋友,但应该不会太差。"他摁着她的脑袋,将她放在自己胸前,然后俯身低头,气息有点飘忽地落在她耳畔。

沈棠心忽然感觉到一丝不对劲。

直到肩膀上重量渐沉,她心底一慌,连忙对着急诊大厅里喊叫:"来人啊!快来人!"

徐晋知在她肩膀上晕了过去。

再次醒来的时候，是在急诊病房里，手背上扎了针，正在往里输葡萄糖液。沈棠心连忙叫急诊科同事过来看。

"身体没大碍，输完这瓶可以回去了。"医生望着病床上的人，曾经活在传说里的神，如今却也落到这步田地，忍不住打趣，"三天四夜不睡觉，不好好吃饭，您真当自己是铁打的？我们科已经够忙了，拜托您以后别添乱。"

徐晋知动了动眼珠子，没说话，似乎还很虚弱。

沈棠心看得揪心不已："好了刘医生，他这么难受你别说他了。"

"有了女朋友就是娇弱啊，说几句就疼。"刘医生轻哼一声，"走了，不打扰你们谈恋爱。"

刘医生出去时，贴心地给关上了门。

沈棠心手背忽然一热，是徐晋知用打针的那只手握住了她，力道不重，但包裹得严实。

她望着他脸色苍白却依旧深情款款的样子，猝不及防地眼眶一热，瓮声瓮气地说："你以后不许再这样了。"

她不敢想象他是怎么强撑着从ICU出来，强撑着和她说那些话，找到她哄她，那么耐心地对她解释。

"好。"徐晋知轻轻摩挲着她的手，嗓音轻柔。

"再有这种没日没夜的情况，你一定要告诉我。"

"放心。"他释然地笑了笑，"我现在是有女朋友的人，可以名正言顺地打消任何女人的企图。"

"谁跟你说这个了！"沈棠心把手抽出来，奶凶奶凶地瞪他一眼，但很快又软了下去，嗓音带着些微哽意，"我是说以后，如果再这么忙的话，我可以照顾你。就算没时间睡觉也要好好吃饭，你一个大男人低血糖，丢不丢人？"

他望着她笑，目光骤深。

"棠棠。"

"嗯？"

"你过来一下。"

沈棠心疑惑："怎么了？"

徐晋知轻笑："肩膀酸，给我捏捏。"

她没设防，就这么坐起来然后俯身。忽然从被窝里探出来一条手臂，捞住她的头，将她整个人按下去。

唇瓣相接的那刻，她还没来得及闭眼，目光直直坠入他深色的眼瞳。

"……你干什么？"沈棠心面颊发烧，责怪的嗓音也是软绵绵的，像她那双极好欺负的唇瓣一样。

"我是为自己高兴。"他轻轻揉着她的头发，"没想到我女朋友这么会疼人。"顿了下，又认真补充道，"不过你只能疼我一个。"

沈棠心只觉得自己整个人快要烧起来，用力咬了咬下唇。
"我也只疼你一个。"他炙热的唇啄了啄她的鼻尖，"我们要公平。"
男人低沉的呢喃盖过了门把手被扭开的声音，屋里谁都没听到。
以至于进来的人，就这么看见他们俩以极其暧昧的姿势相拥在床上。
晏瑞阳倒抽了一口凉气："两位，以后上演这种情节能不能拜托锁下门？"

沈棠心发现只有她自己觉得这件事情很大。
当徐晋知毫不掩饰地对她举止亲密，并在被人问到的时候坦率回答两人关系的时候，所有人都没有表现出意外。
这天中午吃饭的时候，楚白筠突然问她："你知不知道，徐主任被院长约谈了？"
"没听说啊。"沈棠心咬了一小口土豆，"什么时候？"
"就刚刚，你在忙可能不知道，老徐那会儿在我们科和晏老师商量评优论文的事儿，突然就被院长电话叫走了。"
"啊？"沈棠心微微一慌，"院长找他说什么？"
"废话，当然是你俩的事儿了。"楚白筠扯了扯唇，"我说你们亲嘴也不知道找个僻静点儿的地方，医院大门口，这是拍职场偶像剧呢？现在几乎每个群都在八卦，院长肯定觉得影响很坏，说不定还有处分什么的。"
沈棠心捏紧筷子："会……会有处分？"
"你应该没什么啦，你一个实习生说到底也不归医院管。"楚白筠扯了扯唇，"这事儿影响要是够坏，你家徐主任肯定免不了被处分了。像这种单位，把人文环境看得尤其重要。"
沈棠心心事重重，一口也吃不下去了。
把饭盒放回柜子里后，靠在旁边发了会儿呆，忽然急匆匆跑向电梯。
她硬着头皮去了院长办公室。
门里面亮着灯，依稀能听到院长说话的声音，但听不清具体在说什么。另一个人应该就是徐晋知。
沈棠心站在门口深呼吸三次，才鼓起勇气敲了敲门。
院长抬高音量叫她去进去。
沈棠心又吸了口气，缓缓推开办公室的门。
头发花白的院长坐在办公椅上，背后墙上有好几面鲜红的锦旗。
徐晋知办公室就没挂锦旗，但是她知道他也有不少，只不过都被他收藏在柜子里。
他对于这种东西很淡泊，没有什么表现欲。
沈棠心走过去，站到男人旁边，沉着乖巧地开口："院长您好。"
院长推了推鼻梁上的眼镜："你是？"

"我是口腔外科的实习生,我叫沈棠心。"

"哦。"院长若有所思地点点头,盯着她,"原来你就是沈棠心啊。"

这反应,看来真的是影响足够恶劣了。沈棠心抿抿唇,低眉垂眼地继续:"院长,我知道这件事情在医院和同事们中间产生了不好的影响。但是我也有错,您不要只罚徐主任一个人。"

"你有错?"院长站起身,绕过办公桌朝她走过来,"你错哪儿了?"

领导的气场太强大,沈棠心小心脏一阵猛跳,嘴唇也微微哆嗦。

院长站到两人面前,表情严肃地望着她:"你错就错在眼光不好。"

这是反讽吗?

"倒是你。"院长说完看向徐晋知,指着他皱了皱眉,"追你的女孩你避如蛇蝎,给你安排相亲也不要,合着就喜欢年轻小姑娘是吧?一把年纪诱拐人家你害不害臊?"

"院长……他没有。"沈棠心弱弱地开口,"他没有诱拐我,是我自己……自愿的。"

徐晋知忍不住轻笑了声,当着院长的面牵住她的手:"您也是有孙子的人了,一天天就这么有空闲吗?我跟谁谈恋爱也要管?"

"我是管不了你了,自己给我注意点儿影响。"院长警告地盯住两人,"上班时间不准谈恋爱,不准眉来眼去,影响工作。"

沈棠心眼睛一亮:"不用处分了吗?"

"我什么时候说要处分了?"院长笑着指了指自己,"小姑娘,我看起来像那种连下属谈恋爱都要强制干涉的古板老头子吗?"

沈棠心郁闷了:"那,那您叫他来是……"

院长笑了笑,说:"听说那台腮裂囊肿的手术做完了,叫他过来,了解一下患者的恢复情况。这种双侧第三鳃裂囊肿还是比较罕见的,我想着要不要出个详细报告。"

"哦……"沈棠心窘迫地低下头。

"没事了,去吧。"院长抬了抬下巴,示意他们俩离开。

"那我们告辞了。"徐晋知点头致意,然后依旧牵着她的手,走出院长办公室。

他一直牵着她,进电梯也没有放开。电梯里还有另一位同事,徐晋知似乎是认识的,十分自然地打招呼寒暄,丝毫没觉得这会儿还牵着她的手有什么不妥。

对方也表现得很淡定,淡定地说恭喜。

不知道的还以为他俩不是刚开始谈恋爱,而是马上要结婚。

沈棠心全程窘迫地低着头,头发都仿佛要烧起来。

等她反应过来的时候,已经被带出电梯,是他办公室所在的楼层。

"我不去你办公室,我要下去。"沈棠心站在走廊里拽了拽他,"院长说了,上班时间不可以这样。"

徐晋知抬手看了看表："严格来讲，现在不算上班。"

他故意使坏地揉一揉她的指骨："抓紧时间谈会儿恋爱？"

沈棠心眼皮颤巍巍地抖了一抖。

她想她需要刷新一下对这个男人的认知。

刻板？严谨？专业？

谈恋爱倒像是专业的。

思忖间，沈棠心已经被徐晋知带进办公室。

当她第一次走进这间屋子的时候，之后每个早晨在这里认真学习的时候，万万想不到会有这么一天。

她被他压在门边的白墙上，一面是冰冷一面是火热，他的手臂从背后穿进去，搂住她，隔开墙体渗入皮肤的森森凉意，离他火热的胸膛更近了些。

眼看他清俊的脸低下来，沈棠心一紧张，慌忙抬手挡住嘴巴。

他却没有停下，柔软的唇瓣落在她手心，嗓音低沉："怎么了？"

被亲到的手心仿佛过了电，酥酥麻麻地蜷缩起来，声音也带着微微颤意："谈恋爱也不用……老这样吧……"

他抬手攥住她蜷缩的手指，一根一根耐心地穿进去，十指相扣："你不喜欢？"

沈棠心咬了咬唇："也不是。"

徐晋知低笑一声："那就是喜欢。"

这个她没法否认。

就如她没法控制自己那颗在胸腔里横冲直撞的心脏，还有骨子里的难为情。

徐晋知低头看着她拧眉思考的样子，不难猜到小姑娘此刻在想什么，他用指尖磨了磨她的指骨："我也是第一次做这种事，如果你觉得表现不太好，我可以练习改进。"

"只不过，需要你配合。"

这个男人总是能用一本正经的表情说出最不正经的话。

但对他来说，沈棠心真的很好哄，也很容易被引诱上钩。他再次低头下去，成功嘬到那双柔软的唇。

沈棠心被亲得云里雾里，嘴唇开始发麻发烧的时候，忽然听见他的声音。

像是从耳朵里钻进去的，又不太像，低沉得让人额骨发颤。

"是不是该检查牙齿了？"

沈棠心愣了愣。

最近几天她很乖，都没有来要冰棍吃，不懂这人为什么突然想检查牙齿。

她下意识地张口要问，却猝不及防地被一道湿润占领了缝隙，迎来一轮全新攻势。

她感觉自己整个人都快被吃掉，大脑里的氧气也逐渐被抽空，凭着最后一丝清醒的神智，才终于明白过来。

原来这就是他所谓的，检查牙齿……

晚上下班后，沈棠心在停车场等徐晋知，两人约好去吃一家新开的韩式料理。

电话里他说还得十分钟，沈棠心也不着急，坐在副驾驶玩游戏打发时间，车窗开着，把闷了一天的皮革香味散出去。

突然听见车门被敲了敲，沈棠心以为是徐晋知，举着刚刚大杀一片的手机屏幕转过头，满脸得意地要向他炫耀战果，却对上一道属于女人的盈盈目光。

沈棠心脸色僵了僵，望着同样神色浅浅的牧倩，打了声招呼："牧医生。"

"有时间吗？"牧倩对她笑着，"聊两句？"

"好。"

沈棠心从车里出来，站在傍晚依旧灼烈的阳光下，微微眯眼，皱了皱眉心。

"我和老徐认识五六年了，可是我最近看他，都不太敢认。"牧倩扯了扯唇，"就好像完全变了个人一样。"

沈棠心不知道该回什么，索性微笑沉默，表示她在听。

"说实话，我挺羡慕你的。我曾经以为他这辈子都不会用那种眼神看一个女孩子。"牧倩看着她的眼睛，无比认真，"最近我总在想，四年前我是不是不该走。如果我留下来，和他一起度过这四年，是不是结果就会不一样。"

沈棠心心底微微一颤。

会有多不一样呢？她也不知道。

但也许，她从一开始就不会有机会。

牧倩垂眸看着车位旁缺失一段的白线，脸上溢出遗憾的苦笑："你知道吗？我一直觉得我和他就算没有轰轰烈烈的感情，也是最相配的一对。他这个人，本来就不会有什么轰轰烈烈的感情，身边也不会有别的女人。到头来，总该是我陪着他的。"

"可惜我从一开始就想错了。"牧倩自嘲地摇了摇头，"他不是没有感情，也不是不会爱，只不过命中注定的那个人不是我。"

沈棠心抿了抿唇，嗓音温软却很坚定："对不起，我知道你应该很难过，但是无论你多难过，感情的事都不能勉强，希望你想开一点。"

"你放心，我不会勉强，更不会和你争男人。"牧倩望着她笑了笑，难过里有几分释然，"论优秀，我未必不如他，我要是真爱他爱得不得了，当初就不会选择出国深造。比起一个眼里心里都没我的男人，我还是更爱自己一些。"

沈棠心微微蹙眉："那你为什么……"

"这是我们之间的秘密。"牧倩举起一根手指，靠在她唇瓣前，"也许他知道，但我不打算亲口让他确定，今天跟你说完这些，就算是和过去彻底告别了。"

反正我很快也要离开医院,你喜不喜欢我,我也没所谓。"

沈棠心愣住:"你要去哪儿?"

"城东新开的私立口腔专科医院,那边给的薪资更高,也更自由。我想了想,就不在这里凑热闹了。"牧倩笑了笑,"天天看你们秀恩爱,我还是需要时间做一些心理建设的。我的时间很宝贵,多治几个患者赚赚钱不好吗?"

"牧医生。"沈棠心想起初见那天在演讲台上的惊艳,目光动了动,"你真的是一个很优秀的人。"

"谢谢。"牧倩朝她伸出一只手,"我就不谦虚了,你说得很对。"

沈棠心伸手和她握住。

牧倩手指微微冰凉,嗓音却是暖暖的:"不过你也很优秀。"

明知道是客套话,沈棠心还是脸颊微热。

"我没有在客套。"牧倩似乎读懂了她心里的话,"你只是还年轻,缺少磨炼。你看老徐都一把年纪了,你好好努力,总有一天把他的口碑给打下去。"

"说我什么呢?"

身后传来一道低沉的男声,沈棠心没回头,脑袋忽然被什么东西给遮住,阳光顿时不那么刺眼了。

是他手里拿着的文件夹。

稍稍往东侧着,在她脸上落下一块阴影。

"说让你的小女朋友加加油,打败你。"牧倩俏皮地冲他挑了挑眉。

徐晋知轻嗤了声,语气里夹着不满:"你叫我女朋友出来陪你站着晒太阳,就为了说这种挑拨离间的话?"

"啧。"牧倩毫不留情地怼他,"真该把你这副表情照下来,发群里给大家看看,就跟我动了你狗粮似的。人站着晒晒太阳怎么了?锻炼身体,光合作用,你当是温室里养花朵儿呢?喘个气儿都怕她累?"

徐晋知搂住沈棠心的肩膀,居高临下,理直气壮:"我女朋友怎么养是我的事,就不劳牧医生关心了。"

"行,算我多管闲事。"牧倩也没生气,笑着从包里拿出车钥匙,"你的小娇花还给你,我走了。"

牧倩离开后,沈棠心在他怀里挲了挲:"我才不是小娇花。"

"嗯,你不是。"他松开抱着她的那只手臂,文件夹依旧为她遮着太阳,抬手勾勾她下巴,语气正经,却每个字都令人心颤,"你是小心肝,小宝贝。"

他没有刻意压低嗓音,旁边恰好有人经过,听了个清清楚楚。

有点面熟,虽然叫不上名,但确定是医院的同事。

那人拉开对面的车门,发出一道浮夸的嘘声。

沈棠心整只脑袋都烧得慌,攥起拳头软软地在他胸口捶了两下,火速钻进副驾驶躲起来。

第十三章·
正式恋爱关系

自从关系变得名正言顺,徐晋知也越发得寸进尺,晚上在沈棠心那里待到十一点也不愿意走。还总是故意逗她,说要留下来陪她睡觉。

但到了最后,也只是哄她睡着之后离开。

徐晋知依旧经常忙到没时间回家和吃饭,但无论情况多紧急都会让她知道。有时候是发消息,有时候是让同事带话。

十月份天气逐渐转凉,黄旭天和崔盈也从一医院回来了。崔盈重新住回出租房,徐晋知很难过,多次想把沈棠心拐到自己家,却都以失败告终。

这姑娘平时看着憨憨傻傻的,关键时刻一点不糊涂。

黄旭天去上海出差,回来时给每个同事都带了礼物。

女孩们人手一盒雪花膏,男人全都是袜子。轮到徐晋知的时候,他漫不经心地打开,本以为也是袜子,结果当他拿着个四四方方的小盒子愣住的时候,走廊里爆发出此起彼伏的笑声。

赵青严肚子都笑疼了,酝酿许久才说出一句清晰的整话:"黄主任,我到今天才领悟到您姓名的真谛,和您的思想可真配。"

徐晋知拿着盒计生用品,还是某种巨便宜的杂牌子,对着黄旭天扯了扯唇。

沈棠心恨不得把脸埋进雪花膏里去。

"不是啊,不是这个。"黄旭天也是一脸蒙,"我给你买的明明是迪士尼联名内裤。"

众人再次忍不住爆笑。

"真的,你别不信。"黄旭天夺过那个令人羞耻的小盒子,努力为自己辩解,"我要给你买能买这种牌子的吗?万一质量不好中奖了咋办?我给你养啊?这玩意儿是酒店房间里的,我整理的时候放错了吧。"

徐晋知把旁边那只低着脑袋耳尖通红的"小鹌鹑"搂进怀里,依旧凉飕飕地盯着他:"下次别住这么垃圾的酒店。"

晚上临时有个小手术,沈棠心跟着时露加班,崔盈就先回去了。

徐晋知忙完过来等人的时候,林鹤浔也在。林鹤浔把他叫出去,两人半小时后才回来。

那会儿沈棠心正好忙完，脱了手术服和手套，表情十分严肃地望着林鹤浔："小舅，你对他做什么了？"

林鹤浔刚给时露拿上包，听见小姑娘质问的声音，忍不住嘴角一扯："这么护着你男人？我能对他做什么？把他给吃了？"

"谁知道呢，晋哥哥那么好，你欺负他肯定不会还手的。"沈棠心一本正经地说着，挽住徐晋知的胳膊，"他有没有欺负你？"

徐晋知还没来得及回话，林鹤浔先气笑了："沈棠心，你个吃里爬外的东西，我今天把你胳膊给拧折了看你还拐不拐。"

沈棠心身子一抖，抱着胳膊朝某人缩了缩。

"小舅。"徐晋知连忙搂住她的身子，温和礼貌地望着林鹤浔，"她胆儿小，别吓她。"

"你俩还真是绝配。"林鹤浔皮笑肉不笑地说，"一对奇葩。"

"林先生，您老今年贵庚？还有脸跟外甥女吵？"时露站在门口睨他一眼，"走吧，幼稚鬼。"

"来了舅妈。"林鹤浔拖着调子跟上。

沈棠心突然反应过来，她好像真得叫时露"舅妈"。

要这么算的话，徐晋知将来也得叫舅妈。

可时露曾经也是徐晋知的徒弟，那林鹤浔就是她师姐夫。

……这辈分可真够乱的。

到了小区，徐晋知邀请女朋友到自己家坐坐，毫无疑问遭到了拒绝。

沈棠心望着电梯顶部逐渐上升的楼层数，眉心拧得紧紧地对他说："盈盈也在家，咱们这样不太好吧……"

伤害单身狗是很过分的事情。

她可以伤害别人，但不能伤害好姐妹。

"而且，已经很晚了耶。"沈棠心用手指轻戳着某人的胳膊，娇滴滴地嘟哝道，"你要不还是回自己家去。"

话音未落，电梯里"叮"一声，门开了。

"好。"男人嘴角衔着意味不明的弧度，走出电梯。

沈棠心鼓着腮帮子吐了吐气，眼看男人走反了方向，一脸生无可恋地提醒他："喂，不是那——"边。

最后一个字还没说出口，她蓦地睁大眼睛。

只见那扇极不低调的白色木门，发出一道低调的响声，锁开了。

徐晋知向下拧开门把手，回头睨向她，目光很亮，像盛了许多星星。

"一起吃个饭？"

沈棠心还是很难相信，这间从她搬来起就神秘得像异国度的房子，居然是徐晋知的。

"哎。"她靠在白色的大冰箱旁，望着料理台前忙碌的男人，"你是不是最近才买的房？"

"当初和老黄一起买的，最近才装修完。"徐晋知笑了笑，端着拌好的沙拉过来，喂给她尝，"不过有新风系统，现在入住也没问题。"

沈棠心想起来这儿的第一天，她居然对一扇门"一见钟情"。就好像三年前，对这个男人一见钟情。

而这间房子居然刚好就是他的。

不得不惊叹命运神奇。

"听说你很喜欢我的房子。"徐晋知咬了口沙拉里面的炸鸡块，语调随意，目光却灼灼地盯着她，"我这儿房间还挺多，可以考虑分给你一间。当然，你想要主卧也没问题。"

沈棠心生怕话题又被引到奇怪的方向，赶紧跑过去帮忙端菜："我好饿哦，快点吃饭吧。"

徐晋知望着小姑娘就像一只小猫咪夹着尾巴落荒而逃，禁不住满眼宠溺。

"地上滑，你慢点儿小心摔了。"

沈棠心以前熬过了饭点就不会再正经吃饭，顶多来点水果零食垫一垫肚子，可自从和他在一起搭伙吃饭，无论多晚，他都会做一顿像模像样的给她吃。

可就是这样的人，自己忙起来反倒不会记得照顾自己。

肚子差不多吃饱了，情绪却格外活跃起来。

沈棠心看着旁边的男人，心里一阵不是滋味，突然无比认真地说："你教我做饭吧。"

徐晋知再给她夹了块牛肉，眼睛一眨不眨地盯着她："怎么，要在我这儿偷师学艺，做给谁吃呢？"

"反正不是你。"她故意和他开玩笑。

徐晋知轻笑："哦，哪个野男人？"

沈棠心憋着笑说："说了你也不认识。"

"那你先说说，没准儿我认识呢。"他放下碗筷，双手环胸靠在椅背上，侧头看着她，目光微凉，"毕竟有我在，一般的野男人你估计也瞧不上。"

没见过这种时候还要顺便夸自己的，沈棠心再次刷新了对这个人的认知。

想到这里，她就想打击打击这个不要脸的人，煞有介事道："是个很年轻很奶的小鲜肉，特别可爱，笑起来有酒窝的那种。"

徐晋知这人要说有什么死穴，大概也就是年龄了。

三十岁对男人来说其实不算老，可谁叫他找了个大学没毕业的小姑娘当女朋友。
　　还被人话里话外嫌弃。
　　徐晋知当即眯了眯眼，眼底滑过一丝危险的暗光："很年轻？"
　　"嗯哪。"
　　"小鲜肉？"
　　"没错。"沈棠心用力点头，"好鲜好嫩的。"
　　"有多鲜？"他手指轻轻捏住她下巴。
　　突如其来的触碰让沈棠心目光一颤："反正就是很——"
　　最后一个字，消弭在男人忽然侵入的唇齿间。
　　"有多嫩？嗯？"他使坏地咬了一口那片柔软，如愿听到女孩吸气的声音，"有这么嫩吗？"
　　以往他的动作都很温柔，沈棠心第一次被弄得喘不过气来，仿佛下一秒就要窒息而亡。
　　沈棠心快要哭了，她觉得自己大概要成为第一个被亲哭的女孩，说出去能被人笑死。
　　"呜呜呜。"她艰难地发出声音，"没有了，我骗你的。"
　　徐晋知收起之前掠夺的力道，但还是轻缓温柔地继续。
　　不知道过了多久，才终于放过她。
　　沈棠心双眼水盈盈泛着红，一副被欺负惨了的模样。
　　徐晋知望着她这副样子，不难想歪，再加上小姑娘细嫩的手指依旧在他腰后攥着，绷紧了衬衫，手指柔软的触感也隔着布料浸入，他眸色略微转深。
　　沈棠心受了教训，不敢再拿这种事逗他，乖巧承认："其实我是想，等你加班的时候做给你吃的。"
　　徐晋知目光微闪，随即轻笑："哦，野男人是我自己？"
　　"……嗯。"沈棠心迟疑几秒后点了点头。
　　这么说好像也没错。
　　徐晋知唇角微微一勾，目光变得格外幽深。
　　"那我是不是该做点什么，"他顿了下，手掌隔着衣服在她腰间摩挲，"才对得起'野男人'这三个字？"
　　沈棠心猝不及防地心尖一跳。
　　还来不及跟上他的思维，就已经被人横抱起来。
　　她双手下意识地攥住他胸前的布料，唯恐自己掉下去，连呼吸都小心翼翼："……做什么？"
　　"你说呢？"他低头睨着她，嗓音清淡，眸底却有着躁动的暗光，"你找野男人，是用来风花雪月，秉烛夜谈的吗？"
　　小心脏"咯噔"一抖，她脑子里忽然捕捉到什么，却不敢往深想，吓得舌头都打结了:"不,不然呢?"

徐晋知把她抱进主卧。

"当然是,"感觉到怀里小姑娘一个颤抖瑟缩,他意味深长地勾了勾唇,"偷情了。"

沈棠心瞬间屏住了呼吸。

虽然她骨子里不是那种极端保守的女人,觉得非要结婚才能怎样怎样。但作为一个第一次谈恋爱的小姑娘,对于这种事心里还是没底。

她不经意把他的衬衫抓出褶皱,眉心也深深地拧起来,脚趾一紧张一哆嗦,一只拖鞋掉到了地毯上,发出沉闷的响声。

但此刻谁也没工夫去管那只拖鞋。

感觉他似乎要把自己放下来,沈棠心顿时更害怕了。

之前想着没关系不要紧,总会到这一步的,而且她喜欢他,也不是不愿意。然而真到了这里,她还是有点想打退堂鼓:"晋哥哥,我们能不能,等下次……"

"嗯?"他含混不清地应了一声,又似乎在笑。

"我还没做好心理准备……"沈棠心弱弱地求他,"再等等行不行?"

"可是我准备得够好了。"他低下头,目光里夹着诱惑,"帮你也准备一下?"

"不用了……"她潜意识里觉得这人又在给她挖坑,千万不能掉进去,脑袋用力地摇。

"傻子。"徐晋知忽然轻笑一声,下巴往前抬了抬,"回头。"

沈棠心蒙蒙地转头,下一秒不禁吸了口气。

两人在卧室的落地窗边,脚下对着城市最繁华的几片商业区,而正前方,是位于江边的地标性建筑,高耸入云的电视塔。

天色麻麻黑,一切都仿佛笼在灰色的烟雾里。

徐晋知放下她,抬手遮住她眼睛,在她头顶沉沉地说:"等一下。"

视野忽然变成黑色,她一慌,下意识地抓住他手腕。

"别怕,很快就好了。"徐晋知低下头,温热的呼吸喷洒在她头顶,嗓音带着极温柔的安抚。

"三,二,一。"

最后一个字音落下时,他放开遮在她眼前的手。

那片灰蒙蒙里,亮起一点一点又一点的光,从脚下蔓延到无边无际的远处。

天黑了,整个城市都亮了。

那些光点就像一簇接一簇次第绽放的烟花,可烟花是转瞬即逝的,这些灯光却明亮而长久,点缀着城市的黑夜。

"我只是想带你看夜景。"徐晋知低沉的嗓音从头顶飘下来,"这间屋子是夜景最美的地方,你来的时间也刚刚好。"

沈棠心目不转睛地望着满城绵延不绝的灯光。

这里的夜景的确很美，她租的那套房子里，没有一处这样的好角度。

"开心吗？"他揉起她的头发。

"嗯。"沈棠心双手搭在一尘不染的玻璃上，仿佛在用指尖触碰那点点灯光。

徐晋知俯身，下巴搁在她头顶。

"那是不是该让我也开心一下？"他的头低下去，直白地说出自己的要求，"亲我。"

沈棠心乖乖转头，唇轻轻地压在他嘴角，却被男人捉住后脑勺，一口吃掉，没让她再转回去。

夜晚和灯光都足够惑人，原本没有那么坚定的一丝念想，都被导向了难以收场的地步。

他房间的垫子很软，比她屋里那传说中一万多块的还要舒服，但她也没机会认真感受很久。男人的存在感更加强烈和霸道，淹没了软垫带给她的短暂惊喜。

今天的他很不一样，往日斯文和矜持不剩分毫。就像一头饿了许久终于能够掠食的狼，尽管保持着循循善诱的耐心，却也摁不下那股火热的冲劲。

沈棠心以为自己今天躲不过了，一脸视死如归地等着被吞食入腹。

忽然，徐晋知动作僵了僵，哑着声问："东西呢？"

沈棠心晕乎乎的脑袋有一瞬清醒，但依旧没太明白，蒙蒙地问："什么？"

他的手摸向地毯，伸进另一侧西裤兜里再找了找，还是没有。

"我记得老黄放这儿的。"

他当时也不知道在想什么，居然没扔，等这会儿终于能派上用场，却又找不着了。

"……我扔掉了。"沈棠心望着他咬了咬唇，脸红得像能滴出血来。

徐晋知一愣。

他喘着气笑了一声，呼吸洒在她光滑的肩上："你什么时候扔的？"

"就，帮你拿车钥匙的时候。"她嗓音低低的，居然有种做错事的心虚，明明要干坏事的是他。

徐晋知想起晚上在停车场，自己拎着两个袋子没空手，让她帮忙从兜里掏钥匙，结果被小姑娘把那东西顺走扔了，自己居然毫无察觉。

"不是说那个……质量很差吗？"沈棠心认真地问。

"差一点也不是不能用，扔掉多浪费。"他微微皱眉，"没事，下次给你买好的。"

"那，那就下次……"沈棠心嗓音乖巧地说，"我今天先回去了哦。"

"回哪儿？"他抓住她的手放在头顶，好整以暇地盯住女孩水盈盈的双眼，"来都来了，还想走？"

不到十分钟，沈棠心哭着把自己埋进被窝里，裹成个蚕蛹。

徐晋知躺在旁边的靠枕上，睡袍敞开，屈着条白皙修长的腿，一双色泽鲜艳的唇泛着水光。

他的手掌温柔地在那只蚕蛹上轻轻揉着，嗓音温柔而慵懒："你要不干脆躲床底下去？"

"蚕蛹"睾了睾，不理他。

"今天刚打扫过的，不脏。"他笑了笑，身子一歪，胳膊轻轻搂住这个不听话的小蚕蛹，"再给你开个地暖，睡一晚上没问题。"

被子里发出一道娇气的轻哼，她隔着被子踢他："我再也不理你了！"

第二天，沈棠心在医院都躲着徐晋知。徐晋知来过诊室两回，都没逮着机会跟她说话，下班后她也是跟崔盈一起走的。

直到晚上七点左右，崔盈说炒菜没酱油了，差她下去买点儿。

结果刚一出门，就和电梯里刚回家的男人碰了个正着。

徐晋知眼疾手快地把门板摁上，没让她再缩进去。

"躲我一天了。"徐晋知目光灼灼，眉心微蹙，"还生气呢？"

沈棠心整个人贴在门板上，低着头吸了吸鼻子："没生气。"

他垂眸盯着她倔强的小脑袋，微微颤动的睫毛和噘起的唇，无奈地弯起唇角："对不起，以后我不那样了好不好？"

沈棠心听见他毫无理由就来道歉，瞬间也软下来："你不用道歉，我真的没生气。"

徐晋知握住她的手："那怎么一整天都不理我？"

"我就是今天不想理你。"她哪好意思说是被自己羞到了，不知道该用什么心情面对他，"明天就好了。"

徐晋知感觉到她略微的变化，面色稍许释然："一定要等到明天？"

沈棠心点了下头，还是不看他："嗯。"

徐晋知握着她的手轻轻地揉："今天不行？"

"……不行。"明明在昨晚之前，她还是个那么单纯的小姑娘，对于情侣之间的某些事情几乎一无所知，一下子就被他领入新世界的大门，沈棠心觉得自己还没调整过来。

徐晋知低头望着她，良久没说话。

空气里的静默让她有点诧异，不自觉抬了抬头，对上徐晋知深邃的目光。

他清俊的脸上略带愁容，无比认真："可是今天我想你了。"

再多小娇情和小情绪，都没抵过他这句，我想你了。

沈棠心不争气地妥协在男人朴实的情话里。

徐晋知把自己家酱油拿过来给崔盈用，然后作为交换，他把沈棠心拐走了。

没有去他家，而是去了附近的商场。

晚上七点多，商场里正热闹，一对对都是约会的情侣。徐晋知本来想和她看个电影，却没找到一部好片子，于是他被小姑娘带到了电玩城。

徐晋知实在没想到，她会喜欢电玩城，更没有料到今晚在这里将要给他的惊喜。在他的认知里，沈棠心是个乖巧温顺的女孩，最出格的也就是偶尔打打手机游戏。

两人买了一百个币，一开始在娃娃机这边抓娃娃。

沈棠心想全神贯注地抓娃娃，另一个人却不是。他从背后抱着她，手把手和她一起，却一点都不认真。

旁边那台机子上的小哥哥看不下去了，轻嗤一声："瞅你俩这虐狗的样，五百个币都别想抓到。"

话音刚落，徐晋知懒洋洋勾了勾唇，粉红色的小青蛙精准地掉进洞里。

第七把，二十一个币。

"晋哥哥好厉害！"沈棠心激动地在他下巴上啄了一口。

徐晋知俯身出抓到的娃娃，略带挑衅地看了眼旁边的小哥哥，轻轻揉了揉她的脸，声音不大不小，刚好给那人听到："是棠棠运气好。"

娃娃机成就达成，两人逛了一圈都没找到其他的闲置游戏机，正苦恼的时候，突然前面的小房子里有人出来了。

沈棠心眼睛一亮，拉着徐晋知跑过去。

"你确定要玩这个？"徐晋知看了眼外面的僵尸海报，和为了气氛刻意隔出来的小房子，游戏名叫作"行尸走肉"。

"确定呀。"沈棠心已经坐进去，把他往里面拽，"我玩这个可厉害了，我带你！"

徐晋知看着小姑娘满脸得意的样子，突然想起那次在电影院看鬼片，瞬间了然。

他差点忘了，这姑娘连鬼都不怕。

他笑了笑，坐进去，挨着她拿起面前的枪。

两人一人一把枪，沈棠心耐心地给他讲解："很简单的，打中头就能秒杀，像这样……

"子弹用完提示的，按这个就是装弹。

"还有这种正在咬人的僵尸，打死它可以加血量，但是如果没打中会罚血量哦。"

徐晋知一开始不太熟练，老打不中，还被僵尸抓了几次，血量大减。

沈棠心杀敌量遥遥领先，一边勇猛厮杀一边安慰他："没关系的，你第一次嘛，随便玩玩就好。不要太往前冲，保存血量我带你！"

徐晋知转头看了眼专心打僵尸的小姑娘，那认真又彪悍的表情，和平时的她大不一样，还真像个冲锋陷阵的女将军。

他不禁宠溺地勾了勾唇:"好。"

然后果真就乖乖地跟在后面,杀敌数许久没动一下。

直到下一波僵尸大量涌来的时候,他看着小姑娘微微蹙起的眉,才终于再拿起枪杆。

眼眸微眯,压枪瞄准,爆头。

沈棠心笑了笑:"不错嘛。"

过了一会儿,她就不太笑得出来了。

局面反转,徐晋知的杀敌数迅速猛增,眼看就要超过她。

下半场是他的秀,凭着出场掉半的血量,carry 到最后一刻。

游戏结束,沈棠心面色复杂地望着他问:"你真的是第一次玩?"

"是啊。"徐晋知要笑不笑地盯着她,"我小时候可没有这个。"

这该死的代沟。

沈棠心又去玩了两局摩托和赛车,感觉一般,正好门口的跳舞机空下来,她激动地跑过去投币。

徐晋知转身坐到后排小凳子上,手里拿着她没喝完的奶茶,满眼温柔和纵容。

沈棠心许久没玩过了,刚才占领这儿的一批人刚走,也没人上来和她比赛,于是开局选了首比较温和的曲子热热身。

她随着节奏和韵律而跳动,每一下都是精准的 perfect,却又不仅仅是踩点,手和脚的动作都很自然也很好看。她站在台上,有一种技巧之外的,超越游戏本身的美的呈现。

徐晋知不禁看愣了,他从没想过她会有这样一面,恰到好处的活泼和灵动。

可细细一想,倒也不难猜到。

她的乖巧懂事是骨子里的,但同时也有着无比蓬勃的力量。当年的他和现在的他,不都是被她的年轻和活力所感染,步步沦陷到无法自拔?

一曲快要结束时,站在门口看了一会儿的高个子男孩走到另一台机器前,投了币,冲正在选曲的沈棠心吹了个口哨:"小姐姐,一起玩?"

沈棠心转头看了他一眼,态度温和却疏离,指了指面前的屏幕:"你选吧。"

"那我就不客气了。"男孩略带挑逗地抬了抬下巴。

沈棠心面无表情地转身站回去,好像根本就没看到。

他选了首稍快的曲子,还没开始就已经扭动起来,似乎是个专业学舞蹈的,肢体灵活,很有感染力。

沈棠心的目光也不禁带了丝单纯的欣赏。

徐晋知在后面看着两人互动,面色微冷,稍稍捏紧了奶茶杯子。

沈棠心和这个男孩连着跳了好几支曲。

一开始这男孩似乎是想炫技泡妞,选了首有难度的,没想到沈棠心也能有

100%的准确率。接连两首,她也都没败下阵来。

两人都暗暗地互相欣赏并较劲,只不过沈棠心是纯粹的欣赏,男孩却明显带了些别的意思。

徐晋知不是看不出来,虽不至于对自家单纯的小姑娘生气,心里却难免不舒服。

终于又等到一曲结束,他起身走过去,十分自然地搂住沈棠心的腰。当着外人的面,他搂得很紧,眉眼却依旧温柔似水,把奶茶递给她:"累了吧,喝一口再玩?"

"好呀。"沈棠心完全忽略掉那个男孩,满眼都是她喜欢的人,就着他的手喝了口奶茶,不顾形象地瘫在他怀里,"要不算了吧,我有点累了,我们去别处逛逛?"

"都听你的。"徐晋知满眼宠溺,一只手轻轻地给她擦脸上的汗,另一只掂了掂小筐子里剩下的五十多个游戏币,"那这些怎么办?"

"不知道欸,又不能退。"沈棠心接过来,犯难地蹙了蹙眉,"要不然带走吧?可是下次不知道什么时候才会来了。"

徐晋知好整以暇地盯着她苦恼的小模样,继续给她擦汗。

忽然,沈棠心灵机一动,拿着一筐游戏币走向刚刚和她拼舞的男孩,把筐子递给他:"小哥哥,我们要走了,这些送给你吧。"

徐晋知眉心微蹙,拳头捏了捏,有点硬。

紧接着,却听见小姑娘无比真诚的声音:"我男朋友请你玩的!"

他如愿看到那个男孩脸上的表情一寸寸裂开,却还要保持礼貌得体的微笑。

徐晋知若有所思地勾了勾唇。

没毛病,可不是他付的钱嘛。

看着小姑娘没心没肺地跑回自己怀里,他心情一瞬间爽了。

沈棠心跳的时候没觉得,歇下来还真有点累,腿脚也有些发软。

毕竟很久没这样剧烈地运动过了。

她半个身子瘫在徐晋知身上,边喝奶茶边往前挪。

徐晋知好笑地勾着她的肩,"要不然我背你吧?"

"不要。"沈棠心连连摇头,"这么多人,很丢脸的。"

"怎么会?"徐晋知大言不惭,"他们只会羡慕你,有这么帅的男朋友背。"

"才不是呢。"沈棠心被他逗笑了,"人家会羡慕你才对,可以背这么漂亮的女朋友。"

徐晋知轻笑一声,眸光深深地引诱她:"那给个机会,让别人羡慕一下我?"

沈棠心乖乖爬上他的背,两只胳膊搂着他的脖子,下巴故意刮着他的头发。

徐晋知的头发软中带硬,是很神奇的触感,扎到的时候微微疼痛,却让她有点上瘾。宽厚的肩背和结实的手臂,也让她感觉到无比安心。

她甚至并没有多余精力去关注别人看着她的目光，此刻他温暖的背上，就是她的整个世界。

"徐主任。"她忽然这么叫他一声。

两人确定关系之后，她私下里早就换了亲密的称呼，很少这样叫他了。

徐晋知听出她的调侃，便也没和她生气，也带着玩笑开口："怎么了沈同学？"

"徐主任。"沈棠心脑袋歪下去，凑到他耳朵边，"如果现在遇到我们的同事，会不会很好玩？"

"那你可得抓稳了。"徐晋知假装担忧地说，"我应该会把你摔下去。"

徐晋知感觉到小姑娘身子一颤，抿了抿唇，憋住笑："要是再被院长约谈一次，你还得去救我。"

沈棠心想起上次自己闹的那个乌龙，不禁脸一热，硬着头皮胡乱否认："我才不是去救你呢。"

"是啊，你没去救我。"徐晋知弯起唇，笑得恣意而温柔，"你就是担心我担心得不行。"

沈棠心不和他争。

横竖担心自己的男朋友，也没什么可丢脸的。

徐晋知背着沈棠心没坐电梯，而是缓缓地从安全通道走下去，用了很久，直到车子前面才放下她。

沈棠心朝他伸了伸手："把我手机给我。"

之前跳舞的时候怕从兜里摔出来，就暂时交给他保管了。

徐晋知一只手拿出车钥匙，另一只手拿出她的手机。刚要递出去的时候，屏幕亮了。

中间是无比清晰的两条微信消息。

来自崔盈——

"宝，我跟你说，老徐十分钟真不行。"

"我问了一个男科学霸，他给我推荐的这个产品，你要不给他试试……"

沈棠心整个人都不禁抖了抖，眼皮打着颤抬起来，小心望向徐晋知的神色。

他倒是瞧不出生气，神色平淡，只是唇角衔着一丝若有似无的弧度。眼皮微垂，目光轻飘飘落在她身上，晃了晃手机。

但即便只是这样，沈棠心已经感觉到周围气压骤降。

她不敢耽搁一秒钟，飞速拿了手机钻进副驾驶。

徐晋知紧接着也上了车。

沈棠心窝在座位里，视线躲着他，连喘气都不敢太大声。发现徐晋知迟迟没有启动车子，她才疑惑地转头看过去。

谁料他突然俯身贴近。

车里檀香味的香薰是她买的，他一过来，便冲散了她跟前淡淡的檀香气味，只剩下属于他的味道，密密麻麻地侵入鼻腔。

沈棠心以为自己完蛋了，他却只是抬手拽出她右侧的安全带，拉长，然后"啪嗒"一声扣上。目光灼灼地盯着她，不发一言，却每一缕都像是凌迟。

沈棠心宁愿他给个痛快，干脆骂她两句，或者惩罚她，也好过这种捉摸不透的态度。

十几秒后，她终于听见他开了口，手指捻着她面前的安全带，语气凉飕飕的："怎么，你在外面造谣我，还等着我来哄你呢？"

沈棠心忙不迭地摇头："不是的。"

徐晋知眉梢微微一挑，似笑非笑。

"那我，我哄你。"沈棠心小心翼翼地抬手，抓住他衬衫袖子摇了摇，"对不起嘛，我真的没有造谣，是盈盈发现我们今天不对劲，非要问，而且她知道我昨晚在你家，就以为我们……"沈棠心咬了咬唇，"而且我不是那么说的，但是她好像误会了，我回去就跟她解释清楚。"

徐晋知眯了眯眼，捏住她一只手在掌心里把玩："你们经常聊这种话题？还聊了些什么？"

"也没有经常。"沈棠心战战兢兢地竖起一根手指头，"就一次。"

"哦，好意思跟人家聊这个，却不愿意理我。"他把她的手揉到发热，嗓音不咸不淡的，说出来的话却一点不饶人，"看来你的小姐妹比我亲。"

"不是的。"沈棠心用很大的力气摇头，嗓音软软地哄他，"你最亲。"说完还带着动作，噘着嘴在他脸颊边亲了一口。

女孩唇瓣柔软，像抹了迷魂药，触碰的瞬间，他头顶那层薄薄的乌云倏地散了。

"晋哥哥，你别生气了。"沈棠心继续牵着他衣袖摇摇，"我回去就跟她解释清楚好不好，以后保证再也不会了。"

"倒也不用特意跟她解释。"徐晋知抬手捋沈棠心鬓角的头发，"她怎么想不重要。"

沈棠心怔忡地眨了下眼睛。

"我说的你应该也不会信。"他望着她，目光里意味深长，"这种事，你还是亲自体验比较好。"

沈棠心难得秒懂他的意思，整个人如同被绑在烧烤架上的烤肉，分分钟要烧起来。她生怕这个男人当场变身，拼命摇头："不用不用，我不急……"

徐晋知捧着她的脸颊，拇指指腹轻轻摩挲那层软肉，感受着女孩年轻嫩滑的肌肤，爱不释手。

他能感觉到她对身体上的过度亲密还有点害怕，但也在慢慢地努力接受。从一开始亲嘴角都会紧张，现在已经习惯主动亲他抱他，虽然像昨天那样还是第一次。

他承认自己有点心急了。

他把她放在心底三年,潜意识里忽略了两人才在一起不久的事实。

"那给我个实话。"他表情认真地看着她,眸子里反射过车顶暖暖的光,都照进她眼中,嗓音低沉得如同耳语,"喜欢我昨天那样吗?"

沈棠心心底一个"咯噔",太阳穴突突猛跳。

但可能是在脑子里复习过太多遍,已经没有最初那么惊人的冲击力。

听出他语气里的认真,于是她也认真回答:"我不知道。"

如果摒弃理智,她必须承认身体是喜欢的。

"棠棠,我是个正常男人,我们是正常的情侣关系,我想要什么你应该很清楚。"他语调低缓,温柔磁沉,"但是我不会逼你,如果你觉得太快,那我们就慢慢来。"

沈棠心感觉到徐晋知的无奈和让步,居然有点不忍心,连忙对他解释:"我不是不喜欢你。"

"嗯。"他啄了一下她,奖励小姑娘的诚实,"我知道。"

"那你就稍微慢一点点。"她眨了一下圆溜溜的眸子,表情认真得不行,"我尽量快一点点。"

徐晋知忽然被逗笑。

"那你可得快一点点。"他故意吓她,"让我等久了,以后是要加倍罚你的。"

沈棠心眼皮哆嗦了一下。

"能亲亲吗?"他的脸靠过来,询问间,已经蹭了蹭她的唇。

"嗯。"沈棠心主动把自己送上去,搂住他的脖子。

直到她肚子里传出"咕咕"的响声,徐晋知才放过她。

他目光垂下,低沉地笑了笑:"饿了?"

沈棠心脸一红:"……嗯。"

"给你做夜宵?"他轻轻捋顺小姑娘被自己弄乱的头发,"冰箱里还有几个鸡翅。"

沈棠心连连摆头:"不用了,我回去吃点水果就行。"

"今天还没好好吃一顿呢,刚那碗凉皮顶多算加餐。"他宠溺地揉了揉她的脸,"放心吧,只吃夜宵。"

沈棠心突然觉得大晚上吃肉有些罪恶,捏了捏自己的腰上不太明显的一层,嘟哝道:"我这样吃下去一定会胖的。"

"怕什么?"他牵住她的手,"怕我不要你?"

沈棠心乖乖地把手指穿进他指缝:"你会吗?"

"会啊。"徐晋知煞有介事地说,"我就是想把你喂胖,然后再把你甩了。"

沈棠心"扑哧"一笑,反而一点都不担心了。

这人一本正经说反话的样子,真的可爱到爆。

第十四章·
诸事皆宜

沈棠心最近迷上了情侣戒指。

虽然两人工作时都戴不了,但徐晋知答应她,只要不上班就一定会戴着。

然而,由于某人选择困难症,在线上线下挑了许久都没能决定买哪款。

这事儿也就不了了之了。

在医院的实习期只有半年,结束那天,正好是平安夜。沈棠心知道徐晋知有手术,于是也没抱多大希望能和他一起过这个平安夜。

徐晋知家里的门锁给她录了指纹,但沈棠心除了那晚,还没正儿八经在他家住过。崔盈已经搬回学校了,她屋里的东西也都已经打包完毕,等着明天一早就搬,于是给徐晋知发了条消息,今晚住他家。

十一点还没等到回复,沈棠心就先睡了。

她有点认床,本来担心会睡不着,却奇迹般地很快入睡。

被窝里和枕头上都有他的味道,说不来具体是什么味道,但很好闻,一直伴着她入梦。

她一整夜都没有醒。

直到第二天早晨,浅浅地清醒过来,耳朵里听见一阵低沉柔缓的机械音,她迷迷糊糊地睁开眼睛。

主卧浅灰色的窗帘和薄纱慢慢朝两边滑开,太阳光照亮了整间屋子,并携进来丝丝暖意。

沈棠心早上醒来习惯放空片刻,望着窗外刚刚苏醒的天空发了会儿呆,才突然感觉到一丝不对劲。她好像想起来什么,小心翼翼地转回头去。

徐晋知还没醒,隔着被窝虚抱着她,一只胳膊懒散地搭在她腰上。睡袍领子早已经滑下去,半遮半掩的模样格外诱人。

沈棠心缓慢地从被窝里拿出一只手,在不惊动他的情况下略略转身,盯着面前的人间绝色发了会儿呆。

她想拨开他额前稍显凌乱的刘海儿,但可能是被压了太久,再加上男人发质偏硬，最后还是以失败告终。

又转而去碰他的睫毛。

徐晋知睫毛很长很密，她记得有次吃饭的时候，她眼尖在菜里发现一根，当时两人争了好久是谁的，她还特地拿尺子给他量睫毛。

结果，两个人睫毛一样长。

沈棠心用指腹摸摸他的睫毛，又轻轻点了一下他的鼻尖，就像他平时点她一样，嘴里喋喋不休地咕哝道："你说你一个大男人，没事长这么好看做什么？"

沈棠心越看越欢喜，恨不得将他此刻的模样给装裱起来。

幸亏他睡着，不然她万不敢放任自己这么肆无忌惮地欣赏。

一夜过去，徐晋知原本光滑的下巴起了一层短短的胡楂，摸上去手指微微刺疼，却很舒服。

那一层淡青色也让他清俊的面容更添了一丝硬朗和阳刚，终于有点像个三十出头的老男人了。

沈棠心摸得十分入迷，从下巴左边滑到后边，再慢慢地滑回来，直到手指微微发麻。

然后她视线下移，落在他明显凸出的喉结上。

那天晚上，她看见它非常灵活地滚动。

好奇心牵引着她，她的手指也跟着视线滑下去。

忽然，手腕被一股温热的力道抓住。

头顶也飘下一团热气，携着男人低哑含笑的声音："背着我做坏事？嗯？"

"我没有。"沈棠心把手往回缩，却到底挣不过徐晋知的力道，相较之下，样子有点可怜兮兮，"你怎么装睡呀。"

"我要不装睡，哪能知道你这么想摸我呢。"他微微笑着盯住她，直白露骨。

沈棠心目光一抖，蜷了蜷手指。

"还想摸哪儿？"他的手牵引着她，落在她刚刚意图侵犯的位置。她手指触碰到他的喉结，整个人又是一缩。徐晋知得逞地轻笑，擦过衣领，"这儿想不想？"

"不想！"沈棠心忙不迭摇头，却已经被迫感受到男人的腹肌，他微微卯着劲儿，硬邦邦的，故意给她摸。

说不想是骗人的。

她的眼睛不由自主地黏在了上面，还认真数了数，六块，以及那两条神秘的没入裤边里的人鱼线。

他皮肤白，身材精壮有度，比那些健身房海报上的肌肉男都好看。

沈棠心越看越觉得自己赚到了。

这个男人从外表到灵魂，简直一分一毫都无可挑剔。

她的手忍不住假装不经意地再碰了几下，却没能逃过徐晋知了如指掌的注视，忽然听见头顶一声低低沉沉的笑，她心底一震，微微抬眼。

晨光里格外白皙的脸正在朝她靠近。

这个讯号太过明显,她已经有了足够默契,知道他是想做什么。无比期待地抵起唇,闭上眼睛,等他吻过来。

然而她并没有等到那片熟悉的柔软。

而是一张温热的大掌毫不留情地揉乱她头发,耳膜震震的,是徐晋知夹着淡淡揶揄的嗓音:"起床了。"

沈棠心猛地睁眼,却见他已经下床,脱掉睡袍换上家居服,又让徐晋知半裸的背影惹得心口一颤。

因为摸了腹肌,所以没有早安吻吗?

早知道就多摸几下了……

徐晋知在厨房准备早餐,穿着上次去逛街她给他选的家居服,浅紫色很适合他。

沈棠心发现无论什么颜色什么款式的衣服,他穿起来都一样完美,就像一副行走的衣架。

以前她也没想过,两个人早上一起起床,一起洗漱,一起准备早餐的感觉居然这么棒。看着旁边认真煎鸡蛋的男人,她心底忽然有种想和他一起生活的冲动。

她觉得自己有点奇怪,好像身体里有什么被封印的东西在一点一点地觉醒,蠢蠢欲动。

可是又说不上来。

直到吃完早餐,沈棠心依旧对于没有早安吻这件事,耿耿于怀。

今天是沈棠心搬回学校的日子。

黄旭天这房子很抢手,她和崔盈才退租,消息不知道从哪儿走漏出去,有医院同事联系到他,火速交钱定下来。

听说后天就要入住。

两人刚一出门,就看见一个年轻女孩站在隔壁门口。

沈棠心愣了下,但很快反应过来:"你是新来的租客吗?"

"是的。"女孩笑了笑,略显局促地望向徐晋知,"徐主任,您好……"

"你好。"他淡淡地点了下头,脸上没什么表情,手臂却牢牢扣着沈棠心的肩膀,"我女朋友的行李还在里面,我们进去拿一下东西,可以吗?"

"可以的,可以的。"女孩忙不迭点头,"我们后天才入住呢,我就是过来看看,有什么东西需要提前买的,您请进……"

沈棠心打包好的行李只有两个箱子,徐晋知一手一个拎进电梯。

电梯门关上,他转了转头,发现小姑娘的表情不太对劲,于是把箱子靠在角落,抬手摸了摸她的脸:"怎么了?"

沈棠心一直不笑,抬起头盯了他几秒钟,才嗓音闷闷地说:"你旁边搬来个女的。"

他忽而轻笑，眯了眯眼："嗯，是呢。"

沈棠心努了努嘴："长得还挺好看。"

"说不定还对我有想法。"徐晋知顺着她的话调侃，"毕竟医院里人人都知道，我就喜欢年轻漂亮的小姑娘。"

沈棠心低着头哼了一声，不想理他。

"要不你别回学校了。"他把人搂进怀里，摸摸脑袋顺毛，"搬过来一起住，省得我被人盯上。"

"不行，我得上课呢。"沈棠心欲哭无泪，"反正我不管，以后你看见她也要装没看见。"顿了下，语气严肃地摇头，"不对，你不准看她，一眼都不行。"

没有早安吻，新邻居还是个女的，沈棠心一路上都闷闷不乐。

车子停在宿舍门口，徐晋知下车从后备厢取出行李。

沈棠心皱着张小脸跟在后面。

"阿姨。"徐晋知在宿管办公室门口叫了一声，"我上去一下，帮女朋友搬行李。"

宿管阿姨略狐疑地瞅了眼他旁边一脸不高兴的姑娘，指着他认真地问："他真是你男朋友？"

沈棠心哼了一声，转头就跑了。

"……跟我闹脾气呢。"徐晋知无奈地勾了勾唇，"谢谢您，我先上去了。"

"去吧，去吧。"阿姨摆了摆手，"好好儿哄，别吵架。"

沈棠心宿舍在四楼，总共也就六层，没电梯，他徒手拎上去着实有点累。

"喏。"她把包里的半瓶矿泉水递给他，表情还是不太高兴。

这瓶水是她喝过的，徐晋知拧开后直接仰头灌了一大口。他环视了一周宿舍，微微蹙眉："你宿舍没人住？"

沈棠心淡淡地回答："有啊，大二搬出去一个，剩下两个都是大外科，出去实习了，现在暂时就我住。"

"你睡哪张床？"他问。

沈棠心指了指右侧靠窗的位置："这个。"

说完她就去上了个厕所。

出来的时候，徐晋知正在拿酒精喷壶和湿毛巾给她擦床，每个边边角角都很仔细。

作为一个医学生，她倒是没继承到这种近乎变态的讲究，于是走过去对他说："简单擦一下就好啦，也就是有点灰尘。"

"你不是尘螨过敏吗？"徐晋知继续往栏杆上喷酒精，"去把被褥拿过来。"

"哦。"

沈棠心打开床边的柜子，搬出两个大大的收纳袋，里面是今年春天换季时候收进去的厚被褥。

徐晋知打开收纳袋，眉心和鼻子同时一皱，不禁失笑："小傻子，你这多久没晒了？"

"……就去年冬天，晒过两次。"沈棠心对着手指，有点不好意思。

从小在家都有人伺候，这种事情她的确不太会做，平时也想不到，就那两次还是被室友拉着一起去晒的。

徐晋知满眼宠溺地盯着她笑："平时都在哪儿晒？"

"……楼顶。"

两人一人抱着一个上楼顶。

运气不错，还有空位置，今天阳光也挺充足，只是楼顶有些冷。

挂好被褥之后，徐晋知给她搓了搓手，把人搂着站到栏杆边。

他握着她的手，从背后把她抱在怀里："这儿风景不错。"

学校不少楼房都是历史悠久的老楼房，包括这栋宿舍楼，但宿舍楼地理位置优越，建在一座小山包上，所以顶楼视野极好，能看到很远的地方。

"我们学校的房子是不是特别好看？"沈棠心十分自豪地问他。

中式复古风格的建筑，入眼都是绿色的琉璃瓦顶，在阳光下熠熠生辉。

"没你好看。"他低下身子，在她耳朵旁啄了一口。

突如其来的温热酥麻，伴着男人低沉温柔的嗓音，沈棠心笑着缩了缩脖子，心底那点儿无理取闹的小郁闷一扫而空。

看着楼下来来往往的姑娘们，她转过头认真道："……你是不是该下去了呀，这是女生宿舍欸，别一会儿等阿姨来催你。"

"那就等她来催。"就着这个姿势，徐晋知稍稍抬起她下巴，温柔地含住她唇瓣。

他似乎只是想吻她，没有一丝多余的杂念。动作轻轻软软，像楼顶掠过的微风一样。

沈棠心被他抱在怀里，偎着男人火热的胸膛，一点都感觉不到冷。

许久之后，他意犹未尽地抿着她的唇，缓缓开口：

"其实隔壁那个女孩，是和她男朋友一块儿住的。"

沈棠心稍愣过后，瞪圆了眼睛："你居然骗我。"

"这不是，难得看你为我吃醋，我高兴一下还不成？"徐晋知轻笑一声，再攫住她微微嘟起的唇瓣，把小姑娘愤愤的情绪全都吞吃入腹。

"明天早上有课吗？"他含着她的唇问。

沈棠心最受不了这样和他说话，咯咯笑着推了推他的肩膀："今天晚上就有。"

他假装不太高兴："那圣诞节陪不了我了？"

沈棠心嘟了嘟嘴，满脸不甘："昨天平安夜呢，你也没陪我。"

"我怎么没陪你？"他使坏地轻轻咬她一口，"一下手术就回来陪你睡觉，还不让我盖被子。"

沈棠心微微吃痛叫了一声,小拳头往他胸口上搡。

徐晋知笑了笑,攥住她乱动的小手,将她细嫩雪白的手指揉开,语调长长的,有些哀怨:"可谁叫我这么喜欢你呢,不让我盖被子,不陪我过圣诞节,还要给你准备礼物。"

沈棠心突然睁圆了眼睛:"我有礼物呀?"

还以为他这么忙,连平安夜当天都要做手术,根本没时间也不记得准备礼物呢。

"虽然我没有,可是你有。"他把手伸进裤兜里,拿出一个精致小盒子。

盒盖掀开,里面躺着一对银色的戒指。

其中一枚是连绵的山峰图案,另一枚是海浪。

"山盟海誓,我觉得这个寓意不错。"他温柔平缓地说着,把那枚小海浪圈进她的无名指,抬起来亲了一口,"多好看。"

沈棠心爱不释手地摸了摸戒指,然后把另一枚拿出来,握住徐晋知的手,无比认真地给他戴进去。

她学着他的样子亲了亲他的手指,目光盈盈地抬起头:"你看,现在你也有啦。"

两人在学校附近逛了半天,晚上把沈棠心送去教室之后,徐晋知就走了。

楚白筠给她占好了座位。

"这么早?没和你家晏医生多腻歪会儿?"沈棠心打趣她。

"别提了。"楚白筠扯了扯唇,"让你家那位做个人吧,看在我对你这么好的份儿上,让我家晏老师休个假行不行?"

"真可怜。"沈棠心心疼地摸摸她脑袋,"不过这是科室排班,我也没办法的呀。"

楚白筠哀叹了一声,揽住她的肩膀拍了拍:"算了,一个个都是工作狂,我看咱俩以后都是苦命人。"

教室里人越来越多,看见万年第一和第二如此和谐地坐在一起相谈甚欢,都是一脸见了鬼的表情。

毕竟半年前,这两人还是互看不爽,仇人见面分外眼红。

"哎,你宿舍是不是有空床呢?"楚白筠突然问。

沈棠心点点头:"有呢。"

"我要不搬去你那边吧。"楚白筠说,"我宿舍那两个跟我不对付,本来想着都半年没见了,怎么着也能好点儿,结果昨天一回去就给我甩脸子。"

"那你来呗,正好给我做做伴,我一个人好冷清。"

老师到了,教室里逐渐安静下来。

沈棠心许久没在教室上过课，一下子进不了状态，索性划开手机，给某人发了条微信："你在干吗？"

他回的是语音，沈棠心只好转换成文字看。

徐晋知："开车呢。"

徐晋知："乖乖听课，别想我。"

沈棠心弯了弯嘴角，回："你也好好开车吧，注意安全，不要想我。"

徐晋知："我可以边想你边开车。"

是边想你边开车，而不是边开车边想你。

主次分明。

沈棠心差点笑出声来，但还是严肃制止他这种危险行为："别闹，再说话我不理你了哦。"

沈棠心："中止聊天！"

沈棠心放下手机，那边也再没有动静。

她轻轻摩挲着无名指上的戒指，心情居然奇迹般地平静下来，也很快进入了听课状态。

下课后，沈棠心跟着楚白筠回宿舍拿了点衣服和生活用品，剩下的打算等休息日再搬。

白天还空荡荡的屋里多了一个人，一张铺好的床，连空气仿佛都暖和些了。

楚白筠把枕头放在靠窗那侧，两人头对着头睡觉，方便聊天。

"那帮人估计再想不到，咱俩都住到一起了吧。"楚白筠举着手机笑出声来。

沈棠心早就没看手机了，闭着眼睛迷迷糊糊道："其实我以前真挺瞧不上你的。"

以前她总觉得这女孩自己没本事考第一，就看她哪哪儿不顺眼，浑身透着一股子"绿茶"味儿。

"我也挺讨厌你的。"楚白筠笑了一声，"放着这么好的家世，要什么有什么，还整天装一副与世无争的清纯小白莲样。"

不过她后来也看明白了，与世无争是真的，清纯也是真的，沈棠心这姑娘，就是富二代里的一朵奇葩。不仅没有公主病，而且乖巧懂事，刻苦勤奋。看起来傻乎乎的，其实聪明通透。

徐晋知那么清心寡欲、眼高于顶的男人偏偏能喜欢上她，并不是纯粹的偶然事件。

沈棠心眯着眼睛正在数羊，突然听见那头猛吸气的声音，不禁咋了咋舌："怎么啦？"

"晏老师说，他元旦可以休三天。"楚白筠感动得不行，鼻子都堵起来了，"原来他之前那么忙，就是为了元旦调休。"

沈棠心笑了笑："那你们要出去玩吗？"

"嗯嗯。"楚白筠吸了吸鼻子，满腔甜蜜，"我想去泡温泉。"

"可以啊。"沈棠心也为她高兴，"我都有点想泡了，今年还没去泡过呢。"

"那你问问老徐，他要有空的话，我们四个一起去呗。"楚白筠说，"人多热闹，还可以顺便去滑雪。"

沈棠心没抱太大的希望，拿出手机给徐晋知发了条消息。

"你元旦休息吗？"

那边回得很快："二号休息。"

"算了，他只休一天。"沈棠心闷闷地答。

"没事，那你跟我们去呗。"楚白筠把胳膊伸过来，捏捏她的耳朵，"姐带你泡温泉滑雪，咱不要男人。"

沈棠心抓住她的手，亲了亲："谢谢你哦，你真好。"

"谁让你是我相见恨晚的好妹妹呢。你放心，老徐不疼你我疼你。"楚白筠也拽过她的手啾了口，"早点睡吧妹妹，晚安。"

"晚安。"

第二天，跟徐晋知报备了元旦假期的安排，他说一号忙完过去找她。

这样他们也剩一天可以一起泡温泉。

沈棠心顿时高兴了。

12月31日晚上，她先和楚白筠晏瑞阳一起去了温泉酒店。

为了照顾她，楚白筠和她睡一间房，晏瑞阳自己一间房。

两人在房间里归置物品，挂衣服。沈棠心刚把自己的洗漱用品放到洗手间，走出来，看见楚白筠正要挂进衣柜里的东西，吸了口气："白白，这是什么？"

"这个你不认识吗？"楚白筠把那层薄薄的蕾丝拎在手里晃了晃，捂着嘴嘿嘿笑了笑，"我的秘密法宝呀。"说着把衣服展开，在自己身上比了比。

沈棠心看着那条藕粉色小裙子，终于明白过来："你不会……你要跟晏医生？那个？"

楚白筠十分仔细地把小裙子挂进衣橱。

"泡温泉嘛，发生这种事情不是很顺理成章？对了——"她顿了下，看过去，"我是不是没提醒过你？要不明天我陪你去买吧，这边也有几家不错的店。保证给你选一件超nice的，让老徐看了就疯掉。"

沈棠心觉得自己才像是疯了，刚刚那个瞬间居然在想，自己如果穿着这样的衣服站在徐晋知面前，他会是什么样的反应？

她肯定是疯了。

脑海里突然浮现出那个男人在床上衣衫半敞，满脸勾引望着她笑的模样。

她居然，有点期待。

"……我就不用了。"沈棠心慌不择路地往洗手间跑，"我先洗澡，你慢慢收。"

　　脸上像是有火在烧,身体也一阵阵燥热,她把洗手台的水调成凉的,往脸上浇了好一会儿,才终于平复下来。

　　第二天,三个人先去滑雪场滑了半天雪,中午晏瑞阳带她们在雪山中央的全景餐厅吃了顿大餐。下午晏瑞阳当司机,载着两个姑娘四处拍照打卡,还驱车去百公里外看了冰雕。

　　晚上是情侣约会时间,就没沈棠心什么事儿了。

　　她坐在床上一边听电视,一边看着楚白筠从内到外全副武装:穿上"秘密法宝",换了身漂亮的毛线裙搭羊绒大衣。

　　看来是铁了心要在今晚拿下晏医生的节奏。

　　"我今天就不回来了哦。"楚白筠拎着毛茸茸的小包,站在镜子前检查妆容,"祝你和老徐夜晚愉快。"

　　沈棠心笑了一声,抬手赶她:"你快去吧,啰唆死了。"

　　"对了。"楚白筠突然回头,指着她旁边的小柜子,"东西在那儿呢,别忘了用。"

　　沈棠心抽开抽屉,里面只躺着个长方形的小盒子……

　　楚白筠唠叨完终于走了,她拿出手机,给徐晋知发消息。

　　沈棠心:"你出发没?"

　　沈棠心:"到哪儿啦?"

　　沈棠心:"白白和晏医生约会去了,我一个人好无聊哦。"

　　沈棠心:"快来陪我啊晋哥哥。"

　　等了好一会儿,对方才回过来:"抱歉。"

　　徐晋知:"临时有个急诊,我不一定晚上能过来了。"

　　徐晋知:"你乖,早点睡觉。"

　　其实从今天早上开始,她就有一种不太好的预感,总觉得哪里会出问题,却没想到看到消息的那一刻,心脏还是宛若从胸腔里跌下去,怎么都掉不到底。

　　可她的小情绪和无理取闹,不能用在这种事情上。

　　再不开心也得理解和宽容。

　　"不来就不来吧。"沈棠心努了努嘴,下床穿鞋,"我一个人去吃好吃的。"

　　酒店除了专门的餐厅,还在一楼大厅角落设置了一个小餐厅,供人歇脚聊天。

　　这会儿有几桌人在吃饭,沈棠心找了个僻静的位置坐下,点了一份菜单上最贵的西点,和一杯浓度不高的鸡尾酒。

　　桌上放着一朵康乃馨,花瓣已经软掉了。别的桌上都没有花,这应该是上一个客人丢在这儿的。

　　沈棠心把花拿过来,低头看了看手指上孤零零的戒指,摩挲着冰凉柔软的花瓣嘟哝道："我们都是一样的小可怜，别难过，我带你回家。"

鸡尾酒很快端上来。

沈棠心其实不爱喝酒，酒量也差，只是想点一杯营造气氛，却又总觉得面前这杯酒差点意思。

她盯着它沉思片刻，忽然灵机一动，轻轻地从康乃馨上扯下一片小花瓣，放在酒杯里。

这酒名叫"暗香浮动"，没有花瓣怎么行呢。

沈棠心承认自己是个大大的俗人，就喜欢艳俗直白一些。

一如当初，她喜欢他，就义无反顾地追了。

就连喜欢的缘由也是那么俗套，因为他长得帅。

正犹豫着要不要尝一口"暗香浮动"的滋味，身后幽幽飘来一道声音：

"看你这辣手摧花的样子，我得重新考虑一下，要不要把这个给你了。"

脑袋里"嗡"地一响，她睁大眼睛转过头去。

金黄色的罗马柱旁，男人姿容俊雅，长身玉立。头发微微潮湿，浅驼色毛呢上也沾着些水珠，整个人带着一层夜晚的霜寒气。

而他的手里，是一大捧娇艳欲滴的红玫瑰。

沈棠心鼻子酸了酸，忍住泪腺的一阵汹涌，站起身闷闷地问他："不是说来不了吗？你又骗我。"

徐晋知将手里的花往前送了送，眉眼弯弯，满目温柔："这不是更惊喜？"

"惊喜个屁！"沈棠心一拳头捶在他胸口，瓮声瓮气道，"我讨厌你！讨厌死了！坏蛋！骗子！大坏蛋……唔——"

余下满满的控诉都被他以吻封缄。

光线暧昧的小餐厅里，他靠在罗马柱旁吻她，玫瑰散发出的芳香染透了周围空气，隐约钻入唇齿间，每一口呼吸都格外的香甜醉人。

她几乎承受不住这样的缠绵温柔，双腿发软，被人紧紧地搂住腰，扣在他火热的身躯和罗马柱之间，才没有瘫软下去。

混沌的脑子突然反应过来这是在餐厅，还有客人在吃饭，她瞪大眼睛推了推："别……好多人呢……"

徐晋知意犹未尽地轻轻咬了口她的下唇："先放过你。"

他还没吃饭，于是两人又点了些吃的。沈棠心把玫瑰花抱在怀里，低头嗅了嗅："好香呀，你怎么想起来买花？"

"想买就买了。"他认真捋着她的头发，"给女朋友买花，还需要理由吗？"

沈棠心心底跟明镜儿似的，知道这男人一定会因为昨晚没和她一起跨年觉得愧疚，仰起头亲了亲他的脸："今天是新年第一天，你送了我这么漂亮的花，接下来一年肯定都会好好的。"

徐晋知转过脸，捉住她的唇也亲了一口："每一年都会好好的。"

"嗯嗯。"她把头靠在他肩上,蹭了蹭他的下巴和颈窝。

"这酒好喝吗?"徐晋知看了眼桌上那杯"暗香浮动"。

"不知道呀,我不敢喝,我怕醉。"她还记得上次聚会一杯米酒,就在他家过了一夜的事。

"有我在没事儿。"他把杯子端过来,"要不要尝尝?"

沈棠心还是摇头。万一喝醉了又在他面前唱歌,怕是没脸再见人了。

徐晋知望着她轻笑一声,自己抿了一小口。晶莹透亮的粉红色酒液滑过舌尖,顺着喉管流下去。

沈棠心看见他脖子上的喉结滚动,想起那天早上匆匆一下的触感,目光不禁有些发亮。

"挺好喝的,酒味不太浓,而且很甜。"他低头再看向她,"尝一口?嗯?"

面对男人满眼的诱惑,沈棠心来不及再拒绝,就被他低头噙住,迎来一个混杂着甜味和酒味的深吻。炙热的唇抵着她的唇,喃喃低语:"这样不会醉。"

沈棠心觉得自己还是有点醉了,回到房间还晕乎乎的。

徐晋知笑话她这是大脑缺氧,让她好好练习一下吻技。

洗完澡,电视里播着新闻节目,徐晋知在床上拉着她练习。

他衔着她的唇,给她舒缓的空间:"小傻子,换气啊。"

沈棠心眼睛里泛着水光,可怜兮兮地喘不匀:"我肺活量从来没及格过。"

"那是你没遇着好老师。"他轻轻捏着她的下巴,唇再次压上来。

徐晋知是个好老师。

无论是教她学术医术,还是教她谈恋爱。

他很耐心,一遍又一遍不厌其烦地教。

电视里换了三个节目,他们却始终都做着同一件事。她可耻地发现自己浑身就像着了火一般,热热的总想脱衣服,还总想往他身上贴。

可是他的手很规矩,再也没有像那晚一样,反而让她有一丝不满足。

十二点过了,徐晋知终于结束今天的教学,把两人身上滚得乱糟糟的被子重新盖好,在她额头上亲了一下:"睡吧,晚安。"

他没有把她抱在怀里,似乎是感觉到她有点热,特意把中间留出一截空隙。

沈棠心侧过身望着他,不自觉挪动身体往他边上贴了贴。感觉心里有些地方空空的,身体也是,却说不上来到底是什么问题,只知道离他更近一点就能稍稍缓解。

屋里这会儿只剩下踢脚线上两盏气氛灯,昏暗的暖橙色灯光,并没有什么照明度。沈棠心借着这样勉强的灯光一直看着他的脸,一秒钟都舍不得移开,直到脖子仰得开始发酸,才轻轻叫了一声:"晋哥哥,你睡着了吗?"

徐晋知没有动静。

她嘟起嘴巴,失望地转身。

过了几秒她又转回来，把他的胳膊从脑袋下横过去，然后躺在他胳膊上，手指紧紧地扣住他的手指，抬起来亲了亲，用只有自己能听见的小小声音说："晚安呀。"

在她看不见的角度，徐晋知眼眸轻合，唇角微微地上扬。

第二天，四个人一起去泡温泉。

两个男人在前台登记，沈棠心和楚白筠在小沙发上坐着等。

沈棠心凑到她耳朵旁边问："你昨天成功了吗？"

楚白筠回头看了眼那个高高大大的男人，然后对着她捂脸傻笑。

沈棠心立马懂了。

楚白筠戳了戳她胳膊："你们呢？昨晚过得怎么样？"

"……挺好的呀。"沈棠心轻轻咬住唇，"不过，我跟晋哥哥还没到那一步啦，我们才谈多久。"

"这个和时间又没关系。"楚白筠用手指绕着毛线裙的小流苏，"要不是晏老师那么保守，总说要尊重我什么的，我早就把他给睡了。"说着装模作样叹了一声，"不过男人啊，表面上装得再矜持稳重，到了床上都一样原形毕露。"

沈棠心默默地抿住唇。

楚白筠转头趴在沙发背上望着晏瑞阳的背影，眼睛里直冒星星："我真是越来越爱他了。"

沈棠心一下子想起那天晚上徐晋知望着她的眼神，唯一一次全然失控，像烈火灼烧，又像春水漫溢的眼神。还有他自下而上地抬眼看她，唇色妖艳，晶莹濡湿的模样，一遍一遍地在脑海里重演。

她不禁有些口干舌燥。

楚白筠靠过来，撞了撞她肩膀："我说你，你就一点都不馋你家老徐吗？"

脑子里一阵"嗡嗡"作响，沈棠心慢吞吞地转过头去。吧台前的徐晋知还穿着昨天那件浅驼色毛呢大衣，宽阔的版型包裹住他高瘦有型的身材，肩宽臂长，掩饰不住的完美比例，只是静静地站在那里就令人赏心悦目，像现实里的韩剧男主角。

然而她也知道这层层包裹之下，是多么令人着迷的绝美景色。

楚白筠那句漫不经心的话，就好像醍醐灌顶，令她在混沌里迷失很久的大脑迅速找着了正确方向，也终于能解释自己这段时间奇奇怪怪的变化。

虽然不知道是从什么时候起，自己也毫无意识地忽略了这个事实。

但的确无可辩驳的是，她馋他。

登记好后，她们两个拿着柜门钥匙去女更衣室。

刚换上泳衣，楚白筠突然惊叫："完了完了。"

"怎么了?"沈棠心问。

"我之前用的手机袋好像没带来。"楚白筠继续在包里掏,"我记得我带了的呀,还给你带了一个。"

"算啦,你别找了。"沈棠心扯了条浴巾盖上,"门口有的,我出去买。"

"有吗?"

"嗯,卖泳衣的地方有。"沈棠心匆匆往门口跑去,"等我一下啊。"

小商店很近,出门就是。

沈棠心刚要走出闸机,看见徐晋知站在柜台前,正打算叫他一声,突然有个身材高挑的女人走到他旁边。

那女人穿着粉色的比基尼,前凸后翘,五官精致,举手投足间尽是风情。

女人侧身靠着柜台,一只纤纤玉手把手机抬到他的面前:"小哥哥,加个微信啊。"

"抱歉,没有。"他指了指玻璃柜里那种带扣的手机袋,对老板说,"就这个吧,拿两个。"

"好的。"老板打开柜门给他取出来。

"那手机号总有的吧?"那女人不依不饶,嗓音娇滴滴得仿佛能溢出水来,边说边往他身上靠,"小哥哥手机号多少?晚上一起出来玩啊。"

徐晋知面色冷淡,巧妙地错开身,那女人差点一个趔趄。

她又伸手想去拽徐晋知,却被另一只白皙柔软的纤纤玉手扶住,女孩嗓音温和,话里却满满的讽刺:"小姐姐,穿这么高的跟走路要小心呀,撞到别人男朋友怀里可就说不清楚了。"

那女人面色一僵,触了电似的缩回手。

"你怎么也出来了?"徐晋知十分自然地搂住她的肩膀,"要买什么?"

沈棠心指了指他手里的东西:"手机袋。"

"小楚不是给你们俩带了?"

"她那个小笨蛋,不知道放哪里找不到了。"

徐晋知宠溺地揉揉她脸颊,转头看向老板:"再拿两个吧。"

"好的。"老板又拿了两个,"三十块一个,总共一百二十块。"

徐晋知调出微信付款码,付完款,帮她把手机装进去,用粉色的带子挂在她脖子上,稍稍皱眉:"重不重?"

沈棠心摇头:"还好。"

他抬手扯了扯把她肩膀上的浴巾:"泳衣挺好看的,遮着干吗?"

"流氓!"沈棠心连忙拽住浴巾,抬眼瞪他,突然想起来什么,酸溜溜地对他说,"我才不像有些女人,穿成那样出来勾引男人呢。"

"哦,哪样?"徐晋知眉毛一挑,盯着她,脸上笑容有些坏坏的,"刚才没看见,不如你现在勾引我试试?"

柜台后传来老板阿姨的一声清咳。

"……谁要勾引你了，无聊！"沈棠心连忙转身跑了进去。

徐晋知看着她转身时红红的耳朵尖，蹿得比小兔子还快的背影，笑得合不拢嘴，脚步慢悠悠跟进去，走向男更衣室。

沈棠心穿着她自带的拖鞋走出更衣间，后面就是公共温泉区。人很多，男男女女都混在一起，她不禁把身上的浴巾又裹紧了些。

突然，楚白筠激动地拽住她胳膊："宝，你快看——"

沈棠心顺着她手指的方向看过去。

是徐晋知和晏瑞阳站在玻璃门旁边说话，两人都裸着上半身，全身只穿着泳裤和拖鞋，宽肩窄腰大长腿，露着诱人的腹肌。周围那些女人的视线都齐刷刷地黏在他们身上。

"这也太过分了吧。"楚白筠努了努嘴，"光天化日之下，招蜂引蝶。"

沈棠心咬牙切齿："就是。"

"不过你别说，他俩站那儿还挺养眼。"楚白筠连连咋舌，"你觉得是晏老师的腹肌好看，还是你家老徐好看？"

"当然是晋哥哥最好看了。"沈棠心不假思索地说完，就小跑过去，满脸不高兴地把身上的浴巾脱下来，盖住他招蜂引蝶的腹肌。

徐晋知轻笑一声，伸手接住浴巾："干吗呢？"

沈棠心板着脸说："天气凉，你小心感冒。"

小姑娘脸上藏不住情绪，他很轻易看透她在想什么，一脸兴味地勾了勾唇："知道了。"

他把浴巾展开来披好，挡住自己满身勾人的春光，然后将她光溜溜的肩搂在臂弯里，整个人被他温热的气息包裹住："你也小心感冒。"

她的泳衣款式虽然比较保守，但毕竟单薄，皮肤也大片大片露在外面的冷空气里，不禁往他身上贴了贴："我们过去泡吧。"

"好。"徐晋知搂着她往温泉池里走。

公共区域人有点多，他们找了个僻静的小池子，楚白筠和晏瑞阳不知道去哪儿了，估计也和他们一样找了个地方独处。

这里简直是完美角落，有悬挂的电视屏幕，还可以点食物和酒水。他们要了一份点心和水果，盛放的小篮子漂在水面上，两个人边吃边看电影。

电影里总有一些狗血情节，比如说男主角和女主角一起掉进水里，必定会有水下接吻的镜头。

沈棠心忍不住吐槽："好假。从那么高的地方掉下去，脑子还能清醒着吗？"

徐晋知低头看着她，眼眸温温的饱含笑意。他指腹轻轻摩挲在她肩头光滑的皮肤上，因为水汽的润泽更加细嫩柔软，令人爱不释手。

沈棠心望着屏幕，咋了咋舌："这样接吻真的可以渡气？呼出来的不是二氧化碳？"

徐晋知不置可否，轻笑了声："不如试试？"

他手掌从肩头滑下去，揽在她腰上磨了磨，胳膊收紧，两人身体在水下相贴。

沈棠心倏地睁大眼睛，还没反应过来，已经被他转过去，在蒸腾的水汽中对上男人深邃的眉眼。

"闭上。"他亲了亲她的眼睛。

沈棠心眼皮一抖，居然听话地闭上了。

下一秒，柔软贴住她的唇，渐渐地撬开她齿关，脑袋也被摁着沉入水里。突如其来的水压从四面八方侵袭过来，沈棠心不会游泳，慌张得不行，但很快被男人更为强势的拥抱所缓解。

似乎只要在他怀里，就一切都是可控的，只要静静地交给他便好。

事实证明，电影里都是骗人的，在水下亲一会儿还行，如果真像电影里那样跳崖掉进河里，必死无疑。

徐晋知抱着她从水里出来，却并没有放开她，他把她圈在小池子边缘，继续攫取她口中的香甜，和所剩无几的空气。

沈棠心不自觉心跳漏了一拍，感觉像是心脏被捏住，她攥紧拳头抵在他背后，才没有依着本能去推拒。

徐晋知越发肆无忌惮。

直到小姑娘忽然轻叫了一声，才松开手，唇也稍稍退开。

"怎么了？"看见她轻咬着唇的羞愤模样，徐晋知顿时了然地低笑，"捏疼你了？"

沈棠心红着脸瞪了瞪他。

"对不起。"他毫无诚意，满脸调笑，"我帮你揉揉？"

沈棠心连忙捂住自己："休想。"

他们一直玩到五点多，吃了晚餐回酒店收拾东西。

徐晋知明天要上班，其余人也想回家休整一天。

这两天玩得累，沈棠心一上车就开始犯困，没过多久就睡着了，再醒来时天色已经大亮。

床是宿舍的床，被窝是宿舍的被窝，旁边楚白筠的床上没有人。

想想也知道，这会儿她八成是在男朋友的温柔乡里。

而徐晋知这个老男人，居然大半夜把女朋友送回宿舍？

这多少有点出乎意料。

沈棠心嘟了嘟嘴，说不上不开心，但也算不得开心。

手机昨晚没电关机了，她充上后才收到徐晋知发来的消息。

"上午十点学校礼堂有 Daniel 教授的讲座,别睡过头。"

刚看完,对方电话就打了过来。

他这会儿应该在科室,背景音有点喧闹,但说话的声音很清晰:"醒了?"

沈棠心握着手机翻了个身:"嗯。"

"我早上没时间送你,就没让你睡我家。"他解释得简短,"邀请函放在你昨天穿的大衣左边口袋。"

"知道啦。"她心情瞬间好起来,"我吃完早餐就过去。"

"嗯。"徐晋知噙着温柔的笑腔,"你好好学习,偶尔想我。"

"那你要多想我一点。"沈棠心软软地对他撒娇,忽然听见那边有人叫他名字,"不讲啦你快点去忙吧,不许偷懒。"说完无情地挂了电话。

现在是九点十分,她洗漱完穿衣服下楼,宿管阿姨正在大厅里摆弄办公室窗台下的花花草草,一看见她就眉开眼笑:"同学,昨天又是男朋友送回来的哦。"

沈棠心有些不好意思,只回了一个腼腆的笑。

"我看你男朋友真的很疼你的呀,那一双眼睛里全都是你,作不得假。你就别总跟人家闹脾气了。"阿姨看来对第一天的情节记忆犹新,苦口婆心地劝道,"偶尔闹一闹还行,多了会影响感情的哦。"

"我知道了阿姨。"沈棠心乖巧地点头,"谢谢阿姨,我去吃早饭啦。"

"哎,去吧。"阿姨继续摆弄她的花花草草,嘴里不停地嘀咕,"我这个三角梅明年春天就可以开花了哟,一定很好看,这个是紫色还是粉色来着……"

"白白,你今天又出去住啊?"沈棠心一脸幽怨地看着正在床头收拾东西的女孩,"就知道陪你家晏医生,天天让我独守空房。"

"谁让我现在就想时时刻刻都跟他待在一起呢,对不起了宝贝。"楚白筠心疼地揉揉她的脑袋,然后把挑好的两套内衣装进袋子里。

沈棠心不高兴地嘟起嘴巴:"你俩以前也没这么腻歪。"

这感觉就像是自己的东西被抢走了,想到晏瑞阳她都有点愤愤不平。

"现在不一样了嘛。"楚白筠摸着脸颊,表情羞涩,"你懂的。"

沈棠心不以为然地咕哝:"有这么夸张?不就是睡了一觉。"

"你试试不就知道了。"楚白筠朝她眨了眨眼睛。

"老徐那颜值那身材,怎么着都不亏啊,真不知道你还在犹豫什么。"楚白筠叹了一声。

"我没有犹豫……"沈棠心苦恼地揪着手指,"刚开始是有点犹豫啦,他说他可以等等我,但是现在,等着等着,就没有下文了。"

楚白筠略思考片刻,明白过来:"那你的意思是,现在你想了,他不想?"

沈棠心脑袋里突然一轰。

想吗?

见不着的时候想见他,见着的时候想抱他,抱着他的时候又希望能更紧一些,甚至,也想要那种亲密无间。

不知道是从什么时候开始,心里滋生出的那种渴望。

"……我哪知道他想不想,反正他也没有主动。"沈棠心满脸愁容。

"那你就主动啊。"楚白筠说,"男人嘛,只要他真心喜欢你,你主动点他就把持不住的。"

沈棠心陷入了沉思。

等楚白筠走了以后,她给徐晋知发微信:"你下班了没?"

那边很快回电话过来。

"刚下班,怎么了?"

因为心里打着的小算盘,沈棠心突然开始心跳加速:"你晚上……有别的安排吗?"

"正要回家,没安排。"徐晋知笑了笑,"你是不是想出去玩?"

沈棠心点了下头:"嗯。"

"那你等等,我过来接你。"那边已经传来车子启动的声音,"现在有点堵车,可能要一个多小时,你要是饿了就先吃点儿,别空着肚子,嗯?"

"我知道啦。"沈棠心摸了摸微微发热的脸颊,"那我等你哦。"

徐晋知忍不住轻笑一声。

他感觉今天小姑娘有些过分黏人,每一句都像在对他撒娇,却也没多想,接着哄她:"嗯,乖乖等我。"

学校和医院离得远,和他家离得更远,两人原本的约定是一个星期见三次,在他时间允许的情况下。

但沈棠心主动开口邀约,这情况还是比较罕见的。

当车子停在宿舍门口时,等在台阶上的小姑娘像只小鸟飞进他怀里。

天已经黑了,显得他们不那么引人注目,徐晋知抱紧她,低头亲亲她唇瓣:"这么想我?"

"没有。"沈棠心抵着他胸口晃了晃脑袋,嘴硬道,"就一点点想你。"

"那还是我想你多一些。"徐晋知笑着揉揉她头发,"怎么,不用准备期末考试?"

"不用呀。"沈棠心摇摇头,"我和白白交了实习报告就行,不用考试。"

"行。"他把她抱起来,拉开车门塞进副驾驶,"那就去玩。"

两人没有去很远,就在离学校最近的大型商圈。这边有好几个电玩城,沈棠心找了个人不太多的,再让他陪着打僵尸。

徐晋知发现这丫头真的很喜欢打僵尸,一坐在这里就全神贯注,弹无虚发,他突然坏坏地凑到她耳朵边:"你知道被僵尸吃掉是什么样子吗?"

"知道呀。"刚开始玩这个不熟练,也是经常被僵尸咬死的。

也没有多可怕，满屏血淋淋的 Game Over 而已。

"让我试试看？"徐晋知勾了勾唇，眼底满是揶揄的光。

沈棠心正打得激情洋溢，抬起一只手挡开他脑袋："哎呀，看什么看，你划水专业点好不好？僵尸都清掉了，快跟上！"

话音刚落，颈侧忽然被热气环绕，伴随着若有似无的酥麻和疼痛。沈棠心手指一抖，脱了靶。

徐晋知松开牙齿，柔软的唇瓣在那处轻轻一吻，发出低沉的笑声："你现在被僵尸咬了，不许动。"

"你别闹呀。"

沈棠心痒得"咯咯"直笑，两手按住他肩膀往外推，可她哪里是徐晋知的对手，他轻易将她困在墙边，滚烫的气息贴上去。

游戏机里不停传来啃咬与撕裂的音效，可怜的主角被僵尸一点一点吞吃入腹。她也没好上多少，彻底沉沦在男人不知疲倦的亲吻中，意识和理智都被他一点点吃掉，只剩下一具柔软的任人宰割的躯体，在他掌中被揉捏得发烫。

可她居然很喜欢这种亲密，不自觉地整个人嵌在他怀里，只恨不能更近一些。

幸亏选了这个电玩城。

如果人再多一些，估计他俩要被排队等位的同学活生生用眼神杀死。

僻静有僻静的好处，想怎么玩就怎么玩，因为这种事让游戏 Game Over，沈棠心这辈子也是第一次。

很久后，她望着游戏机屏幕戳了戳某人胸口："都怪你！"

"再玩一次不就得了。"徐晋知笑着往游戏里投币，还在她嘴角偷了个香，"看好了，带你躺赢。"

沈棠心终于也体会了一次跟在大神屁股后面吃白食的待遇。

后来她说想听他唱歌，两人在唱歌的小棚子里待到九点多。

快十点的时候才离开电玩城。

眼看车子就要开出地库，左转是回学校，右转是去他家，沈棠心急忙开口对他说："要不，我今晚去你家吧……"

徐晋知稍稍减速，看向车载屏幕上的日期，才周四，便说："明天你有课，睡我那儿早上能起来？"

说完，在车库门口麻溜地左转。

沈棠心蔫蔫地瞅了一眼驾驶座上的男人，有些自闭。

他怎么好像真的一点都不想？

难道自己已经完全失去魅力了吗？

自闭间，徐晋知真的把她送回了宿舍。

小姑娘下车说再见的声音都是无比低落的，也没有给个告别吻，就蹬着小白鞋飞快地跑进楼里。

徐晋知望着她明显闷闷不乐的背影,几秒后,笑着用舌尖抵了抵牙槽,然后垂眼看向屏幕上的日期,目光深沉而兴味。

明天周五,天气晴,满月。

是个诸事皆宜的好日子。

第十五章·
衣服上有他的味道

"你是说,昨天晚上他把你给送回来了?"楚白筠差点笑喷。

"嗯。"沈棠心用指甲在课本上抠出深深的印子,嗓音郁闷地说,"早上有课嘛,他就说……怕我起不来。"

"这学期最后一节了,就炒炒现饭,咱又不考试又不点名的,来不来都无所谓。"楚白筠扯了扯唇,"你家老徐还真是老干部,非得让你当个好学生。"

沈棠心嘟起唇:"那不然呢。"

楚白筠看着在讲台上答疑的教授,轻轻地叹了口气。

"白白,你说。"沈棠心抿了抿唇,问,"我是不是没有魅力啊?"

"你吗?"楚白筠看向她,微微蹙眉,"就你现在这个样子,的确不太容易让人心生邪念。"

"那我应该怎么办?"

楚白筠垂眸睨了眼忽然亮起来的手机。

"我说你这小妞运气不错啊。"楚白筠用手指敲敲屏幕,搂住她肩膀,"你看,这不是机会来了?"

沈棠心也低头一看,是群里发来的消息。时露的进修申请通过了,今晚请大家一起吃喝玩乐。

楚白筠一脸信誓旦旦:"姐包你这次马到成功,不行我头砍下来给你当球踢。"

沈棠心嘴角一抽,倒也不必这么狠。

话都说到这份上了,她还有理由不努力吗?

下了课,楚白筠亲自带她去买装备,在一家主打性感风的高档内衣店。

"战袍是一定要有的。"楚白筠认真给她挑选款式,"这是质量和仪式感的差别。"

在沈棠心的极力抗拒之下,楚白筠还是给她买了一套又薄又透的网纱睡衣。

沈棠心索性也豁出去了,认真请教她:"那我里面还用穿吗?"

"还穿什么呢?"楚白筠咋了咋舌,"希望你家老徐斯文一点,这套还挺贵,还是限量。"

沈棠心摸了摸鼻子。

"走吧，给你买衣服去。"

楚白筠给她里里外外重新包装了一遍。

她平时的穿搭风格用楚同学的话来说，就是太乖了。容易让男人喜欢，但不至于让男人想犯错。

沈棠心底子好，长得漂亮身材也不赖，经过全方位包装，也是个行走的荷尔蒙女神了。

最后她们还去了无人售货店，买计生用品。

"相信我，这款真的不错。"楚白筠把选好的一盒给她装进包里，"你先试试，喜欢可以再囤一箱。"

跟着楚同学，沈棠心感觉自己打开了新世界的大门。

晚上，徐晋知过来接她们两个去吃饭的地方。

沈棠心坐在副驾驶，楚白筠在后座。

她趴在沈棠心的座椅背上叹了口气："学校维修部办事也太拖拉了，咱宿舍那破暖气坏那么久，也没人来修。"

沈棠心蒙了下："宿舍暖气什么时候……"

突然胳膊被用力揪了一下，沈棠心吃痛，才反应过来点点头："哦，对啊，都坏好久了。"

驾驶座上的男人若有所思地勾了勾唇："改天我找人帮你们看看。"

沈棠心有点心虚地捏紧手指："好呀。"

"那你可得快点儿了徐主任，这学期都快结束了。"楚白筠接着说，"我还能去晏老师那儿蹭蹭暖气，我们小棠多可怜。白天躲在自习室，晚上回来躲被窝，都不敢起床上厕所呢，饿了也不敢出被窝吃饭，最近都瘦了好几斤。"

沈棠心抬手摸了摸自己越发圆润的脸颊。

"是瘦了好多。"徐晋知握住她的手，摩挲她软软的手指，戒圈相碰发出清脆悦耳的声音，他眉眼温柔，却夹着不易察觉的调侃，"都快皮包骨了，一会儿可得多吃点。"

"……嗯。"沈棠心觉得头皮一阵发麻，转过去瞪了瞪楚白筠。

戏过了，似乎被他发现了。

那套薄纱睡衣此刻安静地躺在包里，夹在车门那侧，沈棠心只觉得半边身体都在隐隐发烫。

今天这顿是时露请的，但据说是林鹤浔掏的钱。他人不在，最近每天都有兄弟局，毕竟在国内逗留太久，很快也要和时露一起回A国了，下次见面遥遥无期。

吃完饭，大家继续去KTV。

这次沈棠心没有喝醉酒，说什么也不肯碰话筒，倒是撺掇徐晋知唱了好几首给她。

包厢里响起《喜欢你》的前奏。

崔盈用胳膊肘撞了撞她："哎，就是这首，原来上次老徐就是唱给你听的啊。"

沈棠心稍稍一蒙："上次？"

"你不记得吗？就你喝醉了在这儿唱歌的那次。"崔盈说起这事就笑得合不拢嘴。

沈棠心那次是真断片，到现在一丁点印象也没有。

但听着男人此刻娓娓开口的声音，似乎心底被勾起了什么，蠢蠢欲动。

他坐在前面的小台阶上，把话筒拿下来，唱每一句话的时候，都目光温柔地望着她。

喜欢你。

这三个字从他唇缝里溢出，格外的缱绻动人。

晚上十一点多才结束聚会，一行人从 KTV 出来，各回各家。

楚白筠跟着晏瑞阳走了。

来的时候车位紧张，车子停在马路边的临时车位。这会儿中间都空了，徐晋知让沈棠心在有暖气的大厅里等他。

车子开到 KTV 门口，她跑进副驾驶搓了搓手，放在嘴巴前呼气。

徐晋知伸过来一只温热的大手将她包裹住，语气含笑："宿舍暖气坏了？"

沈棠心愣了下，有点心虚地点点头："嗯。"

"那可不能冻着你。"徐晋知揉了揉她的手，在路口拐弯，车子开去他家的方向。

沈棠心一直想着今晚即将要发生的事情，紧张得手心冒汗，慢慢从他掌心抽出来："……你好好开车吧，我不冷。"

徐晋知勾了勾唇，了然却不揭穿。

许久之后，车停在小区里的便利店门口。

沈棠心转头见他拔下车钥匙，疑惑道："怎么了？"

"家里没有零食了，你去看看想吃点儿什么。"说着，他开门下车。

沈棠心也跟着下了车，去便利店里面挑零食。

"酸奶还有吗？"她隔着几行货架问他。

"也没有。"

"哦。"

沈棠心又选了两瓶酸奶放进购物篮里，走回收银台，看见他正好把一个小盒子装进兜里，好奇地问："你买了什么呀？"

"生活用品。"徐晋知表情淡定，侧身接过她手里堆得满满的购物篮，"你是小老鼠吗？要吃这么多？"

"……嫌多我自己买好了。"沈棠心嘟着嘴巴去兜里拿手机。

徐晋知笑了笑，握住她的手，把自己的付款码递给收银员。

拎着袋子出去的时候，他忽然将她整个娇躯裹进大衣里面，俯身啄了一口小姑娘噘得高高的唇："零食比我做的好吃？"

沈棠心瞬间气消了，揪住他的衣领，也还他一个啵啵："你最好吃。"

"嗯。"徐晋知意味深长地勾了勾唇，"当然我最好吃。"

回到家已经十二点多了，沈棠心去主卧的卫生间洗澡。

她几乎把自己搓掉一层皮才终于收手。

穿上那件特别的睡衣，看着镜子里若隐若现、呼之欲出的春光，连自己都忍不住脸热。

徐晋知坐在床头，视线轻飘飘落在杂志上，却始终没有翻动一页，直到听见卫生间门响起来，呆怔许久的目光才忽然一动。

地板上是拖鞋轻轻擦动的声音，小姑娘拢着睡袍慢吞吞走过来，两只手紧紧地揪在一起。

她站定在床边的地毯上，一双细嫩小腿绷得笔直，拖鞋里白皙的脚趾微微蜷起。

"……我今天，穿了新衣服。"沈棠心对上他眸子，小心翼翼，目光里夹着羞怯和期待，像嫩芽被春风吹动的细小声音，"你要不要……看看？"

徐晋知放下杂志，看着她鼓起勇气咬紧下唇，一双软嫩的小手微微颤抖着往上移，眸底划过一丝不易察觉的暗光。

他骤然握住她手腕，阻止她接下来的动作。

沈棠心不自觉呼吸一窒，看见徐晋知目光清明，面容严肃，浓浓的委屈和挫败感兜头而下，恨不得当场哭出来。

然而下一秒，十根手指都被温热的掌心包裹住。

他幽深而灼热地望着她，亲手扯开她腰间的结。光滑的缎面丝绸轻盈地飘落，悄无声息地砸在地毯上。

许久后，沈棠心轻轻抵住他肩膀，眼睛里夹着水雾，嗓音细若蚊蚋地发着颤："我给你带了东西，你等一下。"

徐晋知依稀猜到她指的是什么，略带兴味地眯了眯眼，松开钳制。

他好整以暇地看着小姑娘溜下去，火速捡起地毯上的丝绸睡袍把自己裹住，在衣帽架上挂着的小包里仔细翻找。

睡袍领子因为她匆忙的动作而滑下来一些，露出少女笔直流畅的肩背线条。地毯上那双小细腿和纤纤玉足，也在卧室温暖的灯光下泛着奶白色。

他突然想到些什么，眼底光泽凝住，站起身，用力将她拉了回来。

柔软的被褥深深陷下,他手臂伸进床头柜里,摸出一个四四方方的小盒子,嗓音微哑地贴在她颈侧:"等不及了,下次再找。"

漫长的夜晚,她一遍又一遍从清醒到混沌,再跌入一场空前温暖的梦里。

周末的太阳似乎起来得晚一些,沈棠心悠悠转醒的时候,发现卧室里窗帘还紧掩着,所以光线才这么暗。

把手机摸过来看了看时间,已经快十一点了。

屋里只有她一个人,和一台正在扫地的机器人。

徐晋知八成是在准备午餐,于是她没急着叫他,先按下床头的窗帘开关,让阳光照进卧室里来。

今天又是个大好晴天,满屋子温暖透亮。

沈棠心美美地翻了个身,把脸埋进枕头中间。虽然浑身上下都像被拆除组装过似的,又酸又疼,却还是忍不住抱着枕头傻笑起来。想起昨晚那些肌肤相亲的瞬间,就控制不住心底的雀跃。

突然,卧室门外有逐渐靠近的脚步声,她整个人一激灵,连忙裹着被子重新躺好。

房门被打开,沉稳缓慢的脚步声由远及近,从门口到床边,高大身躯挡住她面前的阳光。

沈棠心闭着眼,却还是感觉到了。

床垫微微一沉。

他坐下,手从被子边缘伸进去。

沈棠心没忍住叫了一声,装睡也破了功,睁开眼边笑边瞪他:"你讨厌!讨厌讨厌!"她毫不留情地伸脚踹,逼他把那只手拿出去。

即便是隔着被子,他依旧精准地捉住她脚踝,眉眼弯弯,温柔里夹着坏:"还装睡?"

"我没有。"沈棠心下意识地否认,可对上徐晋知笃定的眼神,底气又没了,鼓了鼓腮帮子,"你怎么知道的?"

徐晋知转头睨了眼窗帘:"难不成这是小黑开的?"

小黑是她给扫地机器人取的名字。

虽然俗套,可是他用了。

沈棠心抓着被沿把脸埋进去,忍不住嘴角上扬。

被人记在心里的感觉,真好。

饭已经熟了,徐晋知出去炒菜。

沈棠心待在房间里盯着凌乱的床铺,终究是看不过眼,把床单被套都拆下来放进洗衣机里。到阳台才看见昨天穿的那件睡衣被挂在衣架上,一层薄纱轻飘飘的,随风飞舞。

她忍不住又红了脸。

站在阳台上深呼吸片刻,才整理好心情,走了回去。

徐晋知在厨房煎鱼,香味溢满了整间屋子,沈棠心站在旁边认真观察他每一个步骤和动作,依然觉得这不是她能学会的东西。

像是猜透她心中所想,徐晋知笑了笑:"你的小脑瓜留着去学校上课就好了。"

沈棠心努了努嘴,不和他争辩,毕竟自己手残是事实。

"你这两天不用上班吗?"

"不用,我提前调了休。"他一只手握着她的手,另一只手加完调料,再去拿锅铲。

沈棠心疑惑:"为什么调休啊?"

徐晋知稍顿片刻,意味深长地说:"可能是猜到有人要陪我过周末吧。"

沈棠心似懂非懂地点了点头,虽然总觉得哪里怪怪的,却又说不上来。

她以为真就是陪他过个普普通通的周末。

像以前两个人待在一起那样,吃饭看电视打游戏闲聊,说一些没营养却又停不下来的情话和废话,然后时间就那么飞速流逝,到了周日晚上依依惜别。

但这个周末,注定会很不一样。

周六白天,徐晋知都没有碰过她,本来想说去小区里晒太阳,因为她嫌累了不想动,连游戏都懒得打,就陪她窝在家里看了一整天电影。

沈棠心之前做阑尾手术,消化功能受了点影响,他担心她积食,夜里难受睡不着。晚上吃完饭,才终于说动她下去走一走。

散步时,顺路在药店买了盒健胃消食片。

剩下的路她实在不想走,娇声娇气地求他背。路上遇到住在隔壁的那对情侣,一边冲他打招呼,一边眼神不停关注他背上的沈棠心,好奇得像在看猴。

人离开后,沈棠心笑着吹他耳朵:"徐主任。"

"嗯?"徐晋知微微侧头,继续平稳和缓慢地往前走。

沈棠心故意用敬语调侃他:"您在下属面前已经没有形象啦。"

徐晋知眉梢一挑:"谁说我没有形象?"

"您还有什么形象吗?"沈棠心假装痛心地说,"堂堂领导,被下属撞见背女朋友走路,您的形象都被我毁了呢。"

徐晋知似乎毫不介意:"这不还剩个妻管严的形象。"

沈棠心没忍住,"扑哧"笑了出声。

"还行。"徐晋知语调轻松,"这个形象我挺喜欢,希望未来的徐太太,再接再厉。"

"……什么徐太太。"沈棠心捶了捶他的肩,"你不要胡说八道。"

徐晋知回头看她一眼,眼神依旧是温柔含笑:"怎么,你没打算嫁给我啊?"

沈棠心傲娇地哼了一声："谁规定的当你女朋友就得嫁给你？"

"哦，那是我忘了跟你说。"徐晋知煞有介事道，"在我这儿有个规矩，当了我女朋友，就得接着当我老婆。"

沈棠心哭笑不得："这是什么浑蛋规矩？"

徐晋知一本正经："就跟你本硕博连读一样的规矩。"

这怎么能一样？

到电梯口的时候，徐晋知才把她放下来。

等了一会儿电梯门打开，俩小孩玩闹着往出跑。小姑娘瞧着才三四岁，手里拿着个棒棒糖，没刹住，摇摇晃晃地扑在沈棠心身上。

徐晋知连忙扶稳她，却没能阻止小姑娘手里的棒棒糖沾上她的白色大衣，在袖口留下一道浅咖色糖渍。

小女孩妈妈抱起孩子，忙不迭地道歉："对不起啊，真的对不起，小孩不懂事，你这个衣服我帮你洗一下吧……"

"没关系的，我自己洗就好了。"沈棠心笑了笑，看见小姑娘怯怯地躲在妈妈怀里，温柔地对她弯起唇，"以后慢点跑，小心摔跤哦。"

妈妈抱着小女孩离开后，徐晋知收回目光，搂着人进电梯。

沈棠心拿纸巾擦那块糖渍，擦不干净，反而都黏上了，苦恼地皱起眉头。徐晋知接过她手里剩余的纸巾："别擦了，回去给你洗。"

"洗掉我就没得穿了……"她顿时更苦恼了。

徐晋知把纸巾揉起来，握住她的手："穿我的。"

这似乎是个非常不错的提议。

一进家门，沈棠心脱掉弄脏的外套，就跑到徐晋知衣帽间去挑衣服。

他的衣物不多，换季的已经收起来了，衣柜空着一大半。衣物分类挂得整整齐齐，大多是黑白灰，以及稍暖的咖色调，没有特别扎眼的颜色。

沈棠心一眼相中一件咖啡色呢子大衣。

她指着那件大衣，回头看衣帽间门口站着的徐晋知："这个可以吗？"

徐晋知完全无法理解小姑娘选衣服时的激动和亢奋，却还是忍不住弯唇笑了笑："喜欢就试试。"

沈棠心把大衣拿出来穿上，站到镜子前一看，表情顿时蔫了。

长度到小腿勉强还行，可是版型太宽大，感觉就像顶着个箱子。

连门口的徐晋知都忍不住笑出声来："这件太大了，那边几件更合适些。"

沈棠心顺着他的目光看过去，也是几件毛呢大衣，只不过版型似乎修身一些。

"你没有羽绒服呀？"沈棠心好奇地问。

平时就没见他穿过羽绒服，无论天气再冷都是一件大衣。

"嗯，不习惯穿羽绒服。"徐晋知淡淡地答，"臃肿。"

沈棠心"扑哧"一笑看向他:"原来你也会臭美吗?"

徐晋知唇角微勾,眼中噙着暖意:"只是觉得行动不便。而且,也没那么冷。"

"你们男人好像都不怕冷的。"沈棠心嘟哝着转回去,继续挑衣服。

徐晋知眸子微微一眯:"我们男人?还有谁?"

"我哥和我舅呀。"沈棠心漫不经心地回答。

"哦。"刚蹙起的眉骤然舒开。

"我穿这个好不好?"沈棠心选中一件烟灰色呢子,拿出来放在面前比了比,"应该不会太长?"

"嗯,这件是半长款,比之前那件合适。"徐晋知走过去,把衣架拆出来。

他亲自帮她穿上,沈棠心赶紧跑到镜子前转了一圈,激动又期待地问身后的人:"好看吗?"

"好看。"他抬起手,轻轻地把压在衣领下的长头发弄出来,然后搂住她肩膀。

两人在镜子里互相望着,徐晋知满眼宠溺和疼爱,俯身亲亲她脸颊。

小姑娘缩了缩脖子,只顾揪着衣领傻乐。

徐晋知看她傻乐很久了,忍俊不禁地勾住她下巴:"这么高兴?"

"高兴呀。"沈棠心低下头嗅了嗅衣领,转过来,抬眼认真地望着他说,"衣服上有你的味道。"

徐晋知目光一动,俯身亲了她额头:"喜欢就天天给你穿。"

沈棠心笑出声来,刚要说那不得被人笑话死,微张的唇瓣突然被噙住。徐晋知的气息灼灼地压下来,将她抵在镜子上。

有了昨晚的事,他不再刻意压制,循序渐进,而是直白果断地表达意图。

刚穿好的外套被剥掉,落在脚上那刻,沈棠心猛然惊醒,抓住他开始作乱的手:"我去洗……洗下衣服……"

徐晋知呼吸沉在她脖颈间,迟疑两秒后才退开,幽深的眸抬起来看了眼镜子,也恍觉这里不是合适的地方,遂松开手臂:"好。"

沈棠心红着脸溜地飞快。

徐晋知转头看了眼小姑娘兔子一样的背影,不自觉地勾了勾唇。他俯身把外套捡起来,捋顺,在显眼的位置挂好。

沈棠心刚把自己的衣服塞进洗衣机,想起来没掏口袋,于是又拿出来,里里外外都检查了一下。

突然,从里面口袋掉出一个小盒子,她没接住,砸到了地上。

还没看清那东西是什么,阳台边出现一道人影,俯身帮她捡了起来。

徐晋知目光稍凝,随即勾了勾唇:"给我买的?"

沈棠心看着这盒突然出现的计生用品,才想起自己原来藏这儿了,怪不得包里找不着,徐晋知调侃的语气让她刹那间无地自容。

"……这个是,就是,随便买的。"

"你还挺会选。"徐晋知端详着手里的小玩意,若有所思,"不过,这种不适合你。"

"……可是白白说好用。"脱口而出的那刻,她恨不得咬了舌头。

"她说好用?"徐晋知轻笑一声,揽着她肩膀把人勾过来,一只手拎着盒子,另一只手扣紧她的腰,嗓音压得低低的,语速极缓,像砂纸在她心口慢条斯理地磨,"她有我了解你吗?"

压迫间,她能感受到他的火热。伴着徐晋知意味明确的话语,让她整个人都快烧起来,连开口都很艰难:"我,我要去洗澡……"

他没有放开她,索性俯身,将她横抱了起来:"一起。"

沈棠心挨不过他的霸道强势。

哪怕平时再怎么温柔纵容,唯独在这件事上,他想怎样便一定会怎样。

想吃掉,便一口都不会剩。

周日晚上,沈棠心终于可以逃过一晚。

回宿舍的时候楚白筠也在,她有点惊讶:"你没去晏老师那儿吗?"

"没有。"楚白筠一脸生无可恋,"导师来电话了,说让我提前去实验室。"

"咱本科还有一个半学期呢,都快放寒假了,这么着急抓你当壮丁?"沈棠心努了努嘴,"什么时候开始去啊?"

楚白筠趴在桌面上长叹一声:"明天早上。"

沈棠心摇了摇头,满脸同情:"幸好我没选郭教授。"

"等着吧,风水轮流转。"楚白筠轻哼,"你选的可是咱院招牌,传说中杀人不见血的黑山老妖婆,你以为你能好到哪儿去?"

沈棠心眼皮子一颤,嘴硬:"那我不还能比你多活几天?"

楚白筠这事的确有点惨。正是如胶似漆的时候,却只能乖乖留在学校。

相比之下,沈棠心幸运太多。

虽然为了自习下学期课程,没法天天去见徐晋知,但只要他有空,两人就能约一次。

"你要去见你家老徐了吗?"楚白筠刚从实验室干完苦力回来,瘫在门口的行李架上,有气无力。

"是呀。"沈棠心满脸甜蜜,往背包里塞了两袋学校食堂的特色小吃,要带去和他分享的,"他今晚正常下班,明天休息,我过去玩一天。"

"羡慕。"楚白筠欲哭无泪,"我已经八天没见到晏老师了。"

沈棠心突然一阵忧愁袭上心头:"我也八天没见到晋哥哥了,今天终于要见到了哎,好想他。"

自从那个周末过后,他工作忙,两人晚上有空才在微信上聊,偶尔视频。

楚白筠愤愤地扔过去一只毛绒娃娃:"滚,你个秀恩爱的女人。"

沈棠心是想着去送好吃的，送温暖送爱心，却没想把自己送去给他欺负。

从进门那一刻起，直到第二天中午，她才终于从床上下来。

沈棠心气鼓鼓地在刷牙，已经做好午饭的徐晋知回到卧室卫生间，从背后抱住她，对上镜子里小姑娘控诉的眉眼，低头在她发顶亲了亲。

吐掉牙膏泡沫的时候，沈棠心故意溅了几滴在他手上。

"这么凶？"徐晋知轻笑着低下身子，下巴搁在她肩膀上，对着她耳朵呼热气，"我是哪儿得罪我家小宝贝了？"

沈棠心痒得缩了缩脖子，狠狠瞪他："你自己知道。"

徐晋知收紧胳膊，转过头亲她耳垂："不是你自己来找我的？"

"那我来找你，就非要这样吗？"沈棠心咬了咬唇，把牙刷放在水龙头下面冲洗。

水流哗啦的声响中，徐晋知的嗓音清晰又模糊，夹着些淡淡的不确定和委屈："不喜欢？"

沈棠心一下子心软了，手指摩挲着牙膏，目光微颤。

她没法不承认。

"不是，也不是不喜欢。"她眼神天真又认真地抬起来，"就是你能不能稍微节制一点？"

"你不如把自己练得强壮一点。"徐晋知笑着掐了掐她的腰。

沈棠心憋屈地嘟了嘟嘴："那我又不是个男的，你也不知道让着我。"

"行，让着你。"他妥协地低笑，"让你欺负我行不行？"

沈棠心差点要感动地答应。

还好她脑子转得够快，偏了偏头，斜眼盯住徐晋知得逞的目光："那有区别吗？"

徐晋知在她肩膀上笑了许久。

直到她抹完脸上的护肤品，准备出去，一抬眼，猝不及防地跌入一双深邃认真的眸子。

和刚刚调侃打趣的模样截然不同。

沈棠心心口一颤，轻声问："怎么了？"

"这些天我好想你。"徐晋知眼底全是眷恋和深情。

沈棠心不自觉盖上他交握在前方的手。

昨晚一切发生得太快，都没能好好说出心底的思念，而此刻人就在眼前，那股思念却一瞬间疯长起来。

她笑了笑，一如既往的温柔乖巧，甜腻醉人："我也好想你。"

徐晋知翻过手掌，将她十根手指都温柔地拢在掌心，唇瓣在她额角轻轻一点："寒假搬过来一起住，好不好？"

一起住，就每天都可以见到他。虽然心底还有那么点矜持作祟，但也抵不过这种诱惑。

看着镜子里徐晋知认真和期待的脸，她抿唇笑着点点头。

徐晋知将她抱得很紧，像是生怕她溜走一般："你看看还缺什么生活用品，吃完饭我们去逛超市。"

沈棠心微微蹙着眉转过身："不用了吧，我回学校去取。"

"不放你回学校。"他使坏地咬了口她耳垂，"万一你去了又反悔，不跟我回来怎么办？"

"我是那种不讲信用的小人吗？"沈棠心噘起嘴巴，手指尖戳他胸口。

徐晋知低笑一声，直接把人抱起："我一只手就能拎起来，不是小人？"

沈棠心连忙勾住他脖子，两腿也下意识地往他腰上盘住。

这种姿势，总有些说不出的暧昧，她又忍不住脸热了。

徐晋知今天熬了鸡汤，说给她补补身子。沈棠心实在可怜被榨干的自己，于是把所有的鸡腿都抢了过来。

"慢点儿吃，都是你的。"徐晋知满眼宠溺，往她碗里夹了几块牛肉。

沈棠心刚啃完一只鸡腿，手机突然响了起来，是楚白筠的电话。

她放下筷子去拿手机，另一只手拎起第二只鸡腿："怎么了白白？"

"宝贝我刚去了趟学院办公室。"楚白筠似乎在走路，气喘得有点儿急，"你有事儿了你知道吗？"

沈棠心愣了一下，不可置信："我？"

"嗯，没错，你。"楚白筠舒了口气，继续说道，"你们老妖婆刚开始一个五年期的研究项目，说精力有限，你、郭梓阳、吕青青三个只要两个，另外一个要分出去给别人带。"

沈棠心心底一个"咯噔"："分谁出去？"

"本来定的是郭梓阳，因为他往年综合成绩最差。"楚白筠哼了一声，"结果那小子觉得不公平，不接受学院安排，跑去院长办公室闹，还让他们男生宿舍的人写了个联名上书，真够不要脸的。你说他们那帮男的啊，干啥啥不行，搅屎第一名。"

沈棠心皱紧眉头："那现在学院怎么说？"

楚白筠："要安排考核，老妖婆亲自出题，最后一名刷出去。"

"老妖婆出题多变态你知道的吧？咱大三挂科率80%那次，还有你的噩梦，史上最低分。"楚白筠咋了咋舌，"小姐，你好日子到头了。"

沈棠心挂了电话心事重重，顿时手里的鸡腿都不香了，拿了张湿纸巾慢吞吞地擦手。

"怎么了？"徐晋知问她。

沈棠心表情郁闷地放下纸巾："我选的导师安排了考核，要刷一个人出去，我可能要开始复习了。"

徐晋知眉心微微一蹙,但很快舒展开来。

"那就好好准备。"他抬手揉了揉她的脑袋,"你是我教出来的,不许给我丢脸。"

"我不会给你丢脸的!"沈棠心抱住他,额头在他脖子里蹭,瓮声瓮气地说,"就是有点舍不得你,今天又要回学校了,下次还不知道什么时候才能见面。"

"这不还有半天呢?"徐晋知低头吻她额角。他心里也舍不得,但必须得安慰她。

"唔……"沈棠心依旧闷闷不乐,用力吸他脖子里淡淡的香气,还用牙齿轻轻地咬了一口。

这力道一点都不疼,反而痒痒的。

徐晋知看着怀里像只小狗似的小姑娘,忍不住弯起唇:"那下午好好陪陪我。"

沈棠心整个人一激灵,忙不迭地缩回脑袋:"你又又又要耍流氓。"

徐晋知顿时失笑。

"大白天的,把我当什么人了?"他捏捏她的鼻尖,"我是说陪我待着,哪儿都别去。"

"哦。"沈棠心笑眯了眼。

吃完饭,徐晋知非把沈棠心拽进厨房,说是一秒钟都不许离开他视线。

其实有了洗碗机,大部分时候不需要洗碗了,但徐晋知似乎很喜欢做这些事。

沈棠心有次问他为什么这么勤快,他说——不要把这些当成是生活的负担,它就是生活本身,是幸福而且有意义的。

她清楚地记得那一刻,面前的这个男人,在闪闪发光。

厨房宽敞,但两人只占据了不到一平方米位置。

徐晋知给她戴了一双小手套,把人拢在怀里,四只手一起洗。

沈棠心几乎不会干活,完美拖累了他的进度,可他也不急,依旧洗得耐心而仔细。

洗干净的盘子整齐地摆在水池边的沥水架上。

沈棠心抬眼看着,那些盘子反射过窗口进来的阳光,变得分外洁白锃亮,晶莹的水珠一滴一滴地往下落。而身后男人握着她,手把手地拿起盘子,挤上洗洁精,用海绵慢慢地摩擦。

水龙头里的水不停往下流,浇在手上,隔着手套也能感觉到那股温热。

以及他掌心的温热。

她好像一瞬间懂了,他所说的那种幸福和意义。

徐晋知做好加餐的水果盘时,沈棠心正抱着她的外套往阳台上跑。

"又要洗?"他把盘子放茶几上,抬头看她。

"是呀。"沈棠心边说边检查衣兜里有没有东西,"冬天外套太难洗了,学校洗衣房那么远,还要付钱。"

徐晋知站到她身后帮她牵起衣领,弯着唇笑了。

这姑娘是他见过最可爱的姑娘。明明是含着金汤匙长大的小公主,身上却也有着普通女孩的质朴和单纯。

在钱的问题上,该舍得舍得,该算计算计。会买品质高价格高的东西,也会搜集奶茶店的打折卡,吃饭找团购。

她知道家里不差钱,却也知道,这些钱不是大风刮来的。

"我这里不是更远?"徐晋知故意调侃她。

"……对哦。"沈棠心像是顿悟地点了点头。

"逗你的。"徐晋知揉揉她的脑袋,"以后你要是不想洗衣服就带过来,放我这儿洗。"

"还真有同学这么做。"沈棠心一本正经,"我隔壁寝有个姑娘,爸妈心疼她不让她自己洗,就从大一开始每周末回一次家,拖一行李箱的脏衣服。"

"那你也可以。"徐晋知挑了挑她的下巴,"我心疼。"

沈棠心被他逗笑了,刚要说话,听见有东西掉到地上。

上次那盒计生用品还记忆犹新,她心底"咯噔"一下,赶紧蹲下去捡。

是一枚扣子。

大衣外面的扣子。

今年新买的大衣,还没穿过几次居然就掉扣子了,沈棠心忽然想起来什么,抬眼瞪住面前的人:"是不是你?"

徐晋知勾起唇,面露疑惑:"嗯?"

"你昨天,一进门就拽我衣服。"沈棠心咬了咬唇,"是不是你拽掉的?"

徐晋知接过扣子,手指摩挲大衣上残余的线头:"我好像否认也没用。"

沈棠心盯着自己可怜遭殃的大衣,小声嘟哝:"急色鬼。"

"一颗扣子而已,帮你缝上就是了。"徐晋知笑了一声,也没反驳,拿着她的外套走回客厅。

沈棠心目光一亮,跟上去:"你还会缝扣子呀?"

"试试吧。"徐晋知语气漫不经心地,从茶几抽屉里拿出一个针线盒,"大不了缝坏了。"

这件大衣虽然不太贵,但款式和颜色她都十分喜欢,是今年冬天最满意的一件。他穿针的时候,沈棠心紧张得不行,怕他一会儿真把衣服给缝坏了,更怕他不小心把自己给扎了。

毕竟,缝外科结和缝衣服,还是有很大区别的。

沈棠心满脸担忧:"我要不给你找个持针器……"

"不用。"徐晋知熟练地把线端打了个结,然后拿起扣子。

没过多久,那颗扣子重新回到衣服上,位置和走针都完美无缺,就好像新买的一样。

沈棠心抑制不住热血澎湃的仰慕之情,勾着他脖子钻到人怀里:"晋哥哥,你是不是什么都会?"

"也不是。"他把外套放到一边,把小姑娘抱上自己的腿,"你没发现我家少一样东西吗?"

沈棠心看了一圈,没想到:"什么东西?"

"以前我在家养过绿萝,花店老板说好养,只要给浇水就成。"徐晋知面无表情地说,"我浇了一个星期,结果它死了。"

想到这男人对着一盆小绿植束手无策的样子,沈棠心"扑哧"一笑。

"后来你丁姐送我两盆吊篮,也说只要浇水就成。"他顿了下,"送来的时候绿油油的,一看就很健康长命,但还是被我养死了。为这事儿,老黄念叨我半个月。"

沈棠心实在没忍住,趴在他肩上笑起来。

"昨天去接你之前,我刚处理掉一盆仙人球尸体。"

沈棠心直笑到肚子疼,好不容易才缓下来,语气认真地说:"是不是只有人命在你手上才不会死?"

"不知道呢,我也没养过动物。"他表情十分苦恼,说着便叹了一声。

"那以后我帮你养吧。"沈棠心抬手,用指腹揉了揉他眉心的褶皱,"我妈妈很厉害,我可以让她教我,以后把你阳台上种满好不好?"

"好。"徐晋知心底一暖,目光微颤着吻她额头。

沈棠心兴致勃勃地继续:"我还要搭一个小棚子,里面种很多多肉。"

"好。"他轻轻吮她的鼻尖。

女孩粉嫩柔软的唇像一个无比温暖的所在,说出的每一个字都叫人心动:"然后再养一只小狗,一只猫咪好不好?"

"都好。"

他嗓音低沉,身子往后仰,也勾着小姑娘腰背,让她跟着自己栽下去。

回去的时候,沈棠心又穿走他一件衣服,并毫不留情地选了他最近刚买的心头好。

第十六章·
感情平淡期

在学校的日子开始变得很忙很忙,她找师兄师姐要了教授往年招生的考题,和一些重要的项目研究资料和学术论文,码起来足足有半米高。每天除了吃饭和睡觉的时间都泡在自习室。

隔壁桌有个复习考研的学弟,看桌上资料似乎是计算机系的,长得很白很奶,个子也挺高,每天穿着不同颜色的格子衫。

每次沈棠心过来的时候,几乎都会抬头对她笑,她也礼貌地回一个笑。

两人却从来没交流过。

直到某一个中午,沈棠心刚从自习室出来,准备乘电梯下楼,那学弟跟上来叫了一声:"学姐。"

沈棠心刚按下电梯按钮,回头看他:"你好,有什么事吗?"

"学姐,那个,你还是单身吧?"格子衫学弟摸了摸后脑勺,笑着对她说,"我能不能……和你留一个联系方式?"

"抱歉,不能。"身后传来一道低沉冷冽的声音。

沈棠心惊喜地转过头,刚刚打开的电梯门里走出一个瘦高的男人,白色中领毛衣外搭一件质感极好的浅咖色呢子大衣,手里拿着一条斑马条纹的针织围巾。

在格子衫学弟诧异的注视里,他气定神闲地走过来。

"学姐不是单身,学姐有男朋友。"说着,他拿起她胳膊上挂着的男式外套,温柔地披在她肩膀上,眼中噙着几分得意,"这么乖?每天都穿我衣服?"

沈棠心把胳膊伸进他大衣里面,搂住他的腰:"你的衣服暖和,还好闻。"

"……不好意思学姐,打扰了。"格子衫学弟讪讪地走开。

徐晋知搂着她进电梯,帮她把扣子一枚一枚地扣好:"现在的小男生都这么没眼力?"

沈棠心想了想:"他可能看我一直都是一个人吧。"

"那我得天天来才行。"

沈棠心知道他是开玩笑,他也不可能天天来,于是靠在他怀里笑了一声。

从图书馆出去,徐晋知把手里的围巾围在她脖子上。

小姑娘怕冷,却不喜欢戴围巾,说脖子下巴痒痒的不舒服。他一个从不用这种东西的人,却记得要给女朋友带。

徐晋知跟着走了一段,才发现路线不太对。

这虽然不是他母校,但他偶尔过来参与研究和讲课,在哪里吃饭还是知道的:"食堂不是这边,你去哪儿?"

"出去吃呀。"沈棠心拉着他的手继续往前走,"南二门是离美食街最近的,一会儿从小竹林穿过去,比你开车还快呢。"

徐晋知笑了笑:"去食堂吃就好。"

"你好不容易过来一次,怎么可以吃食堂?"沈棠心回头看着他,表情严肃,"我带你去吃我们美食街的网红店,然后去逛街。"

徐晋知摸摸她脑袋:"下午不学习了?"

沈棠心转身搂住他脖子,踮起脚,"吧唧"亲了一口他的下巴,娇声道:"看在我这么想你的份儿上,今天就放半天假吧。"

"好。"他也低头亲了亲她。

两人坐在火锅店二楼靠窗的位置,窗外能看到古色古香的美食街,不知道从哪家飘进来的蛋糕香味,瞬间勾起人肚子里的馋虫。

沈棠心忽然把男人的右手捧起来,轻轻咬了一口。

"饿了?"徐晋知从窗外收回目光,"想吃蛋糕吗?我去买?"

沈棠心摇了摇头:"不想。"

徐晋知轻笑一声:"那咬我做什么?"

"我没有咬你呀。"小姑娘一脸天真无邪地耍赖,然后低下头,用唇瓣碰了碰他的手背,"亲亲它,辛苦了。"

徐晋知男人目光微微一动。

"还骗我说今天休息。"她一边揉着他的手,一边不满地嘟哝,"以为我不知道呢,我在医院可是有眼线的。"

徐晋知望着她心疼的样子,眼底一阵暖意漫开:"我今天是休息,不过,早上临时去做了一台手术。"

沈棠心继续揉着他的手:"疼不疼?"

"不疼。"他眼皮一颤,微微摇头,"习惯了。"

"习惯了也会疼的。"沈棠心从包里拿出护手霜,挤了一点在他手背上,轻轻抹开,"你看,这里都裂口子了。"

护手霜有美白功能,却也没见什么效果。

他的手更白,和脸上身上的那种白很不一样。是长年闷在手套里,刷洗过度的那种白,角质层比正常人薄得多,手背上的血管和指骨处的红痕都十分明显。

但他手型好看,十指修长,骨节匀称。

沈棠心不自觉放轻力道，仔细按摩每一个小小的关节。

徐晋知低头看着小姑娘一丝不苟的样子，仿佛整个世界都静止下来。

这些年，有人讨厌他，有人驱逐他，也有人仰慕他，有人关心他，但他从未享受过此时此刻，这种被人捧在手掌心，体贴疼爱的感觉。

忽然觉得有她在身边，哪怕这辈子到此为止，也没有任何遗憾了。

可他又不甘心，盼望着与她长相厮守，白头偕老，想永远被她这样疼爱。

他轻轻地抽回手，把小姑娘搂进怀里，低头吻了吻她的发心。

"我腰也疼。"徐晋知低低沉沉地开口，"也给我揉揉？"

晚上十点半，楚白筠从实验室回来，看见沈棠心的床里还亮着灯。走过去掀开帘子，发现她支着小桌子在看书。

"你还不洗澡睡觉呢？"

"我洗了呀。"沈棠心看都没看她，在书上记东西。

"好吧，那我去洗了。"楚白筠努了努嘴，撒开帘子，"你别看了早点睡，明天再看。"

"嗯。"对方回得敷衍。

楚白筠上床后，对面灯光调暗了些，却还是没熄。她知道这姑娘是头劝不动的倔驴，也就不说了。

快到十二点，楚白筠打算关机睡觉，忽然收到一条消息。

居然是列表里万年躺尸的徐主任。

徐晋知："她睡了？"

徐晋知晚上回来后，就没收到过沈棠心的消息。

平时两人就算再忙，她睡前都会发一句晚安，可今天快到凌晨还没有。

不回消息也不接电话，突然人间蒸发了一般。

小楚："没睡。"

徐晋知眉头一蹙："她在干吗？"

小楚："学习呢，应该是白天任务没完成，加班呢吧。"

看着屏幕上的字，他目光沉了沉。

小楚："我已经说不动她啦，说也没用。她这次真的很拼，每天学习任务都是按小时安排的，一秒钟都舍不得浪费，白天要是有事耽搁了，熬夜也得加回来。"

小楚："我是不懂了，她为什么非得跟那个罗教授。"

他知道罗丽华，院里有名的博导，手下带出来的学生十之八九都是全国叫得上名来的专家，但收徒门槛高，执教严格，眼里揉不得一粒沙子，一般学生都不敢挑战。

沈棠心为了保住名额，看来是下了血本。

他开始后悔这种时候跑过去找她了。

徐晋知望着窗外夜景，呆怔片刻，再给楚白筠发消息。

"让她早点睡吧，不急这一天。"

"哎，小美女。"床头被人用手机敲了敲，"你家老徐叫你早点睡觉。"

"啊？"沈棠心终于从书里抬起头来。

"啊什么啊？你不回人消息不接人电话，都找我这儿来了。"楚白筠翻了个身，"快睡吧，不急这一天。"

沈棠心突然想起来什么，从枕头下掏出手机。

白天在自习室设置的静音，一直忘了调回来，上面有十几个未接电话，和满屏的未读消息。

她赶紧打开微信回复："对不起呀，忘关静音了，没听见 QAQ。"

徐晋知："没事就好。"

徐晋知："别看了，早点睡。"

沈棠心："好的！晚安！"

后面加了个亲亲的表情。

徐晋知："不许说了晚安再偷偷看书。"

徐晋知："我会让小楚监督你的。"

徐晋知："我也有眼线。"

徐晋知："听话，关灯睡觉。"

徐晋知："熬夜对脑子不好，会影响第二天的学习效率。"

沈棠心立马一个激灵，看了看小桌板上的资料，挣扎之下，全部收起来。

徐晋知："关了吗？"

沈棠心："马上！"

她收起桌子，关掉小台灯，终于钻进被窝。

紧接着收到一条新消息："嗯，快睡吧，晚安。"

沈棠心侧躺着，笑得满脸甜蜜："我进被窝啦！"

沈棠心："晋哥哥晚安 =333=！"

发完，她依依不舍地把手机扣过去。

十几秒后，听到枕头边又一下振动。她激动地拿起来一看，果然还是那个男人。言简意赅，却如千钧重。

"乖。"

"我爱你。"

沈棠心刚刚平静的心跳又毫无规律地凌乱起来。

两个人虽然甜甜蜜蜜，却从来不会把这个字挂在嘴边，徐晋知除了在床上，平时也都是个内敛沉稳的人。

他的爱向来是用行动表现出来的，而不是花言巧语说出来的。

沈棠心盯着屏幕看了好久,把这个字都快看瞎了,才抿了抿唇,抱着手机把脑袋蒙进被窝里,像被人偷窥似的。

一个字母一个字母,无比认真地敲下去。

"我也爱你。"

徐晋知好多天没来找她了,白天都是音讯全无。

这天,她在图书馆的电子文库找资料,坐在临窗的位置,窗外正对着一片人工湖,长长的浮桥从湖边柳林延伸至红柱绿瓦的湖心亭。

外面正飘着小雪,浮桥上有一对雪中漫步的情侣,女孩在唇边呵了呵手,男孩便温柔地握住,把女孩的两只手都放进自己的大衣兜里,然后拥她入怀。

两人在雪花飘飘里吻着对方。

这一刻她突然特别想他,想念他的手,他拥抱和亲吻的温度,就连身上穿着隐隐带有他香味的外套,都无法消解这突然迸发的情绪。

沈棠心收回目光,把手机拿出来给徐晋知发了条微信,但他没有立刻回复。

给他打电话也没人接,于是只好找了赵青严:

"赵哥,徐主任在干吗呢?"

赵青严:"不知道啊,他今天休息。"

心底那种情绪像是突然被打上一层霜,她眸色沉了沉,敲字:"哦。"

过了一会儿,她忍不住又问:"最近他工作很忙吗?"

赵青严:"还好吧,正常忙。"

沈棠心不再回复。

良久后,她叹了口气,继续找资料。

徐晋知徒步走了一个多小时,终于忍无可忍,出口吐槽:"我说你一个大男人,买件衣服要逛遍整个商场吗?"

黄旭天正在比较两件同色系的毛呢外套:"小倪现在可是公司副总,我去陪她参加年会,总不能给她丢脸吧?你要是累了跟我说,那边有小孩坐的小火车,我呢请你坐上去溜达几圈,可能差不多就买好了。"

徐晋知懒得骂他幼稚,面无表情地看着他面前的大衣:"你是去参加年会,要买西装,你现在看的是西装吗?"

黄旭天拎着手里的黑卡晃了晃:"我家小倪说了,多买几件,随便刷,你要是嫉妒,也找个有钱老婆养你啊。"

徐晋知冷笑了声:"呵。"

"哎老徐,这件你穿不错。"黄旭天把其中一件递给他,"款式和颜色都挺适合你的,快试试。"

徐晋知漫不经心地睨了眼:"你自己试。"

"这颜色我哪 hold 得住？"黄旭天咋了咋舌，"就得你穿，你这衣服架子穿什么都好看。"

徐晋知这才抬眼，稍微端详过后，还是拧了拧眉："这件不行，太长了。"

"你这么大个子还怕长？"黄旭天比推销的店员还要热情专业，"相信我，长的好看，显身高显气质。"

徐晋知淡淡说了句："棠棠穿不了。"

随后去看另一边架子上的衣服。

黄旭天惊呆了："是你买衣服，你管她干吗？"

徐晋知转过头，神色认真："她现在穿我的衣服。"

黄旭天眼珠子快要瞪出来。

徐晋知满脸甜蜜的烦恼，装模作样一声叹息："没办法，她就喜欢穿我的，我家衣服都被她顺走好几件了，是该买了。"

黄旭天被他突如其来的秀恩爱恶心到不行。

"不过这家的色调我不太喜欢。"徐晋知抬眼扫视过店里的衣服，从兜里拿出手机看了看，不知道什么时候居然关机了，"你慢慢试，手机给我，我去借个充电宝。"

电梯旁边就有共享充电宝，他用黄旭天的手机扫码拿了一个，充上自己的手机。回去的时候黄旭天正穿着一件墨绿色长款风衣，一边在镜子前搔首弄姿，一边调侃：

"跟你家小姑娘那么恩爱，你休息不去找她，在这儿陪我一个大老爷们儿买衣服？"

徐晋知毫不留情地戳他痛处："这不是看你可怜，老婆都不陪你逛街。"

黄旭天被哽了哽，忙不迭为自己找回场子："我老婆工作忙，快年底了公司事儿多。她特意嘱咐我看上什么随便买，别委屈自己。"

"她也忙。"徐晋知眸色暗了暗，"我就不去给她添乱了。"

黄旭天提起丁倪的时候，他突然想到沈棠心那天开开心心地带他去吃美食街，逛商场玩游戏机的画面。她就像个小太阳围在他身边，每一抹笑容都光芒四射。

陪完他，晚上却一个人偷偷在宿舍用功，补落下的学习进度，还不让他知道。

她理解他，心疼他，他又何尝不是？

他也很想很想她。

半个多月的复习很快要到尾声。

期间，徐晋知就来找过沈棠心一次，后来再没来过学校。虽然他们每晚几乎都会联系，她却觉得心里不太舒服。

徐晋知总是更多地过问她的复习情况，偶尔为她答疑解惑，就好像回到了她还在他手下实习的那段时间。有时候她想多聊一会儿，他就催她早点睡觉。

沈棠心心里憋着一股气，直到考试那天。

"宝，咱大一那个辅导员，你还有印象不？"楚白筠突然问。

明天就要考试了，沈棠心瞅了眼时间，关上抱佛脚的小本子，朝她看过去："是那个结婚请咱吃饭的学姐？"

"没错。"楚白筠点点头，"我们大家还给了两百块红包呢。"

"哦，记得。"沈棠心点了下头，"怎么了？"

"她离婚了呀。"楚白筠一边往脸上拍着爽肤水，一边说，"我听实验室的师兄讲的，刚离，离得特低调，所以大家都不知道。"

沈棠心蹙了蹙眉："为什么要离婚呀？"

去参加婚礼的那天她见过新郎，长相俊美，身材挺拔，听说是个检察官，举手投足间温文儒雅，和学姐站在一起样貌登对，表情也恩爱。

那种彼此对望时眼里的光，是装不出来的。

当时她特别羡慕。

没想到这才三年，就生了变故。

楚白筠摇头："这我也不太清楚，不过好像是和平离婚，没有出轨家暴什么的，也没有财产纠纷。"

沈棠心越来越疑惑："那干吗要离？"

"也许是不爱了？"楚白筠想了想，"到了感情平淡期，熬不过去就离了呗。毕竟夫妻俩都在同一个屋檐下，互相没有了感情，天天见面也是煎熬。"

沈棠心目光稍稍一动，拧了拧眉，喃喃道："平淡期？"

"是啊。"楚白筠把水乳盖子盖好，叹了一声，"两个人在一起，总不可能永远都是如胶似漆，轰轰烈烈的。结婚也是啊，新婚燕尔那阵劲儿过去之后，天天鸡毛蒜皮柴米油盐，难免会影响感情，慢慢磨着就磨没了呗。"

"那……谈恋爱也会这样吗？"沈棠心小心翼翼地问。

"应该也会吧，反正我和晏老师现在还好。"楚白筠努了努嘴，"有的人对于感情的新鲜期比较短，有的人比较长，看运气咯。"

"哦。"沈棠心有些闷闷不乐地关上帘子。

天已经黑了，办公室的落地窗前，一个男人正将咖啡机滤纸上的残渣倒进垃圾桶里。

突然门被人打开，另一个高高大大的男人阔步走进来："老徐，来杯咖啡。"

"来晚了，没了。"徐晋知脱下白大褂，用衣架抻开，挂在门后的金属挂钩上，"我准备下班，你还不走？"

"本来想找你讨杯咖啡再走，算了。"黄旭天从沙发上站起来，"我车开去保养了，你送一下我。"

徐晋知瞥他一眼，打开门走了出去。

电梯里，黄旭天正给他老婆发微信，笑得像朵花似的。徐晋知看着，不禁想到些什么，面色一沉："问你个事儿。"

黄旭天依旧咧开着嘴："说。"

"我觉得，她最近好像对我有点情绪。"徐晋知脸上带着几分愁容，"但我问她是不是不高兴，她又说没事儿。"

难得这人开口咨询感情问题，黄旭天兴致盎然地看过来。

徐晋知面色很认真："你家丁倪有过这种情况吗？"

"有啊，女人嘛。"黄旭天咋了咋舌，一副情场老手的样子，"我告诉你啊，你要是觉得她可能有情绪，那就是一定有情绪，女孩子口是心非，说没有就是有。你得好好反省自己是不是哪儿做错了。"

徐晋知皱了皱眉，陷入沉思。

想着第二天就是沈棠心考核的日子，正好他休息，一大早特地起床发了条信息，给她加油打气。

小姑娘回得客气礼貌："谢谢，我会努力的。"

最近沈棠心都是这么不对劲。

可每当他一问，小姑娘便以复习为由搪塞过去，不给他机会深究。

考核时间只有半天，他心事重重地吃了顿早餐，便开车去她学校等。快到十二点的时候，教学楼门口才出现那道熟悉的身影。

今天大寒，她穿了件白到发光的长款羽绒服，一直长到小腿，把自己裹得像一只蚕蛹。黑色的马丁靴踩在雪地里，吱呀吱呀的声音逐渐朝他靠近。

小姑娘依旧没戴围巾，只是穿了件粉红色的高领毛衣，两只手揣在羽绒服兜里，离他越近，脚步就变得越慢。

她并没有像以前一样，像一只小鸟似的扑过来。

徐晋知心脏往下沉了沉，主动走到她面前，站定，把她背后的羽绒服帽子拉起来，盖住女孩毛茸茸的脑袋，然后温热的手掌伸进帽子里，轻轻捏住她冰凉的耳朵。

"回家吃饭？"

沈棠心低着头不看他，嗓音有点闷："不了，我还要回宿舍。"

"那你先回宿舍，我等你。"他揉了揉她的耳朵，想把掌心的温度传递过去，"这段时间辛苦了，回去我给你做好吃的。"

"不用了。"沈棠心往后退了退，把他的手从帽子里拽出来，依旧眼眸低垂，"我刚考完，有点累，想回去睡一觉。"

徐晋知的手僵在半空，低头望着她，眉心褶皱愈深："你是不是生我气了？"

沈棠心摇了摇头："我没有。"

此刻她若无其事的样子，让他想起黄旭天的话——

"女孩子口是心非，说没有就是有。"

于是他拧了拧眉,又问:"是我哪里做得不好吗?"

沈棠心继续摇头,却不搭腔。

徐晋知暂且无计可施,只好轻叹着开口:"那去我那儿睡吧,好歹比宿舍的床舒服。等你睡醒再吃饭,好不好?"

沈棠心稍稍抬眼,视线落在徐晋知冻得红红的鼻尖上,心底一酸,眼中不自觉带了点雾气:"你不用这样。"

徐晋知眼皮颤了颤,放在身侧的手微微蜷起。

沈棠心默不作声,心里却掀起了一场滔天巨浪。

想着该面对的总要面对,长痛不如短痛,于是她咬咬牙,语气认真地对他说:"我知道感情都是会变的,虽然以前没谈过恋爱,但该懂的我都懂。你有什么想法就直说好了,不需要这么哄着我。"

她知道他是个阅历丰富的男人,或许人生中第一次遇到她这样的小姑娘,她自信年轻漂亮,让这个男人有几分兴趣是正常的。可正因为他见过很多很多的精彩,这种新鲜的兴趣维持不了多久,也是正常的。

"你想怎么样我都能接受。"沈棠心竭力忍住眼眶里的泪意,"这段时间你对我好,我都知道,我不是没有良心的人,也不会怪你。"

徐晋知被她一番话给弄蒙了,直到她说到这里,才定下心神,有点挫败地开口:"你到底在想什么?"

沈棠心吸了口气,尽量维持大脑的理智清醒,和来之不易的坚定。

"既然已经到了平淡期,如果你不想继续的话,那我们就……"她顿了下,仿佛用了全身的力气才得以继续,"就算了。"

"算了?"徐晋知扯了扯唇,"什么叫算了?"

沈棠心放在兜里的手紧紧攥着,几乎要失去知觉,她低下红红的眼眶:"就是……就是……"

她说不出口那两个字。

光是想想,眼睛里那股热浪就仿佛要奔涌出来。

心里两个小人始终在打着架。

一个催促着她快刀斩乱麻,另一个,却还奢望这个男人出口挽留。三年前抽身而退的时候,她可以让自己毫发无损,可现在不知道为什么,会心痛到难以呼吸。

就好像和他分开,是比死还要难受的事情。

眼眶里的泪再也蓄不住,在徐晋知托着她下巴抬起来的那个瞬间,汹涌而下。

滚烫的液体顺着脸颊滑落,一串紧接着一串,有的沾湿了毛衣衣领,有的则滑落在冰凉颤抖的唇瓣上。

然后被另一双温暖的唇,轻轻含住。

徐晋知修长有力的臂膀拦住她的腰,将她先前退开的身体捞回来,严丝合缝地摁进自己怀里。

飘雪的寒冬腊月，她被他抱得浑身发烫，唇也是烫的。他温柔却霸道地掠夺，仿佛要将这些日子克制在心底的思念全部都宣泄出来。

等最初那阵激烈过去，他轻喘着，浅浅地啄她唇瓣。

沈棠心终于有机会能说话，先前脑子里那些东西都被他所带来的疾风骤雨驱逐了出去，只剩大庭广众之下的羞赧。

她推了推他胸口，低声咕哝："不要，这里好多人……"

"这样就看不到了。"徐晋知把她的帽子往前拉了些，挡住二人紧紧相贴的脸。

她还是跟着他回了家。

这次他很小心，没有再扯坏她扣子。但也毫不留情地，将这半个多月的利息都讨了回来。

最后沈棠心躺在浴缸里，身上每一寸骨头都仿佛软掉了，像一只小猫瘫在他胸口，指甲轻轻地挠他手臂泄愤。

徐晋知任由她作乱，手掌不停地掬起热水，从她肩头淋下。

"半个月不去看我，一见面就想这种事。"沈棠心嘟哝着，用力拧了一把。

徐晋知吃痛地闷哼，随即将她湿漉漉的爪子握住："你还真下得去手？"

"怕什么呢，反正你皮糙肉厚。"沈棠心咬牙切齿地瞪他，"身强体壮。"

徐晋知看着小姑娘气呼呼的样子，笑了："我就当你是夸我。"

沈棠心哼了一声，又用另一只手拧他一把。

不过这次没用什么力道，只轻轻一下，就再次被男人握住。

她被他紧紧地环在胸前，听着胸腔里那一声声沉稳有力的心跳，耳边是随着他呼吸略微起伏的胸膛，他携着低叹的嗓音从头顶沉下来："棠棠，我跟你说过，我也是第一次谈恋爱。"

心里瞬间变得平静，她仰起头望着他。

"这方面我没有失败的经验，而且我是男人，不知道你们女孩子心里在想什么。"他低头吻她的额，"以后如果再让你不高兴，一定要告诉我。"

沈棠心鼻头一酸，瓮瓮地"嗯"了一声。

"别傻乎乎的自己生闷气，嗯？"

"我知道了。"

"我是爱你的。"他第一次，当着她的面亲口说出这个字。

沈棠心心底一震，眼眶也忽然热了。

"我会长长久久地爱你。"他低头噙住她的唇，深吻下去。

半个月以来，这是她睡得最安稳的一觉，温柔地被人抱在怀里，暖融融的，彻夜无梦。

第二天早上沈棠心是被手机铃声闹醒的。

她两眼迷迷糊糊睁不开，只隐约看清那个绿色的按钮，用手指点了点。

电话里传出一道温柔女声："棠棠，干吗呢？"

"唔，妈妈，我在睡觉。"发现对方打的是视频，她眯着眼睛，晃悠悠地把手机竖起来。

那边静默了两秒，才问："你这是……跟谁一起睡觉呢？"

沈棠心瞬间脑子一"嗡"，清醒了。

也才想起来，自己昨晚是睡在谁家。

"没，没有。"她赶紧转了个身，把镜头对准自己的脸，同时将放在自己身上的胳膊推开，"妈妈我是一个人。"

徐晋知这时也醒了，惺忪的眼逐渐清明，侧靠在床头，好整以暇地盯着她。

"不对，我刚刚看到一条手臂。"贝曦蹙了蹙眉。

"是我的。"沈棠心举起自己的手。

"你有那么粗吗？你当你妈傻的是不是？"贝曦眉梢微挑，"手机转一圈我看看。"

"……哦。"沈棠心视死如归地咬了咬唇。

正打算接受命运的裁决，突然间灵机一动。

旁边的男人被她摁着脑袋塞进被窝里。

清理完现场，沈棠心举着手机转了一圈，镜头回到自己正直坦荡的脸上："妈妈您瞧，没有人吧。"

"是我看错了？"贝曦将信将疑。

沈棠心煞有介事地点点头："您可能眼花了吧，真的就我自己。"

话音刚落，她突然忍不住叫了一声。

贝曦眉头一蹙："你怎么了？"

"没，没事。"沈棠心把手伸进被子里，却只能抓到徐晋知的头发，根本阻止不了他暗戳戳干坏事，一时间又气又羞，脸都红了。

贝曦还想跟她聊聊，被她仓促打断："妈妈我还困呢，我想再睡会儿，挂了哦，拜拜！"

把手机扔到旁边，沈棠心气鼓鼓地叫他大名："徐晋知！"

被子里传出他低沉愉悦的笑声，很快他从她面前钻出来，紧紧搂着她身子，目光灼灼，温柔而幽深。

水泽潋滟的唇瓣轻轻覆上她的，直到沈棠心快要窒息，才终于被他放过，贴在她耳边用气声喃喃："睡会儿？"

"好。"沈棠心忙不迭点头。

一分钟后，她羞愤不已地捶打他的胸肌。

"不是说睡会儿吗？"

"这不是睡着？"

考核结果出来得很快,当天中午就收到导师助理打来的电话,沈棠心以第一名的成绩被录取了。

徐晋知说要做顿大餐来庆祝,两人下午便去逛超市,顺便买她需要的生活用品。

临近年关,街上到处都张灯结彩,超市门口也支起了卖对联的小摊位。

老板现写,二十元一副。

徐晋知刚要进超市,沈棠心扯了扯他袖子:"我们买一副对联吧。"

想着他那扇白门周围贴上红对联的样子,她觉得一定会特别好看,清丽脱俗。

徐晋知望着她,神情淡淡的,却眼底温柔:"想要?"

沈棠心点点头。

"好。"他抬手摸摸她的脑袋,然后牵着她的手,走到老板旁边问,"能借一下您的笔墨吗?"

老板转头看见这对郎才女貌的小情侣,笑呵呵道:"行,自己写十块钱一副。"

三张纸十块钱,价格不算便宜。但徐晋知没说什么,搂着她站到桌前,毛笔蘸了墨,将她的手握在中间。

沈棠心会写毛笔字,仅仅停留在会写的程度,比普通人像模像样,但谈不上书法。

"写点儿什么呢?"男人在她头顶沉沉地问。

沈棠心抬眼看老板写好的那些对联,正想说就照着写好了,徐晋知已经把着她的手,在纸上徐徐落笔。

运笔流畅,字迹婉若游龙。

沈棠心被他搂在怀里,被他温暖的气息所围绕,身后是男人坚实宽阔的胸膛,手被他握在掌心,每一笔都亲自感受着他的顿挫和力道,以及在两人相握的手指下缓缓呈现的两行字。

"愿我如星君如月,夜夜流光相皎洁。"

沈棠心看着这两句哭笑不得:"这哪叫什么对联啊?"

"这个是送你的。"徐晋知轻笑一声,另一只手环上她的腰,"老板,再来一副。"

路过的小情侣羡慕得不行。

"我也好想要啊。"

"我去帮你写一副?"

"就你那狗爬字,猪都嫌丑!"

"看看人家男朋友,长得又高又帅还会写毛笔字,还这么温柔体贴……"

这次,他倒是写了一副正常的对联。

老板帮他们晾在旁边,说好逛完超市再出来取。

在超市买完菜和生活用品,超市出口有一家睡衣店,沈棠心一眼看中模特身上的情侣睡衣。

"晋哥哥，那两套好看欸。"她抬手指了指，"我们买吧！"

徐晋知勾起唇："好。"

从睡衣店出来回到卖对联的老板那儿，带走他们写好的两副对联，还买了一些春节用的贴纸和挂饰。

刚回到家，沈棠心看徐晋知拎着小板凳要出门，问道："你去干吗呀？"

"贴对联。"

"哦。"沈棠心立马跟出去。

徐晋知站在小板凳上，把那张对联在墙上铺平。沈棠心看清上面的字，嘴角一抽："你确定要贴这张吗？"

"嗯，就贴这张。"徐晋知神色淡定地用刷子在墙上刷胶水。

沈棠心一时间竟不知道该说什么好。

不久后，一尘不染的白色大门两边都贴上了对联，上面写着：

愿我如星君如月，夜夜流光相皎洁。

横批——百年好合。

横批是他们后来去拿的时候，老板免费送的，和徐晋知字体不一样，但也好看。

沈棠心左思右想，总觉得哪里不太对劲。

很快，徐晋知贴好了门板上的福字。

身后电梯门忽然打开，隔壁小情侣也购物回来了。

那男人拎着两个沉甸甸的袋子，对着徐晋知家里大门端详几秒，笑呵呵道："徐主任，恭喜恭喜。"

沈棠心一脸蒙地转过去。

小年都还没过，这时候拜年也太早了吧？

直到他旁边的女孩满脸堆笑地开口："徐主任徐太太，新婚快乐啊。"

"祝二位白头偕老，早生贵子。"

第十七章·
一眼误终身

沈棠心暂时在徐晋知家住了下来,两人的同居小日子蜜里调油。

小年那天,徐晋知要上班。

沈棠心怕他在医院冷清,于是蒸了点饺子用保温盒带上,打算给他一个惊喜探班。

赵青严说人在休息室,她便直接走了过去。

门虚掩着,她刚要推开的时候,听见里面说话的声音。

"那姜缓缓的婚礼你什么打算?"是黄旭天的声音,"大家可都好奇你的脱单大事儿呢,不带你家小姑娘去见见?"

"不用了。"徐晋知语气平淡,带着隐隐的凉薄,"没必要让她见。"

沈棠心不自觉地捏紧了保温盒。

接下来两人说了些什么,她都没听见。

手机恰好振动起来,沈棠心摁下接听,对面传来一道女声:"你好,是沈司澜的家属吗?他人受伤了在中心医院急诊,你赶快过来。"

挂了电话,沈棠心面色焦急地看了眼休息室,终是没踏进去。

她把保温盒递给经过的护士:"这个替我交给徐主任,让他记得吃午饭,谢谢啊。"

几乎是沈棠心前脚走,黄旭天后脚出来。

护士拎着保温盒走进休息室:"徐主任,这是沈医生给您的。"

徐晋知微蹙着眉:"她人呢?"

"刚走不久。"护士指着桌上的保温盒,"我去忙了啊,您记得吃。"

"好。"

徐晋知放下水杯,正要伸手去拿保温盒,突然像是想到了什么,面色凝重而焦急地跑出去。

沈司澜脸上挂了彩,胳膊腿几处皮外伤。医生给他处理好伤口,让他在病房稍作休息。

"千万别告诉爸妈和大哥。"沈司澜严肃地叮嘱她。

"知道了。"沈棠心努了努嘴,"一把年纪跟人打架,又不是什么光彩的事。还好没伤得很严重,不然看你过年怎么交代。"

沈司澜眉梢一挑:"你是在教训你哥吗?"

沈棠心瞪他一眼,懒得跟他计较。

手机再次振动起来,是徐晋知。

沈棠心看一眼挂断,选择信息回复:"我现在很忙,不方便接电话。"

重新把手机放回兜里,心里腾起一股莫名的烦躁,她抓过床头柜上的处方单:"待着别动,我去给你拿药。"

沈棠心刚回到病房门口,被一个急速冲刺的女人吓得一激灵,然后眼睁睁看着沈司澜被人抱个满怀。

女人哭得梨花带雨,手在他脸上和身上四处乱摸:"你怎么样?你还记得我是谁吗?"

沈司澜向来欠揍的脸上满是疑惑:"你是谁?"

"呜呜呜,怎么会这样……"梨花带雨变成了疾风骤雨,女人哭倒在他胸口,"我以为梁川野骗我呢,你到底怎么了呜呜呜……"

"我失忆了。"他波澜不惊地开口。

沈棠心一脸无语地扯了扯唇,走过去,重重地把药搁在床头柜上。

女人听见声响抬起头,表情有点错愕:"你是?"

"我是他的主治医生。"沈棠心一本正经地说,"他脑子没问题,如果坚持说自己失忆的话,建议你带他去看看精神科。"

在沈司澜快要吃了她的眼神中,沈棠心事了拂衣去,深藏身与名。

她现在心情更糟糕了。

看着沈司澜明目张胆欺骗他女朋友,就忍不住心底的正义之火。

沈棠心郁闷地走到急诊大门口。

正午的阳光笼罩过头顶,她的心里却是阴雨绵绵。

她望着花坛边你侬我侬的一对情侣扯了扯唇,正要拿手机叫车,突然被人从身后拉住手腕。

鼻腔里嗅到一股熟悉的味道,她转头一看,果然是徐晋知。

"怎么不打声招呼就走了?"徐晋知微蹙着眉,气喘吁吁,似乎是跑了很久。

沈棠心低着头,往回扯了扯手腕:"有点急事。"

"不接我电话?"他挑眉,依旧眉心褶皱。

沈棠心抿住唇片刻,硬着头皮解释道:"刚刚不太方便。"

小姑娘脸上藏不住事,别扭得很明显。徐晋知见她这副模样,心中大概有了谱儿。

他握住她手指安抚地揉了揉,嗓音也沉下来:"没什么话要问我吗?"

沈棠心目光轻飘飘落在男人白大褂扣子上，想起站在休息室门口听到的话——"没必要让她见。"

她心里酸酸涩涩的，有些问不出口，于是犹豫片刻，换了种问法："你要去参加同学的婚礼吗？"

"姜缓缓"这名字她记得，是在青湖市酒店餐厅找她的那个女人。

当时对方告诉她，是高中同学。

没听到徐晋知马上回答，她紧接着道："我不是故意偷听你和黄主任讲话的，过去找你的时候，你们刚好在说。"

"嗯。"徐晋知淡淡地应了一声。

沈棠心摸不准他这个嗯是什么意思。

是要去参加婚礼，还是相信了她没故意偷听。

一时间她也不知道继续问什么，犹疑间，徐晋知再次开了口："我没打算去。"

沈棠心诧异地抬头，目光坠入他幽深的眸子。

他抬手揉着她的头发，嗓音不疾不徐，解释得很耐心："不是什么重要的人，没必要去。"

"……哦。"沈棠心轻轻咬住下唇。

原来他说的没必要是这个意思。

是那些人不重要，而不是她不重要。

感觉到小姑娘心情的变化，和两人之间气氛的舒缓，徐晋知轻叹一声。

他温柔地拢她入怀："又胡思乱想了？"

"我没有。"沈棠心连忙否认。

"那转头就跑，不接我电话？"徐晋知了然于胸，也不给她留面子，"是不是得像上次一样才长记性？"

沈棠心猛想起那个记忆犹新的晚上，用力摇头。

"我算得上朋友的你都见过了。"徐晋知语气认真起来，"老黄两口子，贺青临，医院同事，基本就这些。"

"哦。"沈棠心乖巧地环住他的腰。

"我没有很复杂的社交关系，也懒得联系那些不重要的人。"徐晋知搂紧她身子，温柔低语，"现在对我来说，只有你是最重要的。"

下午，沈棠心在医院陪徐晋知上班。

因为现在没编制不能帮忙，她就像个小花痴似的站在旁边围观，偶尔也跟他学点新东西。

他会的太多，而她不会的也太多。

徐晋知工作时的模样不管看多少次，还是像第一次那样令人惊艳。

仔细回忆，却又和三年前有所不同。

那时他也是这么认真投入，但毕竟年轻，也有着年轻人的浮躁。

然而现在，这个男人带着时间沉淀后的镇定自若。就好像这个世界上，没有任何事能让他有一丝惊慌。

她见过他最慌乱的时刻，是那次从机场出来，他一路紧紧抱着突发急病的她。那一刻的他，全然不复以往淡定的模样。

下班后，徐晋知突然说要带她出趟远门。

两人只收拾了一个行李箱，就匆匆赶往机场。

候机室里，沈棠心靠在他肩上打哈欠："我们去青湖干什么呀？"

徐晋知侧过头，亲了亲她的发顶："带你去见很重要的人。"

他惯常温柔的嗓音里，依稀夹着渺远的回忆。

沈棠心下意识地想问，但莫名有一股力量让她忍住了这阵冲动。

没过多久，她便睡着了。

大约十点多抵达青湖机场，他提前约好的车，送两人到一个小县城。

夜里看不清什么景色，都这么晚了，只剩楼房里还有零星一些灯光。

第二天，他不知道从哪儿弄来一辆摩托车，两人从县城出发，一路沿着国道疾驰。

沈棠心长到这么大，还只是林鹤浔沉迷改装机车的那些年，跟着他坐过几次，已经好久没体验过这种风驰电掣的感觉了。

大冬天的，徐晋知也没穿厚外套，却把她从头到脚裹得严严实实，只剩下一张脸露在外面。上车时他还给她戴了个头盔，全身几乎密不透风。

乡野风光甚是好看，每一缕空气也都是清新自然的，让人忍不住想大口大口地呼吸。

沈棠心偷偷地把头盔前面的小罩子推上去。

车子在某一个路口转弯，驶进稻田间的狭窄公路，又不知转了多少个弯，路慢慢变得越来越窄，也从水泥路变成泥土路，车子驶过的地方飞起漫天烟尘。

直到停在一个大宅院后的空地上。

那里孤零零竖着一座坟墓。

墓修得很好，和她在路上偶尔见到的小土包很不一样，水泥砌得整整齐齐，墓碑也刻得十分讲究。

角落有他的名字落款，是他母亲的墓。

徐晋知打开摩托车后面的小箱子，从里面取出一束新鲜的白色百合和一些纸钱冥币，走到墓碑前蹲下。

他把花竖立在墓碑前面，淡淡道："妈，我带棠棠来看您了。"

说着，他后退两步，在墓碑前的空地上用打火机点燃纸钱。

沈棠心蒙了蒙，一时间不知道自己要不要跪下。

虽然人已经去世了，但这是第一次见他妈妈，总该要有点礼节的。于是她蹲着的姿势改成跪着,一边烧纸,一边嘴里念念有词:"阿姨,您放心,我以后会好好照顾晋哥哥的。"

徐晋知转头睨了她一眼,笑容里夹着揶揄:"你这都跪下了,是不是要改口叫妈才对?"

沈棠心脸颊红红地瞪他。

他不再逗她玩,转回去满脸虔诚地对着墓碑说:"应该过不了多久,您就有儿媳妇了。棠棠是个好女孩,我会一辈子对她好的。"

当着徐晋知妈妈的面,沈棠心不好说什么,等两人烧完纸钱往出走的时候,才小声嘟哝道:"谁要那么快跟你结婚了。"

徐晋知牵着她的手,低笑一声:"早晚不都得跟我结?"

"都拜过我妈了,你别再想跑。"他这话听着虽然像威胁,却难掩温柔。

两人走到摩托车旁边,沈棠心还在笑嘻嘻地往徐晋知怀里钻,突然,背后传来一道略苍老的声音:"晋知?"

那道声音顿了下,带着微颤:"你回来啦?"

这人说的是方言,但不难听懂。

徐晋知看了眼神色诧异的小姑娘,牵紧她稍稍不安的手,叫了一声:"外婆。"

沈棠心接收到老人落在自己身上的目光,有点拘谨,但也乖巧地跟着他叫:"外婆。"

"哎。"老人眼睛里漫起水雾,有些蹒跚地走上前来,似乎看小姑娘打扮得光亮干净,唯恐自己手脏,又缩了回去,指指身后的院子,"好孩子,快进来坐,外婆给你们做饭吃啊。"

原来空地前的那个大宅院就是外婆的家。只是不知道为什么,刚才祭拜妈妈的时候,他只字未提还有个外婆。

沈棠心跟着徐晋知进去,发现这院子布局很好,看起来就是这些年新建的。

屋子装修很简单,却也很干净,墙和地面都是白色的。客厅宽敞,墙上挂着一面约摸六十寸的大电视机,中间有个大大的红色炉子,屋内温暖如春。

外婆把旁边的椅子拉过来,擦了擦,让沈棠心和徐晋知坐。

沈棠心乖乖坐下来,徐晋知还站在旁边,给她倒了杯热水放在炉子上。

外婆问沈棠心:"什么时候过来的呀?"

沈棠心见着长辈有点紧张,乍一被问也没过脑子,老实地回答:"昨天晚上到县城的。"

外婆一听,脸色稍稍一变,抬头看了眼徐晋知。

沈棠心感觉到自己说错了什么,连忙向徐晋知眼神求助。

徐晋知安抚地摸了摸她的头:"屋里暖和,你坐着休息会儿,我去厨房看看。"

外婆手放在膝盖上撑了撑,似乎要站起来,徐晋知也看了眼外婆:"您歇着吧,我去。"

屋里只剩下沈棠心和外婆两个人。

起初沈棠心稍微有点尴尬和紧张,但外婆是个淳朴和善的老人,眼神里更是对她喜爱有加,说话直白又没架子。聊了一会儿,她便不那么紧张了。

只是老人又突然问起之前那个话题:"昨晚,你们是在县城过的夜?"

沈棠心不得不承认:"嗯,在县城的酒店。"

闻言,外婆低头叹了一声:"这孩子心里头,还是跟我不亲。"

沈棠心心底微微一震,她突然知道一直以来那种奇怪的感觉是什么了。

徐晋知和外婆互相礼貌客气,有长辈的疼爱和晚辈的孝顺恭敬,却总像隔着一层。

她和奶奶和外婆之间的相处,都不是这个样子的。

"他还在怪我。"外婆摇了摇头,"从县城过来坐车也就几分钟,他宁愿在外边住,也不回家里住。"

沈棠心不知道该不该主动问什么,只好默不作声地听外婆说。

"孩子你等一等。"外婆把手撑在膝盖上站起来,"等一会儿,我就回来。"

沈棠心看着外婆缓慢地走出去,没过多久,拿着一个小红木盒子进屋,重新坐到她旁边。

打开盒盖,里面躺着一枚金镯子。

"老婆子没什么值钱的东西,就这一样还算拿得出手。"外婆把金镯子拿出来,颤颤巍巍地递给她,"这是我当年压箱底的嫁妆,他妈嫁给他爸的时候,亲家体谅我们家穷,什么都没要,本来也想给他妈带走的,硬说让我留着,以后没准儿有用。"

沈棠心接过来,乖巧地道了声谢。

"晋知这孩子,出身虽好,从小到大却没过过什么好日子。"外婆叹了一声,"如果不是他妈妈去得早,也不至于吃那么多苦。"

"当年他妈生病的时候,给我打过好多次电话,要我把她带回家里来。"外婆说着眼眶便红了,抬手抹眼泪,"她说,死也要死在自己家,不愿受那些人的闲气。

"都是我,以为她就是要耍娇气,想着嫁出去的女儿接回来不体面,怕村里人嚼舌根,一直就没答应她。"

"直到我女儿在夫家病死的消息传来,我才知道,她病得那么严重。"外婆捂着脸啜泣起来,"这孩子才五岁,亲眼看着他妈妈没了……后来我听说,我女儿,死的时候都没合眼。"

沈棠心听得心里难受,一下一下揪着疼,手放在老人肩上拍了拍:"外婆,都过去的事了,您不要再想了,这样很伤身体的。"

"他怪我让他妈妈死不瞑目,这么多年,对我也不亲。"外婆轻叹着握住她,老人粗糙的手指摩挲着女孩的手,"不过晋知真的是个好孩子,他把他妈妈的坟从城里迁回来,说是妈妈去世的时候就想家,一定要让她回家。其实我都明白,他也是看我内疚,想让我这有生之年,有机会多陪陪我女儿。"

"他还帮我重修了这房子,请保姆照顾我,给我做饭。"外婆抬眼环视这个干净整洁的屋子,墙角还摆着一把按摩椅,"他这个人虽然话不多,但是孝顺,心善,他心里怪我,却还是什么都为我考虑。他以后也一定是个好丈夫。"

说着,她十分郑重地拍了拍沈棠心的手背:"我把我的外孙交给你了,你们两个,一定要好好过。"

沈棠心吸了吸鼻子,重重点头:"外婆您放心,我们会好好的。"

他们果然没在这里过夜,吃了中午饭,徐晋知就说要启程离开。
外婆眼神里都是失落,却也没开口挽留。
回程的车上,沈棠心频频转头看他。
开着车的人握住她的手,转头看了眼小姑娘欲言又止的样子,轻笑一声:"想说什么呢?"

沈棠心抿着唇,发现自己也无从说起,于是摇了摇头。
徐晋知心里明白,若无其事地问:"我外婆跟你讲故事了?"
沈棠心点了点头,依旧是心事重重的模样:"嗯。"
"那我家情况你大概也知道了。"徐晋知语气轻松,和她的手十指相扣,"我呢,孤家寡人,就剩这么一个外婆需要照顾,但也算不得什么负担。"

"……我知道。"沈棠心抿了抿唇,有点想问他爸爸,却忍住了。
直觉告诉她,不会是什么开心的话题。
徐晋知却主动提了起来。
"我爸在我妈去世两年内就再婚了,有一个跟我年纪相仿的儿子,现在我已经和他断绝关系。"徐晋知淡淡地说,"你猜得没错,上次咱们来青湖出差,酒店房间,商场免单,都是他的手笔。但离开酒店的时候我让人给他带了笔钱。"

说完,他略低下头,把她的手抬起来亲了亲。
"我这也算是家世清白,事业有成的优质青年。"他眉梢扬起,"有没有觉得自己赚到了?"

车里凝重的气氛一下子被他搅散,沈棠心嘟着嘴笑笑:"你真不要脸。"
"这年头要脸的男人都找不到对象。"徐晋知揶揄地看她,"我如果要脸,能追得到你吗?"

沈棠心笑嘻嘻地靠在他肩上。
过了一会儿,她像所有恋爱中的矫情女孩一样问道:"你为什么会喜欢我啊?你觉得我哪里好?"

徐晋知侧过来亲亲她头发:"哪里都好。"

沈棠心努了努嘴，翻起旧账："那你当年为什么拒绝我？"

"可能……"他略微沉吟，"我不喜欢被人追？"

他们中午出发，回到家时间还不算晚。

沈棠心在沙发上缠着他，不许他动，拿手机点晚餐。

他对她无计可施，只好把她的头发揉得一团乱，满脸无奈地说："有一种累，叫女朋友觉得我累。"

沈棠心哼了一声。

他唇角轻扯："做顿饭能有多累？"

"叫你歇着就歇着。"沈棠心奶凶奶凶地瞪他一眼，"我答应了你妈妈和外婆，要好好照顾你的。"

"那你不如现在照顾一下我？"徐晋知勾着她下巴，力道很轻，勾得她痒痒的。

她心口"咯噔"一下，手机都差点滑脱，一脸警惕地抬头："干吗？"

"你说呢？"徐晋知轻松地将她拦腰抱起，往卧室走。

沈棠心笑着搂住她脖子，踢踢腿挥了挥，却又怕掉下来，不敢太用力："你干吗呀？还没到晚上呢。"

"晚上是晚上的。"他一脚踢上房门，义正词严，"现在是补昨天的。"

就说这个阴险狡诈的男人，昨天怎么可能大发慈悲放过她。

第二天早上起来的时候，徐晋知还没去上班。

沈棠心打着哈欠走出去时，他正在整理沙发旁边的几个礼品袋子。

"这些是什么呀？"她问。

徐晋知似乎刚点完数量，拉着她的手把人抱过去坐下，顺了顺她满头乱糟糟的头发丝："过年给你爸妈的礼物。"

沈棠心惊喜地睁大眼睛："你要去我们家过年吗？"

他用指腹蹭蹭她脸颊："初一去给未来的岳父岳母拜个年。"

"那除夕呢？"沈棠心眸色暗了暗，抓住他手，"除夕你去哪里过？"

"值班。"他轻描淡写地回答，"一个月前就排好了。"

沈棠心缓缓地松开他手，在徐晋知诧异的眼光里，又忽然扑上去抱紧他。

小姑娘下巴搁在他肩上，与他交颈相贴，嗓音微微夹着哽咽："你以前，总是这样吗？"

"嗯？你是说值班？"徐晋知低低地耳语对她解释，"只要住院部有病人，哪怕一个，科室就要安排人值班，这你也知道。"

沈棠心吸了吸鼻子，眼睛湿了。

她当然知道。

可知道规矩是一回事，知道内情又是另外一回事。

她早就听同事们说，有谁节假日不方便值班的，只要找徐主任，他一准能帮忙。

所以大年三十值班的,几乎每年都是他。

亲人团聚、举国同欢的夜晚,他从来都是一个人在值班室里孤零零地度过。

"最后一次好不好?"她捧着他的脸,眼睛湿漉漉,明亮得像盛着满天星斗。

徐晋知微张开唇,却被小姑娘用一个轻轻的吻堵上:"最后一次除夕值班,以后都要去我家过年。"

"你这可不讲道理。"徐晋知低沉地笑了笑,嗓音也格外哑,似乎在竭力克制着什么,"万一排到我,能翘班吗?"

"那你不许帮别人。"她嘟着嘴,嗓音软软的像在撒娇。

徐晋知若有所思地望着她:"你真的越发霸道了。"

"什么呀,以后你也是有家有口的。"她低下头用手指戳他胸口,"你要自觉一点,别把自己当孤家寡人、救世菩萨。"

"好。"徐晋知目光一动,弯着唇,"以后什么都听你的。"

沈棠心看了眼墙上的钟,离上班时间还有一小时,于是也不急,挂在他身上像是抱不够一般。

晚上爸妈回国,她就得回家住了。

"上次咱们写的那副春联,晚上拿回去给爸妈。"他侧头亲了亲小姑娘白嫩嫩的耳垂,"剩下的,我初一再带过去。"

"好。"沈棠心转过头也亲亲他脸颊,"那我这些天可能都跟爸妈在一起,还要去陪外公外婆,应该没时间找你了,你自己记得好好吃饭休息,不要太累。"

徐晋知笑了一声:"知道了,小管家婆。"

"你嫌我烦也要说。"沈棠心努了努嘴,十分严肃,"吃饭睡觉给我打视频,我要监督。你如果不好好吃饭,我亲自给你点——"

"知道了。"徐晋知低头,用唇瓣止住她的唠叨不休。

当天晚上,沈棠心就把那副春联拿回去,交给了爸爸。

往年家里春联都是沈言勋亲手写的,就连沈司衡的字他都嫌差,这次看了徐晋知那副春联,居然破天荒地称赞有加,说字如其人,必定是个宽和沉稳、正直刚毅的好男人,值得托付。

沈棠心万万没想到的是,徐晋知人还没到她家里来,就凭这么一幅字轻易俘获了老爸的欢心。

晚上在床上和徐晋知视频的时候,沈棠心提起这件事,满脸自豪:"我爸爸可喜欢你写的春联了,说比大哥的字还好看。"

徐晋知手术下得晚,这会儿正在家里吃夜宵,手机竖在餐桌上给她直播。

闻言,他倒是反应平平,只脸上多了些笑容:"我看前半句是真,后半句是你编的吧。"

沈棠心不料被戳穿:"你怎么知道?"

徐晋知低笑一声，夹了一筷子土豆丝放进碗里："你爸这是给我面子，表示他心里认可我了，不见得是比你大哥的字好。"

沈棠心一本正经地嘟哝："可我就觉得你的字好看。"

"谢谢你这么爱我。"徐晋知满脸感激，"等以后退休了，我就去超市门口卖春联怎么样？一幅字二十块，还挺能赚的。"

"好呀。"沈棠心笑得在床上打滚，"那你教我写，我们可以赚双份！"

徐晋知点了下头："行。"

"我都想好了，我们两个装作不认识，摆两个摊，这样有竞争会卖得更多！到时候赚的钱全都是我们的！"

徐晋知看她兴致高昂的样子，指尖摸了摸屏幕里小姑娘的头："我不要，都是你的。"

突然，卧室门被敲了敲，她赶紧收敛起神色："应该是我妈，我先不跟你说啦，你快点吃完洗澡睡觉。"

"好，拜拜。"他朝她挥了挥手。

"拜拜！"沈棠心对着屏幕嘟起嘴，"么么哒！"

贝曦穿着件藕粉色丝绸睡衣走进来，坐到她床边："跟小徐打电话呢？"

"嗯。"沈棠心点点头，脸上甜蜜的表情未散，"妈妈您还不睡觉？"

"有事情问问你。"贝曦温柔地捉住她手，"小徐是说初一过来吗？"

"是呀。"

"就他自己？"

"嗯嗯。"

贝曦接着问："他家里还有些什么人？"

沈棠心想了想，说："就剩他外婆，但是外婆在老家，不会过来的。"

"那你们俩的事，他自己可以做主了？"

贝曦微微蹙眉，怕女儿听不懂，解释道："我的意思是，决定结婚，商量婚期这种事，他不需要和家里人一起？"

"不用了吧，他自己就可以。"沈棠心摇摇头，目光有点暗下去，"这么多年，他也都是一个人。"

贝曦像是想到了什么，垂下眸，把女儿的手握紧了些，"好，那你早点睡，我去看看你爸那边还有没有要帮忙的。"

"妈妈晚安。"

"晚安宝贝。"

罗教授破格让沈棠心大四下学期提前参加研究项目，第二天，沈棠心回了趟学校，去拿实验室和资料室的钥匙。

从教学楼出来后，突然一辆银色奔驰保姆车在她面前缓缓停住。紧接着车门打开，里面坐着一个珠光宝气的漂亮女人，一双狐狸眼微微上挑："沈小姐是吧？"

沈棠心蹙起眉头："您是？"

女人眼波流转，勾了勾唇："我们借一步谈谈？"

沈棠心万万没想到，面前这个看上去顶多四十岁的女人，就是徐晋知父亲后娶的那位妻子。

这驻颜术，也就比她家贝影后差一些。

沈棠心大致能猜到，这个女人来找她，除了徐晋知不会有别的原因，但她还是象征性地问了一句。

房清舒优雅地放下咖啡杯，然后才看向她，不疾不徐地开口："我来找你，只是作为晋知的继母，也算是他家里人，跟你随便聊聊。有一些你可能不知道的事，我想应该让你知道。"

沈棠心是在富人堆里长大的，见过的名媛阔太多如牛毛，这位却总给她一种装模作样的感觉，就好像身上穿戴的都是高奢正品，骨子里却是个不入流的赝品。

"他已经不算是您家里人了。"了解到徐晋知的态度，她也就直截了当，"我们之间的事，就不劳您费心了吧。"

"就算现在不是，曾经也是过。"房清舒笑了笑，"小姑娘，我是为你好，你以为你真的了解他吗？他过去是个什么样的人，他有告诉过你吗？"

沈棠心捏紧了手里的杯子。

房清舒滔滔不绝地说了许多，从徐晋知小时候的事情，到他十五岁被送到英国读书，以及时隔多年后学成归来，抛弃家人，一意孤行留在 B 市。

桩桩件件，没一句说他好的。

"俗话说江山易改，本性难移，我这个继子什么德性我知道。他爸爸可怜他年幼丧母，舍不得说一句重话，只得我这个狠心的来说。哪怕他现在把你哄得好好的，也改变不了他骨子里是个忘恩负义、不负责任的人。"房清舒一副苦口婆心的样子，"小姑娘，你跟着他，将来怕是也和那个可怜的女孩一样，被他玩完了一脚踢开。"

沈棠心低垂着眸，不发一言。

"我记得，那女孩是叫姜缓缓吧。"房清舒长长地叹了一声，"好好一个如花似玉的姑娘，被他糟蹋得连高中都没念完。"

见沈棠心一直没反应，房清舒从包里拿出一张照片："你看看，这是我儿子，比晋知小两岁，现在手下接管着他爸盈利最好的一家公司。以后徐家家产也都是他的，你那个人渣男朋友一分钱也捞不着。你不如跟我儿子相处看看，以后徐家和沈家，生意上也能互相照拂。"

"阿姨。"沈棠心捧起咖啡杯，望着她嘲讽地笑了笑，"您是凭什么觉得，徐家有资格和我们沈家互相照拂？"

这二十多年，沈棠心素来行为低调，不拿家世和财力压人，从未有过这样的戾气，想把一个人踩在脚下，狠狠地碾碎。

她从小长得漂亮，性格温和与世无争，很容易招老师和男孩子喜欢。在学校被其他女生嫉妒嘲讽甚至欺负的时候，她都能漠不关心，淡然处之。

却偏偏在听到这个女人用那些恶毒的话语诋毁徐晋知的那一刻，她心中怒火就像摧枯拉朽似的，失控燎原。

沈棠心刻薄而轻蔑地盯着房清舒僵硬的脸色，抿了口咖啡。

"既然您调查过我的家世，那我就直说了。"她放下杯子，"我们沈家，祖上高门大户，百年经商，至今我父亲身价近千亿，我母亲，国家一级演员，手下影视公司占了娱乐圈半壁江山。就算我要联姻，也轮不到您儿子，一个上不得台面的小集团继承人吧？"

说完，她不再和这个女人浪费口舌，起身离开。

路上，沈棠心脑子里就像炸烟花似的，一刻都不能平静。

要说房清舒那番话对她没有一丁点影响，那是自欺欺人。

她想起在青湖市，姜缓缓对她说过的话：

"你能不能替我，跟他道个歉？"

还有贺青临提起过去时，那副不愿触碰的痛心和唏嘘。

——他俩以前有点儿梁子，你提她，老徐肯定不高兴。

——之前在这种事情上栽过跟头，所以一直都没谈个女朋友。我还以为，他这辈子都不打算碰感情了……

想起外婆说他吃了很多很多的苦。

以及那天从青湖市回来时，他玩笑似的回答：

"我不喜欢被人追。"

她以为真的只是句玩笑。

这个男人，一定要把那些刻骨铭心的过去，当作轻描淡写的玩笑吗？

沈棠心望着窗外不断倒退的模糊街景，心脏颤颤巍巍的，一抽一抽地疼。

徐晋知办公室没人，打电话也不接。

她想他八成是在手术，于是自己用指纹刷开门，去办公室里面等他。

进屋时，她目光稍稍一抬，正好落在他办公桌中央，那个红色的小物件上。

是她当年送给他的羊毛毡。

她手残织得难看，当年却丑而不自知，在里面藏着寺庙求来的姻缘符，献宝似的送给他。

记得当时，徐晋知的眼神是特别嫌弃的。

她以为他会转头就扔，却没想到时隔三年，完好地出现在他办公桌上。

还是丑得没眼看。

沈棠心拿着这个毛茸茸的丑东西，眼眶忽然涌起一阵热意，正当她快要憋不住眼泪的时候，兜里手机突兀地响了起来。

她吸了吸鼻子，摁下接听。

"刚下手术，怎么了？"徐晋知嗓音略带着疲惫，却依然耐心温柔。

沈棠心却越发难受。她不愿去想他如今的温柔淡定，豁达通透，是以什么样的代价换来的。

徐晋知似乎感觉到她不对劲，语气认真地问："你怎么了？"

"没事。"沈棠心摇摇头，压着嗓音，不想让他听出异样，"我在你办公室呢，你快来。"

徐晋知笑了笑："好。"

"我想你了。"挂电话前，她瓮声瓮气地说，"我好想你。"

不过才一天没见，她就真的好想好想他。

外面很快传来熟悉的脚步声，沈棠心赶紧跑到门口。

当门被打开的那个瞬间，她冲过去扑进他怀里。

手里的羊毛毡一晃而过，她紧紧搂住他脖子，踮起脚，生涩而认真地主动吻他，像是有倾诉不完的深情和想念。

徐晋知抱着她亲了一会儿，明显感觉到小姑娘不对劲，捧着她的头稍稍退开，像对小孩那样温柔地哄："怎么了？嗯？"

沈棠心收回手，低头看向手里的东西。

徐晋知也随着她低头，羊毛毡艳丽的红色让他眼眸一颤。

"这个……你一直都留着吗？"沈棠心低声问着，心里像是提前有了答案，需要他亲口来确定，"为什么要留着？"

徐晋知轻轻握住她的手，也握住那只羊毛毡。

他知道现在是不得不坦白的时候，即便有一些东西，很难对她解释清楚。

沉默片刻，他深深对上她明亮的眼睛。

"没错。

"我喜欢你三年了。"

沈棠心眼里蓄了一眶泪，颤颤巍巍地摇摇欲坠。

"对不起。"徐晋知低垂着眸，指尖摩挲着羊毛毡几乎被磨平的边角，"当年都是我不该。"

"真的都是你吗？"沈棠心闭了闭眼，泪水顺着脸颊流下来，"你怎么知道都是你的错？你是不是以为自己把一切都扛起来就很伟大？"

徐晋知被沈棠心哭得心慌意乱，俯身亲吻她眼睛，却发现这样根本没办法哄好她。

他脑子里乱糟糟的，艰难理出一丝头绪："是有人跟你说什么了？"

沈棠心紧紧地抱住他，鼻涕眼泪都擦在他的白大褂上。

屋里闷，小姑娘哭起来更显压抑，叫人心疼。

徐晋知把她带到顶楼天台，像那次在宿舍楼顶一样，他从背后搂着她，挡住四面袭来的风。

医院楼房建得高，视野开阔，沈棠心看着脚下蚂蚁一般的车辆和行人，心情逐渐平缓下来。

徐晋知像是哄小孩似的，低声娓娓地讲故事。

讲他自己的故事。

作为富商家的儿子，他本可以一世坦途、顺遂无忧，直到四岁那年，母亲突然被查出绝症，挣扎一年后含恨而终。

之后不到两年光景，父亲再娶，继母生子，他也从众星捧月的所在，变成一个可有可无的累赘。

学生时期被姜缓缓高调追求，他严词拒绝，姜缓缓求而不得并怀恨在心，到处散播他睡了自己却不负责的谣言。

因为家中生变，他性子变得冷漠孤僻，除了黄旭天和贺青临没别的朋友。

那些拉帮结派的同学也都背地里说他是怪人，他们添砖加瓦，添油加醋，并以此为乐。

当流言像病毒一样蔓延的时候，没有人会听他辩驳。

就这样一个全科学霸，沦为整个学校的耻辱和笑柄。

父亲盛怒，继母日日吹枕边风，他在家关了两个月紧闭，被远送到异国他乡。

沈棠心先前的情绪缓了过来，不再那么想哭，只是听着他这些故事，心口像被钝刀一下下割着，绵延不止地疼。

她紧紧握住他的手："所以你是因为姜缓缓，所以那么排斥我吗？"

"一开始是。"他摩挲着她的指尖，语调很平静，"那些年追我的女孩，我都很排斥。不过后来会喜欢上你，我自己都很意外。"

沈棠心默默地垂睫，心思越发沉重。

其实当年他态度的转变，她并不是完全没感觉。

后来他也会礼貌地收下她礼物，她陪得晚了，他给她叫车送回学校。还有一次她不小心在诊室里睡着，醒来时躺在窗户边的折叠床上，窗关得紧紧的，她身上披着一张灰色毛毯。

徐晋知对她一直很淡，却总在不经意间泄露出一丝不易察觉的暖意。

直到她满怀希望地以为自己最终能得到这个男人，却在某一个倾盆大雨的晚上，被彻底地推下地狱。

他说，我再也不想见到你。

认真、决绝，甚至愤恨。

现在回想起来，那更像是一种歇斯底里的迁怒。

沈棠心吸了吸鼻子，问："那天到底发生了什么？"

徐晋知俯身抱紧她。

"那天，我爸生日。"他沉沉的气声里夹着嘲讽，"房清舒打电话叫我回去。"

"自从我爸再婚，我和他关系一直不好，倒是房清舒那个女人，表面上装得和气温婉，对我视如己出，我虽然跟她不亲近，但也没觉得她多坏。"

"直到在我爸生日宴上，我亲口听见他对生意伙伴说，他只有徐英睿一个儿子。"徐晋知扯了扯唇，冷笑，"而我，只是一个谣言。"

她心口狠狠地一痛，指甲不自觉掐进他手背的肉里，又惊觉松开。

"都过去了。"徐晋知低头吻她发顶，"我都不难受，你别难受。"

"我不难受。"沈棠心喃喃低语着，像是说给自己听。

她缓慢地转过身，抱住他腰，把脸埋进他胸口。

徐晋知低头看着怀里的小姑娘，手指怜惜地抚摸她长长软软的头发。

那些年他没曾学会爱别人，也感受不到任何人的爱。

遇见她之前，他一直是那样一个情感缺失的人。

直到她陡然闯进他生命里，像一轮小太阳照亮他幽暗陈腐的心，让他冷冰冰的世界终于变得有一些起伏和温度。

弄丢她的那些年，他始终在锥心刺骨地思念。

他也想寻回他的小太阳，却总觉得自己不够好，没有资格去拥有她。

哪怕他一直在努力变好。

如果不是命运给他们重逢的机会，让她再次站在他面前，叫他心底的爱意如野草般疯长，或许他这辈子都没法鼓起勇气，去面对这样的奢望。

怀里的小脑袋忽然动了动，沈棠心抬起来头，泛红的双眼望着他，无比认真地说："晋哥哥，我们结婚吧。"

徐晋知目光一颤，手指从她发丝间滑脱。

沈棠心依旧望着他，也不等他反应，握着他的手继续："你别看我小哥嘴巴坏，其实他很疼我的，他也没有真的讨厌你，就是刀子嘴豆腐心，不喜欢说人话。"

"还有我大哥，他和你很像，只是外表冷冰冰，其实心眼特别好。我爸妈也都很好很好，他们一定会喜欢你的。"

"而且我们家不缺钱，以后你要是觉得累，不工作也行。"

徐晋知定定地望着她，仿佛很想说些什么，却没能发出声音。只是眸底如暗夜般深邃，嘴唇止不住地轻颤。

"走，我去给你买戒指。"沈棠心两眼期待地发光。

她兴致勃勃地牵着他转身，却没能迈出去第二步。

她脚尖刚动，就被人用力拉扯回去，疾风骤雨般吻了下来。

没能用言语表达出的汹涌情绪，都化在这一个放肆而绵长的吻中，恨不得就像这样，和她纠缠不止，直到时间和生命的尽头。

不知道过了多久，他稍稍退开，给快要窒息的小姑娘一些喘息的空间，嗓音带着克制的哑意："傻瓜，求婚这种事怎么能让你来？"

沈棠心大口大口地呼吸着，一个字都说不出来，刚才被他亲得太猛，无力招架，眼眶都泛起一层水雾。

她看见徐晋知近在咫尺的幽深眸子，感觉到他的睫毛在她眼皮上轻扫，那一点幽微的痒顷刻间窜遍全身，连大脑都被占据。

他低沉地笑了一声，移到她耳边，呼出的热气熨烫她被风吹红的耳垂："不过，我答应了。"

他嘴唇紧紧贴住她耳朵，像是要把这些话完完整整地说进她心底，每一次呼吸声都夹着满溢的深爱，舍不得让风吹走一分一毫。

沈棠心眼眸一颤，捏紧他身侧的衣服。

"戒指我给你买。

"以后钱我赚，饭我做，孩子我带。"

沈棠心咬了咬唇，禁不住唇角上扬。

"至于你这个小吃货——"

想起她刚才那副信誓旦旦的模样，他忍不住轻笑：

"我努力一些，应该能养得起。"

沈棠心"扑哧"一声笑了出来。

她心口突突不停地跳着，夹着笑腔的嗓音也止不住微颤："那万一，要是养不起呢？"

"那你就少吃一点？"

沈棠心一边笑着，一边攥起拳头往他胸口里砸："你想得美。"

徐晋知佯装吃痛，直起身往后退去，也将她一起往后拽。嬉闹间，她一个不小心栽进他怀里。

"好吧，那我更努力些。"他语气认真，"'996'变成'007'，再打十八份工。要是还不够你花，就提前去超市门口摆摊，卖春联。"

沈棠心忍不住笑着仰起头，却猝不及防，被他眼下一层淡淡的青色挡住了笑容，玩闹的心思顷刻间散去。

她微蹙起眉，在他下巴上轻轻啄了一口，嗓音温软而乖巧："其实我也没那么能吃，我很好养的，你随便养养就好了。"

楼顶上风开始呼啸，徐晋知用宽阔的胸膛和手臂为她挡住凛冽的寒风，手指拨开她额前被吹乱的发丝，落在女孩光滑如玉的脸颊上，爱不释手，缓缓摩挲。

直到风声停止的那刻。

他忽然俯身，额头贴住她额头，沉沉地说了一句：

"我爱你。"
如初见时那般,瞳孔幽黑如墨。
叫她一眼误终身。

第十八章·
我现在是你的人

除夕那天,一家人都去了外公外婆家。

除了林鹤浔在 A 国工作回不来,大家都到了。

沈司澜带着女朋友回家,贝曦高兴得合不拢嘴,转头瞥向老大:"你怎么不把瑶瑶也带来?"

沈司衡依旧是那副生人勿近的脸色:"她值班。"

"大过年值什么班,你们医院也真是的。"贝曦不高兴地撇了撇嘴,"瑶瑶值班,小徐也值班,咱们家人可真是造福人类的活菩萨啊。"

"可不是嘛。"沈棠心表情闷闷地嗑着瓜子。

沈言勋从楼上下来,听见老婆和女儿的抱怨,义正词严地开口道:"年轻人,就该多承担一些社会责任,不能一个个都跟你们这样想。"

沈棠心看向贝曦,贝曦也看向她,母女俩相对着用眼神吐槽这个刻板无趣的老男人。

晚上吃过团年饭,沈棠心一边看电视,一边和徐晋知用微信聊天。看看自己这一家子团团圆圆,再想想在医院里冷冷清清的某个人,她就越发心里不是滋味。

她退出聊天页面,打开和沈司衡的聊天框。

沈棠心:"大哥大哥。"

沈司衡:"嗯?"

沈棠心:"大哥你想不想去看大嫂?"

沈司衡:"不想。"

沈棠心惊讶地抬起头,继续敲字:"不,你想。"

沈棠心:"除夕把人家单独放在医院值班,你这个男朋友也太不合格了!"

沈司衡:"嗯。"

沈司衡:"可是我不想。"

"打麻将吧哥,太无聊了,今年春晚又这么难看。"沈司澜搂着女朋友去麻将桌那边,"大哥,棠棠,你俩过来。"

沈棠心一个劲朝沈司衡递眼色,却见对方站起身,径直往麻将桌走去。

"棠棠，你来不来？"沈司澜朝她挑了挑眉，"小哥让你赢压岁钱。"

沈棠心终是抵不住诱惑，也去了。

不知道过了几小时后，他的压岁钱影子没看到，倒是外婆给她的压岁钱被他薅走一沓。

沈司澜的女友方珞宁都看不下去了，不满地瞪他："有你这么欺负妹妹的？"

"我没欺负她啊，她牌技差也能怪我？"沈司澜一脸正直不阿，"又不是我教的。"

沈棠心看了眼时间，都快晚上十一半点了。

没赢到钱，还牺牲了陪徐晋知聊天的时间。

浑蛋沈司澜，诅咒他天天喝水塞牙缝！

"久坐不宜，今天到此为止了。"沈司衡看着手表站起来，"我有些资料落在学校，去拿一下。"

说着，他目光若无其事地往沈棠心这边瞟了瞟。

沈棠心脑子转得飞快，立马激动地跟上："晚上开车不安全！大哥我去给你保驾护航！"

沈司衡禁不住勾了勾唇："好。"

"还说不想去看大嫂呢。"沈棠心望着驾驶座上的男人，"就知道你口是心非。"

沈司衡淡淡地瞥她一眼："我看你慌得不行。"

沈棠心脑袋一灵光："你故意的？！"

故意骗她说不想来，就是想看她干着急？

沈司衡气定神闲地目视前方，但答案已然明显。

沈棠心满脸痛心疾首："大哥你变了！是什么让你变了！"

三十年的恶臭熏陶也没让他变得和沈司澜一样欠揍，这才短短几个月，居然就学坏成这样？

谈恋爱，真的会把男人变成狗。

"不是要给我保驾护航？"沈司衡面无表情地抬了抬下巴，"别看我，看路。"

沈棠心到医院的时候，护士站值班的护士正在用便当盒吃饺子，抬眼看见她过来，挥了挥手："沈医生。"

虽然已经结束实习，但护士姐姐们都叫习惯了，无伤大雅，也就没改过来。

"郭姐，你晚上就吃这个呀？能吃饱吗？"沈棠心蹙了蹙眉。

"能啊，我点的双人份，这家蟹黄饺子很好吃的，除夕还送外卖，真的很贴心了。"郭护士笑了笑，"找徐主任的吧？"

沈棠心点点头："嗯。"

郭护士指了指护士站右边："在2号病房呢，刚才病人说不舒服，过去看了。"

"那你忙，我也过去啦。"沈棠心从包里找出一块巧克力，放在桌台上，笑嘻嘻道,"新年快乐!"

"谢谢你啦,新年快乐。"

沈棠心一路走过去,只有两三个病房亮着灯。

今天毕竟是除夕,一些不太危险的病人,能回家的都回家过年了。

但医生不能。

沈棠心走到2号病房门口的时候,门开着,里面只有一张病床上有人,脸上纱布包得严严实实,看上去十分可怜。

徐晋知似乎刚给他检查过,对一旁神情紧张的女家属说:"各项指标都正常,您不用太担心,如果情况有变严重,随时找我。"

"好的,谢谢医生。"家属站起来连连点头,"大过年的,辛苦您了。"

"应该的。"徐晋知笑了笑,"好好休息,早日康复。"

沈棠心半张脸遮在毛线围巾里,用手捂着,嘴角止不住地上扬。

她爱死了这个男人对病患和家属说话时的样子。

谦和有度,彬彬有礼,温柔和煦,似乎用一切美好的词汇都不足以形容出他的美好。

在徐晋知快要转身的那一刹那,沈棠心呼吸一窒,以最快的速度闪到门边。

徐晋知刚一走出病房,她就从背后抱上去。

本想激动地叫一声 Surprise,但这里是医院,她只能安安静静地抱着他。

徐晋知难得捏着她的手把人弄开,嗓音却是一贯的低沉温柔:"我身上不干净,换身衣服再抱。"

沈棠心努了努嘴,跟着他回到值班休息室。

徐晋知换了一身消过毒的干净白大褂,才将她搂进怀里,低下头亲了一会儿,沉声问:"怎么突然过来了?"

沈棠心在他怀里仰着头:"来陪你过除夕呀。"

徐晋知喉结微微滚动着,低沉地笑:"家里人同意你来?"

"我才不要他们同意呢。"沈棠心把他抱得紧紧的,"谁也不能阻止我来看你。"

徐晋知似乎有所了然,挑了挑眉:"和大哥一起来的?"

沈棠心没想到被戳穿,脸一热:"你怎么知道?"

"下去拿外卖的时候遇到温医生了,想着大哥应该会来。"徐晋知用指腹拨开她额头上的发丝,"至于你嘛,你自己应该也来不了。"

沈棠心拧了拧他的腰,奈何这人肌肉太紧,只拧到了白大褂和衬衫。她愤愤地瞪他:"你敢小瞧我。"

"不是小瞧你。"徐晋知轻笑着,目光灼灼地望着她,"这么晚了,你自己开车我不放心。"

沈棠心瞬间被哄住,搂着他脖子,仰起头蹭他鼻尖:"那我过来,你高兴吗?"

"高兴死了。"他再次吻住她,闭眼勾缠了好一阵。

直到从某个病房传来振奋人心的春晚倒计时。

当最后一个数字被念出来,伴着电视里烟花和礼炮的声音,他望着她,双眼近在咫尺,幽幽的气声无比清晰和虔诚:"新年快乐。"

沈棠心嘟起嘴巴,亲了一口他的唇,嘴角弯起一个无比灿烂的笑容:

"新年快乐。"

零点过后,徐晋知把值班室的床收拾了一下,让沈棠心睡觉。

沈棠心坐在床边拽着他的衣角:"你不睡吗?趁现在没事睡一会儿吧,万一半夜有人叫,又没法睡了。"

"8号床的奶奶没家属照顾,我去看一下再来。"徐晋知安抚地摸摸她的头顶,"你先睡。"

"好吧。"

徐晋知离开后,她先钻进被窝里,靠在墙边留了一半的位置。心里想着别那么快睡着,等他回来再一起睡,却没多久就哈欠连天,意识涣散了。

迷迷糊糊间,她感觉自己进入一个温暖的怀抱。

她睡得不算安稳,徐晋知什么时候被叫出去再回来,她都知道,但睡够了时间,第二天早上醒来的时候还是神清气爽。

手机上显示着六点五十分。

此刻两人偎在值班室窄小的床上,徐晋知抱着她,睡得正熟。

如果她记忆没错,不久前他才又起来过一次。

于是她小心翼翼地转过身,面对着熟睡中的人,害怕吵醒他,连呼吸都压得特别轻。

她目不转睛地盯着这张怎么也看不够的脸,或许是因为刚睡醒,一切都恍恍惚惚,像做梦一般。

三年前一见钟情的男人,就这么让她如愿以偿,变成即将要与她共度一生的人。

以前她从没想过,和一个人在一起,没有宽敞的卧室和柔软的大床垫,就睡在一张坚硬狭窄的小床上,盖着医院标配的单薄棉被,也能让她觉得人生如此幸福。

沈棠心正看得满心欢喜挪不开眼,忽然,那双唇不太明显地动了动,发出近似于梦呓的低沉嗓音:"有这么好看?"

沈棠心眼皮一颤,忙不迭闭上眸子,假装自己还没有醒。

"你不知道你睡着的时候和醒着的时候,呼吸频率不一样吗?"伴着徐晋知的一声轻笑,唇瓣被一片柔软压住。

她人也被他压过来,逐渐加深了这个吻,再也没办法装睡。

"睡好了没？"他问她。

沈棠心勾着他脖子讷讷点头。

"我先去准备查房。"徐晋知又啄了一口小姑娘被亲红的唇瓣，"你再休息一会儿，等我查完房回家。"

"我不用休息了。"沈棠心把他抱紧了些，"我跟你一起去！我都好久没看过你查房了。"

徐晋知略微失笑："查房有什么好看的？"

沈棠心嘟了嘟嘴，神色认真："很好看呀。"

片刻后，徐晋知了然地眯了眯眼。

"我算是看出来了。"他手指摩挲着小姑娘热热的脸颊，一字一顿，"你对我就是，沉迷美色。"

沈棠心"扑哧"一笑，像他往常那样，点点他鼻尖："你怎么才看出来？"

"我以为你爱我的灵魂。"徐晋知一本正经道。

沈棠心忍不住又笑了，故意逗他："那可惜哦，我就是肤浅地喜欢你的脸。"

徐晋知意味深长地盯了她一会儿，才勾唇浅笑："万分荣幸。"

说完，他起身整理衣服。

沈棠心继续目不转睛地盯着他，嘴里还念念有词："我男朋友真完美，长得一级帅，身材一级棒，有钱有颜有才华。"

"还有呢？"徐晋知对着镜子扣衬衫最上一枚纽扣。

沈棠心侧过身支着脑袋："还有什么呀？"

徐晋知从镜子里睨她："活不好？"

沈棠心一秒脸红，恼羞成怒地隔空踹他。

徐晋知笑着看了眼墙上的时钟，不再跟她胡闹。

出去后，沈棠心隔着门听见他的声音："小郭，早餐多点一份，别放葱。"

她坐起来，抱着枕头笑得甜甜蜜蜜。

沈棠心以最快的速度穿好衣服，出去时，他正在和两名实习医生讲话，表情认真，不苟言笑。

看见她出来，他面色稍缓点了下头："去查房吧。"

沈棠心自觉走在后面，不干扰他们工作。

一名西瓜头的男实习生缓缓地挪到她旁边，小声八卦地问她："你就是徐主任的女朋友吧？"

沈棠心淡淡地回答："嗯。"

"我们一来就听说过你的大名了。""西瓜头"对她竖了个大拇指，"能拿下这棵万年老铁树，真的厉害。"

沈棠心讪讪。

"西瓜头"兴致勃勃地继续问："徐主任平时对我们都不苟言笑的，那冰山脸看一眼都能被冻死,你是怎么有勇气跟他在一起的啊?"

"你没听说吗?"沈棠心表情严肃地盯着他。

"西瓜头"八卦地睁大眼睛:"听说什么呀?"

"徐主任最讨厌八卦的小朋友。"沈棠心认真道,"工作时间开小差,是会被他赶走的哦。"

"西瓜头"一个激灵,迅速跟上去。

查完房,徐晋知说要换套干净衣服去见岳父岳母,于是两人先回了一趟他家。

徐晋知洗完澡就穿着条短裤从浴室出来,大摇大摆地在眼前晃。

沈棠心不禁脸热起来:"你能不能把衣服穿好?"

他低头看那条短裤:"不是穿着吗?"

"……你这跟没穿有什么区别?"沈棠心睨了眼,把头发扒拉下来,挡住泛红的脸颊。

"是你自己在想什么不健康的东西吧。"徐晋知坐到沙发上,把吹风机递给她,"来,帮我吹吹。"

他出来时只用毛巾随意擦了擦,这会儿头发又开始往下滴水,腹肌因为坐下的姿势被挤成越发明显的形状,头发上的水珠落入那些沟沟壑壑,看起来分外香艳。

沈棠心咬了咬唇,一只手接过吹风机,另一只手往他怀里塞了个抱枕,挡住这些让人脸热的东西。

徐晋知头发不长不短,前几天还刚修过,也没有刻意弄什么造型,额头侧边有个小小的漩涡,平时随便梳着,就是很自然的三七分。夏天炎热的时候他剪了一次寸头,却依旧不影响这逆天的颜值,反而更让他添了一分干净利落。

不过他头发长得实在太快,没多久就恢复了原来的发型。

沈棠心站在旁边十分仔细地给他吹头发,隐约听见他说了句什么,她没听清。于是把吹风机拿远了些,问:"你刚说什么呀?"

"我说,"徐晋知顿了下,"你站着吹不累吗?"

沈棠心摇摇头:"不累呀。"

徐晋知双手握住她细瘦的腰:"我眼睛累。"

抱枕早就被他扔开了,他的手一用力,便将她摁下来坐在自己腿上,这才露出一个满意的笑容:"这样我就不用仰头看你了。"

"胡闹,吹头发呢。"沈棠心憋不住笑,装凶瞪他一眼,"看我干吗?"

"想看你。"他搂着她的腰不放,"每时每刻都想看着你。"

沈棠心蹙起的眉倏地展开。

她心底像被春风吹皱的湖面,荡起一圈圈波纹,连吹风机的声音都仿佛温柔了几分,有点害羞地咕哝道:"什么时候变得这么油嘴滑舌了。"

"那你尝尝味道有没有变？"徐晋知稍往前倾身，吻住她的唇。

吹风机落在沙发上，孤零零响了十多分钟。

快要擦枪走火的时候，两人才想起今天还有顶顶重要的正事要办。

徐晋知将她紧紧地摁在怀里，嗓音低哑地问："什么时候再过来住？"

自从她父母回家，两人已经好多天没亲热过了，昨晚值班，也没心思去想这些。

沈棠心垂了垂眸："我爸我妈初三要回老宅去。"

徐晋知眉头紧蹙起来："去多久？"

沈棠心："得要个几天吧。"

徐晋知望着她，目光幽幽地暗下去。

沈棠心终于不忍心再逗他，"扑哧"笑了一声，搂着他的脖子说："我不去啦，罗教授的实验室初五就要有人，师兄师姐们都回家过年了，我得帮忙去。所以从初三开始我就自由啦。"

"小坏蛋，故意骗我呢？"他毫不留情地捏了一把手心的柔软，"不怕我到时候报复回来？"

沈棠心努了努嘴："你怎么报复？"

徐晋知低笑一声，唇贴到她耳朵旁边，动了动。

沈棠心瞬间羞恼地捶他胸口："下流！"

"嗯。"他不以为耻反以为荣，嘴角噙着极坏的笑，"就对你下流。"

沈棠心看着他这副模样，再想起这人在医院工作时的人模狗样，以及实习生口中不苟言笑的冰山脸，简直无奈得哭笑不得。

无奈中又满是甜蜜和幸福。

毕竟道貌岸然的徐医生皮下这副面孔，只属于她一个人。

今天是大年初一，沈司衡听说去温医生家拜访了，方珞宁也回了自己家。

他们到的时候是沈司澜开的门。

沈司澜看着徐晋知的表情不怎么友好，依旧带着明显的敌意，幸亏贝曦及时从楼梯下来，笑眯眯地把人迎进去。

一番热情寒暄后，她便说去厨房里给沈言勋帮忙，把客厅留给几个年轻人。

沈司澜像个大爷似的靠在单人沙发里，手里拿着一包瓜子慢条斯理地嗑，目光却一直轻飘飘地盯着徐晋知，绵里藏刀。

沈棠心才懒得理他，彻底把他当成了空气，她抬手捏着徐晋知的肩膀把人转过来："我看看领带歪了没有。"

今天他的领带是她亲手给他系的，所以她格外关心。

沈棠心第一次给男人系领带，折腾了许久才弄好，总怕系得不够完美，害他在爸爸妈妈面前出糗。

偏偏在这方面，她又是个极端完美主义者。

"哎呀,这里有点不整齐。"

"没事的。"徐晋知捉住她的手,"压在领子下面,又看不见。"

沈棠心努了努嘴:"可是我看见了。"

徐晋知把领子整理好,朝她笑:"这不就看不见了?"

沈棠心依旧死死地盯着那处较劲:"我下次一定可以系得很好。"

"嗯。你这么聪明,一定可以。"

沈司澜吃瓜子都吃出了狗粮味,凉飕飕地盯着两人:"沈棠心,是你给他系的领带?"

沈棠心终于给了她哥一个眼神:"是呀。"

沈司澜一声冷笑:"你长这么大,给你哥系过一次领带?"

沈棠心抿了抿唇,望着他卫衣领口垂下来的带子:"那要不我给你系?"

话音刚落,手就被旁边的徐晋知重重捏住,紧接着听见他低沉含笑的嗓音:"小哥有女朋友帮忙,你就别凑热闹了。"

这话里依稀带着些占有欲和挑衅,他眼里也不全是善意的光。

沈棠心傻乎乎没感觉到,可沈司澜何等人精,他慢悠悠地把瓜子放在茶几上,双手交握,望着徐晋知眯了眯眼:"徐医生叫我什么?"

徐晋知弯唇浅笑,十足十的温文尔雅:"小哥。"

沈司澜把老爸放在茶几上的两颗麻核桃捏得"咯吱"响,一副皮笑肉不笑的表情:"没记错的话,徐医生虚长我一岁,我可当不起您这声哥哥。"

让徐晋知这个三十岁老男人叫哥哥,他尊严何在?

"沈总是棠棠的哥哥,我自然要随她叫。"徐晋知表面上客客气气,眼底里也是暗潮汹涌,"这点礼数还是要讲的。"

沈司澜轻笑一声:"都是些繁文缛节,咱们家没这些规矩。"

此言一出,他忽然觉得哪里不太对劲。

不及多想,对面的徐晋知已经冲他弯眉一笑:"多谢小哥,那我就不客气了。"

沈司澜眼皮一跳,脸色瞬间黑下来。

他刚刚说了什么?

谁跟他咱们家?

呸!这个抢走他妹妹还蹬鼻子上脸挑衅他的可恶老男人。

贝曦早就瞧出自家儿子少爷病又犯了,看得出这位准女婿虽然表面上温润随和,骨子里却也不是个好惹的主,正好治治沈司澜这厮的少爷病。

于是吃完饭,她就以去后院浇花为由,把沈言勋带走了。

屋里只剩这三个小孩。

一个傻乎乎毫无察觉,专心致志地打游戏;另两个听着电视背景音,百无聊赖地大眼瞪小眼,谁都不让谁。

"棠棠。"徐晋知忽然拿出手机,"这局打完我陪你。"

"好哇!"沈棠心兴奋地大喊,"等等我马上就赢了!我带你飞!"

徐晋知宠溺地望着她,抬手把小姑娘鬓边的头发掖到耳后:"好。"

"打游戏还要女朋友带。"沈司澜轻蔑地嗤了一声,"丢人。"

徐晋知丝毫不以为然,反倒摸了摸沈棠心的脑袋,语气里都是得意:"没办法,我家棠棠厉害。"

"呵。"沈司澜眼神冰凉,"她厉害也是我教的。"

徐晋知抬眼看向他,眼神意味深长:"那我该谢谢小哥了。"

这人这么不要脸的吗?

沈司澜也参与了游戏,两个老手带一个新手,一开始气氛还算和谐。

徐晋知因为不会玩,没什么存在感,沈司澜带妹带得格外爽:"歇着啊,看小哥给你干翻他们。"

沈棠心从小打游戏就爱跟着沈司澜屁股后面跑,乐得划水,一边放点小技能一边吃瓜。徐晋知倒是挺认真,始终默默地研究技能。

过了一会儿,队伍里杀出一匹黑马。

沈司澜郁闷了。

他还是像以前一样习惯性地保护妹妹:"棠棠你别冲,躲我后面。"可回头一看,屏幕里压根儿就没人。

而另一边,沈棠心脑袋歪在徐晋知肩膀上,边打哈欠边划水。

"我好困呜呜,歇会儿。"

"晋哥哥,打他打他!"

"晋哥哥好厉害!"

沈司澜咬紧牙,开启无限屠戮模式。

一局结束后,他便退出游戏,面色铁青地起身走了。

沈棠心倒也没在意,她实在太困,又忍不住靠着徐晋知打了个哈欠。

"要不去睡个午觉?"徐晋知摸摸她的脸颊,小声问。

"嗯。"沈棠心仰起头,眯眯着眼看他,"你也去吗?"

徐晋知用用指腹蹭了蹭小姑娘压出褶子的脸,温声道:"你先去,我一会儿来。"

"那你快点哦。"沈棠心揉了揉眼睛,起身往楼上走去。

徐晋知目送小姑娘上楼后,再转身出客厅。

沈司澜坐在前院的秋千上抽烟,冷空气里白雾缭绕的,也不知道是烟,还是呼吸之间凝结的水汽,整个人看上去有些缥缈的寥落。

"我妹妹从小到大没受过委屈。"似乎是感觉到身后有人,他手指夹着烟搭在秋千扶手上,缓缓开口,"她性子温顺,心地善良,是因为从小什么都不用争,不用抢。

"我第一次看见她哭得那么难过,是因为你。"

"抱歉。"徐晋知坐到秋千另一侧,转头看了沈司澜一眼,"以前的事无可辩驳,是我对不起她。"

"现在说那些还有什么用?"沈司澜扯了扯唇,"事已至此,你们之间的事我管不了了,但棠棠永远是沈家的女儿,是我妹妹。"

徐晋知默默地听着,目光落在沈司澜指尖的袅袅白烟上。

"三年前我就该揍你一顿,是大哥拦着我,才让你躲过一劫。"沈司澜目光凉薄地睨过来,"是,没错,当年你没有义务接受她,对她好,那是你的自由。但如今这条路也是你自己选的,如果你再敢辜负她,我绝对不会放过你。"

徐晋知郑重地开口:"沈总放心,我会好好照顾她的。"

"我姑且相信你。"沈司澜轻哼一声,"我这个人很好说话,但丑话也得放在前头。你对我妹妹好,你就是我家人。你如果敢对她不好,我也让你尝尝在人间混不下去的滋味儿。"

"我不是我哥,我这人浑大的,没那么多顾忌。"

沈棠心美美地睡了个午觉。

她没等到徐晋知回来就睡着了,再次醒来的时候,屋里光线昏暗,拉着厚厚的遮光窗帘,但还是能看清坐在床沿的人。

她的手被松松地握着,他目光幽深而温柔地望着她。

"你没睡呀?"沈棠心嗓音轻轻地问,因为刚醒有一点哑。

"嗯,不困。"他握紧她的手,唇角温暖地勾着,"想看看我的睡美人是不是要一个亲亲才能起来。"

话音刚落,小姑娘立刻闭上了眼。

徐晋知一时间失笑,望着她故意索吻的样子,然后俯下身。

许久后,温热的缠绵结束,两人面颊相贴,缓缓地呼吸。

"好了。"徐晋知捧着她的脸,"妈叫你下去看花。"

沈棠心"扑哧"一笑,戳戳他肩膀:"乱叫什么呢?是我妈。"

"嗯。"他亲了一口她的唇,"咱妈。"

贝曦闲时爱弄些花花草草,满后院都是她的杰作。冬天天冷,她便叫人弄了一个巨大的温棚。

这季节虽然花都没开,但花苗被养得很好,温棚里绿意盎然,恍若春夏。

"我之前有好多多肉,都被这丫头害死了。"说起那件事,贝曦依旧满腔怨念。

沈棠心不高兴地努了努嘴:"妈您就怪我一个,明明大哥小哥也有份,谁叫他们一个个都搬出去的。"

贝曦一脸无奈地望着她:"好好好,不怪你。"

沈棠心哼了一声。

"现在有了男朋友,妈妈都不能开你玩笑了是吧?"贝曦温柔道。

沈棠心小声咕哝:"您给我留点面子行不行?"

亏她还信誓旦旦说过,要给他阳台上种满花草呢。要知道她连多肉都养不活,那不得笑死人。

贝曦哪能不知道自家闺女那点小心思,一边给海棠树剪着枝叶,一边说:"我这儿花花草草是太多了,你爸总嫌我一回家都没时间陪他,你俩正好看看有没有喜欢的,搬走一些带回去养,也给我省省劲儿。"

"可是妈妈,"沈棠心认真地发问,"我都不认识呀。"

别说现在全都是叶子了,就算来年春天开了花,她也不见得全认识。很多花在她眼里看来,长得都没什么区别。

贝曦笑了笑:"你不认识就让小徐来挑。"

徐晋知正在盯着一盆植物认真研究,闻言,十分坦荡地望过来:"伯母,我也不认识。"

沈棠心差点笑出声:"妈妈,他连绿萝都养不活呢。"

"你得意个什么劲儿?"贝曦轻笑,"说得好像你能养活似的。这可不是你小时候养蚕宝宝,摘点儿桑叶它就能自己吃。"

沈棠心疑惑地问:"难道不是我浇点儿水它就能自己长吗?"

贝曦睨了她一眼,面色有点复杂。

"对哦。"沈棠心看着母上大人的表情,了悟地点点头,"晋哥哥的绿萝和吊兰都是被他浇水浇死的呢。"

徐晋知觉得再这么下去,他那点儿短都能被这丫头给揭光了。为了在丈母娘面前保留点形象,他主动凑上前去:"伯母,我最近正好对这个感兴趣,您给我说说……"

"妈妈我也想学。"沈棠心搬了把小板凳坐到旁边。

徐晋知认真地听贝曦讲了一下午,也试着给那些花草剪枝。回头一看,板凳上小姑娘抱着膝盖睡得正香,他忍不住笑了出声。

"这丫头被我们给宠坏了。"贝曦也满眼无奈,"她爸爸四十岁才盼来的心肝宝贝,总是这也舍不得,那也舍不得,生怕她吃一点苦。两个哥哥也惯着她,还有个从小带她四处胡闹的小舅。你别看她乖乖的,其实爱玩得很,也没什么吃苦耐劳的毅力。"

徐晋知认真地剪着枝叶,低沉笑道:"也只有您这样的家庭,才能养成她这么好的品性。"

"也是。"贝曦看着自家女儿,温柔地点了下头,"我这丫头的性格是真好,她爸爸还总犯愁呢,说她一点都不厉害,不像沈家的女儿,以后出去被人欺负可怎么办。"

"不会的。"徐晋知勾了勾唇,"我不会让人欺负她。"

贝曦半开玩笑半认真地说道："那你可不能欺负她。"

"您放心把棠棠交给我。"指尖捻着剪下的叶片，他望着贝曦，无比郑重其事，"我会一辈子对她负责的。"

"你们打算什么时候结婚啊？"贝曦问。

徐晋知温和地弯起唇："我是想今年就办了，不过还得依她的意思。"

"全依她的也不行，这丫头今天一个想法明天一个想法，跟小孩似的。"贝曦笑了笑，"你们俩要是都没意见，就交给我和她爸爸来安排，我看今年也合适，上半年吧，开春四月正好。可以早点领证，到时候再办婚礼。"

徐晋知满眼抑制不住的兴奋："那就辛苦伯母和伯父了。"

他话音刚落，后面小板凳上传来小姑娘刚睡醒的朦胧嗓音："你们在说什么呢？"

贝曦调笑道："说要把你给卖了呢。"

沈棠心一脸蒙。

"你这能吃能睡不干活，把你卖给小徐我都不好意思。"贝曦揶揄地看她一眼，"回头我去打听打听今年的猪价。"

沈棠心气呼呼的，又忍不住笑："妈妈！"

贝曦用笑了笑，转身进屋，把暖棚里的空间留给他们。

徐晋知脱了手套，从花盆里捡起一枝花苞，走过去蹲在她面前："刚说咱俩结婚的事儿呢。"

他把那支花苞递给她，白色边缘有一圈浅浅的粉。沈棠心不认识是什么花。接过来时，整个人却都柔软下来，还有点害羞，略低着脑袋："这么着急呀。"

"你都跟我求婚了，还不着急？"徐晋知嗓音温柔地诱哄，"我这儿时刻准备着把自己送出去呢，你打算什么时候接手？"

沈棠心脸一热，用花苞戳戳他的脸："……随便你。"

嗯，人比花娇。

她怎么这么会挑男人呢？

"我们明天去订戒指吧。"徐晋知握住她的手，"鸽子蛋我现在是买不起，不过，我会尽我所能给你最好的。"

沈棠心目光一颤，摇了摇头，反手与他十指相扣："我不要那么贵的戒指，我们买普通的就好了。"

在她看来，两个人之间的感情，不需要用这种东西来证明。

"明天去看看再说。"他笑了笑，握紧她的手。

沈棠心乖乖点头："好。"

第二天，两人去首饰店选戒指。

接连逛了好几家，徐晋知觉得店里款式单一没特色，于是约了个设计师做定制,但那位首席设计师行程太满,见面要等一个星期。

初三贝曦夫妻回老宅,沈棠心就将自己打包送到了徐晋知家里。

他还有最后两天休,初五上班。

"晋哥哥,我们出去旅个游吧。"沈棠心突发奇想。

徐晋知正在做早餐,最近她爱上了日式玉子烧,他特地买了个煎锅煎蛋皮。闻言,稍稍侧了侧头:"后天就上班了,你也得去实验室,还能去哪儿?"

沈棠心抱住他的腰,在他后背蹭了蹭:"不远不远,一天就够。"

徐晋知发现小姑娘像在暗戳戳谋划着什么,若有所思地唇角一勾:"行,都听你的。"

吃完早餐,两人去超市买了点特产和补品。两小时后,已经在去往青湖市的飞机上。

沈棠心买的是头等舱,到青湖机场下飞机后,也是她提前安排好的车和司机。开车很累,徐晋知初五上班,她不想让他太劳累。

过年这几天天气不错,下午阳光斜斜地照进车里来,都不用开暖气。午后犯困的小姑娘懒洋洋靠在徐晋知怀里,眼皮耷拉着,轻轻浅浅的呼吸将他胸前晕得微微湿润。

沈棠心像是已经睡着了,不然以她小话痨的性格,就算困着也会跟他叨个不停。

徐晋知帮她调整了一个更舒服的姿势,然后抻开外套盖在她身上,目光温柔而宠溺,却夹着些深沉的情绪。

二十九年过去了,要说他对外婆还有多深刻的责怪也不尽然。这世间任何事都会随着时间淡去,更何况他也知道,外婆心里是记挂着他的。

只是有些东西他不会表达,便只好任其保持原有的样子,仿佛只要这样,所有人都会活得轻松自在一些。

可相比于他对于一切的消极态度,沈棠心是截然不同的。

她似乎总想把一切引导向更好的方向。

比如这次,连哄带骗地叫他去给外婆拜年。

然而,有几分是被哄骗,又有几分是刻意装傻,他自己也衡量不出。

车子停在那个小宅院前,几乎是同时,睡着的沈棠心醒过来,揉了揉眼睛,望向车窗外的景色,神色激动起来:"这么快就到啦!"

"嗯。"徐晋知笑着拿走外套,替她理理头发,趁她不注意的时候动了动被压酸的胳膊。

"我去叫外婆,你和师傅拿一下东西。"沈棠心像个小主人一样安排好一切。

徐晋知看着开门下车跑得飞快的小姑娘,无奈地弯了弯唇。

院门开着,外婆坐在廊下,鼻梁上架着一副老花眼镜,正在用毛线织东西。

沈棠心叫了一声,外婆手里动作一顿,看过来,满脸不可置信和惊喜。

"你怎么过来了呀?"外婆颤巍巍地从椅子上起来,放下针线,迎过去,"晋知呢?"

"他也来了。"沈棠心回头看看,徐晋知正拎着几个大袋子进门,"我们给您带了好多吃的用的,还有一个理疗仪,您膝盖不舒服可以经常蒸一蒸,我外婆用着可好了,现在冬天都不会疼。"

外婆握着她的手连声道谢,眼眶都红了。

屋里生着火,还像上次一样温暖如春。

沈棠心给外婆试了试理疗仪,外婆笑得合不拢嘴,说:"高科技的东西就是不一样。"

"是吧?而且这个操作很简单,您晚上坐这儿看电视就可以用。"沈棠心仔细看了看控制面板,"这个温度可以吧?"

"可以的。"外婆握住她的手,满眼的羡慕,"你爸爸妈妈把你教得真好。晋知能遇到你这么好的姑娘,是他的福气。"

话音刚落,沈棠心感觉屋里气氛一滞。外婆似乎感觉到不妥,下意识地转头看了眼自家孙子。

徐晋知却没有丝毫反应,倒是跟着浅浅地笑了笑:"您说得没错,是我的福气。"

说完,他便起身去了洗手间。

沈棠心安安静静地看着外婆,这个头发花白的老人满脸愁绪,连连叹了三声。

"是你叫他来看我的吧?"外婆看看沈棠心,了然地勾起唇,"这孩子往年也就是往我这儿打一个电话,从来不会亲自过来。"

沈棠心摇了摇头,压低嗓音:"他要是不想来,我骗他来也没用呀。他可不是那种任凭摆布的人。"

外婆微微错愕,过了几秒,释然地点了点头:"倒也是这个理。"

"其实他心里也是记挂您的。"沈棠心认真道,"只不过男人嘛,有些话就是不喜欢说出来,您不说,他也不说,都以为对方还在意过去那点事儿呢。其实依我看他早就放下了,他只是自己在跟自己较劲。"

外婆叹了叹:"这孩子,就爱自己跟自己较劲。"

他们在这儿待了一下午,跟外婆闲话家常,但多数是沈棠心和外婆在说,徐晋知默默地听着。

晚上吃了饭,徐晋知打算回去。

外婆送两人到门口,表情始终带着些犹豫和挣扎,眼看着徐晋知拉开车门就要坐进去,才终于忍不住说:"晋知啊,要不今晚就在这儿歇吧。"

徐晋知回过头,很浅地笑了笑:"不了,您早点休息,我们就不打扰了。"

"不打扰,这怎么能是打扰呢?你这孩子总跟我这么客气。"外婆眼眶红了红,"天都黑了,你们开车去省城多不安全,大半夜坐飞机也好累的呀。就在我这睡一晚,明天早上吃了饭再走,也不耽误上班啊。"

车里,沈棠心拽着他的衣角,冲他点头。

车外老人沧桑的声音也格外叫人可怜:"我还有好多话要和你媳妇儿说呢,下次又不知道什么时候才能见了。"

徐晋知淡淡地答应:"好吧。"

外婆高兴得合不拢嘴,眼泪都快流出来了,赶忙叫保姆去铺床:"换那套新的床单和被子,我年前去县里买的,大红色,喜庆。"

晚上吃得有点多,两人在村里逛了一圈,散步消食,回来后来到墓前。

沈棠心把路边摘的不知名小野花放在墓碑上:"阿姨,新年快乐呀。"

徐晋知从背后抱住她,轻笑了声:"叫妈。"

"我们还没结婚呢,你别想提前占我便宜。"沈棠心仰头瞪他一眼。

"嗯。"徐晋知煞有介事地对着墓碑说,"妈,棠棠已经跟我求婚了。"

沈棠心扁了扁嘴,不搭理他。

徐晋知却仿佛听到了回答,继续开口:"好的,您放心,我们会努力的。"

沈棠心好奇地盯住他:"阿姨跟你说什么?"

"我妈说,"徐晋知男人顿了顿,勾唇一笑,夜色下璀璨的眸子里满是揶揄,"下次要带着孙子孙女来看她。"

回去后,沈棠心先去洗了个澡。洗完后发现客厅还亮着灯,以为是外婆忘关了,推开门进去一看,老人家还坐在炉子旁边,继续织白天那件毛衣。

毛线看上去像是旧的,微微褪色的姜黄,还带着明显卷曲。

"这是前几年的毛衣了,有点松,我拆下来重新织一遍。"外婆没有抬头,戴着老花镜费力地盯着手里的活儿,"晋知他妈妈嫁人前穿的毛衣,都是我自己织的。"

沈棠心在旁边椅子上坐下来,目不转睛。

过了一会儿,外婆抬眼,充满慈爱的目光掠过镜框上沿望向她:"你是不是想学啊?"

沈棠心忙不迭点头:"想。"

高中有段时间流行这个,班里不少女孩子学着织围巾送给喜欢的男孩。学校附近的商店都开始做起了卖毛线和编织教学的生意。

她那会儿只沉迷于小说和漫画,对这个毫无兴趣,也完全不能理解那些女生们害羞和雀跃的心情。

感情方面她比较晚熟。

十八岁那年遇到徐晋知,才是她情窦初开,第一次体验到心动的感觉。

"来,外婆教你。"

外婆递给她针线，开始手把手地教。

"自己织的毛衣，和外面卖的还是不一样。商场里那些都是用机器织的，冷冰冰的，没有人气儿。"外婆笑着说，"不过你们现在的小姑娘都没耐心做这些了。"

沈棠心认真地戳着毛线，嘟哝道："我觉得很有意思呀。"

"那你学学，织点儿围巾帽子手套什么的就好了。"外婆摸了摸自己的脖颈，"我这颈椎病就是年轻的时候织毛衣落下的，你可别跟我一样。"

沈棠心乖巧点头："嗯。"

她心里暗暗决定了，要在冬天过完之前，给他织一条好看的围巾。

外婆给他们准备的大红床单和锦被，虽然知道只是个巧合，沈棠心还是不太好意思躺上去。

而另一个人却十分自然地靠坐在床头，穿着长袖T恤和大裤衩，浑身上下仿佛被罩上一层红色，晦暗的灯光透着一股子暧昧。

他勾了勾唇，笑容也仿佛沾上点勾引的味道："发什么呆呢？过来。"

屋里没空调，暴露在零度左右的室温里，沈棠心突然感觉到冷，再也顾不上其他，火速跑过去钻进被窝。

徐晋知低笑一声，手臂紧跟着钻进去，把小姑娘捞过来摁在怀里，噙住她因为惊讶而微微张开的唇瓣。

被窝里冰凉的那一侧很快变得火热，她也在男人温柔的攻势下理智涣散，凭着微弱的本能将手抵在他肩头，"不，不行……"

"这房子隔音还不错。"他轻轻啃了一下她的耳垂，低声喃喃，"你稍微小点儿声？"

昏暗的光线里，小姑娘一双水盈盈的杏眼夹着雾气，眼神愤愤，还着些可怜。

但每到这种时候，她越是可怜，越叫他舍不得放过。

从年前到此刻，也算是小别胜新婚，徐晋知怎么可能放过她。

沈棠心自己的意志也不够坚定，很快被他带入了他的节奏。

第二天早上起来，她都不太好意思看外婆，总觉得昨晚的动静被听到了。

他们吃完早餐就得走，外婆没让保姆做饭，亲自给他们煮了自己包的饺子。端上桌，给他们递碗筷的时候，她盯着沈棠心笑得合不拢嘴："气色这么好，看来昨晚睡得不错。"

沈棠心刚喝了点温水润喉，闻言一口气岔了，咳嗽起来。

徐晋知笑着给她拍背顺气："慢点儿喝，没人跟你抢。"

"我还担心我这乡下条件简陋，你睡不习惯呢。"外婆搬了把椅子坐下来，轻轻叹道，"等今年村里补贴下来了，我买个空调，以后你们回来睡觉就不用冻着了。"

沈棠心忙不迭地摇头，说："补贴您自己用吧，我们回来也住不了几天，不用浪费。"

"钱您就留着吧。"徐晋知低声附和，"空调您又不会选，回头我叫人买。"

"这怎么行？"外婆皱了皱眉，"你们都快结婚了，小两口也要过日子的呀，还给我这老家伙贴钱算什么事儿？我自己有手有脚的，有口吃的就能过。"

"那您也别光想着给我们买空调了。"徐晋知给沈棠心盛了碗饺子，"我们两个人睡，冻不着。"

"……咳咳。"沈棠心忍不住又岔了一口气，咳嗽起来。

吃完早餐，他们便没多停留。

沈棠心昨晚的睡眠质量确实不错，上午精神头十足，来时没能仔细欣赏的风景，这会儿趴在车门边看了个够。

车内广播从音乐节目跳到了新闻节目。

"近日，知名电商平台星辉商城被匿名举报财务造假，经查实，其所属集团星辉集团涉嫌违规确认投资收益，2015-2020年财报虚假……

"……时任董事长徐垚辉，时任总经理、总会计师房清舒被采取终身证券市场禁入措施……"

听到熟悉的名字，沈棠心脑子里"咯噔"一响，猛回过头。

徐晋知闭眼靠在座椅背上，也不知道听没听到。

她犹豫片刻，还是没叫他，悄悄把手伸到前面去换了个台。

然而做完这些之后，她心里还是有些惴惴不安。

到了机场，徐晋知才睁开眼睛。沈棠心认真观察他很久，才基本确定他应该是没听到。

不然怎么可能淡定如斯？

最近一班机还有两个半小时，他们没急着过安检，值机托运行李之后，坐在航站楼的椅子上等。

沈棠心又陷入了深深的矛盾，不知道要不要把那件事告诉他。

不管怎么说，都是和他父亲有关的。

那人总是他的亲生父亲。

察觉到小姑娘的心不在焉，到现在也没把羽绒服帽子摘下来，徐晋知笑着给她扯掉前面的绳结："想什么呢？"

沈棠心最后犹豫了一遍，还是摇头。

"想我爸的事？"徐晋知若无其事地转回头去，牵起她一只手，轻轻地揉进掌心里。

沈棠心愣了愣："你知道？"

"嗯，昨天的新闻，老黄一早就给我发了消息。"徐晋知点点头，"其实，他前年为了一个医疗项目想找我帮忙。当时我就觉得不太对劲,所以没答应。应该是从那时候开始,集团财务就出了问题。"

沈棠心不禁有些后怕:"幸好你没答应……"

徐晋知捏了捏她的手:"我有那么傻?"

"那现在,你……"沈棠心欲言又止,转过头望着他。

"那是他自己的事,与我无关。"徐晋知微微凉薄的目光看向她后,沁出些许暖意,"我现在可是你的人。"

沈棠心猝不及防地心口一跳,微嗔:"你又没正形。"

"我说得不对吗?"他抬起她的手,亲了亲,语气很认真,"于情,他对我从没尽到一个父亲的责任,如今他有他自己的家庭,以后也有他认可的儿子赡养他;于理,他犯下的错应该受到法律的惩治,我又能怎么样呢?"

沈棠心用脑袋蹭了蹭他的肩,仰起头:"那你就没有一点点难过吗?"

徐晋知手指微微一顿,只是轻笑。

沈棠心反握住他的手,低声道:"我讨厌他那么对你,我也希望你真的不要难过。"

可人心难测,有时候哪怕是最亲近的人,也有不想让对方知道的情绪。

这才是最让她担忧和心疼的。

"我去给你买奶茶吧。"沈棠心看了眼小超市旁边的奶茶店,"你想喝什么?"

徐晋知笑了笑:"跟你一样。"

"不行,你要自己选。"沈棠心拿出手机,在小程序里找出那家奶茶店的菜单,举到他面前,"认真选哦。"

他知道小姑娘是想借此分散他的注意力,于是也听话地接过手机,一行一行地看屏幕上那些花里胡哨的图片和文字。

这种东西对他来说实在有点难,看了一会儿,他就随便用手指点点:"就这个吧。"

沈棠心选定紫薯芋泥啵啵,低着头问:"要全糖吗?"

徐晋知略微迟疑的回答,被咨询台那边一道突兀的女人声音打断:

"你给我说清楚!为什么不准我登机?"

沈棠心蓦地瞪大眼睛。

这嗓音有点熟悉,那张脸也有点熟悉。

她仔细一看,果然是房清舒。

站在房清舒旁边的两个男人,应该就是徐垚辉和徐英睿。

……这世界也太小了。

沈棠心不自觉握住身旁徐晋知的手。

他的手很少像这样发凉,却像是竭力控制着什么,有种隐忍的紧绷感。

咨询台工作人员温柔礼貌地开口:"不好意思房女士,我给您仔细查过了,您三位的确都在失信人名单内,所以没办法乘坐航班。"

"可是我机票上个月就买了!"房清舒嗓音尖锐,"什么失信人名单?我们公司最近是出了点小问题,但很快就会好起来的!你们别瞧不起人。"

工作人员微微颔首,依旧面带微笑:"您别急,现在还可以退票。"

徐垚辉扯了扯房清舒的袖子,低叹道:"要不就退了吧。"

房清舒烦躁地甩开他,继续对着工作人员咆哮:"你这叫什么话?我不想跟你说!你叫你领导来!"

大家都在井然有序地等候航班,突兀的吵闹声一时间吸引了很多人注意,徐晋知目光也若有似无地落在那个中年男人身上。

他颓废、苍老,却还有些残余的倨傲。

两人终究是亲生父子,那种倨傲的神色,她也曾在徐晋知脸上看见过。

沈棠心突然转过头,柔软的唇贴上徐晋知的侧脸。

徐晋知眼眸一颤,目光怔怔地看过来,带着询问。

"你要的啵啵呀。"沈棠心笑得眉眼弯弯,站起来拽拽他,"你陪我去买嘛,我不想一个人。"

几秒后,他站起身,也勾起唇角,满眼里只有她的身影和笑容:"好。"

他不再回头看那幅刺眼的画面,也再听不见那些刺耳的声音,只有眼前这个小姑娘,她柔软而微凉的小手,将他从寒冬和黑暗里,带入一个全新的,温暖又明亮的季节。

徐晋知很少喝奶茶这种小姑娘喜欢的玩意儿,他平时的饮料都是手磨黑咖啡。两人约会的时候她偶尔会买,但他最多就尝一两口。

沈棠心知道他不习惯太甜,一般都会买蜂蜜柚子茶那类清爽的果饮。

但今天这杯紫薯芋泥啵啵,有些甜度超标。

他忍着喝了几口,微微蹙眉望向身旁的小姑娘。他喝到了紫薯芋泥,可是——

"啵啵是什么?"

徐晋知看着手里的奶茶杯子,满脸认真的求知欲。

沈棠心憋住笑,指了指自己的脸颊:"这个呀。"

徐晋知若有所思地盯了她两秒,然后俯下身,在她脸上亲了一下。女孩笑盈盈的眼眸转过来,在他嘴角还了一个吻,一本正经地胡说八道:"啵啵的意思就是,喝奶茶要亲亲。"

"哦,是这样。"徐晋知抬手摩挲她光滑的下巴,微眯了眯眼。

成功骗到人的沈棠心点点头,继续喝奶茶里 Q 弹的小珍珠。

突然,不远处的奶茶店门口有顾客问:"老板,啵啵是什么呀?"

老板笑着答:"就是这种小丸子哦。"

沈棠心心里"咯噔"一下,眼皮颤颤地抬起来,对上徐晋知意味深长的目光。

她腿一抖,转身就要跑。
然而她两步的距离还比不过徐晋知伸长的胳膊,他轻易地拎着她帽子将她拽回来,不由分说,低头噙住她软嫩的唇瓣。
他吻得用力,像是在故意惩罚她这张说谎骗人的嘴。
他几乎要将她体内的氧气都抽干,才终于放过怀里的人儿。
"不是说喝奶茶要亲亲?"

第十九章·
还愿

沈棠心初五开始要回学校住,下次休息才能再过来。初四下午到家,徐晋知缠着她一晚上,补足昨天没能尽兴的遗憾。

沈棠心被抱进浴室洗澡的时候还在想着,他们老这样下去不是办法。

在这方面,徐某人半点不像个老男人,比二十多岁的毛头小伙子还精神。

第二天沈棠心回学校,他请假行政例会,亲自送她去。

新学期第一天,沈棠心穿得很好看,还化了个美美的妆,一下车,就让来上课的男同学们挪不开眼睛。

那些目光落在她身上,就好像在某人心口燃了把火。

徐晋知面色冷凝地扯开安全带,推门下车,阔步追上她。

望着小姑娘惊诧的眼,他解下脖子上的围巾,一圈一圈绕在她脖子上,然后在众目睽睽之下俯身低头,吻住她的唇。

周围一阵尖叫和起哄。

沈棠心羞答答地推了推他:"同学们都在呢,你快上车!"

"就不。"徐晋知男人耍赖,"你在学校这么受欢迎,我得考虑一下是不是要随堂监督。"

"别闹了,我是来上课的,又不看他们。"沈棠心憋着笑装凶,"你上午不是还有门诊吗?快回去!"

徐晋知低沉地笑了笑,手掌轻轻摩挲她微红的脸颊:"那我走了?"

"嗯。"沈棠心点点头,侧头在他手心啄了一口,"周末见哦。"

徐晋知给她理了理围巾:"周末见。"

目送徐晋知上车,她一边闻着围巾上属于他的香味,一边抬起手不停地挥,直到看着那辆车消失在拐角。

突然肩膀被拍了一下,她猛一吸气,转头看到楚白筠一脸贼兮兮的笑:"教学楼圣地,你俩注意点儿啊。"

"别提了。"沈棠心既想吐槽,又忍不住满满的甜蜜,憋不住嘴角上扬,"他这个人真是的……"

楚白筠拉着她往教室走:"听说你俩要结婚了?"

沈棠心一愣:"你怎么知道?"

"晏老师讲的呗。你家徐主任现在可是到哪儿都春光满面,生怕人不知道好事将近。"

楚白筠认真地问:"你真要这么早结婚?咱大学还没毕业呢。"

"大学没毕业怎么了?又不是没到法定年龄。"沈棠心丝毫不以为意。

"也是。"楚白筠若有所思地点点头,"你是还能等,老徐再等就更老了。"

快到教室门口,楚白筠张口打了个哈欠:"咱学院真的是有病,大年初五来上课,我不行了,我找个好位置补觉去。"

沈棠心拽着她找了个角落的位置,坐下后给徐晋知发语音:"你开车注意安全呀,到医院告诉我一声。"

徐晋知很快回了条语音:"好,乖乖上课,爱你。"

楚白筠趴在桌上正要入睡,生生被肉麻得浑身一抖:"老男人真恶心。"

沈棠心忽略掉她,故意对着手机娇滴滴说了一声:"我也爱你哟。"

"沈棠心我告诉你我也是有男朋友的!"楚白筠踢了一脚她的鞋,"风水轮流转,你给我等着!"

一周的时间很快过去。

徐晋知说好周五晚上来接她,结果午饭时来了通电话,说下午临时有事,时间不能确定。

以沈棠心对他工作性质的了解,知道八成就是来不了了。

楚白筠见她接完电话后蔫蔫的,问:"怎么了?不是明天去见设计师订戒指吗?"

"嗯,约好的是明天。"沈棠心点点头,似乎找到了一丝安慰。

只是今天晚上来不了而已,明天他总不会再有事。

下午还有三节课,两个姑娘午睡差点睡过头。一路飞奔到教室,看见讲台上写板书的高瘦背影,沈棠心立马拽着她回头:"是1501不是1503,你能不能不要每次都走错?"

"不是,"楚白筠拽了拽沈棠心,"这是1501啊,没走错。"

沈棠心站在后门口再次望过去,发现这背影有点眼熟。

楚白筠也是一脸蒙:"今天不是吴教授讲课?"

话音刚落,讲台上那人突然转过身来。

伴随着耳朵边一声惊呼,沈棠心心口狠狠地一颤。

"小棠,我没看错吧,那是你男人?"

讲台桌面被敲了敲,大教室里顿时安静下来,紧接着,是男人望过来的亲切眼神和磁沉悦耳的声音:"还有一分钟上课,刚来的同学尽快找位置坐好。"

他今天穿着一身简单的白衬衫黑西裤，没有打领带，但从领口到手腕，每一粒扣子都扣得一丝不苟，看上去依旧那么严谨不容侵犯。

沈棠心被他看得头皮发麻，草草找了个空位置坐下，头埋得很低。

很快上课铃响了。

"同学们好，我姓徐，是附院口腔外科的医生。今天吴教授临时有事，我帮他代一节课。"讲台上的人沉沉开口，"现在我们开始上课。"

沈棠心小心翼翼地掀起眼皮，看了他一眼，嘴巴不由自主地嘟起来。

这个衣冠楚楚的大骗子。

前排有女生早就按捺不住了，在下面小声嘀咕：

"我的天，他讲课好帅！"

"声音也好好听啊！我不行我要死了！"

"你看他的手，我的天好白好漂亮！"

沈棠心一直撇着唇，不高兴地揉耳朵。

楚白筠戳戳她胳膊，幸灾乐祸："喂，如果眼神能吃人，你男朋友这会儿被啃得渣都不剩了。"

沈棠心咬牙切齿："招蜂引蝶。"

"可不是嘛。"楚白筠咋了咋舌，"你得好好给他上上男德课，叫他少出来抛头露面。"

"沈棠心。"讲台上那人突然顿了顿，叫出她的名字。

沈棠心整个人一激灵，抬起头，对上那人似笑非笑的眼神。

他手里拿着黑色的遥控翻页笔，越发衬得他手指白皙如玉，唇继续动了动："旁边那位女同学。"

楚白筠嘴角一抽。

徐晋知望着她，眼神和音色都发凉："上课讲话不要这么大声。"

同学们的目光齐刷刷望过来，大部分落在沈棠心身上，显然是很好奇，这位帅到没天理的代课老师居然认识她。

沈棠心不理会那些目光，默默垂下眼睑，拿起笔，无比认真地听起课来。

自从结束实习，她已经很久没听徐晋知讲过课了，这会儿听着他用平时对她说情话的声音来讲课，居然有些恍如隔世的错觉。

这是口腔医学的小课，教室面积不大，她坐在靠后的位置也能清晰看到他手撑在讲台上说话时，小臂鼓起的青色脉络。

白衬衫衣摆扎在裤边里，勾勒出男人细窄而有力的腰，藏在那层布料下的腹肌形状，在她脑海里若隐若现。

沈棠心摆了摆头，试图将那些乱七八糟的想法甩出去。

终于熬过三节课，下课铃响，眼看着那些女孩一窝蜂涌上讲台，嚷嚷着要联系方式。

沈棠心神色郁闷地收拾好书包，准备离开。

身后传来徐晋知礼貌疏离的嗓音："课程相关问题可以发到吴教授的工作邮箱，他有空会看。我还有事，先走了。"

说完，他看了眼后门口那个女孩背影，匆忙跟上。

沈棠心刚走出教室门口，就听见徐晋知叫她："沈同学。"

她微微一愣，停下脚步。

身后紧接着传来徐晋知衔着淡淡笑腔的声音："沈同学，你东西掉了。"

沈棠心环顾四周，都没发现自己掉了什么东西，疑惑地看过去。

徐晋知白衣黑裤，长身玉立，在长长的教学楼走廊中间格外惹眼。

他一只手拿着电脑和资料，另一手抬起来，在众目睽睽之下牵住她，低声启唇："男朋友掉了。"

周围起哄声此起彼伏，沈棠心脸一热，赶紧拽着他逃离教室门口。

回去的车上，沈棠心点进学校论坛，上面果然飘着一个最新热帖。

有人偷拍到她和徐晋知刚刚在教学楼里牵手的照片，还有前几天他送她来的时候，在楼门口吻她的照片。

——"果然是仙女配仙男，太养眼了吧！这是校园偶像剧现场吗？"

——"呜呜呜，今天给我们代课的徐老师啊，还以为他是单身呢！"

——"这年头长得帅的都有对象了，我这么好看居然没人要！这不科学！"

——"帅哥，我身高一米七，长得比你女朋友漂亮，要不要考虑一下？"

"喂。"沈棠心嘟了嘟嘴，关掉屏幕，转头看驾驶座上的人，"有个身高一米七的大大大美女问你要不要考虑一下。"

徐晋知唇角微微一勾，看过来。

"长得比我漂亮呢。"沈棠心煞有介事道。

"那，"徐晋知若有所思地眯了眯眼，"你帮我联系联系？"

短暂的沉默过后，沈棠心哼了一声，转过脑袋不理他了。

徐晋知倒乐见她这副醋意熏天的样子，只觉得可爱得不行，路上唇角的弧度就没压下来过。回到家，他二话不说把她抱到卧室去哄。

他哄人不爱用嘴，来点实际的，比花言巧语要有用得多。

"呜呜……白白说得没错，你们这些臭男人……就会用下半身思考。"沈棠心把自己卷在被子里，狠狠踢了他一脚。

徐晋知手里拎着手机，刚连上蓝牙音箱。伴着音箱里突然响起的音乐声，他轻笑着将她搂过来："理论上，人的中枢神经系统在大脑，所谓的下半身思考是个伪命题。"

沈棠心瞪他一眼，瓮瓮地吸了吸鼻子。

刚刚冷却下来的室温继续爬升起来，音箱里是八十年代著名男歌手充满磁性

的声音:

"意乱情迷极易流逝,难耐这夜春光浪费……"

浑浑噩噩到黎明时分才睡着。

醒来的时候,已经是属于午后的燥热。

徐晋知也还陪她赖在被窝里,他从背后抱着她,两手相握,两人一直保持这样的姿势过了一夜。

突然感觉到哪里不对劲,沈棠心蹙了蹙眉,把手从被窝里拿起来,初醒时惺忪的眼睛顿时睁大。

只见她左手的无名指上,戴着一枚熠熠闪光的钻戒。

徐晋知将她细长白皙的手指托起来,温柔摩挲,耳后热气飘荡,他低沉微哑的声音酥酥绵绵地穿透耳膜:"我想了想,有些东西还是不能省。求婚这种事,本该是我来做的。"

沈棠心愣愣地盯着两人交握的手指,眼睛被那一抹光亮刺得微微发热。

他手臂从她身上拿开,倏而携着一捧艳丽的红色闯入她眼帘。花瓣上还带着水珠,馨香浅淡而醉人。

"结婚是两个人的事,我不愿意有第三个人,所以自作主张选择了这种方式。"他语气低沉而郑重,带着一丝虔诚的微颤,"棠棠,嫁给我好吗?"

沈棠心鼻子一酸,忍不住眼眶湿润起来。

视野变得模糊不清,只有指间那一点光亮格外的惹眼,她吸了吸鼻子,瓮声瓮气地说:"那我还能反悔吗……"

徐晋知温热的呼吸贴上她耳垂,低笑一声,摩挲着她手指上的钻戒:"晚了。"

沈棠心转过身,手臂勾在他脖子上,语气郑重其事地问:"那你会喜欢我多久?"

徐晋知低头噙住她唇。

良久后,两人额头相抵,他的目光直直地钻进她眼底:"我会一直爱你。"

他把喜欢变成了爱,语气就像宣誓那般郑重。

沈棠心攥紧了手指,呼吸颤抖。

"直到我的生命没办法支撑我再爱你。"

沈棠心忍着泪意仰起头,碰了一下他的唇。

"那你要活得久一点。"想到未来他也许会先离开她,她心里就堵住般难受,"否则我一定会去找个比你帅比你有钱的老头子,我要管别人叫老公,还要你儿子和女儿管别人叫爸爸。"

徐晋知眯了眯眼,转过去,手撑在她肩两侧:"管别的男人叫什么?"

沈棠心努了努嘴:"老公。"

他仰了仰下巴,唇角微勾,面上却仿佛覆了层霜:"没听清,再叫一遍。"

"老公……"沈棠心不假思索地回答,过后突然脑子一清醒,脸颊绯红,用力地捶他胸口,"你讨厌!"

她心软,拳头也是软绵绵的,徐晋知一点都感觉不到痛。他低头埋在她脖颈间,气息滚烫:"讨厌吗?你昨晚可不是这么说的。"

沈棠心忍不住咯咯笑起来:"别闹,痒死了……"

"再叫一声?"他重重地唆了一口。

"不要!"沈棠心抓着他头发,又不敢太用力。

短发从她手指间滑脱,下一秒,他整个人沉进被子里去。

过了一会儿,再传来他低沉诱惑的嗓音:"叫吗?"

沈棠心不甘地叫出那两个字,嗓音细得像蚊子一样:"老公……"

"乖。"徐晋知从被子里出来,眸色幽深。

沈棠心不禁眼皮抖了抖:"你想干吗?"

他勾唇一笑:"锻炼身体,长命百岁。"

约好的珠宝设计师下午三点见面,他们嬉闹到两点多才起床。

徐晋知向来是个有条理有计划的人,难得因为耽于美色,连做顿饭都是急匆匆。既要喂饱她还不能迟到,他拿出了平生最惊人的效率。

水平倒是一点没打折扣。

吃完饭,两人去约好的首饰店和设计师确定完婚戒底稿,看见商场有充值活动。

这种好事沈棠心是不会放过的。

"现在正好上春装欸,给你买点衣服吧。"她抬手拽了拽徐晋知的风衣领子,"我看你春天的外套都没几件。"

徐晋知笑了笑:"春季时间短,也没几天,你给自己买就好了。"

"不要,我衣服好多呢,都穿不完。"沈棠心无比认真地望着他,"我一直以来有两个愿望,你知道是什么吗?"

徐晋知挑起眉:"什么?"

她亮晶晶的眸子盯着他:"第一,要找个身材很好很好的男朋友。"

"嗯。"徐晋知若有所思地点了点头,"这个已经实现了,还有呢?"

"还有嘛……"沈棠心踮起脚,冲他甜甜地笑,"就是要给他买好多好多衣服,每天穿不同样的给我看。"

徐晋知搂住她的腰,微微眯眼:"合着你是想要个免费模特儿。"

沈棠心轻声撒娇:"你不愿意吗?"

"愿意。"他当众抱起她,"给你当一辈子都成。"

突然整个人被提起来,沈棠心倒抽了一口气,吓得舌头都打结了:"你别别……别闹!我穿裙子呢!"

"哦。"徐晋知眼眸一沉,手指摁住她裙边,避免走光,"现在好了。"

沈棠心把脸埋在他的胸口，仿佛这样就不会被人看见："你放我下来，我自己走。"

"之前不是说腿软？还非得穿高跟鞋。"徐晋知低头看着她，语气一本正经，仿佛她腿软真不是自己的锅，"这块刚有人拖过，我是怕你摔了。"

心底骤然一暖，她抿了抿唇，低声道："那就到前面……"

话音刚落，就听见一道奶声奶气的童声："姨姨你看，那个姐姐羞羞，还要叔叔抱！"

带小孩的女人满脸抱歉地望着徐晋知："不好意思啊，小孩子不懂事。"

"没关系。"徐晋知客气礼貌地笑了笑，然后低头看向那个小男孩，认真纠正道，"是阿姨不是姐姐。"

沈棠心脑子瞬间就炸了，转过头来："是姐姐！"

"哦，那我俩不就差辈了吗？"徐晋知似笑非笑地望着她，"老婆。"

听到两人的对话，女人连忙戳了戳小男孩的肩膀，故作严肃道："姨姨之前怎么教你的？长得帅的应该叫什么？"

小男孩恍然大悟，抬起一张粉雕玉琢的小脸盯着徐晋知："哥哥！"

"对嘛。"女人满脸宠溺地蹲下去，捏捏小男孩鼻尖，"明明是帅气小哥哥和漂亮姐姐，怎么可以乱叫呢？"

"怎么了？"她身后突然出现一个男人，高挑挺拔，声如沉玉。

沈棠心抬头一看，即便很快要成为有夫之妇，还是忍不住心中感叹，好一个姿容卓绝的帅哥。

那两人离开后，沈棠心还蒙蒙地盯着那男人的背影，突然被徐晋知放下来，双脚着地吓了一跳，她说："你干什么？"

徐晋知神色微凉，下巴指了指那两人消失的方向，嗓音略带些醋意："比我帅？"

"没有啦。"沈棠心拉住他的手晃了晃，表情谄媚得不行，"就，一般般帅。"

"呵。"

徐晋知还是拗不过她，被当成模特儿一家一家试衣服，没多会儿，手上就拎了好几个购物袋。沈棠心就像个小富婆，负责欣赏美男和刷卡。

"可以了。"徐晋知见她还要再进店，搂着她的肩膀把人带到扶梯口，"这些衣服我一个春天都穿不完，明年再买。"

沈棠心低头看了看他满手袋子，想着再买也拎不下了，只好作罢。

正打算乘电梯下楼的时候，突然看见拐角有一家宠物店，沈棠心眼神一亮，被一只蓝眼睛的布偶猫吸引过去。

这只猫相貌清秀，被毛丰厚，睁着一双圆溜溜的大蓝眼睛，看见人类也不露怯色。

徐晋知想起她之前说过要养猫咪，轻声道："喜欢就买一只。"

沈棠心听他这语气就像在菜市场买菜似的随意，忍不住笑出来："在你家养吗？"

"不也是你家？"徐晋知搂紧她的腰，也伸出手隔着玻璃戳了戳猫咪粉粉的鼻头，"是挺可爱的，像你。"

沈棠心笑着瞪他一眼："哪里像我了？我有这么长的毛？"

"眼睛像你。"徐晋知认真地看着，煞有介事，"鼻子也像你，还有这爪子，应该也像你会挠人。"

沈棠心下意识地往他背上瞧一眼，仿佛都能隔着衣服看见自己昨晚挠出的印子，一瞬间她脸都热了，伸手戳戳他胸口，嘟哝道："流氓！"

徐晋知不再逗她，笑了笑，转身问店员："这只猫怎么卖？"

"这只卖价两万五哦。"店员笑眯眯道，"我们店是正规猫舍的实体店，价格会贵一点，但猫咪是有CFA证书的血统级后代，不会出现任何基因问题，脾气也特别好。我们家布偶温柔黏人，特别适合您女朋友这样的漂亮小姐姐呢。"

徐晋知转头问怀里的小姑娘："喜欢这只？"

"嗯！"沈棠心点点头，目光黏在小猫咪身上挪不开。

徐晋知满眼宠溺，摸了摸她的头，转身对店员说："那就要这只吧。"

沈棠心被他的雷厉风行吓了一跳，反应过来的时候，他已经去和店员商量购买事宜。

"如果您需要绝育的话，签完合同我们这边可以帮您的猫咪做好绝育，等身体恢复再领回去。"

徐晋知点了点头，接过合同翻看。

就这样，在沈棠心还是一脸蒙的情况下，这男人给她买下了一只猫。

回家后她算了算今天的账，原来自己用总价一万多块的衣服换了一只两万五千块的猫。

这男人还真是，一点都不让她吃亏。

"晋哥哥。"沈棠心抱着日历转过身，对着正在料理台前切水果的男人说，"我看了一下，今年2月有二十九天耶！"

徐晋知把最后一块火龙果放进果盘里，端过来放在茶几上，用手喂了她一块："你才知道？"

"那我之前不是没注意嘛。"沈棠心嚼着水果，鼓着腮帮子说，"我们29号去领证吧好不好？感觉会很有意思。"

徐晋知敛眉沉思了一会儿，没回话。

半响，他剥了块橙子，目光幽深，唇角若有似无地勾起来："你是想省下四分之三的结婚纪念日经费？"

沈棠心一时间没反应过来，几秒后，突然脑子一灵光，忙不迭地摇头："不行不行！我随便说说的，我们还是换一天吧。"

四年才过一个纪念日？那可真省钱。

倒也没必要从这儿省钱。

思忖间，徐晋知将剥完皮的小块橙子放进她嘴里。

"我查过了，下周二是黄道吉日。"徐晋知的声音低沉悦耳。

"宜嫁娶。"

沈棠心加了猫舍店员的微信，店员每天给她发猫咪的视频和照片。刚做完绝育的"毛茸茸"瘫在窝里，脖子上戴着伊丽莎白圈，看上去恹恹的，十分可怜。

"为了以后的身体健康，我们就暂时忍一忍吧，好不好？"她隔着屏幕亲了亲可怜的"毛茸茸"，"要乖噢，妈妈过几天就接你回家。"

"这就是你那只两万五的猫？"楚白筠凑过来。

沈棠心把屏幕转过去给她看，一脸得意："漂亮吧？"

楚白筠沉吟点头："一看就是猫中贵族，你家徐主任为了你也太舍得了。"

"可不是嘛。"沈棠心忍不住幸福地弯起唇。

她知道徐晋知从来不是花钱如流水的人，家里不添置乱七八糟的东西，平时自己买衣服也都是商场的普通牌子。

除了那块手表，他几乎不用奢侈品。

给她买这只猫的时候，他倒是眼睛都没眨一下。

"下课陪我去小吃街吧。"楚白筠提议。

"不行。"沈棠心忙不迭摇头，"我今天有事。"

楚白筠扯了扯唇："什么事啊？你工作日又不约会。"

沈棠心双手捧着脸，笑得眉眼弯弯："谁说不约会啦？我们要去民政局约会。"

楚白筠刚喝进去一口奶茶，差点喷出来，憋得口鼻都呛住了。她猛咳一阵才缓下来，捂着胸口满脸不可置信："你俩今天领证？"

"嗯哪。"沈棠心笑得合不拢嘴，"不要太羡慕哦。"

"你这就被拐骗成已婚妇女啦？"楚白筠把她的头转过来，表情有点痛心疾首。

"什么已婚妇女呀，好难听。"沈棠心努了努嘴，"晋哥哥说了，我结了婚也是小仙女，永远都是他的小仙女。"

楚白筠嘴角一抽："这可真是老徐能说出来的话，哄你这样的小傻瓜一哄一个准。"

"他才不会哄别人呢，他都说了，这辈子只哄我一个。"

"你别杀我了，闭嘴行不行？"

幸亏下午只有两节课。

今天日子的确好，领证的人有点多，徐晋知便没有来接她。为了节省时间，他一下手术便去民政局拿号排队,以免去晚了今天办不了。

沈棠心一下课就打车去跟他会合。

"小姑娘,去结婚呢?"司机大叔问。

"是呀。"沈棠心满脸喜悦,"您快一点哦,我男朋友在民政局等我呢。"

司机也被她的情绪感染了几分,眉开眼笑:"好嘞,大叔带你走三环,不堵车,保证半小时内给你送到。"

"谢谢大叔!"沈棠心拿出手机给徐晋知发消息。

沈棠心:"我上车啦!司机说半小时内能到。"

沈棠心:"人多不?你排到了没?"

徐晋知:"还没呢,等你过来应该差不多。"

徐晋知:"注意安全。"

后面跟了个亲亲的表情。

沈棠心忍不住嘴角上扬的弧度,回给他一长串亲亲的表情。

徐晋知:"待会儿我要一个个兑现。"

车子在高架上开得很快,沈棠心看着手机导航的距离一点点缩短,心里的雀跃也越发按捺不住。

一直到民政局门口,司机大叔跟她说了句恭喜,她急匆匆道谢跑下车,像只小鸟似的飞过去,扑进台阶下等着的男人怀里。

周日晚上两人才分开,不过一天没见,她就十分想念他身上的味道,恨不得把自己给嵌进去。

总觉得这个男人是不是给她下了什么迷魂药。

大厅里传来广播叫号的声音,沈棠心刚想问还有几个,张了张口,没说出来的话都被徐晋知吞吃入腹。

想着这是民政局大门口,她尴尬得不行,连忙抬手推他胸口,徐晋知的声音夹着淡淡的揶揄:"时间还早,我说了要一个个兑现。"

他总是很喜欢亲她的唇,就像她贪恋他身上的香味一样,乐此不疲。

广播又叫了两个号,徐晋知才终于放开她,从兜里拿出一张小纸条:"下一位就是我们了。"

沈棠心激动地看着他手里的小纸条。

徐晋知忽然蹙了蹙眉,问:"身份证和户口本带了吗?"

沈棠心脑子里"嗡"地一响,然后着急忙慌地从书包里找出钱包,一顿翻找后拿出她的身份证,至于户口本……

她神色复杂地抿了抿唇:"我户口本还在妈妈那里呢。"

徐晋知垂眸看着她,目光深邃,眉骨攒成两座山峰,颇有些一言难尽的意味。

"要,要不我们还是改天……"她无比内疚地抬起头,咬着唇看他,"对不起啊，我是第一次结婚，没经验。"

前两天光顾着高兴，今天又走得太急，完全没想到这个。

听着她越来越弱的嘀咕，徐晋知眉心的褶皱蓦地舒开。

随即他轻勾着唇，从西服里兜拿出两个暗红色小本子。

"知道你这个小傻子会忘，我就找伯母拿了。"徐晋知用两个小本子敲了敲她的脑壳，落下去的力道却无比温柔，"走吧，结婚去。"

照相的时候，摄影师满脸无奈：

"小姑娘，咱们表情稍微收一收，笑得端庄一点。"

这一对男帅女美，无敌般配，可就是小姑娘有点傻乎乎，看样子是高兴坏了。

沈棠心好不容易控制住表情，摄影师眼疾手快，终于拍下一张满意的证件照。

"拍完就可以拿到结婚证了吗？"沈棠心急切地问。

照相的阿姨笑得无比慈祥："还没有呢，现在去填表办证，很快就可以了。"

"哦。"沈棠心挽住徐晋知的胳膊，"我们快去吧。"

她一分一秒都不想耽搁，拉着徐晋知往办证大厅跑。

徐晋知看着前面小姑娘兴高采烈的样子，也忍不住弯起唇角，加快脚步。

没用多久，工作人员便从窗口递给他们两本热腾腾的结婚证。

沈棠心激动地在队伍前抱住他，整个人蹦到他身上挂着。两秒后才发现不对劲，想起这会儿大厅里全都是人，窘迫得把脸埋进他颈窝。

徐晋知满脸无奈和宠溺，一只手托着她，另一只手拿起两人的户口本和结婚证，就这么像抱小孩似的把她抱了出去。

身后传来陌生女孩抱怨的声音："你看看别人家老公……哼！"

沈棠心只觉得丢死人了，感觉他下完了台阶，才把脸从他脖子里抬起来："你放我下来吧。"

徐晋知半点没有要停下的意思，依旧步履稳健地往停车场走："挂着还挺舒服的。"

沈棠心忍俊不禁，搂紧他的脖子："你不嫌重呀？"

"就这？"他托着她的臀掂了掂，"实验室的骨架模型都比你重。"

一时间不知道是该高兴还是悲伤。

日暮西沉，天地间很快被灰蒙蒙的夜色笼罩下来。

沈棠心坐在副驾驶，拿着两本结婚证爱不释手，拍了好多张照片，转过头问徐晋知："我们要发朋友圈吗？"

徐晋知笑着握住她手："不急，等等一起发。"

"嗯嗯。"沈棠心小心翼翼地把结婚证收起来，把照片发到一家人的小群里。

沈司澜："@徐晋知 你给我出来！"

沈司澜："我还没同意呢，你就把我妹拐去领证了？"

沈棠心："我们领证干吗要你同意？难不成向你求婚？"

沈司澜："你个猪，你迟早被他卖了还帮他数钱！"
沈棠心忍不住笑了出声："卖了也是夫妻共同财产呀，我当然要数钱！"

徐晋知没有送沈棠心回学校，也没有回他家。
车子停在一家酒店门口的时候，沈棠心才愣愣地转头往外看。
大厅里灯光如昼，装修风格偏中式，门口壁画是张大千的山水图，两侧是镶金底座的红柱子。
门口小哥恭敬地打开车门迎她下去，徐晋知很快过来，把钥匙递给泊车的小哥，搂着她往里走。
沈棠心疑惑地问："我们来酒店干吗？"
徐晋知低头看着她圆溜溜的眼睛，眉梢微挑的样子带着戏谑："你说呢？"
沈棠心突然想到些什么，脸颊一热。
徐晋知勾唇笑起来，没去前台，直接带着她进电梯。
他应该是提前开好了房，从兜里拿出一张很有质感的黑色房卡，沈棠心看着那张房卡都觉得浑身发热。
除了那次出差和回老家看外婆，这好像是他们第一次来酒店开房。
真正意义上的——开房。
包里还放着两人的结婚证，她当然知道他们是来做什么的。
一进屋，她都没好意思往别处瞟，只感觉到他将房卡插进门口的取电盒时，屋里骤然亮起来。随后不知道他按了什么，有几盏灯被关掉，只剩下不知道从哪里漏过来的光线，昏黄又温暖。
沈棠心站在门边，拘谨地等了两秒，徐晋知却没有进一步动作。她心里有些期待和焦灼，于是轻轻吸了口气，光着脚丫子上前一步，抱住他的腰，仰头欺上他的唇。
第一次主动做这种事，在碰到他的那一刻，她的脸颊变得无比滚烫。
徐晋知把她压在墙边，明明已经动了情，却将她的手拿出来，温柔握住，唇瓣移到她耳旁轻笑，嗓音暗哑克制："老婆，我们再等等？"
沈棠心脖子痒痒地往另一边缩。
"给你准备的晚餐，凉了就不好吃了。"他故意用呼吸烫着她敏感的脖颈和耳朵，掩饰不住浓浓的笑腔。
沈棠心这才注意到花香弥漫的房间里，还掺杂着饭菜香味，顿时从头到脚都麻了。
她以为这个狗男人的性子，就该直奔主题才对。
搞什么情调搞什么浪漫？
他低沉的嗓音像是有勾人的魔力："吃完饭，有的是时间满足你。"

景色绝美的落地窗边，餐桌上点着蜡烛，是整个屋子里唯一的光源，但也足够照亮桌上的食物和对面的人。

烛光晚餐的意义或许就在于这种专注和唯一，此时此刻除了对方，世界上再没有别的东西值得关心。

沈棠心今天很高兴，虽然杯子里只倒了一点点红酒，她都喝光了，最后看着他的时候有点晕，但视野中这个男人今晚却格外帅气。

餐桌上的红烛燃到后半夜……

沈棠心刚被从浴缸里抱出来，软绵绵的，比床上的大红被褥还要软。

她浑身骨头好像没一块是完整的了，除了手指还能在他胸口泄愤地戳几下。

屋里暖气足，两人穿着红色缎面的情侣睡袍，和这屋里的一切装饰相得益彰。

套房被装点成红色主题，头顶是交叉的花帘，背后墙上贴着大大的喜字，柜子上一排摇曳的红烛，还有先前被子上铺满的玫瑰花瓣，和满地气球。

徐晋知将她抱在怀里，从床上捏了片新鲜的玫瑰花瓣，放到鼻子前闻了闻。然后他低下头，衔着那片玫瑰花瓣，送到她微开的唇齿间。

这个吻香气溢散，让人如痴如醉。

直到快要喘不过气来，她扶着徐晋知的肩膀推了推，却被他轻轻咬了下嘴唇："叫我。"

沈棠心忍不住嘴角上扬，软软糯糯地叫："老公。"

徐晋知只觉得耳尖酥麻，浑身也像过了电一般。他低沉地笑了笑，双眼亮如星辰："再叫。"

"老公——"沈棠心也有些上瘾，边蹭着他鼻子，边不停地叫，"老公老公老公……"

他勾起唇，翻身压过来，却没有其他的动作。只是捧着她的脸，每一缕目光都落进她眼底，似乎要将眼中的所有星星都送给她："真好听。"

沈棠心"扑哧"一笑，亲亲他的唇："你叫老婆也好听。"

"老婆。"他眯上眼睛，和她脸颊相贴，"我爱你。"

半夜三点多，两个人都没有睡意。

他们一起发了朋友圈，带上结婚证和烛光晚餐的照片。

没想到这个点还有人和他们一样没睡。

徐晋知的朋友圈下面很快有人评论。

某同事："恭喜徐主任新婚大吉！"

徐晋知回复了一句："谢谢。"

赵青严："恭喜恭喜！不过这都快四点了，老年人要注意养生啊。[吃瓜.jpg]"

徐晋知微微眯眼，不阴不阳地回复："年轻人更要努力。时间不等人，以后该独自养生了。"

崔盈："哈哈哈哈哈哈……对不起我先笑完。徐主任新婚快乐！看来洞房花烛夜过得不错。[奸笑 .jpg]"

徐晋知回复崔盈:"谢谢关心,超出预期。"

沈棠心刚翻到这条评论,顿时害羞地瞪了他一眼,在被子里用脚踢。

徐晋知轻笑一声,夹住她的脚,把爹毛的小姑娘搂紧了:"不累了?又来招我?"

"你干吗跟他们说这个?"沈棠心捏着小拳头捶他的胸口,"丢脸死了。"

"丢脸吗?"徐晋知挑眉,指尖勾了勾她的下巴,"你老公这么厉害,难道不是很值得骄傲?"

沈棠心忍不住在心底爆了句粗口。

骄傲你大爷。

谁出去拿这种事骄傲?

一周后,听说徐晋知把猫咪接回了家,沈棠心当晚就从学校打了个飞的过去。到家的时候,里面似乎有一点状况。

一米八几的大男人俯身在客厅的置物架前,战战兢兢地盯着置物架上的小猫咪,两只手都戴着平时洗碗用的长手套,连小臂都包裹得严严实实。

小猫咪蜷着尾巴,眼睛瞪得圆圆的,旁边是一个白色的颅骨模型。

此刻"毛茸茸"的爪子正挨着那个模型,他不敢贸然上去抓。一来模型的位置岌岌可危,他怕一不小心碰掉了,二来,也怕自己被猫咪抓伤。

所以他戴了一副夸张的手套。

徐晋知的模样实在有点搞笑,但沈棠心实在笑不出来。她知道徐晋知很宝贝这个颅骨模型,是他在学校的时候亲手做的,千里迢迢从英国背回来,每次搬家都带着。

兴许是太过专注,他没留意到沈棠心开门进来的声音,语气严肃地和猫咪说话:"我们来做个交易。"

猫咪晃动着尾巴,冲他"喵"了一声。

徐晋知眉头皱得紧紧的,生怕它一尾巴扫过去,模型阵亡:"你不要乱动,你下来,我今天就不把你关进笼子里,好不好?"

猫咪低头舔了舔爪子,然后脑袋转向旁边,盯着那个颅骨模型。

似乎是发现它处境危险,用爪子往里面推了推。

"很好,真乖。"徐晋知脸上爬上一丝欣慰,继续和小猫咪对话,"现在你下来,我煮鸡肉给你吃。"

小猫咪叫了一声,然后转身,似乎要跳下来。

徐晋知蓦地松了口气。

然而下一秒,小猫咪突然回过头高傲地看了一眼,再伸出爪子,轻轻一推——

徐晋知来不及伸手去接,模型已经掉到地上,摔得稀碎。

小猫咪的想法当真是难以捉摸。

沈棠心站在玄关口傻了眼，愣神过后，赶紧跑过去边收拾边道歉："对不起对不起……"

"有什么对不起的。"徐晋知蹲下来取了手套，力道温柔地拉开她手，"别划伤了，我拿东西过来扫。"

沈棠心一脸痛心地盯着地上的颌骨残骸："都是因为我要养猫，才会弄坏你的宝贝。"

徐晋知垂眸看着她内疚得要哭的模样，抬手摸了摸她的头，然后转身去拿来扫帚，把残骸扫进去，倒进垃圾桶。

沈棠心依旧蹲在那里，猫咪在她旁边盘着尾巴，神态悠然，似乎完全不知道自己闯了祸。

"好了。"他轻轻捧住她脑袋，语气温柔，"一个模型而已，没那么重要。"

沈棠心眼眶微红地抬起来，皱了皱鼻子："真的吗？黄主任说这是你特地从英国带回来的，还说，这个对你很有纪念意义。"

"过去的事和过去的东西，没了就没了。"他低头吻了吻她的额头，"现在我最在乎的是你。"

徐晋知温暖的唇像是有安抚的魔力，沈棠心忍不住弯起唇角："那你也不能凶它……"

"我哪敢啊。"他轻笑一声，"我凶它，它还不把我家给拆了？"

说完，他试着伸手去摸了摸猫咪的头。猫咪不仅没躲开，还享受地眯起眼睛。

徐晋知眼底柔光泛开。

有了颌骨模型的教训，两人当天晚上便把客厅里所有危险的贵重物品全都收拾了起来，放到猫咪碰不到的柜子里。

他们还是把猫咪关进了笼子。家中很多地方还没处理好，电线没收拾，厨房门和阳台窗子也没上安全锁，猫咪蹦蹦跳跳的会很危险。

沈棠心在网上下单了安全锁和装电线的盒子，两个收纳箱，还有一个装杂物的斗柜，然后去浴室里洗澡。

她洗完澡出来的时候，发现徐晋知还在厨房。

他似乎刚忙完，用一个小盘子装着煮熟的鸡胸肉丝，端到阳台上的猫笼子前，把肉放进猫咪吃饭的碗里。

沈棠心蹲在旁边看着小猫咪吃肉，和徐晋知泛着柔光的眼神，突然幽幽地开口道："你以后一定会是个好爸爸。"

不管是对患者，对她还是对猫咪，他都似乎有无穷的耐心。哪怕她无理取闹，猫咪闯祸犯错误，弄坏他珍藏多年的宝贝，他也依旧会不计前嫌地疼爱有加。

沈棠心沉迷在徐晋知的理性和温柔里，直到一只手突然撩开她颈侧的头发，勾住她脖子往前一带。俯下来的俊脸近在咫尺，他嗓音低沉如耳语："那你得先让我当爸爸。"

沈棠心脑子里一激灵，脸颊热起来。两人虽然领了证，但还没正儿八经提过孩子的事，这对她来说还是个完全陌生的领域。

沈棠心她慌得舌头打结："那，那又不是我，我说让不让的……"
她都不知道自己在说些什么，只觉得被他滚烫的气息蒸得浑身燥热。

"哦，你的意思是怪我。"徐晋知低笑一声，鼻尖碰上她的鼻尖，"怪我不够努力。"

沈棠心吸了口气，忙不迭摇头："我没有……"

"我也觉得。"徐晋知神色正经，语气郑重，似乎在说一件顶顶重要的事情，"我们一周才见两天，是该比别人更努力才行。"

就这两天，还是教授看在她新婚燕尔，特意批准她周末不用去帮忙。

听见动静的猫咪抬起头，睁着一双圆圆的大眼睛，看着男人将一脸娇羞的小姑娘打横抱起，离开阳台。

客厅里所有的灯都被关上，只剩从卧室门缝漏出来的浅浅光晕……

第二天是周末，沈棠心睡到日上三竿，才起来吃了一顿丰盛的午饭。
她去阳台上看了看猫，把笼子转了个方向，让猫咪可以晒到太阳。

"等我买的安全锁和电线盒到了，就放你出来玩哦。"隔着笼子，她伸出手指轻轻抠了抠猫咪毛茸茸的脑袋，"要听爸爸的话，别再闯祸了呀。"

猫咪圆溜溜的眼睛眯起来，似乎很享受。

"你说我要不要赔他一个呢。"沈棠心一边撸着猫，一边自言自语地嘀咕，"可是我做的一定很丑，会被嫌弃的。"

想想这人也真是奇葩，收藏什么宝贝不好，偏偏是个颌骨模型。

"可是就算我做的丑，那也是一份心意呀。"她暗自下了决心，点点小猫咪的头，"你说对不对？"

小猫咪张开粉粉的嘴巴，软绵绵叫了一声。

沈棠心顿时眉开眼笑："那我们两票通过啦！你不可以泄密哦，我要给他一个大大的惊喜。手伸过来，拉钩钩。"

话刚说完，她便忍俊不禁。

昨晚还笑话某人和猫咪谈判呢，她居然在这儿和猫咪拉钩？

"老婆，好了吗？"收拾完厨房的徐晋知走到阳台边，"换身衣服，带你去个地方。"

沈棠心仰起头："去哪儿呀？"

徐晋知微勾着唇角，满脸神秘："去了不就知道了。"

沈棠心坐在副驾驶，中午的阳光透过挡风玻璃照在身上，暖洋洋的。

车内温度适宜,音箱里播放着舒缓的钢琴曲,加上刚吃饱饭,没一会儿,她便眯起眼睛开始犯困。

迷迷糊糊间,一只温暖的手覆在她手背上,似乎怕惊醒她,只用很轻的力道拢住她手指,然后始终没有松开。

醒来的时候,她被他牵着,十指相扣。

车已经停下了,安全带也已经被解开,驾驶座上的人脑袋侧过来,目不转睛地,不知道看了她多久。他眼里尽是温柔爱意,每一束目光都仿佛要在她脸上停留一辈子那么绵长。

沈棠心被他看得脸颊发热,咬了咬唇,说:"你怎么不叫醒我呀。"

"看你睡得香。"他握紧她手指,"昨晚累着了,以后——"

他顿了下,在她以为这人要说出什么感天动地的话时,他唇角恣意地勾起来,说出的话依旧那么不要脸:"我们早点开始,不熬夜。"

沈棠心嘴角一抽,您可省省吧。

以前她单知道男人谈恋爱会变狗,却怎么都想不到,男人结了婚连狗都不如。

她不想大白天讨论这种话题,瞪了徐晋知一眼,转头看向窗外。

此刻他们置身于停车场,不远处,一排红色高墙蔓延至街道尽头。车前正对着一扇气势恢弘的大门,门顶的金色牌匾上写着无比熟悉的四个字——灵音禅寺。

沈棠心很少来这种佛教圣地,上一次还是三年前,她瞒着家人偷偷过来求了一张姻缘符,放在送给他的羊毛毡里。

沈棠心收回目光,疑惑地问:"来这儿干什么?"

徐晋知抬眼,望向寺庙门里供奉起来的那棵千年银杏树,轻轻启唇:"听说这儿的观音很灵验。"

沈棠心扯了扯唇,羞恼地将他手甩开。

徐晋知倒是气定神闲,温温地笑着打开车门:"去拜拜,说不定今晚送我个闺女。"

沈棠心无奈跟他下车,关上车门,表情有点疑惑:"观音不是送儿子的?"

"这都什么年代了。"徐晋知搂着她肩膀往里走着,煞有介事,"现在人们都喜欢女孩。"

沈棠心一脸蒙。

这也行?

一进寺庙,浓浓的檀香味扑鼻而来。

两人没有去大殿,而是直接去了边上的小殿。沈棠心仰头看了眼头顶牌匾上的字,拽了拽他:"这不是观音殿呀,是月老殿。"

徐晋知轻笑一声,握紧她的手,脚步却没有停。

进去后,沈棠心看见他从兜里拿出一个毛茸茸的红色小东西。

她顿时心口一跳,"这不是……"

"你送我的姻缘符。"徐晋知把羊毛毡放在手里,轻轻摩挲,抬眼望向她,眸底像是星光闪烁,好看得让人挪不开眼。

沈棠心抿了抿唇:"……不是姻缘符。"

明明是平安符来着。

小姑娘到底脸皮薄,当年骗他说是平安符。

"你真当我傻吗?"他握住她手,将里面的符纸拿出来,语气半真半假的,半开玩笑,"你前脚送了我这个,我后脚被你迷得五迷三道,不是你给我下了咒?"

"谁给你下咒了。"沈棠心又羞又恼,"就一张姻缘符,哪有那么神?"

"承认了嘛。"徐晋知轻轻捏她鼻子,随即勾了勾唇。

沈棠心嘟起嘴巴,却不禁从眼中泄露出笑意。

他牵紧她的手,转头望向月老像,收了戏谑的心思正色道:"来,还个愿。"

沈棠心目光一动,三年前她送他这张姻缘符的时候,不过是小姑娘的心血来潮。然而到了今天,她竟也有点模糊地相信了。

徐晋知将她带到蒲团前,她便也顺从地跪下来。

两人终于松开紧紧相握的手,双手合十闭上眼睛。

她是该过来还愿的。

愿他们白头偕老,永远像今天这样彼此相爱。

第二十章·
执子之手,与子偕老

徐晋知发现他的小妻子最近有点不太对劲。

自从那次去庙里拜过之后,她回学校便忙得没时间理他,以前就算再忙,每天晚上回到宿舍也会和他聊天或者视频。

而他们已经整整三天没有视频过了,问就是在实验室,忙到十一点才会回去。

"徐主任,晚上何姐请吃饭,您去吗?"有实习生问他。

徐晋知刚给沈棠心发过微信,还没收到回复,眉心紧蹙着说:"我有事,你们去吧。"

那边还是没回复,打电话也不接,他看了眼时间,五点半,于是回办公室换好衣服,直接开车去她学校。

罗教授的实验室他去过,但实验楼的电梯需要刷卡,他在门卫那里登了记才被放上去。

刚出电梯,就听到窗户边两个女学生窃窃私语。

"哎,老妖婆新收的那个本科生你知道吧?"

"怎么不知道?破例让本科生参与课题,老妖婆这可是头一遭,不知道那女的有什么厉害。"

"我看手段是挺厉害的。"其中一个女生轻嗤道,"这才来多久,咱研究生院的男神,陆岩学长手把手教她,两个人每天晚上待到实验楼关门。"

"陆岩学长不是对女生没兴趣吗?连校花都被拒绝了。"

"谁知道呢,要不怎么说她手段厉害?"

徐晋知缓缓地走过去,脚步停在两米外,嗓音凉凉地开口:"请问罗教授的实验室怎么走?"

两女孩同时望过来,眼眸一亮,刚惊喜地对了个眼神,男人语气更加冰冷:"508,是左边吗?"

似乎是被他周身的寒气所震慑到,其中一个女孩哆嗦着点点头,说:"是……是的。"

徐晋知面无表情地转身离开。

"我的妈，这人比陆学长还冷……"

身后传来女孩惊骇的声音，他扯了扯唇，视线从面前的窗子里看进去。

沈棠心穿着白大褂，和当初在医院里一样，可她旁边站着个陌生男人。

此刻两人离得很近，神色都很认真，但下半部分被桌子挡着，看不见是在做什么。唯一可以确定的是，这样的距离和肢体语言，应该是很熟稔的关系。

徐晋知微蹙着眉，推开门。

听见声响，正在实验桌前的两个人齐刷刷看了过来。

沈棠心眼里掠过一丝慌乱，倒是她旁边的陆岩，十分淡定和坦然地望着徐晋知点了下头："我去找教授有点事，你们聊。"

陆岩离开后，沈棠心拘谨地看了徐晋知一眼，依旧杵在实验桌前，一动也不动。

徐晋知垂下眸认真地盯着她，一步一步地靠近，停在她半米之外便没继续。

"我来看看你都在忙些什么。"他语气很淡，听不出什么情绪，又似乎有汹涌的浪潮被压在平静的海面之下。

沈棠心把手背到身后，眼皮颤了颤："没什么呀，就是帮罗教授，做点研究。"

"每天和师兄一起研究到半夜？"徐晋知扯了扯唇，"你当你老公死了吗？"

"我没有呀。"她抬头看他一眼，又心虚地垂下来，支支吾吾道，"就，只有一次。"

徐晋知这才注意到她藏在身后的东西，眉梢一挑，问："拿的什么？"

"没有。"沈棠心忙不迭摇头，"没拿什么。"

"没拿什么不敢给我看？"他走到她旁边，将她背着的手拽过来。

她还戴着手套，手里拿着一个半成品模型。

已经都被他看见了，沈棠心也就不再挣扎，嘟哝着说："我要赔你一个颌骨模型的，可是我自己做不好，就请陆师兄帮帮忙……他是在忙罗教授的课题啦，我也没有天天跟他待在一起。"

徐晋知表情意味不明，她心里一慌，继续道："老公，我绝对没有做对不起你的事，你要相信我。"

"我知道。"他望着她淡淡开口。

沈棠心手指一颤，紧接着被他握住。

"我知道你不会。"他的语气无比认真，"但我还是嫉妒别的男人可以每天看到你。"

沈棠心咬了咬唇，又忍不住嘴角上扬。

"不是做不好吗？"

沈棠心蒙蒙地眨了下眼睛。

"我教你。"他笑了一声，把她转过去，抱在怀里手把手地教。

"做两个好不好？"徐晋知下巴搁在她头顶上，故意呼出滚滚的热气，"一个你，一个我，正好一对儿。"

沈棠心嘴角一抽:"哪有这样的啊。"

她见过人家情侣做手模,套个框框摆在家里还挺浪漫。

这厮居然要做情侣颌骨模型?

想象着两个颌骨摆在一起的画面,她非但感觉不到一丝丝浪漫,倒是有些毛骨悚然。

沈棠心正胡思乱想着,脖颈忽然一麻。

"你陆师兄这样教过你吗?"

沈棠心缩了缩脖子,忍不住笑出声来。

"以后不许和别的男人在实验室待到半夜。"他惩罚似的在她耳朵边吹气。

沈棠心痒得不行,连忙躲开:"我们各忙各的呀。"

"各忙各的也不行。"徐晋知语气严肃地说,"你晚上那么晚回去,万一遇到危险怎么办?你让师兄送你,我要怎么想?"

"哦。"沈棠心冷静下来,点点头,"我以后早点回去就是了,你别生气。"

徐晋知嗓音一沉:"我没生气。"

"还说没有,你刚刚都凶死了。"沈棠心努了努嘴,转过头瞪他。

徐晋知深邃的眼眸近在咫尺,呼吸灼热:"怎么舍得凶你。"

两人在实验室待到很晚才离开,在徐晋知的帮忙下,两个颌骨模型都快做好了。

徐晋知说什么也不回家,沈棠心只好带着他去学校对面的酒店开了间房。

她自己当然也没能回到宿舍。

徐晋知洗澡的时候,沈棠心已经穿着睡衣躺进被窝里,用手机看明天的课表和实验安排。

早上没课,实验室明天也有师姐帮忙,她不用早起。

她刚翻身打了个哈欠,微信有新消息进来。

身后的床垫忽然陷下去,男人火热的胸膛贴上来,嗓音低沉,含着意味深长的笑意:"看什么呢?"

"白白说要跟我拼单。"她点了点屏幕上的图。

徐晋知微眯了眯眼,将她的手机拿过来,扔到床头柜上,然后将她抬起的手指握住,翻了个身,在被窝里将她压在下面。

灯光昏暗,徐晋知眸子里却如同烈焰燃烧,将整个身躯都烧得滚烫。

"让她自己买,我们不需要。"说完,低头噙住她的唇。

在他缠绵不止的攻势下,沈棠心难得有一瞬间脑袋灵光。

对哦。

他们要生宝宝的呀。

沈棠心一直以来生活和作息都很健康,倒是不用为了备孕刻意调整。第二天徐晋知回去之前，带她去药店买了点叶酸和维生素，还有两盒验孕棒，然后把她送到宿舍楼下。

在种着广玉兰树的花坛旁边，沈棠心依依不舍地抱着他，呼吸之间都是他身上淡雅好闻的香味。

以前她总不能理解那些每天晚上在宿舍楼门口卿卿我我的情侣，在单身狗看来他们是异类。可如今她也算真真切切地体会到那种不舍，那种和他抱在一起多待一秒，就能开心很久很久的情绪。

"我会很想很想你的。"沈棠心脸颊紧紧地贴着他胸膛，隔着薄薄的衬衫布料感受他坚硬的胸肌和体温。

他工作忙，她平时也几乎没空，再见面又得是周末。虽然算算其实没几天，等她投入学习和实验也不会时时刻刻都想着他，但每次最难熬的都是分别的时候。

徐晋知看着小姑娘这股黏人劲，弯唇笑了笑，故意调侃："你不诚实。"

"我哪有不诚实？"沈棠心仰起头瞪圆了眼睛。

"不是说很想很想我？"徐晋知眉梢挑起，"那么多天不视频，也没见你多想多想我。"

沈棠心努了努嘴，用脑袋蹭蹭他："那以后天天视频嘛。"

"哦。"他假装不笑，"不和你的师兄在实验室秉烛夜谈了？"

沈棠心忍不住"扑哧"一声："你这篇是翻不过去了嘛？"

徐晋知垂下头，柔声低语："你也没补偿补偿我。"

"我怎么补偿你啊？"沈棠心脸一热，立刻联想到一些东西，戳戳他的腰，"你昨晚不是都……"

"昨晚是昨晚。"他温热的气息蛊惑着她，"昨晚是我要的，可不能算你的补偿。"

"那，现在这么多人呢。"大白天的，她实在不好意思。

从前她傻了吧唧地以为这厮是个正人君子，可他也就对她君子了没多长时间，就原形毕露。

徐晋知炙热的手掌在她后腰摩挲，垂下的目光灼灼望着她。沈棠心硬着头皮，嘟着嘴巴抬起头，主动在他唇瓣上落下一吻。

"我下午有门诊，就不送你上课了。"他似乎格外享受她的主动，嗓音低沉且温柔。

"乖乖上课，周五晚上我来接你。"说着，他终于放开钳制着他的双臂，手指轻轻捏了捏她的鼻子。

沈棠心乖巧地点头："好呀。"

突然听见不远处传来几声口哨，她转头一看，原来是几个班里的男同学，站在宿舍区边上的阶梯口，冲着这一对依依惜别的小夫妻挤眉弄眼。

她当即尴尬得头皮一麻，转身像一阵风似的跑进宿舍楼里。

"哎，你们知道吗？罗教授的实验室要在校外成立一个分部。"

乍听见师姐们闲聊，沈棠心顿时眼睛一亮："分部？在哪里呀？"

师姐摇摇头："还没定呢，不过医学分部应该不会离医院太远吧？听说研究数据会和附院的资料库连通。"

沈棠心："那有说要派谁去那边吗？"

"那你得问罗教授了。"师姐道，"不过我猜应该不会让你过去的啦，陆岩还差不多，毕竟分部那边需要人负责。"

沈棠心目光骤然暗了下来。

"秦柔，小棠这是想去呢。"陆岩从更衣室出来，一边扣着白大褂扣子，一边笑盈盈地说，"到时候老罗选人，你可千万别跟她抢啊。"

"对哦，我都忘了。"另一位师姐恍然大悟，"小棠的老公不是在附院嘛，学校离这么远，人家新婚燕尔的都不能天天见面。要是去了那边不是更好？"

小心思被大家算计得明明白白，沈棠心顿时脸都热了。

师姐还继续调侃道："放心放心，没人跟你抢。"

"我们都不跟你抢。"

"就是就是，毁人姻缘不道德，多行善果才能早日脱单。"

"哈哈哈哈……"

"我就，就随便问问。"沈棠心揪着手指，转身跑开，"我要去忙了！"

这些师兄师姐都很友好没错，可就是比赵青严他们更会八卦一些。

当天晚上，她在视频里和徐晋知说了这个事，问他消息靠不靠谱。

"我知道。"他笑了笑，"今天在院办开会也说了，要把后面那栋空楼划给学校做研究，文件刚批下来。那栋楼以前疫情时改造成药物研究所了，设备也还在，收拾收拾，你们应该很快就能搬。"

沈棠心激动得忍不住捶床："真的吗？"

"当然是真的。"屏幕里，徐晋知望着她的眼神也亮亮的，"到时候你来这边，学校的课应该就不用跟着上了，就住家里。"

"好哇！"沈棠心忙不迭点头。

现在他家已经名正言顺地变成了他们的家。

徐晋知把笔电放到茶几上："要不要看看珍珠？"

珍珠是那只布偶的名字。

沈棠心之前给猫咪起了好多名字，因为选择困难症迟迟没法决定，于是徐晋知想了个好办法，把每个名字写在一张纸上，揉成团扔下去，看它爱玩哪个纸团。

所以小家伙的名字是自己选的。

珍珠，倒是和它那双圆溜溜的眼睛相得益彰。

徐晋知把珍珠抱了过来，放在腿上，小家伙立马翻了个身，露出肚子上的毛。

徐晋知修长的手指轻轻揉它肚皮："太闹腾了，一回家就对着我叫。"

话音刚落，毛茸茸的小东西像是能听懂似的，"喵"了一声，小爪子朝他挥个不停。

沈棠心隔着屏幕看着这个男人眉眼温柔地和猫咪玩耍的样子，心都化成了一摊水。

本来也担心他这么爱干净的人，会对养宠物有些微词，也担心他照顾不好小猫咪。可她的男人不论是任何时候，都从未让她失望过。

徐晋知抱着猫咪跟她打招呼："珍珠，叫妈妈。"

珍珠打了个滚，迟疑两秒，发出一道绵绵的声音："喵。"一边叫着，爪子一边在徐晋知大腿上踩。

沈棠心眉心一蹙："你小心点呀，别让它踩的时候伸爪子抓到你。"

"它抓不到我，裤子倒是毁了两件，昨天刚给它剪完指甲。"徐晋知勾了勾珍珠的下巴，"珍珠，要你妈赔我裤子。"

沈棠心嘴角一撇。

小家伙仿佛能听懂似的，叫了一声，徐晋知装作恍然大悟，抬眼看向屏幕里的小妻子："老婆，珍珠说了，要连内裤一起赔。"

沈棠心忍不住"扑哧"一笑："流氓！"

徐晋知抱着猫玩了一会儿，扔了个逗猫棒让它自己"嗨"，重新看向沈棠心问："这两天测了吗？"

沈棠心一蒙："什么？"

徐晋知眉梢一挑："你说呢？"

沈棠心一激灵，余光瞟到床头袋子里的验孕棒，顿时脸热起来："……没呢，我没时间。"

徐晋知笑了笑："这么忙？"

"哎呀这不是，说明书写了要早上验才准，但是我早上走得急呀。"沈棠心连连解释道，"明天一定记得。"

第二天，罗教授就亲自来实验室说了附院研究分部的事情，沈棠心还没来得及主动请缨，师兄师姐们已经将她推了出去。

人员很快确定下来，陆岩留在学校，她和秦柔师姐过去，到时候再在医院招几个实习生帮忙。

罗教授让他们回去收拾东西，下午很早便结束了。于是她没和徐晋知联系，自己悄悄打了个出租车。

到医院她也没直接去找他，而是挂了个妇产科检查的号。

徐晋知那边刚下手术，心急火燎地边换衣服边给老婆打电话。那边接通后声音有些嘈杂，她的声音却还算清晰："老公你忙完啦？"

"嗯,刚下手术,你在哪儿呢这么吵?"

沈棠心担忧地看了眼面前的诊室门,骗他说:"我还在学校呢,今天有点事情暂时忙不完,我明天再过来找你吧。"

话音刚落,机械的广播音同时响起:"请朱婉婉到3号诊室就诊。"

"你在医院?"徐晋知的语气顿时慌张起来,"你怎么了?"

"我没——"

"你别动,等我过来。"

白大褂还剩一颗扣子没解开,他已经慌不择路地跑了出去。

电话里继续传来徐晋知焦急的嗓音:"你到底在哪儿?"

"我在……妇产科门诊。"沈棠心只得老实回答,紧接着听见广播叫她名字,于是匆匆道,"我要进去啦,先不跟你说了。"

医生检查得很快,沈棠心刚走出诊室,差点迎面撞上门口杵着的白色身影。

对方个子太高,她都没瞧着正脸,就已经被人拉进怀里。熟悉的香味包围上来,徐晋知语气带着明显的急切:"怎么样?医生怎么说?"

沈棠心把B超单子藏在身后,想卖个关子,却已经被徐晋知眼尖地发现,激动得嗓音微颤:"有了?"

沈棠心同样也合不拢嘴,仰起头望着他点了点头:"嗯!"

徐晋知盯着她的目光格外明亮,嘴唇也微微发着颤。他俯下身亲亲她额头,然后再也克制不住,搂着她的腰把人抱起来,在诊室门口转了好几圈。

沈棠心晕乎乎的,看见他笑得眼眶都红了,忙不迭在他胸口捶打:"老公别转了,好多人看着呢。"

徐晋知却丝毫不以为意,再亲了一口她软嫩的唇:"让他们看。"

沈棠心哭笑不得:"我头晕!"

徐晋知瞬间有点惊慌,连忙将她放下来:"还好吗?要不要找医生再看看?"

沈棠心难得见他这副手足无措的样子,忍不住调侃道:"找你这个医生就好啦。"

徐晋知眉头紧蹙:"那怎么行?我哪会——"

沈棠心"扑哧"一笑,打断他:"我没事,我可好了,倒是你。"说着她抬手抓住他白大褂的领子,"你就这么跑出来的?扣子都没扣好,是想让别人笑死吗?"

向来连一根头发丝都严谨不已的徐医生,在大庭广众之下衣衫凌乱地从口腔科跑到妇产科,想想就有些不可思议。

她边说着,边帮他把散开的扣子扣好,从领口沿着衣边认真地捋了捋,然后将他口袋里夹着的笔整理好,再用手掌摸摸他头顶微乱的头发。

小姑娘一丝不苟地为他整理着装,突然间,他脑海里清晰地浮现出"妻子"这两个字,不再是简简单单的词语而已。他的小姑娘也不再是那个稚嫩青涩的丫头，而是他的妻子，并即将成为他孩子的母亲。

徐晋知目光一动，紧接着，胳膊绕过她腿弯和后背，把她抱了起来。众目睽睽，他视线始终只落在她脸上，小心翼翼地抱着她走出去。

沈棠心只觉得快要被其他人的目光盯成筛子，在他怀里微微挣扎："快放我下来，都看着呢。"

"别动。"徐晋知低声缓缓地哄，脚步迈得十分平稳，仿佛生怕颠着她，"当心我闺女。"

他一路抱着她回到办公室时，有一名实习医生在。是个男生，徐晋知亲自带的，沈棠心之前见过一两次。

那男生看见两人略微惊讶了一下，然后满脸堆笑地迎上去："徐老师您门都没锁，这是去哪儿了？"

"看不出来吗？"徐晋知淡淡地睨他一眼。

"哦！"男生恍然大悟，望着沈棠心鞠了个躬，"师母好！"

此刻她依旧在他怀里，就被学生这么直勾勾看着如此窘迫的姿势，羞得不行，努力挤出一丝笑容，装作淡定地回了一句："你好。"

徐晋知把她放下来。

"是你开的窗？"徐晋知看向微微敞开的窗户皱起眉。

"是我是我。"那男生连忙答道，语气里有些邀功的意味，"黄主任说您这绿植要见见阳光，这窗户是遮光的，我就给您开开了。"

"关上。"他搂着自家老婆的腰走进门，嗓音低沉冷淡。

那男生愣了愣："啊？"

徐晋知面无表情地看向他："你师母不能受凉。"

"哦……好的。"那男生一脸懊恼地跑过去关窗。

沈棠心努了努嘴："我哪有这么娇气？"

徐晋知按着她坐在沙发上，拢住她大衣的领子，沉声道："换季容易感冒，你还是多注意点，孕妇最好不要生病，嗯？"

沈棠心这才乖乖地努了努嘴："哦。"

那男生顿时把头转过来，嘴巴张成了"○"形。

徐晋知把刚倒的温水喂给沙发上的沈棠心，看也没看那男生，淡声问："你还留在这儿干吗？"

那男生立马挺直了腰身，"对不起对不起！我马上走！"

这"电灯泡"有些慌张，把门甩得一声巨响。

沈棠心就着他的手喝了口温水，看着慌不择路的男生扑哧一笑，然后收回目光望着旁边的徐晋知："你对你学生好凶哦。"

"不然呢？"徐晋知放下杯子，用手捋了捋她的头发，语气和目光格外温柔，"这世间只得一个你，他们对我来说就只是学生。我严厉，是对他们负责。"

"那就不用对我负责啦?"沈棠心故意假装不悦,一副无理取闹的样子,"难怪呢,你都是把我放养的,一点都不负责。"

徐晋知望着她,唇角懒洋洋勾着,眯了眯眼:"你还想我对你怎么负责?"

"我对你可是全身心都毫无保留了。"

沈棠心脸颊一热,她向来抵御不了这样的他。

直白露骨,缱绻深情,一分一毫都不加掩饰。

徐晋知将她拥在怀里,轻声问:"晚上想吃什么?"

沈棠心脑袋蒙蒙的:"都行。"

"那给你订个养生餐。我一会儿上班后还有个患者,你是跟过去看,还是自己休息?"

沈棠心在他胸口蹭了蹭脑袋:"不想动。"

"那就歇着。"徐晋知宠溺地揉了揉她的头发,"柜子里有零食,别吃太多,晚饭很快就送来了。"

"嗯嗯!"

新的工作地点在医院后面,离门诊楼不到两百米的地方。

徐晋知给沈棠心弄了张饭卡,每天都去医院食堂吃饭。有时候他在手术,也有同事们陪她一起吃。

打扫卫生的阿姨还是以前那个,见她回来有点惊讶:"沈医生啊,你不是实习结束了吗?"

"是啊,阿姨。"那天在办公室遇到的那名男生解释道,"师母现在是家属。"

沈棠心讪讪地咬着筷子。

她好端端双十年华,就给人当了师母。这男生还比她大一岁呢。

那男生说完还转回头来,一脸恭敬地把桌上的牛奶递给她,说:"师母,孝敬您的。"

沈棠心嘴角一抽。

赵青严也从对面递过来个鸡蛋,挤眉弄眼道:"孝敬您的。"

怀孕初期她并没有像有的孕妇那样食欲不振,恶心呕吐,反而是吃嘛嘛香,精神倍好。同事们也都对她友好和善,所以她每天心情愉悦畅快,一切都还跟以前一样,除了从外表根本看不出来的,肚子里多出的一颗受精卵,正在缓慢健康地长大。

两周后再次产检,徐晋知没别的事,接到电话便从科室下来陪她一起去。

电梯里遇到同事问他:"徐医生,又去急诊啊?"

"不是。"徐晋知勾着唇角,满面春光,"陪老婆产检。"

同事脸上立刻堆笑:"哎呀,恭喜恭喜!"

他表情和气地点点头:"多谢。"

人逢喜事精神爽，大家都发现徐医生最近对谁都和蔼了。

徐晋知跟着一起进了B超室。
沈棠心躺在床上，耦合剂碰到皮肤的时候，禁不住一个哆嗦。
"不怕，老公在呢。"他俯身捉住她的手，整个包裹进自己温暖的掌心里。
她小姑娘手指软软的，声音也格外软："就是有点冷。"
他亲亲她的手指，温柔哄道："很快就好了。"
影像科的医生耐心检查着，回头发现孩子爸注意力完全只在老婆身上，轻咳了声："徐医生，您看看。"
徐晋知这才看向仪器里的图像。
医生把屏幕转了过去，让沈棠心也能看清楚："孩子发育得很好，你们看，这两个就是孕囊。"
徐晋知稍稍蹙眉，眼底却有光泽泛开："两个？"
医生笑了笑："没错，有两个。"
沈棠心紧张得捏紧他手，下一秒，听见徐晋知有点激动的嗓音："你的意思是说，双胞胎？"
"是哦。恭喜徐医生徐太太，你们有两个小宝贝。"
沈棠心顿时睁大了眼睛！
被他从诊室里牵出去的时候，沈棠心依旧是蒙的。
前不久，她才刚刚接受了自己从一个小仙女变为人母的身份，紧接着又是这样一枚重磅炸弹。
她一下子拥有了两个宝宝。
惊喜之余，她还有一点担忧。
徐晋知让她坐在大厅椅子上，去饮水机那边倒了杯热水回来，看见她一脸忧心忡忡的样子，揉揉她的脸颊："怎么了？"
沈棠心低下头，手臂圈在肚子前面，十分认真地望着他问："两个宝宝，会有这么大吗？"
徐晋知忍不住笑了一声，随即也认真地望着她说："恐怕会更大一些。"
沈棠心瞬间傻了。
徐晋知宠溺地吻了吻她额头："放心，我不会让你太辛苦的。"
他这样说着，便也是这样做的。除了没办法替她怀孕生孩子，其余一切他都为她安排得妥帖舒适。
沈棠心在家就是个衣来伸手饭来张口的小太后，每天去实验室也没什么重活给她干，日子过得十分惬意。
闲着的时候就来诊室遛弯唠嗑，顺便观摩学习。落下的课程有徐晋知给她补，工作之余还帮她一起准备论文。

婚礼时，沈棠心已经足三个月了，幸运的是上半腰身没什么变化，定做的婚纱还能穿。蓬蓬的裙摆遮住微微隆起的小腹，丝毫看不出她已经怀孕。

头一天晚上，沈棠心还在亲自确认能来的宾客名单，徐晋知在那边装红包，同样是挑灯夜战。

为了挪出这个长达十二天的婚假，婚礼后陪她去马尔代夫度蜜月，他前阵子都特别忙。

今天沈棠心在父母家，两人开着视频。

"时露和小舅回来了吗？"徐晋知问。

"回来啦，晚上到的。"沈棠心点着名单上的宾客名字，"贺青临？"

"嗯，他明天一早的航班，刚确定能来。"徐晋知点了下头，"是我让妈加上的。"

"哦。"沈棠心用指尖在这个名字上划动着，突然有些心事重重地问，"那你还有别的高中同学会来吗？"

徐晋知手中的动作一顿，抬眼看向屏幕里的人儿。她微微鼓着腮帮子，十分苦恼的样子。

他知道对于那些事，她比他自己还要在意，于是笑了笑，语气宽慰地说："就老黄和他，别的人我没请，也没让他们俩声张。"

沈棠心神色松懈下来："哦，那就好。"

她不希望在婚礼当天见到一些乱七八糟的人，勾起他心中不好的回忆。

婚礼地点在沈家一处庄园里，这里有一望无际的绿草坪和清澈平静的湖泊，依山傍水。沈言勋买下来后经过了一番修整，送给贝曦当结婚纪念日礼物。

第二天一大早，沈棠心被时露叫醒，化妆师开始摁着她做头发化妆。本来还有些困，当华丽丽的婚纱被穿到身上后，早已经被折腾到清醒。

徐晋知发来微信，告诉她接亲的队伍十点出发。

现在还有三个小时，听上去似乎挺充裕，沈棠心虽然脑子醒了，眼睛却很困，她坐在化妆凳上打了个大大的哈欠，问能不能稍微眯个觉。

"沈小姐坚持一下吧，您这个妆发就要做好久，一会儿还得留时间给娘家人拍照，三个小时很紧张的。"化妆师态度温和地拒绝。

"……好吧。"那就坚持一下。

等化完妆，她第一时间叫来时露给她拍照。

时露忍俊不禁："着什么急啊？一会儿让摄影师来拍。"

"不要。"沈棠心把手机塞给她，"你先给我拍几张嘛，我要给老公看看。"

时露："你确定你要现在给他看？"

沈棠心认真地点点头。

"别啊，你现在给他看一会儿就没惊喜了。"时露一句话点醒她。

沈棠心脑袋一灵光，顿时觉得有道理，把手机收了起来。

沈棠心早上起来胃口不好，只喝了点粥，沈司衡怕她到婚礼上饿，十点多的时候煮了碗牛肉面端过来。

牛肉面鲜香麻辣，很够味，瞬间让她食欲大增，一点不剩地吃完了。

摄影师拍了几张照，又叫来家人一起拍合照，沈棠心把珍珠抱过来，让这只帅气的猫公子也入镜，笑眯眯撸着它光滑的毛发说："你也要快快长大，找个女朋友哦。"

众人哄笑。

忽然听到屋外有车队的声音，沈司澜赶紧扒开窗帘看了一眼。

"来了，都准备好。"他抬手正了正领带，一副咬牙切齿的表情，"看我今天不把那家伙整趴下。"

沈棠心害怕婚礼变事故，担忧地抖了抖眼皮："小哥你悠着点。"

"放心。"沈司澜扯了扯唇，"保证让他记忆深刻，毫发无伤。"

伴郎团开始敲门，屋里的小孩高声叫着要红包。沈棠心听见徐晋知的声音，这个平日里沉稳内敛的男人，今天却隔着门对她唱了首情歌，虽然因为激动而略微跑调，但丝毫没影响到他的兴致。

直到他被伴郎团簇拥着进来。隔着那些密密麻麻的黑色的人头，他目光精准地落在床尾坐着的新娘子身上。

婚纱洁白，衬得她肤如凝脂，精致的妆容和发型，让她此刻就像是降落凡尘的仙女。一时间他竟顿住了脚步，唯恐再靠近分毫，便是对仙女的亵渎。

不知道是谁叫了一声："你别发呆啊，赶紧把新娘子扛回去！"

徐晋知才如梦初醒，捧着花束站到她面前，眼眸粲然如星光，又如缠绵的丝缕，只绕在她身上。

沈棠心被他过于灼热的目光盯着，即便两人已经是那么亲密的关系，依旧忍不住脸颊发热，小声嘟哝抱怨道："你别看了，快点干正事。"

"对啊，干正事。"沈司澜朝伴娘使了个眼色，"你就算看出朵花儿，人也不会跟你走的。"

崔盈和楚白筠是今天的伴娘，两个姑娘也没法对昔日领导放水，崔盈清了清嗓子，说："徐主任，为了表达您对老婆的真心，麻烦先做二十个俯卧撑吧。"

"好。"他二话不说，脱下西装外套递给晏瑞阳。

刚要俯身撑在地板上，一旁的沈司澜凉飕飕地开口："听说徐先生平时就爱好健身，二十个俯卧撑应该是小菜一碟。要不，再加上一条？"

徐晋知今天格外的好脾气："请说。"

沈司澜勾了勾唇："让你老婆坐你背上。"

此言一出，连沈棠心都惊住了。

她知道沈司澜应该是会为难一下徐晋知，以为顶多是多要点红包，却没想到他出手这么无情。

她开始后悔刚刚吃完了那碗牛肉面，怀孕后本来就重了些，如果没吃，还能多少减轻点重量。

大舅子的要求没法回绝，徐晋知俯下身，抬头给了她一个安抚的眼神："放心，来吧。"

在所有人的起哄声中，徐晋知顺利完成了这场刁难。

随即他跪在她面前，一字不漏地念完伴娘递过来的男德条款，并用口红摁下手印。

就在伴郎团信誓旦旦要带沈棠心走的时候，一直在人群中看热闹的林鹤浔突然走上前，搂住沈棠心的肩膀："等一下。"

徐晋知眉心一蹙，突然有一丝不祥预感。

"既然想娶我家棠棠，你也就是我外甥女婿。"林鹤浔另一只手牵着时露，偏了偏头，"改口叫声舅妈，就让你带她走。"

空气有短暂的凝滞，直到沈棠心扯了扯林鹤浔的袖子，低声道："小舅，这样不好吧。"

"这不是起码的礼节吗？"沈司澜吊儿郎当地倚在化妆桌旁边的墙上，"也不让你老公吃亏，咱们有改口费的。"

沈棠心明白了。

这两人就是串通好的，特意挑在今天以此为要挟，笃定了徐晋知无力反抗。

简直是太过分了！

沈棠心狠狠地瞪了沈司澜一眼，正想着怎么帮他解围，只听见徐晋知嗓音磁沉，用平和而郑重的声线叫了一声："舅妈。"

这一声舅妈，不止时露本人蒙了，所有人都惊讶地张了张嘴巴。

徐晋知却无比淡定地弯下腰，把沈棠心抱起来，迅速而平稳地走出闺房。

到了车上，沈棠心才担忧地问："你没事儿吧？"

"没事。"徐晋知笑了笑，抬手拢她婚纱的前襟，似乎是嫌低了，眉心微蹙，"大丈夫能屈能伸，就满足他们一次，毕竟以后不会有这种机会了。"

沈棠心点了点头，"哦"了一声："那你的腰还好吗？"

驮着她做了二十个俯卧撑，想想就可怕。每一次起伏，她都生怕把他给压坏了。

"不知道呢。"他装模作样地用手按了按腰侧，"要不然晚上试试？"

他们到庄园时，宾客们已经到齐了。

戴好头纱，沈棠心站在长长的红毯尽头，四处张望，却没看见徐晋知的身影。

最后她视线终于捕捉到他，穿着合身的烟灰色西服站在红毯的另一头，神色安宁，莞尔清俊。

仪式终于开始，在庄重而浪漫的乐曲声中，沈棠心挽着爸爸的手臂，从长毯尽头缓缓地朝那人靠近。

她脚步矜持地跟随着音乐节奏,心却早就失去控制飞到他面前,头纱遮住的脸颊上洋溢着幸福和期待,嘴角压不住上扬的弧度。

她终于来到他前面,两个人牵手相对,虔诚地交换戒指,然后在众人的注视之下,他掀开她头上的薄纱,倾身吻住。

两双手十指相扣,轻轻摩挲着对方那枚神圣的戒指。

他气息灼热地萦绕在她齿间,唇瓣抵着她,说出他自己心中的誓词:

"执子之手,与子偕老。"

番外一·
小确幸

熬过一个炎热的夏季，转眼沈棠心就怀孕七个月了。因为有两个宝宝，比正常七个月的孕妇肚子更大一些，仿佛绑着个大大的西瓜，行动已经不是很方便。

学期论文在徐晋知的帮助下已经搞定，实验室也请了假，沈棠心安心地在家里当米虫。为了不给大家添麻烦，她也很少去医院玩了。

最近她口味变得很刁钻，算是终于有了一些孕期反应，有时候也会因此变得脾气不太好。

徐晋知尽量满足她的要求，也耐心纵着她的小脾气。

某天半夜，徐晋知睡得好好的，突然被摇醒。一睁开眼，黑暗里一双圆溜溜的眸子正盯着他。

他赶紧打开床头灯，看见他的小妻子一脸严肃地坐在旁边，嗓音低低软软地说："老公我饿了。"

徐晋知认命地弯了弯唇，同时也坐起来："想吃什么？"

沈棠心认真地回答："我想吃炒藕片。"

这个简单。

徐晋知想起昨天做藕汤还剩了一节，正好能用，于是翻身下床。

结果他刚穿上鞋子，身后再次传来小姑娘的声音："我要吃土豆味的。"

土豆味的炒藕片？

他把厨房里食材翻了个遍，最后把土豆片每一片上都挖出几个小洞洞。弄完后去房间叫人，却见她已经拱进被窝里睡着了。

他只好把炒好的菜放进冰箱里。

第二天起来热给她吃，只尝了一口又摇头皱眉。

"怎么了？不好吃？"他也觉得这做法实在是很奇怪。

沈棠心摇了摇头："我想吃青湖机场的那家牛肉面。"

她有时候会突然想吃飞机上的汉堡，有时候又想吃外婆做的回锅肉，如果只让他跑大半个城市去买点什么，已经算是很仁慈了。

这样的日子一直持续到过年前。临近"卸货"，她住在医院里待产那阵，徐晋知也跟着她住在了医院,每天口腔科产科两头跑,几乎没有休息的时候。

他不放心护工照顾她,除了上班时间,都要亲自盯着才安心。

这天天气不错,沈棠心在网上买的多肉到了,她便下去院子里打算刨点土种上。

护士见她出来都慌了:"沈医生,你一个人出去啊?"

"嗯,我下楼去花坛里弄点土。"说着她举了举手里的小铲子和塑料袋。

"那我叫小刘陪你去,要不让她给你弄吧,你这不方便……"

沈棠心摇摇头:"不用了,我一会儿就回来,正好活动活动。"

产科病区就在二楼,乘电梯上下都方便,也挺近,理论上不用太担心。于是护士嘱咐了句,就放她走了。

沈棠心找了一个比较高的花坛,不用弯腰就能铲到,可是铲了一会儿发现土质很硬,只能刮下来薄薄一层,而且没什么水分。

地面上的小花坛里倒是有合适的土,可她够不到。

正低着头十分苦恼的时候,突然有个人站到身边问:"需要帮忙?"

一个男人的声音,略有一丝耳熟,但她也没多想,这会儿满脑子都只想着刨土,于是点点头,把铲子递出去:"谢谢。"

男人接过铲子蹲下去,把土铲起来装进袋子里,边装边问:"这么多够吗?"

"再来一半吧。"沈棠心也不跟他客气。

"行。"男人笑了笑,又给她装了一半,拿起来递给她,"给——"

低沉的嗓音戛然而止,他呼吸稍顿了一秒:"是你?"

沈棠心这才抬起头看向这人的脸,也很惊讶:"李先生?"

是她刚来科室实习时,天天往这儿送花,追过她一阵子的那个男人。

"啊,是……"李先生显得有些局促,低下头看着她高高鼓起的肚子,扯了扯唇,"恭喜你啊。"

沈棠心接过袋子应了声:"谢谢。"

"你……你先生?"他似乎想问是谁,但又怕听到答案,因此支吾了下,有些模棱两可。

沈棠心倒是十分自然地笑了笑:"是徐医生,我们去年结的婚。"

"这样啊。"李先生点点头,脸上竭力挤出笑容,"挺好,祝你们幸福。"

"谢谢。"沈棠心始终表现得坦然。

李先生不想给她压力,但心中到底对这个女孩有所不同,不动声色地吸了口气,让自己显得自然一些,语气像在开玩笑:"当年真的是挺乌龙的,我真不知道你有男朋友,才做了那些不合时宜的事情。"

沈棠心想起往事,也觉得好笑,眉眼弯起来:"是谁告诉你我有男朋友的?"

"那天去南山吃饭,碰巧看到你和徐医生了。"李先生目光澄澈地望着她,略带自嘲地笑了一声,"我那时候才知道,我是在你男朋友眼皮子底下追了你那么久。"

沈棠心脑子里消化了一下,才问:"是他说的?"

李先生笑着点点头。

沈棠心蹙起眉:"他说他是我男朋友?"

李先生微微疑惑:"有什么问题吗?"

"没问题。"沈棠心笑起来,抬了抬手里的袋子,"谢谢你,我得回病房去了。"

"要不——"他顿了顿,敛起眼中的光,"没事,你去吧,注意安全。"

他想说我送你上去,那一瞬间却忽然不知道自己能有什么立场和身份。

他只不过遇见她迟了一些,便要错过一辈子。

晚上徐晋知下班过来的时候,沈棠心正在阳台上弄那些多肉,听见声音也没有回头理他,而是继续在那里摆弄。

徐晋知走过去,从后面将她搂进怀里。

怀孕后她并没有怎么发胖,几乎只长了肚子,腰身依旧让他轻易环抱。

被抱住后她也依旧没说话,手上戴着手套轻轻按压花盆里的土。徐晋知仿佛感觉到什么异样,柔声问:"怎么了老婆?"

沈棠心撇了撇嘴,这才开口理他:"你有没有背着我做什么亏心事?"

徐晋知愣了愣,眉骨微微一动:"没有啊。"

沈棠心接着问:"真没有?"

"真没。"徐晋知毫不心虚地回答,"我对你是一心一意,日月可鉴,自从和你在一起我就——"

"哦,那之前呢?"沈棠心轻飘飘地打断他,"跟我在一起之前,您可是蓄谋已久,机关算尽呢。"

闻言,徐晋知稳如泰山的脸上终于有了一丝慌乱。

沈棠心试图挣脱他的怀抱,他如今也不敢强来,于是只好松了手臂,看着她缓缓转过身,双眼灼灼地盯着自己:"坦白从宽哦徐主任。"

徐晋知面色为难,仿佛陷入沉思。

过了一会儿,快要被她清亮锐利的目光给盯穿,他才轻咳了声,实话实说:"我一开始的确是……用了些手段。"

沈棠心眉梢一扬,示意他乖乖继续。

徐晋知微垂下眸:"听说赵青严给你送早餐的时候,我是故意让你每天早上来我办公室的。"

她倒是没想到会诈出来这么大个惊喜,扯了扯唇,又问:"还有呢?"

"还有,是我怂恿他跟你表白。"

可真是好大好大的惊喜。

沈棠心差点气笑了:"你就不怕我真的接受他?"

"不会。"他胸有成竹,"你说过你不喜欢他。"

"呵。"不愧是老狐狸,算计得明明白白。

沈棠心继续凉飕飕地问:"还有?"

"还有老黄的房子。"徐晋知认命地说道,"是我让他租给你的,这样你可以离我近一些,方便我……嗯。"他轻抿着唇,递给她一个你懂的表情。

到此刻,她已经彻底平静了。

"其实都不算什么大事。"徐晋知理直气壮地望着她,"只是为了能追到你,要的一些小心机而已。我承认这些可能是不太磊落,如果你介意的话,我向你道歉。"

"道歉就不必了。"沈棠心依旧灼灼地望着他,"不过徐主任,您是不是还忘了些什么丰功伟绩?"

徐晋知微微蹙眉:"什么?"

沈棠心刚要提起李先生的事,突然间肚子一痛,连忙抓住徐晋知的手。

徐晋知见她额头瞬间冒出一层汗,着急忙慌地把她扶回床上:"怎么了?是不是要生了?"

沈棠心又点头又摇头,自己也不知道,只边哭边嚷嚷着肚子疼。

他赶紧摁下床头的铃,嗓音都带着微微颤意:"快叫何主任过来。"

徐晋知想陪同进产房,却被沈棠心哭闹着赶出去了,只能焦急地在外面等。

没过多久,沈家其他人也都来了。

"别太担心了。"贝曦看见女婿双手紧握,满头大汗的样子,走上前宽慰道,"我当初生阿衡的时候就很顺利,棠棠孕期也没什么大反应,像我,她肯定会没事的。"

即便如此,徐晋知紧锁的眉一秒钟都没舒开过,直到凌晨一点多,他终于忍不住站起身,在产房门口不停地踱步。

"怎么还不出来?"他抬手看了看表,"不行,我得去看看。"

"别添乱了徐医生,小棠都说了不让你进。"温令瑶打了个呵欠,站起来,"我帮你去看看。"

徐晋知微微点了下头,脸上慌色半分不减:"多谢。"

温令瑶转过身,语气里夹着点戏谑:"妹夫好客气。"

他原以为这声妹夫已经足够耻辱。

温令瑶进去后没多久,产房的门就打开了,医生护士推着沈棠心出来,温令瑶怀里抱着个宝宝,护士抱着另一个,笑得眉眼弯弯:"恭喜徐医生,儿女双全。"

徐晋知激动地接过温令瑶手里的小宝宝,然后俯下身,一个虔诚的吻落在沈棠心濡湿的额头上:"辛苦了,老婆。"

一群人全都围了上来,沈棠心微眯着眼,视线却只落向他怀中襁褓,唇角十分幸福地勾着:"老公我想看看。"

"好。"徐晋知温柔地应了一声,把小丫头放到她枕头下边,"你看,咱闺女长得多像你。"

沈棠心虚弱地笑了笑:"还有一个呢?"

"护士抱着呢。"他摸摸她的脸,看着她满脸疲累却竭力保持清醒的模样,心疼得不行,"你先睡一觉,起来再说好不好?"

沈棠心的确是很困,几不可见地点了点头。

"那我先睡了。"她嗓音轻得像羽毛,"我就睡一会儿……"还没说完,眼睛就已经闭上。

沈棠心身体底子好,虽然伤了元气,但很快就恢复过来,一觉睡到当天中午,就能笑呵呵地逗小宝宝玩耍了。

两个宝宝也都很健康,眉眼清晰漂亮。女儿更像她,儿子更像徐晋知,但都奇迹般地中和了两人优点。

林鹤浔打了个视频过来贺喜,时露也在。两人圣诞节那天已经订了婚,不打算大办,想着去教堂办个小婚礼,然后周游世界。

"露姐,我以后是不是该叫你舅妈啦?"沈棠心笑着看向屏幕里那张熟悉的脸。许久没见,时露看上去气色更显年轻了。

不知道是不是因为爱情的关系,笑起来就像十八岁少女一样灿烂:"那可不,你家那位呢?"

"有我家亲戚过来探望,他出去了,产科病房不能进嘛。"沈棠心听见门响声,抬眼一看,"这么快就回来啦?"

"嗯。"徐晋知把婴儿车推进来,"又不能进来看你,让他们先走了。"

看见他另一只手里拎着的袋子,沈棠心睁大眼睛:"送了这么多?"

"是啊,你家亲戚热情。"徐晋知笑了笑,把东西放到电视柜旁边,"跟谁视频呢?"

"我小舅和露姐,你快来。"沈棠心勾了勾手,"露姐叫你呢。"

时露激动道:"快让我看看你们家龙凤胎。"

徐晋知把婴儿床推到旁边,两人一人抱着一个。

两个奶娃娃穿着蓝色和粉色的小衣服,才出生一天,两双眼睛就睁得大大圆圆的了,软嫩的小手在衣服里挥着。

"好可爱啊,长得真像。"时露笑得合不拢嘴,"不过仔细看还是一个更像你,一个像徐主任多一些。"

沈棠心点点头:"女儿像我。"

时露笑了笑:"那以后也是个美人儿。"

"对了。"林鹤浔突然正色道,"我们俩婚礼决定两个月后再办,等棠棠坐完月子,到时候你们一起来?"

沈棠心："你们回国吗？"

"回呀。"时露笑眯眯地看向她旁边抱孩子的男人，"我可不得回来，听徐主任叫我一声舅妈嘛。"

徐晋知："……"

沉默两秒，他义正词严："你不如做梦。"

"辈分还是不能乱。"林鹤浔望着他，搂住未婚妻的肩膀，"放心，你嫁给我，该有的都会有，包括外甥女和女婿。"

徐晋知脸彻底黑了。

给小孩取名字的时候，沈棠心再次陷入选择困难症。最后还是孩子的外公拍板决定，姐姐叫徐梓月，弟弟叫沈星洲，小名正好是星星和月月。

两宝贝是夜里出生的，十分应景。

月子期间，贝曦让沈棠心回了家，亲自和保姆月嫂一起照顾。徐晋知也请了一段时间的陪产假，在家陪老婆带孩子。

星星和月月都很乖，似乎是体谅妈妈辛苦，夜里一般不会哭，和大人一样可以睡很久，到第二天早上，才开始闹个不停。

除了喂奶，别的都有月嫂帮忙，徐晋知也能帮着分担不少，沈棠心每天都休息得不错。虽然刚生完孩子在月子里，依旧气色红润，能吃能睡，过得比奶娃娃还舒心。

徐晋知几乎每时每刻都陪着她。

他就像他先前所承诺的那样，从来没有让她一个人辛苦。

有时候，沈棠心也会在育婴APP和论坛上逛，除了了解育儿知识，学习经验，也经常看到一些女人诉说自己孕期产后的各种不易，甚至痛苦。她越发觉得嫁没嫁对人，对女人的来说是截然不同的下半生。

要么天堂，要么地狱。

而她何等幸运，能拥有一个这样的男人。

两个月后，他们搬回了自己家里，贝曦还是不放心，给月嫂续了工钱继续跟过去，还叫保姆每天定时去做三餐。

白天徐晋知上班，沈棠心和月嫂在家带孩子，晚上孩子都交给月嫂，他们便能有完全独处的时间。

两人已经一年没有亲热过了，虽然说怀孕四个月后可以适当地进行，但他不忍心只为了满足自己而让她辛苦，也害怕自己控制不住力道，所以一忍就是十二个月。

终于获得解放的第一天，两人都心照不宣。

沈棠心泡了个香香的澡，还喷了他最喜欢的味道的香水，换上特地去商场新买的内衣。

徐晋知从浴室出来的时候，也穿着一身新睡袍，腰带故意拢得很松，领口几乎开到了腰上，露出男人依旧结实的胸肌和腹肌。

"好看吗？"见她目光一动不动地盯着自己，他走到床边，轻轻勾起女人光滑的下巴，"为了今天我可是准备了很久，怎么样？满不满意？"

之前她怀孕坐月子，他也没心思坚持锻炼，但他知道她喜欢看，于是提前几天就开始恢复健身。

沈棠心娇嗔地瞪他一眼，直接上手。

"那你在遇见我之前就练得那么好。"她语气轻飘飘地翻起旧账，"给几个女人看过？"

他握住她的手，目光认真地盯着她："你是第一个，也是最后一个。"说完，也不等她继续发问，俯身压下来。

唇齿间满溢着他一如既往的柔情："我什么都不为，只为你。"

他久违的攻势，沈棠心半点都招架不住，所幸理智还剩了一些："等等。"

徐晋知嗓音低哑而克制，像是知道她想什么，温柔打断她的顾虑："我去做了结扎。"

轻飘飘一句话，让她整个脑子都震了震。

看着身下女人惊讶的眼神，徐晋知笑了笑。

"我不想让你再辛苦第二次。"他低语呢喃，手掌怜爱地轻抚她肩膀，"而且有了你，还有星星和月月，我这辈子就圆满了。"

沈棠心眼眶热了热，竭力忍着不掉眼泪。

就在这时，隔壁房间传来一声响亮的婴儿啼哭，随即又是另一声啼哭，两道哭声响在一起，仿佛二重奏一般。

紧紧相拥的两人顿时一僵。

沈棠心率先推开他，起身匆忙披上床头挂着的睡袍："你先睡吧，我过去看看。"

"一起去吧。"徐晋知眉心微蹙，紧跟着下床拦住她，替她整理好睡袍领子，捋顺领口，系紧腰带，嘴里温柔地唠叨，"都当妈的人了，还不知道照顾好自己，就这么出去着凉怎么办？"

沈棠心笑了笑："这不是有你吗？"

徐晋知紧锁的眉骤然舒开："也是。"

反正这辈子，他也都会好好照顾她，到老到死，一分一秒都不会懈怠。

开始读研这年，终于听到了崔盈的好消息，她也有男朋友了。

是隔壁体校的运动员，联谊会上认识的。

虽然开场很俗，但两个人感情特别好。

某次在群里聊着聊着，那位大哥说要请大家吃饭，要她们带上各自的老公和男朋友。

那天周六休息，徐晋知正在窗户边的小桌子上准备医学会的竞选资料和讲稿，沈棠心陪着两个小家伙玩玩具。她转头看了眼男人忙碌的样子，在群里回语音："你们定地点吧不用考虑我了，我看情况来，我老公最近很忙呢。"

窗边的男人闻声转头："谁？"

"崔盈的男朋友说明天请吃饭，要带上你。"沈棠心把女儿喂进嘴里的娃娃衣服扒拉出来，"你哪有时间去啊，我应该也去不了，这两个小东西太磨人了。"

"就一天而已，把他俩放你爸妈那儿。"徐晋知淡淡地说，"你都那么久没出去玩了，我陪你逛逛，买点衣服什么的。"

沈棠心蹙了蹙眉，看向他面前的电脑："那你这个怎么办？"

"今晚赶赶工，就弄完了。"

"哦。"沈棠心拿起手机，在群里回了话。

第二天一大早，沈棠心还在睡着，徐晋知先起床做好早餐，然后把两个孩子送到沈家。

回来的时候，沈棠心正穿着睡衣吃他做的早餐。珍珠乖乖地坐在旁边椅子上，目不转睛地看着她吃，时不时舔一舔舌头，却不跳上来。

珍珠还是只奶猫的时候总是不长记性往餐桌上跳，被徐晋知不厌其烦地拎下去无数次，现在倒是学乖了，只是坐在椅子上解解眼馋。

徐晋知进门就把珍珠抱开，拿了除毛器和梳子给它梳毛。

家里不论人崽还是猫崽，都是他操心得更多。

和崔盈他们定的是晚餐，所以白天的时间可以留出来约会。这也是孩子出生后，两人第一次有这么久的独处时间。

吃完早餐，沈棠心把盘子收进厨房里洗。

徐晋知进去的时候，沈棠心正弓着腰，把洗完的餐具放进消毒柜里。

女人穿着白色的公主睡裙，原本就不到膝盖的裙摆，因为弯腰的姿势被抻得更短，露出一丝若隐若现的风光。

她生完孩子依旧皮肤光滑，白皙如玉，身材却比少女时更加玲珑有致，清纯中带着些成熟韵味，是男人看一眼就为之颠倒的勾人。

徐晋知眸色转深，走过去，微微俯身接过她手里的最后一双筷子，扔进消毒柜里，然后"嘭"的一声关上柜门。

沈棠心莫名心口一跳，还没反应过来，就已经被人箍着腰放在料理台上。男人滚烫的呼吸扑面下来，衔住她微张的唇瓣。

她凭着最后一丝理智攥住徐晋知的衣角："不是去约会吗……"

好不容易没有小家伙中途打断，到了此刻他哪还能停得下："现在不也是约会？"

说好的约会，变成了卧室里的狂欢。

一直到下午四点多，两人才终于准备出门。

沈棠心在浴室里化妆，徐晋知一边打领带，一边从镜子里饶有兴致地看她往脖子上压粉底。

感觉到徐晋知灼热的视线，沈棠心嗔怪地瞪他一眼："叫你轻一点轻一点，我这样怎么出去见人？"

沈棠心皮肤好，平时用的粉底液是清透款，也没买过遮瑕产品。可这种清透的粉底液根本不足以遮住她脖子上暧昧的痕迹。

哪怕压了好几层，也还是能看出来一些。

最后沈棠心挫败地把海绵球扔掉，赌气道："我不去了！"

徐晋知低头看她一眼，眉目温柔地笑了笑："你等一下。"

说完他走出浴室，去了一趟衣帽间回来，手里拿着一条灰黑色调，几何图案的丝巾。颜色略低沉，但和她身上知性风的白裙子搭配起来居然无比契合。

沈棠心目光一动："你什么时候买的？"

他把丝巾折叠整齐，从她脖子后面绕过去："年前去上海出差买的，刚回来就赶上两个小崽子出生，我给忙忘了。"

沈棠心低头看着男人手指灵活地给她打丝巾，还在她痕迹最重的地方挽了一朵小花。然后扶着她肩膀转过去，两人一起站在镜子前。

沈棠心惊喜地发现，他的领带和她的丝巾居然是同色，就像情侣款一样。

她忍不住弯起唇角，笑嘻嘻道："不错嘛，这次就原谅你了。"

徐晋知俯身在她嘴角偷了个香。

她"扑哧"一笑，手指戳在他脸颊上，奶凶奶凶地威胁道："以后你给我小心点。"

"嗯，知道了。"他低声喃喃，"以后挑别人看不见的地方。"

徐梓月和沈星洲满月时，是在老宅办的宴席，沈家近亲远亲，直系旁支的亲戚大部分都来了。这些人许多都仰仗着沈氏集团来延续小家富裕，说到底，不过是来借由贺喜，巩固利益关系的。

宴席当天闲杂人等太多，于是孩子让保姆在屋里照顾着，没抱出来。

一个从国外回来的姐姐非说要看看孩子，早年这位姐姐和贝曦关系还不错，虽然现在疏远了，但面子上还过得去。于是贝曦让夫妻俩去屋里把孩子抱了出来。

沈棠心抱着儿子，徐晋知抱着女儿，两个孩子似乎都是刚刚睡醒，有些怔忡。

两个孩子眉眼相像，但也有明显的区别。徐梓月是女孩子，五官多少比弟弟柔和一些。

一桌人都止不住地奉承起来。

"哎呀，这么漂亮的龙凤胎，你们可真有福气。"

"就是就是，这俩孩子长大了一定不得了，跟他们爸妈一样俊俏。"

"一步到位，都不用要二胎了。"

徐晋知本来也没打算要二胎，倒不在乎生一个还是两个。闻言他只温润礼貌地笑了笑，表示感谢。

大概是围观的人太多，大家你一言我一语的，还都是陌生人，看在奶娃娃眼里就像是群魔乱舞。没过多久，沈星洲有点被吓到，扁了扁嘴，"哇哇"哭了起来。

作为男孩子，弟弟从出生起就比姐姐爱哭得多，这点让家长们十分头疼。沈棠心只好把儿子递给保姆带回房间里哄睡。

徐梓月却被婶婶们好说歹说留下来，说要给自家儿媳妇沾沾喜气。

徐梓月被爸爸抱着，满脸的兴致盎然，睁着一双葡萄似的大眼睛盯着周围的人们看，还时不时咧开嘴呵呵笑。徐晋知抓住女儿的小手，不让她喂到嘴里。

"这就是月月呀？"那位婶婶走上前，满脸慈爱地看着，"真乖，一点都不怕生，以后别是个小霸王哦。"

"是比她弟弟胆子大些。"贝曦笑道，"不过也说不准呢，我们棠棠小时候也是个小霸王，长大了倒是乖了。"

沈棠心忍不住打断："妈，说我干吗呢。"

她最讨厌在七大姑八大姨面前提自己小时候的事儿，那时候逢年过节老是被逗弄，说自己是爸爸妈妈抱养的，要不怎么比沈司澜小七八岁呢。而且大哥小哥都是男孩，只有她是女孩，因为她是被捡来的。

她乖巧，不发脾气，长辈们就越发起劲。

贝曦抬手安抚地拍拍自家女儿的肩，没继续这个话题了。

徐晋知那边还在和长辈应酬。

徐梓月转身看着爸爸，粉嫩的小嘴巴碰到爸爸的胡楂，似乎觉得很好玩，又抬起手用指头蹭蹭，蹭一下躲一下，大眼睛眨巴眨巴。

"小丫头真黏爸爸呢。"又一位婶婶尖着嗓子道，"都说女儿是爸爸前世的小情人，是跟妈妈争宠来的，这有了小公主，我们沈大小姐以后不会要失宠了吧？"

听起来依旧是小时候那样的玩笑话，让人十分不舒服。沈棠心不想挂脸，但笑容也禁不住稍微收起。

徐晋知向来对她的情绪就像感知自己的情绪一样，一丝一毫都很敏锐，没有转头去看，已经察觉到身边气压的细微变化。

他温润的目光也有些泛冷，一只手抱着女儿，另一只手牵住一旁的妻子，五指握得非常紧。

"不过爸爸都是宠女儿的，这也正常。"那女人苦口婆心地望着沈棠心劝道，"你可要大度一点哦。"

徐晋知没等妻子回话，率先开了口："我从来不信什么前世，但这一辈子，我最爱的是我老婆，也不会有任何人凌驾在她之上。"

他语气依旧温和,却夹着明显的凉意。

沈棠心听着男人掷地有声、不留情面的反驳,心底猝不及防地狠狠一颤。

她转过头,只见男人英俊的侧脸在窗口斜射进来的日光下,仿佛被镀上一层浅浅的金色。

随即他弯起唇,唇齿间每一个字都礼貌得体,却毫不掩饰微微的不悦:"知道婶婶是开玩笑,但我要不说清楚,今晚回家怕是要跪搓衣板了呢。"

番外二·
星月同辉

1. 补牙

相比于徐梓月这个乖乖女,沈星洲哪哪儿都不听话。

父母都是牙医,一直教导两个孩子要少吃糖,每天认真刷牙,还给他们定制了最好的小孩专用电动牙刷。但沈星洲还是"光荣"地长了蛀牙。

晚上,沈星洲在家疼得哇哇叫,徐晋知给他检查完牙齿后,狠狠敲了他脑壳一下:"你是不是偷吃糖没刷牙?"

这几天沈棠心出差,他也接连夜班手术,让徐梓月看着点弟弟。

但很显然,沈星洲这只皮猴不服管教,被戳穿后还依旧嘴硬:"我没有!"

"爸爸!"徐梓月从电视旁的柜子里捧着一个小盒子跑过来,"情人节你送给妈妈的巧克力少了好多颗噢。"

徐晋知转头一看,盒子里原本摆着的心形被挖了几个洞,还都是沈棠心最爱吃的白色椰蓉味。他眉头蹙得很深,抬手揪住沈星洲的耳朵:"你没吃?"

他这一下毫不留情,沈星洲顿时扁着嘴开始装哭:"呜呜呜,爸爸我疼!"

"不疼你能长记性吗?"徐晋知冷冰冰地扯了扯唇,"明年过年压岁钱没了。"

沈星洲翻着眼皮吐了吐舌头。

"爷爷奶奶的也没了。"

徐梓月在旁边"扑哧"一笑,沈星洲瞬间面如酱色:"爸爸不要!"

"怎么,你还好意思要压岁钱?"徐晋知揪住他另一只耳朵。

沈星洲不能容忍自己最后的福利被没收,义正词严道:"爷爷奶奶给的压岁钱你才没权利管!"

徐晋知面不改色:"你放心,我就说是你要给你妈买巧克力,爷爷奶奶会很开心的。"

沈星洲哭了,开始卖可怜:"爸爸我牙疼呜呜呜……"

徐晋知一脸冷酷无情:"疼着吧,活该。"

虽然这么说着,但他睡觉前还是给沈星洲清理了一遍牙齿。

第二天放学后,沈星洲被司机送到医院补牙,徐梓月也一同跟去了。两个小朋友却并没有在科室找到自己爸爸的身影。

正打算给徐晋知打电话的时候,突然一道温柔的嗓音从背后传来:"星星,月月。"

两个小朋友回头一看,立马跑过去,一人抱住一只大腿。

"妈妈你回来啦!"

"我好想妈妈呜呜呜,爸爸凶!他趁你不在家虐待我!"

"沈星洲,我看你背后说人的本事挺厉害,作文怎么没多得几分呢?"

听见声音,沈星洲整个人浑身一抖,从妈妈胳膊一侧小心翼翼地探出脑袋,望着一脸冷漠的父亲大人。

徐晋知穿着衬衫西裤和一件薄薄的毛呢外套,刚从机场接了人回来,手里还拿着沈棠心的红色小皮包,和一个大大的礼品袋。

沈棠心面容也严肃了几分,力道稍重地揉了揉儿子的脑袋:"你语文又没考及格?"

"不是的妈妈。"沈星洲一本正经地说,"我这次差一分就及格了,就不小心写错一个字。"

徐梓月吐了吐舌头:"那不就是不及格。"

沈星洲瞪了她一眼:"哼!你厉害!你数学还考四十分呢!"

"那都多久的事啦?我上次考了九十分!哪像你,智商低。"徐梓月满脸得意。

"九十分有什么了不起的!"

"沈星洲。"徐晋知沉声叫他名字,"你有脸说别人?"

沈星洲顿时噤若寒蝉,战战兢兢地咬着唇,像是抓救命稻草似的,把妈妈的腿抱得更紧。

然而,徐晋知一句话砍断了这根稻草:"不是要给同事们分东西吗?你去,我给他补牙。"

"对哦,我差点忘了。"沈棠心接过他手里的礼品袋。

望着女人消失在走廊拐角的窈窕背影,沈星洲一张脸皱成了苦瓜。

"爸爸我可以让妈妈给我补吗……"

"不可以。"

到了治疗床上,沈星洲瑟瑟发抖:"爸爸你会对我温柔点吗?"

"你说呢?"徐晋知换好衣服洗好手,转过身面无表情地望着他,"张嘴。"那模样看在沈星洲眼里,活像一个磨刀霍霍上刑场的刽子手。

"呜呜呜爸爸我怕疼,你轻点。"

"怕疼还敢吃糖。"徐晋知掰开他的嘴,嗓音冰凉,"还偷你妈的巧克力。"

沈星洲眼睛里冒出生理性泪花。

这个男人怎么这么记仇啊呜呜呜,他不是两个人爱情的结晶吗?为什么他觉得自己那么多余碍眼讨人厌?

其实补牙一点也不疼，沈星洲却忍不住眼泪哗哗往下流，任凭徐梓月在旁边一个劲笑话他，也没有一点反驳的力气。

从医院回家的路上，沈星洲嘟着嘴不说话，黏在妈妈旁边像个委屈巴巴的小可怜。

徐晋知做了一桌丰盛的晚餐给出差回来的沈棠心接风，桌上有沈星洲最爱的油焖大虾和干锅鱼，他却被安排在桌子最角落的位置，面前只有一碗皮蛋瘦肉粥。

徐梓月还是有点心疼弟弟，想着给他弄块鱼，刚要夹过去，就听见爸爸冷淡的声音："别给他吃。"

沈星洲委屈地咬住唇。

"星星乖，刚补完牙不能吃这个，明天爸爸再给你做。"沈棠心摸摸他脑袋安抚他。

沈星洲夹着期待的眼神看了徐晋知一眼，开始乖乖喝碗里的粥。

然而他等了好久，爸爸一直都忙着工作，没有再给他做油焖大虾和干锅鱼。

2. 烦恼

沈星洲觉得爸爸不喜欢他。

年纪太小的时候不懂，只觉得爸爸对姐姐一直很温柔，对自己就很冷淡，明明两个人几乎同时出生，姐姐是小公主，他就像公主身边的小跟班。

等大一些上了小学，这种感觉越发清晰起来，一种名叫嫉妒和不甘的心理成型。

爸爸会和风细雨地对姐姐说话，姐姐犯了错也只是稍加指责，却几乎没对他笑过，爸爸在他心里最深刻的印象是他犯错时严厉斥责他的模样。

就连他长龋齿牙疼的时候，也没见爸爸流露过半分心疼。

然而他用他的方式表达出不满，却似乎更不讨爸爸喜欢。

这天是奶奶生日，家里办宴会，两个小朋友都被打扮得漂漂亮亮的出去见客。到卧室门口时，沈星洲却怎么都不往前走了。

保姆俯下身问他："怎么了星星？外面宴会要开始啦，咱们该出去了。"

"我不去。"沈星洲噘着嘴往后退。

徐梓月已经满脸欢喜地走了，看着姐姐蹦蹦跳跳的背影，他脸色越发不好看。所有人都喜欢姐姐，他去不去又有什么区别？

保姆只能好声好气地哄他，却没想到这小孩今天不知道哪根筋不对，怎么都哄不好。

直到走廊外响起一串沉稳有力的脚步声，保姆抬头一看，满脸道歉地对来人道："先生，这孩子说不想去，我哄了好半天了，您看……"

徐晋知看了眼沈星洲别扭的模样，目光淡淡地移开："不去就不去吧。"

小男孩眼底的光瞬间暗淡。

"不去就在这儿待着,别乱跑。"

徐晋知交代了一句,便往前厅去了。保姆也有别的事要忙,被独自留在这里的沈星洲越想越觉得心中郁闷,索性从屋里跑了出去。

寿宴上,穿着粉色公主裙的徐梓月成了众人目光的焦点。

爷爷只看见孙女一个,对着徐晋知蹙了蹙眉:"沈星洲呢?又去哪儿调皮了?"

亲朋好友都看着,徐晋知对岳父浅浅笑道:"他有点不舒服,我让他在屋里休息。"

奶奶顿时担忧地望过来:"星星没什么事吧?"

"放心吧妈,我看过了,没什么事。"

寿宴热热闹闹地继续,没人发现有个小男孩悄悄地失踪了。

直到九点多,沈棠心要带两个孩子去睡觉的时候,找遍整层楼都没找到沈星洲,着急忙慌地去叫徐晋知:"老公,你有看到星星吗?"

"刚在屋里闹情绪呢,就没管他。"徐晋知眉心蹙起来,"怎么了?"

沈棠心眼眶发红:"星星不见了。"

徐晋知一贯镇定的脸上也现出慌乱,低声安抚她:"别急,在别墅里找找,应该是一个人在哪儿躲着玩。"

"嗯……"沈棠心神色担忧地点了点头。

前厅里宴会还在举行,夫妻俩不想惊动宾客,也不想让老人家担心,于是分头开始找孩子。

储物间和酒窖都看了,也问了宴会厅门口守着的人,都说没看见沈星洲。小男孩长得粉雕玉琢,还是很好辨识的,如果进了前厅不会没人发现。

沈棠心知道事态严重了,急得快要哭出来:"老公,星星不会被拐卖了吧?"

"不会的。"徐晋知搂住她肩膀,沉声道,"外面有安保,陌生人混不进来,八成是他自己乱跑。我们再去院子里看看。"

黑灯瞎火的,别墅院子又宽敞,还有大片花园和小树林,找个孩子别提多费劲。

前院后院找了一圈,沈棠心嗓子都快喊哑了,依旧没看见沈星洲的影子。

站在小花园里,她终于忍不住眼泪淌下来:"呜呜……都是我的错,我怎么能让他一个人待着呢……他还那么小……"

"不是你的错。"徐晋知把她搂进怀里,拍了拍,安慰道,"怪我,我应该找个人盯着他的。"

"怎么办啊呜呜呜……"

"找不到就算了。"徐晋知往灌木丛里瞥了眼,无比淡定地叹了一声,"不过就是个孩子,没了就没了,没了我们还有女儿。"

她正要出声谴责徐晋知的冷酷无情,突然听见不远处传来一阵小孩子奶声奶气的啼哭。

转头一看，那片黑不溜秋的灌木丛中间，依稀有一双闪着光的眼睛。

徐晋知走过去，低头往树丛里看着："出不出来？"

随着一阵叶片擦动的窸窣声，哭哭啼啼的小男孩探出个脑袋，一脸委屈地望着两人。

沈棠心顿时破涕为笑，赶紧跑过去把儿子抱出来。

"你这孩子你干吗呢？吓死妈妈了！妈妈以为你被人拐走了呢。"

沈星洲哭得更厉害了，一边哭，水汪汪的眼睛一边瞅着冷眼旁观的徐晋知。

后来徐晋知也没理他，小孩失望地跟着妈妈回房间去了。

沈棠心讲了好半天故事，沈星洲依然没睡着，眼睛睁得大大地望着她，许久才叫："妈妈。"

沈棠心给他掖被角，温柔地问："怎么了？"

沈星洲吸了吸鼻子，问："爸爸是不是很讨厌我啊？"

沈棠心回到卧室的时候，徐晋知坐在床上看 iPad，她过来也没抬眼，只往边上挪了挪。

沈棠心钻进被窝里，然后把男人手里的 iPad 拿起来放到床头柜上。

徐晋知连忙伸手去够，却被她一巴掌拍在手背上。

感觉到自家老婆情绪不佳，徐晋知也顾不上手疼，赶紧赔笑："我错了，我不看了。"

见沈棠心依旧瞪着他，他顺手把人搂过来，自觉地开始恭维："没你好看。"

"谁跟你说这个了？"沈棠心表情不悦地推了他一把。

"行，那就不说。"他翻身把人压进褥子里。

聪明人，行动胜过一切言语。

沈棠心今天却没任由他胡来，用力把他掀开："跟你说正经事呢。"

徐晋知玩笑的心思顿时收敛住："什么事这么严肃？"

沈棠心想起儿子可怜巴巴的样子，又心疼，又气眼前这个男人，伸出手毫不留情地戳在他胸口："我问你，你是不是不喜欢我儿子？"

"这什么话？"徐晋知抓住她手指，闷笑一声，"你儿子不是我儿子？我为什么不喜欢？"

"那你为什么对他那么凶啊？那么小点孩子，心思很敏感的。"沈棠心眉头皱了起来，"他以为你讨厌他，所以才要离家出走。"

徐晋知表情也凝重些许，将她的手拢在掌心里缓缓揉捏，片刻后才沉声道："你看看沈星洲被惯成什么样子了？我要还捧着他，在这个家里他怕是要翻天。"

沈棠心表情严肃："可是再这么下去，你们父子关系堪忧。"

"那是他心理脆弱，需要磨炼。"徐晋知扯了扯唇，"我爸对我连这都不如。"

"你爸是你爸，你是你。"沈棠心瞪他一眼，"你确定你要跟他比？"

徐晋知沉默了。

良久，沈棠心仰头亲了亲他的脸，柔声道："老公，我知道你是怕星星被宠坏了，但是你可以用别的方法教他啊，不要让他觉得你只喜欢月月，不喜欢他，这样他们姐弟俩的关系也会受影响的。星星真的很在乎你，他虽然是调皮了些，但你好好讲，他也能懂事的。"

徐晋知低头望着她，忽然弯起唇，眼底泛着柔和的光："你说得对。"

他一直觉得男孩子没必要养得那么娇气，自己这辈子几经磨难也全都过来了，但也因此，他作为一个父亲并不知道该怎么样和儿子建立情感，因为没有人对他言传身教。

他虽然能和朋友的儿子相处得其乐融融，到了自己当父亲的时候，反而束手束脚。

他原以为沈星洲性格顽劣，他严厉一些总没错，那是对孩子负责，却忽略了一个事实——

沈星洲不是他，也不该重复他的成长轨迹。

沈棠心睡着后，他辗转反侧很久，还是起身去了儿子房间。

小男孩乖乖地睡在被窝里，粉雕玉琢的一张小脸泛着浅浅的红色，长而浓密的睫毛还有点潮湿。

看着沈星洲哭的时候，他不是不心疼的，可一想到这孩子顽劣的个性，就更加的恨铁不成钢。

床上的小人嘴巴动了动，小奶音模糊不清地喊了一声："爸爸。"

徐晋知忍不住唇角一勾，抬手触碰到他粉嫩的脸颊，结果猝不及防的，碰到一片滚烫。

他眉心收紧，又摸了摸儿子额头，同样的滚烫。

这孩子发烧了。

应该是在外面待了太久，受了寒。

徐晋知赶紧去柜子里找来药箱，给他测了一下体温，三十八度五，又立刻喂他吃了退烧药。

小孩烧得迷迷糊糊的，吃完药反而难受得醒了过来。

看见他，眼睛里既欣喜又泛泪光："爸爸我好热……"

"别动。"徐晋知按住他被角，嗓音不自觉地柔和了些，"你发烧了，要捂捂汗。"

沈星洲一双眼睛水汪汪的，好不可怜："爸爸我头疼，脑袋里面好像在打架。"

"谁叫你爱哭。"徐晋知抬手敲了敲他脑门，刚想说活该，话锋一转，"没事的，睡一觉就好了。"

着凉发烧，哭久了缺氧，双重折磨够他受的。

"爸爸。"沈星洲眼睛一直盯着他，喋喋不休地说话，"为什么是你在这里啊?"

徐晋知眉梢一动:"你妈睡了。"

"哦。"沈星洲目光暗下去,嗓音也格外低,"我就知道,爸爸不是自愿的。"

徐晋知看着他。

"你又不喜欢我,只喜欢姐姐。"

"谁说的?"徐晋知叹了一声,捏捏他翘挺的小鼻子,"你这脑子里整天都想这些东西,难怪语文不及格。"

"我听说爸爸语文也不太好……"沈星洲小心翼翼地望着他说,"幸亏我语文不好,不然我都以为我不是你亲生的了。"

"你觉得你是吗?"徐晋知扯了扯唇,差点被这个破小孩逗笑,"我最差也能考九十分,你这个智商,我真怀疑是不是我儿子。"

沈星洲努了努嘴:"那你问我妈去。"

徐晋知冷笑,又敲了一下他额头:"给点阳光你就灿烂是不是?"

难得对他态度好一些,就开始给人添堵。

"爸爸,你从来就不打姐姐。"沈星洲一脸委屈地看着他,扭了扭身子。

"因为你姐听话。"徐晋知再给他按住被角,不许他乱动,"不会调皮捣蛋,也不会跟妈妈告状。"

沈星洲吐了吐舌头:"爸爸就是怕妈妈,老师说了,你这样的叫妻管严。"

"没错。"徐晋知表情严肃,"你记着,你和你姐在我这儿没有区别,你们都是我的孩子,没有喜欢谁不喜欢谁这一说。"

沈星洲眉眼弯弯,开心地笑起来:"哦!"

"但我最爱的是你妈妈。"徐晋知望着他,郑重里夹着警告,"如果你听话懂事,让妈妈省心,我自然就让你好过。"

感觉到威胁的小孩眼皮颤了颤。

徐晋知也不吓唬他,抬手揉了揉男孩的头顶,语重心长道:"你想被人喜欢,首先你要变得讨人喜欢,知道吗?否则别人就算表面上喜欢你,背地里也照样看不起你。"

沈星洲眨了眨眼,认真点头。

沈棠心不知道这个夜里发生了什么。第二天起床后,她照旧洗漱完去楼下吃早餐。因为寿宴的事有点疲累,又哄儿子哄到很晚,这会儿走到餐桌旁还打了个哈欠。

虽然是周末,但今天要去医院上班,她一边揉着太阳穴让自己清醒,一边抬声问:"老公,早餐好了吗?"

厨房里飘来牛肉的香气,她正打算进去帮忙,突然看见一个小小的影子从厨房里走出来,手里捧着个高高的玻璃杯,里面是奶白色的液体。

沈星洲神色乖巧地走到她旁边，把杯子放在她面前："妈妈辛苦了，妈妈喝豆浆。"

沈棠心：嗯？

她一脸蒙地望着仿佛脱胎换骨的儿子。

"妈妈趁热喝，凉了就不好了。"沈星洲简直乖巧得不像话。

"哦，谢谢你啊。"沈棠心一只手端起豆浆，另一只手疼爱地摸摸他脑袋，"你怎么起来这么早？姐姐呢？"

"姐姐已经跟奶奶去舞蹈班啦。"沈星洲回答道，"我一会儿也要练钢琴，所以早点起床。"

练钢琴？这孩子被什么东西附身了？

当初请钢琴老师来家里的时候，他可是连看都没看过一眼。

"老婆，吃面了。"徐晋知端着面碗从厨房出来，瞥了沈星洲一眼，"你去洗手，自己把碗端过来吃。"

沈星洲拔腿就去了。

沈棠心已经惊讶得合不拢嘴："他怎么回事啊？"

"你老公的教育成果。"徐晋知走过去，用手臂勾着她的腰，俯身低头，灼热的呼吸压在她脸侧，"是不是该奖励一下？"

沈棠心"扑哧"一笑，抬手推他胸口："没正行。"

"不给我自己拿了。"说完，捏着她的下巴吻下来。

不知道过了多久，厨房门口传来小孩委屈巴巴的声音："爸爸，我可以睁开眼睛吗？"

"继续闭着。"

- 全文完 -